FREMDER SCHMERZ

Das Buch

Dr. Frank Gotthardt und seine Frau Claudia sind in den Flammen ihrer brennenden Berliner Villa ums Leben gekommen. Die Polizei verfügt über keinerlei Hinweise auf ein Verbrechen und glaubt an Selbstmord. Leonie Simon, Rechtsmedizinerin an der Charité in Berlin, hat allerdings eine schreckliche Vermutung. Zwei Jahre zuvor, im Januar 2005, war sie mit dem Ehepaar Gotthardt in Khao Lak, um nach der Tsunamikatastrophe bei der Identifizierung der Opfer zu helfen. Die Bilder verfolgen sie noch immer, vor allem aber die schockierende Entdeckung, dass nicht hinter jeder vermeintlichen Hilfe Mitgefühl und soziales Engagement stecken. Als Leonie erfährt, dass ein Zahnarzt, der etliche deutsche Opfer identifiziert hatte, gefoltert und ermordet wurde, nimmt sie auf eigene Faust Ermittlungen auf. Doch dann geschehen weitere Morde, und Leonie muss noch einmal ganz von vorne anfangen. Zwei Jahre nach dem Tsunami ist die Welle des Todes in Deutschland gelandet.

Die Autorin

Renate Kampmann, 1953 in Dortmund geboren, arbeitete als Dramaturgie-Assistentin bei Peter Zadek sowie als Hörspielredakteurin, Dramaturgin und TV-Producerin. Seit 1995 ist sie freie Autorin und schreibt Drehbücher und Kriminalromane. 2001 erschien der erste Roman mit Leonie Simon. Renate Kampmann lebt in Hamburg.

RENATE KAMPMANN

fremder schmerz

KRIMINALROMAN

List Taschenbuch

Besuchen Sie uns im Internet:
www.list-taschenbuch.de

Mix
Produktgruppe aus vorbildlich bewirtschafteten
Wäldern und anderen kontrollierten Herkünften
www.fsc.org Zert.-Nr. GFA-COC-001223
© 1996 Forest Stewardship Council

Dieses Taschenbuch wurde auf FSC-zertifiziertem Papier gedruckt.
FSC (Forest Stewardship Council) ist eine nichtstaatliche, gemeinnützige
Organisation, die sich für eine ökologische und sozialverantwortliche
Nutzung der Wälder unserer Erde einsetzt.

Ungekürzte Ausgabe im List Taschenbuch
List ist ein Verlag der Ullstein Buchverlage GmbH, Berlin.
1. Auflage August 2009

Konzeption: semper smile Werbeagentur GmbH, München
Umschlaggestaltung: bürosüd° GmbH, München
Titelabbildung: © busseyankushev/Kollektion: plainpicture
Satz: LVD GmbH, Berlin
Gesetzt aus der Sabon
Papier: Munkenprint von Arctic Paper Munkedals AB, Schweden
Druck und Bindearbeiten: CPI – Clausen & Bosse, Leck
Printed in Germany
ISBN 978-3-548-60908-9

Der Schmerz ist der große Lehrer der Menschen.
Unter seinem Hauche entfalten sich die Seelen.

Marie von Ebner-Eschenbach, *Aphorismen*

Eher ziehe ich mir eine Plastiktüte über den Kopf, als dass ich in ein Heim gehe, dachte die Frau mittleren Alters, die das Alten- und Pflegeheim betrat, um wie an jedem Wochenende ihre ehemalige Nachbarin zu besuchen. Dabei gehörte die Seniorenresidenz, wie von der Betreibergesellschaft tituliert, durchaus zu den besseren ihrer Art. Soweit die Besucherin das überhaupt beurteilen konnte, wurden die alten Leute gut betreut. Das renovierte ehemalige Gutshaus war sauber und ansprechend und lag in einem neuntausend Quadratmeter großen Park am Havel-Kanal. Viele der Bewohner hatten in ihren jüngeren Jahren mit Sicherheit weniger idyllisch gewohnt. Aber man wurde auf Schritt und Tritt mit Alter, Krankheit, Verfall und Sterben konfrontiert. Auch das freundlichste und bemühteste Personal konnte nicht darüber hinwegtäuschen, dass dieses Haus die letzte Station vor dem Friedhof war.

Auf der Suche nach ihrer Nachbarin, die sie nicht in ihrem Zimmer vorgefunden hatte, schlenderte die Frau durch die lichten Korridore, die sich um ein begrüntes Atrium wanden.

Weit konnte die alte Dame nicht sein. Nach einem leichten Schlaganfall benötigte sie die Hilfe eines Gehwagens, und der Vorfrühlingswind war noch zu kühl, um einen den Aufenthalt im Park als angenehm empfinden zu lassen. Es war Sonntag, und in den Zimmern, Aufenthaltsräumen und in der Cafeteria gab es einen größeren Besucherandrang als üblicherweise an Wochentagen. Da fiel es dann besonders auf, wenn ein alter Mensch ganz allein in einer Ecke saß oder unbegleitet über die Flure schlurfte.

Ob meine Tochter mich wohl täglich oder wenigstens ein- oder zweimal die Woche besuchen würde, fragte sich die Frau. Ihre

Tochter war erst vierzehn und das Verhältnis so gut, wie es die Pubertät erlaubte. Aber was bedeutete das schon für die Zukunft? Der Sohn ihrer Nachbarin lebte mit seiner Familie in Südafrika und kam nur einmal im Jahr nach Deutschland, um nach seiner Mutter zu sehen.

Wie schon bei früheren Besuchen fiel der Frau ein Greis auf, der trotz seines biblischen Alters – er war schon über neunzig – mit erstaunlich kerzengerader Körperhaltung, wenn auch langsam, die Hände auf dem Rücken, den Innenhof umrundete. Wie sie von einer Pflegerin wusste, zählte er sowohl die Runden als auch seine Schritte. Er nannte das sein Fitnessprogramm, das er diszipliniert jeden Tag absolvierte. Bei schönem Wetter lief er im Park eine ebenso abgezirkelte und immer gleiche Route. Wegen dieser Disziplin, seiner Wortkargheit und anderer militärisch anmutender Eigenheiten nannte das Personal ihn den »General«.

Die Besucherin blieb stehen und sah dem Alten eine Weile zu. Nicht dass er ihr besonders sympathisch gewesen wäre, aber sie verspürte eine Aufwallung plötzlichen, heftigen Mitleids wegen seiner Einsamkeit, die ihn von den anderen absonderte. Sie überlegte, ob sie ihn ansprechen und zu einer Tasse Kaffee zusammen mit ihrer Nachbarin einladen sollte, aber dann ließ sie es doch. Und schämte sich dafür. Als sie zwei Stunden später dem Ausgang zustrebte, stand er, wiederum allein, an einem Fenster und schaute in den Park. Sie meinte, Tränen in seinen Augen schimmern zu sehen, aber das konnte auch eine Täuschung, verursacht durch die schräg einfallenden Strahlen der untergehenden Sonne, sein. Sie hielt eine Pflegerin an, die gerade an ihr vorbeilaufen wollte.

»Entschuldigen Sie, Schwester Agnes, haben Sie einen Moment Zeit?«

»Zeit ist das, was ich immer am wenigsten habe«, sagte die Schwester mit einem Lächeln, was die Abfuhr etwas mildern sollte.

»Es geht um den General. Er tut mir so leid. Bekommt er denn keinen Besuch?«

Die Schwester schüttelte den Kopf. »In letzter Zeit immer seltener. Früher kamen gelegentlich zwei etwa gleichaltrige Herren, die wahrscheinlich inzwischen tot sind. Manchmal kommt seine Tochter. Aber die habe ich auch schon lange nicht mehr gesehen. Vielleicht ist sie krank. Oder sie haben sich endgültig verkracht.«

»Ich verstehe das nicht. Wie kann man seinen alten Vater in ein Heim abschieben und sich dann nicht einmal um ihn kümmern. Ich sehe doch, wie er leidet.«

»Ihr Mitgefühl ehrt Sie.« Die Schwester betrachtete den Greis am Fenster, wandte sich dann wieder der Besucherin zu. »Andererseits, was wissen wir schon über das Leid der erwachsenen Kinder?«

Der Alte, den sie »General« nannten, was ihm durchaus schmeichelte, hätte sich je nach Laune amüsiert oder schwer geärgert, wenn er ihr Gespräch belauscht hätte, was sein schwindendes Gehör allerdings nicht erlaubte. Er mochte alt, ja sogar steinalt sein, aber Objekt des Mitleids zu sein, hätte er sich strikt verbeten. Mitleid war beleidigend und erbärmlich, etwas für Schwächlinge. Er hatte niemals mit irgendjemandem Mitleid empfunden. Und hätte er sich jemals dafür interessiert, was andere denken, wäre er überdies erstaunt gewesen, dass er für einsam galt. Je älter er wurde, desto weniger suchte er die Gesellschaft der Menschen. Nervensägen und Dummköpfe die allermeisten, vor allem die alten Trottel im Heim. Allein zu sein bedeutete ihm nichts Negatives. Die meiste Zeit seines Lebens war er allein gewesen. Auch und gerade im Kreise seiner Familie. Die meisten hatte er überlebt, und er vermisste keinen von ihnen. Das Vergangene war unwichtig geworden, und Zukunft gab es für ihn nicht mehr. Er würde in dieser Verwahranstalt für Friedhofsgemüse seine Runden drehen, bis er umfiel. Kneifen war nicht sein Fall, war es nie gewesen. Er würde bis zum Ende in guter Haltung ausharren, so wie er es immer gemacht hatte. Bis dahin wollte er seine Ruhe haben, mehr verlangte er nicht. Nur eines, dachte er, als er langsam auf sein Zimmer zusteuerte, eines hätte er gern noch gewusst, bevor er würde abtreten müssen.

Beim Abendessen saß er abseits und grüßte niemanden.

1

Der Signalton der Alarmanlage explodierte in die Stille des frühen Morgens. Einen Sekundenbruchteil zu spät schloss Dr. Leonie Simon die Balkontür. Der laute Fluch, den sie dabei ausstieß, wurde mühelos von dem ohrenbetäubenden Lärm des Warngeheuls übertönt. Mit wenigen Schritten war sie bei der Schaltanlage neben der Wohnungstür und stellte das System ab. Dann riss sie sich das Badetuch vom Leib, in das sie sich nach dem Duschen gewickelt hatte, und zerrte Unterwäsche und T-Shirt aus der Kommode im Schlafzimmer. Während sie sich anzog, begann sie von zehn an rückwärts zu zählen, denn sie wusste, was als Nächstes passieren würde.

»Drei, zwei, eins.« Sie zog den Reißverschluss ihrer Jeans zu.

Bei »jetzt« klingelte und klopfte es an ihre Tür. Leonie zog ein Gesicht, das, wie sie hoffte, angemessen schuldbewusst war, und öffnete die Tür.

»Tut mir furchtbar leid, Frau Imlau. Diesmal war es die Balkontür.«

Isolde Imlau, ihre Vermieterin, stand in Bademantel und Hausschuhen vor ihr und sah besorgt aus. Das war nichts Unübliches bei ihr. Isolde Imlau war ein durch und durch ängstlicher Mensch. Der Tod ihres Mannes zwei Jahre zuvor hatte diesen Zustand verschlimmert. Unglücklicherweise war kurz danach bei ihr eingebrochen worden, woraufhin sie sofort ein Alarmsystem einbauen ließ, an das sämtliche Türen und Fenster der einstöckigen Villa angeschlossen waren.

»Ich habe noch geschlafen«, sagte sie vorwurfsvoll. »Sie sollten wirklich versuchen, sich anzugewöhnen, die Anlage auszuschalten, bevor Sie eine Tür oder ein Fenster öffnen, Frau Doktor.«

»Ich werde mich bemühen«, gelobte Leonie Besserung. »Wie schaffen Sie es bloß, morgens so gut frisiert auszusehen? Schlafen Sie im Sitzen?«

Damit hatte sie gewonnen. Isolde Imlaus Miene heiterte sich auf.

»Sie machen Witze. Ich sehe furchtbar aus.«

Tatsächlich war sie eine attraktive Frau, der niemand ihr Alter von fast sechzig Jahren ansah. Soweit Leonie inzwischen mit ihrer Lebensgeschichte vertraut war, lag das nicht nur an einer günstigen genetischen Ausgangslage, sondern auch an den glücklichen und bequemen Umständen, in denen sie bis zum Tode ihres Mannes gelebt hatte. Isolde Imlau war aus einem wohlhabenden Elternhaus in die Arme eines ebenso wohlsituierten und sie vergötternden Ehemannes übergewechselt, hatte sich nie in einem anstrengenden Beruf verschleißen oder um die Erziehung von Kindern sorgen müssen. Die Schattenseite dieses beinahe paradiesischen, behüteten Daseins war eine Unselbständigkeit, wie Leonie sie bei einer Frau Anfang des 21. Jahrhunderts kaum noch für möglich gehalten hätte. Die ersten Monate ihrer Witwenschaft musste sie all das lernen, worum sich früher ihr Mann gekümmert hatte. Und er hatte sich buchstäblich um alles gekümmert. Noch nach zwei Jahren brauchte sie häufig Rat in irgendwelchen Finanz- oder Behördenangelegenheiten.

Immerhin hatte sie es geschafft, den ersten Stock des Hauses, das für sie allein zu groß geworden war, zu einer abgeschlossenen Wohnung umzubauen und in Leonie eine Mieterin zu finden, die gegebenenfalls in der Lage war, ihr in schwierigen Situationen beizustehen. Dass eine Frau Dr. Simon sie erst in eine schwierige Situation bringen könnte, lag außerhalb ihrer Vorstellungskraft.

Für Leonie hatte die Wohnung einen raren Glücksfall bedeutet, als sie vor mehr als einem Jahr vom Hamburger Institut für Rechtsmedizin zu den Berliner Kollegen gewechselt war. Mit ihrer Vermieterin verstand sie sich im Großen und Ganzen gut, die Wohnung war groß und hell und der Blick vom berankten Balkon in den gepflegten Garten Ersatz für einen Kurzurlaub. Die Adresse erregte gelegentlich Heiterkeit. Eine Rechtsmedizinerin, die in der

*Leich*hardtstraße wohnte! Das Institut war nur zehn Fußminuten entfernt, was einen weiteren Vorteil darstellte. Besser gesagt, es war ein Vorteil gewesen, denn inzwischen war der Standort in Dahlem zugunsten eines Klinikgeländes in Moabit aufgegeben worden.

Die Klingel der Haustür ertönte. Isolde Imlaus Gesichtsausdruck wechselte wieder zu Besorgnis.

»Das ist bestimmt die Polizei«, meinte sie.

»Das will ich hoffen«, stimmte Leonie zu. »Ich meine, dafür haben Sie ja die Alarmanlage, oder?«

Sie lief rasch die Treppe hinab, etwas langsamer gefolgt von ihrer Wirtin.

Vor der Tür stand ein Streifenpolizist, den sie schon bestens kannte. Der Kollege war im Wagen sitzengeblieben. Es war noch empfindlich kühl an diesem frühen Samstagmorgen.

»Na, Frau Doktor, wieder falscher Alarm?« Der Uniformierte ließ die Begrüßung fort, eine Unhöflichkeit, die ihr zeigte, dass er die Geduld mit ihr zu verlieren begann.

»Ich bin untröstlich, aber ich bin's nun mal nicht gewöhnt, in einem Hochsicherheitstrakt zu wohnen.«

»Wär aber besser, Frau Doktor. Das war schon das dritte Mal in vierzehn Tagen. Irgendwann kommen wir nicht mehr.«

»Nicht so laut.« Leonie sah sich rasch zu Frau Imlau um. »Lassen Sie das bloß meine Vermieterin nicht hören, die kann sonst vor Sorgen nicht mehr einschlafen.«

Der Polizist grinste. »Schon gut. Dann bis zum nächsten Mal.«

Der Kollege hatte das Auto verlassen und kam durch den kleinen Vorgarten auf sie zu.

»Guten Morgen, Frau Doktor.« Und dann an den Kollegen gewandt: »Wir müssen los. Nicht weit von hier brennt's.«

Er nannte eine Grunewalder Adresse, die Leonie bekannt vorkam.

»Da wohnt doch mein Kollege, Doktor Frank Gotthardt. Ist jemand verletzt?«

»Keine Ahnung, die Feuerwehr ist unterwegs.«

Leonie traf rasch ihre Entscheidung. »Geben Sie Ihrer Zentrale Bescheid, dass jemand von der Rechtsmedizin auf dem Weg zum Brandort ist. Ich fahre sofort los.«

Sie stürmte ins Haus zurück und die Treppe hinauf, wobei sie ihre Vermieterin unsanft zur Seite schob.

»Tut mir leid, ich hab's eilig.«

»Wann haben Sie das nicht?«, rief Frau Imlau hinter ihr her, ging in ihre Wohnung zurück und verriegelte energisch die Tür.

In routinierter Hast vervollständigte Leonie Simon ihre Garderobe, griff nach Tasche, Autoschlüssel und Handy und saß eine Minute später in ihrem Wagen. Erst dort fiel ihr ein, dass sie vergessen hatte, den Alarm wieder einzuschalten. Während der Fahrt verständigte sie von ihrem Autotelefon aus das Institut über den Einsatz. Dabei hoffte sie inständig, dass sie sich in der Adresse geirrt hatte oder zumindest die Anwesenheit eines Rechtsmediziners überflüssig sein würde.

Sie wusste ungefähr, wohin sie fahren musste, hatte aber sicherheitshalber die Adresse in das GPS-System eingegeben, das sie sich bei ihrem Wechsel nach Berlin hatte einbauen lassen. Zwar hatte sie lange in Berlin gelebt, aber während der Jahre in Hamburg war vieles in Vergessenheit geraten. Berlin wollte neu erobert werden und änderte überdies ständig das Gesicht. Allein während der wenigen Jahre ihrer Abwesenheit war wie verrückt gebaut und renoviert worden. Firmen, Läden, Restaurants, Clubs und Kneipen kamen und gingen. Leonie war keine Szenegängerin und versuchte gar nicht erst, bei den In-Lokalitäten auf dem Laufenden zu bleiben.

Nach ihrer Rückkehr war ihr zum ersten Mal so recht zu Bewusstsein gekommen, dass sie sich im Westteil der Stadt nach wie vor besser auskannte als in der ehemaligen Hauptstadt der DDR. Das würde sich in Zukunft schon deshalb ändern, weil im Jahre 2003 beschlossen worden war, das Rechtsmedizinische Institut der Freien Universität Benjamin Franklin mit dem ehemaligen Ost-Berliner Institut der Charité, dem Landesinstitut für gerichtliche und soziale Medizin und dem daran angeschlossenen Leichenschauhaus unter einer Leitung zusammenzulegen. Das Kind bekam einen neuen Namen, Charité Universitätsmedizin Berlin, und natürlich eine heftige Diät verabreicht. Berlin war sexy, aber pleite.

Die schmale Wohnstraße ließ kaum ein Durchkommen zu. Polizei, Feuerwehr und die üblichen Katastrophentouristen blockierten sie auf mehreren hundert Metern. Leonie parkte ihren Wagen skrupellos in einer Einfahrt, holte den Tatortkoffer aus dem Kofferraum und lief auf die Rauchwolke zu, die sich über das ganze Viertel auszubreiten begann. Nur ein einziges Mal war sie bei ihrem Kollegen zu Hause gewesen, aber sie sah sofort, dass es das Haus der Gotthardts war, aus dem der Rauch quoll. An der Absperrung trat ein Polizist auf sie zu.

»Tut mir leid, aber hier dürfen Sie nicht durch.«

»Doktor Leonie Simon, Rechtsmedizin. Das Haus gehört einem Kollegen. Doktor Frank Gotthardt. Geht es ihm und seiner Frau gut?«

Der Uniformierte überlegte und sah sich unschlüssig um.

»Jetzt lassen Sie mich schon durch. Wo ist der Einsatzleiter der Feuerwehr?«

In dem Moment sah sie einen Ermittler vom LKA 12, zuständig für Branddelikte, mit dem sie schon zweimal zu tun gehabt hatte. Sie winkte ihm und rief seinen Namen. Er kam langsam auf sie zu. Seine Miene verhieß nichts Gutes. Seine Anwesenheit auch nicht. Die Kollegen vom kriminalpolizeilichen Dauerdienst der zuständigen örtlichen Polizeidirektion, die außerhalb der normalen Dienstzeiten für die Anfangsermittlungen zuständig waren, hatten ihn vermutlich dazugeholt, weil vorsätzliche Brandstiftung vermutet wurde.

»Guten Morgen, Frau Doktor Simon. Sie sind ja schneller als der Schall.«

»Zufall. Was ist los?«

»Kann ich nicht sagen. Die Feuerwehr hat mich noch nicht ins Haus gelassen. Der Brand scheint aber unter Kontrolle zu sein.«

Er machte eine Pause.

»Also los. Rücken Sie schon raus mit den schlechten Nachrichten.«

»Es wurden zwei Leichen im Haus gefunden, ein Mann und eine Frau. Vermutlich die Bewohner.«

Leonie Simon glaubte, gewappnet zu sein, dennoch traf es sie härter als befürchtet. Sie schwieg einen Moment, weil sie ihrer Stimme nicht traute.

»Wann kann ich die Leichen sehen?«

»Tut mir leid. Das kann ich nicht entscheiden.«

Leonie wartete ungeduldig darauf, endlich ins Haus gelassen zu werden, und drängte den Einsatzleiter der Feuerwehr so lange, bis er ihr und dem LKA-Beamten schließlich entnervt das Startzeichen gab. Sie liefen durch den ehemals gepflegten, nun völlig zertrampelten Vorgarten und betraten durch den Haupteingang einen kleinen Flur, von dem aus eine dunkle Holztreppe in den ersten Stock führte. Außer dem Brandgeruch war dort nichts von einem Feuer zu bemerken. Von diesem Eingangsbereich gelangte man durch eine Tür zunächst in eine Art zweite und ziemlich große Lobby, um die sich die Wohnräume des Erdgeschosses gruppierten. Eine breite Treppe aus hellem Marmor wand sich in das Souterrain hinab. Zwei Kommoden, die einzigen Möbelstücke in der Lobby, zeigten Brandspuren. Die Leiche von Frank Gotthardt lag zwischen der Tür zum Wohnzimmer und der Treppe. Er lag auf dem Bauch, den linken Arm unter dem Körper verborgen, die linke Gesichtshälfte an den Steinfußboden gepresst. Neben dem angewinkelten rechten Arm lag eine Pistole. Leonie Simon kniete sich neben die Leiche und bemühte sich zu verdrängen, dass es sich um einen Kollegen handelte. Teile seiner Kleidung und die Haare waren versengt oder verbrannt, die Haut, so weit sie frei lag, war von Brandwunden zweiten und dritten Grades bedeckt. Er war dem Feuer anscheinend nicht unmittelbar ausgesetzt gewesen. »In dem Fall ist die Todesursache wohl klar«, meinte der Brandermittler nach einem Blick auf die Leiche.

Das Einschussloch knapp über Frank Gotthardts Nasenwurzel war nicht zu übersehen. Leonie Simon hob den Kopf des Toten vorsichtig ein wenig an und betrachtete das stille Gesicht, das der Brand in eine helle und eine dunkle Hälfte geteilt hatte, als trage es eine Karnevalsmaske.

»Was ist hier klar?«, sagte eine Stimme hinter ihnen. Ulrich Kallweit, Hauptkommissar und Leiter einer der sieben Mordkommissionen des LKA 11, betrat den Raum. Da es noch früh war und außerhalb der sogenannten Funktionszeit, wochentags von acht bis fünfzehn Uhr, nahm Leonie an, dass seine Gruppe den Bereitschaftsdienst versah und den Fall vom Dauerdienst übernommen hatte.

»Was mich anbetrifft, noch gar nichts«, erwiderte Leonie Simon. »Frank hat eine Schussverletzung, die mit Sicherheit tödlich war, falls er zum Zeitpunkt des Schusses noch lebte, was ich aber unmöglich jetzt schon sagen kann.«

Für die spätere Schmauchuntersuchung band sie Tüten um seine Hände.

»Sieht nach Selbstmord aus.« Der Brandermittler war hartnäckig.

»Möglich ist alles.« Kallweit beugte sich über die Leiche und blickte Leonie mitfühlend an.

»Tut mir leid. Gotthardt war ein netter Kerl.«

»Ja, ich weiß.« Leonie wollte sich jetzt nicht über Frank unterhalten. »Wo ist Claudia, ich meine, seine Frau?«

Ein Feuerwehrmann, der gerade an ihnen vorbeilief, deutete mit dem Daumen zur Treppe.

Mit klopfendem Herzen ging Leonie, die beiden Kriminalbeamten im Schlepptau, die Stufen hinab. Die Leiche von Claudia Gotthardt war stärker verbrannt als die ihres Mannes. Das Feuer hatte offenbar im Souterrain seinen Ausgang genommen und dort die größte Zerstörungskraft entwickelt. Leonie blickte in geschwärzte Räume, in denen Feuerwehrleute noch damit beschäftigt waren, letzte Brandnester aufzuspüren und unschädlich zu machen. Claudia lag am Fuß der Treppe, den Kopf auf der untersten Stufe. Abgesehen von den Körperstellen, an denen sie auflag, war die Haut verkohlt, wie Leonie bei vorsichtiger Untersuchung sah. Die verbrannte Kleidung war teilweise mit dem Körper verschmolzen. Dennoch war die Leiche in keinem so schlechten Zustand, wie Leonie befürchtet hatte. Wahrscheinlich war sie Feuer und Hitze nicht über einen längeren Zeitraum ausgesetzt gewesen. Leonie betrachtete Claudias Leiche aufmerksam von allen Seiten, bemühte sich aber ebenso wie bei Frank, deren Position nicht zu verändern. Bevor die Spurensicherung Fotos gemacht und das gesamte Haus auf forensische Spuren untersucht hatte, konnte sie nicht viel tun.

»Sie hat wohl versucht, über die Treppe zu fliehen. Und dann ist sie bewusstlos geworden«, spekulierte Kallweit.

Der Kollege vom Branddezernat stocherte in einem der ausgebrannten Räume herum und unterhielt sich leise mit einem der Feuerwehrmänner.

Leonie Simon richtete sich auf. »Vielleicht. Vielleicht war es aber auch ganz anders. Ich kann Ihnen im Moment nichts weiter sagen.«

Auf dem Weg zurück nach oben begegneten sie einem weiteren Brandermittler des LKA und einem Mitarbeiter Kallweits. Auch die Spurentechniker waren inzwischen erschienen und hatten ihre Arbeit aufgenommen. Vor dem Haus machte sich die Feuerwehr bereit zum Abrücken. Brandwachen wurden eingeteilt. Leonie fiel etwas ein.

»Komisch. Eigentlich wollten die beiden doch erst morgen zurückkommen.«

Sie hatte leise und mehr zu sich selbst gesprochen, aber Kallweit hatte sie gehört.

»Was meinen Sie?«

»Ach, mir fiel nur gerade ein, dass Frank Gotthardt vier Tage Urlaub genommen hatte. Die beiden haben um ihren Hochzeitstag herum immer eine Städtereise gemacht. Ich glaube, diesmal wollten Sie nach Lissabon. Ich kann mich aber auch irren, was die Urlaubsdaten anbelangt.«

Kallweit machte eine Notiz. »Prüfen Sie's nach, und sagen Sie mir Bescheid. Gibt es sonst noch etwas, das ich wissen sollte? Wie sah's in der Ehe der beiden aus?«

Leonie sah ihn erstaunt an. »Sie glauben doch nicht ernsthaft, dass Frank und Claudia selbst ...« Sie ließ offen, was sie getan haben könnten. Die Idee schien ihr völlig absurd zu sein.

»Da drin liegt ein Mann mit einer Schusswunde und einer Pistole neben sich.«

»Soweit ich weiß, besaß er überhaupt keine Waffe.«

»Eben. Soweit Sie wissen.«

Leonie hatte keine Lust, sich weiter an einem sinnlosen Ratespiel zu beteiligen.

»Hören Sie, Kallweit, wir stehen ganz am Anfang einer Ermittlung. Wir sollten uns nicht mit vagen Vermutungen aufhalten. Ich muss jetzt ins Institut.«

»Sie haben meine Frage nicht beantwortet. War die Ehe in Ordnung?«

»Ja«, blaffte Leonie.

»Soweit Sie wissen?«

Sie wandte sich ab und ließ ihn stehen. An sich mochte sie Kallweit. Er war ein ruhiger, verlässlicher Beamter, ohne viel Phantasie, aber wahrscheinlich gerade deswegen so erfolgreich. Normalerweise hätte sie auf seine erste Arbeitshypothese nicht so sauer reagiert, aber bei Frank und Claudia Gotthardt war sie befangen, wie sie sich selbst eingestand. In jedem Fall war sein Tod für das Institut ein Schlag, ganz gleich was bei den Ermittlungen herauskommen mochte.

Leonie bog von der Turmstraße auf das Gelände des Krankenhauses Moabit ab. Sie passierte eine Schranke und fuhr langsam an schönen, aber renovierungsbedürftigen Backsteinbauten und neueren, meist ebenso verwahrlosten Bauten aus der Mitte des vergangenen Jahrhunderts vorbei. Das ehemals berühmte Berliner Hospital, 1872 gegründet von Rudolf Virchow als provisorisches Lazarett für Pockenkranke, später langjährige Wirkungsstätte des Tuberkuloseforschers Robert Koch, war zerschlagen worden, und in den Gebäuden residierten nun diverse Institutionen des deutschen Gesundheitsbetriebes, von Arztpraxen bis zu Diakoniestationen und Beratungszentren. Leonie Simon war kein sentimentaler Mensch, aber als sie vor dem großen U-förmigen Flügelbau des Hauses L parkte, das zum größten Teil Baustelle war, dachte sie nicht ohne Wehmut an den schönen Dahlemer Altbau zurück, in dem sie bis vor kurzem ihr Büro gehabt hatte. Das Institut für Rechtsmedizin und Kollegen des Landesinstitutes teilten sich das zweite Stockwerk, das einzige zurzeit benutzbare. Ärzte, forensische Psychiater und Verwaltungsangestellte saßen dort in ihren Büros. Zu Leonies Bedauern war seinerzeit bei den Verhandlungen über die neuen Räumlichkeiten der Rechtsmedizin etwas schiefgegangen, und es war versäumt worden, das gesamte Haus L anzumieten und Sektionsräume, Labore, Kühlräume, Seminarräume und dergleichen mehr unter einem Dach zu vereinen. Stattdessen war zusätzlich das gesamte Haus O angemietet worden, in ein oder zwei Jahren und nach umfänglichen Renovierungsarbeiten würde Haus N dazukommen, mit O durch Übergänge verbunden. Der Fußweg dorthin betrug nur wenige Minuten. Leonie Simons Chef meinte, das Arrangement habe den Vorteil, dass man in seinem Büro nicht vom Gestank fauler Leichen belästigt werde.

Leonie ging an der Anmeldung vorbei, geradeaus zu einem kleinen Konferenzraum, wo sich die Belegschaft fast vollzählig versammelt hatte und auf sie wartete. In knappen Worten und so sachlich wie möglich informierte sie die Kolleginnen und Kollegen über den Stand der Dinge. Professor Oberbeck, den neuen Leiter des Institutes, hatte sie bereits vom Brandort aus in Kenntnis gesetzt. Er trat neben sie, nachdem sie ihren Bericht beendet hatte.

»Wir haben einen geschätzten Kollegen verloren, das ist bitter. Umso schlimmer, dass es unter diesen anscheinend nicht unverdächtigen Umständen geschehen musste. Aber wir sind dazu verpflichtet, unvoreingenommen unsere Arbeit zu tun. Ich erwarte also von den Kolleginnen und Kollegen, die die Sektion der beiden Leichen vornehmen werden, persönliche Gefühle zu unterdrücken.«

Die Versammlung löste sich auf, und Leonie folgte ihrem Chef in dessen Büro. Er hatte sein Refugium mit schönen alten Möbeln aus seinem persönlichen Besitz ausgestattet. Der Raum verströmte den Charme einer vergangenen Zeit, die von der Warte der modernen Medizin aus gesehen alles andere als gut gewesen war.

Lutz Oberbeck ließ sich krachend in einen Ledersessel fallen. Er war ein großer, schwerer Mann, gleichaltrig mit Leonie Simon, wenngleich älter wirkend. Sein Vorgänger, Professor König, war, kurz nachdem Leonie Simon die Oberarztstelle in Berlin angetreten hatte, völlig unerwartet zwei aufeinanderfolgenden Schlaganfällen erlegen. Leonie hatte nicht einen Moment daran gedacht, sich für den Direktorenposten zu bewerben. Von ihr wurde erwartet, dass sie sich demnächst von Berlin aus für die Nachfolge von Professor Cordes in Hamburg bewarb, der bald in den Ruhestand gehen würde. Außerdem war ihr schon lange bekannt, dass Lutz Oberbeck, der wie sie seine Assistenzzeit am Berliner Institut verbracht hatte, nur darauf wartete, aus Süddeutschland nach Berlin zurückzukehren und Königs Chefsessel zu übernehmen. Sie hatte nicht vorgehabt, mit ihm in Konkurrenz zu treten. Zudem beneidete sie ihn wahrlich nicht um die Aufgaben, die ihm durch die noch längst nicht abgeschlossenen Umstrukturierungen und den Kampf um Geld und Stellen aufgebürdet wurden. Das akademische Personal wie Ärzte, Toxikologen, Molekularbiologen, forensische Psychiater war auf das Niveau aussterbender Arten heruntergespart worden. Und damit nicht genug gab es die Planung, in etwa zwei Jahren auch das Institut in Potsdam mit der Außenstelle Frankfurt/Oder einzugliedern. Nein, sie beneidete ihren Chef ganz und gar nicht. Tatsächlich, und das würde sie niemandem gestehen, war sie noch immer nicht sicher, ob sie überhaupt jemals die Leitung eines Institutes würde übernehmen wollen. Es mangelte ihr nicht an Ehrgeiz, und sie verstand sich selbst nicht in dieser Frage.

Oberbeck musterte Leonie über den Rand seiner Brille hinweg. »Du siehst blass aus.«

»So fühle ich mich auch«, erwiderte Leonie und setzte sich.

»Hast du heute schon etwas gegessen?« Essen war für ihn ein immens wichtiges Thema.

Leonie musste kurz über seine Frage nachdenken. »Nein. Ich hatte nicht einmal einen Kaffee.«

»Bedien dich.« Oberbeck deutete auf die silbern schimmernde

Thermoskanne, die seine Sekretärin jeden Morgen gutgefüllt mitsamt gewaschenen Kaffeebechern auf einem Beistelltisch deponierte. Leonie nahm das Angebot dankbar an und aß auch von den Keksen, die in einer Schale den Kaffeetisch komplettierten.

»Glaubst du, er hat sich selbst erschossen?«

»Auf den ersten Blick sieht es so aus. Aber ich kann es mir beim besten Willen nicht vorstellen. Außerdem erklärt das nicht den Brand.«

Oberbeck wiegte sich in seinem Sessel vor und zurück. »Die Polizei wird die Kollegen befragen.«

»Das hängt vom Obduktionsbefund ab.«

»Natürlich.« Er machte eine Pause. »Gibt es etwas, das ich über Frank Gotthardt nicht wusste?«

Leonie schnippte einen Krümel von ihrer Hose. »Falls ja, dann weiß ich es auch nicht. Ich hielt ihn für einen vollkommen zufriedenen Menschen ohne größere Probleme.«

»Ja. Aber was wissen wir schließlich schon voneinander? Einer meiner besten Freunde erhängte sich kurz nach seiner Promotion, summa cum laude noch dazu. Er war mit einem wunderschönen Mädchen verlobt und hatte die allerbesten beruflichen Aussichten. Ich weiß bis heute nicht, warum er es getan hat.«

»Vielleicht hatte er Angst vor einem verplanten Leben ohne Abenteuer.«

Ihr Chef sah sie verständnislos an. Sie wechselte das Thema.

»Ich nehme an, du willst selbst obduzieren.«

Das war eher eine Feststellung als eine Frage. Der Professor nickte.

»Ich übernehme Gotthardt. Heineke kann mir assistieren.«

Leonie nickte. »Gut. Dann frage ich Lottermoser, ob er mir bei Claudia Gotthardt hilft.«

Zwei Stunden später wurden die beiden Toten angeliefert. Leonies Magen knurrte, als sie sich umzog und den Mundschutz umband. Obwohl sie hungrig war, die wenigen Kekse hatten ihren Magen längst wieder verlassen, verspürte sie keinen Appetit, und der Gedanke an ein belegtes Brot oder gar ein warmes Mittagessen verursachte ihr Übelkeit. Aus Erfahrung wusste sie überdies, dass sie die Sektion von faulen Leichen und Brandopfern besser mit leerem Magen in Angriff nahm. Die Öffnung verwesender und verbrannter Körper stellte nicht gerade ein olfaktorisches Highlight dar. Ihr Kollege Wilfried Lottermoser gesellte sich zu ihr.

»Des hätt ich ma nicht vorg'stellt, dass ich den Frank und seine Frau noch amal auf'm Tisch haben würd'.«

Lottermoser war gebürtiger Wiener und der älteste Kollege am Institut. Leonie kannte ihn seit fast zwanzig Jahren und schätzte ihn sehr.

»Hilft nix, geh ma.«

Die Präparatoren hatten die beiden Leichen vorbereitet, wozu auch eine Computertomographie gehörte, und Kallweit sowie der zuständige Staatsanwalt und ein Kollege von der Kriminaltechnik warteten schon, als Leonie und Lottermoser den Sektionssaal betraten. Auch Constanze Heineke, eine junge und attraktive Fachärztin, die Oberbeck erst kürzlich ans Institut geholt hatte, war anwesend und hatte begonnen, die äußere Leichenschau ins Aufnahmegerät zu diktieren. Sie hatte Gotthardt kaum gekannt, für sie war er eine Leiche von vielen.

Lottermoser erkundigte sich bei Kallweit, ob die Brandexperten schon einen Anhaltspunkt hätten, was passiert war.

»Es ist ziemlich sicher, dass das Feuer in Claudia Gotthardts Büro ausgebrochen ist.«

Claudia hatte Leonie einmal durch das Haus geführt und bei der Gelegenheit auch ihr Büro gezeigt. Sie arbeitete als freie Journalistin für diverse Zeitungen und Zeitschriften und tat dies zu Hause, sofern sie sich nicht auf Recherchereisen befand. Als Büro hatte sie sich den größten Raum im Kellergeschoss ausgesucht. Außerdem befanden sich dort noch ein Gästezimmer, ein Bad und zwei Wirtschaftsräume. Von Frank wusste Leonie, dass Claudia manchmal auch unten schlief, wenn sie bis in die Nacht hinein gearbeitet hatte. Franks Arbeitszimmer lag im Erdgeschoss, das ansonsten drei ineinander übergehende Wohnräume, eine Küche, ein kleines Duschbad und eine Gästetoilette umfasste. Im oberen Stockwerk gab es drei Schlafräume und ein großes Bad.

Kallweit berichtete, dass die Brandursache noch nicht geklärt werden konnte, er also auch nicht wisse, ob sie es mit Brandstiftung oder einem Unglücksfall zu tun hätten.

»An den Möbeln haben die Flammen wenig Nahrung gefunden«, referierte er. »Die meisten sind aus Stahl. Aber das Büro war mit Papieren und Akten vollgestopft. Da braucht es nicht viel, um ein hübsches kleines Feuerchen zu machen. Im Grunde braucht man nur ein Feuerzeug oder eine Schachtel Streichhölzer. Die Tür stand weit offen. So war garantiert, dass sich das Feuer ausbreiten würde.«

Leonie verlor das Interesse an seinem Bericht. Sie betrachtete Claudia Gotthardt, die eine hübsche Frau mit langen, blonden Haaren gewesen war. Meine Lorelei, hatte Frank sie einmal genannt. Nun waren nur noch stinkende, verkohlte Reste von ihrem Haar übrig.

Professor Oberbeck betrat als Letzter den Sektionssaal, und Kallweit fing mit seinem Bericht von vorn an. Nach der äußeren Leichenschau, bei der akribisch jedes Detail der Erscheinung des Toten diktiert wurde, angefangen bei Geschlecht, Größe und geschätztem Alter bis zu Wunden, Verletzungen, Narben und so weiter, begannen Leonie Simon und ihre Kollegen mit der Öffnung der drei Körperhöhlen Kopf, Brust und Bauch, untersuchten die inneren Organe, das Hirn, die Halsorgane, lösten bei Frank Gotthardt auch die Haut von Armen und Beinen, entnahmen Gewebeproben und Körperflüssigkeiten für die toxikologische und histologische Untersuchung. All dies war die übliche Vorgehensweise, die jedem Toten geschuldet war, variiert, natürlich, falls die Auffindesituation und der Zustand der Leiche einen Verdacht bereits nahelegten oder das Interesse auf einen bestimmten Punkt lenkten. Von größter Bedeutung für Hauptkommissar Kallweit und dessen weitere Ermittlungen war in diesem Fall zum Beispiel die Frage, ob die beiden bereits vor oder erst nach Ausbruch des Feuers gestorben waren. Bei der Sektion wurde also besonders darauf geachtet, ob sich vitale Zeichen fanden, die auf Brandeinwirkung zu Lebzeiten schließen ließen. Als vitale Zeichen gelten zum Beispiel das Einatmen und Verschlucken von Rußpartikeln, die sich in Lunge und Magen nachweisen lassen, Erytheme, also Rötungen, am Rande von Brandblasen, eine deutliche Erhöhung des Co-Hb-Wertes des Blutes, die wie auch kirschrote Leichenflecke auf eine Kohlenmonoxyd-Einatmung hinweist, oder auch die sogenannten »Krähenfüße« neben den Augenwinkeln, die durch Zukneifen der Augen entstehen und in den Falten unberußt bleiben.

Die Gotthardts waren nach Leonies Ansicht beide mit großer Wahrscheinlichkeit bereits tot, als die Flammen sie erreichten. Frank starb durch die Verwüstungen, die die Pistolenkugel in seinem Hirn angerichtet hatte, seine Frau hatte einen Genickbruch erlitten.

»Dann ist sie also die Treppe heruntergefallen.« Das war mehr eine Feststellung als eine Frage, und Kallweit hatte sie an niemanden im Besonderen gerichtet.

»Jedenfalls sollte es so aussehen.« Leonie Simon war damit beschäftigt, verbrannte Haut an Schultern und Rücken abzutragen. Die darunterliegende Fettschicht hatte sich weitgehend aufgelöst, und die Muskulatur war blaß-bräunlich verfestigt und wirkte wie verkocht.

»Was wollen Sie damit sagen?«

Leonie richtete sich auf und sah Kallweit an. »Nur dass ich einen Treppensturz als Ursache des Genickbruchs für unwahrscheinlich halte. Ich kann keine Überstreckung der Halswirbelsäule mit Zerrung und Unterblutung des vorderen Längsbandes oder Brüche im Bereich des vierten bis sechsten Wirbelkörpers oder Dornfortsatzes feststellen, was in einem solchen Fall zu erwarten wäre. Außerdem«, sie deutete auf Nacken- und Schulterbereich der Toten, »kann ich keine der Verletzungen finden, die bei einem Treppensturz gewöhnlich auftreten, zum Beispiel Hautabschürfungen an den Armen und Weichteileinblutungen im Schultergürtel. Ebenso fehlen Platzwunden und Unterblutungen am Kopf. Und dann die Position, in der wir sie gefunden haben.«

»Sie lag am Fuß der Treppe, den Kopf nach oben auf der untersten Stufe.« Kallweit sah Leonie skeptisch an.

»Ja, aber sie lag auf dem Bauch. Wenn sie von oben heruntergekommen und gestolpert wäre, hätte sie anders fallen müssen, auf den Rücken oder auf die Seite.«

Kallweit überlegte einen Moment. »Sie könnte vor dem Feuer geflüchtet sein, wollte die Treppe hochlaufen und ist dabei gestürzt.«

»Auch dann wär die Position falsch«, sekundierte Lottermoser. »Wenn's beim Hinauflaufen nach vorn g'fallen wär, hätt sie sich mit die Händ abg'stützt. Wäre sie aber nach hinten g'fallen, hätt's mit'm Kopf oba, also nach unten auf der Stieg'n oder am Fuß der Stieg'n g'legen.«

Leonie nickte beifällig. »So ist es. Und wie auch immer, ich hätte Sturzverletzungen finden müssen. Ich bin beinahe sicher, dass wir auch auf dem CT keine sturzbedingten Läsionen der Knochen finden werden.«

»Und wie soll der Genickbruch passiert sein?«

Leonie zuckte mit den Schultern. »Das kann ich Ihnen nicht sagen. Von allein bricht ein Genick jedenfalls nicht.«

Professor Oberbeck schaltete sich ein. »Ich hätte auch noch etwas zur Verkomplizierung des Falles beizutragen.«

Kallweit und Leonie traten gemeinsam an den Stahltisch, auf dem Frank Gotthardt lag. Oberbeck bedeutete dem Präparator, der mit der Stryker-Säge bereitstand, er solle noch einen Moment mit der Öffnung des Schädels warten. Es war nicht angenehm, gegen den Lärm der Säge anzureden.

»Schauen Sie sich mal seine Hände an.«

Leonie wusste, worauf ihr Chef hinauswollte. Schon bei ihrer notgedrungen oberflächlichen Untersuchung am Fundort waren ihr zwei Dinge aufgefallen.

Kallweit betrachtete die Hände des Toten. »Rechte Hand berußt und/oder beschmaucht, kann man ja leider nicht voneinander unterscheiden. Deutlicher die Beschmauchung der linken Hand, die vom Körper verdeckt und dadurch vor Ruß geschützt war. Deutet auf Selbstmord hin. Er hat die Waffe mit beiden Händen gepackt, auf Armlänge von sich weggehalten und mit dem Daumen den Abzug betätigt.«

»Also eine atypische Waffenhaltung. In dem Fall würde ich eine andere Art der Beschmauchung der Hände erwarten, nämlich auch auf der Oberseite von Daumen und Zeigefinger. Tatsächlich aber sehen wir nur eine mäßige Beschmauchung der Handinnenflächen.« Oberbeck drehte die Hände des Toten um.

»Ein solches Verteilungsmuster könnte entstehen, wenn man die Hände dem Schützen in einer unwillkürlichen Abwehrbewegung entgegenstreckt«, erklärte Leonie. »Aber Genaueres wird uns Ihr Kollege erst nach der Untersuchung sagen können.« Sie nickte dem Spurentechniker zu, der sich anschickte, mit Hilfe von Schmauchtabs, kleinen mit Folien beklebten Metalltellerchen, die Schmauchspuren von den Händen Sektion für Sektion abzustempeln. Die Folien wurden in Plastikröhrchen aufbewahrt und sollten später im LKA-Labor chemografisch angefärbt und im Rasterelektronenmikroskop morphologisch untersucht werden, wodurch ein Schmauchverteilungsbild entsteht und eine Einschätzung der Schussentfernung möglich wird.

»Und zweitens«, fuhr Oberbeck fort, »wundere ich mich über die Verteilung der sogenannten Backspatter, Blut und Gewebeteilchen, die mit Hochgeschwindigkeit aus Schusswunden austreten und an seiner Schusshand überall in Hülle und Fülle nachweisbar sein müssten. Ich sehe sie aber nur an beiden Handrücken.«

»Was Sinn ergäbe, wenn er tatsächlich die Handinnenflächen auf Kopfhöhe einem Angreifer entgegengehalten hätte. Dann bekommen nur die der Wunde zugedrehten Handrücken die Spritzer ab«, fügte Leonie hinzu. »Man könnte noch erwähnen, dass es keine parallel angeordneten, schnittartigen Schlittenverletzungen am Zeigefinger der Schusshand, Frank war übrigens Rechtshänder, durch den Rückschlag des Verschlussstücks gibt. Aber das hat keine Beweiskraft, denn das muss auch bei einer atypischen Schusshaltung nicht notwendig passieren.«

Kallweit brauchte einen Moment, bis er alles verdaut hatte. »Sie glauben also, es gibt eine dritte Person, die Frank erschossen und Claudia, wie auch immer, das Genick gebrochen hat. Und daran gibt es auch nicht den geringsten Zweifel? Die Fakten der Obduktion lassen keine andere Interpretation zu?«

Oberbeck und Leonie sahen einander einen Moment an. Oberbeck übernahm es zu antworten.

»Also, ich würde es ex negativo formulieren. Frau Doktor Simon hat keine Anzeichen eines Sturzes gefunden, so dass die Unfallthese rechtsmedizinisch nicht bewiesen werden kann. Ebenso wenig kann ich zweifelsfrei belegen, dass Frank Gotthardt Selbstmord begangen hat. Ob hingegen an den Todesfällen ein unbekannter Dritter beteiligt war, ist von den Fakten her denkbar, aber nicht mit Bestimmtheit zu sagen.«

»Ich für meinen Teil bin dessen sicher«, sagte Leonie mit fester Stimme. »Alles andere ergibt einfach keinen Sinn.«

»Ach nein?« Kallweit riss den Blick von Gotthardts Leiche los. »Was halten Sie davon? Gotthardt tötet seine Frau, legt das Feuer und erschießt sich anschließend selbst. Der ganz gewöhnliche erweiterte Suizid mit Brandstiftung, passiert andauernd.«

»Geh, so ein Nonsens.« Lottermoser warf klirrend das Skalpell auf das Organbrett. »Doch nicht der Gotthardt. Der hätt seiner Lorelei niemals des Genack brechen können. Vorher wird der Papst evangelisch.«

Kallweit lenkte ein. »Na gut, es kann ja auch ein Unfall gewesen sein. Gotthardt findet seine Frau tot vor und dreht durch. Legt zuerst das Feuer, holt dann seine Waffe und bum.«

»Wollen Sie meine Version hören?« Leonie betrachtete geistesabwesend ihre blutigen Handschuhe. »Ein Unbekannter dringt in das Haus der Gotthardts ein …«

»Wir haben keine Einbruchsspuren gefunden«, unterbrach Kallweit.

»… dringt in das Haus ein, weil er entweder etwas sucht und nicht weiß, dass die Gotthardts schon zurückgekommen sind, oder weil er einfach nur töten will. Er überrascht Claudia oder wird von ihr überrascht, tötet sie, indem er ihr das Genick bricht …«

»Was ja bekanntlich kinderleicht ist.« Wieder Kallweit.

»... indem er ihr das Genick bricht, was er beim deutschen KSK oder bei den amerikanischen Ledernacken oder in Pakistan bei al-Qaida oder wo auch immer gelernt hat, und legt das Feuer, um Spuren zu verwischen. Dann erschießt er Frank, der jetzt erst aufwacht oder nach Hause kommt, und legt die Waffe so neben ihn, dass es wie Selbstmord aussieht.«

»Können Sie mir auch sagen, welches Motiv der geheimnisvolle Killer haben könnte?«

»Rache«, sagte Dr. Constanze Heineke, die sich bis jetzt ausschließlich auf ihre Arbeit konzentriert hatte. »Welcher Rechtsmediziner hatte nicht schon mal Ärger wegen eines Gutachtens?«

»Denken Sie an jemand Bestimmten?«

»Nein. Aber ich bin ja auch noch nicht so lange am Institut.«

»Warten Sie den Bericht der Spurensicherung und die noch ausstehenden Untersuchungen ab«, schlug Leonie vor. »Vielleicht finden wir noch etwas, das uns weiterbringt.«

Als Leonie eine Stunde später ihre Handschuhe abstreifte und wegwarf und die Treppe hinauflief, die von den Sektionsräumen in die Oberwelt führte, war sie enttäuscht und frustriert wegen der Unbestimmtheit der Befunde. Ihre Erfahrung und mehr noch ihr Instinkt sagten ihr, dass sie es mit einem Doppelmord zu tun hatten. Nur konnte sie es nicht beweisen, nicht gut genug, um ein Schwurgericht davon zu überzeugen.

In ihrem Büro blinkte der Anrufbeantworter. Anders als in Hamburg hatte sie in Berlin nur eine Halbtagssekretärin zur Verfügung. Wenn die um 15.00 Uhr Feierabend hatte, und den hielt sie strengstens ein, krank oder in Urlaub war, musste die Maschine den Telefondienst übernehmen. Der Tag, an dem Frank und Claudia Gotthardt starben, war ein Samstag. Die Sekretärin hatte frei gehabt, und so fand Leonie diverse Anrufe vor, einige noch von Freitagabend. Der vierte Anruf datierte von Freitagnacht, kurz nach dreiundzwanzig Uhr. Die Stimme von Frank Gotthardt breitete sich in der Stille von Leonies Büro aus.

»Hallo, Leonie. Ich bin's, Frank. Ich bin schon zurück. Wir haben den Trip abgebrochen. Claudia und ich haben uns gestritten. Ziemlich heftig. Na ja, ist auch egal jetzt. Ich wollte dich zu Hause nicht stören. Aber, weil du ja für mich den Bereitschaftsdienst am Wochenende übernommen hast, wollte ich, dass du weißt, ich bin da, und natürlich komme ich morgen ins Institut. Also, schlaf dich aus. Wir sehen uns Montag.«

Leonie drückte die Stopp-Taste. Die Stimme des Mannes, den sie noch eben leblos und schlimm zugerichtet auf dem Stahltisch hatte liegen sehen, verfehlte nicht ihre Wirkung. Sie fröstelte. Aber das hatte noch einen weiteren Grund. Wenn sie Kallweit den Anruf vorspielen würde, bekäme seine Hypothese, dass sie es mit Mord und anschließendem Selbstmord zu tun hatten, neue Nahrung. Er würde daraufhin möglicherweise versuchen, die Einstellung der Ermittlungen zu erreichen, und sie wusste nicht, ob sie den Staatsanwalt von ihrer Sicht der Dinge überzeugen konnte. Ihr Finger schwebte über der Löschtaste. Es war eine schwere Entscheidung. Sie traf sie in weniger als einer Minute.

2

Die Brandwachen der Feuerwehr waren bereits abgezogen worden, als Leonie Simon das Haus der Gotthardts zum zweiten Mal betrat. Der Ermittler des LKA und der Brandexperte waren noch immer oder schon wieder bei der Arbeit. Falls sie über Leonies Auftauchen erstaunt waren, zeigten sie es nicht.

»Stört es Sie, wenn ich mich ein wenig umschaue?« Leonie vermied sorgfältig, in eine der vielen Löschwasserpfützen zu treten.

»Tun Sie sich keinen Zwang an. Wir sind auch so gut wie fertig.«

Der Brandexperte, ein kleiner älterer Mann mit Richelieu-Bärtchen, beschriftete eine Probe und verstaute sie sorgfältig in seinem Koffer.

»Dürfen Sie mir verraten, ob wir es mit Brandstiftung zu tun haben?«

»Die Sache ist die, dass ich es nicht kann. Bis jetzt habe ich weder einen Hinweis auf die Verwendung eines Brandbeschleunigers noch auf eine Manipulation an der Elektrik gefunden. Es stehen natürlich noch die Laboruntersuchungen aus. Das Einzige, was ich mit Gewissheit schon jetzt sagen kann, ist, dass das Feuer im Souterrain ausgebrochen ist, und zwar im Büro. Genauer gesagt, auf dem Schreibtisch, der völlig mit Papier bedeckt gewesen sein muss. Da hat möglicherweise schon eine Zigarettenkippe, eine umgeworfene Kerze oder so etwas gereicht. Ob das Absicht war oder ein Versehen, ist in solchen Fällen schwer zu sagen.«

»Sehr schade.« Leonie war enttäuscht. »Wann, denken Sie, hat es angefangen zu brennen?«

»In den späteren Morgenstunden würde ich sagen. Die Feuerwehr wurde von einem Nachbarn gegen halb sechs alarmiert. Und da sich das Feuer noch nicht im ganzen Haus ausgebreitet hatte, kann der Zeitpunkt der Entzündung nicht allzu weit zurückgelegen haben.«

»Immerhin war es schon im Erdgeschoss angekommen«, wandte Leonie ein. Sie warf einen Blick in das rußgeschwärzte Wohnzimmer, dessen angekohlte Möbel einen traurigen Anblick boten.

»Ja, aber das waren nur kleinere Brandnester, Funkenflug, wissen Sie. So ein Treppenhaus wirkt wie ein Kamin. Aber nur im Büro ist größerer Schaden entstanden.«

»Interessant«, sagte Leonie und bahnte sich einen Weg zu Frank Gotthardts Arbeitszimmer, wo es fast so schlimm aussah wie in dem seiner Frau.

»Komisch, finden Sie nicht?«

»Dasselbe Problem wie unten. Viel Papier. Da reicht ein Funke.«

»Es könnte aber auch einer gezündelt haben, erst unten, dann hier oben.«

Richelieu zuckte mit den Schultern. »Möglich wär's. Streichhölzer habe ich übrigens auch nicht gefunden, nur der Vollständigkeit halber.«

»Um genau zu sein, haben wir gar nichts gefunden, das uns irgendwie weiterhilft.« Der Ermittler sah ziemlich frustriert aus. »Kein Feuerzeug, keine Wachsreste, keine Kippe, kein überhitzter Heizstrahler, kein Benzin oder wenigstens Nagellackentferner, kein Garnichts. Vielleicht war's ja ein Geistesblitz.«

»Interessant«, wiederholte Leonie und schöpfte neue Hoffnung. Die Untersuchung der Treppe erbrachte keine wesentlichen Erkenntnisse. Es fanden sich keinerlei Hinweise auf einen Treppensturz, den sie noch immer nicht völlig ausschließen wollte. Wenn es etwas zu entdecken gegeben hatte, waren die Spurentechniker bereits darauf gestoßen. Sie würde Kallweit danach fragen müssen.

Leonie verabschiedete sich von den Männern und verließ aufatmend das Haus, dessen Geruch nach verkohltem Holz, verschmortem Kunststoff und verbranntem Menschenfleisch ihr auf den Magen schlug. Auf dem Weg zu ihrem Auto zögerte sie, blieb schließlich stehen und betrachtete die Häuser, die zur Rechten, zur Linken und gegenüber dem Gotthardt'schen Haus standen. Wer von den Nachbarn mochte die Feuerwehr informiert haben? Sicher ein Frühaufsteher oder jemand mit Schlafstörungen. Als Erstes klingelte sie bei dem Haus, von dem man den besten Blick auf das Nachbargrundstück und die Fenster des Souterrain-Büros hatte. Nach mehrmaligem Läuten öffnete eine dunkelhaarige Frau mit Kittelschürze und Gummihandschuhen. Es war die polnische Putzfrau, die nur über bruchstückhafte Deutschkenntnisse verfügte. Immerhin verstand Leonie am Ende der mühevollen Unterhaltung so viel, dass die Familie, die dort wohnte, seit einigen Tagen auf Mallorca weilte. Im Nachbarhaus zur Linken traf sie überhaupt niemanden an. Im Haus gegenüber bewegten sich die Küchengardinen. Leonie überquerte die Straße, bewunderte kurz den makellos gepflegten Vorgarten, in dem kein welkes Blatt und kein noch so kleines Unkräutlein zu sehen war, und hob die Hand, um die Klingel zu betätigen. Aber die Tür öffnete sich, noch bevor sie den Knopf erreichen konnte. Eine Frau von etwa dreißig Jahren, die einen Säugling auf dem Arm trug, stand vor ihr.

»Sind Sie von der Polizei?«

»Nein«, sagte Leonie. »Nicht direkt. Doktor Simon von der Rechtsmedizin. Doktor Gotthardt war ein Kollege von mir. Die Polizei war noch nicht bei Ihnen?«

»Doch, schon. Ein Polizist in Uniform. Weil ich die Feuerwehr angerufen hatte. Tut mir so leid. Ich kannte die beiden nicht besonders gut. Aber ein paar Sätze redet man ja doch mal miteinander, wenn man sich auf der Straße trifft.«

»Natürlich. Sie haben also den Notruf getätigt. Darf ich vielleicht kurz hereinkommen?«

Leonie warf einen raschen Blick auf das Klingelschild. »Frau Klein.«

Statt einer Antwort drehte sich die junge Frau um und stieß eine der drei Türen auf, die von der kleinen Diele abgingen. Leonie folgte ihr in ein unaufgeräumtes Wohnzimmer, das einen seltsamen Kontrast zu dem gepflegten Vorgarten bildete. Das Baby fing an zu greinen. Die Mutter stopfte ihm ihren kleinen Finger in den Mund, woraufhin Ruhe herrschte.

»Er hat im Moment ziemliche Probleme mit Blähungen.«

Leonie setzte sich in einen mit grünem Plüsch bezogenen Sessel, den einige helle Flecke zierten. Der Geruch von saurer Milch stieg ihr in die Nase.

»Sie haben also das Feuer als Erste entdeckt«, eröffnete Leonie das Gespräch. »Das muss ziemlich früh am Morgen gewesen sein.«

»Er hat mich fast die ganze Nacht auf Trab gehalten.« Sie betrachtete nachdenklich ihr Baby, das schmatzend an ihrem Finger saugte. »Der Salbeitee hat auch nicht geholfen.«

»Dann haben Sie womöglich auch einen Schuss gehört?« Einem Gespräch über die Verdauungsprobleme von Säuglingen war Leonie nicht gewachsen.

»Einen Schuss?« Frau Kleins Interesse wandte sich ihrer Besucherin zu. »Sie meinen, auf die Gotthardts hat jemand geschossen?«

»Dazu kann ich nichts sagen.« Offensichtlich hatte sie nichts gehört.

Das Interesse der jungen Mutter war unwiderruflich geweckt. Sie zog ihren Finger aus dem Mund des Babys, worauf das wieder zu quengeln begann.

»Die beiden sind ermordet worden? Und das Feuer war Brandstiftung?«

»Wir sind noch nicht sicher, was passiert ist.« Leonie ärgerte sich. Ungeschickter hätte sie es nicht anstellen können. In weniger als einer Stunde würden sämtliche Nachbarn die Mordversion präsentiert bekommen.

»Wahrscheinlich war alles nur ein tragischer Unglücksfall. Wir versuchen, den Hergang der Ereignisse zu rekonstruieren.«

Die junge Frau schien entschlossen, dabei zu helfen. »Also, ich habe die Gotthardts am Freitag kurz nach dem Ende der *Tagesschau* aus einem Taxi steigen sehen. Mit einem großen Koffer. Komisch, hab ich gedacht. Die wollten doch erst Montag wiederkommen. Sie waren nämlich in Lissabon. Hab ich von einer Nachbarin gehört.«

Leonie nickte zum Zeichen, dass sie darüber Bescheid wusste.

»Bis etwa ein Uhr hab ich noch Licht in seinem Arbeitszimmer gesehen. Und dann war eigentlich nichts mehr. Irgendwann bin ich auch eingeschlafen.«

Letzteres äußerte sie mit sichtlichem Bedauern.

»Das heißt, das Feuer war das Nächste, was Sie bemerkt haben?«

»Na ja, kurz vorher haben zwei Jungen ziemlichen Lärm gemacht. Haben sich gestritten, direkt vor dem Haus der Gotthardts. Betrunken wahrscheinlich.«

»Wann war das?«

»Gegen fünf Uhr etwa.« Die junge Frau überlegte. »Meinen Sie, die könnten den Brand gelegt haben?«

»Sie sollten in jedem Fall mit der Polizei darüber sprechen, falls Sie es noch nicht getan haben. Noch weitere Vorfälle, an die Sie sich erinnern?«

»Nein.« Ein kurzer Moment des Zögerns. »Nein, da war sonst nichts.«

»Vielen Dank, Frau Klein.« Leonie erhob sich. »Ich will Ihre Zeit nicht länger in Anspruch nehmen.«

Das Baby legte die Stirn in Falten und heulte eine Oktave höher. Leonie öffnete die Haustür und trat auf den oberen Treppenabsatz hinaus. Frau Klein klopfte ihrem Sohn beruhigend auf den Rücken.

»So viel Aufregung hatten wir hier noch nie«, sagte die junge Frau. »Ist sonst eine ganz ruhige Gegend.«

Leonie verabschiedete sich und ging zu ihrem Wagen. Als sie davonfuhr, standen Mutter und Kind noch immer an der Tür.

Leonie war nicht nach Feiern zumute. Aber den Geburtstag ihrer Tante konnte sie nicht schwänzen. Charlotte Reichert war die Schwester ihrer vor langer Zeit ermordeten Mutter und hatte sich in der schlimmsten Phase ihres Lebens um sie gekümmert. Seit Leonies Rückkehr nach Berlin pflegten sie wieder einen regelmäßigen Kontakt. Für eine Frau, die ihr einundsiebzigstes Lebensjahr vollendete, sah Charlotte Reichert fabelhaft aus, und von den kleinen Widrigkeiten abgesehen, die das Altern auch für die genetisch mit Robustheit Gesegneten mit sich bringt, war sie in guter gesundheitlicher Form. Im Jahr zuvor hatte sie ihren Siebzigsten im großen Stil und einem beeindruckend umfangreichen Freundes- und Bekanntenkreis gefeiert, weswegen sie sich diesmal auf die Gruppe der allerengsten Freundinnen und Freunde beschränkte. Leonie, die als Letzte auftauchte, was niemanden überraschte, traf nur auf eine kleine Gesellschaft von acht älteren Leuten, darunter »das Brunochen«, Witwer und hartnäckiger Verehrer ihrer Tante.

Leonie fiel sofort dreierlei auf. Erstens ein Blumenbouquet von so gewaltigen Ausmaßen, dass selbst Tante Charlottes größte Bodenvase darunter fast verschwand. Zweitens die ungewohnte Mürrischkeit und Wortkargheit Brunos. Und drittens die blendende Laune ihrer Tante, die geradezu an Ausgelassenheit grenzte.

Charlotte Reichert, eine begnadete Köchin, hatte zu Leonies Überraschung kein Menü für ihre Gäste gekocht, sondern bei einem italienischen Partyservice Platten mit Vorspeisen bestellt.

So verteilte sich die Gesellschaft locker im Wohnzimmer, statt am Esstisch zu sitzen. Nachdem sie ihrer Tante gratuliert und eine Begrüßungsrunde absolviert hatte, nahm Leonie die erste Gelegenheit wahr, sich an Brunos Seite zu begeben, der gerade das dritte Glas Prosecco hinunterstürzte.

»Vorsicht, Bruno«, warnte Leonie. »Alkohol in Verbindung mit Kohlensäure macht besonders schnell betrunken.«

»Dann ist ja gut.«

Leonie nahm einen Schluck von ihrem Bier. Prosecco war nicht ihre Sache. »Kummer? Oder einfach nur schlechte Laune?«

Bruno sah sie erschrocken an. »Merkt man das?«

Leonie verkniff sich ein Lächeln. Sie wollte den alten Mann nicht kränken. »Ich schon.«

Bruno griff nach der halbvollen Flasche, die er vorsorglich neben sich gestellt hatte.

»Siehst du den Angeberstrauß?«

Er warf einen verächtlichen Blick in dessen Richtung.

»Der ist kaum zu übersehen. Von wem ist er?«

»Von Henry.«

Bruno gelang es, den Namen so auszusprechen, als habe er sich einer ausgesuchten Obszönität entledigt.

Leonie überlegte kurz, konnte sich aber nicht erinnern, den Namen von ihrer Tante gehört zu haben. »Müsste ich den kennen?«

»Wirst du schon noch kennenlernen. Charlotte ist ganz verrückt nach ihm.«

Auf diese Enthüllung hin gönnte sich Bruno ein weiteres Glas Prosecco. Leonie betrachtete ihre Tante, die gerade über einen Witz perlend lachte und dabei zehn Jahre jünger aussah. Sie war perfekt geschminkt und frisiert, was nicht ungewöhnlich bei ihr war, und trug ein neues hochelegantes Kostüm, das ihre schlanke Figur betonte. Warum, fragte sich Leonie, sollte sich ihre Tante nicht noch mal verlieben? Dazu war es nie zu spät. Armer Bruno!

»Du übertreibst sicher. Sie hätte mir von ihm erzählt, wenn er ihr wichtig wäre.«

Bruno schüttelte traurig den Kopf. »Sie erzählt niemandem von ihm. Aber ich hab sie beobachtet. Ich weiß Bescheid.«

»Heißt das, du hast sie beschattet?«

»Ich hab mir Sorgen um sie gemacht. Einer muss ja auf sie aufpassen.«

Ach du grüne Neune, dachte Leonie. Ein eifersüchtiger alter Knabe und eine Tante mit Frühlingsgefühlen. »Hör mal, das geht nicht, Bruno. Ich weiß ja, dass Tante Charlotte dir viel bedeutet. Aber du hast nicht das Recht, dich in ihr Leben einzumischen. Außer sie gesteht dir das Recht zu.«

Der alte Mann senkte den Kopf und schwieg. Leonie fühlte mit ihm.

»Wer ist denn nun dieser Henry?«

»Ein Angeber mit einem dicken Auto, der ihr andauernd Blumen schickt und sie in teure Restaurants einlädt. Und er ist viel jünger als sie.«

»Und warum redet sie nicht über ihn, wenn er so toll ist?«

Bruno zuckte mit den Schultern. »Keine Ahnung. Vielleicht will sie uns ja mit einer Blitzhochzeit überraschen.«

»Unsinn«, erwiderte Leonie.

Aber als sie am späteren Abend in ihrer Wohnung am offenen Fenster stand und in den nur von einem phantastischen Vollmond beleuchteten Garten blickte, überlegte sie, ob sie ihre Tante auf diesen Henry ansprechen sollte. Nicht die Tatsache, dass ihre Tante mit einem Mann ausging, störte sie, sondern die Heimlichkeit, mit der sie diese neue Bekanntschaft betrieb. Andererseits galt für sie dasselbe wie für Bruno. Tante Charlotte war niemandem Rechenschaft schuldig, auch ihr nicht. Und falls sie einen Anflug von Backfischverliebtheit durchmachte und das für sich behalten wollte, musste das respektiert werden. Leonie schloss das Fenster, aktivierte die Alarmanlage und ging zu Bett.

Oberstaatsanwalt Wittke war ein ungewöhnlich hässlicher Mann. Seine knochige, windschiefe Magerkeit versagte auch dem teuersten Anzug seine Wirkung. Die über den Gesichtsknochen straff gespannte Haut war von gräulich blässlicher Farbe und gesprenkelt mit geröteten Narben, Pickeln und eitrigen Beulen, die den Mittvierziger anscheinend seit seiner Pubertät nicht verlassen hatten. Wittke saß im Büro von Professor Oberbeck und erhob sich beim Eintritt Leonie Simons. Er mochte keine Schönheit sein, aber sein Benehmen war untadelig. Vor ihm lagen die Obduktionsprotokolle von Frank und Claudia Gotthardt. Oberbeck war in aufgeräumter Stimmung.

»Ah, Leonie, ich bin gerade dabei, Oberstaatsanwalt Wittke davon zu überzeugen, dass Kallweit sich irrt. Unterstütze mich mal.«

Leonie schüttelte Wittke die Hand, was sie nur sehr ungern tat. Ganz allgemein hatte sie für diese Art der Begrüßung nichts übrig.

»Gern. Ich nehme an, Sie spielen mit dem Gedanken, die Ermittlungen einzustellen, weil es keinen Beweis für Brandstiftung gibt.«

Wittke räusperte sich. »Nun, die Obduktionsergebnisse sind ja leider auch nicht von der erhofften Eindeutigkeit, nicht wahr?«

Seine Stimme war weich und samtig und passte überhaupt nicht zu seiner äußeren Erscheinung.

»Ich habe mir eben noch einmal die Röntgen- und CT-Aufnahmen von Claudia Gotthardt angeschaut. Die Art ihres Genickbruches ist absolut untypisch für einen Sturz, abgesehen davon, dass andere zu erwartende Schädigungen der Weichteile fehlen. Die Halswirbelsäule zeigt eine Torsionsverletzung im Bereich des Axis, also des zweiten Halswirbels. Der Dens axis ist frakturiert. Claudia Gotthardt hat dadurch eine massive Halsmarkquetschung erlitten, was zu einer tödlichen Atemlähmung führt.«

Wittke hatte interessiert zugehört. »Wenn ich Sie recht verstehe, wurde ihr der Hals buchstäblich umgedreht.«

»So ist es«, nickte Leonie. »Wenn ich mal ohne Gewähr herumspinnen darf, dann würde ich vermuten, dass jemand von hinten an sie herangetreten ist und ihren Kopf mit beiden Händen gepackt und ruckartig verdreht hat. So ähnlich, wie es ein Chiropraktiker tut, wenn er die Halswirbelsäule einrenken will. Nur eben gewaltsam und über das Maß hinaus.«

»So weit zu Ihrer Vermutung. Lässt sich das beweisen?«

»Nein«, gab Leonie zu. »Außer Sie akzeptieren den Ausschluss anderer Szenarien als Beweis.«

Wittke wandte sich an Oberbeck. »Und wie sieht es mit dem Ehemann aus? Für die Spuren an den Händen haben Sie ebenfalls eine ungewöhnliche Interpretation, wie ich dem Protokoll entnahm.«

Oberbeck legte die Fingerspitzen aneinander. »Was die Beschmauchung anbelangt, haben wir noch kein Ergebnis vom LKA bekommen. Ob Frau Simons Idee, dass er die Hände in Abwehr erhoben hat, gestützt werden kann, müssen wir abwarten.«

»Eine mäßige Beschmauchung kann aber auch mit der Art der verwendeten Munition zusammenhängen, habe ich mir sagen lassen.«

»Das ist richtig«, gab der Professor zu. »Deshalb sollten wir erst einmal die Tests abwarten, ehe wir entscheiden, was wir glauben wollen. Was das Fehlen von Schlittenverletzungsspuren und Backspatter anbelangt, kann das ein Hinweis auf Fremdverschulden sein, allerdings nicht mehr als das.«

Leonie schaltete sich wieder ins Gespräch ein. »Was hat Kallweit denn inzwischen über die Waffe herausgefunden? Gehörte sie meinem Kollegen?«

Wittkes Nasenspitze zuckte wie die eines Kaninchens. »Offiziell gehört sie niemandem. Sie ist nicht registriert. Möglicherweise eine alte NVA-Pistole. Makarov PM, die vor 1994 gebaute Version. Nach dem Ende der DDR war es nicht besonders schwierig, an so etwas heranzukommen. Übrigens sind nur Gotthardts Fingerabdrücke auf der Waffe.«

»Und das Motiv?«, begehrte Leonie auf. »Wieso sollte Frank seine Frau umbringen, Feuer legen und dann sich selbst erschießen?«

Flüchtig dachte sie an die Mitteilung auf ihrem Anrufbeantworter. Aber wegen eines läppischen Ehekrachs hätte Frank nicht eine so verzweifelte Tat begangen, davon war sie überzeugt.

»Außerdem gibt es nicht den geringsten Hinweis auf die Ursache des Feuers. Kein schadhaftes elektrisches Gerät, keine umgefallene Kerze, kein Zigarettenstummel im Bett. Also keine Nachlässigkeit, kein Zufall, kein Unfall. Aber auch keine Brandstiftung? Oder hat da ein ganz Oberschlauer alles brav wieder eingesammelt und mitgenommen, was er zum Zündeln gebraucht hat?«

Wittke nickte anerkennend. »An Phantasie mangelt es Ihnen nicht, Frau Simon, wie ich sehe.« Nach einem Moment des Nachdenkens: »Gut, passen Sie auf. Solange die Untersuchungen noch nicht alle abgeschlossen sind, soll Kallweit weiterermitteln. Falls sich dabei Gesichtspunkte ergeben, die die Faktenlage verändern, vielleicht ein Motiv, das wir noch nicht kennen, bin ich bereit, die Akte offenzuhalten, bis ein Täter gefunden ist. Einverstanden?«

»Geh, sei doch froh, dass'd wenigstens das erreicht hast.«

Leonie saß mit ihrem Kollegen Dr. Lottermoser im Kneipen-Restaurant »Luise« an der gleichnamigen Königin-Luise-Straße in Dahlem. Sie hatten sich mit einer Rotweinflasche in eine Ecke verzogen, wo es ein wenig ruhiger war.

»Mm«, brummelte Leonie und starrte geistesabwesend einen jungen Mann an, der ihrem Blick mit einem frechen Grinsen begegnete und seinem Freund etwas zuflüsterte, über das beide lachen mussten. Leonie schüttelte den Kopf und wandte sich ihrem Kollegen zu.

»Das Schlimme ist, ich frage mich, ob Kallweit nicht doch recht haben könnte.«

»Erweiterter Suizid?«

Leonie nickte.

»Schwer zu beantworten. Spontan tät ich nein sagen, aber in die Köpf von die Leut kannst schließlich und endlich nicht hineinschauen, oder?«

Leonie nippte an ihrem Glas und schwieg. Sie dachte an Franks Nachricht auf ihrem Anrufbeantworter, die sie wider alle Regeln gelöscht hatte.

»Das wird dann auf jeden Fall a bisserl ungemütlich werden bei uns. Als hätt ma nicht schon genug zum tun.«

Leonie wusste, worauf er anspielte. Die Polizei würde im Institut nachforschen wie auch in Franks privatem Umfeld. Sein Leben, seine Arbeit, seine Kontakte würden unters Mikroskop gelegt werden, und am Ende würde womöglich gar nichts dabei herauskommen.

»Du kennst den Kallweit besser als ich. Wie schätzt du ihn ein?«

»Tja«, sagte Lottermoser und zog an seinem rechten Ohrläppchen, eine für ihn typische Geste. »So mancher tät ihn für a bisserl faul halten, aber ich persönlich glaub halt, der is einfach ein Gemütlicher. Überlegt lieber dreimal, anstatt einen Schnellschuss zu tun. Nicht übermäßig kreativ. Mehr so ein Praktischer, wie ma sagt.«

»Du meinst, einer der ein Messer braucht, um einen Mord zu erkennen?«

»Nein, nein. Er is nicht deppert. Verstehst mich nicht falsch, gell, Leonie. Aber ohne eine belastbare Faktenlage fangt der gar nicht an.«

Sie wandten sich anderen Themen zu, und erst, als die Weinflasche geleert war, kehrte Leonie zum Fall Gotthardt zurück.

»Dann muss ich also das Rennen eröffnen«, sagte Leonie und bedeutete der Kellnerin, sie wolle zahlen.

»Na, servus. Willst du dir mit Fleiß Probleme machen? Was kannst du bittschön tun?«

Leonie bezahlte den Wein und antwortete erst, als sie zusammen das Lokal verließen.

»Lotti, da hat jemand was gesucht. Darauf würde ich meinen Doktortitel verwetten. Das Feuer wurde zuerst in Claudias Büro gelegt und dann in dem von Frank. Es geht also um Dokumente. Vielleicht ein Gutachten. Oder ein wissenschaftlicher Artikel. Weißt du, an was Frank gearbeitet hat?«

»Nein, aber das lässt sich ja aufklären. Nur ob's einen Mord wert is, möcht ich persönlich stark bezweifeln. Sei mir nicht bös, aber da bist meiner Meinung auf'm Holzweg.«

»Wir werden sehen.«

Leonie ging zu Fuß nach Hause, ein Weg von einer Viertelstunde, der ihr guttat. Es war ein kühler, aber sonniger Tag gewesen. Die Luft roch nach Frühling, und in den Vorgärten blühten Tulpen und Narzissen. Angeregt durch den Kontrast, flogen Leonies Gedanken an einen weniger idyllischen Ort, zu einem Vorort der Hölle, an dem sie und Frank zwei Jahre zuvor gewesen waren. Sie glaubte, wieder den betäubenden Geruch von Verwesung wahrzunehmen, der sie vier endlose Wochen rund um die Uhr begleitet hatte. Am 28. Dezember 2004, nur zwei Tage nachdem ein Tsunami weite Teile Südostasiens verwüstet hatte, war sie mit einem Identifizierungsteam des BKA nach Thailand geflogen. Frank war wenige Tage später aus Berlin dazugestoßen. Zusammen mit ihm und anderen Kollegen hatte sie in Khao Lak Hunderte von Leichen untersucht. Es war eine der schwierigsten Aufgaben gewesen, die sie bis dahin zu bewältigen gehabt hatte. Vor allem in den ersten Tagen und Wochen war ihre Arbeit durch die unfassbaren Zustände an den Stränden erschwert worden. Es gab zu Anfang keine Tische – übereinandergestapelte Särge hatten ihnen als Seziertische gedient –, keine Kühlung, keine Messer. Bei einem Verbrauch von einem Messer pro Tag waren die wenigen, die sie mitgebracht hatte, bald dahin. Viel Kraft und Zeit war darauf verwendet worden, zusammen mit den Leuten vom Technischen Hilfswerk überhaupt eine Logistik zu entwickeln. Die thailändischen Behörden und Rechtsmediziner waren dabei keine Hilfe. Die ersten Leichen waren noch in halbwegs gutem Zustand gewesen. Denen, die in den umliegenden Krankenhäusern verstarben, injizierten die Ärzte Formalin in die Gefäße. Später erschwerte die Verwesung die Identifizierungsarbeit immer stärker. Weil nachts Hunde und Plünderer über die Leichen herfielen, die an den Stränden aufgestapelt lagen, gingen sie dazu über, den bereits sezierten Toten Chips einzusetzen, um sie zu markieren. Später besserten sich die Arbeitsbedingungen, aber die Belastung war enorm. Vom Morgengrauen bis in die Nacht hinein sezierten sie quasi im Akkord. Wenn sie todmüde ins Hotel in Phuket Town zurückkam, war sie oft zu erschöpft, um noch zu duschen. Aber der Leichengeruch ließ sich ohnehin nicht mehr abwaschen. Irgendwann erreichte sie über den Hotelmanager die Beschwerde einer deutschen Touristin, die die Anwesenheit der Rechtsmediziner vor allem bei den Mahlzeiten als schweren Reisemangel empfand. Leonie hatte völlig die Fassung verloren und war von Frank nur mit Mühe daran gehindert worden, der Touristin vor aller Augen und Ohren eine detaillierte Beschreibung ihres Charakters zu geben.

Frank, den sie bis dahin nur von Kongressen gekannt hatte, war in den Wochen in Thailand ein geschätzter Kollege geworden, den am Berliner Institut wiederzutreffen sie sich sehr gefreut hatte. Seine ruhige, überlegte Art, seine Nervenstärke und sein Humor waren ungemein hilfreich gewesen. In Thailand hatte sie auch Claudia Gotthardt kennengelernt, eine angenehme und patente Frau, die für ein Magazin vor Ort war, um über die unmittelbaren Folgen des Tsunamis und die Hilfsmaßnahmen zu berichten. Manchmal hatten sie zu dritt noch spät am Abend einen Absacker an der Bar genommen. Trotz Erschöpfung und Müdigkeit war es oft schwer gewesen, nach den Eindrücken des Tages Schlaf zu finden. Alkohol half ein wenig dabei. Über Persönliches, überlegte Leonie, hatten sie so gut wie gar nicht gesprochen. Dafür hatte es keinen Platz gegeben. Auch später, als sie sich in Berlin wiedertrafen, waren private Informationen in ihren Gesprächen weitgehend ausgespart geblieben. Sie selbst gab nur ungern etwas von sich preis, und sie fragte auch andere nicht aus. Aus Desinteresse und Diskretion. Nun bedauerte sie, dass sie in den Momenten der Nähe, die sie miteinander geteilt hatten, nicht neugieriger gewesen war. Wenn es ein Geheimnis hinter der Fassade der glücklichen Ehe und bürgerlichen Existenz gab, kannte sie es nicht.

Als Leonie ihre Wohnungstür aufschloss, war sie noch immer geistesabwesend. Deswegen dachte sie nicht daran, dass sie nur wenige Sekunden hatte, um die Alarmanlage zu deaktivieren.

Es war schon fast Mitternacht, als sie zu Bett ging. Sowohl ihre Hauswirtin als auch die Polizisten hatten dieses Mal deutlich

Mühe gehabt, höflich zu bleiben. Sie würde sich etwas überlegen müssen, um sie zu besänftigen. Leonie griff nach dem Buch auf ihrem Nachttisch, dem ersten Band der Wanderungen durch die Mark Brandenburg von Theodor Fontane. Sie hatte die Wanderungen von Professor Cordes, ihrem Hamburger Chef, zum Abschied geschenkt bekommen.

Das Klingeln des Telefons ließ sie zusammenzucken.

»Wer zum Teufel«, murmelte sie und griff zum Hörer. Ihr »Hallo« klang deutlich ungehalten.

»Wasmuth«, sagte eine ihr unbekannte Stimme am anderen Ende der Leitung. »Haben Sie etwa schon geschlafen?«

»Wer sind Sie? Und von wem haben Sie meine Nummer?« Leonie war jetzt ernsthaft verärgert.

»Das sage ich Ihnen besser nicht. Ich bin, ich war ein Freund von Claudia Gotthardt, und ich glaube, sie wurde ermordet. Wann können wir uns treffen?«

3

Leonie pflegte von jeher ein gewisses Vorurteil gegenüber den Segnungen moderner Seelenkunde, die sie nicht als exakte Wissenschaft akzeptierte. Dennoch war sie hochinteressiert, als sie zum ersten Mal von der Möglichkeit hörte, mit Hilfe der Psychologie Profile von Tätern zu erstellen. Es waren zwei amerikanische FBI-Beamte einer Spezialeinheit für die Aufklärung von Serienverbrechen gewesen, Robert K. Ressler und John E. Douglas, die etwa ein Vierteljahrhundert zuvor angefangen hatten, sich darüber Gedanken zu machen, wie man Tätern auf die Spur kommen konnte, deren Motive in keine der üblichen Kategorien passen. Im Laufe der Zeit wurde diese Technik – Motto: »Um den Künstler zu verstehen, musst du sein Werk betrachten« (John Douglas) – zu einer anerkannten Methode weiterentwickelt, die sich in den letzten zehn Jahren auch in Deutschland durchgesetzt hat. Beim Bundeskriminalamt und in den Landeskriminalämtern gibt es eigene Abteilungen, in denen speziell ausgebildete Kriminalbeamte Dienst tun. Dazu zählt beim Berliner LKA die »Auswerteeinheit Delikte am Menschen«.

Als Leonie nach Berlin wechselte, brachte sie die Idee zur Gründung einer OFA-Gruppe *cold cases* mit. Die Abkürzung OFA steht für operative Fallanalyse, in Deutschland gebräuchlich anstelle des amerikanischen *profiling*. Eine solche Gruppe war ein Zusammenschluss von wechselnden Experten, die ungeklärte Fälle, häufig auch von Serientätern, ermittelten. Die Hamburger praktizierten das schon seit einigen Jahren, eine Zeit lang auch in Zusammenarbeit mit Kollegen aus Schleswig-Holstein. Die OFA-Gruppe wurde jeweils aus Kripo-Beamten, Rechtsmedizinern und Psychologen gebildet. Es waren in der Regel *cold cases*, ausermittelte Fälle, die ihnen übergeben wurden, das heißt Fälle, in denen die darauf angesetzten Ermittler nicht weiterkamen. Der frische Blick von Experten der verschiedenen Fachrichtungen auf die bekannten Fakten lieferte den ursprünglichen Bearbeitern neue Ideen und Ermittlungsansätze, die nicht selten zur Lösung des Falles führten.

Leonies Anregung war auf fruchtbaren Boden gefallen, und es hatte sich eine Kerngruppe gebildet, die aus Leonie selbst und Kriminalhauptkommissar Ulrich Kallweit bestand, den sie aus einer früheren Zusammenarbeit kannte und schätzte. Fallweise sollten andere Kriminalbeamte, einer der Kriminalpsychologen und der Kollegen aus der Rechtsmedizin dazustoßen. Und auch Diplom-Psychologin Madeleine Quast, analytische Psychotherapeutin und Fachpsychologin für Rechtspsychologie mit eigener Praxis. Kallweit hatte sie eines Tages vorgeschlagen. Es ging um den Fall eines Serienvergewaltigers, und er hielt es für eine gute Idee, jemanden hinzuzuziehen, der weniger von der Kriminologie als von der psychoanalytischen Seite kam. Leonie hatte Madeleine Quast sofort wiedererkannt. Sie war ihr schon einmal im Büro der Hamburger Polizeipsychologin Vera Kilian begegnet. Madeleine Quast war eine kleine schlanke Frau in Leonies Alter, die ein Bein ein wenig nachzog, Folge der Misshandlung durch einen ehemaligen Patienten. Nach anfänglicher Skepsis einiger der Kollegen war die Psychologin akzeptiert worden. Leonie fand, sie war ein Gewinn für die Gruppe, wann immer sie geholt wurde.

Die OFA-Gruppe traf sich nach Bedarf und zog sich für ein bis drei Tage in einen Konferenzraum des Polizeipräsidiums am Platz der Luftbrücke in Klausur zurück. Für die Woche nach dem Brand im Haus der Gotthardts war die Gruppe einberufen worden. Leonie fühlte sich nicht bereit für einen weiteren komplizierten Fall, aber eine Absage kam nicht in Frage, der Termin stand seit zwei Wochen fest. Leonie traf Madeleine Quast im kleinen Vorraum der Lobby des Präsidiums, wo diese gerade den Sicherheitscheck durchlief. Gemeinsam machten sie sich auf den Weg zum Konferenzraum. Madeleine Quast erkundigte sich nach dem Stand der Dinge im Gotthardt-Fall.

»Noch ist es kein Fall. Das ist das Problem. Kallweit ist nicht leicht zu überzeugen. Ich hoffe, er tut trotzdem sein Bestes.«

»Darauf können Sie sich verlassen.« Quast klang sehr bestimmt. »Ich kenne ihn schon lange. Man darf ihn nicht unterschätzen. Er ist kein Temperamentsbündel, aber gewissenhaft und hartnäckig wie ein Terrier.«

Die anderen waren schon versammelt, als Leonie Simon und Madeleine Quast den Raum betraten.

»Guten Morgen, die Damen«, sagte Kallweit und schenkte Madeleine Quast ein sparsames Lächeln. »Wie geht's dir, Q?«

Kallweit war der Einzige, mit dem sich Madeleine Quast duzte und der sie mit der Initiale ihres Nachnamens anreden durfte. Leonie hatte sich zwar darüber gewundert, als sie es zum ersten Mal hörte, wischte aber den Verdacht, die beiden hätten eine private Beziehung, sofort wieder beiseite. Was immer die beiden verband, Leidenschaft war es nicht.

Außer Leonie, Kallweit und Madeleine Quast nahmen drei weitere Personen an der Sitzung teil. Ein jüngerer Kollege Kallweits, ein Beamter der Auswerteeinheit und der Ermittler des Falles, den sie prüfen sollten.

»Ihr erinnert euch sicher alle an den Zahnarzt, der vor vier Monaten tot in seiner Praxis gefunden wurde.« Kallweit nickte dem Ermittler zu, der gut gefüllte Mappen verteilte. »Der Kollege Engel hat die wichtigsten Dokumente für uns aufbereitet und möchte seinen Fall selbst vorstellen.«

Grundsätzlich galten zwei Regeln für die Arbeit der Gruppe. Erstens: Die am Fall beteiligten Kollegen wurden nicht hinzugezogen, von ihnen war nichts Neues zu erwarten. Gelegentliche Ausnahmen bestätigten diese Regel. Zweitens: Nur objektive Fakten dienten als Grundlage der Diskussion, also Tatortfotos und -spuren, Obduktionsgutachten, Laborbefunde etc. Niemals Zeugenaussagen, da diese subjektiv waren und auf falschen Erinnerungen und Beobachtungen basieren oder sogar bewusst verfälschend sein konnten. Das erklärte die übersichtliche Menge an Material, die nun auf dem Tisch ausgebreitet lag. Die Dutzende von Akten, gefüllt mit den Ergebnissen von Hunderten von Zeugenaussagen, Protokollen, Telefonnotizen und so weiter und so fort, wollte niemand sehen. Engel stellte stattdessen den Fall vor und gab eine knappe Zusammenfassung der Ermittlungsergebnisse. Letztere liefen darauf hinaus, dass er nur sagen konnte, was sie nicht herausgefunden hatten und welche Spuren im Sand verlaufen waren.

Der Tote war ein Mann von Anfang sechzig, Doktor der Zahnmedizin mit eigener Praxis in Berlin-Zehlendorf. Im ersten Stock des Praxisgebäudes, dessen Eigentümer er war, hatte er sich nach seiner Scheidung eine kleine Wohnung eingerichtet. Dort lebte er allein. Dr. Gosebrink war von der Sprechstundenhilfe an einem Montagmorgen tot in der Praxis aufgefunden worden. Er lag in einem der Behandlungsräume, um ihn herum und am Boden eine Unmenge von Blut. Ein Blick in seinen geöffneten Mund und auf die herumliegenden benutzten Instrumente hatte die nervenstarke Mitarbeiterin darüber belehrt, dass ihm Zähne fehlten und einige andere angebohrt worden waren. Eine durch einen kräftigen Schlag verursachte Kopfwunde erklärte, wie der Täter es geschafft hatte, sein Opfer zu überwältigen und an den Behandlungsstuhl zu fesseln. Die Todesursache war nicht eben gewöhnlich, wie das Obduktionsprotokoll festhielt, der Arzt war an seiner eigenen Zunge erstickt, und zwar noch bevor der hohe Blutverlust zum Exitus hatte führen können. Der Grund war die Verletzung einer der Arteriae linguales, die rechts und links der Zunge im Mundboden verlaufen. Ob dies vom Täter bewusst herbeigeführt worden oder ihm nur der Bohrer abgerutscht war, konnte nicht festgestellt werden. Durch diese stark blutende Verletzung war die Zunge angeschwollen, nach hinten gerutscht und hatte den Rachen verschlossen. Nur eine rasche notärztliche Versorgung hätte Dr. Gosebrink retten können.

Leonie breitete die Tatortfotos und Fotos der entkleideten Leiche im Institut für Rechtsmedizin vor sich aus. »Sieht für mich nach Folterung aus.«

Engel nickte zustimmend. »Genau. Deshalb sind wir als erste Arbeitshypothese von privater Rache beziehungsweise als Zweites von einem Denkzettel im Bereich der organisierten Kriminalität ausgegangen.«

»Ein Zahnarzt im gesetzten Alter und OK?« Leonie war skeptisch.

»Was hat das Alter damit zu tun?«, fragte Kallweit. »Man ist nie zu alt, um mit Medikamenten, Drogen oder was auch immer zu handeln.«

»Könnte es auch ein Junkie gewesen sein?« Madeleine Quast betrachtete angeekelt eine Detailaufnahme der Mundhöhle.

»Glaube ich nicht.« Engel schüttelte den Kopf. »Dann wären sämtliche Medikamente und Betäubungsmittel verschwunden. Aber es fehlte nichts. Oder fast nichts. Nur ein paar Ampullen Schmerzmittel.«

Leonie sah von einem Laborbericht auf, in dem sie geblättert hatte. »Beim Tox-Screening wurde Ultracain gefunden.«

»Und was sagt uns das?«, wollte Kallweit wissen.

»Dabei handelt es sich um ein in Zahnarztpraxen gängiges lokales Betäubungsmittel, eine Zusammensetzung aus dem Wirkstoff Articain und Adrenalin zur Stabilisierung des Kreislaufs.«

Der Kriminalpsychologe des LKA, ein junger und noch relativ

unerfahrener Kollege mit dem Allerweltsnamen Meyer, meldete sich zu Wort. »Wollen Sie damit sagen, der Mann war während der Behandlung betäubt?«

»Ich wollte nichts dergleichen sagen«, gab Leonie zurück und nahm ihrer Antwort durch ein Lächeln die Schärfe. »Es ist ihm offenbar ein Lokalanästhetikum gespritzt worden, ob vor, während oder nach der Tortur kann ich nicht mit Sicherheit sagen. Allerdings darf man vermuten, dass der Tod nicht lange danach eingetreten ist. Der Abbauprozess des Medikaments war zu dem Zeitpunkt, wie es aussieht, noch nicht weit fortgeschritten.«

»Bemerkenswert«, sagte Madeleine Quast und vertiefte sich weiter in die Betrachtung der Tatortfotos.

Das rechtsmedizinische Gutachten hielt des Weiteren fest, welche Zähne beschädigt worden waren. Mehrere Zähne waren angebohrt worden, wobei eine fortschreitende Tiefe der Bohrung auffiel. Im zweiten und dritten Quadranten, das heißt im linken Ober- und Unterkiefer, hatte er jeweils mit dem Eckzahn und einer nur leichten Beschädigung begonnen und sich dann über die beiden Prämolaren bis zu den beiden Molaren vorgearbeitet. Weisheitszähne waren nicht vorhanden beziehungsweise schon vor Jahren gezogen worden. Vor allem der Zahn 3–7, also der zweite Molar des linken Unterkiefers, war bis fast auf den Knochen ausgebohrt worden, was entsetzliche Schmerzen verursacht haben musste. Leonie hielt es für möglich, dass bei dieser Prozedur der Bohrer abgerutscht war. Gezogen worden waren einer der oberen Schneidezähne und der zweite Prämolar oben rechts.

»Aha«, sagte Leonie. »Hört euch das an. Der Kerl hat zum Zähneziehen sowohl eine Oberkieferzange benutzt als auch einen Beinschen Hebel.«

Engel versuchte gar nicht erst, interessiert auszusehen.

»Das ist ein Instrument, das zum Lockern der Zähne verwendet wird. Mit etwas Glück kriegt man den Zahn damit sogar schon raus. Es bedeutet, dass unser Mann ziemlich gut Bescheid weiß.«

Engel und seine Kollegen hatten vor allem das berufliche und private Umfeld des Toten bis in die hintersten Ecken ausgeleuchtet. Da es keine Einbruchsspuren am Tatort gab, lag die Vermutung nahe, dass Dr. Gosebrink dem Täter die Tür geöffnet hatte, ihn mithin gekannt haben konnte. Der Terminkalender des Arztes zeigte für das in Frage stehende Wochenende keinen Eintrag. Keine der gefundenen Tatortspuren konnte einem möglichen Täter zugeordnet werden. Kein Motiv weit und breit. Keine Zeugen, keine Verdächtigen, keine Hinweise. Es war frustrierend!

Nach Auswertung aller Spuren und Fakten, die über den Tatort Auskunft gaben, beschäftigte sich die Gruppe am zweiten Tag mit der Analyse des Tatablaufs und der Bewertung des Täterverhaltens, um daraus Rückschlüsse auf ein mögliches Motiv zu ziehen. Einigkeit bestand darüber, dass es sich um einen männlichen Täter handeln musste. Des Weiteren darüber, dass es sich bei Dr. Gosebrink nicht um ein Zufallsopfer handelte und sehr wahrscheinlich sein Tod das Ziel der Aktion gewesen war. Der Arzt war mit einer steinernen Buddhafigur niedergeschlagen worden, die in der Lobby auf einer Kommode stand. Der Täter hatte entweder improvisiert oder durch Ortskenntnis gewusst, dass er ein Schlagwerkzeug vorfinden würde. Dasselbe galt für Zangen und Bohrer. Die wichtige Frage, ob es sich um eine spontan ausgeführte oder eine geplante Tat handelte, konnte deshalb nicht mit letzter Gewissheit beantwortet werden. Alle tendierten jedoch zu der Annahme, dass sie es mit einem planenden Täter zu tun hatten.

»Andererseits, es war ja streng genommen ein Unfall.« Hauptkommissar Kallweit sprach zu niemandem im Besonderen und malte kleine Karos auf ein ansonsten weißes Blatt Papier. »Wenn man Engels Denkzettelversion akzeptiert, kann die Sache gegen Ende einfach schiefgelaufen sein.«

Sein Kollege Engel nahm an der zweiten Sitzung der Gruppe nicht mehr teil und konnte sich dazu nicht äußern.

»Nur zur Erinnerung«, sagte Leonie Simon, »der Täter hat mit der Steigerung von Schmerz gearbeitet. Die Taktik wird spätestens seit den Zeiten der Inquisition gern zur Erpressung von Informationen oder Geständnissen benutzt.«

»Auch in dem Fall muss der Tod nicht der eigentliche Zweck der Veranstaltung gewesen sein.« Kallweit blieb hartnäckig.

Madeleine Quast hatte sich längere Zeit nicht an der Unterhaltung beteiligt. Sie erhob sich unvermittelt und ging ein paar Schritte auf und ab. Wenn sie längere Zeit saß, schmerzte ihre Hüfte.

»Ich glaube, du hast recht.« Sie blickte Kallweit an. »Es ging ihm nicht in erster Linie ums Töten. Und ich frage mich, ob es sich tatsächlich um Folter handelt.«

Meyer, der Psychologe, schüttelte den Kopf. »Der extreme Sadismus der Handlung ist doch wohl nicht zu übersehen. Frau Doktor Simons Idee leuchtet mir übrigens bis jetzt am ehesten ein.«

Madeleine Quast nickte. »Ja, klingt plausibel. Aber wieso hat er seinem Opfer dann eine Betäubungsspritze gegeben? Ich verstehe das nicht. Es passt zu keiner Interpretation, die wir bisher diskutiert haben.«

Leonie verwies auf das Gutachten der Toxikologie. »Er hat ihm eine ziemlich hohe Dosis verabreicht. Ich halte es für denkbar, dass er nicht beabsichtigte, ihm den Schmerz zu nehmen, sondern ihn damit töten wollte.«

Madeleine Quast setzte sich wieder. »Ja, das ist denkbar. Und wozu hat er ein paar Einheiten davon mitgenommen?«

Darauf hatte niemand eine befriedigende Antwort. Die Gruppe trennte sich am Abend des zweiten Tages, ohne eine Empfehlung für die weiteren Ermittlungen auszusprechen.

Leonie Simon traf Wasmuth auf seinen Vorschlag im griechischen Restaurant Αμβροστος, auf Deutsch Ambrosius, in Charlottenburg. Er hatte behauptet, er werde sie erkennen, und tatsächlich erhob sich ein Mann mittleren Alters und winkte ihr, als sie das Restaurant betrat.

»Marius Wasmuth«, stellte er sich vor und nahm ihr galant die Jacke ab. Leonie machte sich nicht viel aus gutem Aussehen, sie bevorzugte Intelligenz als Aphrodisiakum, was nicht bedeutete, dass ein hübsches Gesicht sie völlig kaltließ. Wasmuth hatte ein sehr hübsches Gesicht. Mehr als das, er war ein ganz und gar attraktiver Mann. Sein Lächeln konnte eine Kernschmelze auslösen. Leonie konzentrierte sich auf die Speisekarte und unterband nach der Bestellung, die er in fließendem Griechisch aufgab, jeden Ansatz zu lockerer Konversation.

»Was bringt Sie auf die Idee, Claudia Gotthardt könnte ermordet worden sein?«

Wasmuth betrachtete sie interessiert, ehe er antwortete. »Sie verlieren keine Zeit. Gut. Sie wissen, dass Claudia Journalistin war?«

»Natürlich.«

»Ich arbeite in derselben Branche und kenne Claudia seit vielen Jahren. Sie war wirklich gut. Immer da zu finden, wo etwas los war. Sie liebte Asien. Ich glaube, sie war schon fast überall. Klar, dass sie sofort ins Flugzeug stieg, als sie von der Tsunami-Katastrophe erfuhr. Sie waren auch dort, nicht wahr?«

»Sie sind gut informiert.«

»Claudia flog nach Thailand, nach Phuket. Ihr Mann kam, glaube ich, zwei Wochen später. Er gehörte zu dem Team, das in Khao Lak eingesetzt wurde.«

Leonie nickte nur und nippte an ihrem Wein.

»Ich war zur selben Zeit in Indonesien, später traf ich sie in Bangkok. Nachdem sie Reportagen über die unmittelbaren Folgen der Katastrophe abgeliefert hatte, begann sie, über die Verwendung von Hilfsgeldern zu recherchieren.«

Er unterbrach seinen Bericht, als das Essen kam. Beide hatten Lammbraten bestellt. Er war sehr gut, aber Leonie stellte fest, dass sie eigentlich keinen Appetit hatte. Vielleicht lag das am Thema. Während Wasmuth berichtete, kehrten die Bilder der Toten vom Strand zurück. Es waren keine Erinnerungen, die sie mochte.

»In den folgenden Monaten flog sie noch mehrmals nach Thailand. Um es kurz zu machen, sie ist dabei auf etwas gestoßen, das jemandem gefährlich werden könnte.«

»Und das hat sie Ihnen gesagt?«

»Sie hat es angedeutet.«

»Das heißt, Sie wissen nicht, um wen oder was es sich genau handelt?«

»Nein. Aber es scheint ziemlich klar zu sein, dass es mit Korruption zu tun hat.«

Leonie schob ihren Teller zur Seite. »Darf ich jetzt mal eine Frage stellen?«

Wasmuth machte eine zustimmende Geste.

»Warum kommen Sie damit zu mir, anstatt zur Polizei zu gehen?«

»Weil ich keine Beweise habe. Und ich habe eine natürliche Abneigung dagegen, mich zu blamieren.«

Er wollte sie also aushorchen.

»Ich fürchte nur, ich kann Ihnen nicht helfen.«

Seine grauen Augen versuchten, ihren Blick festzuhalten. »Ich hielt Sie für ebenfalls betroffen. Es geht ja auch um Ihren Kollegen.«

Leonie überging diese Bemerkung. »Sie sind also betroffen. Hat das einen besonderen Grund?«

Sein Lächeln erreichte nicht seine Augen. »Sie wollen wissen, ob Claudia mehr war als nur eine Kollegin. Ja, das war sie. Vor vielen Jahren. Bevor sie einen anderen geheiratet hat.«

»Und seitdem haben Sie sie nur noch beruflich getroffen?«

»Gelegentlich.«

Wasmuth blickte zur Seite. Leonie war sicher, dass er log.

»Die Ermittlungen zur Brandursache sind noch nicht beendet. Das Ergebnis werden Sie einer Pressemitteilung entnehmen können, wie alle anderen Journalisten auch.«

Wasmuth nickte. Es gab nichts mehr zu sagen. Er winkte der Chefin und bestellte die Rechnung.

»Κωνσταντίνα, να μου κάνεις το λογαριασμό, παρακαλώ!«

Falls er sie damit beeindrucken wollte, hatte er sich geirrt, dachte Leonie. Bis die Rechnung gebracht wurde, die zu teilen Leonie kategorisch forderte, bemühte sich Wasmuth um eine höfliche Konversation. Nachdem Konstantina, die Wirtin, sie in perfektem Deutsch verabschiedet und auf die Straße hinauskomplimentiert hatte, trennte sich Leonie von Wasmuth.

»Ich bedauere, dass ich Sie enttäuscht habe, aber daran sind möglicherweise Ihre falschen Erwartungen schuld.«

»Möglicherweise.« Wasmuth nahm Leonies Hand und hielt sie einen Moment fest. »Aber ich gebe die Hoffnung nicht auf.«

Wasmuth hatte sie irritiert. Bis zu seinem Auftauchen war es für Leonie eine ganz selbstverständliche Annahme gewesen, dass ihr Kollege Frank Gotthardt das Ziel des Anschlags gewesen war. Auf die Idee, Claudias journalistische Tätigkeit könne der Grund sein, war sie gar nicht gekommen. Zwar war es Wasmuth nicht gelungen, sie zu überzeugen, aber sie musste ihm doch zugestehen, dass sein Verdacht nicht völlig aus der Luft gegriffen war. Es war unmöglich, ihn als irrelevant beiseitezuschieben, so verlockend das auch war, denn es gab ein Problem damit. Falls Wasmuth oder sie selbst sich damit an die Polizei wandte, würde seine Beziehung zu Claudia unter die Lupe genommen werden. Und ein heimliches Liebesverhältnis wäre Wasser auf Kallweits Mühlen und stärkte seine Version, Gotthardt habe das Feuer gelegt und seine Frau und sich selbst getötet. Als sie ihre Wohnungstür öffnete, den Alarm hatte sie glücklicherweise wie schon häufiger vergessen zu aktivieren, stand ihr Entschluss fest, Kallweit über diesen neuen Aspekt des Falles zunächst nicht zu informieren.

Kurz vor sieben Uhr in der Frühe rief Bruno an. Am Abend zuvor hatte er auf ihren Anrufbeantworter gesprochen, aber es war schon spät gewesen, und Leonie hatte keine Lust gehabt, noch mit ihm zu sprechen.

»Entschuldige, ich hoffe, ich habe dich nicht geweckt, aber ich hatte Angst, ich erwische dich sonst nicht mehr.«

Leonie klemmte den Telefonhörer zwischen Wange und Schulter, während sie sich ihre weiße Bluse zuknöpfte. Sie hatte einen Auftritt als Gutachterin bei Gericht und musste entsprechend gekleidet sein.

»Es geht um deine Tante.«

Das hatte sie sich bereits gedacht.

»Leonie, du musst etwas unternehmen«, brach es aus ihm heraus. »So kann es nicht weitergehen.«

»Was ist denn passiert?« Leonie nahm einen letzten Schluck vom nur noch lauwarmen Kaffee.

»Es geht um Henry. Er nimmt sie aus. Und sie merkt es nicht.«

Leonie kannte ihre Tante Charlotte als ausgesprochen selbständige und gescheite Person. Wer sie hinters Licht führen wollte, musste es schon sehr geschickt anstellen.

»Kann ich mir nicht vorstellen. Was genau meinst du?«

»Na, zum Beispiel hat sie ihm eine Uhr geschenkt. Eine wirklich teure Uhr.«

»Daran kann ich nichts Schlimmes finden. Sie macht gern Geschenke. Dir hat sie zum Beispiel ein neues Fahrrad gekauft, als dein altes geklaut wurde.«

»Das ist doch ganz was anderes«, empörte sich Bruno. »Und jetzt hat sie ihn eingeladen, mit ihr für eine Woche nach Mallorca zu fliegen. Sie hat ein Haus gemietet. *Das* hat sie für mich noch nie getan.«

Du meine Güte, dachte Leonie, hört das denn nie auf? Nicht mal in dem Alter?

»Bruno, ich verstehe sehr gut, dass du verletzt und eifersüchtig und ganz und gar stocksauer bist, aber mir sind die Hände gebunden. Tante Charlotte ist weder minderjährig noch geistesschwach. Sie kann tun und lassen, was immer sie will. Sogar zum Narren kann sie sich machen, wenn ihr danach ist.«

»Und wenn er sie ausnutzt? Sie belügt und betrügt? Da können wir doch nicht zuschauen, Leonie. Das können wir nicht. Da müssen wir etwas tun.«

Der Klang seiner Stimme verriet das ganze Ausmaß seiner Sorge und seines Kummers.

»Leider ist das bis jetzt nur eine Vermutung von dir.«

Bruno schwieg.

»Also gut«, rang sich Leonie durch. »Ich werde mit Tante Charlotte reden. Langsam fängt Henry an, mich zu interessieren. Aber versprich dir nicht zu viel davon. Ich werde mich auf keinen Fall einmischen. In Ordnung?«

Bruno klang erleichtert. »Danke, Leonie. Ich wusste, dass du mir helfen würdest.«

Leonie lächelte, als sie das Telefon ausschaltete. Ihr ganzes Leben hatte Tante Charlotte allein gelebt, nachdem sie ihre große Liebe an die eigene Schwester verloren geben musste, und nun, im Alter, hatte sie gleich zwei Verehrer auf einmal.

Unter anderem hatte der Umzug der Rechtsmedizin auf das Gelände des Krankenhauses in Moabit den Vorteil, dass das Landgericht nur noch ein paar Fußminuten entfernt lag. Wenn es ihre Zeit erlaubte, machte Leonie Simon nach anstrengenden oder langweiligen Verhandlungen, manchmal waren sie auch anstrengend *und* langweilig, gern einen Umweg am Bundesministerium des Inneren vorbei und am Ufer der Spree entlang, ehe sie wieder in ihr Büro zurückging. Manchmal vergaß sie darüber ein wenig die Zeit. Hauptkommissar Kallweit hatte bereits zwanzig Minuten auf sie gewartet, als sie ihr Büro betrat.

»Na endlich, ich war drauf und dran, wieder zu verschwinden.«

Sie waren verabredet, um gemeinsam die Unterlagen von Frank Gotthardt durchzuschauen, für Kallweit eine routinemäßige Pflicht. Da er sich jedoch davon keine weiteren Erkenntnisse versprach, war ihm die Verabredung eher lästig, und er hatte nur das Bedürfnis, es rasch hinter sich zu bringen. Aber Leonie hatte ein Ass im Ärmel, von dem er noch nichts wusste. Sie selbst war gerade erst und nur durch Zufall im Gespräch mit Dr. Kretzschmar, einem der jungen Fachärzte des Institutes, darauf gekommen. Es ging um das Obduktionsprotokoll des ermordeten Zahnarztes, das Kretzschmar zusammen mit dem inzwischen verstorbenen ehemaligen Direktor, Professor König, unterschrieben hatte. Er hatte sie beiläufig mit der Information überrascht, er sei erst gegen Ende der Sektion dazugekommen.

»Ja und?«, fragte Kallweit ungeduldig. »Warum erzählen Sie mir das?«

»Weil der zweite Obduzent Frank Gotthardt war.«

Leonie machte eine Kunstpause und sah Kallweit bedeutungsvoll an.

»Versteh ich nicht. Sein Name steht nicht im Sektionsprotokoll, und er hat auch nicht unterschrieben.«

»Kretzschmar hat gegen Ende übernommen, weil Gotthardt einen anderen dringenden Termin wahrnehmen musste. Dass sein Name nirgendwo, auch nicht im Protokoll, auftaucht, muss ein Versehen gewesen sein. Aber verstehen Sie denn nicht? Gotthardt obduziert zusammen mit König den ermordeten Zahnarzt und stirbt wenige Monate später unter, vorsichtig formuliert, äußerst seltsamen Umständen.«

»Das kann doch Zufall sein.«

»Mensch, Kallweit, Sie sind wirklich ein harter Brocken.«

»Ich versuche nur, logisch zu sein. Welches verräterische Geheimnis soll Gotthardt bei der Obduktion entdeckt haben, das nicht auch Professor König und Kretzschmar bemerkt hätten?«

»Professor König ist tot.«

»Ja, aber sein Tod hatte eine natürliche Ursache. Und Ihr junger Kollege Kretzschmar erfreut sich, soweit ich weiß, allerbester Gesundheit. Außerdem wäre das Detail ja wohl auch im Protokoll vermerkt worden.«

Leonie gab es auf, ihn überzeugen zu wollen, zumal sie zugeben musste, dass er mit allen Einwänden recht hatte. Gemeinsam begannen sie, alle Unterlagen, die zu Dr. Gotthardts Arbeitsbereich gehört hatten, durchzusehen. Von Interesse waren dabei sein Terminkalender, seine sämtlichen Aufzeichnungen, die handschriftlichen wie auch die elektronischen, und die Fälle, die er als Obduzent und Gerichtsgutachter bearbeitet hatte. Auf Wunsch von Kallweit gingen sie ein Jahr zurück, das Ergebnis war überwiegend negativ. Kallweit machte ein paar Notizen zu Fällen, in denen es um Gewaltdelikte ging, aber er knüpfte wenig Hoffnung daran.

»Vier der fünf Geschichten kenne ich zur Genüge, da ist nicht viel zu holen. Aber natürlich gehe ich allem nach.«

In Gotthardts Computer gab es eine Tsunami-Datei, die unter anderem Fotos von Khao Lak enthielt. Fotos von verstümmelten Leichen, Hunden, die an ihnen zerrten, Gotthardt selbst und Kollegen, die erschöpft und mit besudelten Kitteln im spärlichen Schatten zerzauster Palmen saßen und rauchten.

»Hat Engel eigentlich überprüft, ob Gosebrink in irgendeiner Weise mit der Tsunami-Katastrophe zu tun hatte?« Die Frage kam Leonie automatisch in den Sinn.

»Das liegt schon zwei Jahre zurück. Wie kommen Sie darauf?«

»Keine Ahnung. Fragen Sie ihn.«

Sie sahen noch die persönlichen Sachen Frank Gotthardts durch, unter denen sich nur Dinge befanden, die für enge Angehörige von Wert sein konnten. Leonie stellte erneut fest, dass sie im Grunde wenig über ihn wusste. Irgendwo in Süddeutschland lebten seine Mutter und ein verheirateter Bruder. Claudia hatte keine Geschwister, und ihre Eltern waren vor einigen Jahren bei einem Busunglück ums Leben gekommen. Da die Mutter einer kinderreichen Familie entstammte, musste es aber jede Menge Tanten, Onkel, Cousins und Cousinen mit jeweiligem Anhang geben. Leonie war froh, dass es nicht ihre Aufgabe war, sich mit ihnen in Verbindung zu setzen.

Nachdem sie mit Kallweit noch Termine abgestimmt hatte, zu denen er mit Kolleginnen und Kollegen des Instituts sprechen konnte, verabschiedete er sich mit der Bemerkung, ihre Sekretärin koche einen lausigen Kaffee.

Zwei Tage später meldete sich Engel bei Leonie Simon und fragte, wie sie darauf gekommen sei, dass Gosebrink mit dem Tsunami zu tun haben könne.

»Na, sagen Sie schon. Was haben Sie gefunden?«

»Wie Sie sich denken können, haben wir als Erstes seine Patientenkartei unter die Lupe genommen.« Engel gehörte zum Typus des weitschweifigen Erzählers und begann mit seinen Erklärungen gern im Paläozoikum. »Gerade im Hinblick auf die Möglichkeit eines Racheaktes. Dabei haben uns vor allem Patienten interessiert, die aus irgendeinem Grund unzufrieden waren oder Schulden hatten. Es war sogar eine Klage anhängig. Irgendwas mit einem gezogenen Zahn, der aber gesund war.«

»Hm.« Leonie signalisierte, dass sie noch wach war.

»Ich muss zugeben, mir ist nicht aufgefallen, dass keine Karteileichen dabei waren. Also Patienten, die schon eine Weile nicht mehr gekommen oder verstorben sind. Erst als Kallweit mir Ihre Frage übermittelte, bin ich darauf gekommen. Also habe ich mich mit seiner Sekretärin in Verbindung gesetzt. Die hat mir erklärt, dass sie immer am Ende eines Jahres die Karten von Verstorbenen beziehungsweise Patienten, die länger als fünf Jahre nicht mehr in die Praxis gekommen waren, aussortiert und ins Archiv bringt. Laut gesetzlicher Regelung müssen die Unterlagen insgesamt zehn Jahre aufbewahrt werden, wie Sie vielleicht wissen.«

Das wusste Leonie nicht, aber sein Bericht fing an, sie zu interessieren.

»Jetzt kommt's. Vier der Toten, die sie Ende 2005 aussortiert hat, starben bei dem Tsunami. Und der Doktor hat sie selbst anhand ihres Zahnschemas identifiziert. Die Anfrage kam vom BKA.«

»Wo starben die Leute?«

»Thailand.«

»Haben Sie schon recherchiert, wer die Leichen und wo seziert hat?«

Die Tsunami-Opfer, die nicht gleich in den ersten Tagen von überforderten Einheimischen in Massengräber geworfen, unidentifiziert und nicht gekennzeichnet zu Sammelstellen gebracht wurden, was spätere Codierungen und die Identifizierung erheblich erschwerte, bekamen AM- und PM-Codes. Ante mortem, also vor dem Tod, bezeichnete die Nummer, die vom BKA jeder vermisst gemeldeten Person zugeordnet wurde. Post mortem, nach dem Tod, war die Nummer, die in Thailand jeder untersuchte Tote bekam. An die Bezeichnung PM schließt sich die Landesvorwahl des verantwortlichen untersuchenden Teams an, also zum Beispiel PM34 für Spanien oder PM45 für Dänemark. Darauf folgt eine Ziffer, die die sogenannte »Site«, den Untersuchungsort, kennzeichnet. PM61–2 sagt aus, dass der Tote vom australischen Team in der Gegend um Tha Cha Chai, Provinz Phuket, begutachtet wurde. Daran schließt sich wiederum eine fünfstellige Nummer an, die fortlaufend vergeben wurde. Im Victim Identification Report lassen sich alle obduzierten und codierten Leichen anhand dieser Nummern finden.

Kommissar Engel wusste um diese Verfahrensweise. Mehr als 150 Berliner waren vermisst gemeldet worden, mehr als 35 von ihnen wurden tot geborgen und identifiziert.

»Alle vier Toten hatten eine PM49–1-Nummer.«

Das deutsche Team, Untersuchungsort: Khao Lak. Frank Gotthardt.

4

> Denn Frevel geht nicht aus der Erde hervor,
> und Unheil wächst nicht aus dem Acker;
> sondern der Mensch erzeugt sich selbst das Unheil,
> wie Funken hoch emporfliegen. *Hiob 5, 6–7*

Friedhofswetter. Leichter Nebel über den Gräbern, die Luft feucht und schwer vom Geruch der ausgehobenen Erde. Die wenigen Trauergäste standen fröstelnd am Grab und wünschten sich das Ende der Zeremonie herbei.

Furchtbar war's, dachte Ben, und das viele Blut. Es war nicht so gelaufen, wie er es sich gedacht hatte. Brutal und grausam war es gewesen. Ganz und gar nicht so, wie es hätte sein sollen. Und mit dem Ergebnis konnte er nicht zufrieden sein. Beim nächsten Mal musste alles anders werden. Falls es ein nächstes Mal gab.

Das Defilee der Trauergäste unterbrach seine Gedankenkette. Als nächster und einziger Verwandter der Verblichenen musste er die Beileidsbezeugungen entgegennehmen. Bei niemandem sah er eine Träne im Auge schimmern, und auch er versuchte gar nicht erst, eine Rührung vorzutäuschen, die er nicht empfand. Die Schwester seines Vaters war ihm völlig fremd gewesen. Seit mindestens 15 Jahren hatte er sie nicht mehr gesehen. Zwischen ihr und seinem Vater hatte es einen heftigen Streit gegeben, worüber, wusste Ben nicht. Danach war sie nie wiederaufgetaucht. Er selbst hatte die Tante nicht vermisst. Sie hatte ihm bei ihren Besuchen nie etwas mitgebracht und zu Weihnachten und zum Geburtstag stets Praktisches geschenkt. Er erinnerte sie als eine große knochige Frau, die mit lauter Stimme zu sprechen pflegte und in ihrem Auftreten etwas entschieden Herrisches hatte. In allem war sie das genaue Gegenteil seines Vaters gewesen, eines scheuen, introvertierten Menschen ohne Talent für den Lebenskampf. Die Tante war unverheiratet geblieben und hatte Ben, ihren einzigen Neffen, zum Erben eingesetzt. Nichts hätte ihn mehr überraschen können als das Schreiben des Notars. Die Existenz der Tante war längst seiner Erinnerung entschwunden, ob sie etwas zu vererben hatte, das sich lohnte, wusste er nicht. Vielleicht war es besser, das Erbe abzulehnen. Es konnte aus Schulden bestehen. Ben hoffte, dass der Notar, mit dem er im Anschluss an die Beerdigung verabredet war, ihm einen Hinweis geben würde.

Die Kanzlei des Notars war nicht weit von dem Eberswalder Friedhof entfernt, wo das Begräbnis stattgefunden hatte. Ben hatte kein GPS-System in seinem Wagen, fand aber trotzdem problemlos zu der im Schreiben angegebenen Adresse. Aus Gründen, für die er keine Erklärung hatte, erwartete er, einen älteren Herrn in einem kleinen muffigen Büro vorzufinden, aber der Notar war noch recht jung, sicherlich nicht älter als Anfang vierzig, und begrüßte Ben in einem hellen, modernen Büro mit schickem Apple-Laptop auf dem Schreibtisch. Er deutete auf einen Sessel aus Leder und Stahl, der leicht nachgab, als Ben sich hineinfallen ließ.

»Ich möchte gleich vorausschicken, dass ich mit Ihrer Tante nicht näher bekannt war. Sie war nur zweimal bei mir. Das erste Mal, um sich Rat zu holen, und das zweite Mal, um ihr Testament in Verwahrung zu geben. Bei beiden Gelegenheiten haben wir uns nicht weiter persönlich besprochen. Es ist also sehr wenig, was ich Ihnen sagen kann.«

Ben zögerte, die Frage zu stellen, die ihm auf den Nägeln brannte. »Das Dumme ist, ich weiß auch nicht viel über meine Tante. Ich sagte Ihnen ja schon am Telefon, dass der Kontakt zu ihr vor Jahren abgebrochen ist. Das ist natürlich keine sehr angenehme Situation.«

Der Notar lächelte. »Wie ich sehe, spielen Sie mit dem Gedanken, die Erbschaft abzulehnen?«

Ben nickte dankbar. »Na ja, die Idee ist mir schon gekommen.«

»Dazu besteht keine Veranlassung.« Bens Gegenüber nahm einen Umschlag in die Hand und sah Ben mit einem gewissermaßen offiziellen Blick an. »Wenn Sie also bereit sind, eröffne ich nun das Testament der Verstorbenen.«

Ben holte tief Luft und nickte erneut. Der Notar öffnete den Umschlag und zog zwei Blätter im DIN-A-4-Format heraus. Er las den Text zunächst selbst. Als er fertig war, faltete er die Papiere wieder zusammen.

»Kurz und knapp gesagt: Im Großen und Ganzen sind Sie der Alleinerbe des Vermögens. Es besteht aus einem Haus mit Mobiliar auf einem mehr als zweitausend Quadratmeter großen Grundstück, einem Auto der Marke Audi und einem Barvermögen auf diversen Konten von rund 300 000 Euro.«

»Ein Haus«, sagte Ben überrascht. Er hatte seine Tante nicht für wohlhabend gehalten.

»Wohl mehr eine Villa mit Waldgrundstück am See«, führte der Notar aus.

Ben fiel etwas ein. »Sie sagten eben, im Großen und Ganzen. Was bedeutet das?«

»Nun, es gibt einen weiteren gesetzlichen Erben, Ihren Großvater.«

»Meinen Großvater?« Ben war deutlich irritiert, was wiederum den Notar erstaunte.

»Ja, natürlich. Der Vater Ihrer Tante gehört genau wie Sie zu den gesetzlichen Erben zweiter Ordnung.«

»Aber ich habe keinen Großvater väterlicherseits. Er ist gestorben, als ich noch ein Kind war. Das muss fast zwanzig Jahre her sein.«

»Das verstehe ich nicht.« Der Notar blickte erneut in das Testament. »Laut dem Testament seiner Tochter, und das wurde erst vor wenigen Monaten verfasst, lebt er in einem Seniorenheim in Friedrichsthal bei Oranienburg.«

»Davon weiß ich nichts.« Ben schüttelte den Kopf. »Sehr merkwürdig.«

»Wie auch immer. Sie müssen sich darauf einrichten, dass er sein Pflichtteil fordert. Sofern er noch lebt. Und ich halte es für wahrscheinlich, dass er es tut. Das Haus gehörte einmal ihm. Ihre Tante bekam es vor Jahren unter bestimmten Auflagen überschrieben, die für Sie nicht von Interesse sind.«

Mit der Adresse seines neuen Hauses sowie der des Seniorenheims versehen, verließ Ben das Notariat. Die Existenz eines totgeglaubten Großvaters war erstaunlich und verwirrend. Dennoch drängte Ben nichts, dieses Geheimnis auf der Stelle zu entschleiern. Das Unerwartete hatte für ihn keinen Reiz, es ängstigte ihn eher, als dass es seine Neugier anfachte. Seine Eltern mussten einen guten Grund gehabt haben, als sie ihn glauben machten, sein Großvater sei gestorben. Irgendwo ganz tief in seinem Hirn war eine Erinnerung an diesen Menschen vergraben, so viel wusste er. Aber er verband nichts Positives oder Tröstliches damit. Besser, er rührte nicht daran. Aber das Haus, das wollte er so rasch wie möglich besichtigen. Die Schlüssel klapperten in seiner Hosentasche, als er zu seinem Wagen stapfte. Zwei kleine Jungen stießen sich an und feixten, als er vorüberging. Er wusste, dass sie hinter seinem Rücken seinen Gang nachahmen würden. Es machte ihm nichts aus. Nicht mehr. Das nicht. Vielleicht würde es doch ein nächstes Mal geben.

5

Das Morddezernat war nicht in der LKA-Zentrale am Tempelhofer Damm gegenüber dem Polizeipräsidium untergebracht, sondern residierte in der Keithstraße in einem fünfstöckigen Altbau, dessen Fassade sinnigerweise mit den Figuren nackter Knaben geschmückt war. Leonie Simon verschwendete keinen Blick auf die steinerne Pracht, als sie auf das Gebäude zueilte. Sie war mit Hauptkommissar Kallweit verabredet und bereits eine Viertelstunde zu spät dran. Wie sie feststellte, war sie diesmal noch nicht vermisst worden. Kallweit braute gerade einen seiner berühmten Kaffees. Die dazu nötige Maschine hatte er auf eigene und nicht unerhebliche Kosten angeschafft und bedrohte jeden an Leib und Leben, der es wagen sollte, sie auch nur zu berühren. Madeleine Quast war bereits anwesend und begrüßte Leonie mit einem Lächeln.

Kallweit setzte sich hinter seinen Schreibtisch, nachdem er alle mit Kaffee versorgt hatte, und tippte auf einen Aktendeckel.

»Jetzt haben wir's schriftlich von Ihrer Toxikologie. Claudia Gotthardt war mausetot bei Ausbruch des Feuers, ihr Mann lebte zumindest noch lange genug, um ein paar Lungenzüge Rauch einzuatmen. Was sehr leicht bedeuten kann, dass er das Feuer gelegt und sich dann erschossen hat.«

»Da wir andere Interpretationen der Faktenlage bereits durchgekaut haben, spare ich mir den Atem. Aber ich wüsste doch gern, ob Ihr Kollege Engel Sie über seine Recherchen informiert hat?«

Kallweit blickte Leonie über den Rand seiner Kaffeetasse an. »Natürlich hat er das. Aber was bedeutet das schon? Ein weiterer Zufall, nichts sonst.«

»Ein bisschen viel der Zufälle«, begehrte Leonie auf. »Sie machen es sich reichlich bequem, Kallweit. Was immer wir herausfinden, wischen Sie als unerheblich beiseite.«

»Was sollen wir Ihrer Meinung nach tun? Unser Zahnarzt hatte Tsunami-Opfer unter seinen Patienten, die in Thailand von der

Gruppe identifiziert wurden, in der auch Ihr Kollege tätig war. Wo sehen Sie das Motiv für einen Mord? Und bei wem? Und warum dieser Zahnarzt? Und dieser Rechtsmediziner? Ich schätze, es gab noch Hunderte weiterer Opfer, die Gotthardt und Kollegen in Khao Lak untersucht haben.«

»Das ist natürlich richtig, aber dennoch können wir diese Zusammenhänge nicht ignorieren. Wir haben hier einen neuen Ermittlungsansatz, den Sie und Engel verfolgen sollten.«

»Nehmen wir mal an, die Gotthardts sind von einem unbekannten Dritten getötet worden.« Madeleine Quast hielt es für an der Zeit, sich in die Diskussion einzuschalten. »Und dafür gibt es ja durchaus ein paar bedenkenswerte Fakten. Ja, Uli, da bin ich anderer Meinung als du.« Sie wehrte mit einer Handbewegung einen Einspruch des Kommissars ab. »Und nehmen wir weiter an, es ist derselbe, der schon vorher den Arzt getötet hat, so müssen wir uns doch fragen, wieso er seine Vorgehensweise und sein Verhalten am Tatort so eklatant verändert hat.«

»Hat er das?« Leonie war skeptisch. »In beiden Fällen gab es keine Einbruchsspuren. Der Täter ist weitgehend planvoll und zielgerichtet vorgegangen. Und die Morde zeugen von großer Brutalität.«

Madeleine Quast nickte. »Das ist alles richtig. Aber beachten Sie bitte auch die Unterschiede. Wenn ich es richtig in Erinnerung habe, sollten die Gotthardts gar nicht zu Hause sein. Es ist also gut möglich, dass jemand sich, wie auch immer, Zutritt verschafft hat und dann von der Anwesenheit der Hausbewohner überrascht wurde, sie mithin gar nicht töten, ja ihnen nicht einmal begegnen wollte. Im Falle des Zahnarztes ist die Konfrontation meines Erachtens der einzige Zweck der Aktion gewesen. Die Tötungen an sich weisen völlig unterschiedliche Handschriften auf. Genickbruch und Kopfschuss im einen Fall, effektiv, professionell und ohne Zeitverzug. Im anderen Fall eher nicht die Tat eines Profis, sondern eine ausgedehnte Misshandlung, die ihren Sinn und Zweck möglicherweise in sich trägt.«

»Abgesehen davon, dass ich beim Gotthardt-Fall nicht an den

unbekannten Dritten glaube, bis mir einer das Gegenteil beweist, stimme ich dir zu.« Kallweit nickte der Quast zu. »Da gibt es absolut keinen Zusammenhang.«

Leonie gab sich nicht so leicht geschlagen. »Es könnte doch in beiden Fällen um die Suche nach einer Information gehen, wobei der Täter im Fall des Zahnarztes versucht hat, mit Folter sein Ziel zu erreichen. Vielleicht hat er die Information auch bekommen und sich dann bei den Gotthardts auf die Suche nach etwas gemacht. Es könnte um irgendwelche Dokumente gehen.«

Madeleine Quast überlegte, schüttelte dann den Kopf. »Wie ich schon einmal sagte, das Szenario in der Arztpraxis sieht mir nicht nach Folterung zur Erpressung von Informationen aus.«

»Einen Zusammenhang der Fälle schließen Sie definitiv aus?«, beharrte Leonie.

»Nicht definitiv«, schränkte Quast ein. »Aber ich halte ihn nicht für wahrscheinlich.«

»Und was gedenken Sie nun zu tun?« Die Frage galt Kallweit.

»Meine Pflicht. Wie immer.«

Leonie Simon war unzufrieden. Sie war sogar außerordentlich unzufrieden. Kallweits Pflichtprogramm würde so aussehen, dass er ein paar letzte Informationen über die Gotthardts einholte, ein paar letzte Zeugenbefragungen durchführte und den Fall dann auf den Stapel der ungeklärten Fälle legen würde. Oder schlimmer noch, der Fall könnte als erweiterter Selbstmord abgeschlossen und nie wieder hervorgeholt werden. Die Quast war ihr auch keine Hilfe gewesen. Was sie sagte, hatte allerdings Hand und Fuß. Kallweit hielt große Stücke auf sie. Ein seltsames Paar die beiden, dachte Leonie. Von Vera Kilian, der Hamburger Polizeipsychologin, kannte sie in Grundzügen die tragische Geschichte von Madeleine Quast, zu der auch Kommissar Kallweit gehörte. Als Berufsanfängerin war die Psychologin von einem Patienten in einer Justizvollzugsanstalt angegriffen und so schwer verletzt worden, dass sie ihr ungeborenes Kind verlor. Daran war später auch ihre Beziehung zerbrochen. Kallweit hatte damals die Ermittlungen geleitet und Madeleine Quast während der schlimmsten Zeit und auch danach beigestanden, was Leonie für ihn einnahm. Der Kontakt zwischen den beiden war seitdem nicht abgerissen. Von Kallweit wusste Leonie wenig mehr, als sie sah. Ein ruhiger Typ, verlässlich, berechenbar, ein wenig langweilig, immer von einem Hauch Melancholie umweht. Aber vielleicht empfand sie das nur deshalb so, weil sie wusste, dass er eine frühe Ehe in den märkischen Sand gesetzt und die zweite Ehefrau, eine Kollegin, bei einem Überfall verloren hatte.

Die Keithstraße war nur wenige Fußminuten vom KaDeWe entfernt, das Leonie Simon nun ansteuerte. Dort wartete Tante Charlotte vermutlich bereits auf sie. Leonie kannte die Gewohnheiten ihrer Tante und wusste, dass sie gern in der Lebensmittelabteilung einen Imbiss nahm, wenn sie mal keine Lust zum Kochen hatte. Und ein Glas Champagner wusste Charlotte Reichert auch zu schätzen. Leonie Simon schuldete ihrer Tante noch eine Einladung, denn sie hatte eine Wette verloren. Martin Scorsese, hatte ihre Tante behauptet, werde in diesem Jahr nun aber endgültig den langersehnten Oscar für seinen Film *Departed* bekommen. Leonie hatte dagegengehalten. Scorsese werde bestenfalls irgendwann einmal, wahrscheinlich kurz bevor er nicht mehr selbständig auf die Bühne gehen könne, einen Oscar für sein Lebenswerk erhalten. Scorsese hatte nicht nur den Regie-Oscar bekommen, auch der Film war ausgezeichnet worden, und Leonie schuldete Tante Charlotte ein oder auch zwei Gläser Champagner. Bei der Gelegenheit, hatte sie sich vorgenommen, wollte sie ihr wegen Henry auf den Zahn fühlen.

Tante Charlotte wartete in der Tat bereits am Champagnerstand auf sie und prostete ihr fröhlich zu. »Du bist doch nicht böse, dass ich nicht auf dich gewartet habe?«

Leonie nahm auch ein Glas Champagner, nippte aber nur daran. Mittags wirkte Alkohol wie eine Schlaftablette auf sie, und im Institut wartete leider kein Bett, sondern ein Rentner auf sie, der noch obduziert werden musste. Es würde kein Vergnügen werden, der Mann hatte seit einem Jahr tot auf seinem Sofa gesessen. Keine

Seele hatte ihn vermisst. Leonie betrachtete ihre Tante, die leicht geschminkt und elegant gekleidet vor ihr saß und in bester Laune eine Geschichte erzählte, der Leonie nur mit halbem Ohr lauschte. Charlotte Reichert würde nicht einsam und unbeweint sterben. Sie hatte ihre Nichte und viele, viele Freunde. Leonie wandte den Blick von ihrer Tante und begegnete sich selbst in einer verspiegelten Fläche hinter der Bar. Wer wird einmal dich vermissen? Ihr Spiegelbild zog die linke Augenbraue hoch. Welche Rolle spielt das dann noch?, fragte Leonie stumm zurück.

»Du hörst mir gar nicht zu«, sagte Tante Charlotte, aber ohne die Spur eines Vorwurfs. »Hast du wieder mal Ärger im Institut?«

»Nein, nein«, wehrte Leonie ab. »Nur das Übliche, du weißt schon.«

Letzteres war nur eine Floskel. Leonie redete in der Regel nicht gern über ihre Arbeit mit Dritten, und ihre Tante respektierte das.

»Hast du keinen Hunger? Ich müsste etwas essen, bevor ich ins Institut zurückfahre.«

Charlotte Reichert versicherte, dass sie nach zwei Gläsern Champagner einen gesunden Appetit entwickelt habe, und schlug Sushi vor.

»Sushi?« Leonie war höchst erstaunt. »Aber du hast noch nie Sushi gegessen. Ich glaube nicht, dass dir das schmecken wird.«

Ihre Tante steuerte unbeirrt auf den Sushi-Tresen zu. »Ich habe sehr wohl schon Sushi gegessen. Henry hat mich dazu überredet. Und ich fand es sehr schmackhaft. Oder willst du lieber Fleisch essen?«

Beim Gedanken an den gut abgehangenen Rentner, den sie in spätestens zwei Stunden unter dem Messer haben würde, zog Leonie rohen Fisch eindeutig vor.

»Apropos Henry«, sagte Leonie, nachdem sie ihre Bestellung aufgegeben hatten. »Ist mit ihm ein Geheimnis verbunden, oder wieso hast du bis jetzt so beharrlich über ihn geschwiegen?«

»Ein Geheimnis? Nein. Und ich habe ihn auch nicht verschwiegen. Ich habe nur nicht mit ihm angegeben. Das ist ein Unterschied.«

»Aber ich bin nun mal neugierig. Du bist schließlich meine einzige noch lebende Verwandte, und dein Wohl liegt mir am Herzen. Also los. Wer ist Henry, und welche Absichten hat er in Bezug auf dich?«

Ihre Tante kicherte. »Meine Güte, wie lange ist das her, dass mein Vater mir solche Fragen gestellt hat? Schön. Henry ist ein netter Mann, ein wenig jünger als ich, und wir haben viele gemeinsame Interessen. Von irgendwelchen Absichten ist gar nicht die Rede. Wir sind schließlich nicht mehr jung.«

Leonie gelang es nicht, wesentlich mehr über Henry zu erfahren, als dass er »ein Mann, der sich zu benehmen weiß« sei und »einen gewissen Horizont« habe. Nur den Nachnamen, von dem Knesebeck, brachte sie noch in Erfahrung. Alter brandenburgischer Adel, wie ihre Tante stolz versicherte. Über seine finanziellen Verhältnisse ließ sich die Tante nicht aushorchen, vielleicht kannte sie sie auch nicht.

»Und wann bekomme ich das Prachtexemplar einmal vorgestellt?« Leonie blieb hartnäckig.

Ihre Tante war es nicht minder. »Mal sehen. Irgendwann vielleicht.«

Leonie wagte es nicht, ihrer Tante von Brunos Bedenken zu berichten. Sie ahnte, dass ihre Tante verärgert reagieren würde. Und der arme Bruno litt schon genug unter seiner Eifersucht. Informationen über Henry würde sie sich selbst besorgen müssen. Aber noch hielt sie der Respekt vor dem Recht ihrer Tante auf ein ungestörtes und unausgeforschtes Privatleben zurück.

Mit den räumlichen und strukturellen Veränderungen des rechtsmedizinischen Institutes Berlin unter der neuen Leitung waren unvermeidlich auch personelle Konsequenzen verbunden gewesen. Alte Kollegen waren gegangen, einige freiwillig, neue waren dazugekommen, weitere würden noch folgen. Oberbeck hatte Leonie gelegentlich um Rat gefragt, ansonsten hielt sie sich heraus. Sie selbst war de facto nur eine Übergangspersonalie, was ihre Stellung allerdings nicht schwächte, sondern ihr quasi die Position einer Überparteilichen eintrug. Sie konnte deshalb hoffen, niemandes Misstrauen zu erregen, wenn sie sich nach Frank Gotthardts Verhältnissen erkundigte. Für Kommissar Kallweit hatte sie eine Liste derjenigen Mitarbeiter des Institutes erstellt, die lange genug da waren, um Gotthardt gut gekannt zu haben. Nach der Obduktion des teilskelettierten Rentners, dessen Tod auf dem Sofa mit hoher Wahrscheinlichkeit eine natürliche Ursache gehabt hatte, holte Leonie diese Liste hervor und ging die Namen noch einmal durch. Dabei fiel ihr auf, dass sie jemanden vergessen hatte. Lina Vogelsang, eine Schreibkraft, die vor einigen Wochen zu einem anderen Institut gewechselt war, wo sie eine Ganztagsstelle angeboten bekommen hatte. Sie hatte viel für Gotthardt gearbeitet, und Leonie erinnerte sich, dass die beiden einen guten persönlichen Draht zueinander gehabt hatten. Sie fügte den Namen der Liste hinzu und nahm sich vor, als Erstes mit ihr zu sprechen. Die Namen von drei Kollegen, die gelegentlich auch privat mit den Gotthardts verkehrt hatten, versah sie mit einem Kreuz, auch wenn sie keine übermäßigen Erwartungen an ein Gespräch mit ihnen knüpfte.

Von Lina Vogelsang, der Schreibkraft, versprach sie sich wesentlich mehr. Leonie Simon traf sie in einem kleinen Café in der Nähe ihres neuen Arbeitsplatzes. Die junge Frau wirkte abgehetzt, wie immer. Leonie wusste, dass sie verwitwet und alleinerziehende Mutter von drei kleinen Kindern war. Zu einem Treffen nach der Arbeit hatte sie im Grunde keine Zeit, aber als sie hörte, es gehe um den Tod von Dr. Gotthardt, sagte sie sofort zu.

Leonie bestellte Kaffee und eine große Platte Kuchen. »Das ist für Ihre Kinder. Kleine Entschuldigung dafür, dass ich ihrer Mutter die Zeit stehle.«

Lina Vogelsang lachte verlegen. »Ach, die kommen ganz gut mal allein zurecht. Müssen sie ja. Mein Ältester ist auch schon neun und Gott sei Dank recht vernünftig.«

Leonie Simon hielt sich nicht lange mit müßiger Konversation auf, sondern steuerte direkt auf ihr Ziel los. »Frau Vogelsang, Sie haben sehr viel für den Kollegen Gotthardt gearbeitet. Sie sind also vertraut mit den Fällen, bei denen er beteiligt war. Können

Sie sich an irgendetwas erinnern, irgendwelche Vorgänge, die aus dem üblichen Tagesgeschäft herausragten? Sie wissen, worauf ich hinauswill?«

Lina Vogelsang überlegte nicht lange.

»Natürlich. Sie glauben, sein Tod war kein Unfall? Sie denken, jemand könnte sich für etwas gerächt haben?«

»Das ist die eine Möglichkeit. Ein privates Problem wäre die andere.«

»Private Probleme? Nein.« Lina Vogelsang schüttelte den Kopf. »Also jedenfalls kann ich mir das nicht vorstellen. Ich glaube, das hätte ich gemerkt.«

Leonie bezweifelte, dass die Sekretärin tiefere Einblicke in Gotthardts Privatleben gehabt hatte, andererseits bekamen Frauen in ihrer Position mehr mit, als ihren Chefs lieb sein konnte.

»Aber Leute, die eine Wut auf ihn hatten, gab es natürlich schon einige.«

Lina Vogelsang zählte nach einiger Überlegung eine Handvoll Situationen auf, in denen es hoch hergegangen war. Ein Gutachterstreit unter Kollegen, bei dem sich Gotthardt mit öffentlich geäußerter Kritik heftig in die Nesseln gesetzt hatte. Ein alkoholabhängiger Taxifahrer, der ausgerastet war, weil Gotthardts Gutachten dafür gesorgt hatte, dass er seinen Führerschein mindestens ein weiteres Jahr nicht wiederbekommen würde. Wirklich hellhörig wurde Leonie, als Lina Vogelsang von einem Zwischenfall erzählte, der sich kurz nach Gotthardts Rückkehr aus Thailand ereignet hatte. Gotthardt hatte die drei Opfer eines Überfalls auf ein vietnamesisches Restaurant seziert und mit seinen Erkenntnissen dazu beigetragen, dass ein ehemaliger Angestellter, ein Chinese, als einer von zwei Tätern identifiziert werden konnte. Der zweite Täter war unerkannt geblieben. Gotthardt hatte daraufhin eine telefonische Drohung erhalten und mehrere Wochen lang das Gefühl gehabt, beobachtet und verfolgt zu werden.

Noch länger zurück lag die Verurteilung eines Mannes, der seine Freundin so schwer misshandelt hatte, dass sie kurz darauf starb. Der Mann hatte die Misshandlung bis zuletzt bestritten und Gotthardt als rechtsmedizinischen Gutachter im Prozess übel beschimpft.

»Der könnte inzwischen wieder draußen sein«, meinte Lina Vogelsang, nachdem sie nachgerechnet hatte, wie lange der Prozess zurücklag.

Vermutlich war der Mann wegen Körperverletzung mit Todesfolge angeklagt worden, was maximal fünf Jahre einbrachte. Aber Leonie war sicher, dass das Gericht mindestens ein Jahr daruntergeblieben war. Lina hatte recht. Wahrscheinlich war der Mann längst wieder auf freiem Fuß. Misshandlung und Tötung eines Menschen waren in der Regel billiger als ein Banküberfall, der leicht bis zu zehn Jahren einbringen konnte.

Leonie notierte sich den Namen des Mannes, den sich Lina Vogelsang erstaunlicherweise gemerkt hatte. »In den nächsten Tagen wird sich Hauptkommissar Kallweit bei Ihnen melden. Erzählen Sie ihm genau, was Sie mir erzählt haben. Das müsste seinen Arbeitseifer anfachen.«

Leonie bedankte sich herzlich bei der jungen Mutter und fuhr sie bis vor ihre Haustür, wo sie schon sehnlichst erwartet wurde. Sie war über ihr Mobiltelefon bereits von ihrem ältesten Sohn informiert worden, dass es Sohn Nummer zwei gelungen war, das Badezimmer unter Wasser zu setzen, als er am Siphon des Waschbeckens herumgeschraubt hatte, um ein darin verschwundenes Spielzeugauto wiederzubekommen. Leonie blickte der Vogelsang nach, als sie im Laufschritt im Eingang des Mehrfamilienhauses verschwand. Eine Woche in den Schuhen von Frauen wie Lina Vogelsang, dachte Leonie und blätterte im Kopf die Liste der Leute auf, auch Frauen waren darunter, die sich so vehement darum sorgten, dass ein paar Ganztagsschulen und Krippenplätze mehr ihren Traum von der heiligen Familie zerstören könnten. Einen Traum, den sie gern weiter für alle verbindlich festschreiben wollten, wofür ihnen keine Polemik zu dumm oder zu zynisch war.

Auf dem Weg nach Hause verflüchtigte sich die Anspannung, in die Lina Vogelsangs Bericht Leonie versetzt hatte, und machte nüchterner Betrachtung Platz. Die beiden interessanten Fälle – der

Restaurantmord und die Körperverletzung – boten jeweils ein mögliches Motiv, lagen allerdings auch schon ziemlich weit zurück. Vor allem war es bei näherer Betrachtung recht unwahrscheinlich, dass auch der Überfall auf den Zahnarzt damit in Verbindung stehen konnte. Leonie hing noch immer an der Idee, dass Gotthardt und der Zahnarzt demselben Täter zum Opfer gefallen waren. So oder so musste Kallweit überprüfen, ob eine dieser Personen in Dr. Gosebrinks Patientenkartei zu finden war.

Leonie parkte direkt vor ihrer Haustür und schaffte es bis in die Wohnung, ohne den Alarm auszulösen. Seufzend warf sie die Tasche in eine Ecke, den Mantel in eine andere und überlegte, ob ihre Stimmung nach Bier oder eher nach Wein verlangte. Sie wollte sich gerade für Bier entscheiden, als sich die Türglocke meldete. Auf ihr knappes »Ja bitte?« erklang ein ebenso kurz angebundenes »Wasmuth« aus der Sprechanlage.

»Kann doch nicht wahr sein.« Leonie drückte den Knopf ein zweites Mal. »Ich bin nicht zu Hause.«

Ein paar Sekunden später klingelte ihr Telefon.

»Seien Sie nicht zickig«, sagte Wasmuth. Und rasch, ehe sie auflegen konnte: »Nein, bitte, hören Sie mich an.«

»Sie belästigen mich in meiner privaten Sphäre. Das akzeptiere ich nicht. Lassen Sie sich von meiner Sekretärin einen Termin geben, und kommen Sie in mein Büro.«

»Es tut mir leid, und wenn es hilft, mache ich auch einen Kotau vor Ihnen. Aber hören Sie mir einen Moment zu.«

Leonie zögerte. »Also gut. Was haben Sie zu sagen?«

»Es ist eher etwas, das ich Ihnen zeigen will. Und da ich nun schon vor der Tür stehe.«

Leonie musste wider Willen lächeln. Gut, dass er es nicht sehen konnte.

»Sie sind eine Nervensäge.«

Sein Lächeln war entwaffnend, als er eine Minute später vor ihrer Wohnungstür stand.

»Das haben mir schon viele gesagt.«

Leonie ließ ihn ein. »Offenbar stört es Sie nicht. Ich wollte mir gerade ein Bier nehmen. Wollen Sie auch eins?«

»Gern.«

Wasmuth folgte ihr in die Küche. »Sie leben allein?«

Leonie holte zwei Flaschen Beck's Bier aus dem Kühlschrank, öffnete sie und drückte eine Wasmuth in die Hand. Sie ignorierte seine Frage und ging ins Wohnzimmer.

»Was wollen Sie mir zeigen?«

Wasmuth nickte. »Gut.«

Er stellte die Bierflasche auf eine Kommode, ohne daraus getrunken zu haben, und zog sein Mobiltelefon aus der Jackentasche.

»Ich habe etwa zwei Wochen vor ihrem Tod eine SMS von Claudia Gotthardt bekommen. Ich dachte, ich hätte sie gelöscht. Aber sie ist noch da.«

Er tippte auf dem Telefon herum und reichte es Leonie. Sie las die Nachricht und gab ihm das Gerät zurück.

»Was meint sie mit *heiße Sache*? Ich nehme doch an, Sie haben sie angerufen?«

»Ja, sofort nachdem ich die Nachricht erhalten hatte. Sie sagte, sie müsse mich dringend sprechen. Sie wollte meinen Rat, war unsicher, ob sie nicht besser die Polizei einschalten sollte.«

»Und worum ging's?«

»Das wollte sie am Telefon nicht sagen. Blöderweise war ich in Süddeutschland unterwegs, und dann war es schon zu spät. Sie war tot.«

»Warum haben Sie mir das nicht schon bei unserem ersten Gespräch erzählt?«

»Ich habe Ihnen von meinem Verdacht berichtet. Ich hatte nur keinen Beweis. Ich denke, diese SMS ist ein Beweis, oder?«

Leonie nahm einen Schluck aus ihrer Bierflasche und überlegte. »Na ja, es ist besser als nichts. Aber nicht wirklich etwas. Verstehen Sie?«

»Was kann ich noch tun, um Sie zu überzeugen?«

»Es geht in erster Linie nicht um mich. Die Polizei muss Ihnen glauben.«

Beide schwiegen eine Weile. Wasmuth spielte mit der Flasche in seinen Händen, trank aber noch immer nicht. Leonie sprach als Erste wieder.

»Hatten Sie den Eindruck, dass Claudia Angst hatte, als Sie mit ihr sprachen?«

Wasmuth schüttelte den Kopf. »Nein, sie war ein wenig aufgedreht, unter Strom eben, aber das war sie immer.«

Leonie wusste genau, was er meinte. »Erzählen Sie mir noch einmal, was sie beschäftigt hat in den letzten Monaten. Soweit Sie das wissen.«

»Sie hat die Tsunami-Sache weiterverfolgt. Sie hat ein paar Artikel über die Folgen der Katastrophe geschrieben. Wie es in den betroffenen Ländern mit dem Wiederaufbau klappte und so weiter. Sie ist mehrmals rübergeflogen. Thailand vor allem, aber nicht nur. Und zu Weihnachten war sie wieder dort. Hat an dem öffentlichen Gedenken an die Opfer teilgenommen. Sie hatte vor, Zwei-Jahre-danach-Artikel zu schreiben. Wie geht's den Angehörigen der Toten heute? Was machen die Überlebenden? So was in der Art. Dazu war sie auch in Deutschland unterwegs. Ich glaube, sie ist erst kurz vor unserem letzten Kontakt wieder nach Berlin zurückgekehrt.«

Leonie erinnerte sich, dass Gotthardt Claudias Abwesenheit zum Jahreswechsel erwähnt hatte.

»Letztes Mal äußerten Sie den Verdacht, ihr Tod könne etwas mit Korruption zu tun haben.«

Wasmuth hob die Hände in einer Gebärde der Ratlosigkeit. »Das ist natürlich reine Spekulation. Aber darum ging es ihr in erster Linie. Nach allem, was sie mir in den letzten Monaten bei Treffen und Telefonaten schilderte, muss ich annehmen, dass sie einiges ausgegraben hat. Über das Verschwinden von Hilfsgeldern wurde in letzter Zeit ja auch schon ziemlich offen in politischen Kreisen geredet. Wer weiß, wem sie am Zeug hätte flicken können, mit dem, was sie herausgefunden hat.«

Leonie ging ein paar Schritte hin und her, dann blieb sie vor Wasmuth stehen und blickte ihn an.

»Ich nehme das sehr ernst, was Sie mir heute anvertraut haben. Aber ich selbst kann Ihnen nicht helfen. Das berührt Kreise, in denen ich mich nicht auskenne. Außerdem darf ich, wie Sie sicher wissen, sowieso keine Ermittlungen anstellen. Das ist Sache der Polizei.«

Wasmuth grinste aufreizend. »Vielleicht wissen Sie's nicht. Aber Sie haben den Ruf, sich nicht unbedingt an Ihre Grenzen zu halten. Sie hätten Journalistin werden sollen.«

»Danke, aber ich bin sehr glücklich in meinem Beruf«, antwortete Leonie und fügte nach einer kurzen Pause wahrheitsgemäß »meistens jedenfalls« hinzu.

»Sie verweisen mich also an die Kripo.« Wasmuth erhob sich ebenfalls.

»Hauptkommissar Kallweit bearbeitet den Fall. Er wird Ihnen interessiert zuhören. Vor allem, wenn Sie ihm nicht verraten, dass Sie schon mit mir gesprochen haben.«

Leonie begleitete ihren Besuch zur Tür. »Und noch etwas. Wenn Sie nicht wollen, dass der Fall als Eifersuchtstat zu den Akten genommen wird, erwähnen Sie besser nicht, dass Sie ein Verhältnis mit Claudia hatten. Ich gehe übrigens davon aus, dass es bis zum Schluss bestanden hat.«

Wasmuth verzog keine Miene. »Vermutlich könnte ich Sie ohnehin nicht vom Gegenteil überzeugen. Also lasse ich's.«

Zwei Tage später meldete sich Kallweit bei ihr. Aber es ging nicht um Claudia Gotthardt. Kallweit hatte ganz andere Sorgen.

6

> Der Schmerz gehört zu jenen Schlüsseln,
> mit denen man nicht nur das Innerste,
> sondern zugleich die Welt erschließt.
>
> Ernst Jünger, *Über den Schmerz*

Die Burg, so nannte er das Haus bei sich von dem Moment an, als er es zum ersten Mal sah. Und einer Burg glich er in der Tat, der düstere Backsteingotik-Bau mit Türmchen und Erkern, umschlossen von Bäumen, die Haus und Grundstück beschatteten und nur einen Blick von der Seeseite aus zuließen. Das 400-Seelen-Dorf Brodowin war die nächste Ansiedlung, einen unmittelbaren Nachbarn gab es nicht. Fast zwei Stunden hatte Ben gebraucht von Berlin in das Biosphärenreservat Schorfheide-Chorin, zu dem der See gehörte. Zweimal hatte er sich verfahren, beim nächsten Mal würde er schneller sein.

Das Grundstück, in dessen Mitte die Burg thronte, war zu Bens Erleichterung zum großen Teil naturbelassen und auch sonst auf Bequemlichkeit angelegt. Er würde trotzdem noch genug Arbeit damit haben. Bei seinem Rundgang fiel ihm an einer Seite des Hauses eine mit einem großen Schloss gesicherte Klapptür auf, die direkt an der Mauer in den Erdboden eingelassen war, mit ihm eine Ebene bildete und an den Rändern von Gras und Unkraut überwuchert wurde. Von den Schlüsseln, die er vom Notar ausgehändigt bekommen hatte, passte der mit dem großen Bart. Aber die Besichtigung der Kellerräume war nicht vordringlich.

Die Haustür aus mit Schnitzereien verzierter Eiche wies ein ziemlich neues Sicherheitsschloss auf. Ben vermutete, dass erst seine Tante das Schloss hatte einbauen lassen, wie auch die Gitter vor den Erdgeschossfenstern. Ein verständliches Sicherheitsbedürfnis für eine Frau, die in diesem Haus ganz allein gelebt hatte. Die Tür schwang geräuschlos auf und gab den Blick frei in eine Halle, die mit modernen Gemälden geschmückt war, wie Ben sie keinesfalls in diesem Haus vermutet hatte. Dazwischen standen verschnörkelte

Kommoden, und der Boden war mit alten schwarz-weißen Kacheln gefliest. Bei seinem Rundgang durch die Zimmer des Hauses fand er weitere Hinweise darauf, dass seine Tante bei ihrem Einzug dem Haus einen eigenen Stempel aufdrücken wollte. Das Ergebnis war nicht immer glücklich. Die modernen Schränke, Sitzmöbel und Bilder fügten sich nicht organisch ein, passten selten zur originalen Möblierung. Aber den Wunsch, das Haus etwas freundlicher und wohnlicher zu gestalten, fand Ben verständlich. Bewohnt hatte seine Tante nur fünf der zwölf Zimmer, den zweiten Stock hatte sie gar nicht genutzt, was am allgemeinen Zustand abzulesen war. Ansonsten gab es ein renoviertes, modernes Bad und ein zweites, das in einem weniger komfortablen, aber gebrauchsfähigen Zustand war. Die riesengroße Küche im Erdgeschoss war teilrenoviert. Herd und Kühlschrank schienen neueren Datums zu sein. Die Möbel stammten nach Bens vorsichtiger Schätzung noch aus dem Kaiserreich. Eine prächtige Anrichte, geschmückt mit feinstem Meißner Porzellan, hätte das Herz jedes Antiquitätenhändlers erfreut. Ben nahm eine Schäferin-Figur in die Hand und betrachtete sie von allen Seiten. Sie erinnerte ihn an ein Märchen von Hans Christian Andersen, in dem solch eine entzückende kleine Porzellan-Hirtin mit vergoldeten Schuhen den Ziegenbocksbein-Ober- und Unterkriegsbefehlshaber heiraten sollte, aber den Porzellan-Schornsteinfeger liebte. Vorsichtig stellte er die Figur zurück. Eine Tür der Küche führte in eine große Speisekammer, eine zweite in einen Keller. Ben stieg über eine Holztreppe hinab und durchwanderte mehrere Räume, die keine Überraschungen bargen. Es gab ein paar Weinregale, die meisten leer, einen Raum, in dem die Gasheizung untergebracht war, eine weitere Neuerung, die er auf das Wirken der Tante zurückführte. Unter einer jetzt verschlossenen Öffnung hoch oben an der Wand lag noch ein Häufchen Kohle, das in früherer Zeit von außen hineingeschaufelt worden war. Ein weiterer Raum diente als Waschküche, in anderen standen die Möbel, die durch modernere ersetzt worden waren, und einige ausrangierte Haushaltsgeräte. Gartengerätschaften würde er vermutlich in dem Schuppen im hinteren Teil des Grundstückes finden.

Ben suchte sich aus dem arg zusammengeschmolzenen Weinvorrat eine Flasche Ahrburgunder heraus und nahm sie mit nach oben. In der gut sortierten Küche fand er einen professionellen Korkenzieher, wie sie auch Sommeliers benutzten, öffnete die Flasche und füllte zu einem Drittel ein bauchiges Glas, das er einer Vitrine im Wohnzimmer entnommen hatte. Damit zog er sich in einen bequemen Sessel zurück, kostete den Wein, der sich in bester Verfassung zeigte, und dachte nach. Das Haus hatte seine Vorstellungen weit übertroffen. Er hatte ein Einfamilienhaus wie das, in dem er wohnte, erwartet, nicht diese Burg mit all den Zimmern und alten Möbeln, einige davon wahrscheinlich sehr wertvoll. Er würde das Haus verkaufen müssen, falls das möglich war, solange sein Großvater noch lebte. Ben schloss die Augen, der Wein war wirklich gut. Er entspannte sich und ließ es zu, dass Erinnerungsfetzen durch seinen Kopf zogen. Die Tante in einem Wohnzimmer mit riesiger Panoramascheibe, das musste in ihrer damaligen Wohnung gewesen sein. An ihr Gesicht konnte er sich überhaupt nicht erinnern. Nur an einen riesigen rotgeschminkten Mund mit langen weißen Zähnen. Sie und sein Vater hatten oft gestritten, das heißt, sie regte sich auf, während sein Vater in seiner ruhigen Art antwortete. Es war tatsächlich unmöglich gewesen, mit seinem Vater zu streiten. Meist zog er sich einfach zurück oder, wenn sich die Auseinandersetzung nicht umgehen ließ, setzte den anderen durch leise Freundlichkeit schachmatt. Es waren die lauten Stimmen, hatte er Ben einmal erklärt, die er nicht ertragen konnte, die hässlichen, zornerfüllten Stimmen. Sie jagten ihm Angst ein und machten ihm Kopfschmerzen. Es gab vieles mehr, das ihm Kopfschmerzen gemacht hatte. Depression war das Wort gewesen, das er einmal aufgeschnappt hatte. Sein Vater hatte eine Depression gehabt. Schon als ganz kleines Kind begriff Ben, dass sein Vater nicht wie die anderen Väter war. Wenn er Hilfe brauchte, war er deswegen zu seiner Mutter gegangen. Sie war seine Beschützerin gewesen, und sie war es auch, davon war er felsenfest überzeugt, die dafür gesorgt hatte, dass die Tante nicht mehr zu Besuch gekommen war.

Und sie hatte Ben eines Tages erzählt, sein Großvater sei gestorben. Er konnte sich nicht erinnern, wie alt er damals gewesen war. Nicht viel älter als sechs Jahre, vermutete er, und kurz danach hatte es den ersten heftigen Streit zwischen Vater und Tante gegeben. Der Großvater geisterte seitdem als Schemen durch seine Gedanken, zu weit entfernt in der Zeit, um eine greifbare Erinnerung zu sein. Eine Erinnerung, die noch dazu unwillkommen war.

Ben erwachte, weil jemand weinte. Sein Herz raste, und er brauchte einen Moment, bis er begriff, wo er war. Die leere Flasche Wein neben sich, saß er zusammengekauert im Sessel, im Wohnzimmer des Hauses seiner Tante. Seine Uhr zeigte Viertel nach fünf. Er hatte mehr als sechs Stunden geschlafen. Ihm war kalt. Er richtete sich auf und strich mit einer Hand über sein Gesicht. Seine Wangen waren feucht, er selbst war es, der geweint hatte. Nur ein Traum, dachte Ben und streckte sich. Es war noch dunkel draußen, aber er würde nicht wieder einschlafen können. In der Küche fand er Teebeutel und setzte Wasser auf. Genießbare Lebensmittel gab es nur noch in Form von Konserven. Ben löffelte Dosenananas und aß dazu Knäckebrot, das das Verfallsdatum erst eine Woche überschritten hatte. So gestärkt, machte er sich zur zweiten Inspektionsrunde auf, was bedeutete, dass er die Inhalte von Schränken und Kommoden inspizierte. Alles Wichtige und Wertvolle wie Schmuck, Silberbesteck, Urkunden und dergleichen hatte seine Tante kurz vor ihrem Tod in einem Banksafe untergebracht. Darum würde er sich irgendwann später kümmern. Was er fand, waren all die tausend Dinge, die man im Laufe des Lebens anschaffte und sammelte. Bedeutendes war nicht darunter. Wesentliche Einblicke ins Leben seiner Tante bekam er nicht. Sie war nie verheiratet gewesen, Bekannte und Freunde hatte sie nur wenige. Was ihr Leben ausgemacht hatte, füllte kaum ein halbes Dutzend Ordner. Ben lächelte, als er auf den Vorgang stieß, der die Frühpensionierung der ehemaligen Lehrerin betraf. Ein Arzt hatte ihr die völlige und irreversible Zerrüttung der Nerven attestiert. So weit Ben seine Tante kannte, hatte sie Nerven wie Drahtseile gehabt. Eine in mehreren Fotoalben dokumentierte Serie von Fernreisen, die sie nach ihrer Pensionierung gemacht hatte, bestärkte ihn in dem Verdacht, dass sie einfach keine Lust mehr gehabt hatte zu arbeiten.

Ben hatte sich in das zweite, seit langem ungenutzte Stockwerk vorgearbeitet, als ihm zum ersten Mal in den Sinn kam, dass in den bewohnten Räumen etwas fehlte. Und wie er dann feststellte, auch in den unbewohnten. Er hatte nirgendwo Familienfotos gesehen oder irgendetwas anderes, das mit der Erinnerung an nahestehende Personen verknüpft gewesen wäre. Sentimental war seine Tante sicher nicht gewesen, dennoch fiel das auf.

Ben wollte schon wieder nach unten gehen, als er in einer dunklen Ecke des Korridors einen hölzernen Stab mit eisernem Haken an einem Ende entdeckte, nicht unähnlich den Stöcken, mit denen die Mahouts in Asien ihre Elefanten lenkten. Er blickte zur Decke, und da war eine Luke, die auf den Dachboden führte. Der Stab diente dazu, die Entriegelung zu betätigen. Ben musste ein wenig Kraft aufwenden, der Riegel war schon lange nicht mehr bewegt worden. Knarrend schwang die Klappe auf, und Dreck und tote Bienen rieselten auf ihn herab. Hastig wischte Ben den Unrat von Kopf und Schultern und stellte zu seinem Ärger fest, dass keine Leiter an der Klappe befestigt war, die man ausfahren konnte. Im Keller hatte er eine Trittleiter gesehen, er holte sie und fand sie einen halben Meter zu kurz. Mühsam zog er sich mit einem Klimmzug auf den Dachboden hoch. Keuchend blieb er einen Moment am Rande der Öffnung sitzen. Dabei sah er sich um. Der Dachboden war verstaubt und schmutzig, wie nicht anders zu erwarten gewesen war. Im Gegensatz zu den Kellerräumen gab es hier keine großen Möbel zu besichtigen, die heraufzuschaffen eine unendliche Mühe gekostet hätte. In gebückter Haltung inspizierte Ben, was nach Dicke der Staubschicht bis zu drei Generationen dort gelagert worden war. Zerbrochene Stühle, eine Schneiderpuppe, ein Holzpferd ohne Kopf, zerbeulte Kochtöpfe, leere Pappkoffer und dergleichen mehr. In der der Einstiegsluke nächstgelegenen Ecke waren vier Kartons gestapelt, die seine Aufmerksamkeit erregten, denn sie schienen aus jüngerer Zeit zu stammen. Er öffnete sie nacheinander und fand dort, was er im Haus bisher vergeblich gesucht hatte: Fotoalben und andere persönliche und schriftliche Zeugnisse aus der Vergangenheit seiner Familie, auch Männerkleidung. Ben verschloss die Kartons sorgfältig wieder. Noch war er nicht so weit, sich mit dem Inhalt auseinanderzusetzen.

In der Küche wusch Ben das wenige Geschirr ab, das er benutzt hatte, zog Vorhänge zu und drehte die Heizung wieder auf niedrigste Stufe. Er schloss die Haustür ab, ging zu seinem Wagen und wollte gerade nach einem letzten Blick auf das stille Haus einsteigen, als ihm die Tür wieder einfiel, die er tags zuvor an der Seite des Hauses gesehen hatte. In den Kellerräumen, die er besichtigt hatte, gab es keinen zweiten, nach draußen führenden Ausgang. Die Neugier trieb ihn, die sich daraus ergebende Frage, wohin die Außentür führte, sofort zu klären. Sicherheitshalber nahm er eine Stablampe aus dem Kofferraum mit.

Die beiden Türflügel bestanden aus Eisen, eine ebenfalls eiserne Kette schlang sich um die Türgriffe und war mit einem großen altmodischen Schloss gesichert. Der Schlüssel mit dem großen Bart an Bens Schlüsselbund passte. Ben entfernte die Kette und hob mit einigem Kraftaufwand die beiden Türflügel an. Eine steinerne Treppe wurde sichtbar, die nach wenigen Stufen zu einer weiteren Eisentür führte, vertikal in die Grundmauer des Hauses eingebaut und verschlossen. Auch für diese Tür gab es einen Schlüssel. Ben starrte in eine schwarze Tiefe noch unterhalb der Kellerebene, die er im Inneren des Hauses besichtigt hatte. Er ertastete einen Lichtschalter mit Drehknopf direkt neben der Tür. Es tat sich nichts. Ben zögerte. Er war nicht besonders mutig, und er fürchtete sich ein wenig vor der Dunkelheit. Aber ein lustvolles Prickeln, das sich von seinem Magen ausstrahlend in seinem Körper ausbreitete, trieb ihn, dem Geheimnis auf den Grund zu gehen.

Er knipste die Stablampe an und machte sich an den Abstieg. Bedauerlicherweise gab es kein Geländer, und die Treppe war steil. Er stützte sich an der Wand ab, während er sich Stufe für Stufe nach unten tastete. Einmal glitt er aus und wäre fast gestürzt. Seine Schritte dröhnten überlaut in der Stille, was, wie er hoffte, die Ratten und Kakerlaken, die sich zweifellos dort unten tummelten, vertreiben würde. Tatsächlich hatte er das Gefühl, etwas bewege sich in seiner Nähe, als er den Fuß der Treppe erreichte. Der Strahl der Taschenlampe zeigte ihm aber nur nackten Steinboden. Er stand in einem kleinen völlig kahlen, roh verputzten Raum, von dem eine unverschlossene Tür in einen weiteren, größeren Raum führte. Dort fanden sich zu Bens Verblüffung mehrere Feldbetten, auf denen akkurat gefaltete Decken und Kopfkissen gestapelt lagen. Decken und Kissen zeigten Stockflecken und rochen moderig. Ein Lüftungsschacht war so von Spinnweben bedeckt, dass Ben ihn fast nicht bemerkt hätte. Auf einer Holzkiste stand ein Radio, das sich bei genauerem Hinschauen als alter Volksempfänger entpuppte. Ben drehte am Einschaltknopf, aber natürlich tat sich nichts. Vorsichtig ließ er sich auf eines der Betten nieder. Er befand sich in einem Luftschutzkeller. Hierhin hatten sich im Krieg die Bewohner geflüchtet, wenn feindliche Bomberverbände im Anflug waren. Obwohl er bezweifelte, dass in dieser Einöde so weit vor Berlin überhaupt Bomben gefallen waren. Vielleicht war es nie nötig geworden, den Keller zu nutzen. Irgendjemand hatte es aber für richtig gehalten, den Schutzraum zu bauen. War es sein Großvater gewesen? Nur wäre der nach Kriegsende wohl enteignet worden. Es gab noch vieles, das Ben nicht wusste.

Es war die Stille, die Ben auf den Gedanken brachte. Kein Laut drang von außen herein, obwohl er keine der Türen hinter sich geschlossen hatte. Kein Laut würde hinausdringen. Nicht, wenn er die Türen fest verschloss. Und er würde kaum etwas verändern müssen.

Erst auf dem Weg zum Auto bemerkte Ben das Blut an seiner rechten Hand. Er musste sie sich an der rauen Kellerwand aufgeschürft haben. Er nahm es als Zeichen. Der leichte Regen, der inzwischen eingesetzt hatte, befeuchtete seine Wangen und kitzelte ihn im Nacken. Ben lächelte.

7

Der Anruf kam, als Leonie Simon gerade das Büro verlassen wollte, um den Rest des Abends im Fitnessstudio zu verbringen. Seit sie nach Berlin zurückgekehrt war, hatte sie mehrere Studios ausprobiert. Ein neu eröffneter Club hatte sich als Etablissement herausgestellt, in dem es in erster Linie um die Befriedigung anderer Bedürfnisse ging. Das Glück und der Umzug des Institutes nach Moabit hatten Leonie ins sogenannte Sudhaus geführt, ein Gebäude quasi um die Ecke des Klinikgeländes, in dem ein großes Sportzentrum auf mehreren Etagen residierte und auch ein Fitnessstudio für Damen bot. Ihre Sporttasche verwahrte Leonie neben ihrem Tatortkoffer im Auto und nutzte jede Gelegenheit, um wenigstens einmal in der Woche zu trainieren und sich in jeder Bedeutung des Wortes in Form zu halten.

Die Sekretärin in der Anmeldung hielt sie zurück, als sie ins Treppenhaus entschlüpfen wollte.

»Frau Doktor Simon, Kommissar Kallweit fragt nach Ihnen. Was soll ich ihm sagen?«

Leonie seufzte. »Schon gut. Ich nehme das Gespräch an.«

Sie lief zurück in ihr Büro und hob den Hörer ab, als es läutete. »Was gibt's?«

»Einen Toten. Oder was glauben Sie, warum ich Sie um die Zeit noch anrufe?«

Anders als Hauptkommissar Kaminski, mit dem sie in Hamburg viel zu tun gehabt hatte, war Kallweit ein weitgehend humorloser Mensch. Sein Ton war frei von jeder Ironie. Leonie griff nach einem Notizzettel. »Schon gut. Wohin?«

Kallweit nannte eine Adresse in Tegel und beendete das Gespräch. Wie so oft musste Leonie ihre abendlichen Pläne ändern.

Die freundliche Stimme ihres Navigationsgerätes leitete sie durch die Stadt in die nordwestliche Ecke Berlins, wo sie auf einem Parkplatz neben dem Hotel Humboldt-Mühle von Kallweit erwartet wurde. Die Straße An der Mühle war abgesperrt, und es wimmelte von Polizei und Spurentechnikern. Leonie zog ihren Tatort-Overall über und trat an Kallweits Seite den Weg zum Leichenfundort an. Die Sonne war bereits untergegangen, und die Gegend wurde von Lichtgiraffen ausgeleuchtet, die einer Filmproduktion alle Ehre gemacht hätten. Der Tote lag auf dem Mittelstreifen eines als Privatweg ausgewiesenen idyllischen Waldweges, der zum Schloss Tegel führte. Der Jahreszeit gemäß war noch recht kahl, was in wenigen Wochen dicht bewachsen sein würde. Dennoch war die Leiche unter einem immergrünen Gebüsch halb verborgen und vom Weg aus nicht sofort auszumachen. Spielende Kinder hatten den Toten entdeckt und sofort per Handy die Polizei informiert.

»Zehnjährige Bengel und schon ein eigenes Mobiltelefon!« Kallweit sprach mit Ausrufezeichen.

Leonie nickte den Spurentechnikern zu, die noch damit beschäftigt waren, die Leiche abzukleben. Es handelte sich um einen Mann, und er war vollkommen nackt. Leonie fühlte sich bei seinem Anblick an eine Erzählung von Franz Kafka erinnert, *In der Strafkolonie,* in der Menschen mit Hilfe einer Maschine getötet wurden, die an eine Egge erinnerte und die Körper vielfach durchbohrte.

»Wie wurde er hergeschafft?« Es war offensichtlich, dass der Mann nicht an Ort und Stelle getötet worden war. Aber es war wegen einer Wegsperre unmöglich, bis zur Fundstelle mit dem Auto vorzudringen.

»Anhand der Spurenlage vermuten wir, dass er den Toten vom Auto bis hierher teils getragen, teils geschleift hat. Die Leiche muss dabei noch in einer Plastikumhüllung gesteckt haben.«

Leonie war schon aufgefallen, dass der Tote wie saubergeleckt aussah. Sie wartete schweigend, bis ein Spurentechniker ihr bedeutete, sie sei an der Reihe. Die vorliegenden Umstände wiesen bereits darauf hin, dass der Tod vor etlichen Stunden eingetreten sein musste. Leonies Untersuchungsergebnisse bestätigten diese Annahme. Körpertemperatur und Außentemperatur stimmten fast überein. Die Totenstarre war noch deutlich ausgeprägt, aber die am Rücken gut sichtbaren Totenflecken waren nicht mehr wegdrückbar. Nachdem sie den toten Körper von Kopf bis Fuß und von allen Seiten gründlich untersucht hatte, richtete sich Leonie Simon auf.

»Er ist sehr wahrscheinlich länger als vierundzwanzig Stunden tot. Das deckt sich also mit Ihrer Vermutung, dass er im Laufe der letzten Nacht und nach seinem Tod hier abgelegt wurde.«

»Und die Todesursache?«

»Ich habe keine Ahnung.«

Kallweit deutete auf den zerschundenen Körper des Mannes. »Das soll er überlebt haben?«

Leonie zuckte mit den Achseln. »Ich weiß, es sieht schlimm aus. Und natürlich werde ich mich vor Festlegungen hüten, bevor ich ihn unter dem Messer hatte. Aber ich denke, es handelt sich um oberflächliche Hautschädigungen, wobei weder innere Organe verletzt noch ein starker Blutverlust herbeigeführt wurde.«

»Und die Waffe?«

»Eine Nadel. Welcher Art, kann ich nicht sagen. Die größeren Wundstellen wurden durch dicht an dicht gesetzte Stiche hervorgerufen.«

Kallweit begleitete sie zu ihrem Auto zurück. »Wissen Sie, woran ich gedacht habe, als ich die Leiche gesehen habe?«

Leonie hielt das für eine rhetorische Frage und wartete, bis er selbst die Antwort gab.

»An den Zahnarzt. Der arme Kerl, der da hinten liegt, wurde auch gefoltert. Nicht dass ich einen Zusammenhang sehe, denn die Fälle sind komplett unterschiedlich.«

»Unterschiedlicher geht's kaum«, stimmte Leonie zu und verabschiedete sich.

Sie fuhr auf direktem Weg ins Institut zurück. Kallweit würde eine Eilsektion beantragen, einen Fahrer für den Leichentransport hatte sie bereits vom Fundort aus bestellt. Anders als in Hamburg, wo ein Bestattungsunternehmen damit beauftragt war, sämtliche Leichen aus dem Hamburger Stadtgebiet zur Rechtsmedizin zu bringen, unterhielt das Berliner Institut einen eigenen kleinen Fuhrpark freundlich grün lackierter Wagen zu diesem Zweck.

Die Uhr zeigte fast halb elf, als Leonie wieder auf das Moabiter Klinikgelände einbog. Trotz der späten Stunde fand sie ihren Chef noch in seinem Büro. Er brütete über den Plänen für den Umbau von Haus N. Leonie klopfte an die offen stehende Tür, um sich bemerkbar zu machen. Oberbeck blickte auf.

»Sollte ich jemals ein Haus bauen wollen, weiß ich jetzt, wie's geht.«

»Lass es lieber bleiben und schone deine Nerven. Was willst du auch mit einem Haus?«

Oberbeck hatte sich bisher erfolgreich um die entscheidende Frage herumgedrückt und war unverheiratet geblieben. Solange es keinen Mangel an hübschen und willigen Studentinnen und Assistenzärztinnen gab, würde sich daran auch nichts ändern, schätzte Leonie.

Oberbeck schaute auf die Uhr. »Hast du Bereitschaft?«

Leonie schüttelte den Kopf. »Kretzschmar und Heineke. Aber die sind beide unterwegs. Ich komme gerade von einem Fundort, die Leiche wird gleich angeliefert. Interessanter Fall. Hast du noch was vor?«

Sie wusste, dass ihr Chef bedauerte, durch die Restrukturierung des Institutes kaum noch Zeit für die praktische Arbeit im Sektionssaal zu haben. Oberbeck faltete den Plan zusammen.

»Was ist so interessant an der Sache?«

»Schau dir die Leiche an. Dann weißt du, was ich meine.«

Zusammen gingen sie zu dem Gebäude hinüber, in dem das Landesinstitut mitsamt dem Sektionstrakt untergebracht war. Im Vergleich mit den Räumlichkeiten in Hamburg war die Situation aus Leonies Sicht derzeit noch bescheiden. Vor allem die Lagerungsmöglichkeiten waren begrenzt. Die Toten wurden nach der Obduktion stets rasch wieder abgeholt, sofern es nicht einen guten Grund gab, sie länger zu behalten. Bei 2200 gerichtlichen Sektionen pro Jahr, etwa viermal so vielen wie in Hamburg, war das verständlich und notwendig. Allerdings kamen in Hamburg noch einige hundert unbezahlte wissenschaftliche Sektionen hinzu, ein Luxus, den sich das Berliner Institut nicht leisten konnte.

Wer in Berlin einen Angehörigen obduzieren lassen wollte, um Gewissheit über die Todesursache zu erlangen, musste dafür zahlen. Die Kosten lagen bei rund tausend Euro zuzüglich Mehrwertsteuer. Wer arm war, hatte auch hier das Nachsehen.

Der Tote war inzwischen zusammen mit Hauptkommissar Kallweit eingetroffen. Ein Sektionsgehilfe hievte die Leiche, die er zuvor gewogen und vermessen hatte, mit Hilfe von Dr. Steppat auf den Seziertisch, als Leonie und ihr Chef den Raum betraten. Kallweit nickte Oberbeck zu.

»'n Abend, Professor. Was halten Sie von unserem Freund da drüben?«

Oberbeck trat an den Tisch und betrachtete den Toten. Dann wandte er sich an Leonie.

»Nicht gerade das Übliche, in der Tat. Ein menschliches Nadelkissen. Nur ohne Nadeln.«

Oberbeck überließ dem jungen Kollegen Steppat die Assistenz bei der folgenden Obduktion und begnügte sich damit, seine Kommentare abzugeben. Leonie begann mit dem Diktat der äußeren Leichenschau.

Nach Nennung der an der Autopsie beteiligten Personen, von Tag und Uhrzeit, Identitäts- und Sektionsnummer fuhr sie fort: »Unbekannte männliche Leiche, ca. Mitte bis Ende zwanzig, Körpergewicht zweiundsiebzig Kilo, Körperlänge eins achtundsiebzig, Rektaltemperatur am Fundort um zweiundzwanzig Uhr sechzehn Grad Celsius.«

In der folgenden halben Stunde diktierte sie akribisch jedes äußere Merkmal des Toten, Leichenflecke sowie die Verletzungen und Fesselungsspuren an Hand- und Fußgelenken. Auffällig waren die vielen Tätowierungen an Armen und Oberkörper.

»Eigenartig«, sagte Kallweit. »An den Stellen, wo er tätowiert ist, gibt es keine Verletzungen.«

»Viel bemerkenswerter finde ich, dass der Täter offenbar nicht wahllos zugestochen hat, sondern nur an ausgewählten Körperstellen.« Oberbeck zeigte auf Stellen im Gesicht und am Körper. »Hier an Hals und Stirn. Unter den Achselhöhlen. Unterbauch knapp über Schambereich und Penis. Unter einer Fußsohle. Ein Unterarm, Innenfläche. Eine Handfläche. Eine Pobacke. Warum nicht beide?«

Leonie beendete die äußere Leichenschau. »Ich will der histologischen und immunhistochemischen Untersuchung nicht vorgreifen, aber ich denke, die Wunden sind nicht alle zum selben Zeitpunkt entstanden, sondern über mehrere Stunden oder sogar Tage. Ich vermute, dass der Täter zwischendurch eine Art Wundversorgung unternommen hat. Es gibt keine Blutantrocknungen.«

Kallweit kaute an seiner Unterlippe und sah besorgt aus. Steppat setzte das Messer an und machte den Eröffnungsschnitt. Während er und Leonie arbeiteten, unterhielten sich Oberbeck und Kallweit hin und wieder flüsternd. Bei der Abtrennung der Kopfhaut, notwendig um dem Sektionsgehilfen das Aufsägen des Schädels zu ermöglichen, wurde eine im Durchmesser knapp fünf Zentimeter große Wunde aus unzähligen Stichen festgestellt, die dem Opfer durch die Haare hindurch zugefügt worden waren.

Kallweits Mobiltelefon klingelte. Er ging kurz hinaus, um Leonie nicht zu stören, die alle Befunde für das Protokoll unmittelbar ins Diktiergerät sprach. Als er wiederkam, hielt er sein Notizbuch in der Hand.

»Ich glaube, ich weiß jetzt, wer da liegt.« Er blickte in sein Notizbuch. »Schlange auf dem rechten Oberarm. Um den linken herum Stacheldraht. Auf dem Rücken ein Spinnennetz, zwei Totenköpfe und ein Keltenkreuz.«

Leonie nickte. »Stimmt alles.«

Kallweit las weiter. »Manuel Butzke, sechsundzwanzig, wohnhaft in Prenzlauer Berg, dortselbst angestellt in einem Tätowier-Studio. Wurde heute Morgen von seiner Freundin vermisst gemeldet, nachdem er zwei Tage verschwunden gewesen war und auch nicht mehr an seinem Arbeitsplatz aufgetaucht ist.«

»Tätowierer«, nickte Oberbeck. »Dann wissen wir ja nun, was die Verletzungen verursacht hat, eine Tätowiernadel.«

»Schaut mal«, meldete sich Leonie und präsentierte Manuel Butzkes aufgeschnittenen Magen. »Ich würde sagen, das sind noch recht gut erhaltene Wurststückchen. Und die helle Matsche sieht nach Kartoffelsalat aus. Er ist kurz vor seinem Tod noch gefüttert worden.«

Sie sicherte einen Teil des Mageninhalts für die toxikologischen Untersuchungen, so wie sie es bereits mit Herz- und Venenblut getan hatte und mit anderen Körperflüssigkeiten und Gewebeproben noch machen würde.

Es gab keine weiteren Überraschungen bis zum Ende der Autopsie. Während der Sektionsgehilfe die Leiche zunähte und den Seziertisch säuberte und der Assistenzarzt die nötigen Formulare ausfüllte, wollte Kallweit von Leonie wissen, woran der Mann gestorben sei.

Leonie tauschte einen Blick mit ihrem Chef, bevor sie sich Kallweit zuwandte. »Ich weiß es nicht.«

»Das gibt's doch nicht. Irgendeinen Anhaltspunkt müssen Sie doch haben? Ist er verblutet? Hat er vor Schreck einen Herzinfarkt bekommen?«

Sie warf ihre Handschuhe fort und wusch sich gründlich die Hände. »Nein, nein und nein. Ich kann Ihnen nur sagen, woran er nicht gestorben ist, nämlich an seinen Verletzungen. Wie ich schon vermutet hatte. Keine der Wunden war todesursächlich. Wir müssen jetzt die Laboruntersuchungen abwarten.«

»Schmerzen hat er gehabt«, fügte ihr Chef hinzu. »Was der Täter offenbar bezweckt hat, denn er hat sich einige der empfindlichsten Stellen des Körpers für seine Quälerei ausgesucht.«

»Ein Sadist also«, murmelte Kallweit.

»Fragen Sie Ihre Freundin, Frau Quast.« Leonie schlüpfte in ihre Straßenschuhe, die sie vor der Sektion gegen Gummistiefel getauscht hatte. Sie bevorzugte Stiefel anstelle der Plastiküberschuhe, die viele Kollegen über die eigenen zogen. »Es gibt da noch etwas. Ich habe keinen Hinweis darauf gefunden, dass er sich gegen einen Angreifer gewehrt hat. Das bedeutet, dass er entweder mit der Fesselung einverstanden war oder dass er betäubt wurde. Was die Kollegen von der Toxikologie uns hoffentlich bald sagen können.«

Leonie kam erst um fünf Uhr ins Bett, auch deshalb, weil sie wieder den Alarm ausgelöst hatte. Allerdings war das nicht der Grund dafür, dass sie nicht einschlafen konnte. Völlig unmotiviert war ihr eine Bemerkung Kallweits wieder eingefallen. Der tote Tätowierer erinnere ihn an den Zahnarzt. Er selbst hatte diese Assoziation sofort verworfen und für unsinnig erklärt. Auf den ersten Blick war es das auch, aus vielerlei Gründen. Diese eigenartige Lust, Schmerz zuzufügen, die aber schien Leonie bei näherer Betrachtung sehr ungewöhnlich und nicht zu einem gewöhnlichen Totschläger oder gar Profikiller zu passen. Die Quast hatte vielleicht recht, und es steckte etwas anderes dahinter.

Das Stichwort Profikiller setzte eine neue Gedankenkette in Gang. Michael. Wann würde sie es schaffen, mit ihm abzuschließen? Er war tot. Es war vorbei. Nur, sie konnte es nicht glauben, sich selbst nicht von dieser Wahrheit überzeugen. Bei der Explosion, die der Heckenschütze, der Hamburg vor mehr als zwei Jahren in Atem hielt, auf einem Boot auf der Elbe ausgelöst hatte, musste Michael umgekommen sein. Seine Leiche war zwar nie gefunden worden, nur das oberste Glied des linken Mittelfingers, aber er konnte nicht überlebt haben. Unmöglich. Unmöglich?

Wasmuth hatte bei Kallweit nicht viel erreicht. Claudia Gotthardt als Opfer einer skrupellosen Bande von Tsunami-Profiteuren – das hielt er für die waghalsige Phantasie eines Möchtegern-Enthüllungsjournalisten. Ein Verhältnis Wasmuths mit der Verstorbenen überstieg sein Vorstellungsvermögen allerdings nicht, an dem Punkt hatte er sofort eingehakt.

»Ich hatte den Verdacht, Sie könnten vielleicht mit ihm darüber geredet haben.«

Leonie Simon saß Wasmuth in der *Ständigen Vertretung* am Schiffbauerdamm gegenüber. Sie tranken Kölsch und aßen Sauerbraten, beider Leibgericht, wie Leonie bei der Gelegenheit festgestellt hatte.

»Ganz im Gegenteil. Ich hatte gehofft, Sie wären so geschickt, das Thema zu meiden. Jetzt hat er Auftrieb bekommen für seine Theorie, dass mein Kollege seine Frau und sich selbst getötet hat.«

»Tut mir leid, ich habe ihn bestimmt nicht animiert, sich mit meinem Privatleben zu beschäftigen. Er ist ganz allein draufgekommen. Offenbar hat er mit einer ihrer Freundinnen oder Verwandten gesprochen, die irgendwas geahnt hatte. Oder von Claudia gehört.«

Leonie nahm einen herzhaften Schluck von ihrem Kölsch. »Was passiert jetzt?«

»Keine Ahnung. Er hat sich Notizen gemacht und sich bei mir für die Aussage bedankt. Was er damit anzufangen gedenkt, hat er nicht gesagt.«

Ein Kellner räumte die Teller weg, ein anderer lieferte zwei frische Gläser Kölsch. Das würde er tun, bis einer von beiden stopp sagte.

»Ich kann Ihnen aber sagen, was ich vorhabe. Ich fliege demnächst nach Thailand und versuche, dort Leute aufzutreiben, die mir helfen können, Claudias Spuren aufzunehmen. Ein paar Anhaltspunkte habe ich aus Gesprächen mit ihr.«

»Nach Thailand. So. Wann?«

»In der kommenden Woche.«

»Und wie lange bleiben Sie fort?«

»Das weiß ich noch nicht.«

Leonie war überrascht, dass seine Reisepläne sie verärgerten. Sollte er doch fahren, wohin er wollte.

»Ich nehme nicht an, dass Sie mich begleiten wollen?«

Es war unmöglich, seinem Lächeln auszuweichen. Leonie schaffte es trotzdem, den Kopf zu schütteln und einen Gedanken zu produzieren, der sie wieder auf festen Boden führte.

»Wenn Claudia belastendes Material gesammelt hat, muss sie es irgendwo aufbewahrt haben. Wenn es nicht gestohlen oder verbrannt wurde, ist es irgendwo deponiert. Oder es wurde von der Polizei sichergestellt. Ich werde noch mal mit Kallweit reden.«

»Danke«, sagte Wasmuth.

Der Abend war kühl. Leonie fröstelte, als sie das Restaurant verließen. Sie wusste, dass Wasmuth ganz in der Nähe wohnte, und sie rechnete damit, dass er fragen würde, ob sie noch auf einen Kaffee mitkommen wolle. Noch immer wusste sie nicht, was sie darauf antworten sollte. Aber er stellte die Frage nicht. Er begleitete sie zu ihrem Wagen, den sie in der Nähe geparkt hatte. Sie schloss die Tür auf.

»Danke, dass Sie mich informiert haben. Und viel Glück in Thailand.«

Wasmuth beugte sich zu ihr und gab ihr einen flüchtigen Kuss auf die Wange. »Schlafen Sie gut.«

Er ging rasch davon und war schon um die Ecke verschwunden, bevor sie den Wagen gestartet hatte. Sie betrachtete sich im Rückspiegel.

»Untersteh dich, enttäuscht zu sein. Er ist gar nicht dein Typ, und außerdem kommt Paul am Wochenende.«

Zu ihrem eigenen Erstaunen hatte ihre Beziehung zu Paul Unruh, einem Kollegen und Molekularbiologen vom Hamburger Institut, die räumliche Trennung bisher überstanden. Aber in letzter Zeit fragte sie sich häufiger, wie lange es noch gutgehen würde. Ihre Treffen waren seltener geworden, in manchen Monaten sahen sie sich nur noch an zwei oder drei Tagen, trotz der guten Zugverbindung zwischen den beiden Städten. Und selbst wenn er bei ihr war, oder sie bei ihm in Hamburg, hatte sie manchmal das Gefühl, dass ihre Nähe rein körperlich war, dass etwas fehlte, was vorher da gewesen war. Wie er empfand, wusste sie nicht. Die Erwartungshaltung, die wenigen gemeinsam verbrachten Tage und Stunden müssten glücklich und entspannt sein, verhinderte eine ehrliche Aussprache. Beide gaben sich Mühe und entfernten sich doch immer weiter voneinander.

Paul sagte für das Wochenende ab. Ein Vortrag, den er noch vorbereiten müsse. Am Samstagabend stand stattdessen Marius Wasmuth vor ihrer Tür. Leonie ließ ihn ein. Er blieb bis zum Frühstück.

Ulrich Kallweit war im Großen und Ganzen ein freundlicher und umgänglicher Mann, beneidenswert ausgeglichen und frei von Launen. Natürlich gab es Ausnahmen. Leonie Simon, die unangemeldet in seinem Büro erschien, hatte zu ihrem Bedauern einen Tag erwischt, an dem ihn irgendetwas oder irgendjemand verstimmt hatte. Noch bevor sie ihre Bitte vortragen konnte, die im Hause Gotthardt sichergestellten Unterlagen einsehen und das Haus noch einmal, selbstverständlich in seiner Anwesenheit, durchsuchen zu dürfen, erfuhr sie den Grund seiner Verstimmung.

»Sie hatten anscheinend recht. Auf Gotthardt wurde geschossen.«

»Tatsächlich. Und wieso glauben Sie mir plötzlich?«

Kallweit runzelte die Stirn. »Na, wegen des Tests natürlich.«

Leonie war so erstaunt, dass ihr die korrekte Verwendung des Genitivs gar nicht auffiel. Etwas, das sie Kallweit ansonsten gutgeschrieben hätte.

»Was? Wann?«

»Heute Morgen. Wir haben das Ergebnis der Schmauchuntersuchung bekommen. Hat Ihr Chef Ihnen das nicht gesagt?«

Die Frage war frei von Häme. Leonies aufsteigenden Ärger konnte das nicht eindämmen.

»Nein, hat er nicht. Und das Ergebnis?«

»Wie ich sagte. Dass er die Waffe mit beiden Händen auf sich selbst abgefeuert hat, ist eher unwahrscheinlich.«

Leonie versuchte, die Abarbeitung ihres Zorns auf später zu verschieben. Es gelang ihr nicht ganz. »Gratuliere, jetzt haben Sie den Mordfall, den Sie nicht wollten.«

»Während Sie sich offenbar wie Bolle darüber freuen, dass Ihr Kollege getötet wurde.«

Für Kallweits Verhältnisse war das eine erstaunlich zynische Bemerkung. Leonie versagte sich, darauf zu reagieren.

»Darf ich fragen, wie's jetzt weitergeht?«

Kallweits Stirn krauste sich noch stärker. »Das entscheide ich, wenn ich mit meinen Kollegen und dem Staatsanwalt gesprochen habe.«

»Mit anderen Worten, Sie wissen's nicht«, ergänzte Leonie.

Nachdem sie den empörten Kallweit wieder beruhigt und sich entschuldigt hatte, erfuhr sie nach und nach, was er beziehungsweise eine Mitarbeiterin bisher unternommen hatten. Nachbarn, Freunde und Kollegen von Frank Gotthardt, darunter auch die Ex-Sekretärin Vogelsang, waren befragt worden. Einige der üblichen Verdächtigen, in diesem Fall vor allem diejenigen, die schon einmal durch Brandstiftung aufgefallen waren, hatte man unter die Lupe genommen. Ebenso die potentiellen Gefährder, über die Leonie mit Lina Vogelsang gesprochen hatte. In einem ärztlichen Gutachten wäre das Ergebnis als o. B., ohne Befund, aufgeführt worden.

»Und was ist mit dem Umfeld von Claudia Gotthardt? Sie könnte als Journalistin ebenfalls das Ziel eines Racheaktes sein. Oder sie sollte mundtot gemacht werden, weil sie etwas in Erfahrung gebracht hatte, das sie nicht wissen sollte.«

Kallweits Blick wurde entschieden misstrauisch. »Sie kennen nicht zufällig einen Mann namens Wasmuth?«

»Ich habe ihm sogar geraten, sich an Sie zu wenden«, gab Leonie unumwunden zu. »Aber ich vermute, Sie haben ihm keinen Glauben geschenkt.«

»Und das tue ich auch jetzt nicht. Ich bezweifle, dass der Täter die beiden überhaupt gekannt hat.«

»Sie glauben, es war ein Einbrecher, der überrascht wurde?«

Kallweit nickte. »Wir haben zwar keine Einbruchsspuren gefunden, aber er könnte durch ein offenes Fenster eingestiegen sein, das er vor seinem Verschwinden von innen geschlossen hat. Die Haustür war nämlich nicht abgeschlossen, obwohl innen der Schlüssel steckte.«

Leonie gab zu, dass es so gewesen sein konnte. Dann würde es sehr schwierig werden, den Täter zu finden.

»Wieso sind Sie eigentlich gekommen?«, wollte Kallweit wissen.

»Ich habe eine Bitte, die Sie mir, wie die Dinge stehen, wohl nicht abschlagen werden.« Leonie lächelte verbindlich. »Ich würde mir gern die Unterlagen anschauen, die Sie sichergestellt haben. Also auch die mehr oder weniger verbrannten Papiere. Und die Computer. Auch im Haus würde ich mich gern noch mal umsehen. Bis jetzt hatte ich mich nur auf Frank konzentriert. Ach ja, und sicher haben Sie eine Liste der Telefonate, die die beiden vor ihrem Tod geführt haben, oder?«

»Der Kollege Kaminski hat mich gewarnt«, sagte Kallweit, und es klang eine Spur resigniert. Leonie bekam ihren Willen.

Zurück im Institut, knöpfte sie sich ihren Chef vor. Oberbeck reagierte mit gekonnt gespielter Überraschung.

»Das muss ein Versehen sein. Ich dachte, du hättest die Mitteilung bekommen.«

»Sag mir bitte ehrlich, wenn du mich aus dem Fall raushaben willst, weil du mich nicht für objektiv hältst.«

Oberbeck lächelte. »Bist du's denn?«

»Selbstverständlich. Frank ist ein Kollege gewesen, den ich in Thailand sehr schätzen gelernt habe. Und das reicht für mich, um ihm einen letzten Dienst zu erweisen und seinen Mörder zu finden.«

»Gut«, nickte Oberbeck. »Akzeptiert. Nun, den Beweis, dass es einen Fremdtäter gibt, haben wir ja jetzt. Das Testergebnis deutet zu, sagen wir, achtzig Prozent darauf hin. Alles Weitere solltest du Kallweit überlassen.«

»Das Lied kenne ich.« Leonie erhob sich und ging zur Tür. »Womit habt ihr den Test gemacht?«

Oberbeck schob sich einen Schokoladenkeks in den Mund. »Ich hatte ein paar Amputate ... äh ... zur Hand.«

Zurück in ihrem Büro, griff Leonie nach kurzer Überlegung zum Telefon und wählte eine ihr wohlbekannte Hamburger Nummer. Sie ließ es mehrfach durchklingeln und wollte schon auflegen, als sich eine atemlose Stimme meldete.

»Fuchs«, sagte ihr ehemaliger Kollege.

»Simon. Störe ich?«

»Oh hallo. Nein, nein. Ich war schon fast den Gang runter. Wir kriegen gleich eine Wasserleiche rein. Wie läuft's denn in Berlin?«

»Geht so«, erwiderte Leonie. Für eine genaue Behandlung des Themas hatte sie jetzt keine Zeit. »Sie wissen ja, dass Frank und Claudia Gotthardt tot sind.«

»Schlimme Sache. Schon was Neues?«

»Nicht das Geringste. Jedenfalls nichts Konkretes. Ich bin in der nächsten Woche in Hamburg. Hätten Sie mal ein Stündchen Zeit für mich?«

Sie hörte Fuchs' Stimme das Erstaunen an. »Lässt sich bestimmt einrichten. Worum geht's denn?«

»Um Thailand. Sie waren nach mir dort und kannten die Gotthardts.«

»Verstehe. Okay. Rufen Sie an, wenn Sie in der Stadt sind.«

»Danke.« Leonie legte den Hörer auf. Wahrscheinlich konnte Fuchs wenig beitragen, aber sie wollte nichts unversucht lassen. Kurz darauf bekam sie einen Anruf aus der Toxikologie. Es ging um den toten Tätowierer. Das Ergebnis der Untersuchungen war interessant. Es war sogar so interessant, dass Leonie die Gotthardts für kurze Zeit vergaß.

8

Henry war eine Enttäuschung, jedenfalls auf den ersten Blick. Von Größe, Aussehen und Gestalt war er geradezu deprimierend durchschnittlich. Ein Mensch, an dem man ohne einen Blick vorbeigehen, dessen man sich schon nach wenigen Minuten nicht mehr erinnern würde. Ließ man sich zu einem zweiten Blick herbei, fielen sofort die geschmackvolle und teure Kleidung, die Patek-Philippe-Uhr, der perfekte Haarschnitt auf. Was ihre Tante an Henry fesselte, begriff Leonie, als sie sein Lächeln sah. Es machte aus Mr. Cellophan, durch den man hindurchsehen kann, einen charmanten Jungen, der Charlotte Reichert mit jedem Wort und jeder Geste umwarb und ihr das Gefühl vermittelte, im Zentrum seines Universums zu stehen. Leonie traf ihn zufällig, als sie unangemeldet bei ihrer Tante erschien, um ihr zwei geliehene Bücher zurückzubringen. Ihrer Tante blieb nichts anderes übrig, als ihr Henry vorzustellen.

Er küsste Leonie formvollendet die Hand und strahlte sie an. »Frau Doktor Simon, es ist mir ein Vergnügen. Ihre Tante hat mir so viel von Ihnen erzählt, dass ich Sie schon zu kennen glaube.«

Leonies erster Gedanke war, dass er sich seiner Unwiderstehlichkeit allzu bewusst war und sie einzuwickeln versuchte. »Leider kann ich dasselbe nicht von Ihnen sagen, Herr von dem Knesebeck. Tante Charlotte hat Sie bisher wie ein Staatsgeheimnis gehütet.«

Henry lachte. Leonie musste zugeben, er eine schöne Stimme hatte.

»An mir ist nichts Geheimnisvolles, versichere ich Ihnen. Und bitte, nennen Sie mich einfach Henry.«

»Magst du auch ein Glas Wein?« Tante Charlotte schien auf eine ablehnende Antwort zu hoffen. Aber den Gefallen tat Leonie ihr nicht. Eigentlich hatte sie sich nicht aufhalten wollen, aber nun hatte Henry ihre Neugierde geweckt. Sie nahm das Rotweinglas entgegen, das ihre Tante ihr reichte, und bediente sich auch bei den Sandwiches mit Lachs und Leberpastete, die ihre Tante auf einer großen Platte dekoriert hatte.

»Wo haben Sie meine Tante kennengelernt?«, wollte Leonie von Henry wissen.

»Also, Charlotte, ich muss schon sagen. Du hast deine Nichte bisher ja ziemlich im Dunkeln tappen lassen.« Henry zwinkerte Leonie zu.

»Aber, Henry, du hast mich doch gebeten …« Weiter kam Charlotte Reichert nicht.

Henry fiel ihr ins Wort. »Wie auch immer, es war der tollste Zufall im Spiel. Ich hatte einen Termin bei meinem Vermögensberater bei der Dresdner Bank, und im Hinausgehen fiel mir ein Mann auf, der eine Dame, Ihre Tante, zu beobachten schien. Wie ich später erfuhr, hatte sie eine höhere Summe abgehoben …«

»Das Geld für den neuen Teppichboden, über tausend Euro, aber das weißt du ja«, unterbrach Leonies Tante. »Ich hab erst gar nicht bemerkt, dass ich verfolgt wurde.«

»Gott sei Dank war mein Misstrauen so weit geweckt, dass ich sozusagen den Verfolger verfolgte«, fuhr Henry fort. »Und tatsächlich. Vielleicht hundert Meter von der Bank entfernt versuchte dieser Kerl, Ihrer Tante die Handtasche zu entreißen. Da bin ich natürlich sofort eingeschritten.«

»Henry war wirklich sehr mutig. Dieser schreckliche Mensch hat ihn mit der Faust ins Gesicht geschlagen. Aber dann ist er geflüchtet. Es war wirklich ein großes Glück, dass Henry zur Stelle war.«

Leonie wusste von dem Vorfall. Von Henry war dabei aber nur in anonymer Form die Rede gewesen.

»Und am nächsten Tag stand Henry mit einem Blumenstrauß vor meiner Tür und hat sich nach meinem Befinden erkundigt. Dabei war er es, der ein blaues Auge abbekommen hatte.«

Henry zwinkerte Leonie zu. »Sie übertreibt. So schlimm war es gar nicht. Nur ein kleiner Bluterguss, nicht der Rede wert. Nun wissen Sie, wie wir uns kennengelernt haben. Schicksal könnte man sagen. Und ich glaube, der Glückspilz bei der ganzen Geschichte bin ich.« Er schenkte Charlotte Reichert einen zärtlichen Blick.

Leonie hatte genug gehört, um Brunos Unbehagen zu verstehen. »Wie ich sehe, beherzigen Sie in vorbildlicher Weise das Motto Ihrer Familie.«

Tante Charlotte sah ihn fragend an. »Die Knesebecks haben ein Motto?«

»Oh ja, ja.« Henry griff nach einem Sandwich.

»Natürlich, das haben ja alle Adelsfamilien. Wie heißt es denn?« Charlotte blieb am Ball.

Henry biss herzhaft in sein Brot und konnte deswegen nicht gleich antworten.

»Fürchte deinen König, tue recht und scheue niemand«, zitierte Leonie. Sie hatte sich ein bisschen im Internet umgetan.

Henry schluckte, nachdem er lange und sorgfältig gekaut hatte, und betrachtete Leonie nachdenklich, bevor er antwortete. Leonie schenkte ihm ein harmloses Lächeln.

»Ganz recht. Sie interessieren sich für meine Familie, wie ich sehe.«

Leonie ließ sich nicht anmerken, dass er ihren kleinen Test nicht bestanden hatte. Tatsächlich lautete das Motto »Fürchte Gott, tue recht und scheue niemand«. Ein echter Knesebeck sollte das eigentlich wissen. Immerhin war ihm, wie sich im weiteren Verlauf des Gesprächs ergab, Generalfeldmarschall Carl Friedrich von dem Knesebeck ein Begriff, sicherlich der Berühmteste aus der Familie, der noch unter Preußenkönig Friedrich II. gedient hatte, als der schon der »alte Fritz« war.

Ein zweites Glas Wein lehnte Leonie ab und brach auf. Henry verabschiedete sich von ihr, wie er sie begrüßt hatte, mit einem Handkuss. Ihre Tante begleitete sie zur Tür.

»Na, jetzt hast du deine Neugier ja befriedigt. Und? Wie findest du ihn?« Charlotte Reichert sah ihre Nichte an, und Leonie begriff, dass sie nichts anderes als eine positive Antwort hören wollte.

»Er ist sehr interessant.« Leonie versuchte, diplomatisch zu sein, ohne allzu offensichtlich zu lügen.

Tante Charlotte nickte. Sie war enttäuscht, und das machte Leonie traurig. In einem etwas ungelenken Versuch, die Situation zu entschärfen, küsste sie ihre Tante auf die Wange, was sie selten tat. »Mach's gut.«

Irgendwann würde sie sich über Henry informieren müssen. Aber solange er Tante Charlotte glücklich machte, und den Eindruck hatte sie, wollte sie sich nicht einmischen.

»Ich kann Ihnen sagen, woran Manuel Butzke, unser Tätowierer, gestorben ist. Und nicht nur das.«

Auf Leonies Betreiben hatte sich die *cold case*-Gruppe wieder zusammengefunden. Auch Engel war dazugebeten worden, der leitende Ermittler im Zahnarzt-Fall, was ihn sehr erstaunt hatte. Ihn sprach Leonie nun direkt an.

»Unsere Toxikologie hat beim *general unknown screening* Ultracain gefunden, und zwar mit hoher Wahrscheinlichkeit exakt das gleiche wie bei Ihrem Zahnarzt. Wenn ich mich recht erinnere, hatte der Täter in der Praxis noch etwas mitgehen lassen.«

Die übrigen Anwesenden, darunter auch wieder Madeleine Quast, waren ebenso verblüfft wie Kommissar Engel.

Leonie fuhr fort, als niemand etwas sagte. »Außerdem fanden sich bei Butzke Ketanest S und Dipidolor, Letzteres in tödlicher Dosierung.«

»Die Langfassung bitte«, murmelte Kallweit und machte eine Notiz in eine dicke, halb zerfledderte Kladde.

»Ketanest ist ein Schmerz- und Betäubungsmittel, mit dem Narkosen eingeleitet werden und das häufig auf Notarztwagen eingesetzt wird. Der besondere Vorteil von Ketanest ist, dass man es intramuskulär spritzen kann und es sofort wirkt. Das heißt, man kann einem randalierenden Patienten die Spritze rasch an irgendeiner Stelle des Körpers hineinrammen, und es wirkt in Sekundenschnelle, ohne die Atemmuskulatur zu lähmen. Der zweite Vorteil. Der Patient kippt um und wacht bei entsprechender Dosierung nicht vor einer halben Stunde wieder auf. Sie verstehen, worauf ich anspiele?«

Kallweit schaute von seinem Notizbuch auf. »Fahren Sie fort.«

»Dipidolor ist ein Opiat. Und es wurde Butzke in so hoher Dosis gespritzt, dass er unmittelbar darauf gestorben sein muss. Ultracain wurde ihm laut der quantitativen Zielanalyse unserer Toxikologin mehr als einmal und offenbar zur Schmerzbetäubung gespritzt.«

Auf Leonies Erklärungen folgte ein minutenlanges Schweigen, das sie schließlich brach.

»Bisher habe ich einen Zusammenhang zwischen dem Tod meines Kollegen und dem des Zahnarztes vermutet. Das muss ich revidieren. Dieses Laborergebnis zeigt einen anderen Zusammenhang. Ich nehme an, Sie sind in dem Punkt meiner Meinung.«

Engel schüttelte den Kopf. »Und es ist ganz sicher, dass dieses Ultradingsbums aus der Zahnarzt-Praxis stammt?«

»Ziemlich sicher.«

Kallweit lehnte sich in seinem Stuhl zurück und faltete die Hände über dem Bauch. Ein paar Kilo weniger würden ihm guttun, dachte Leonie.

»Nehmen wir einmal an«, begann Kallweit, »nehmen wir an, es ist, wie Doktor Simon sagt. Dann hätte der Täter seine Vorgehensweise in geradezu dramatischer Weise umgestellt. Ist das glaubwürdig?«

»Völlig unwahrscheinlich wäre das nicht.« Der Kriminalpsychologe des LKA dachte seinen Worten hinterher. »Nein, möglich wäre es schon. Aber es erscheint mir sehr ungewöhnlich. Der Modus Operandi ist ein total anderer. Unser Mann hat den Tätowierer nicht zu Hause überfallen, sondern irgendwohin gelockt. Er hat ihn betäubt, nicht niedergeschlagen, und er hat ihn offenbar eine Weile, wenn auch vielleicht nur für einen Tag, gefangen gehalten.«

»Er hat nicht so anders gehandelt, meine ich«, widersprach Madeleine Quast ihrem Kollegen. »Er hat nur sehr rasch aus seinen Fehlern gelernt, sich besser vorbereitet und geplant. Zum Beispiel die neue Methode, sein Opfer so lange mattzusetzen, bis er es fesseln oder einsperren kann. Die Voraussetzungen waren auch ganz andere, nicht wahr?«

Sie blickte Kallweit fragend an.

»Das ist richtig. Er konnte Butzke nicht an seinem Arbeitsplatz überfallen. Falls er den Laden beobachtet hat, was ich vermute, wusste er, dass er nicht hoffen konnte, ihn dort allein zu erwischen. Butzke und auch seine Kollegen, der Chef, die Sekretärin, verließen das Studio am Abend zu unterschiedlichen Zeiten und oft in Gruppen. Aber es war durchaus üblich, Hausbesuche zu machen.«

»Wie funktioniert denn das?«, wollte Leonie wissen. »Haben die mobile Geräte?«

»Ja, ja, kein Problem. Der sogenannte *power supply* ist nur ein grauer Kasten, etwa halb so groß wie ein Schuhkarton, und sitzt in einer Schiene unter der Tischplatte. Leicht abzunehmen und zu transportieren. Die *tattoo gun* – heißt nicht nur so, sieht auch aus wie eine Pistole – ist mit dem Kasten verbunden. Und dazu braucht's nur noch Nadeln und Farbe, und schon kann's losgehen. Butzke wurde laut seinem Chef von einem gewissen Schneider gebucht und kurzfristig außer Haus bestellt. Dieser Schneider, der bestimmt nicht so heißt, war einige Zeit vorher schon einmal dort und erwog, sich eine Rose auf ein Schulterblatt tätowieren zu lassen.«

Leonie holte Luft, um eine Frage zu stellen. Kallweit kam ihr zuvor.

»Nein, es gibt von Schneider weder eine Adresse noch eine Beschreibung. Im Studio war nach Erinnerung des Chefs an dem Tag, als er den Besuch machte, der Teufel los. Auch die Kollegen können sich nicht an ihn erinnern. Ein Durchschnittstyp, meinte einer.«

»Wieso gibt es keine Adresse? Notiert sich in diesem Saftladen keiner, wohin ein Kollege abkommandiert wird?«, empörte sich Engel.

»Doch, das haben sie. Ein Hotel in der Eislebener Straße. Wir haben sogar den Taxifahrer auftreiben können, der ihm geschickt worden war. Er hat Butzke vor dem Hotel abgesetzt, aber der scheint nicht hineingegangen zu sein. Einen Tätowierer, der nach seinem Kunden sucht, hätten die nicht vergessen.«

»Das ist alles sehr geschickt eingefädelt«, sagte Quast. »Diesmal hat er nichts dem Zufall überlassen. Aber auch wenn sich seine Vorgehensweise stark verändert hat, sein Ziel ist dasselbe geblieben.«

»Und das wäre?«, fragte Kallweit.

»Ich weiß es nicht«, antwortete Quast schlicht.

»Das liegt doch auf der Hand.« Engel klappte die vor ihm liegende Akte zu, als wäre der Fall für ihn erledigt. »Der Kerl ist ein verdammter Sadist. Verrückt wie eine ganze Affenhorde. In der Richtung sollten wir suchen.«

»Die Frage, ob der Täter zurechnungsfähig ist oder nicht, hilft uns nicht weiter«, sagte Madeleine Quast.

»Genau«, pflichtete ihr der Kriminalpsychologe bei. »Selbst wenn er im klinischen Sinne geistesgestört ist, muss man ihm das nicht ansehen. Er ist jedenfalls in der Lage, sich rational zu verhalten und seine Handlungen zu planen. Bei sadistischen Tätern nicht selten anzutreffen.«

»Wie auch immer«, Leonie klopfte auf ihre Laborberichte. »Wir haben jetzt einen neuen Ansatzpunkt. Irgendetwas müssen Zahnarzt und Tätowierer gemeinsam haben, weshalb er sie ausgesucht hat.«

»Falls sich der mysteriöse Herr Schneider nicht zufällig auch unter den Patienten des Zahnarztes befindet, was ich nicht glaube, oder der für beide Opfer zuständige Rentensachbearbeiter ist oder was dergleichen Möglichkeiten mehr sind, dann wäre es schön zu wissen, wonach wir überhaupt suchen. Ist er ein Irrer, der wahllos foltert, wen er in die Finger bekommt? Ein Profi, der im Auftrag für wen auch immer tötet? Also die Rachenummer, über die wir ja mal geredet haben. Oder sind hier sexuelle Phantasien im Spiel? Dann würden wir ja wohl über ein homoerotisches Motiv reden.«

Kallweit richtete seine Fragen an alle, blickte dabei aber Madeleine Quast an.

»Ich sollte vielleicht daran erinnern, dass ich keine Spezialistin in Sachen Profiling bin.« Madeleine Quast wandte sich an die Runde. »Ich kann Ihnen nicht sagen, ob der Täter jung oder alt ist, ob er verheiratet ist oder bei seiner Mutter lebt, ein gepflegtes oder total vermülltes Auto fährt. Ich beschäftige mich auch nicht mit der Frage, ob ein Täter im Sinne des Strafgesetzbuches schuldfähig ist oder nicht. Als Analytikerin denke ich in psychodynamischen, nicht in psychopathologischen Kategorien. Mein Interesse gilt dem psychischen Apparat des Menschen und seinen Entwicklungsstörungen. Ich frage, wie kann sich der Patient noch entfalten? Welches Potential zu einer Änderung ist vorhanden?«

»Leider haben wir es hier mit einem Patienten zu tun, den wir nicht kennen, also auch nicht fragen können, ob sein Ödipus-Komplex ihn auf fremde Kerle losgehen lässt.«

Engel war eindeutig kein Anhänger der Psychoanalyse. Leonie verkniff sich ein Grinsen. Madeleine Quast ließ sich nicht aus der Ruhe bringen. »Danke für die Erinnerung, dass wir hier den umgekehrten Weg gehen müssen. Mein LKA-Kollege war so freundlich, mir die Prinzipien der operativen Fallanalyse zu erklären.«

Kallweit nickte. »Okay, das wäre also geklärt. Trotzdem hast du doch sicher eine Meinung zu diesem Zeitpunkt.«

Madeleine schüttelte den Kopf. »Nein, noch nicht. Nicht so dezidiert, wie du es dir wünschst. Ich weiß nur eines. Sein Thema ist der Schmerz. Nicht als Mittel zum Zweck, sondern als Selbstzweck. Warum ihn das so beschäftigt und was er damit verbindet, kann ich noch nicht sagen.«

Leonie Simon und Madeleine Quast verließen die Sitzung gemeinsam. Leonie betrachtete die blasse Frau an ihrer Seite mit neu gewecktem Interesse. Sie strahlte eine unaggressive, ruhige Autorität aus, wahrscheinlich eine Notwendigkeit für ihren Beruf. Möglicherweise hart erkämpft, dachte Leonie.

»Engel ist ein Ignorant«, sagte sie zu Madeleine Quast. »Allerdings muss ich sagen, dass ich mit Freud & Co. auch nicht viel anfangen kann. Es fällt mir schwer, die Psychoanalyse als exakte Wissenschaft zu akzeptieren.«

Madeleine Quast lächelte freundlich. »Oh, das geht mir gelegentlich ganz genauso.«

»Wirklich?« Leonie musste lachen. »Endlich mal ein Seelenklempner, der das zugibt.«

»Wozu leugnen, was offensichtlich ist. In Ihrem Fach ist es einfacher, die Wunde und die Ursache der Verletzung zu klassifizieren. Aber die Seele ist ein weites Land, wie Arthur Schnitzler es genannt hat. Auch die des Analytikers. Und unsere Skalpelle erweisen sich manchmal als ziemlich stumpfe Instrumente.«

Die beiden Frauen verließen das Gebäude. Es herrschte ein für die Jahreszeit ungewöhnlich warmes Wetter. Leonie zog ihre Jacke aus.

»Wissen Sie, was mich am meisten irritiert?«

»Die Schmerzmittelgaben«, antwortete Madeleine Quast.

»Ja, genau. Der Täter unterbricht die Folterung, injiziert Ultracain zur örtlichen Betäubung des Wundschmerzes und macht an anderer Stelle weiter. Oder nachdem die Betäubung abgeklungen ist. Was soll das? Und warum tötet er mit einer Überdosis Opiat?

Erst die Folterung und dann der Gnadentod. Das ist geradezu paradox.«

»Darüber werde ich mich heute Abend mit ihm unterhalten«, lautete Quasts kryptische Entgegnung.

»Wie, unterhalten?« Leonie dachte, sie habe sich verhört.

»Ich erklär's Ihnen ein anderes Mal. Jetzt muss ich mich beeilen. Auf mich wartet noch ein Patient.«

Madeleine Quast ging rasch davon. Sie hatte das Hinken quasi in ihren Gang eingebaut, man bemerkte es nur, wenn man darauf achtete. Irgendwann würde Leonie sie fragen, was genau mit ihr passiert war.

An dem Tag, als Marius Wasmuth nach Thailand flog, fuhr Leonie Simon nach Hamburg. Sie war schon einige Wochen nicht mehr dort gewesen und hatte mehrere Verabredungen getroffen. Ihr erster Weg führte sie zum Institut für Rechtsmedizin, wo sie sich mit ihrem Kollegen Dr. Fuchs verabredet hatte. Er war noch mit der Sektion eines Unfallopfers beschäftigt, und Leonie nutzte die Zeit, um Professor Cordes, dem Direktor des Institutes, ihre Aufwartung zu machen. Von seinem Herzinfarkt hatte er sich gut erholt, war aber dennoch nicht mehr ganz der Alte. Er hatte abgenommen und nicht nur Gewicht, sondern auch merklich an Vitalität verloren. Im Gespräch über die Entwicklungen in der Berliner Rechtsmedizin und über die Situation in Hamburg verhielt er sich in für ihn untypischer Weise leidenschaftslos. Leonie schien es, als habe er Mühe, seinen Aufgaben noch ein Minimum an Interesse abzugewinnen. Es war überdeutlich, dass seine Zeit abgelaufen war. Er sprach die Nachfolgefrage schließlich direkt an.

»Ich bin entschlossen, mich im kommenden Jahr zurückzuziehen. Also wird noch in diesem Jahr das Kandidatenkarussell in Gang gesetzt. Machen Sie sich bereit.«

Leonie suchte nach einer Antwort. »Das bin ich schon. Es stand ja von vornherein fest, dass ich nicht für Jahre nach Berlin zurückkehre. Und offen gestanden würde ich vermutlich bald mit Oberbeck aneinandergeraten.«

»Kann ich mir vorstellen.« Cordes lächelte matt. »Höre ich ein Aber?«

»Sie haben ein feines Gehör.« Leonie blickte aus dem Fenster seines Büros auf den kleinen Parkplatz, wo sie die Wagen der Oberärzte und Dr. Hinrichs Motorrad wiedererkannte. »Ich zweifele manchmal, ob ich in einen Direktorensessel hineinpasse. Das ist keine falsche weibliche Bescheidenheit.«

»Würde ich bei Ihnen auch nicht vermuten.«

»Gut. Dann wissen Sie ja auch, dass ich weder die Verantwortung noch die Belastung einer solchen Position scheue. Aber ich bin keine Politikerin.«

»Auch das weiß ich. Sie sind undiplomatisch, stoßen wichtige Leute vor den Kopf und schließen ungern Kompromisse. Die Negativ-Liste ließe sich beliebig fortsetzen. Auf der positiven Seite stehen so wichtige Pluspunkte wie Ihre fachlichen Fähigkeiten, Ihre Hartnäckigkeit, Loyalität und ein unschätzbares Talent, Drittmittel einzuwerben. Das alles wiegt schwerer, glauben Sie mir.«

Leonie nutzte seine Erwähnung von Drittmitteln, um vom Nachfolgethema abzulenken. Sie erkundigte sich nach der Untersuchungsstelle für Gewaltopfer, die sie begründet hatte und bei ihrem Weggang einer jungen Kollegin überlassen musste.

»Oh, Doktor Daniel tut ihr Bestes. Aber sie ist nicht so gut wie Sie. Das liegt wohl daran, dass sie Leuten nicht so penetrant auf die Nerven gehen kann.«

Leonie grinste. »Ich würde es Überzeugungskraft nennen.«

Frau Ohngemach, die Sekretärin des Professors, steckte den Kopf durch die Tür und meldete, Dr. Fuchs stehe jetzt bereit. Leonie verabschiedete sich mit einer gewissen Erleichterung von Cordes und bekam noch ein »In sechs Monaten ist es so weit. Denken Sie dran!« mit auf den Weg.

Fuchs wartete in seinem kleinen Büro auf sie. Leonie registrierte mit einer gewissen Verwunderung, dass sich schon ein paar graue Strähnen durch seine kurzgeschnittenen dunklen Haare zogen. Er war erst Mitte dreißig, und sie sah den ewigen Jungen in ihm, der nie ganz erwachsen werden würde. Deshalb überraschte sie seine Mitteilung, er habe vor kurzem geheiratet und werde in wenigen Monaten Vater von Zwillingen.

Leonie gratulierte. »Da werden aber einige hübsche Mädchen sehr traurig gewesen sein.«

Bernd Fuchs errötete. »Die Zeiten sind vorbei. Irgendwann wurden die unverbindlichen Beziehungen ziemlich öde.«

Auch Fuchs wollte wissen, wie es in Berlin lief, und es gelang Leonie rasch, darüber die Sprache auf Gotthardt und seine Frau zu bringen.

»Sie waren damals quasi meine Ablösung in Khao Lak und sind genau wie ich viel mit Gotthardt zusammen gewesen. Mit ihm und seiner Frau. Eine Zeit lang habe ich geglaubt, sein Tod stehe im Zusammenhang mit einem anderen Todesfall, dem eines Zahnarztes, der Tsunami-Opfer unter seinen Patienten hatte. Darin habe ich mich wohl geirrt, aber ich habe immer noch den Verdacht, der Gotthardt-Fall könnte seinen Ursprung in Thailand haben.«

»Inwiefern? Und wie kann ich dabei helfen?«

»Versuchen Sie, sich an Gespräche mit den beiden Gotthardts zu erinnern. Ging es dabei um Korruption, um die Veruntreuung von Hilfsgeldern? Um bestimmte Namen?«

»Na klar haben wir über Korruption geredet. Sie waren selbst dort. Da wissen Sie doch, was da los war.«

Tatsächlich war sie so wütend über das Gesehene und Erlebte gewesen, dass sie sich schwor, nie wieder nach Thailand zu fahren. Und sie hatte sich nicht im Geringsten gewundert, als sie vor kurzem in der Zeitung las, dass selbst deutsche Diplomaten davor warnten, Hilfsgelder an offizielle Stellen zu überweisen statt direkt an die Betroffenen oder entsprechende vertrauenswürdige Hilfsorganisationen. Selbst die thailändischen Rechtsmediziner bedienten sich, wo sie konnten. An einem ihrer ersten Arbeitstage in Khao Lak hatten Leonie und einige der europäischen Kollegen rein zufällig ein durch *keep out*-Verbotsschilder gesichertes Massengrab gefunden, wo ihre einheimischen Kollegen ca. zweitausend Tote hatten begraben lassen, die angeblich bereits identifiziert worden waren, was allerdings nicht zutraf. Es wäre auch völlig unmöglich gewesen, so viele Tote in so kurzer Zeit nach der Katastrophe zu untersuchen. Der Grund für diese ungeheuerliche Betrügerei waren die satten einhundert Dollar, die den thailändischen Kollegen für jede Leiche gezahlt wurden. Und auch sonst war Leonie von den thailändischen Rechtsmedizinern enttäuscht. Nicht selten war ihre Qualifikation einfach erbärmlich, viele hatten noch nie einen Toten obduziert. Selbst die leitende Rechtsmedizinerin, eine schillernde Persönlichkeit, auch von den internationalen Medien als ein Star und »Dr. Tod« gefeiert, erwies sich als ahnungslos. In einem Fall hatte sie eine Frau als Mann identifiziert, weil sie den ausgetretenen Dünndarm für einen Hoden hielt. Die Einteilung in Europäer und Asiaten nahm sie schlicht über die Haarfarbe vor, und für DNA-Untersuchungen entnahm sie Proben mit den üblichen Sticks aus den Mündern völlig verwester Leichen. Um die Sache noch schlimmer zu machen, steckte sie die Sticks dann alle zusammen in ihre Tasche. Einen solchen Dilettantismus hätte Leonie niemals für möglich gehalten bei einer Vertreterin ihres Faches.

»Ich rede nicht von den üblichen Durchstechereien, die wir damals alle mehr oder weniger beobachtet haben. Möglicherweise hat Claudia damals schon angefangen, sich für schwerwiegendere Fälle von Korruption zu interessieren. Hat sie darüber mal geredet?«

Fuchs überlegte. »Vielleicht. Aber ehrlich gesagt habe ich damals andere Sorgen gehabt. Und ich interessiere mich auch nicht für so was. Ich meine, sie hat in den ersten Wochen mehr so die Fälle von verschwundenen Angehörigen recherchiert. Sie ist viel in die Krankenhäuser und Hotels gegangen, hat Leute interviewt und wohl manche zusammenbringen können. An Namen erinnere ich mich überhaupt nicht. Tut mir leid.«

Er machte eine Pause. »Einmal hat sie von einem Interview mit einem BKA-Mann erzählt. Nicht einer aus der Identifizierungskommission, ein Zielfahnder. Sie hatte ihn im Krankenhaus getroffen. Er war verletzt, sein Kollege tot. Sie waren hinter einem Kerl her, einer von der Mafia, glaube ich. Aber der Tsunami war schneller gewesen. Ach, es gab massenhaft solche Geschichten. Am schlimmsten fand ich immer die Eltern, die ihre Kinder am Strand unter den Leichen gesucht haben. Und gerade von den Babys war ja meist nicht mehr viel übrig.«

Leonie versuchte, ihn wieder auf ihr Thema zu bringen. »Und Frank? Gab's bei ihm irgendwas, das Ihnen aufgefallen ist? Hatte er mit jemandem Ärger? Oder wäre es vorstellbar, dass er sich an etwas Illegalem beteiligt hat?«

Fuchs sah sie konsterniert an. »Das ist doch jetzt nicht Ihr Ernst? Frank und ein Korrumpel?«

»Irgendjemand hat ihn und seine Frau getötet. Dafür muss es einen oder mehrere Gründe geben. Im Zusammenhang mit dem Tsunami fallen mir nur zwei ein. Entweder hat er von einer Schweinerei Kenntnis gehabt oder hing selbst mit drin.«

»Nein, auf keinen Fall«, sagte Fuchs nachdrücklich. »Weder das eine noch das andere. Außerdem liegt das alles zwei Jahre zurück.«

Leonie zuckte mit den Schultern. Die Anzahl der vergangenen Jahre spielte ihrer Meinung nach überhaupt keine Rolle.

Fuchs deutete auf seinen Laptop. »Wenn Sie wollen, kann ich Ihnen Fotos zeigen, die Claudia da unten gemacht hat.«

»Fotos von Claudia? Wie kommen Sie denn daran?« Leonies Interesse stieg erheblich.

»Ganz einfach. Sie hat einen Tag lang unsere Arbeit dokumentiert. Sie hat mir die Fotos überspielt. Sind auch noch andere dabei.«

Die folgende halbe Stunde betrachtete Leonie Unmengen von Fotos, die meisten zeigten ihr sattsam bekannte Situationen. Und dann gab es noch weitere Unmengen von Fotos, die Claudia Gotthardt von Überlebenden, von Verletzten und von Toten gemacht hatte. Mit diesen Fotos war sie offenbar herumgezogen, um den Verzweifelten, die ihre Angehörigen verloren hatten, bei der Suche zu helfen. Es waren auch Fotos von Fotos dabei, die sie für ihre

Recherchen abgelichtet hatte. Da gab es das kleine Mädchen, das irgendwo in Skandinavien eine Schneeballschlacht mit seinem Vater gemacht hatte. Den alten Mann zwischen Blumen und Gartenzwergen. Die junge Mutter mit dem Baby auf dem Arm. Männer auf Segelbooten und mit Frauen im Arm. Ein Europäer mittleren Alters, der in Thailand eine Tauchschule geleitet hatte, mit zwei seiner einheimischen Angestellten, die ebenfalls der Tsunami geholt hatte. Leonie hatte genug von all dem Leid. Sie wollte die Bilder gar nicht mehr sehen. Sie würden ihr ohnehin nicht weiterhelfen. Sie bedankte sich bei Fuchs.

»Wahrscheinlich hat Kallweit, das ist der ermittelnde Beamte, recht, und ein Einbrecher hat Frank und Claudia getötet.«

Fuchs grinste. »Hat gar keinen Zweck, dass Sie versuchen, sich selbst zu überzeugen. Wenn sich bei Ihnen einmal ein Verdacht festgesetzt hat, dann lassen Sie sowieso nicht mehr locker.«

So etwas Ähnliches sagte eine halbe Stunde später auch Paul Unruh. Sie hatte zunächst Dr. Daniel in der Untersuchungsstelle einen Besuch abgestattet und war nach einer kurzen Unterhaltung mit ihrer Nachfolgerin ins DNA-Labor gegangen, um Paul zu suchen. Paul sah gut aus, besser als während ihrer gesamten Zeit in Hamburg. Er war nicht mehr so mager und wirkte entspannt.

»Ich hoffe, du bist nicht nur hergekommen, um mit Fuchs zu reden?«

»Natürlich nicht, das hätte ich zur Not auch am Telefon erledigen können. Obwohl das immer eine Notlösung ist. Es gibt einfach Recherchen, bei denen man seinem Gesprächspartner in die Augen sehen muss.«

»Dasselbe trifft auch auf andere Situationen zu«, sagte Paul. Und da gerade niemand außer ihnen im Labor anwesend war, zog er Leonie an sich und küsste sie ausgiebig.

»Das kann heute Abend ja heiter werden.«

Vielleicht, dachte Leonie, gab es ja für sie beide doch noch eine Zukunft.

9

> Ich wollt, meine Schmerzen ergössen sich
> all in ein einziges Wort.
>
> Heinrich Heine, *Heimkehr*

Unterarm: prickelnd, enervierend, unangenehm, nächste Stufe: spitzig, erschreckend, stark unangenehm, nächste Stufe: zerreißend, überwältigend, grauenhaft. Fußsohle: stechend, bedrückend, sehr unangenehm, nächste Stufe: sehr schmerzhaft, Übelkeit erregend, schrecklich. Schambereich: durchzuckend, bedrückend, unangenehm, nächste Stufe: zerreißend, quälend, unerträglich.

Ben nahm das Thermometer aus dem Mund. Es zeigte 39,4. Kein Wunder, dass er einen roten Kopf hatte und ein leichtes Schwindelgefühl verspürte. Aber daran war er gewöhnt. Nur einer seiner üblichen Fieberanfälle. Das würde vorbeigehen. Er wandte sich wieder seinem Laptop und der Tabelle zu. Es war wirklich ein Glück gewesen, dass er in einem Fachbuch den Schmerzfragebogen gefunden hatte. Das hatte ihm ganz neue Möglichkeiten eröffnet. Beim ersten Mal war er unstrukturiert vorgegangen, ohne rechten Plan. Das Ergebnis war entsprechend kläglich gewesen, der Erkenntnisgewinn gering. Es war wirklich schwierig. Da war zunächst die Methode. Wie sollte man etwas bewerten, das sich nicht in Zahlen und Maßen ausdrücken ließ? Es blieb das Wort. Für ihn in diesem Fall ein besonderes Problem. Aber nicht nur für ihn. Für alles gab es Worte, nur zur Beschreibung des Schmerzes fehlten sie oft. Der wissenschaftliche Fragebogen versuchte eine Annäherung, versuchte Schmerzerfahrung über sensorische und affektive Faktoren zu beschreiben und zu begreifen. Ben wusste, dass Schmerzerfahrung subjektiv war. Ethnie, soziale Schicht, Alter, Geschlecht, Tageszeit, Furcht, Hauttemperatur, Unaufmerksamkeit, Suggestion – alles konnte einen Unterschied machen und musste berücksichtigt werden. Natürlich war auch dies nur ein erster Schritt. Den Weg, seine Erkenntnisse für sich vollständig fruchtbar zu machen, hatte er noch nicht gefunden. Aber er spürte, dass es voranging. Als er mit seiner Arbeit fertig war, lehnte er sich zurück, schloss die Augen und horchte den Worten nach, die er aufgeschrieben und dabei laut ausgesprochen hatte. Worte allein waren nicht genug.

Ben erhob sich und verließ das kleine Zimmer im ersten Stock der Burg, das er sich als Arbeitszimmer eingerichtet hatte. Kurz hatte er überlegt, ob er ganz dort hinziehen und sein Haus in Berlin verkaufen sollte. Aber das war nur der ersten Begeisterung geschuldet gewesen. Er würde Berlin und sein Elternhaus nicht verlassen. Glücklicherweise war er finanziell gut genug ausgestattet, um sich den Unterhalt zweier Häuser leisten zu können. Die Burg war außerdem in recht gutem Zustand, soweit er das beurteilen konnte, und in den letzten Jahren in Teilen renoviert worden. Ben ging in die Küche und machte zwei Würstchen aus dem kleinen Lebensmittelvorrat heiß, den er aus einem Berliner Supermarkt mitgebracht hatte. Im nahen Dorf hatte er sich bis jetzt nicht blicken lassen. Er scheute neugierige Blicke und Fragen. Mit den Würstchen und zwei gebutterten Brotscheiben setzte sich Ben an den Esszimmertisch.

Während er aß, überlegte er, auf welchem Stuhl wohl sein Großvater gesessen haben mochte, als er noch nicht im Heim lebte, und wo seine Tante. Er hatte inzwischen aus dem Notar herausgefragt, dass die Tante vor vielen Jahren ins Haus ihres Vaters gezogen war, weil der es ihr nur unter dieser Bedingung überschreiben wollte. Außerdem hatte sie ihm nach seinem Umzug ins Heim eine monatliche Summe zahlen müssen, eine Verpflichtung, die zu Bens Glück nicht Teil seines Erbes und mit ihrem Tod erloschen war. Tatsächlich hatte der Notar ihn vor ein paar Tagen davon unterrichtet, dass der Großvater durch einen Anwalt signalisiert hatte, auch auf den Pflichtteil am Erbe seiner Tochter verzichten zu wollen. Allerdings war hieran wieder eine Bedingung geknüpft. Ben fand, sein Großvater müsse ein Freund von dieser Art Erpressung sein. Die Bedingung bestand in einem Besuch im Heim. In Bens Augen ein eigenartiger Wunsch nach den langen Jahren des Schweigens.

Er musste sich bald entscheiden, es war ihm eine Frist gesetzt worden. Ließe er sie verstreichen, würde die Auszahlung des Pflichtteils beantragt werden. Noch wusste Ben nicht, was er tun würde. Wenn er an seinen Großvater dachte, verspürte er ein großes Unbehagen, sogar Furcht. Vielleicht hing das auch mit den Träumen zusammen, die in letzter Zeit wieder verstärkt seine Nächte heimsuchten. Diese Träume hatten alle mit seinem Vater zu tun. Er hatte sich erhängt, als Ben fünfzehn Jahre alt war, und Ben hatte ihn gefunden. In seinen Träumen war er nicht tot. Er saß an Bens Bett und sah ihn traurig an. Manchmal weinte er. In einigen Träumen war ein alter Mann anwesend. Der sagte furchtbare Dinge zu Bens Vater, Worte, unter denen er sich krümmte. Beim Erwachen erinnerte Ben sich nicht mehr an diese Worte, nur daran, dass sie wie Peitschenhiebe waren. Ben wusste nicht, ob sich diese Träume aus realen Ereignissen speisten oder reine Erfindungen waren. Aber er war sicher, dass der alte Mann in seinen Träumen der Großvater war.

Wie alt mochte er jetzt sein? Bestimmt sehr alt und gebrechlich, wenn er in einem Heim lebte. Eine gewisse Neugierde mischte sich in das Gefühl der Ablehnung. Ben schloss einen Kompromiss mit sich selbst. Er würde sich das Heim anschauen, mit der Heimleitung über seinen Großvater sprechen und ihn – vielleicht – von weitem beobachten. Dann konnte er immer noch entscheiden, ob er ihm gegenübertreten wollte.

Auf dem Dachboden warteten die Kisten mit den Sachen des Großvaters darauf, ausgepackt zu werden. Wenn Ben den Mut aufbrachte, den alten Mann zu treffen, würde er sich auch mit dem Inhalt der Kisten auseinandersetzen können. Eines nach dem anderen, dachte Ben. Immer eines nach dem anderen.

10

Fassungslos standen Leonie Simon, eine Kinderärztin und eine Krankenschwester der Charité sowie eine Kriminalbeamtin der LKA-Abteilung »Delikte an Schutzbefohlenen« auf der Intensivstation neben einem Bett, auf dem der nackte, zerschundene Körper einer knapp Dreijährigen lag. Der magere Leib des Kleinkindes trug Spuren von Schlägen und Tritten und Bissspuren an Oberschenkeln und Gesäß. Weitere schwere Verletzungen hatte Leonie Simon bei ihrer Untersuchung an Vagina und Anus des Kindes festgestellt, die Folge mehrfacher brutaler Vergewaltigungen. Röntgenaufnahmen hatten Brüche, einige davon bereits verheilt, gezeigt. Um die rechtsmedizinischen und kinderärztlichen Untersuchungen und die CT auf Kopfverletzungen, wobei das Kind völlig ruhiggestellt werden musste, überhaupt vornehmen zu können, war das schwer traumatisierte Mädchen anästhesiert worden. Der Krankenschwester standen Tränen in den Augen. Auch Leonie Simon fiel es nicht leicht, sich auf das rein Fachliche zu konzentrieren. Als Rechtsmedizinerin war sie es gewohnt, die Opfer menschlicher Grausamkeit und Bösartigkeit zu untersuchen, aber so etwas sah selbst sie nicht oft. Das kleine Mädchen würde die erlittenen Misshandlungen überleben, wie es um ihre seelische Entwicklung bestellt sein würde, hing unter anderem davon ab, ob sie endlich die Hilfe bekommen würde, die ihr Behörden und Umwelt bisher verweigert hatten. Von der LKA-Beamtin hatte Leonie die bekannte Geschichte von Gleichgültigkeit und Unfähigkeit erzählt bekommen. Immer wieder hatte es Anzeigen von Nachbarn der Kindeseltern gehagelt, die das Kind schreien gehört und seine Wunden gesehen hatten. Es gab Behördenbesuche, angemeldete vor allem, bei denen angeblich nichts bemerkt worden war, abgesehen von Verwahrlosungstendenzen in der Wohnung. Zum Zeitpunkt des letzten Besuches einer Mitarbeiterin des Jugendamtes hatte das Kind entzündete Wunden an beiden Ohren, der Lebensgefährte seiner Mutter hatte Stücke herausgebissen. Dennoch hatte die Beamtin notiert, dass das Kindeswohl nicht gefährdet sei. Der noch größere Skandal aber war, dass ein Arzt, der auf Betreiben des Jugendamtes eine Untersuchung vorgenommen hatte, was darauf hindeutete, dass doch jemand nervös geworden war, nichts fand, was auf Kindesmisshandlung schließen ließ. Dieser Arzt war allerdings von der Mutter des Kindes ausgesucht worden. Eine weitere Fehlleistung der Behörde in Leonies Augen. Sie bezweifelte, dass der Arzt das Kind überhaupt untersucht hatte. Andernfalls müsste man ihn standesrechtlich und strafrechtlich verfolgen und entweder wegen erwiesener Unfähigkeit oder unterlassener Hilfeleistung zur Verantwortung ziehen. Einem Geschäftsmann war es zu verdanken gewesen, dass Leonie das Kind noch lebend zu Gesicht bekommen hatte. Er war dem Kind und den sogenannten Eltern bei einem Einkauf begegnet und hatte glücklicherweise sofort die Polizei informiert.

Leonie war bereits kurz danach vom LKA dazugebeten worden, um die Verletzungen des Kindes für ein Gerichtsverfahren zu dokumentieren. Es unterlag keinem Zweifel, dass es zu einer Anklage gegen Mutter und Stiefvater kommen würde. In Berlin gab es zu Leonies Bedauern keine Untersuchungsstelle für Opfer von Gewalttaten, und sie hatte nicht die Energie, ein zweites Mal gegen alle Widerstände eine solche Organisation aufzubauen, noch dazu in einer hochverschuldeten Stadt wie Berlin. Vielleicht würde es Professor Oberbeck eines Tages gelingen, der Idee stand er grundsätzlich positiv gegenüber. Das Einzigartige der Hamburger Untersuchungsstelle war die Schaffung eines Hilfezentrums für Gewaltopfer, die keine oder noch keine Anzeige erstatten und die Polizei nicht involvieren, aber ihre Verletzungen dokumentiert haben wollten. Ein Weg, der vor allem für traumatisierte Opfer zunächst leichter war. Untersuchung wie Gutachten waren kostenlos. In einigen anderen Städten sahen Rechtsmediziner lebende Gewaltopfer nur, wenn sie ihnen von der Polizei vorgestellt wurden. In Berlin war es Geschädigten noch schlechter ergangen, denn bisher hatte die Polizei das rechtsmedizinische Institut aus Kostengründen nur in absoluten Ausnahmefällen kontaktiert. Leonie lag die Untersuchung von lebenden Verbrechensopfern ebenso am Herzen wie die von toten, weil sie es nicht ertragen konnte, in Prozessen den Triumph der Täter zu erleben, die aufgrund anfechtbarer medizinischer Gutachten von dazu nicht ausgebildeten niedergelassenen oder Krankenhausärzten häufig gar nicht oder nur geringfügig bestraft wurden. Deshalb hatte sie bald nach Aufnahme ihrer Tätigkeit in Berlin die Leiterin der LKA-Abteilung »Delikte an Schutzbefohlenen« kontaktiert und mit ihr eine gut funktionierende Zusammenarbeit aufgebaut, die garantierte, dass im Bedarfsfall eine rechtsmedizinische Untersuchung in einem angemessenen Zeitraum erfolgte. Einen Rund-um-die-Uhr-Service wie in Hamburg konnte Leonie nicht anbieten, aber die Situation stellte alles in allem wenigstens für Kinder und Jugendliche eine hundertprozentige Verbesserung dar.

Als Leonie in Begleitung der LKA-Beamtin die Intensivstation verließ, begegneten sie einem jungen Mann, der einen Teddybären im Arm hielt. Er fragte nach dem verletzten Kind.

»Wer sind Sie? Und was wollen Sie von der Kleinen?«, fuhr ihn die Polizistin an. Für Leonie ein Hinweis auf ihre seelische Verfassung.

»Döberitz«, antwortete der junge Mann und deutete eine Verbeugung an. »Ich bin ein grüner Herr.«

»Was sind Sie? Für blöde Scherze bin ich nicht in der Stimmung«, fauchte die Kriminalbeamtin.

»So nennt man die Frauen und Männer, die sich in Krankenhäusern ehrenamtlich um Patienten kümmern«, schaltete sich Leonie ein. »Vor allem um diejenigen, die ganz allein sind oder wenig Besuch bekommen.«

Der junge Mann nickte ihr dankbar zu. »Ich habe gehört, was passiert ist. Und ich dachte, die Kleine braucht jetzt was zum Kuscheln.«

»Das ist sehr nett von Ihnen.« Leonie blickte in ein freundliches Mondgesicht. »Im Moment ist sie aber nicht in der Verfassung, jemanden zu sehen.«

Die Polizistin wurde etwas gnädiger und griff nach dem Stofftier. »Ich gebe den Teddy bei der Schwester ab.«

Sie nickte Leonie zum Abschied zu und verschwand wieder auf die Intensivstation.

Der grüne Herr Döberitz sah ihr verdutzt nach.

»Nehmen Sie es ihr nicht übel.« Leonie legte ihm kurz den Arm auf die Schulter. »Es gibt Dinge, die auch den Abgebrühtesten zornig oder traurig machen. Kommen Sie.«

Gemeinsam gingen sie zum Fahrstuhl. Leonie betrachtete den jungen Mann, der etwas schwerfällig neben ihr herstapfte.

»Bis jetzt habe ich nur ältere grüne Damen kennengelernt. Gelegentlich auch mal einen älteren Herrn, der sich als Rentner zu Hause langweilt.«

»Ja, stimmt. Eigentlich verstehe ich das gar nicht. Es gibt doch auch junge Leute, die sich sozial engagieren.« Der Junge lächelte Leonie an. Das Lächeln machte sein Gesicht beinahe attraktiv. »Wie ich zum Beispiel.«

Leonie verließ das Krankenhaus mit dem Gefühl, etwas Wichtiges vergessen zu haben. Im Auto, auf dem Weg zurück ins Institut, fiel es ihr wieder ein. Schon vor einer halben Stunde war sie mit einem Redakteur verabredet gewesen, dessen Name sie in den Unterlagen gefunden hatte, die vom LKA in Claudia Gotthardts Büro sichergestellt worden waren und die sie dank Kallweits Großzügigkeit hatte einsehen dürfen. Handschriftlich hatte Claudia »dringend Hanno anrufen« notiert, dazu eine Telefonnummer und ein noch nicht sehr weit zurückliegendes Datum. Leonie hatte einfach die Nummer gewählt und nach Hanno gefragt. Hanno Hoffmann entpuppte sich als Hauptstadtkorrespondent einer überregionalen Zeitung. Er war sofort bereit gewesen, sich mit ihr zu treffen.

Zu Leonies Erleichterung wartete Hanno Hoffmann noch im Literaturhauscafé in der Fasanenstraße auf sie, ein kleiner schlanker Mann mit unmodisch langem Haar und John-Lennon-Brille. Vor ihm standen ein großer Milchkaffee und ein Laptop, an dem er arbeitete, als Leonie hereinhetzte. Er hörte erst auf zu tippen, als sie direkt vor ihm stand.

»Sie hätten sich nicht so zu beeilen brauchen.«

Leonie entschuldigte sich trotzdem. »Ich musste zu einer Geschädigtenuntersuchung. Das kann man nicht einplanen.«

Natürlich wollte er wissen, worum es ging, aber Leonie verwies auf ihre Schweigepflicht.

»Über den Fall gibt es mit Sicherheit bald eine Pressemitteilung«, tröstete sie ihn. »So etwas bekommt man nicht alle Tage zu sehen.«

Dann erklärte sie, worum es ihr ging. »Da Claudia noch relativ kurz vor ihrem Tod Kontakt zu Ihnen hatte, vermute ich, dass es um eine Geschichte ging, die sie Ihnen angeboten hat.«

Hoffmann nickte. »Das ist richtig. Sie hatte eine Menge Zeit und Geld in eine Korruptionsgeschichte investiert.«

»Worum ging's da genau?«

»Um die Veruntreuung von Hilfsgeldern der Bundesregierung für die Opfer der Tsunami-Katastrophe in Thailand und anderen betroffenen Ländern. Claudia wollte beweisen, dass nicht nur notorisch korrupte Dorfbürgermeister sich kräftig bei den reichlich fließenden Millionen bedient haben.«

»Und? Konnte sie das?«

Hoffmann wiegte zweifelnd den Kopf. »Um ehrlich zu sein, ich war noch nicht so weit überzeugt, dass ich die Story gekauft hätte. Schauen Sie, das Ganze ist ein ziemlich kompliziertes Geflecht von Ministerien und deren Durchführungsorganisationen, wie zum Beispiel die Gesellschaft für technische Zusammenarbeit, die Deutsche Investitions- und Entwicklungsgesellschaft oder die Entwicklungsbank, die aber natürlich auch für Unternehmen der Privatwirtschaft tätig sind. Diese Durchführungsgesellschaften arbeiten mit Partnern in den Entwicklungsländern zusammen, die wiederum im Lande vernetzt sind. Da ist das Risiko des Versickerns von Geldern an den Schaltstellen unheimlich hoch. Vor allem Bauprojekte und Infrastrukturmaßnahmen, wie nach dem Tsunami überall angeschoben, sind extrem korruptionsanfällig, von den Bürokraten und den staatlichen Hilfsorganisationen gar nicht zu reden. Trotz aller Warnungen überweist die Bundesregierung leider immer wieder auch große Summen direkt an Regierungen. Sogar der damalige thailändische Premierminister Thaksin Shinawatra soll Hilfsgelder unterschlagen haben. Der Mann kontrollierte fast die gesamte einheimische Telekommunikation. Das Problem ist nur immer, dass es sehr schwer fällt, Korruption zu beweisen, weil es ein Delikt ist, bei dem es quasi keine Verlierer gibt. Mal abgesehen von den armen Schweinen, die durch den Tsunami alles verloren haben. Aber die spielen eben keine Rolle auf den höheren Ebenen.«

»Leider«, sagte Leonie. »Und wie weit war Claudia bei ihren Recherchen gekommen? Weit genug, um jemandem Angst einzujagen?«

»Also, das kann ich Ihnen wirklich nicht sagen.« Hoffmann nahm die Brille ab und begann sie ausgiebig zu putzen. Vermutlich brauchte er diese Tätigkeit, um Zeit für seine Antwort zu gewinnen. »Der Artikel war noch nicht fertig, wir haben nur darüber telefoniert.«

»Schön.« Leonie blieb geduldig. »Vermutlich hatte sie einen Informanten.«

»Vermutlich.«

»Dessen Name sie Ihnen sicher nicht genannt hat, weil Sie Claudias Story dann selbst hätten schreiben können. Oder irre ich mich? Ich meine, was Ihre Unkenntnis der Quelle anbelangt.«

»Schauen Sie, Frau Doktor Simon.« Hoffmann setzte seine Brille umständlich wieder auf. »Genau wie bei Ihnen gibt es für Journalisten eine Schweigepflicht. Ich kann Ihnen keine Namen nennen, schon gar nicht den eines Informanten. Selbst wenn ich ihn wüsste. Das täte ich nicht einmal, wenn mir die geballte Staatsmacht gegenübersäße.«

»Es gibt also einen Informanten, und Sie kennen ihn«, hakte Leonie nach.

»Das habe ich nicht gesagt. Ich habe im Konjunktiv gesprochen.«

»Dann verfügen Sie auch über die Namen der potentiellen Verdächtigen im Hinblick auf Claudia Gotthardts Tod? Wird die Polizei sicher interessieren.«

Hoffmann zuckte nicht mit der Wimper, änderte aber seine Taktik. »Ich würde eine solch heiße Story nicht abdrucken, wenn ich nicht sicher sein könnte, dass die Fakten stimmen und der Informant verlässlich ist. Aber die Quelle ist nach den Ereignissen versiegt.«

»Vielleicht nicht für mich. Ist es Ihnen möglich, den Informanten anzurufen und zu fragen, ob er bereit wäre, mit mir zu sprechen? Selbstverständlich anonym, und wenn er möchte, kann er von mir aus mit Skimaske zum Treffen erscheinen. Oder ist es vielleicht eine Sie?«

Hoffmanns Gesicht verrutschte zum Ansatz eines Grinsens. »Das könnte ich eventuell tun. Aber ich werde nicht versuchen, die Person zu überreden. Immerhin kann ich für Sie nicht bürgen, Frau Doktor.«

»Letzte Frage. Hat Ihnen Claudia Gotthardt Papiere oder Fotos überlassen mit der Bitte, sie aufzubewahren?«

Hoffmann verneinte. »So standen wir nicht miteinander. Aber falls Sie was Interessantes ausgraben, dann wissen Sie ja, wie Sie mich erreichen können.«

Leonie fühlte sich einsam. Seit sie nach Berlin zurückgekehrt war, hatte sie sich noch stärker in ihre Arbeit vergraben als in Hamburg. Teils war das der Situation im Institut geschuldet, teils war sie froh darüber, nicht zu viel freie Zeit zu haben. Viele ihrer früheren Freunde und Kollegen hatten Berlin verlassen oder die Verbindung war abgerissen, und von aufgewärmten Freundschaften hielt sie ebenso wenig wie von aufgewärmten Liebschaften. Tante Charlotte führte ihr eigenes Leben, und Leonies Fäden nach Hamburg waren dünn geworden. Hin und wieder telefonierte sie mit Vera Kilian, der Polizeipsychologin, und besuchte sie, wenn sie in Hamburg war. Ebenso hielt sie es mit Hauptkommissar Kaminski, dessen Rat und Hilfe sie gelegentlich in Anspruch nahm. Der Kontakt zu Max Lifka war zu Leonies Freude beständig geblieben, wenn auch nicht mehr so häufig wie früher. Max war der Sohn ihrer alten Freundin Erika, die vor ein paar Monaten auf Bewährung entlassen worden war. Während der Zeit ihrer Gefängnisstrafe, Erika hatte ihre Schwester im Affekt getötet, war Leonie Max' Kummerkasten und Mentorin gewesen, und sie hatte ihn vor schlimmen Dummheiten bewahrt. Vor kurzem war der Junge fünfzehn geworden, entwickelte sich gut in der Schule und vermittelte Leonie bei ihren Telefonaten und seltenen Begegnungen den Eindruck, er sei aus dem Gröbsten heraus. Deshalb machte sie sich auch keine Gedanken, als er sie anrief und ihr mitteilte, er sei auf Klassenreise in Berlin und würde sich gern mit ihr treffen. Sie freute sich im Gegenteil, ihn wiederzusehen, und machte mit ihm einen Termin am folgenden Tag aus. Max und seine Schulkameraden wohnten in einem Schullandheim am Wannsee. Dort holte Leonie den Jungen zur verabredeten Stunde ab. Als er auf sie zukam, war sie erstaunt, wie sehr er sich verändert hatte, seitdem sie ihn zuletzt gesehen hatte. Bis vor wenigen Monaten war er für sein Alter viel zu klein und wirkte deshalb jünger, als er war. Nun schlenderte ein zumindest mittelgroßer Junge herbei, mit deutlich breiteren Schultern und dem Anflug eines Bartflaums um Kinn und Wangen. Ein paar leuchtend rote Pickel vervollständigten das Bild eines Halbwüchsigen, dessen hormonelle Umstellung in vollem Gange war. Er grinste verlegen, als er bemerkte, wie sie ihn musterte.

»Hallo, Frau Doktor Simon.«

»Du meine Güte, Max, wenn ich dir in Hamburg auf der Mönckebergstraße begegnet wäre, hätte ich dich nicht erkannt.«

Max nahm es als Kompliment und grinste noch breiter. »Ich Sie schon. Na ja, früher hatten Sie keine grauen Haare.«

»Soll das heißen, dass ich jetzt welche habe?« Leonie war ernstlich erschrocken.

»Ja, aber nur ganz wenige. Fällt kaum auf.«

Leonie verbiss sich das Lachen und bedankte sich für diese beruhigende Mitteilung. Eine Viertelstunde später saßen sie bei *Loretta,* einem Ausflugslokal mit Blick auf den Wannsee, und weil das Wetter es zuließ, blieben sie draußen im großen Biergarten. Leonie organisierte Würstchen, Bier und Cola. Während sie aßen und tranken, ließ sich Leonie erzählen, wie lange Max in Berlin blieb und was für ihn und seine Schulkameraden auf dem Plan stand. Da die Klasse zum ersten Mal in der Hauptstadt war, bekamen die Schüler das volle Touristenprogramm geboten mit Reichstag, Brandenburger Tor, Unter den Linden, Gendarmenmarkt, Pergamonmuseum auf der Museumsinsel, Nikolaiviertel, Potsdamer Platz, Schloss Charlottenburg, Schloss Sanssouci in Potsdam und als besondere Zugabe eine Fahrt mit dem Schiff auf der Havel bis Tegel und zurück. Leonie gab noch ein paar Kneipen-Tipps für die wenigen Freistunden und erkundigte sich nach seiner Mutter.

»Sie hat Arbeit gefunden«, sagte Max mit Leichenbittermiene.

»Na wunderbar. Wo denn?«

»In einer Konditorei. Als Hilfskraft. Aber manches lässt der Chef sie auch ganz allein machen.«

Aus seinen Worten klang Stolz, aber auch etwas, das Leonie nicht gleich deuten konnte. Es lag etwas Mürrisches in seinem Ton, etwas beinahe Abfälliges.

Nach einigen Minuten dieser Frage-und-Antwort-Konversation rückte Max raus mit dem eigentlichen Grund für seinen Wunsch, sich mit Leonie zu treffen.

»Ich wollte mal fragen, ob ich vielleicht für einige Zeit bei Ihnen wohnen könnte? Nur so lange, bis ich eine eigene Bude gefunden habe.«

Leonie sah ihn verblüfft an. »Hab ich das richtig verstanden? Du willst nach Berlin ziehen?«

»Ja, irgendwie schon.«

»Ein bisschen umziehen geht nicht«, sagte Leonie streng, die Irgendwie- und Irgendwas-Sätze nicht ausstehen konnte. »Was soll das überhaupt? Ich entnehme deinen Worten, dass deine Mutter nicht die Absicht hat, den Wohnort zu wechseln.«

Max verschränkte die Arme über der Brust. »Nee.«

»Dann weiß ich erst recht nicht, was du in Berlin willst. Du bist erst fünfzehn und gehst noch zur Schule.«

»Na und? Hier gibt's auch Schulen. Und meine Schwester ist mit sechzehn von zu Hause abgehauen.«

»Sie war siebzehn, und es ist ihr leider sehr schlecht bekommen. Mit anderen Worten, als Vorbild für dich taugt sie nicht. Und wenn sie noch lebte, würde sie dir das bestimmt selbst sagen.«

Max senkte den Blick.

»Wie wär's, wenn du mir reinen Wein einschenken würdest. Hast du dir mal wieder die falschen Freunde gesucht?«

»Ich nich, aber meine Mutter.«

Daher wehte also der Wind. Erika hatte einen neuen Freund, und Max war eifersüchtig.

»Und deswegen musst du aus Hamburg weg? Oder misshandelt der Mann dich?«

»Das soll er mal probieren, der Schleimscheißer.«

Offenbar war eher Erikas Freund in Gefahr, misshandelt zu werden.

»Will er dir den Computer wegnehmen? Oder dich als Arbeitssklave an einen arabischen Scheich verkaufen? Lass dir nicht die Würmer aus der Nase ziehen.«

Es dauerte eine Weile, bis sich das Bild klärte. Erika hatte in ihrem Chef eine neue Liebe gefunden, und auch der Mann schien es ernst zu meinen. Seine Versuche, die Zuneigung von Max zu gewinnen, waren allerdings samt und sonders von Misserfolg gekrönt. Wenn Leonie Max Glauben schenken wollte, war der Konditor-Meister ein Spießer erster Ordnung, dessen einziges Bestreben es war, dem zukünftigen Stiefsohn das Leben zu vergällen und ihn seiner Mutter zu entfremden. Leonie wagte die Vermutung, dass auch Max alles daransetzte, dem Freund seiner Mutter das Leben zur Hölle zu machen.

»Ich muss mich doch wehren. Und Mama ist immer auf seiner Seite. Früher war das nie so. Wahrscheinlich ist sie froh, wenn ich weg bin.«

Das klang sehr jung und sehr verzweifelt. Er tat Leonie leid, aber natürlich konnte sie nicht ohne weiteres seine Partei ergreifen.

»Okay, Max. Ich verstehe deine Situation, und ich nehme sehr ernst, was du mir erzählt hast. Aber es ist absolut undenkbar, dass ich deine Idee unterstütze, von zu Hause wegzugehen. Du bist sehr jung, und ich meine, deine Lage müsste sich auch anders verbessern lassen.«

»Klar, wenn meine Mutter den Idioten rausschmeißt. Aber das tut sie nicht. Voll peinlich, wie sie sich benimmt wegen dem.«

In dem Alter ist die Entdeckung, dass Erwachsene auch nach dem dreißigsten Geburtstag ein Sexualleben haben und Eltern keine Ausnahme machen, besonders unangenehm, wie Leonie aus eigener Erfahrung wusste.

»Hör mal, Max, ich könnte jetzt ein paar goldene Worte sprechen. Nur fürchte ich, das würde im Moment wenig nützen. Ich mache dir deshalb folgenden Vorschlag. Wenn ich das nächste Mal in Hamburg bin, rede ich mit deiner Mutter, um mir ihre Version der Geschichte anzuhören. Und ich schaue mir den Konditor aus der Nähe an. Dann werden wir weitersehen. Du hältst bis dahin die Füße still und benimmst dich so vernünftig und anständig, wie es einem pubertierenden Ekelpaket möglich ist. Okay?«

»Na, vielen Dank für das pubertierende Ekelpaket.« Max grinste. »Wann sind Sie denn das nächste Mal in Hamburg?«

»Ist das eine ernstgemeinte Frage?« Leonie sah Max mit einem ironischen Lächeln an.

»Sie mit Ihrem blöden Beruf. Nie haben Sie Zeit. Was sagt eigentlich Ihr Freund dazu?«

»Der hat einen genauso blöden Beruf. Außerdem geht dich das gar nichts an.« Leonie gab ihm einen spielerischen Nasenstüber. »Wie ist das mit dir? Hast du eine Freundin?«

Zartes Rot breitete sich über Hals und Wangen aus. Max schüttelte den Kopf. »Im Moment nich. Will ich auch gar nicht. Die Weiber nerven bloß.«

»Ich sehe, da spricht der Fachmann«, flachste Leonie und lenkte seine Aufmerksamkeit auf ein anderes Thema.

Beim Abschied hielt sie seine Hand fest. »Versprich mir, dass du keine Dummheiten machst, wie von zu Hause wegzulaufen.«

Max zögerte. »Ja, ja.«

»Versprich's mir.« Leonie ließ ihn nicht los.
»Okay, ich versprech's.«
»In Ordnung. Ich verlasse mich auf dich.«

Leonie war trotz Max' Versprechen beunruhigt, seinetwegen und auch Erikas wegen. Erika hatte in der Wahl ihrer Männer nie eine glückliche Hand bewiesen. Sie war weder attraktiv noch klug. Erst in der Haft hatte sie lesen und schreiben gelernt. Ihr Selbstwertgefühl war gering. Leichte Beute für Kerle, die ihre eigene Erbärmlichkeit kaschieren, indem sie zu Hause den Despoten spielen. Es war durchaus möglich, dass Max nicht so unrecht hatte und Erika wieder auf den Falschen hereingefallen war. Wenn ich noch in Hamburg lebte, wäre alles viel einfacher, dachte Leonie. Dann wäre sie jetzt zu Vera gefahren und hätte sich den Rat einer erfahrenen Mutter und Psychologin geholt. Wiederum fiel ihr auf, wie wenig Menschen es in Berlin gab, mit denen sie Probleme besprechen konnte. Tante Charlotte, natürlich. Aber über alles konnte sie mit ihr nicht reden. Zurzeit schon gar nicht, Henrys wegen, der – wie ihr auffiel – ein ähnliches Problem für sie darstellte wie der Konditor für Max. Mit Kollegen wie Lottermoser konnte sie über berufliche Konflikte sprechen, aber über Privates nur das Oberflächlichste.

Madeleine Quast war qua Beruf die natürliche Anlaufstelle für persönliche Fragen und Schwierigkeiten. Nur war sie mit ihr bis jetzt nicht recht warmgeworden. Woran das lag, konnte sie nicht benennen. Es war etwas wie eine gläserne Wand um diese Frau, etwas, das sie auf Abstand hielt.

Als Leonie kürzlich in Kallweits Büro die Unterlagen durchgesehen hatte, die im Haus der Gotthardts sichergestellt worden waren, hatte sie sich beiläufig nach der Quast erkundigt. Kallweits Antwort lautete, wenn sie etwas über Q wissen wolle, müsse sie sie schon selbst fragen. Auch sonst war er nicht sonderlich gesprächig gewesen. Leonie interessierte sich natürlich für den Stand der Ermittlungen im Fall Butzke. Viel hatte Kallweit nicht zu berichten, was seine gedeckte Laune erklärte. Er hatte die Freundin des Tätowierers befragt, die gelegentlich im selben Tattoo-Studio jobbte. An dem Tag, an dem sich der Verdächtige dort umsah, hatte sie Dienst gehabt, konnte ihn aber ebenso wenig beschreiben wie die anderen Angestellten. Ein routinemäßiger Abgleich der Patientenkartei des Zahnarztes mit der Stammkundendatei des Studios war negativ verlaufen. Eine gewisse Hoffnung setzte Kallweit in die abgebrochene und zertretene Pflanze, eine Art Blüte, die die Spurensicherung bei der Leiche Butzkes gefunden hatte. Eine Pflanze dieser Art gab es in der Umgebung der Fundstelle nicht, und es bestand die Möglichkeit, dass der Täter sie mitgebracht hatte, zum Beispiel unbemerkt unter seinem Schuh. Das Labor hatte die Pflanze ohne Ergebnis untersucht. Als Nächstes würde sich ein Botaniker der Freien Universität damit beschäftigen. Falls es sich um eine weitverbreitete Art handelte, war natürlich nichts gewonnen.

Auch wenn Kallweit es nicht aussprach, so ahnte Leonie doch, dass ihn die Angst quälte, der Täter, der den Tätowierer und vielleicht auch den Zahnarzt getötet hatte, könne erneut zuschlagen, während sie alle noch verzweifelt versuchten, den Anfang des Fadens zu finden, den er gesponnen hatte. Wie ihr nach dem Gespräch mit dem Redakteur Hanno Hoffmann in den Sinn kam, war es auch im Fall Gotthardt keineswegs sicher, dass der Täter erreicht hatte, wonach er suchte. Was immer das auch sein mochte.

Bei der Obduktion eines älteren Mannes, der von Spaziergängern in der Nähe des Grunewaldsees leblos gefunden worden war, einen völlig verstörten Hundewelpen neben sich, dachte Leonie an die unzähligen Fernsehserien, die sich in irgendeiner Form mit Rechtsmedizin beschäftigten und in immer größerer Zahl über die Sender flimmerten. Die meisten dieser Serien waren reißerisch gemacht, und vor allem bei den deutschen fragte sich Leonie zuweilen, wozu der im Abspann aufgeführte Fachberater beschäftigt worden war, wenn dieser offensichtlich nicht einmal den größten Unsinn hatte verhindern können. Zu den Stereotypen solcher Filme gehörten schwerblütige, aber geniale Alleskönner der Kategorie »Leichenflüsterer«, die ihren Toten ununterbrochen die unwahrscheinlichsten Geheimnisse entlockten. Dieser Gedankengang brachte Leonie, während sie die Leber des Toten auf das Organbrett hob und zerschnitt, eine Erinnerung an etwas zurück, das Madeleine Quast kürzlich geäußert hatte. »Darüber werde ich mich heute Abend mit ihm unterhalten.« Das war auf den Mörder des Tätowierers gemünzt gewesen. Leonie beschloss, ihre Frage, was damit gemeint war, zum Aufhänger eines Besuches in der Praxis von Madeleine Quast zu machen. Beiläufig könnte sie sich auch einen Rat zur Behandlung eines pubertierenden Krisenherdes namens Max holen.

Das Geheimnis des Mannes vom Grunewaldsee war banal und schnell gelüftet. Er war an den Folgen einer weit fortgeschrittenen Tumorerkrankung gestorben. Leonie machte sich auf den Weg in ihr Büro, wo jede Menge Bürokratie auf sie wartete. Auch etwas, worauf das Studium nicht vorbereitete. Die Empfangssekretärin hielt sie auf.

»Frau Doktor Simon, Sie werden schon erwartet. Ich habe den Herrn in den Besprechungsraum gesetzt.«

Leonie ging im Kopf ihren Terminkalender durch. »Ich weiß von keinem Termin. Was will er denn?«

»Oh.« Die Sekretärin war neu und merkte, dass sie wohl einen Fehler gemacht hatte. »Das hat er nicht gesagt. Ich dachte, Sie wüssten …«

»Schon gut. Ich schau ihn mir mal an.«

Der Mann, der am Fenster stand und sich Leonie zuwandte, als sie den kleinen provisorischen Besprechungsraum betrat, war mittelalt, mittelgroß und von mittelmäßigem Aussehen. Für die Ausübung seines Berufes war diese unauffällige Durchschnittlichkeit, die nicht seine Intelligenz betraf, eher ein Gewinn. Er war vom BKA und Leonie kannte ihn. Sein Name war Dorn, und er war zur selben Zeit wie sie in Thailand gewesen.

»Ich hoffe, ich komme nicht ungelegen.« Er kam lächelnd auf sie zu.

»Das nicht, aber überraschend.«

Leonie bestellte Kaffee im Sekretariat und hielt eine oberflächliche Konversation in Gang, bis er serviert worden war.

»Was führt Sie zu mir?«

Dorn bediente sich großzügig bei den Keksen, die die Sekretärin auf einem Teller drapiert hatte. »Der Tod von Claudia Gotthardt, der möglicherweise nicht natürlich war.«

»So sehe ich das, ja. Aber ich denke doch, wir schaffen das auch ohne die Hilfe des BKA.«

Dorn grinste. »Keine Sorge, ich habe nicht die Absicht, mich einzumischen.«

Das durfte er auch gar nicht, und beide wussten das.

»Sie hat mich ein paar Tage vor ihrem Tod angerufen.«

Dieser Mistkerl, dachte Leonie. Kallweit hatte ihr also eine bereinigte Telefonliste zur Einsicht vorgelegt. Dorns Name stand nicht darauf.

Dorns Lächeln vertiefte sich. »Nehmen Sie's Kallweit nicht übel. Ich an seiner Stelle hätte Sie erst gar nicht herumschnüffeln lassen.«

»Sie haben mit ihm schon über den Fall gesprochen? Warum also kommen Sie zu mir?«

»Sind Sie nicht neugierig, warum Claudia Gotthardt versucht hat, mich zu erreichen?«

»Doch.« Leonie war sogar irrsinnig neugierig.

»Sie wollte mir etwas mitteilen, dummerweise war ich auf Reisen und meiner Sekretärin hat sie nichts für mich hinterlassen. Ich vermute aber, dass es in Zusammenhang stand mit der Namenliste, die ich ihr besorgt hatte.«

»Welche Namenliste?«

»Wie Sie vielleicht wissen, hat sie damals in den Krankenhäusern in Phuket Town Ausländer, vor allem Deutsche, fotografiert, die dann peu à peu ausgeflogen worden sind. Verletzte und Leute, die Angehörige verloren hatten. Über diese Menschen wollte sie so eine Art Vorher-Nachher-Reportage schreiben. Dazu brauchte sie deren Adressen, und die habe ich ihr besorgt.«

Leonie vergaß, ihren Kaffee zu trinken. »Sagte sie, für wen sie sich insbesondere interessierte?«

»Nein. Ich hatte nicht den Eindruck, dass es speziell um eine

Person ging. Meine Sekretärin sagte mir, Claudia Gotthardt habe am Telefon sehr aufgeregt gewirkt. Sie wollte meine Mobilfunknummer haben, aber meine Sekretärin ist natürlich gehalten, sie niemandem ohne meine ausdrückliche Erlaubnis zu geben. In diesem Fall wahrscheinlich ein Fehler.«

»Noch einmal. Warum erzählen Sie mir das alles?«

»Ich vermute, Sie haben in der Sache eigene Anstrengungen unternommen.«

Ihr Ruf als Nervensäge und Einmischerin hatte sich also schon bis zum Bundeskriminalamt herumgesprochen.

»Ich habe nichts getan, was nicht auch Kallweit hätte tun können. Wie Sie selbst sagten, hat er mich die Unterlagen einsehen lassen, die ihm selbst zur Verfügung stehen.«

Dorn erhob sich. »Na schön, ich wollte nur, dass Sie Bescheid wissen. Sie müssen nicht mit mir reden.«

»Ach, kommen Sie.« Leonie hielt ihn am Ärmel zurück. »Ich habe einen Informanten aufgetrieben, aber ich weiß nicht, wie er heißt. Es geht um Korruption, verschwundene Hilfsgelder, nicht um Verletzte. Mehr weiß ich noch nicht.«

»Noch nicht?« Dorn grinste wieder, wurde aber sofort ernst. »Seien Sie nicht unvernünftig, Frau Doktor, überlassen Sie Kallweit die Sache. Dass die Gotthardt ganz aufgeregt bei mir angerufen hat, gibt ihm zu denken. Glauben Sie mir, er wird dem Fall jetzt die Bedeutung zumessen, die ihm zusteht. Allerdings hat euer Sadist Vorrang, das ist auch richtig so.«

»Kann ich eine Kopie der Liste haben? Ich meine, die mit den Evakuierten, die Sie Claudia gegeben haben.«

»Kallweit hat ein Exemplar. Fragen Sie ihn.«

Nun sind wir quitt, dachte Leonie. Er hat von mir keine Namen bekommen, also verrät er mir auch keine.

»Werde ich tun.« Und einer Eingebung folgend: »Kennen Sie einen Mann namens Marius Wasmuth?«

Dorn runzelte die Stirn. »Ein Journalist. Warum fragen Sie das?«

»Ist er vertrauenswürdig?«

»Ich kenne ihn nicht persönlich. Soweit ich weiß, gilt er als seriös. Aber bei Leuten seines Berufes würde ich mir ein gesundes Misstrauen bewahren. Ein guter Journalist entscheidet sich im Zweifelsfall immer für die Story.«

Genau das hatte Leonie nicht hören wollen.

11

Madeleine Quasts Praxisräume lagen im ersten Stock eines Altbaus über einer Apotheke Paulstraße Ecke Flemingstraße, nur einen Katzensprung von Landgericht und Justizvollzugsanstalt Moabit und einen kleinen Fußmarsch vom rechtsmedizinischen Institut entfernt. Leonie hatte sich korrekt angemeldet und traf überpünktlich dort ein. Die Sekretärin musste sie bitten, einen Moment zu warten. Leonie setzte sich ins Lebensfreude demonstrierende, sonnengelb gestrichene Wartezimmer und betrachtete die Fotos, die schön gerahmt die Wände zierten. Die Aufnahmen waren in verschiedenen Ländern der Erde gemacht worden, vor allem in Asien und Europa. Aber auch Neuseeland erkannte Leonie und Nordamerika. Nach etwa zehn Minuten öffnete sich die Tür zum Sprechzimmer. Ein junges Mädchen erschien. Sie grüßte scheu und beeilte sich, ihren Mantel zu holen, der an einem Garderobenständer hing. Bevor sie die Ärmel ihres Pullovers herunterziehen konnte, bemerkte Leonie die Schnitte über ihrem Handgelenk.

»Frau Doktor Simon.« Die Sekretärin winkte ihr. »Sie können jetzt hineingehen.«

Das junge Mädchen verließ eilig die Praxis, und Leonie betrat den Raum, in dem Madeleine Quast auf sie wartete. Leonie hatte sich keine Gedanken gemacht, wie das Behandlungszimmer eines Psychotherapeuten aussehen könnte. Etwas wie dieses hatte sie jedenfalls nicht erwartet. Auch dort hingen gerahmte Fotos, ein schwarzes Ledersofa und zwei ebensolche Sessel bildeten eine Sitzgruppe. Eine Wand war komplett mit Büchern bedeckt, Urlaubsandenken jeglicher Art verteilten sich überall. Grünpflanzen wucherten in den Ecken, und auf Quasts Mahagonischreibtisch stand ein üppiger Tulpenstrauß. Nur die obligate Couch erinnerte daran, dass es sich um den Arbeitsplatz einer Psychoanalytikerin handelte.

Madeleine Quast klappte eine Mappe zu, in der sie bei Leonies Eintritt etwas notiert hatte, und erhob sich. »Schön, Sie zu sehen. Wollen wir uns dorthin setzen?«

Die beiden Frauen machten es sich in den Ledersesseln bequem. Leonie deutete auf die Fotos.

»Die haben Sie alle selbst gemacht, nehme ich an.«

»Oh ja, ich bin eine leidenschaftlich Reisende. Wenn ich nicht gezwungen wäre, für meinen Lebensunterhalt zu arbeiten, käme ich wahrscheinlich nur noch für kurze Zwischenstopps nach Hause.«

»Und was schließt der Experte daraus?«

»Vermutlich, dass ich mein Leben nicht aushalte, wenn ich nicht ab und zu die Flucht ergreifen kann.« Madeleine Quast lächelte, aber ihr Ton war ernst.

Leonie spürte, dass ihr für den Moment eine Grenze gezogen worden war.

»All die Fotos und viele andere Dinge hier sind sehr persönlich. Ich war der Meinung, dass die Behandlungsräume von Therapeuten nichts Privates zeigen dürfen, um die Distanz zum Patienten zu wahren.«

»Ach ja, das ist so eine Vorstellung. Ich will nicht sagen, es ist aus der Mode gekommen. Jeder Therapeut entscheidet das im Grunde für sich. Die ganz strengen Verhaltensregeln der Zunft im Hinblick auf das Therapeut-Patient-Verhältnis sind in den letzten Jahrzehnten ohnehin in mancher Hinsicht gelockert worden. Ich bestehe zum Beispiel nicht darauf, dass ein Patient sich auf die Couch legt. Wer mir lieber gegenüber sitzen möchte, so wie Sie jetzt, kann das tun.« Sie machte eine kleine Pause. »Ich nehme an, Sie sind nicht in persönlichen Angelegenheiten gekommen?«

»Oh nein, nein«, wehrte Leonie ab. »Es geht um etwas, das Sie nach unserer letzten Sitzung sagten.«

»Dass ich mich mit dem Täter unterhalten wolle?«

»Ja, genau. Was meinten Sie damit?«

Madeleine Quast blickte aus dem Fenster, als suche sie die Antwort auf die Frage irgendwo dort draußen.

»Nach einer Sitzung mit einem Patienten, einem schwierigen Patienten, dem ich noch nicht nähergekommen bin, lege ich mich manchmal selbst auf die Couch und versuche, an seiner Stelle die Fragen zu beantworten, die ich an ihn habe. Oder besser gesagt, ich bemühe mich, aus dem, was ich schon von ihm weiß, den Kern seines Problems, das für ihn vielleicht Unaussprechliche herauszufiltern. Das hilft mir, ihn zu verstehen und ihm die Hilfe zu geben, die er benötigt.«

»Von unserem Täter haben Sie außer ein paar forensischen Fakten nur leider nichts, worüber Sie sich mit ihm unterhalten können«, wandte Leonie ein.

»Das würde ich nicht sagen. Er hat sich bereits über seine Taten geäußert, eine Art von Übertragung hat also stattgefunden. Und dann gibt es ja noch meine Gegenübertragung.«

Leonie schüttelte den Kopf. »Tut mir leid, aber mit diesen Begriffen habe ich noch nie etwas anfangen können.«

»Ist doch ganz einfach«, sagte die Quast. »Übertragungen gibt es in allen menschlichen Beziehungen, weil unsere Gegenwart ganz unvermeidlich unter dem Eindruck vergangener Erlebnisse steht. Das bedeutet, diese Vergangenheit wird von uns ständig neu inszeniert. Negatives wird dabei meist auch ohne therapeutische Hilfe irgendwann bearbeitet und überwunden, bei manchen kann allerdings durch die ständige Wiederholung das Problem verfestigt werden. Da haben wir meinetwegen das Muttersöhnchen, das in jeder Partnerschaft seine Mutterbeziehung wiederholt. Das heißt, der Sohn überträgt sein Mutterbild mit allen dazugehörigen Konflikten und Defiziten auf seine Frau oder Freundin. Da setzt nun die Gegenübertragung ein.« Sie machte eine Kunstpause, bevor sie den Gedanken weiterführte. »Jede Übertragung hat natürlich Einfluss auf das unbewusste Fühlen der anderen Person. Ob Sie jemanden nun idealisieren oder auf ihn unbewältigte Ängste oder Wünsche übertragen, es hat in jedem Fall eine Gegenreaktion zur Folge. Die Rolle, die Sie dem anderen übertragen, wird angenommen oder abgewehrt. Darauf gibt es natürlich auch wieder eine Reaktion und so fort. Die sorgfältige Analyse der Gegenübertragung ist deshalb ebenso aufschlussreich wie die der Übertragung. Für einen Therapeuten ist es überdies wichtig, sich während seiner Ausbildung so gut selbst zu erforschen, dass er später zu unterscheiden weiß zwischen dem eigenen Fühlen und den Empfindungen, die die Übertragung des Patienten in ihm ausgelöst hat.«

»Wir spielen alle. Wer's weiß, ist klug«, zitierte Leonie.

Madeleine Quast lächelte beifällig. »Arthur Schnitzler hat das gesagt, oder nein, er hat es eine seiner Dramenfiguren sagen lassen. Ja, er hatte unbedingt recht.«

»Und welches Spiel spielt nun unser Sadist?«

Die Quast seufzte. »Ich habe schon gehört, dass man ihm diesen Namen gegeben hat. Das ist schade, weil es uns möglicherweise in die Irre führt. Es liegt nahe, das gebe ich zu. Aber wenn ich die Gefühle analysiere, die er bei mir ausgelöst hat, dann ist es nicht Abscheu oder Ekel oder Angst. Wenn ich frage, welche Wünsche oder Bedürfnisse er inszeniert, wie er damit umgeht und was er damit bezweckt, wen er damit meint, dann finde ich zunächst Mitleid und Interesse bei mir. Welche Vergangenheit wiederholt er? Ist es Rache, die ihn treibt? Ich denke, er sagt Nein. Was er tut, bereitet ihm keine Freude. Er tut es, weil er etwas wissen, etwas herausfinden muss. Vielleicht über sich selbst. Davon bin ich überzeugt.«

»Hat er es schon herausgefunden?«

»Ich fürchte nein.« Madeleine Quasts Hände lagen ruhig in ihrem Schoß. Schon während des gesamten Gesprächs war Leonie aufgefallen, wie ruhig und unbewegt, auch im körperlichen Sinn, die Quast blieb. Langjähriges Training, vermutete sie. Zu viel durfte ein Therapeut von sich nicht preisgeben, gleichgültig welcher Schule er angehörte.

»Es würde mich jedenfalls erstaunen, wenn er schon jetzt aufhören würde. Aber natürlich hoffe ich, dass er nicht noch einmal tötet.«

»Falls doch, müssen Sie sich weiter mit ihm unterhalten.«

»Natürlich. So lange, bis ich die richtigen Fragen kenne und die richtigen Antworten bekomme.«

Leonie entschied, den kleinen Ausflug ins Halbprivate doch noch zu wagen.

»Es gibt noch etwas, das ich Sie fragen wollte. Ein privater Rat sozusagen. Ich habe nicht mehr viele Freunde in Berlin. Eigentlich gar keine.«

Madeleine Quast nickte nur.

»Es geht um einen halbwüchsigen Jungen, den Sohn einer guten Bekannten aus Kindertagen. Ich will Sie jetzt nicht mit der ganzen Familiengeschichte belästigen, nur so viel, dass die Frau nicht viele gute Tage in ihrem bisherigen Leben hatte. Den Jungen hat sie allein großgezogen, das älteste Kind wurde ermordet. Sie selbst hat ein paar Jahre im Gefängnis gesessen. Nun hat sie einen neuen Freund, und Max, der Sohn, ist unglücklich und wahrscheinlich eifersüchtig und möchte nach Berlin ausbüxen. Er hat mich gefragt, ob er übergangsweise bei mir wohnen darf. Natürlich habe ich das abgelehnt. Bevor ich nicht mit seiner Mutter geredet habe, werde ich nichts unternehmen. Nur, was soll ich tun, wenn sich herausstellt, dass der neue Freund ein wirklich netter und gutartiger Mensch ist? Max stellt ihn natürlich als Quälgeist dar, der ihm das Leben zerstören und die Mutter wegnehmen will.«

Madeleine Quast sagte mehrere Minuten gar nichts. Leonie fiel ein, dass ein Trick der Therapeuten langes Schweigen ist. Da sie sich nicht als Patientin fühlte und alles gesagt hatte, was sie sagen beziehungsweise fragen wollte, schwieg sie ebenfalls. Die Antwort klang erstaunlich einfach und bodenständig.

»Sie haben völlig richtig reagiert. Finden Sie heraus, wie sich die Situation tatsächlich darstellt. Falls Sie nicht den Eindruck gewinnen, dass der Junge aus einer neurotischen Störung heraus handelt, entscheiden Sie nach Ihrem Gefühl und Ihrem gesunden Menschenverstand, von dem Sie, glaube ich, eine ganze Portion mitbekommen haben. Es ist kein wissenschaftlicher Begriff und zudem außerordentlich subjektiv, aber ich glaube an seine Existenz.«

Madeleine Quast begleitete Leonie zur Tür. »Ich stecke vielleicht bald in derselben Klemme wie Sie. Meine Nichte möchte in Berlin Deutsch lernen und natürlich bei mir wohnen. Ich mag sie herzlich gern, aber dass ich eine kapriziöse Siebzehnjährige mehrere Monate aushalten kann, bezweifele ich.«

Die Quast hatte Leonies Neugierde geweckt. »Ich schließe aus Ihren Worten, dass Ihre Nichte nicht in Deutschland lebt.«

»Sie lebt bei ihren Eltern in Frankreich, in Paris.«

»Wieso das?«

»Frankreich liegt meiner Familie sozusagen im Blut. Meine Mutter war Französin, eine ausgebildete Opernsängerin und lebenslustige Person. Sie und mein Vater passten überhaupt nicht zusammen. Er war das lebende Klischee eines preußischen Staatsbeamten, sehr ernst, sehr pflichtbewusst, sehr deutsch. Meine Schwester Marie-Thérèse ähnelt meiner Mutter sehr und behauptet, ich dagegen sei aus deutscher Eiche gemacht. Na ja. Sie hat schon mit neunzehn einen Franzosen geheiratet und würde nicht für eine Million wieder nach Deutschland zurückkommen. Aber Fabienne, meine Nichte, hat ihre deutschen Wurzeln entdeckt und möchte partout nach Berlin ziehen, wenigstens für eine Weile.«

»Dann weiß ich ja jetzt, an wen ich mich wenden kann, wenn mein Französisch mal nicht ausreicht, um das Etikett einer Weinflasche zu übersetzen.«

»Ich stehe zu Ihrer Verfügung«, erwiderte Madeleine Quast. Sie machte beim Abschied keine Anstalten, Leonies Hand zu schütteln. Offenbar hatte sie die gleiche Abneigung gegen das Händeschütteln, was Leonie sehr sympathisch war.

Leonie Simon traf Hauptkommissar Kallweit im Moabiter Landgericht bei einem Totschlagprozess, wo er als Zeuge geladen war. Sie selbst fungierte als Gutachterin und hatte ihren großen Auftritt mit dem Versuch gehabt, dem Gericht auf der Basis medizinischer

Fakten klarzumachen, dass es kein Versehen ist, wenn man eine dreißig Zentimeter lange Klinge mit erheblichem Kraftaufwand fast ein Dutzend Mal in Hals, Brust und Unterleib eines Menschen sticht, und dass eine solche Vorgehensweise auf eine Tötungsabsicht schließen lässt. Genau das bestritt der Beklagte, ein junger Türke von Mitte zwanzig. Sein Opfer, seine jüngere Schwester, hatte ihn angeblich provoziert, als er ihr wegen ihres Lebenswandels Vorwürfe machte, und dann war da plötzlich dieses Messer gewesen. Schon die Tatsache, dass die Anklage nicht auf vorsätzlichen Mord, sondern nur auf Totschlag lautete, war für Leonie schwer nachvollziehbar. Und es wäre nicht verwunderlich und auch nicht das erste Mal in solchen Prozessen, dass die muslimischen Vorstellungen von der Rolle der Tochter und von verletzter Familienehre strafmildernd bewertet werden würden. Leonie hatte Gelegenheit gehabt, während des Prozesses die Familie zu beobachten, die in Mannschaftsstärke anwesend war und dem Täter durch Zurufe den Rücken stärkte. Nach ihren Maßstäben war der Angeklagte ein Held, der alles richtig gemacht hatte. Ein mildes Urteil, garniert mit einigen ernsten Ermahnungen, würden diese Menschen nicht verstehen, so wenig wie sich der Richter, auch wenn er das glauben mochte, in ihr Denken einfühlen konnte. Am Ende würde niemand etwas gewinnen. Nicht der deutsche Staat, nicht das tote Mädchen, nicht all die anderen Mädchen und jungen Frauen in ähnlicher Situation und letztlich auch nicht der Täter und seine Familie.

Kallweit nutzte die Pause, um auf dem Gang einen Kaffee aus einem Pappbecher zu trinken. Leonie trat auf ihn zu. Seine Mundwinkel sanken herab.

»Sie müssen sich nicht gerade überschlagen vor Freude, wenn Sie mich sehen. Der Versuch eines Lächelns würde mir schon reichen.«

Kallweit starrte sie an, dann begriff er. »Ach so. Nein, das war nur der Kaffee. Schmeckt nach Pappbecher.«

»Das mag daran liegen, dass Sie ihn daraus trinken.«

Der Kommissar verzog keine Miene. Wahrscheinlich ging er zum Lachen in den Keller.

»Ich habe übrigens noch ein Hühnchen mit Ihnen zu rupfen«, fuhr Leonie fort. »Erstens, die Telefonliste, die ich einsehen konnte, war offenbar bereinigt. Ich möchte die komplette sehen. Und zweitens hätte ich gern die Liste der Tsunami-Überlebenden, die Sie von Dorn bekommen haben.«

»War er also auch bei Ihnen? Na ja, schadet nicht.« Kallweit blieb die Ruhe selbst. Leonie dachte an seinen Hamburger Kollegen Kaminski, dessen Temperament nicht so ausgeglichen war. Seine Erwiderung wäre um einiges schärfer im Ton ausgefallen.

»Aber es nützt auch nicht, außer ich bekomme die Namen- und Adressliste.«

»Warum sollte ich sie Ihnen geben? Es war schon falsch, Sie Einblick in die Telefonliste der Gotthardts nehmen zu lassen.«

Leonie versuchte es noch eine Weile mit Argumenten, Versprechungen, Schmeicheleien. Kallweit ließ sich nicht erweichen. Keinen Einblick mehr in Akten der Polizei, außer er hielt es selbst für geboten.

Über den Ausgang des Prozesses machte er sich so wenig Illusionen wie Leonie, aufregen konnte er sich darüber nicht. Immerhin würde es ein Urteil geben, der Täter würde zur Rechenschaft gezogen werden. Nicht bei jedem seiner Fälle war Kallweit am Ende so glücklich, das sagen zu können. Leonie fand, er habe ein beneidenswertes Naturell.

Als sie sich von ihm verabschieden wollte, fiel ihr noch etwas ein.

»Claudias Fotos, die teils verbrannt, teils unbeschädigt gefunden wurden, gibt es von denen noch die Negative?«

Kallweit goss den letzten Schluck Kaffee in einen Kaktus-Topf, der einsam auf einer Fensterbank stand.

»Negative haben wir keine gefunden. Frau Gotthardt hatte eine Digitalkamera.«

»Dann sind die Fotos in der Kamera oder in ihrem Computer gespeichert?«

»Keine Ahnung. Die Kamera ist beschädigt. Der Computer wird noch überprüft.«

»Wäre es möglich, mir wenigstens diese Auskunft zu besorgen?«

Kallweit bejahte die Bitte nach kurzer Überlegung. Leonie bedankte sich und bedauerte im Stillen seinen Hang zu regelkonformem Verhalten. Mit ein paar Takten aus Beethovens »Für Elise« meldete sich Kallweits Mobiltelefon. Diskret entfernte sich Leonie ein paar Schritte, bekam aber dennoch genug mit, um zu begreifen, dass der Anruf bei Kallweit Besorgnis auslöste. Offenbar ging es um die kurz bevorstehende Entlassung eines Straftäters.

»Natürlich muss sie das wissen«, sagte Kallweit. »Nein, überlassen Sie das mir. Ich bringe es ihr schonend bei.«

Er beendete das Gespräch und murmelte etwas, das Leonie für einen nicht wiederzugebenden Fluch hielt. Ohne sich von ihr zu verabschieden, eilte er davon. Vermutlich hatte er ihre Anwesenheit völlig vergessen. Welche »sie« mochte er gemeint haben? Dem Grad seiner Besorgnis nach könnte es Madeleine Quast sein, dachte Leonie, aber jedes andere Verbrechensopfer, das Angst vor dem Tag der Freilassung des ehemaligen Peinigers hatte, kam natürlich ebenfalls in Frage.

Der Charme von Leonies Berliner Wohnung bestand unter anderem darin, dass sie sozusagen Familienanschluss hatte. Das bedeutete, sie wurde mehr oder weniger regelmäßig von ihrer Vermieterin zum Glas Wein, zu Kaffee und Kuchen oder gar zum Sonntagsessen gebeten. Da Isolde Imlau keine sonderlich gute Köchin war, lehnte Leonie Essenseinladungen meist mit einer Ausrede ab. Beim Wein verhielt es sich gänzlich anders. Der verstorbene Herr Imlau hatte einen gut bestückten Weinkeller hinterlassen, und Leonie hatte nichts dagegen, seiner Witwe gelegentlich bei einer guten Flasche Rotwein Gesellschaft zu leisten.

Als es am Abend eines besonders anstrengenden Tages an ihrer Wohnungstür klingelte, war Leonie versucht, gar nicht zu öffnen. Sie hatte ein Bad nehmen und dann früh zu Bett gehen wollen. Aber ihre Vermieterin wusste, dass sie zu Hause war. Na gut, überredete sich Leonie selbst, ein Glas, und dann komplimentiere ich sie hinaus. Vor der Tür stand eine wie immer perfekt frisierte und wie für eine Cocktail-Party gekleidete Isolde Imlau. Strahlend hielt sie Leonie eine Flasche Bordeaux entgegen.

»Wie wär's mit einem Schlummertrunk, Frau Doktor?«

Leonie roch Alkohol in Frau Imlaus Atem. Sie hatte sich also schon allein ein Glas genehmigt. Leonie hatte die Befürchtung, dass ihre Vermieterin mehr Alkohol trank, als ihr guttat. Sie war einsam und deswegen gefährdet. Wenn sich Leonies Verdacht verstärkte, würde sie mit ihr reden müssen.

Leonie bat sie herein. Während sie Gläser und Korkenzieher holte, erzählte Frau Imlau von einem Problem mit ihrer Reinigung. Sie hatte Sofabezüge zum Reinigen gebracht und stark geschrumpft zurückbekommen. Es würde sehr viel Geld kosten, das Sofa neu polstern zu lassen. Allein der Stoff würde ein kleines Vermögen kosten. Und die Reinigung weigerte sich zu zahlen. Leonie gab die von ihr erwarteten mitfühlenden Kommentare ab. Ihr Problem mit ihrer Vermieterin bestand darin, dass sie außer der Vorliebe für Wein keine gemeinsamen Interessen hatten. Eine Konversation am Laufen zu halten war nicht immer leicht. An diesem Abend erhielt sie unerwartete Unterstützung in Gestalt von Tante Charlottes Brunochen. Er rief an und fragte, ob sie Zeit für ihn habe. Sie wollte ihn vertrösten, aber Isolde Imlau signalisierte ihr, sie dürfe auf keinen Fall ihretwegen absagen. Bruno klingelte eine halbe Stunde später. Leonie stellte ihn ihrer Hauswirtin als alten Freund der Familie vor. Er küsste Frau Imlau formvollendet die Hand und machte ihr ein Kompliment über ihr Aussehen, womit er sie quasi im Handstreich eroberte. Isolde Imlau war entzückt, und Leonie konnte sich entspannt zurücklehnen und in Ruhe den sehr guten Wein, einen Saint-Estèphe, trinken, während Bruno sich ebenfalls die Geschichte von den geschrumpften Sofabezügen anhören musste. Anders als Leonie nahm er lebhaften Anteil an dem Unglück und erbot sich, ihr in der Angelegenheit behilflich zu sein. Zu dritt war die Flasche Wein schnell ausgetrunken, und Frau Imlau enteilte, um eine zweite zu besorgen.

»Bruno, ich warne dich. Meine Vermieterin ist Witwe und sehr anhänglich. Ehe du Junggeselle sagen kannst, liegst du an der Kette.«

Bruno schüttelte den Kopf. »Keine Sorge. Aber es schadet nie, freundlich zu sein. Ich hoffe, ich habe euch nicht gestört.«

»Auf keinen Fall. Du hast mir den Abend gerettet. Aber du wolltest etwas mit mir besprechen.«

»Ja«, sagte Bruno bekümmert. »Es geht wieder um Henry. Er hat sich Geld von Charlotte geliehen.«

»Mm«, machte Leonie, »an sich nichts Schlimmes. Ist es viel?«

»Weiß ich nicht genau, aber ich glaube schon. Jedenfalls so viel, dass sie die Summe bei der Bank vorbestellen musste. Habe ich zufällig mitbekommen.«

Das gab wirklich Anlass zur Sorge. Nur höhere Beträge mussten angesagt werden, weil Banken und Sparkassen seit einigen Jahren keine großen Summen mehr vorrätig hielten.

»Und du bist sicher, dass das Geld für Henry gedacht ist?«

»Absolut sicher. Ich habe sie danach gefragt, und sie hat gesagt, er wolle das Geld für sie anlegen. Henry weiß angeblich, wo man die beste Rendite bekommt.«

»Ich traue ihm glatt zu, dass er sich in Finanzangelegenheiten auskennt. Falls nicht, gilt auch für meine Tante ›Durch Schaden wird man klug‹.«

»Wie kannst du das sagen, Leonie? Ich dachte, du hast sie gern, deine Tante?«

»Hab ich auch«, verteidigte sich Leonie. »Nur sind mir praktisch die Hände gebunden. Ich kann nicht einmal zu ihr gehen und ihr die Leviten lesen, denn dann wüsste sie, was sie bis jetzt nur ahnt. Nämlich, dass wir über sie reden und gegen Henry paktieren. Glaubst du, das würde sich positiv auf unser Verhältnis zu ihr auswirken? Und was die Sache mit dem Geld angeht, ist das Kind ohnehin schon in den Brunnen gefallen. Da können wir ihr nur noch die Daumen drücken.«

Bruno schüttelte betrübt den Kopf. Leonie tat der kleine alte Mann leid.

»Darf ich dich was sehr Persönliches fragen, Bruno?«

Er sagte nichts, sah sie nur erwartungsvoll an.

»Was hast du dir von meiner Tante erhofft, bevor Henry auftauchte?«

Sie hatte befürchtet, sie würde Bruno durch ihre Frage in Verlegenheit bringen, aber er antwortete ohne Scheu.

»Ich hatte nicht vor, ihr einen Heiratsantrag zu machen. In unserem Alter ist das nicht mehr nötig, finde ich. Und Sex. Na ja, ich fürchte, ein großer Liebhaber bin ich nie gewesen. Heute ist es mir nicht mehr so wichtig. Aber ich empfinde sehr viel für Charlotte, und ich glaube, sie ist gern mit mir zusammen. Ich dachte, wir wären gute Freunde.«

Leonie legte ihre rechte Hand auf seine im Schoß gefalteten Hände. »Das seid ihr auch. Ich weiß, wie sehr meine Tante dich mag. Aber ich vermute, dass sie trotz ihres Alters mehr will als Freundschaft. Henry bietet ihr ein Abenteuer. Vielleicht ihr letztes. Und da hat sie zugegriffen. Ich bin mir noch nicht darüber im Klaren, ob es ihr egal ist, eventuell betrogen zu werden, oder ob sie die Möglichkeit verdrängt. Es könnte auch eine Mischung aus beidem sein. Wir müssen noch abwarten, Bruno. Tut mir leid für dich.«

Gegenüber Isolde Imlau ließ sich Bruno nichts anmerken. Leonie hatte sogar den Eindruck, dass ihm das Gespräch mit ihr guttat. Sie war reizend zu ihm, teilte seine Ansichten, entdeckte Gemeinsamkeiten und lachte über seine Scherze. Genau so, dachte Leonie, hat sie bestimmt auch ihren Mann eingefangen. Als auch die zweite Flasche geleert war, bot Bruno Frau Imlau an, sie zu ihrer Wohnungstür zu geleiten. Leonie verabschiedete die beiden und wünschte Bruno viel Glück bei seiner gefährlichen Expedition ins Erdgeschoss. Isolde Imlau kicherte beschwipst. Bruno zwinkerte Leonie zu und schob die heitere Dame die Treppe hinab.

Zehn Minuten später und nach einem Schnelldurchlauf im Bad sackte Leonie mit einem Seufzer der Erleichterung ins Bett. Sie schlief sofort ein, und in ihren Träumen brannte Tante Charlotte mit Henry nach Gretna Green durch, während Bruno ihre Vermieterin aus einem brennenden Haus rettete, das von einem diabolisch grinsenden Marius Wasmuth angezündet worden war.

Eines der Privilegien, wenn man im Medizinbetrieb die oberste Sprosse erklommen hatte, war das Delegieren unangenehmer oder langweiliger Aufgaben an die unteren Ränge der Hierarchie. Professor Lutz Oberbeck hatte sich rasch an diese Annehmlichkeit gewöhnt und überließ seiner leitenden Oberärztin gern ermüdende Korrespondenzen und Anfragen von außen. Das bei Printmedien, Rundfunk und Fernsehen in den letzten Jahren geradezu epidemisch gewachsene Interesse an der Forensik im Allgemeinen und am Fach Rechtsmedizin im Besonderen hatte zur Folge, dass mindestens zweimal pro Woche Interview- oder Reportagewünsche von Journalisten in Oberbecks Büro flatterten. Die Rosinen pickte er sich heraus, den Rest bekam Leonie Simon zur Erledigung. Die noch wesentlich zahlreicheren Anfragen von jungen Leuten, die wissen wollten, wie man Rechtsmediziner wird, wurden an sie weitergereicht. Bei den Medizinstudenten erfreute sich das Fach neuerdings größter Beliebtheit, Praktikumsplätze mit geeigneten Bewerbern zu besetzen war kein Problem. Leider kamen auch Dutzende von E-Mails, Briefen und Anrufen von jungen Menschen, die keine entsprechende Vorbildung hatten und durch die Fernsehserien angelockt worden waren. Sie fanden Leichen »irgendwie spannend« und versprachen sich vom Berufsleben eines Rechtsmediziners offenbar jede Menge Spaß und Abenteuer.

In einem Stapel solcher Post, den ihr Oberbecks Sekretärin auf den Schreibtisch gelegt hatte, fand Leonie ein an sie persönlich gerichtetes Schreiben ohne Absenderangabe. Der Brief war ungeöffnet. Wahrscheinlich war er versehentlich unter die Post ihres Chefs geraten. Im Umschlag steckte eine Postkarte, auf deren Rückseite nur wenige Worte standen: »Dienstag, 12.00 Uhr, Zoologischer Garten, Freigehege Eisbären. Ein Freund der Presse.« Hoffmann hatte also tatsächlich Claudias Informanten überredet, mit ihr Kontakt aufzunehmen. Leonie befragte ihren Terminkalender und bat daraufhin ihre Sekretärin, einige Umstellungen vorzunehmen. Sie konnte und wollte den Mann nicht warten lassen.

Leonie war schon etwas früher als verabredet am Eisbärengehege, wo sich eine größere Menschenmenge darum prügelte, den kleinen Eisbären Knut zu sehen. Bestimmt war das Tier sehenswert, aber Leonie hatte vor allem die Sorge, dass Claudias Informant sie in dem Trubel verpassen könnte. Da sie nicht wusste, auf wen sie wartete, konnte sie nur hoffen, dass der Redakteur sie exakt beschrieben hatte. Fast eine Viertelstunde nach der verabredeten Zeit, Leonie überlegte gerade, ob sie wieder gehen sollte, trat eine Frau von etwa Mitte fünfzig auf sie zu. Sie trug ein Kopftuch, einen Mantel aus einem robusten Wollstoff und zog einen unwilligen Mops hinter sich her. Sie hat Ähnlichkeit mit der Queen, dachte Leonie, das kann doch unmöglich die Person sein, auf die ich warte.

Die Frau nickte Leonie freundlich zu und nahm ihren Arm. »Guten Tag, meine Liebe, schön, dass Sie kommen konnten. Ist der Kleine nicht goldig?«

Leonie wusste nicht, ob sie Knut oder ihren keuchenden Mops meinte. Eine junge Mutter mit einem kleinen Mädchen auf dem Arm nickte zustimmend und hielt ihren Blick auf den kleinen Eisbären geheftet, der munter durch das Gehege kugelte. Die Queen-Kopie zog Leonie aus der Menge und bog harmlos plaudernd in einen unbelebten Seitenweg ein. Erst dort ließ sie Leonies Arm los.

»Verzeihen Sie die Vertraulichkeit, aber ich muss natürlich sehr vorsichtig sein. Als Erstes möchte ich Ihnen sagen, wie überaus leid es mir tut, dass Frau Gotthardt einen so schrecklichen Tod erlitten hat.«

Sie spricht auch wie die Queen, fand Leonie und dankte ihr für das Mitgefühl.

»Und ich hoffe sehr, dass ich nicht mittelbar schuld daran bin. Aber ich hatte sie gewarnt.«

»Das heißt wohl, Sie haben sich auch selbst in Gefahr begeben. Darf ich fragen, wieso?«

Die Frau blieb stehen und sah ihrem Mops beim Ausruhen zu. »Ich habe viele Jahre für Menschen gearbeitet, die meine Loyalität nicht verdienten. Irgendwann war es einfach genug.« Sie machte eine lange Pause, offenbar wollte sie sich nicht weiter zu ihren Beweggründen äußern. »Was wollen Sie wissen?«

»Sie haben Claudia Gotthardt Informationen gegeben. Geschah das in mündlicher oder schriftlicher Form? Oder haben Sie auf Band gesprochen?«

»Claudia hat sich Notizen gemacht.«

»Worum ging es dabei? Um die Gelder für Tsunami-Opfer?«

»Wie Sie wohl wissen, gab es viele Unregelmäßigkeiten. In den Nehmerländern und mit Sicherheit auch in den meisten Geberländern. Claudia hatte schon einiges selbst herausgefunden. Dort unten in Thailand. Aber sie wusste nicht, wer in Deutschland hinter der einen oder anderen Sache steckte. Ich konnte ihr dabei behilflich sein.«

»Haben Sie Namen genannt?«

»Natürlich, darum ging es ja. Um Namen und Fakten. Claudia wollte Betrug mit Spendengeldern nachweisen und die Täter auffliegen lassen.«

»Dann bitte ich Sie, mir dieselben Informationen zu geben.«

Die Frau blickte Leonie prüfend an. »Wenn ich Hoffmann richtig verstanden habe, sind Sie nicht bei der Polizei.«

»Nein, ich hatte als Rechtsmedizinerin mit dem Fall zu tun. Ich habe Claudia Gotthardts Leiche obduziert.«

»Die Polizei hat sich nämlich bei mir gemeldet. Sie haben mich über eine Telefonnummer gefunden, die Claudia zweimal angerufen hat.«

Noch ein Name, den Kallweit aus der Liste gelöscht hat, ärgerte sich Leonie.

»Ich habe dem Beamten eine harmlose Erklärung gegeben, mit der er anscheinend zufrieden war. Etwas anderes werde ich offiziell niemals sagen.«

»Es ist nicht meine Absicht, Sie bloßzustellen«, versicherte Leonie. »Und ich bin Ihnen außerordentlich dankbar, dass Sie das Risiko eingegangen sind, mich zu treffen.«

Die beiden Frauen gingen einen Moment schweigend nebeneinander her.

»Sie haben nicht den geringsten Zweifel, dass Claudia getötet wurde?«

»Ich bin dessen sicher.«

»Gut. Sie werden von mir hören.«

Die Queen bückte sich, hob ihren Mops auf und ging rasch davon. Sie verschwand in der Menge von Knuts Bewunderern.

12

Das Leiden ist ja die einzige Ursache der Erkenntnis.

Fjodor Dostojewski,
Aufzeichnungen aus dem Untergrund

Ein Dorf von nicht viel mehr als vierhundert Einwohnern ist ein Mikrokosmos, in dem sich ein Fremder nicht unbeobachtet bewegen kann. Auch Ben hatte bald einsehen müssen, dass er sich der Neugier der Menschen nicht entziehen konnte. Es war nichts Aufdringliches am Interesse der Dörfler, eher ein vorsichtiges Umkreisen des neuen Besitzers der Seevilla, der nicht einer der ihren war und niemals sein würde. Ben meinte sogar, eine gewisse Scheu und Reserviertheit zu bemerken, als fürchte man seinen verderblichen Einfluss auf die Gemeinde. Durch die Unterlagen, die ihm der Notar ausgehändigt hatte, wusste er, dass sein Großvater den Besitz schon wenige Monate nach der Wende zu einem sehr günstigen Preis vom Vorbesitzer, einem ehemaligen Staatsbeamten der DDR, gekauft hatte. Bens Tante hatte dem Notar gegenüber etwas kryptisch von einem alten Familienbesitz gesprochen, der auf diese Weise zurückgewonnen wurde. Da sie sich darüber nicht näher ausgelassen hatte, konnte der Notar Ben darüber keine weiteren Aufschlüsse geben. Ben vermutete, dass sein Großvater bei Gründung der DDR enteignet und seine Rückkehr Anfang der neunziger Jahre mit scheelen Augen betrachtet worden war. Es war daher nur logisch und konsequent, dass man auch ihm mit Zurückhaltung begegnete, was ihm aber durchaus recht war. Um kein Misstrauen zu wecken, vermied er jeglichen Anschein von Geheimnistuerei, blieb aber für sich und beschränkte den Kontakt auf den Austausch einiger freundlicher Worte, wenn sich eine Begegnung mit den Dorfbewohnern nicht vermeiden ließ. Das geschah vor allem dann, wenn er hin und wieder auf dem Ökohof, dem wichtigsten Betrieb des Dorfes, Lebensmittel besorgte. Eigentlich war es ein netter Ort zum Leben, aber für ihn durfte das keine Bedeutung haben.

Ben hatte sich angewöhnt, seine speziellen Studien ausschließlich in der Burg zu betreiben. Aus dem Krankenhaus, in dem er arbeitete – und als Arbeit betrachtete er seine ehrenamtliche Tätigkeit als grüner Herr –, hatte er das Schmerztagebuch eines kürzlich verstorbenen Tumorpatienten mitgenommen, das er nun auswertete. In dem Maße, in dem sich seine Erkenntnisse bildeten, fühlte er auch, welche Defizite bestanden, ja anscheinend noch wuchsen. Ständig war er auf der Suche nach neuen Methoden, seinem Ziel nahezukommen. Den Einsatz moderner Technik würde er nicht vermeiden können, jedenfalls so weit es seine finanziellen Möglichkeiten erlaubten. Computer- oder Magnetresonanztomografen lagen natürlich außerhalb seiner Reichweite, aber über den Kauf eines Elektroenzephalografiegerätes hatte er bereits nachgedacht.

Noch etwas anderes nahm seine Gedanken in Anspruch und wurde immer drängender. Der Besuch bei seinem Großvater durfte nicht länger aufgeschoben werden. Davon war zum einen der Verzicht des Großvaters auf den Pflichtteil abhängig, was für Ben nicht das Entscheidende war. Er hatte von seiner Mutter genug Geld geerbt, um den alten Mann im Notfall auszahlen zu können. Aber seine Neugier überwog von Tag zu Tag mehr die Beklemmung, die mit dem Namen des Großvaters verbunden war. Er setzte einen Tag fest und meldete sich bei der Heimleitung an, noch unentschlossen, ob er es zunächst bei einem Gespräch mit Direktion und Pflegepersonal belassen oder die Begegnung mit dem Großvater suchen sollte.

Am Tag vor seiner Fahrt nach Friedrichsthal, er war gerade aus Berlin angereist, um den Abend und die Nacht in der Burg zu verbringen, klingelte es an der Haustür. Das geschah sehr selten, weil seine Postadresse Berlin war und ihn auch die wenigen Menschen, mit denen er Kontakt hatte, in seinem dortigen Haus aufsuchten. Der Mann, der vor der Tür stand, war gut gekleidet und schenkte Ben ein verbindliches Lächeln. Er trug eine Aktenmappe unter dem Arm, was Ben zu der Schlussfolgerung verleitete, er habe es mit einem Vertreter zu tun.

»Tut mir leid, aber ich bin nicht interessiert«, sagte Ben und wollte die Tür wieder schließen.

Der Mann im dunkelgrauen Anzug hob die Hand. »Bitte, das ist ein Missverständnis. Ich will Ihnen nichts verkaufen. Ganz im Gegenteil, ich würde Ihnen gern ein Angebot unterbreiten.«

Ben zögerte. Er musterte den Mann genauer. Sein Auftreten war selbstbewusst, sein Blick forsch, beinahe unverschämt. Sein Anzug sah nach Maßanfertigung aus, und auch alles andere, Brille, Schuhe, Aktenmappe, ließ vermuten, dass bei der Anschaffung Geld keine Rolle gespielt hatte. Ein Vertreter konnte sich diesen Aufzug kaum leisten.

»Könnten wir das Gespräch im Haus führen?«

Ben gab unwillkürlich dem Willen des Besuchers nach und ließ ihn ein. Der Mann ging, ohne zu zögern, ins Wohnzimmer, als sei er nicht zum ersten Mal da. Seine nächsten Worte bestätigten diesen Eindruck.

»Wie ich sehe, haben Sie bisher keine größeren Veränderungen vorgenommen.«

»Wer sind Sie, und was wollen Sie?« Ben hoffte, dass er entschlossen genug klang, um ernst genommen zu werden. Sein Besucher hatte etwas beunruhigend Einschüchterndes an sich.

Der Mann setzte sich unaufgefordert in einen Sessel. »Verzeihung, ich habe mich noch nicht vorgestellt. Klinger ist mein Name. Dr. Reinhold Klinger. Ich kenne Ihren Großvater. Wie geht es ihm eigentlich?«

»Gut«, sagte Ben. »Glaube ich jedenfalls. Morgen fahre ich zu ihm.«

Dr. Klinger lächelte amüsiert. »Lassen Sie uns offen miteinander reden. Sie kennen Ihren Großvater praktisch nicht. Sie hielten ihn für tot, bis Sie dieses Haus von seiner Tochter geerbt haben. Wie Sie sehen, bin ich über alles informiert. Und deshalb bin ich hier. Sie haben ein Haus in Berlin, Sie sind sehr jung und Sie sind alleinstehend. Ja, auch das weiß ich. Dieser Besitz, der sich nicht im besten Zustand befindet, ist nur eine Last für Sie. Ich möchte Ihnen deshalb ein Kaufangebot unterbreiten.«

Ben erholte sich langsam von dem Erstaunen, in das ihn der plötzlich auftauchende Fremde versetzt hatte. »Jetzt weiß ich, was Sie wollen. Aber ich weiß noch immer nicht, wer Sie sind. Was hatten Sie mit meiner Familie zu schaffen?«

»Pardon.« Klinger machte eine angedeutete Verbeugung. »Ich bin zu forsch vorgeprescht, einer meiner Fehler. Aber ich rede nicht gern lange um den heißen Brei herum. Ihre Familie kenne ich über meinen Onkel, der ein alter Freund Ihres Großvaters war. Er ist leider im letzten Jahr verstorben. Mein Onkel Wilhelm war es übrigens auch, der nach dem Fall der Mauer seine Beziehungen dazu genutzt hat, Ihrem Großvater seinen ehemaligen Besitz wiederzuverschaffen. Ich selbst bin Rechtsanwalt und vertrete einen Geschäftsmann, der sich schon lange für dieses Objekt interessiert.«

»Sie kennen sich gut aus. Ich nehme an, Sie sind oft hier gewesen?«

»Gelegentlich, wenn ich früher meinen Onkel begleitet habe.«

»Und dieser Geschäftsmann? Wer ist das? War er auch schon hier?«

Klingers Lächeln wurde noch eine Spur verbindlicher. »Natürlich kennt er den Besitz, daher rührt ja sein Interesse. Er ist gebürtiger Brandenburger, will sich demnächst zur Ruhe setzen. Ein Menschenfreund, könnte man sagen, seit längerem auch in der Jugend- und Sozialpolitik aktiv.«

Ben hätte den Mann gern über seinen Großvater und dessen verstorbenen Freund ausgefragt, aber er wagte es nicht. Seine Unwissenheit war ihm peinlich, und er zögerte, Klinger in ein vertrauliches Gespräch zu ziehen. Der Mann war ihm nicht angenehm. Er traute seiner vermeintlichen Offenheit nicht, seine Freundlichkeit war eine Spur zu glatt und machte ihn misstrauisch.

»Ich nehme an, Sie haben auch schon meiner Tante das Haus abkaufen wollen?«

»Das ist richtig. Aber sie hing an dem Besitz. Verständlicherweise, es war ja quasi ihr Elternhaus. Aber bei Ihnen liegt die Sache doch ganz anders. Ich nehme an, Sie haben sich ohnehin schon mit Verkaufsabsichten getragen?«

»Nein, hab ich nicht. Werd ich auch so bald nicht.«

Klinger wurde ernst. »Das ist bedauerlich. Vielleicht ändern Sie Ihre Meinung, wenn ich Ihnen den Preis nenne, den mein Klient zu zahlen bereit wäre.«

»Kann ich mir nicht vorstellen. Geld ist für mich kein Thema.«

Bens Antwort kam rasch und entschieden. Ein Versuch, durch geschicktes Pokern den Preis in die Höhe zu treiben, konnte darin nicht gesehen werden.

Klinger erhob sich. »Mein Besuch kam überraschend, zu überraschend vielleicht.«

Er überreichte Ben seine Visitenkarte. »Möglicherweise ändern Sie in der nächsten Zeit Ihre Meinung. Dann rufen Sie mich bitte an. Ich habe jederzeit ein offenes Ohr für Sie.«

Erst nachdem er gegangen war und angesichts der Berliner Adresse auf der Karte, fiel Ben die Frage ein, woher Klinger gewusst haben konnte, dass er sich auf dem Land aufhielt. Ein vielbeschäftigter Rechtsanwalt fuhr nicht auf gut Glück zu einem abgelegenen Haus, das nur sporadisch bewohnt war.

Am nächsten Morgen machte sich Ben früh auf den Weg zum Seniorenheim. Als er dort eintraf, hatte er noch eine halbe Stunde bis zu dem verabredeten Treffen mit dem Leiter des Hauses. Er nutzte die Zeit, um sich die Umgebung der sogenannten Seniorenresidenz anzuschauen. Das Wetter war schön, und alles präsentierte sich von der besten Seite. Ben ging ein Stück am Havelkanal entlang, der in nördlicher Richtung das Grundstück des Heimes begrenzte, und schlug einen Bogen um den Park herum wieder zurück zum Haupteingang. Was er sah, war ansprechend. Der Aufenthalt dort konnte nicht billig sein.

Der Mann, der ihn in einem modern eingerichteten Büro begrüßte, war unerwartet jung, was Ben irritierte. Es erschien ihm unpassend, in einer Einrichtung für alte Menschen einen Mann von höchstens Ende dreißig zum Direktor zu machen. Diese Empfindung basierte auf keiner logischen Überlegung. Alt sein galt nicht als berufliche Qualifikation. Ben fragte sich nur, ob die Bedürfnisse alter und sehr alter Menschen von viel jüngeren beurteilt werden konnten. Aber wahrscheinlich ging es darum gar nicht. Herr Krämer war im Übrigen freundlich und zuvorkommend und reichte ihn schon nach einem kurzen Austausch von Höflichkeiten und der Beantwortung einiger Fragen nach den Bedingungen, unter denen Bens Großvater im Seniorenheim lebte, an ein Mitglied des Pflegepersonals weiter. Die Frau stellte sich als Schwester Agnes vor und sollte ihm das Haus zeigen.

»Ich wusste gar nicht, dass der General einen Enkel hat.«

Darin klang ein leiser Tadel mit.

»Offen gesagt, wusste ich bis vor kurzem auch noch nicht, dass ich einen Großvater habe«, antwortete Ben. »Ich meine, einen der noch lebt. Wieso nennen Sie ihn den General?«

Schwester Agnes lachte. »Das ist nur sein Spitzname. Warten Sie ab, bis Sie ihn sehen. Dann wissen Sie, warum wir ihn so nennen.«

Ben blieb stehen. Ehrlichkeit war in diesem Fall die bessere Taktik. »Ich möchte ihn eigentlich gar nicht sehen. Ich meine, im Moment noch nicht.«

Ohne auf die finanzielle Seite der Angelegenheit einzugehen, erklärte Ben der Schwester seinen Vorbehalt und wie er überhaupt in die Situation gekommen war. Dabei stellte sich heraus, dass sie über den Tod seiner Tante gar nicht informiert worden war.

»Es ist so traurig zu sehen, wenn die alten Menschen gar keinen Kontakt mehr nach draußen haben. Und ich hoffe sehr, dass Sie sich entschließen werden, mit Ihrem Großvater zu reden. Seit seine Tochter zuletzt gekommmen ist, hatte er überhaupt keinen Besuch mehr.«

»Wie lange ist er eigentlich schon hier?«, wollte Ben wissen. »Und aus welchem Grund? Meine Tante hat ja bei ihm gelebt. Konnte sie sich nicht um ihn kümmern?«

Schwester Agnes betrachtete ihn mit einer Art resignierter Freundlichkeit. »Als er vor etwa zwei Jahren herkam, war er nach einer Prostataoperation, ein bösartiger Tumor, stark geschwächt und außerdem inkontinent. Seiner Tochter war die Pflege zu anstrengend, und ich glaube, er selbst mochte mit diesem Problem nicht länger von ihr betreut werden. Inkontinenz ist gerade Männern äußerst peinlich. Eine fremde Person wird dann eher als Pflegekraft akzeptiert als eine nahestehende.«

»Das verstehe ich«, sagte Ben schlicht. Eine Spur Mitleid für seinen Großvater stellte sich ein. »Und wer außer meiner Tante besuchte ihn?«

»Na ja, in letzter Zeit, wie gesagt, niemand. Früher kamen manchmal zwei ältere Herren. Ich vermute, dass auch die inzwischen gestorben sind. Mit einem der beiden hatte er sich wohl auch zerstritten. Ich muss leider sagen, dass Ihr Großvater ein schwieriger Mensch ist. Sehr unduldsam und rechthaberisch. Er nimmt überhaupt keine Rücksicht auf andere Menschen. Ihre Tante hat es mit ihm bestimmt nicht leicht gehabt.«

»Wissen Sie zufällig, ob einer seiner Freunde mit Nachnamen Klinger hieß?«

Schwester Agnes dachte kurz nach. »Mit K fing einer der Namen wohl an. Aber ob das Klinger war, kann ich nicht sagen.«

Während ihres Gesprächs hatte die Schwester Ben durch das Haus geführt. Hin und wieder war sie stehengeblieben und hatte ihn auf etwas aufmerksam gemacht. Jetzt führte sie ihn in den Garten hinaus.

»Bei so schönem Wetter sind unsere Gäste natürlich am liebsten im Freien.«

Ben registrierte die Bezeichnung Gäste für die Heimbewohner mit einem Herunterziehen der Mundwinkel. Für Schönfärbereien dieser Art hatte er nichts übrig. Der Status eines Postboten änderte sich auch nicht dadurch, dass man ihn als Zusteller bezeichnete.

»Ihr Großvater absolviert gerade sein Fitnessprogramm, wie er es nennt. Er ist der schlanke Herr, der gerade an der Baumgruppe dort vorbeigeht.«

Ben blickte in die Richtung, in die ihr Zeigefinger wies. Er sah einen hageren, hochgewachsenen Mann, der, die Hände auf dem Rücken, langsam durch den Park ging. Dabei bewegten sich leicht seine Lippen. Schwester Agnes erklärte Ben, der General zähle seine Schritte.

»Es wirkt vielleicht ein wenig merkwürdig auf Sie, aber er ist völlig bei Verstand. Und Bewegung ist in seinem Alter genau das Richtige. Wir wären froh, wenn sich alle so vernünftig verhalten und jeden Tag wenigstens ein paar Schritte gehen würden. Abgesehen von den Kranken und Behinderten natürlich.«

Ben blieb in einiger Entfernung stehen und beobachtete den alten Mann. Ihm fiel sofort seine große Ähnlichkeit mit dem Großvater auf. Im Alter würde er wahrscheinlich genauso aussehen, nur etwas kleiner. Seine Größe war ein Erbteil seiner Mutter, die einer Familie von nur durchschnittlich gewachsenen Menschen entstammte. Sein Vater, das sah er jetzt, hatte äußerlich nur sehr wenig mit seinem Vater gemein. Das Schmale und Hochgewachsene und die Art, beim Gehen die Hände auf den Rücken zu legen. Wahrscheinlich war das unwillkürliche Nachahmung gewesen. Mit voller Absicht hätte sein Vater den Großvater niemals kopiert, so viel war Ben in seiner Kinderzeit klar geworden. Sein Vater hasste und fürchtete den Alten, wie er ihn nannte. Eine Bezeichnung, die Respekt wie Abneigung gleichermaßen ausdrückte. Langsam zog sich Ben zurück, er wollte nicht gesehen werden.

Noch war er nicht bereit, dem Großvater gegenüberzutreten. Er hatte die Entscheidung seinem Gefühl überlassen, was er häufig tat. Aber er würde wiederkommen. Er musste wiederkommen.

Der General drehte weiter seine abgezirkelten Runden im Park. Der dumme Bengel meint, ich hätte ihn nicht bemerkt, dachte er. Glaubt wahrscheinlich, ich bin schon so gaga, dass ich meinen Enkel nicht erkenne, obwohl er mir derart ähnlich sieht. Aber das konnte er natürlich vorher nicht wissen. Er war ja noch ein Kind, als er mich zum letzten Mal gesehen hat. Hoffentlich ist er nicht ein so verdammter Feigling wie sein Vater. Das mit dem Verzicht aufs Erbteil war eine gute Idee. Wenn er das Geld nicht verlieren will, wird er mit mir reden. Er muss wiederkommen.

Die letzten Worte hatte der General ganz in Gedanken laut ausgesprochen. Eine Frau, die ihre Mutter am Arm herumführte, warf ihm einen mitleidigen Blick zu. Die kalte Ablehnung in seinen Augen ließ sie erröten. So aufrecht er nur konnte, ging der Alte davon. Diesmal schenkte er sich die letzte Runde des Fitnessprogramms.

13

»Dust in the wind, all they are is dust in the wind«, sang Leonie Simon zusammen mit Kansas deren Siebziger-Jahre-Song. Sie war auf dem Weg zur Wohnung eines gewissen Theo Abramowsky, eines der Tsunami-Überlebenden, die damals verletzt ausgeflogen werden mussten. Kallweit hatte ihren Bitten schließlich nachgegeben und die BKA-Liste herausgerückt, gemeinsam waren sie sie durchgegangen. Einige der Namen waren bekannt und bereits von der Polizei überprüft worden. Es handelte sich um Tsunami-Überlebende, mit denen Claudia in den Wochen vor ihrem Tod telefoniert hatte, um Interviewtermine zu vereinbaren.

Es gab keinen Anhaltspunkt, dass sich Claudia Gotthardt für jemanden besonders interessiert haben könnte. Es war Leonie gelungen, die Liste hinter Kallweits Rücken zu kopieren. Ihre Hoffnung, einer der Namen fände sich im Sektionsbuch wieder, zerschlug sich. Sie würde die Leute anrufen oder persönlich aufsuchen müssen. Kallweit hatte angedeutet, dass er zurzeit keinen seiner Mitarbeiter für eine solche Strafarbeit abstellen könne. Die Liste war erschreckend lang, und die meisten Adressen gehörten zu anderen Bundesländern. Leonie konzentrierte sich zunächst auf Berlin und dort auf die Personen, die Claudia bereits aufgesucht hatte. Es blieben noch immer fast zwanzig Namen übrig, Abramowsky war nach dem Alphabet der erste.

Leonie fand einen Parkplatz direkt vor der Haustür, einem Wohnblock in Steglitz ganz in der Nähe des Auguste-Viktoria-Krankenhauses. Auf dem Klingelschild fand sie den Namen Abramowsky nicht. Irritiert überprüfte sie die Adresse, laut Liste stand sie vor der richtigen Tür. Die angegebene Telefonnummer stimmte entweder auch nicht, oder es war niemand zu Hause. Leonie steckte ihr Handy wieder in die Tasche und klingelte bei einer Erdgeschosswohnung. Der Summer ertönte. Leonie trat in den Hausflur. Ein junger Mann sah ihr erwartungsvoll entgegen. Offenbar war sie aber nicht die Person, mit der er gerechnet hatte. Sein »Hallo« klang jedenfalls eine Spur enttäuscht.

»Entschuldigen Sie die Störung«, begann Leonie. »Wohnt in diesem Haus ein Theo Abramowsky?«

»Nee«, erwiderte der junge Mann trocken. »Jetzt nicht mehr.«

Gleich der erste Name und nichts als Schwierigkeiten, dachte Leonie.

»Und wo wohnt er jetzt? Wissen Sie das zufällig?«

»Nee«, hieß es wieder.

Leonie erfuhr noch, dass der Mann seine Wohnung so gut wie nie benutzt hatte und etwa ein Jahr zuvor ausgezogen war. Neue Adresse unbekannt. Sie hakte den Namen ab.

In den nächsten Tagen arbeitete sie in jedem freien Augenblick die Liste weiter durch. Die meisten Leute erreichte sie unter der angegebenen Adresse. Niemand konnte ihr jedoch helfen. Claudia hatte tatsächlich mit einigen Interviews geführt, aber Leonie entdeckte nichts, was ihr Misstrauen erregt hätte. Die Adressen in den anderen Bundesländern würde sie gern Kallweit überlassen. Sie war inzwischen überzeugt, dass sie sich dabei auf dem Holzweg befand.

Ihre Hauswirtin passte sie eines Abends ab, als sie gerade in ihre Wohnung schlüpfen wollte, und überreichte ihr einen Briefumschlag.

»Den hat heute eine nette Dame für Sie abgegeben. Eine Verwandte von Ihnen?«

Leonie nahm den Brief dankend in Empfang, ohne die Frage zu beantworten. Frau Imlau zögerte. Dann wagte sie es doch.

»Und wenn Sie mal wieder mit ihm sprechen, grüßen Sie Herrn Wilkens von mir.«

Bruno hatte also bleibenden Eindruck hinterlassen.

»Glauben Sie, er würde sich über eine Einladung zum Essen freuen?«

Leonie antwortete wahrheitsgemäß, dass sie das nicht wisse. Isolde Imlau war sehr unzufrieden, als sie sich zurückzog.

In ihrer Wohnung öffnete Leonie den Umschlag. Er kam von der Queen und enthielt zwei Seiten mit Namen und den dazugehörigen Erläuterungen. Diese Namen waren nicht bei Claudia gefunden worden, vorausgesetzt, Kallweit hatte nichts unterschlagen. Ihre Notizen waren demnach entweder verbrannt, gestohlen oder Claudia hatte sie der Brisanz wegen außer Haus deponiert. Einige der Namen würden Skandal machen, wenn sie der Presse in die Finger gerieten. Sogar ein Mitglied des deutschen Bundestages war dabei. Wie vermutet, ging es um Hilfsgelder in Millionenhöhe, die anscheinend über Umwege in deutsche Taschen zurückgeleitet worden waren. Wasmuth wäre begeistert über ihren Fund, mit dieser Geschichte könnte er Karriere machen, falls sie weiterer Recherche standhielt. Sollte sie die Information an ihn weitergeben? Es gab einige Gründe, das nicht zu tun. Erstens war Claudia Gegenstand einer Mordermittlung, denn dass die Angst vor einem

Skandal jeden dieser Leute verdächtig machte, würde auch Kallweit sofort klar sein. Zweitens keimte in Leonie der Verdacht, dass Wasmuths Interesse an ihr allzu zweckhaft war. Und sie mochte den Gedanken gar nicht, er habe nur mit ihr geschlafen, weil sie ihm nützlich sein konnte.

Ihre Muskeln schmerzten, ihr Hirn war angenehm leer, und das heiße Wasser spülte den Schweiß fort, den sie sich beim Fitnesstraining fast zwei Stunden lang hart erarbeitet hatte. Leonie dachte an das kühle Pils, das sie gleich an der Bar im Erdgeschoss des Sportcenters trinken würde. Nachdem sie sich angekleidet hatte, warf sie einen Blick auf ihr Mobiltelefon. Das Institut hatte versucht sie zu erreichen, vor fast einer Stunde schon.

»Mist«, brummelte sie und stopfte die feuchten Handtücher in ihre Sporttasche. Statt zurückzurufen, machte sie sich auf den kurzen Weg.

Im Sektionskeller hatte Dr. Constanze Heineke schon ohne sie angefangen und diktierte die äußere Leichenschau. Kallweit und Quast hielten sich, beide in Ausgehgarderobe, im Hintergrund. Noch ehe Leonie sich darüber wundern konnte, sah sie die nackte Leiche und begriff. Ein junger Mann von ca. zwanzig Jahren lag auf dem Tisch. Der Tote war gezeichnet von Misshandlungsspuren. Schläge, Tritte, Messerstiche fanden sich fast überall an seinem Körper.

»Wer ist das?«, fragte Leonie den Kommissar und griff nach einem Kittel.

»Keine Ahnung«, antwortete Kallweit. »Er wurde heute Abend im Ernst-Thälmann-Park gefunden, nicht weit vom Tattoo-Studio, wo Butzke gearbeitet hat.«

»Verstehe. Sie denken, er ist das neue Opfer von unserem Marquis de Sade.«

Leonie nickte Heineke zu und begann, assistiert von der jungen Kollegin, den Toten zu öffnen.

»Ich glaube nicht, dass er ihn getötet hat.« Madeleine Quast trat näher an die Leiche heran. »Marquis de Sade gefällt mir übrigens besser als ›der Sadist‹. De Sade war vor allem ein Philosoph und Theoretiker des Schmerzes.«

»Der Mann ist nackt und wurde gefoltert. Und die Gegend stimmt auch«, wandte Kallweit ein.

»Aber in diesem Fall wurde wahllos brutale Gewalt angewendet. Hab ich recht?«

Die Frage war an Leonie gerichtet, die die Haut von den Rippen schälte und dabei gewaltige Unterblutungen zutage brachte.

»Zweifellos. Der Kleine hier ist das Opfer einer hochaggressiven Attacke, würde ich meinen. Wieso sind Sie eigentlich hier? Noch dazu in Gala?«

Madeleine Quast lächelte ein wenig verlegen. »Herr Kallweit und ich hatten uns zum Essen verabredet. Aber über die Vorspeise sind wir leider nicht hinausgekommen.«

»Gott sei Dank«, brummte Kallweit und wandte den Blick vom geöffneten Leib des Toten ab. Es gab Dinge, an die er sich nie gewöhnen würde. Neben Ostalgie und verspäteten ICE gehörten Leichenöffnungen ganz entschieden dazu.

Schon während der Sektion stand für Leonie die Todesursache fest.

»Sechs Stichverletzungen des Herzbeutels. Durchstechung des Herzens von oben nach unten durch Truncus pulmonalis, Pulmonalklappe, rechten Ventrikel, Septum und Hinterwand des linken Ventrikels. Fünf weitere Stichverletzungen, die sämtlich in der Vorderwand des linken Ventrikels beziehungsweise im Septum enden. Stichverletzung der Aorta an der Durchtrittsstelle durch das Zwerchfell. Vier Stichverletzungen der rechten und sechs der linken Lunge. Um nur die schwersten Verletzungen zu nennen. Todesursache: Verbluten und Hämato-Pneumothorax.«

»Er war's nicht«, wiederholte Madeleine Quast.

»Warten wir die toxikologische Untersuchung ab.« Leonie sah dem Präparator zu, der das Gehirn wog, die Zahl mit Kreide auf einer Wandtafel notierte und die graue Masse vor Dr. Heineke auf das Organbrett legte.

»Was immer wir noch finden, sage ich Ihnen morgen, Kallweit.

Wie wär's, wenn Sie beide Ihren angebrochenen Abend wiederaufnehmen.«

»Ach«, sagte die Quast. »Ich weiß schon alles, was ich wissen musste. Am liebsten würde ich jetzt nach Hause gehen.«

Leonie glaubte, Sorge in Kallweits Gesicht zu erkennen.

Zwanzig Stunden später brachte Leonie Simon das Sektionsgutachten persönlich in der Keithstraße vorbei. Kallweit saß allein in seinem Büro und starrte auf den Computerbildschirm.

»Guten Abend«, sagte Leonie und legte die Mappe vor ihn auf den vollen, aber penibel geordneten Schreibtisch. »Unsere Toxikologie hat sich selbst übertroffen und Ihretwegen alles andere stehen- und liegenlassen. Bei dem jungen Mann aus dem Park wurden weder Schmerz- noch Betäubungsmittel gefunden. Ihre Freundin hat recht, wenn Sie mich fragen.«

»Q ist nicht meine Freundin.« Kallweit sprach mit Nachdruck. »Und die schweren Misshandlungen? Und warum wurde er nackt in den Park geschafft?«

»Aber er wurde nicht vorher gesäubert. Und bis jetzt hat unser Täter jeweils nur eine Art der Misshandlung gewählt.«

»Er könnte sich gesteigert habe.«

»Möglich ist alles. Aber hier war blinder Hass am Werke.« Leonie blickte Kallweit über die Schulter. »Die Vermisstendatei?«

»Heute sind wieder ein paar Neue reingekommen. Die Befragung im Viertel hat bisher nichts gebracht.« Kallweit wies auf ein Foto und den dazugehörigen Text. »Was halten Sie von dem?«

»Eine Ähnlichkeit ist da. Aber er ist nur eins zweiundsiebzig groß.«

Leonie griff nach der Mappe und blätterte im Sektionsgutachten. Der Tote war mit eins achtundsiebzig vermessen worden. Das Gewicht stimmte auch nicht. Kallweit ging das Programm weiter durch. Das Foto einer dunkelhaarigen Frau erschien, und er wollte weiterblättern.

»Moment mal«, rief Leonie.

Die Frau war Hamburgerin, vor einigen Wochen von ihrem

Mann als vermisst gemeldet, letzter Aufenthaltsort Berlin. Ihr Name war Sina Rauscher-Abramowsky.

»Ja, und?«

»Könnten Sie mir das ausdrucken?«

»Was interessiert Sie an der Frau?«

»Ich kann mich irren«, sagte Leonie, »aber ich glaube, ich hätte ihren Bruder kürzlich beinahe kennengelernt. Ach, bei der Gelegenheit, Sie haben mir noch nicht erzählt, was Ihre Experten auf der Festplatte von Claudia Gotthardts Computer gefunden haben.«

»Nichts, was hätte rekonstruiert werden können. Totalschaden.«

»Wie die meisten CDs und Akten. Wo würden Sie wichtige Unterlagen aufbewahren?«

Kallweit sah sie fragend an.

»Na, zum Beispiel hab ich von meiner Doktorarbeit Kopien bei einer Freundin hinterlegt. Seite für Seite. Allein die Vorstellung, bei einem Brand oder Einbruch könnte alles vernichtet werden, die Arbeit von Monaten, hat mich um den Schlaf gebracht.«

Kallweit fuhr sich in einer Geste der Resignation über die Stirn. »Frau Doktor Simon, es gibt keine geheimnisvollen Unterlagen, die Sie noch finden könnten. Wir haben bereits überall gesucht und nachgefragt, glauben Sie mir.«

Das wäre der Moment gewesen, Kallweit von Claudias namenloser Informantin zu erzählen. Aber sie verabschiedete sich, ohne sie zu erwähnen. Es waren unterschiedliche Erwägungen, die sie hinderten. Bis jetzt waren die Persönlichkeiten, die sie Claudia genannt hatte, nur Namen auf einem Stück Papier. Leonie konnte weder sicher sein, dass die Betrugs- und Korruptionsvorwürfe gegen diese Männer stimmten, noch dass Claudia zu einem von ihnen Kontakt aufgenommen hatte. Vor allem aber würde die Informantin alles ableugnen und damit die Liste zur Makulatur machen. Erreicht würde womöglich nur, dass die Verdächtigen gewarnt wären. Vielleicht würde sie Marius Wasmuth die Liste geben. Vielleicht auch nicht. Das hing ganz von ihm ab.

Der Beamte, der die Vermisstensache Sina Rauscher-Abramowsky bearbeitet hatte, zweifelte nicht an der Seriosität der leitenden Oberärztin des rechtsmedizinischen Institutes und gab bereitwillig Auskunft. Auf Anfrage der Hamburger Kollegen hatte er ihren Aufenthalt in Berlin rekonstruiert, so weit das möglich war. Viel hatte er nicht erreicht. Sina Rauscher-Abramowsky war tatsächlich die Schwester von Theo Abramowsky, den sie nach längerer Zeit wieder einmal hatte besuchen wollen, so die Aussage ihres Ehemannes. In Berlin war sie in einem preiswerten Hotel am Kaiserdamm abgestiegen, hatte dort aber nur eine Nacht verbracht. Genau wie Leonie kannte sie nur die alte Adresse ihres Bruders. Dort musste sie auch gewesen sein, allerdings konnte sich niemand an sie erinnern. Bei der Meldebehörde hatte sie die neue Adresse ihres Bruders erfragen wollen, aber lediglich die Auskunft erhalten, dass es eine Sperrung für diese Adresse gab. Sina Rauscher-Abramowsky hatte daraufhin ihre Mobiltelefonnummer hinterlassen und darum gebeten, ihren Bruder zu informieren, dass sie in Berlin sei und ihn sehen wolle. Danach verlor sich ihre Spur. Mit Ausnahme der Kleidung, die sie an dem Tag trug, und der Handtasche mit Geld und Papieren, hatte sie all ihre Sachen im Hotel zurückgelassen. Ihr Bruder, der nach Potsdam gezogen war, sagte aus, er habe mit seiner Schwester telefoniert und sie in sein Haus eingeladen, aber sie sei zur verabredeten Zeit nicht erschienen und habe sich auch nicht wieder gemeldet. Unter ihrer Mobilnummer habe er nur noch die Mailbox erreichen können. Leonie notierte sich die Potsdamer Adresse von Theo Abramowsky.

»Und was werden Sie jetzt unternehmen?«

»Gar nichts.« Der Beamte klappte die Akte zu, aus der er vorgelesen hatte. »Von uns aus haben wir alles unternommen, was möglich war. Wir haben keine weiteren Anhaltspunkte, was mit der Frau passiert sein kann.«

»Vermutlich ist sie tot.«

»Möglich. Aber unter den unbekannten Leichen der letzten Wochen war sie nicht. Vielleicht hat sie ihrem Mann auch nur die

Hucke vollgelogen und ist mit ihrem Liebhaber durchgebrannt. Laut ihrem Mann hatte sie Pass, Personalausweis und zwei Kreditkarten bei sich. Und im Hotel haben wir die nicht gefunden.«

»Immerhin hat sie ernsthaft versucht, ihren Bruder zu finden. Tut das eine Frau, die mit ihrem Liebhaber durchbrennen will?«

»Das dürfen Sie mich nicht fragen. Ich bin schon zum zweiten Mal geschieden und weiß immer noch nicht, wieso ich's nicht hinkriege.«

Madeleine Quast lud Leonie Simon zum Essen ein. Eine knappe Anfrage, ohne Angabe von Gründen. »Möchten Sie morgen bei mir zu Abend essen?« Das war alles. Leonie sagte ohne Umschweife zu. Madeleine Quast wohnte in Charlottenburg, nicht weit vom Schloss entfernt. Leonie kannte das Viertel, ein gemischter Kiez, alternativ bis gutbürgerlich, SPD-Land. Die Quast wohnte in der obersten Etage eines kleinen grünen Hauses mit nur drei Stockwerken, das wie der kleine Bruder zwischen hochgewachsenen Geschwistern saß. Madeleine Quast empfing Leonie in bekleckerter Schürze und mit leicht geröteten Wangen.

Der Küche entströmte ein köstlicher Duft. Leonies Speicheldrüsen fingen an zu arbeiten.

»Können Sie etwa kochen?«, fragte sie ihre Gastgeberin und folgte ihr ins Wohnzimmer.

»Ich bin halbe Französin, vergessen Sie das nicht.«

Die Quast verschwand wieder in der Küche, und Leonie sah sich um. Das Zimmer war mit Jugendstilmöbeln eingerichtet, an den Wänden hingen Reproduktionen impressionistischer Maler und alte Fotos von Menschen in Gehröcken und Krinolinen. Leonie vermutete, dass es sich um Quasts Familie handelte. Selbst der Fernseher hatte etwas Antikes an sich, vermutlich wurde er selten benutzt. Der Tisch war mit Meißner Porzellan und Kristallgläsern gedeckt, und ein Silberleuchter durfte auch nicht fehlen. Das Modernste, das Leonie entdecken konnte, war eine Stereoanlage von Bang & Olufsen. Leonie hatte gerade angefangen, in Madeleine

Quasts Platten- und CD-Sammlung zu stöbern, als diese mit einer großen Platte erschien, auf der ein gewaltiges, von einem grünen Mantel umhülltes Stück Fleisch lag.

»Gekräutertes Rinderfilet«, sagte Madeleine Quast und lief wieder hinaus.

Der Geruch von frischen Kräutern und Knoblauch erfüllte den Raum in Sekundenschnelle. Leonie schluckte. Ihre Gastgeberin lief noch dreimal zwischen Wohnzimmer und Küche hin und her. Der Tisch füllte sich mit Kartoffelgratin, einer riesigen Salatschüssel und einem Korb mit frischem Baguette. Als Letztes goss Madeleine Quast Wasser und Rotwein in die Gläser. Es gab nur ein Rotweinglas, das für Leonie gedacht war.

»Ich hoffe, Sie mögen den Wein. Er stammt aus dem Languedoc, Corbières, eine Cuvée aus Syrah, Carignan und Grenache. Ich schätze die alten Sorten.«

Leonie ließ den Wein im Mund herumwandern. »Nicht mein Lieblingswein, aber er hat zweifellos Charakter. Nicht, dass ich besonders viel davon verstünde. Ich liebe Wein, aber meine theoretischen Kenntnisse sind bescheiden.«

Madeleine Quast führte ihr Wasserglas zum Mund und nahm einen kleinen Schluck. »Ich nehme an, Sie fragen sich, warum ich keinen Wein trinke.«

Leonie schüttelte den Kopf. »Eigentlich nicht. Aber Sie scheinen sich mit Wein auszukennen.«

»Nur aus der Erinnerung. Heute begnüge ich mich damit, daran zu riechen. Ich bin Alkoholikerin.«

Leonie quittierte diese Mitteilung mit Schweigen. Es gab nichts darauf zu sagen.

Während des Essens, mit dem die Quast in jedem guten Restaurant hätte Ehre einlegen können, hielt die Gastgeberin eine lockere Konversation in Gang. Sie erzählte von ihrer Schwester und deren drei Kindern, ihren Reiseerlebnissen und fragte Leonie nach ihren Jahren in Hamburg. Unmerklich geriet die Atmosphäre persönlicher, und Leonie ertappte sich dabei, beim Dessert – einem Gedicht von einem Quarksoufflé mit Salat von Orangen und rosa Grapefruits – Paul Unruh und ihre Sorge um den Bestand der Beziehung zu erwähnen. Rasch beendete sie das Thema wieder.

»Na gut, möglicherweise kehre ich bald nach Hamburg zurück, und dann werden die Karten neu gemischt.«

Madeleine Quast hakte nach. »Ich habe davon gehört, dass Sie für die Nachfolge von Professor Cordes vorgesehen sind. Wollen Sie sich das wirklich antun?«

Leonie sah sie verblüfft an. »Was meinen Sie damit?«

»Dasselbe wie Sie, nehme ich an.« Madeleine Quast begegnete ruhig Leonies Blick. »Oder warum zögern Sie so lange, Ihren Hut in die Arena zu werfen?«

»Die Bewerberliste wurde noch nicht eröffnet.«

»Offiziell vielleicht nicht, aber nach dem, was ich von Oberbeck gehört habe, formieren sich Ihre Konkurrenten bereits.«

»Das ist völlig normal.« Leonie schloss kurz die Augen, um dem forschenden Blick der Psychologin zu entkommen. »Okay, Sie haben recht. In den letzten Jahren sind mir des Öfteren Zweifel gekommen. Zweifel an allem. An den Beweggründen, aus denen ich diesen Beruf ergriffen habe, an Sinn und Erfolg meiner Tätigkeit, an den Behörden und Institutionen, mit denen ich zusammenarbeiten muss. Adorno hat gesagt, man könne nicht das richtige Leben im falschen führen. Und ich fürchte, genau das versuche ich, seit ich erwachsen bin.«

Die Quast nickte und ließ sich Zeit mit der Antwort. »Soweit ich das beurteilen kann, sind Sie nicht am falschen Platz, aber vielleicht haben Sie die Motivation verloren, weil Sie erschöpft sind. Ich meine das nicht im physischen Sinn, nicht nur jedenfalls. Eventuell ist eine Pause alles, was Sie brauchen. Vielleicht auch eine längere Pause. Wie wär's mit einem Kaffee? Schauen Sie sich ruhig so lange um.«

Leonie nahm das Angebot an und schaute sich in der Wohnung um. Sie war nicht allzu groß, höchstens achtzig Quadratmeter, und umfasste außer dem Wohn- und Esszimmer ein Schlafzimmer, das sie diskret ausließ, ein kleines Arbeitszimmer, ein Gästezimmer und ein Bad mit separatem WC. Wie das Wohnzimmer war auch die übrige Wohnung mit antiken Möbeln ausgestattet. Das Arbeitszimmer erinnerte Leonie an Fotos von englischen Privatbibliotheken, viel Holz und viel Leder.

Als Madeleine Quast den Kaffee einschenkte, sprach Leonie sie darauf an.

»Die paar Möbelstücke sind leider alles, was vom früheren Wohlstand meiner Familie übrig geblieben ist. Die von Quasts, das *von* hab ich einfach irgendwann weggelassen, waren brandenburgisch-preußische Notabeln, Geheimräte, Landräte und dergleichen. Aber nach den beiden Weltkriegen war endgültig nichts mehr übrig von Preußens Gloria, auch nicht bei uns. Na, und da meine Schwester nach dem Tod unserer Eltern auf die Möbel keinen Wert legte, habe ich meine Wohnung damit vollgestopft. Die alten Dinge geben doch so etwas wie Sicherheit, nicht wahr?«

Leonie betrachtete die feinen Linien in Madeleine Quasts Gesicht, die ihrem Alter noch nicht angemessen waren. Bevor sie antworten konnte, fuhr ihre Gastgeberin fort.

»Sie haben Fragen an mich, die zu stellen Sie zu höflich und diskret sind. Aber ich denke, im Sinne einer weiteren Zusammenarbeit, und die wird es wohl geben, sollte ich sie Ihnen beantworten.«

Das also ist der Grund für die Einladung, dachte Leonie. »Vera Kilian hat mir bereits das Nötige erzählt.«

»Ahnte ich es doch. Vera ist eine gute alte Freundin, aber eine grässliche Schwatzbacke. Ich will auch nicht zu sehr ins Detail gehen. Es ist jetzt etwa fünfzehn Jahre her, ich arbeitete damals als frisch gebackene Psychologin auf einer Assistentenstelle in einer Justizvollzugsanstalt. Einer der Straftäter, ein gewisser Uwe Melchert, saß eine Haftstrafe wegen Vergewaltigung und schwerer Körperverletzung mit Todesfolge ab. Er war schon in frühester Jugend wegen aggressiver Handlungen gegenüber Frauen aufgefallen. Als Fünfzehnjähriger hatte er eine Mitschülerin entführt und erwürgt. Nach Verbüßung einer Jugendstrafe nahm er eine Lehre als Automechaniker auf, die er aber wieder abbrach. Es kam zu weiteren Übergriffen auf Frauen, Misshandlungen, Vergewaltigungen. Zwischen den einzelnen Haftstrafen, viele nur auf Bewährung, arbeitete er als Lastwagenfahrer. Seine Vorliebe galt Prostituierten. An ihnen vergriff er sich am häufigsten, sie zählten auch vor Gericht am wenigsten. Da die Delikte in verschiedenen Bundesländern verübt und vor Gericht stets einzeln beurteilt wurden, begriff niemand die wachsende Gefährlichkeit dieses Mannes. Kallweit ist inzwischen überzeugt, dass er auch für einige Morde an Prostituierten verantwortlich ist, was er ihm aber bis heute nicht nachweisen kann. Melchert konnte, wenn er wollte, durchaus charmant sein. Er hatte immer wieder feste Freundinnen, die sich erst von ihm trennten, wenn sie seine Misshandlungen nicht mehr ertrugen. Eine starb schließlich an den Folgen der Prügel. Wie Sie sicher wissen, haben Gefangene wie er das Recht auf eine Therapie. Die lehnte er zunächst ab. Um Straferlass zu erreichen, willigte er schließlich doch ein. Vom ersten Treffen an verweigerte er sich mir. Er war respektlos und beleidigend. Es kam zu dem Überfall, er nahm mich als Geisel.« Sie machte eine kurze Pause, wie um Luft zu holen. »Ich war anschließend mehrere Monate krankgeschrieben, und ich kehrte nicht wieder in die JVA zurück. Melchert wurde verurteilt. Diesmal war er psychiatrisch begutachtet worden, er kam in den Maßregelvollzug. Erwähnte ich schon, dass Kallweit damals der Beamte war, der den Einsatz leitete und mich befreite? Viel später sagte er mir, wie erschüttert er über den Zustand war, in dem er mich damals fand. Und dass er sich schämte der Intimität der Situation wegen. Er war derjenige, der mir am ausdauerndsten geholfen hat. Die meisten Menschen haben nicht viel Geduld mit Opfern. Nach ein paar Wochen, spätestens, wenn man körperlich wiederhergestellt ist, wird erwartet, dass man die Sache vergisst, dass man Ruhe gibt und sich normal verhält. Was immer normal bedeutet.«

Leonie hatte selbst genug mit Gewaltopfern zu tun, um zu verstehen, was Madeleine Quast meinte. Die Situation nach einer Gewalterfahrung war leider oft nicht weniger traumatisierend.

»Ulrich Kallweit besuchte mich im Krankenhaus und half mir auch nach meiner Entlassung, mein Leben wieder in den Griff zu bekommen. Am wichtigsten für mich war, dass er mir nie etwas vormachte und ich mich nicht verstellen musste. Er ist einer meiner besten und wichtigsten Freunde geworden, nicht mein Liebhaber.«

Sie sagte das mit Nachdruck.

»Das habe ich auch nie vermutet.« Leonie amüsierte der Aplomb, mit dem Madeleine Quast das gesagt hatte.

»Gut. Kallweit hat mich auch stets auf dem Laufenden gehalten. Ich erfuhr von jedem Ausgang, den Melchert bekam, zuerst die begleiteten und später die unbegleiteten Ausgänge. Bei unserem Abendessen hat er mir neulich mitgeteilt, dass eine Entlassung Melcherts kurz bevorstehe. Es gibt eine positive Empfehlung der behandelnden Therapeutin, des Oberarztes und des Chefarztes und des Staatsanwaltes. Diese Empfehlungen liegen nun beim Richter der Strafvollstreckungskammer. Kallweit ist sicher, dass der Richter nach Anhörung Melcherts die Entscheidung zur Entlassung auf Bewährung verkünden wird.«

Madeleine Quast sprach vollkommen leidenschaftslos. Leonie dachte, sie müsse eine Meisterin der Selbstbeherrschung sein.

»Und was passiert dann mit ihm?«

»Es gibt eine Ambulanz zur Nachbetreuung für Täter wie ihn, bevor er endgültig in die Freiheit entlassen wird. Er wird alle nötigen Starthilfen bekommen, um ein normales Leben führen zu können.«

Leonie wusste, wie enorm hoch die Rückfallquote bei Tätern wie Melchert war, und Madeleine Quast wusste es auch.

»Sie sind beunruhigt?«

»An dem Abend, an dem ich es erfuhr, war ich zuerst abgelenkt durch den toten Jungen aus dem Ernst-Thälmann-Park, aber als ich zu Hause war, habe ich zum ersten Mal seit vielen Jahren nach Alkohol gesucht.«

Leonie betrachtete die kleine schmale Person, die so gefasst über Unfassbares sprechen konnte, ohne Mitleid, aber mit großem Respekt.

»Haben Sie damals nicht daran gedacht, einen anderen Beruf zu ergreifen?«

»Ich denke ständig darüber nach.« Madeleine Quast lachte, was ihr Gesicht Jahre jünger erscheinen ließ. »Es wäre mir wie eine totale Kapitulation vorgekommen. Und ich glaube, ich tauge zu nichts anderem. Meine Erfahrungen sind mir sogar eine Hilfe. Therapeuten sind quasi Spiegel für ihre Patienten, und ich bin heute ein sehr viel besserer Spiegel als früher.«

Leonie war am Ende des Abends voller Bewunderung für Quasts Gelassenheit. Erst später lernte sie auch deren andere, temperamentvolle Seite kennen, die französischen Momente, wie Kallweit ihre Wutausbrüche nannte.

Die Verabredung zum Wochenende mit Paul fiel mal wieder einer seiner Verpflichtungen zum Opfer, die dringlicher waren. Paul hatte sich mit zwei ehemaligen Studienkollegen zum Wandern verabredet. Leonie äußerte Verständnis, war aber verschnupft, weil die Absage arg kurzfristig kam. Für einen Moment stieg Misstrauen in ihr auf, aber sie ließ das Gefühl nicht zu. Eifersucht und Argwohn waren der Anfang vom Ende einer Beziehung. Und wenn jemand Vertrauen verdiente, dann Paul Unruh.

14

Man lindert oft sein Leid, indem man es erzählt.

Pierre Corneille, *Polyeucte martyr*

Die Frau lag blass und müde in den Kissen, als Ben ihr Krankenzimmer auf der neurologischen Station betrat. Er hielt eine erblühende rote Rose in der Hand.

»Eine Rose für Frau Rose«, begrüßte er die Kranke und legte die Blume vor sie auf die weiße Bettdecke. Die Angesprochene lächelte erfreut und richtete sich mühsam auf.

»Ach, ist die schön. Das sollen Sie aber nicht. Bringen Sie lieber Ihrer Freundin Blumen mit.«

»Jetzt sind Sie erst einmal dran, Frau Rose. Wie geht's Ihnen denn? In der Orthopädie habe ich Sie vergeblich gesucht. Haben die nichts gefunden?«

Die Frau schüttelte den Kopf. »Gar nichts. Die sagen, die Schmerzen sitzen in meinem Kopf, nicht im Rücken. Und dabei tut mir jede Bewegung so weh, dass ich ununterbrochen schreien könnte.«

»Die Ärzte werden die Ursache schon finden, da bin ich sicher.«

»Wenn nicht, bringe ich mich um. Ich halte das nicht mehr lange aus.« Die Frau hatte Tränen in den Augen.

Ben setzte sich neben ihr Bett und berührte tröstend ihren Arm. »Gibt man Ihnen keine Schmerzmittel?«

»Heute noch nicht, wegen der Untersuchungen, die sie machen wollen. Die müssten eigentlich jeden Moment kommen und mich holen.«

Ben zog ein Kartenspiel aus der Tasche. »Wie wär's, wenn wir bis dahin ein Spielchen machen? Sie schulden mir eine Revanche.«

Als eine Stunde später die Schwester kam, um die Patientin abzuholen, fand sie die beiden ins Spiel vertieft vor. Die Patientin hatte darüber ihre Schmerzen nicht vergessen, aber sie waren durch die Ablenkung erträglich geworden. Die Schwester schenkte Ben ein anerkennendes Lächeln. Der erhob sich.

»Und ich war kurz davor zu gewinnen. Was habt ihr denn mit Frau Rose vor?«

»EEG und MEG«, sagte die Schwester.

Ben ergriff spontan die Gelegenheit. »Darf ich mitkommen und Händchen halten?«

»Wenn's Frau Rose recht ist?«

Die stimmte zu, und so kam Ben in den Genuss eines Grundkurses über Schmerzabbildung im Gehirn. Er lernte, dass Schmerz in verschiedenen Zentren des Gehirns verarbeitet wird und nach Art und Stärke unterschieden werden kann, je nachdem welches Hirnareal aktiv ist. Dass selbst bei tiefer Bewusstlosigkeit in Teilen des Hirns Schmerz registriert und verarbeitet wird, Reaktionen wie Blutdruckabfall, Schwitzen und Änderung der Herzaktivität ausgelöst werden und nur das Bewusstsein die Informationen nicht mehr zu einer Schmerzwahrnehmung zusammensetzen kann. Besonders interessierte sich Ben für die Wege, die der Schmerz in der Verarbeitung nimmt, über die sensorischen Hirnareale zu denen des limbischen Systems, das für die aversiv-emotionale Bewertung zuständig ist. Dort erst wird der Schmerz als quälend empfunden, und dort setzen die körpereigenen schmerzlindernden Substanzen, die Endorphine, und die Medikamente, Morphine und Morphin-Derivate, an. Gemessen wird neuronale Aktivität unter anderem mit dem Elektroenzephalografen (EEG) und dem Magnetoenzephalografen (MEG). Bens Aufmerksamkeit konzentrierte sich auf das EEG. Er beobachtete, wie der Patientin Elektroden auf die Kopfhaut geklebt wurden, und stellte eine Menge Fragen zu dem Enzephalogramm und wie die als Zackenlinie aufgezeichneten Hirnströme zu interpretieren waren und welche Computersoftware dabei behilflich sein konnte.

Zu Hause notierte Ben in sein Tagebuch: »Von der Sprache zum Bild, wenn auch sehr abstrakt. Die Worte bekommen einen Raum. Der Raum ist auch in meinem Kopf.«

Dann saß er lange mit geschlossenen Augen da und ließ die Worte und Schreie des jungen Mannes in seinem Kopf widerhallen.

Dr. Reinhold Klinger unterhielt eine eigene Domain im Internet. Ben entnahm ihr, dass er Fachanwalt für Strafrecht, allgemeines Vertragsrecht, Erb- und Immobilienrecht war, offenbar ein Mann mit vielen Talenten. Wesentlich interessanter allerdings war, was Ben auf anderen Websites fand, vornehmlich in Zeitungsartikeln und in Beiträgen diverser Organisationen und Institutionen. Klinger bewegte sich seit Jahren im Umkreis rechtsradikaler Gruppierungen und Parteien. Als Anwalt vertrat er diverse Funktionäre und tauchte überall auf, wo eine Immobilie erworben oder eine Anklage oder Strafe abgewehrt werden sollte. Gleichzeitig überzog er Kritiker gern mit einstweiligen Verfügungen oder Strafanzeigen. Er war sehr geschickt darin, auf Gegner und Opfer Druck auszuüben und Angst aufzubauen, ohne dass ihm juristisch beizukommen war.

Ben erinnerte sich, dass Klinger seinen Onkel Wilhelm erwähnt hatte, der ein Freund seines Großvaters gewesen sein sollte. Was er über ihn las, war noch wesentlich bedrückender als die Informationen über den Neffen. Wilhelm Klinger war offenbar ein hochrangiger Nazi und Mitglied der Waffen-SS gewesen. Nach Kriegsende und vorzeitiger Entlassung aus der Haft, zu der er wegen zahlreicher Kriegsverbrechen verurteilt worden war, wurde er Anfang der fünfziger Jahre Mitbegründer der HIAG, der »Hilfsgemeinschaft auf Gegenseitigkeit, Bundesverband der Soldaten der ehemaligen Waffen-SS«, einer Organisation, deren wesentliches Ziel das Hinüberretten der nationalsozialistischen Ideologie in die Bundesrepublik und die Verniedlichung und Leugnung der Beteiligung der SS an den Verbrechen des »Dritten Reichs« war. Tatsächlich war es den alten Kameraden gelungen, formal mit den früheren Wehrmachtsangehörigen gleichgestellt zu werden, was ihnen die Aufnahme in die Versorgungsgesetzgebung der neuen verhassten und verachteten Bundesrepublik eintrug. Klinger hatte am Verbandsleben regen Anteil genommen, so weit es ihm als Bürger der DDR möglich war, und, ebenso wie sein Neffe, gelegentlich Artikel für die Monatsschrift »Der Freiwillige« geliefert.

Ben schaltete den Computer aus. Wenn Klinger ein alter Freund seines Großvaters gewesen war, dann bestand die Möglichkeit, dass dessen Vergangenheit ähnlich aussah. Ben hätte den Namen seines Großvaters nur bei Google eingeben müssen, so wie er es mit den anderen Namen gemacht hatte. Aber er wagte es nicht. Wollte er wirklich wissen, was dieser alte Mann, der nur noch ein harmloser Greis war, einmal getan hatte?

Es war ein schöner Frühlingsabend. Ben verließ das Haus, um einen Spaziergang am Schlachtensee entlang zu machen. Der See lag praktisch vor seiner Haustür im gleichnamigen Berliner Stadtteil, und am Abend, kurz vor Einbruch der Dunkelheit, hatte er ihn fast für sich allein. Er ging langsam und vorsichtig, um nicht über Baumwurzeln oder andere Unebenheiten zu stolpern. Einige späte Jogger und Radfahrer waren unterwegs. Ein zarter Blütenduft wehte an seiner Nase vorbei. Ben blieb stehen und sog den Geruch mit geschlossenen Augen ein. Seine Mutter hätte den Namen der Pflanze gewusst. Seit sie tot war, beschäftigte Ben einen Gärtner. Das Grundstück war nicht sehr groß, er hätte die Arbeit leicht selbst schaffen können. Aber er kannte sich nicht aus, seine Mutter hatte ihm nie erlaubt, ihr zur Hand zu gehen, aus Angst, er könne sich verletzen. Sein Vater war für alles Handwerkliche nicht zu gebrauchen gewesen. Sogar kleine Reparaturen überließ er der Mutter. Ben glaubte, dass er nicht die Energie aufgebracht hatte, sich dafür zu interessieren. Er sei ein reiner Geistesarbeiter, hatte seine Mutter gesagt, und ihn darin unterstützt. Sein Vater war es gewesen, der ihm das Schachspielen beigebracht und ihn für Literatur interessiert hatte. Vor dem Schlafengehen las er ihm vor, als Ben klein war aus Märchenbüchern. Besonders liebten sie beide die Märchen von Andersen, Hauff und die aus 1001 Nacht. Später erzählte der Vater ihm von den ägyptischen Pharaonen, von Alexander dem Großen und den Griechen, die vor langer Zeit eine Stadt namens Troja belagert und erobert hatten, um eine schöne Frau zu befreien. Er erklärte ihm die Evolutionstheorie und warum die Erde sich dreht, zeigte ihm auf dem Globus den Nil und den Amazonas und brachte ihm das Klavierspielen bei. Ben wusste, dass sein Vater den Beruf des Juristen nicht aus freien Stücken ergriffen hatte. Der Großvater, selbst ein studierter Jurist mit Doktortitel, hatte seinen Wunsch, Musiker zu werden, nicht respektiert und ihn zum Jura-Studium gezwungen. Nach einigen unglücklichen Jahren in einer Anwaltskanzlei war der Vater schließlich Richter geworden. Damit hatte er sich einigermaßen arrangieren können, aber seine Liebe galt immer der Musik. Ben war überzeugt, dass für seinen Selbstmord das Rheuma, das seine Hände befallen hatte, mitverantwortlich war. Die Erkrankung war der eine Tropfen gewesen, der das Fass zum Überlaufen brachte. Das Klavierspiel war für seinen Vater wie ein Lebensmittel gewesen, ohne das er nicht existieren konnte. Manchmal dachte Ben, dass er den Verlust von Frau oder Sohn besser verkraftet hätte als die Funktionseinschränkung seiner Hände.

Es war fast dunkel, als Ben in sein Haus zurückkehrte. Seit dem Tod der Mutter war es sehr still dort, zu still. Ihre handfeste Fröhlichkeit, ihr Optimismus und die Wärme und Sorge, mit der sie ihn stets umgeben hatte, fehlten ihm schrecklich. Andererseits, und das fand er verwunderlich, fühlte er sich gleichzeitig erleichtert und froh. Besonders machte sich das bemerkbar, wenn er fort gewesen war und beim Nachhausekommen niemandem Rechenschaft ablegen, nichts erzählen, sich nicht verhalten musste. Er konnte sich einfach ein Käsebrot machen, ein Bier aus dem Kühlschrank nehmen und den Fernseher einschalten. Ben liebte es, vor dem Fernseher zu essen, für seine Mutter ein Zeichen kultureller Verwahrlosung. Es lief eine alte Doris-Day-Komödie, die er schon zweimal gesehen hatte, aber das störte ihn nicht. Während er den wohlbekannten Dialogen zuhörte, arbeitete es in ihm. Fragen tauchten auf und ließen sich nicht mehr so einfach zur Seite schieben. Wenn er sich nicht dazu entschied, den Großvater weiter tot sein zu lassen, musste er sich mit ihm auseinandersetzen. Mit ihm und den Kartons auf dem Dachboden der Burg.

Ben schlief noch vor dem Happyend auf der Couch ein. Sein Schlaf war kein glücklicher, seine Träume voller Schreie.

15

In einer wenig befahrenen, schmalen Straße mit Kopfsteinpflaster, nicht weit von der Glienicker Brücke entfernt, fand Leonie Simon in Potsdam das Haus, das sie suchte. Es war ein hübsches kleines Einfamilienhaus, in dem Theo Abramowsky wohnte, so hübsch und klein wie all die anderen Häuser der Straße. Haus und Garten signalisierten einen bescheidenen Mittelklassewohlstand. Leonie hatte sich telefonisch angemeldet und wurde bereits erwartet. Der Hausherr öffnete die Tür, noch bevor sie den Vorgarten durchquert hatte. Beide hatten Gelegenheit, einander zu mustern. Leonie erkannte ihn sofort. Vor ihr stand der Tauchschulenbesitzer aus Khao Lak, den sie auf einem von

Claudias Fotos gesehen hatte. Leonie schätzte Abramowsky auf etwa Ende dreißig. Er trug das dunkelblonde Haar kurzgeschnitten, war lässig, aber teuer gekleidet und hatte die athletische Figur eines Sportlers. Sein prüfender Blick wich einem höflichen Lächeln, als er sie begrüßte und ins Haus bat. Im oberen Stockwerk übte jemand Blockflöte, eines der Instrumente, die Leonie gern auf den Index gesetzt hätte.

»Meine Tochter«, erklärte Abramowsky ungefragt und sichtlich stolz. »Sie übt für ihren Auftritt bei einer Schulfeier.«

»Sehr hübsch«, log Leonie und ließ sich in dem angebotenen Sessel nieder.

»Darf ich Ihnen etwas zu trinken bringen?«

»Vielen Dank, ich will Sie auch nicht lange aufhalten. Sicher haben Sie viel zu tun.«

»Ich bin mein eigener Herr«, antwortete Abramowsky. »Ich kann mir die Zeit einteilen.«

»Sie haben eine Tauchschule in Thailand?« Leonie meinte es eher als Feststellung denn als Frage.

»Die hatte ich. Nach den Ereignissen dort werde ich nicht mehr zurückkehren. Darf ich fragen, warum Sie mich sprechen wollten? Am Telefon erwähnten Sie Claudia Gotthardt.«

»Ja, ich habe Sie auf einem ihrer Fotos gesehen.«

»Auf einem Foto?« Abramowsky beugte sich vor. Er wirkte plötzlich angespannt.

»Genauer gesagt das Foto eines Fotos. Claudia Gotthardt hat Dutzende solcher Aufnahmen gemacht und verteilt, um Angehörige wieder zueinanderzuführen. Sie standen zwischen zwei Thailändern vor dem Eingang Ihrer Tauchschule.«

»Ach ja, natürlich.« Abramowsky lehnte sich wieder zurück. »Das muss ihr einer meiner Angestellten gegeben haben. Ich wurde ein paar Tage lang vermisst, ehe man mich im Krankenhaus in Phuket fand. Glücklicherweise hatte ich meinen Pass bei mir, als ich dort eingeliefert wurde, so dass die Nachfrage auch gleich Erfolg hatte. Ich selbst war einige Tage nicht ansprechbar.«

»Und im Krankenhaus sind Sie Claudia Gotthardt begegnet?«

»Nicht dass ich wüsste. Ich habe sie erst kennengelernt, als sie mich vor einiger Zeit anrief und fragte, ob sie ein Interview mit mir machen könne.«

»Das hat stattgefunden?«

»Ja, warum nicht? Sie saß da, wo Sie jetzt sitzen, und wollte wissen, wie sich das Unglück von damals auf mein Leben ausgewirkt hat. Ich war nicht der Einzige, den sie interviewt hat.«

»Wofür hat sie sich besonders interessiert? Ihre Situation in Thailand?«

»Ja, natürlich. Wer auf welche Weise geholfen hat. Sie wissen schon. Und wie es weiterging, als ich nach Deutschland zurückgeflogen worden war. Meine psychische Situation, meine Familie. Die üblichen Fragen, nehme ich an.«

»Haben Sie Claudia Gotthardt danach noch einmal getroffen oder gesprochen?«

»Nein, wozu auch? Sie sagten am Telefon, Sie seien als Rechtsmedizinerin mit dem Tod von Frau Gotthardt befasst. Ich verstehe nicht ganz, was dieses Interview damit zu tun hat.«

»Es ist nur ein Puzzlestein, Teil einer Rekonstruktion«, schwadronierte Leonie drauflos. »Wie ich hörte, hat Sie inzwischen ein neuer Schicksalsschlag getroffen.«

Abramowsky sah sie fragend an.

»Ich meine das Verschwinden Ihrer Schwester.«

»Nun, das wird sich sicher bald zufriedenstellend aufklären. Ich hoffe, ich konnte Ihnen behilflich sein.«

Das war deutlich. Die Audienz war beendet. Leonie erhob sich.

»Unbedingt. Ich danke Ihnen sehr, dass Sie sich für mich Zeit genommen haben.«

Abramowsky begleitete sie zur Tür. Das Flötenspiel hatte inzwischen aufgehört.

»Ich dachte, ich hätte in der Zeitung gelesen, der Tod von Frau Gotthardt und ihrem Mann sei inzwischen geklärt, ein erweiterter Selbstmord.«

Von Leonies Verdacht war glücklicherweise nichts zur Presse durchgedrungen.

»So ist es. Aber auch dafür braucht es einen Grund. Wenn ein Kollege stirbt, will man es genau wissen.«

Abramowsky blieb im Türrahmen stehen, und Leonie spürte seinen Blick in ihrem Rücken, als sie zum Gartentor ging. Ihr Auto hatte sie genau vor dem Abramowsky'schen Grundstück geparkt. Beim Einsteigen erhaschte sie noch einen Blick auf eine Frau, die neben Abramowsky trat, bevor er die Tür schloss. Eine attraktive Frau mit schwarzem Haar und dunkel getönter Haut, keine Thailänderin, eher eine Südeuropäerin, vermutete Leonie, wahrscheinlich seine Ehefrau.

Auf der Fahrt ins Institut rekapitulierte sie das eben Gehörte, oder besser das nicht Gehörte. Abramowskys Antworten auf ihre Fragen waren höflich, aber wenig auskunftsfreudig. Vor allem, als es um seine Schwester ging, war er ausgewichen. Das alles konnte für normal gehalten werden. Er hätte überhaupt nicht mit ihr reden müssen. Auffällig war nur seine Reaktion auf ihre Erwähnung des Fotos, das ihn mit seinen Angestellten zeigte. Er schien ein anderes Foto erwartet zu haben und war erleichtert, dass er sich geirrt hatte. Außerdem hatte er nicht die Wahrheit gesagt, als er ihre Frage nach weiteren Kontakten verneinte. Leonie erinnerte sich, dass sein Name ein zweites Mal auf Claudia Gotthardts Anrufliste auftauchte. Sie hatte ihn etwa zehn Tage vor ihrem Tod noch einmal kontaktiert. Natürlich konnte er das Gespräch vergessen haben, vielleicht hatte sie eine nur unwesentliche Nachfrage gehabt. Dennoch hielt es Leonie für sinnvoll, ihn im Auge zu behalten, auch im Zusammenhang mit dem Verschwinden seiner Schwester.

Die Kette aus taubengrauer Jade war wunderschön, ebenso die Jacke aus kirschroter Thai-Seide und die Porzellanschale in Kaisergelb mit blauen Blüten. Marius Wasmuth hatte bei den Geschenken, die er Leonie aus Thailand mitgebracht hatte, Geschmack bewiesen. Aber sie weigerte sich, sie anzunehmen.

»Warum darf ich dir nichts schenken?«, begehrte Wasmuth auf.

»Warum sollte ich von dir Geschenke annehmen?«, gab Leonie zurück.

»Weil wir im einundzwanzigsten Jahrhundert leben, und Frauen auch von Männern, mit denen sie nicht verheiratet sind, Geschenke annehmen dürfen, ohne ihren Ruf zu ruinieren.«

Wasmuth stand neben ihrem Esstisch, auf dem er seine Mitbringsel für sie drapiert hatte. Seine Haut war tiefbraun, seine Haare zu lang und seine Augenlider schwer von Müdigkeit. Er war direkt vom Flughafen zu ihr gekommen.

»Darum geht es nicht.« Leonie ärgerte sich über seine Interpretation ihrer Beweggründe.

»Worum geht es dann?«

»Ich bin Rechtsmedizinerin und untersuche einen Fall, an dem du in deiner Eigenschaft als Journalist interessiert bist. Ich halte es deshalb für keine gute Idee, mich von dir beschenken zu lassen.«

Wasmuth verschränkte die Arme und lehnte sich lässig gegen den Tisch. »Ach so, aber mit mir zu schlafen war in Ordnung?«

»Nein, war es nicht. Es war schön, und ich bereue es nicht, aber es war unprofessionell und und …« Sie suchte nach Worten. »… impulsiv.«

Wasmuth schüttelte den Kopf. »Bullshit. Sei ehrlich mit mir. Dir ist inzwischen eingefallen, dass du mich nicht wirklich kennst. Du misstraust mir. Du denkst, ich will über dich an Informationen heran. Und weißt du was? Du hast recht. Daran habe ich doch auch gar keinen Zweifel gelassen, von Anfang an nicht. Aber es liegt in deiner Hand, welche Informationen du mir gibst. Wenn es dich in Schwierigkeiten bringt, lass es. Ich finde auch so meinen Weg.«

Leonie kam sich unsagbar albern vor, er hatte sie durchschaut und komplett entwaffnet.

»Und wenn du glaubst, ich habe aus Berechnung mit dir geschlafen, unterschätzt du deine Anziehungskraft.«

Er küsste sie, und sie ließ es geschehen.

Erst sehr viel später öffnete Wasmuth die Flasche Weißwein, die er ebenfalls mitgebracht hatte. Leonie kam aus dem Bad, ihren alten Frotteebademantel um sich wickelnd.

Wasmuth grinste, als er sie sah. »Ich hätte dir vielleicht besser einen Morgenmantel mitbringen sollen.«

Leonie warf sich auf das Sofa und zog die Beine an. »Meine Tante hat mir in den vergangenen Jahren zwei elegante Teile geschenkt, die ich nie trage. Der hier ist einfach zu gemütlich, um ihn wegzuwerfen.«

Er reichte ihr ein Weinglas und prostete ihr zu. »Gibt's was Neues?«

»Du zuerst«, sagte Leonie und nahm einen kräftigen Schluck.

»Na, wer horcht hier wen aus?«, scherzte Wasmuth, wurde aber sofort wieder ernst und berichtete von seinen Recherchen in Phuket, Khao Lak und Bangkok. Es war ihm gelungen, einige der Kontakte von Claudia nachzuvollziehen. Die deutsche Journalistin hatte Spuren hinterlassen, denen er folgen konnte. Er hatte mit Ärzten, Dorfbewohnern, deutschen Residenten, ausländischen Geschäftsleuten und thailändischen Beamten gesprochen. In Bangkok hatte er einiges an Bestechungsgeld aufbringen müssen, um Auskünfte von Ministerialbeamten zu erhalten. In der deutschen Botschaft war man weniger gesprächig, aber auch dort gab es eine undichte Stelle, und er hatte sie gefunden. Vor Leonie entstand ein ziemlich plastisches Bild dessen, was Claudia erreicht hatte.

»In Thailand ist viel Geld versickert, und noch viel mehr ist gar nicht erst dort angekommen. Ich glaube, jetzt einige der Projekte und der Firmen zu kennen, die verwickelt sind in die große Absahne, und ich habe auch ein paar Namen dazu. Aber die Strippenzieher hier in Deutschland kann ich bis jetzt nur erahnen. Claudia war mir da wahrscheinlich einen Schritt voraus.«

»Wahrscheinlich«, echote Leonie. Sie hatte bereits einen ihrer beiden guten Vorsätze gebrochen, den zweiten würde sie eisern befolgen. Die Namenliste von Claudias Informantin aus der Politszene würde sie ihm vorenthalten, zumindest vorerst noch. Es war besser, den Fall zunächst abzuschließen. Sie konnte und wollte nicht riskieren, dass Claudias Mörder durch Wasmuths Recherchen aufgeschreckt würde. Sobald er im Besitz der Namen war, würde sie ihn kaum abhalten können, davon Gebrauch zu machen.

»Übrigens hat sich Claudia besonders für einen Deutschen interessiert, der in Khao Lak eine Tauchschule für Touristen unterhielt«, fuhr Wasmuth fort. »Bei ihrer letzten Recherchereise hat sie jeden einzelnen seiner ehemaligen Angestellten und auch eine seiner Freundinnen aufgesucht und nach ihm befragt.«

»Heißt der Mann Theo Abramowsky?« Leonie richtete sich auf und stellte das geleerte Glas auf den Tisch.

»Ja, genau. Kennst du ihn?«

»Ich habe ihn gerade besucht. Claudia hat ihn und andere Berliner Überlebende für einen Artikel interviewt. Wieso hat sie sich so für ihn interessiert?«

Wasmuth hob die Schultern. »Keine Ahnung. Die Schule existiert übrigens nicht mehr. Der Tsunami hat alles zerstört. Seine Leute haben nichts mehr von ihm gehört, seit er nach Deutschland ausgeflogen wurde.«

»Er will nicht mehr zurückkehren.«

»Verständlich. Er ist nicht der Einzige. Aber die meisten deutschen Residenten, die alles verloren haben, wollen wieder von vorn anfangen. Sie sagen, es ist dort leichter als in Deutschland.«

Leonie knabberte nachdenklich an ihrer Unterlippe. »Ihm scheint es hier nicht schlechtzugehen. Erstaunlich eigentlich. Vielleicht gehört er zu den Korrumpels, die Claudia gesucht hat.«

»Kann ich mir nicht vorstellen. Ich glaube, er war ein schlichter Typ, der nichts im Kopf hatte als seine Taucherei und ein bisschen Spaß im Leben.«

Das erschien Leonie als eine ziemlich ungenaue und unpassende Beschreibung von Theo Abramowsky. Aber Wasmuth war ihm ja nicht persönlich begegnet.

»Nun revanchiere dich und erzähle, was ich hier verpasst habe, während ich da unten war.«

Leonie hatte sich schon zurechtgelegt, was sie ihm sagen wollte. Sie berichtete von dem toten Jungen aus dem Park, von Abramowsky und seiner verschwundenen Schwester und, in vorsichtigen Worten, von Claudias Arbeitsbeziehung zu Hoffmann, der aber nicht behilflich sein konnte. Letzteres war nicht wirklich eine

Lüge, denn von ihm hatte sie nichts erfahren, was unmittelbar weiterführend gewesen wäre. Den Besuch des BKA-Beamten behielt sie für sich, ebenso Einzelheiten der Gespräche mit Kallweit. Einen winzigen Informationshappen warf sie Wasmuth noch hin, um ihn nicht völlig enttäuschen zu müssen.

»Eines ist vielleicht noch interessant für dich. Ich durfte eine Liste der von Claudia in den Wochen vor ihrem Tod geführten Telefonate von ihrem Hausanschluss und ihrem Mobiltelefon einsehen. Darunter waren Gespräche mit diversen deutschen und europäischen Banken.«

»Die Spur des Geldes«, sagte Wasmuth. »Dann hatte sie etwas Konkretes herausgefunden. Von Banken Auskünfte zu bekommen ist allerdings enorm schwierig. Könnte die Polizei wichtige Unterlagen sichergestellt haben?«

»Das ist selbstverständlich möglich.«

»Und du hast keine Chance, an asserviertes Material heranzukommen?«

»Es kommt darauf an, worum es sich handelt. Ich habe es im Übrigen schon versucht, aber offenbar ist wirklich alles Wichtige durch das Feuer zerstört worden. Ob mir etwas vorenthalten wird, kann ich natürlich nicht beweisen.«

Wasmuth schüttelte den Kopf. »Ich halte es für fast ausgeschlossen, dass Claudia brisantes Material ausschließlich im Original besaß und zu Hause aufbewahrt hat. Hast du an das Büro ihres Mannes gedacht?«

»Ja, sicher. Marius, was im Bereich des für mich Möglichen liegt, habe ich abgefragt, aber nun habe ich mein Pulver verschossen.«

Wasmuth sah sie aus schmalen Augen an, der Zweifel in seinem Blick machte Leonie wütend. Sie erhob sich vom Sofa.

»Ich schlage vor, du gehst jetzt und lässt mich noch ein paar Stunden schlafen.«

Er hatte den Rest der Nacht bei ihr verbringen wollen, wie sie sehr wohl wusste. Aber er fügte sich ohne ein Wort und verabschiedete sich von ihr. Seine Geschenke nahm er auf ihren Wunsch wieder mit.

»Gib sie mir, wenn wir uns in drei Monaten noch immer kennen und mögen.«

Die nächsten Tage brachten Neuigkeiten von Kallweit. Der tote junge Mann aus dem Ernst-Thälmann-Park war identifiziert worden. Er war Russlanddeutscher und lebte erst seit kurzem in Berlin. Kallweit glaubte, dass er sich einer Clique anderer junger Aussiedler angeschlossen hatte. Junge Männer aus diesem Milieu waren überdurchschnittlich von Arbeitslosigkeit bedroht, was unter anderem an mangelhaften Deutschkenntnissen, schlechter Ausbildung und fehlender Integrationsbereitschaft lag. Häufig hatten sie ihre Heimat nur ungern und unter Druck der Eltern und Großeltern verlassen. In ihren Cliquen wurde viel Alkohol getrunken, brutale Gewalt auch untereinander prägte nicht selten ihr Leben. Die Ermittlungen würden schwierig werden. Das Gesetz des Schweigens galt nicht nur bei der italienischen Mafia.

Im Falle des toten Tätowierers gab es eventuell eine neue Spur, allerdings von so vager Natur, dass Kallweit sich nicht viel davon versprach. Die Pflanze, die in der Nähe der Leiche gefunden worden war und dort nicht ihren natürlichen Lebensraum hatte, konnte von einem Botaniker identifiziert werden.

»Es handelt sich um Aldrovanda vesiculosa, vulgo: Wasserfalle, eine wurzellose Wasserpflanze, die zu den Sonnentaugewächsen und damit zu den fleischfressenden Pflanzen gehört. Ihr Lebensraum sind stehende oder langsam fließende Gewässer. Die Aldrovanda findet in Europa, Asien, Afrika und Australien große Verbreitung«, las Kallweit ab. »Aber in Deutschland gehört sie zu den vom Aussterben bedrohten Arten. Zurzeit vermutet man Bestände nur noch in Brandenburg, und zwar am Parsteiner See und am Großen Plagesee bei Chorin.«

»Das schränkt die Suche ja ganz erfreulich ein«, unterbrach ihn Madeleine Quast.

»Suche nach was?«, fragte Leonie nüchtern.

Die drei saßen zusammen in einer sogenannten Croissanterie ums Eck vom Morddezernat und aßen eine Kleinigkeit zu Mittag.

»Gute Frage«, antwortete Kallweit. »Die Pflanze lag etwa drei Meter vom Leichenfundort entfernt auf dem Weg. Dort kann jeder sie hingetragen haben.«

»Ich denke, der Weg wird nicht häufig benutzt?«, wandte Madeleine Quast ein. »Kann sie dort auch schon seit dem letzten Jahr liegen?«

»Unwahrscheinlich.« Kallweit blätterte wieder in seinem Notizbuch. »Die Pflanze wächst im Winter nicht. Im Herbst bildet sie eine Überwinterungsknospe, die auf den Grund des Gewässers sinkt und erst im Frühjahr wieder an die Oberfläche kommt und austreibt. Vom letzten Jahr kann sie nicht stammen, dazu war sie zu frisch, als wir sie eingesammelt haben.«

»Das heißt also, jemand der erst vor kurzem an einem dieser Gewässer, wo die Pflanze vorkommt, herumgelaufen oder herumgefahren ist, hat sie nach Berlin an den Leichenfundort mitgeschleppt.«

»So sieht es aus.«

Madeleine Quast ließ nicht locker. »Wenn nur wenige Anwohner diesen Pfad regelmäßig benutzen, lässt sich ja schnell abklären, ob einer von ihnen in Frage kommt.«

»Schon passiert. Die Antwort ist negativ. Keiner der Anwohner war in den letzten Monaten in der Gegend um Chorin.«

»Ergo existiert eine gewisse Wahrscheinlichkeit, dass wir es mit einer Täterspur zu tun haben.«

Leonie gab auch weiter die Spielverderberin. »Wer sagt denn, dass sich Spaziergänger an das Verbotsschild halten? Und warum sollte der Täter von Brandenburg nach Berlin fahren, um die Leiche seines Opfers loszuwerden? Das kann er da draußen in der Pampa doch viel besser.«

Kallweits Mobiltelefon dudelte. Nach einem fast wortlosen Gespräch von Seiten des Kommissars steckte er das Telefon wieder ein und erhob sich. »Ich muss los. Kannst du für mich zahlen?«

Die Frage war an Madeleine Quast gerichtet. Die nickte. »Schon gut, ich bin sowieso mal wieder dran.«

Kallweit enteilte, und die beiden Frauen blieben noch für eine zweite Runde Kaffee.

»Vielleicht wohnt er hier.«

»Bitte?« Leonie sah Madeleine Quast irritiert an.

»Sie fragten, warum er das Opfer nicht irgendwo in Brandenburg liegenließ. Aber er könnte doch in Berlin wohnen. Beide Opfer lebten hier. Er tötet sie hier und lässt sie auch hier. Entweder kommt die Pflanze inzwischen auch in Berlin vor, was Botanikern noch nicht bekannt ist, oder er hat sie sich bei einem Ausflug eingehandelt.«

»Das klingt logisch. Andererseits glaube ich nicht, dass er lange damit unterwegs gewesen sein kann. Es gibt ja nur die Möglichkeit, dass er irgendwo am oder in der Nähe des Gewässers auf die Pflanze getreten ist oder dass sie irgendwo an seinem Wagen oder Motorrad kleben blieb. Wie lange hält so etwas? Doch nicht Tage, würde ich meinen. Also müsste er die Leiche unmittelbar darauf vom Tatort zum Fundort transportiert haben.«

»Das würde bedeuten, der Tatort ist in Brandenburg zu suchen.«

Leonie schüttelte den Kopf. »Daran glaube ich nicht. Der Täter lebt hier, seine Opfer lebten hier. Warum sollte er sie also irgendwo anders töten? Insoweit bin ich ganz Ihrer Meinung. Woher auch immer diese Pflanze stammt, und wer auch immer in diese Wasserfalle getappt ist, hat wahrscheinlich überhaupt nichts mit unserem Fall zu tun. Oder hat Ihnen unser Marquis de Sade bei Ihren privaten Plauderstündchen anvertraut, wo er auf die Jagd geht?«

Auf Madeleine Quasts Stirn erschien für den Bruchteil einer Sekunde eine steile Zornesfalte, die sich sofort wieder glättete. »Ärger gehabt?«

Leonie war für einen Moment verblüfft. »Nein. Na ja, schon. Tut mir leid, ich wollte nicht so gereizt klingen.«

»Schon gut. Privat oder beruflich?«

»Beides. Es geht um die Gotthardts. Kallweit arbeitet brav die wenigen Spuren ab, und ich bin mir im Moment auch nicht ganz sicher, wie ich weitermachen soll.«

»So weit das Berufliche«, sagte Madeleine Quast lächelnd.

»Ja.« Leonie hätte es gern dabei bewenden lassen. »Na schön, es gibt einen Journalisten, der mich eigentlich von Beginn an bestärkt hat, die Recherchen aufzunehmen und weiterzutreiben. Er ist felsenfest davon überzeugt, dass der Anschlag Claudia galt und nicht meinem Kollegen. Zuerst glaubte ich, er wäre von der Idee besessen, weil er ein Verhältnis mit ihr hatte. Aber inzwischen denke ich anders.«

»Und jetzt sind Sie diejenige, die ein Verhältnis mit ihm hat.«

»Gut geraten.«

»War ja nicht schwer. Ich rate noch einmal. Sie sind besorgt und verärgert, weil Sie sich von ihm ausgenutzt fühlen.«

Leonie lächelte schief. »Schon wieder richtig. Ich hab ihn auch damit konfrontiert, seine Reaktion wirkte ehrlich auf mich.«

»Dann war er entweder ehrlich, oder Sie haben es mit einem bemerkenswert ausgekochten Burschen zu tun.«

»Tja, aber wie finde ich das heraus?«

»Erst, wenn er alle Informationen hat, die er braucht, und immer noch mit Blumen vor Ihrer Tür steht.«

»Das wird noch eine Weile dauern, fürchte ich. Der Fall ist kompliziert. Und ich bin nicht mehr sicher, was das Motiv anbelangt. Claudia Gotthardt hat damals nach der Tsunami-Katastrophe ihren Mann nach Thailand begleitet, um über die unmittelbaren Folgen zu berichten. Seitdem ist sie am Ball geblieben. Korruption, Betrug, Vetternwirtschaft. Sie wissen schon. Wasmuth, der Journalist, ist überzeugt, einer von den Betroffenen hat den Mord begangen oder in Auftrag gegeben.«

»Und was glauben Sie?«

»Eigentlich dasselbe, aber in letzter Zeit gehen mir auch andere Dinge durch den Kopf. Claudia hat sich sehr für die Schicksale von Betroffenen interessiert. So was wollen Zeitungen ja vor allem haben. Tote, Verletzte, Verschollene, die trauernden Angehörigen und so weiter. So vieles bleibt bei solchen Katastrophen ungeklärt.«

Leonie dachte an Michael, der kurz vor dem Tsunami in der Elbe verloren gegangen war und ihr ein riesengroßes Fragezeichen hinterlassen hatte. »Ich habe da so meine eigenen Erfahrungen.«

Madeleine Quast hatte ihr gespannt zugehört. »Ich kann Ihnen nur einen Rat geben. Und der gilt für Beruf wie für Privatleben.

Folgen Sie Ihrem Instinkt. Unser Instinkt speist sich nicht nur aus unserem Gefühl, sondern auch aus Faktenwissen, das uns bewusste und das nicht bewusste. Meistens fahren wir gut damit, instinktive Regungen zu berücksichtigen. Wenn Sie dem Journalisten misstrauen, bleiben Sie vorsichtig. Sie müssen ihn deswegen nicht von sich stoßen. Und folgen Sie bei Ihren weiteren Recherchen der Spur, die Sie im Moment am meisten reizt.«

Eine tote Frau, die in Einzelteilen aus dem Landwehrkanal geborgen wurde, gab den Ausschlag. Der Leichnam oder das, was von ihm gefunden und von Leonie zusammengesetzt worden war, lag auf dem Sektionstisch. Kopf, Hände, ein Unterarm und Teile der Beine fehlten noch. Stegner, der zuständige Kripobeamte, hatte die noch unbekannte Tote ihres Fundortes wegen Rosa Luxemburg getauft. Während sie ›Rosa‹ sezierte, dachte Leonie an ihren Bruder und den Finger, der alles sein sollte, was von ihm übrig geblieben war. Sie entschloss sich, der Sache nachzugehen. Es waren seit dem Unglück mehr als zwei Jahre vergangen, aber den Mord an ihrer Mutter hatte sie nach einem Vierteljahrhundert aufklären können. Es gab noch einiges andere, was sie bei der Gelegenheit in Hamburg zu tun hatte.

Zurück in ihrem Büro, wählte sie die Nummer von Hauptkommissar Kaminski im Hamburger Landeskriminalamt. Er hob sofort ab. Nach kurzem Geplänkel, wie es zwischen ihnen beiden üblich war, kam sie auf ihr Anliegen zu sprechen.

»Ich komme in der nächsten Woche für zwei Tage nach Hamburg. Hätten Sie ein halbes Stündchen Zeit für mich.«

»Hängt ganz davon ab, was Sie wollen, Doc. Für ein Bier hab ich immer Zeit.«

»Ist mir bekannt. Ich interessiere mich für eine Frau, die in Berlin bei der Suche nach ihrem Bruder verschwunden sein soll. Sie wurde von ihrem Ehemann in Hamburg vermisst gemeldet, ihr Name ist Sina Rauscher-Abramowsky.«

»Aha. Damit habe ich nichts zu tun.«

»Ja, Kaminski.« Leonie blieb geduldig. »Auch das ist mir bekannt. Aber vielleicht könnten Sie sich für mich bei Ihrem zuständigen Kollegen erkundigen. Vor allem die Adresse ihres Mannes hätte ich gern.«

»Warum wollen Sie dem armen Kerl denn auch noch auf den Wecker fallen?«

»Das erzähle ich Ihnen vielleicht, wenn ich bei Ihnen bin. Noch eine weitere Bitte hätte ich. Ich würde gern einen Blick in die alten Ermittlungsakten vom Fall Evert werfen.«

Tiefes Schweigen breitete sich im Glasfaserkabel zwischen Hamburg und Berlin aus.

»Hallo?«, sagte Leonie.

»Evert ist tot, Doc, da gibt's nichts mehr zu ermitteln. Oder?«

Kaminski wusste nichts von Michael, aber er ahnte schon seit langem, dass es jemanden gab, den Leonie schützte.

»Alles rein privat. Nichts, was Sie interessieren muss, Kaminski.«

»Sie unterschätzen mein Interesse an Ihrem Privatleben.«

Kaminski war schwul, und Leonie wusste genau, wie er es meinte.

»Besorgen Sie mir die Akte oder nicht?«

»Unter einer Bedingung.«

»Nein.«

»Dann bedauere ich.«

Leonie überlegte. »Okay, Kaminski. Ich werde Ihnen sagen, worum es mir geht, wenn ich aus den Akten einen Hinweis erhalte. Übrigens brauche ich nicht die kompletten drei Kilometer Akten des Falles, sondern nur die, die sich mit der Nachbereitung, also den Ermittlungen nach der Explosion beschäftigen.«

»In Ordnung. Sonst noch was?«

»Nein. Doch. Ich freue mich, Sie wiederzusehen, Kaminski.« Leonie lächelte in den Hörer, aber das konnte er natürlich nicht sehen.

16

Der Narben lacht, wer Wunden nie gefühlt.
William Shakespeare, *Romeo und Julia*

In der Nacht vor dem Besuch bei seinem Großvater hatte Ben nicht viel geschlafen. Wenn er in Schlummer verfallen war, hatten ihn Albträume gequält. An die Träume, die ihn schon seit seiner Kindheit heimsuchten, konnte er sich am besten erinnern. Er war in einem dunklen Raum eingesperrt, wollte fliehen, kam aber nicht von der Stelle. Er wollte schreien, aber kein Laut entrang sich seiner trockenen Kehle. Seltsam, dass man manchen Kinderängsten nicht entwuchs. Müde wälzte er sich um kurz nach acht Uhr aus dem Bett. Am Tag zuvor hatte er zur Burg fahren wollen, doch ein Patient hatte im Krankenhaus seine Hilfe gebraucht. Der Mann war herzkrank und stand vor einer schweren Operation, Bypässe sollten gelegt werden. Seine Frau war zu allem Unglück einige Monate zuvor gestorben, er war mehr oder weniger allein mit seiner Angst. Ben hatte es nicht fertiggebracht, ihn nach wenigen aufmunternden Worten zu verlassen, und war geblieben, bis ihm die Schwester am Abend ein Schlafmittel verabreicht hatte. Es war eine sehr junge und sehr hübsche Schwester, in die Ben ein wenig verliebt war. Jedes Mal wenn er sie sah, fühlte er, wie er errötete. Das war ihm so peinlich, dass er den Kontakt möglichst vermied. Deshalb hatte er sich am Abend zuvor auch zurückgezogen, sobald sie ins Zimmer trat. Sie musste etwas gemerkt haben, denn sie hatte ihn auf eine besondere Weise angelächelt. Ben war sicher, dass sie sich über ihn mokiert hatte, und fühlte Zorn in sich aufsteigen, als er wieder daran dachte. Rasch schob er den Gedanken beiseite. Der Tag würde auch ohne negative Gefühle schwer genug werden.

Der Frühling hatte sich endgültig durchgesetzt. Überall blühten die Forsythien, die Magnolien und die Pflaumenbäume. Der Gärtner war um Punkt neun Uhr aufgetaucht und hatte angefangen, den Rasen zu mähen und zu vertikutieren. Ben war froh, dass er dem Lärm entfliehen konnte. Als er die Seniorenresidenz am späten Vormittag erreichte, hatte sich der Morgendunst verzogen, und die Sonne lockte die Alten und ihre Besucher in den Park. Es war alles wie bei Bens erstem Besuch. Sein Großvater schickte sich gerade an, sein Fitnessprogramm zu absolvieren, und blaffte einen Pfleger an, der seinen Weg kreuzte. Ben war versucht, sich wiederum schnellstens zurückzuziehen. Eine alte Dame starrte ihn an und sagte mit der lauten Stimme der Schwerhörigen zu ihrer Begleiterin: »Schau mal den Jungen, Emmi. Der General, wie er leibt und lebt, nur jünger.«

Bens Großvater drehte sich langsam um und bohrte seinen Blick in die Augen des Enkels. Diesmal würde er den Jungen nicht wieder gehen lassen.

Der Junge näherte sich dem Alten langsam und wie gegen einen körperlichen Widerstand ankämpfend. Dieser fuhr fort, ihn anzustarren, kam ihm aber keinen Millimeter entgegen.

»Guten Tag«, sagte Ben förmlich. Das Wort ›Großvater‹ kam ihm nicht über die Lippen.

Der alte Mann sagte gar nichts.

»Sie wollten mich sehen.«

Nach einem fast unerträglich langen Schweigen, in dem Ben von Kopf bis Fuß gemustert wurde, sprach der alte Mann mit der für ihn typischen Schärfe in der Stimme.

»Da ich dein Großvater bin, darfst du mich duzen.«

»Oh, Verzeihung.« Ben hatte gar nicht bemerkt, dass er das unpersönliche Sie benutzt hatte.

Der Alte begann mit seiner täglichen Wanderung, und Ben blieb nichts anderes übrig, als neben ihm herzustapfen.

»Wie ich hörte, warst du der Meinung, ich wäre schon tot?«

»Ja, tut mir leid.«

»Hör auf, dich dauernd zu entschuldigen«, befahl der Alte. »Haben dir das deine Eltern erzählt?«

»Ich glaube schon«, stotterte Ben. »Ich meine, so war's wohl, denn sonst hätte ich die Idee ja nicht gehabt.«

»Du warst noch ein kleiner Rotzbengel, als ich dich zuletzt gesehen habe. War selten genug. Deine Tante war wohl häufiger bei euch?«

Er meinte wohl seine verstorbene Tochter. »Nicht so oft, ich erinnere mich kaum an sie.«

»Immerhin hat sie dir mein Haus vermacht.«

Ben sah ihn scheu an. »Ja, ich war total überrascht. Ich verstehe gar nicht, warum sie es nicht Ihnen, nicht dir zurückgegeben hat.«

»Weil sie mich ärgern wollte, deshalb.« Der Alte lächelte grimmig bei seinen Worten. »Wie gefällt dir das Haus?«

»Es ist toll. Wirklich. Zuerst habe ich gedacht, ich würde es rasch wieder verkaufen wollen. Aber ich hab's mir anders überlegt.«

»So.« Nach einer kurzen Pause. »Es wird vielleicht jemand auf dich zukommen und dir ein Angebot machen. Ich rate dir, nicht darauf einzugehen.«

»Ich hatte schon ein Angebot.« Ben sah seinen Großvater erstaunt an. »Doktor Klinger, der Neffe deines alten Freundes, will das Haus unbedingt haben.«

»Und was hast du gesagt?«

»Ich bin nicht darauf eingegangen.«

»Gut gemacht.«

Bestärkt durch das Lob, nahm sich Ben ein Herz. »Du hast dich deswegen mit Wilhelm Klinger zerstritten?«

Als Antwort bekam er nur ein Brummen.

»Oder hast du herausgefunden, was er gemacht hat?«

Der Alte blieb stehen.

»Er war bei der Waffen-SS und hat furchtbare Dinge getan. Er hat sogar zeitweilig ein KZ geleitet.«

Bens Großvater verzog die Mundwinkel und setzte seinen Weg fort. Die beiden Männer erregten kein geringes Aufsehen. Einige der alten Leute steckten die Köpfe zusammen und flüsterten.

»Was hat dir dein Vater über mich erzählt?«

Ben war überrascht und brauchte einen Moment für die Antwort. »Nicht viel. Dass du auch Jurist warst und dass deine Familie einen alten Namen hat und früher im Brandenburgischen auf einem großen Gut saß.«

Er stockte.

»Ist das alles?«

»Ich glaube, er hatte Angst vor dir.«

Der Großvater schwieg, aber seine Kiefer mahlten, und Ben fand, er sähe verbittert aus.

»Hast du auch Angst vor mir?«

Das kam mehr als Herausforderung denn als Frage, ein hingeworfener Fehdehandschuh. Ben wusste, dass er für alle Zeit verloren hatte, wenn er eine falsche Antwort gab. Er zwang sich, dem Alten in die Augen zu sehen.

»Warum sollte ich vor einem alten Mann, der bald stirbt, Angst haben?«

Der Alte hustete. Oder war es ein Lachen?

»Ein paar Jahre früher und ich hätte dir für deine Frechheit eine Tracht Prügel mit der Reitpeitsche verpasst.«

Ein Riesenschnauzer kam auf die beiden zugejagt, stoppte auf eine Geste des alten Mannes hin und beschnüffelte ihn. Der Alte beugte sich vor und tätschelte das Tier.

»Hunde mochten mich immer.« Er sagte es mehr zu sich selbst als zu Ben.

»Ich hätte gern einen Hund gehabt«, sagte Ben und streckte vorsichtig seine rechte Hand nach dem Hund aus. Der roch daran und stob davon. »Aber meine Mutter hat's nicht erlaubt. Hunde wären unberechenbar, meinte sie.«

»Sieht ihr ähnlich, einen solchen Unsinn zu verzapfen. Hat dich verzärtelt.«

Seine Mutter mochte er also auch nicht. Ben spürte den Drang, sich zu verabschieden.

»Was machst du? Studierst du? Treibst du Sport? Hast du eine Freundin? Erzähl mir von dir.«

Ben fand, er sei schon genug ausgefragt worden. Aber er war zu höflich, um den Großvater zurückzuweisen. Seine Mutter hatte ihn vielleicht verzärtelt, aber sie hatte ihm ganz altmodisch Manieren beigebracht. Auch darüber hatten sich seine Altersgenossen lustig gemacht. Er berichtete in vorsichtigen Worten von seinem abgebrochenen Medizinstudium und dass er zurzeit eine Orientierungsphase durchmache.

»Was soll das denn für ein Blödsinn sein?«, war der Kommentar seines Großvaters.

Er treibe keinen Sport, erklärte Ben weiter, und eine Freundin habe er auch nicht. Aber er betreibe private Studien zu psychologischen und physiologischen Fragen.

»Mit anderen Worten, du bist ein fauler Nichtsnutz, der von dem Geld lebt, das ihm seine Mutter hinterlassen hat.« Der Alte blieb wieder stehen. »Was stimmt nicht mit dir, Junge? Ich weiß, dass deine Eltern mir etwas verschwiegen haben.«

Ben fiel auf, dass der Großvater nie direkt seinen Sohn erwähnte. Zwischen den beiden mussten mehrere Atombomben explodiert sein, wenn er so wenig über seinen Enkel wusste wie der über ihn.

»Was soll mit mir nicht stimmen?«, fragte er zurück. »Mir geht's sehr gut.«

»So?« Der Blick des Alten war voller Misstrauen, aber er ließ das Thema auf sich beruhen.

»Ich bin müde, du kannst jetzt gehen.« Er wandte sich abrupt ab.

»Soll ich wiederkommen?«

Der Alte drehte sich noch einmal um. »Willst du das?«

Ben lächelte ihn zum ersten Mal an. »Die Frage ist, ob du willst.«

»Meinetwegen«, knurrte sein Großvater. Genau das hatte er erreichen wollen, aber das brauchte der Junge nicht zu wissen.

Beim Verlassen des Parks wurde Bens Aufmerksamkeit durch zwei Herren geweckt, deren Berufskleidung sie als Geistlicher und Arzt auswies. Im Vorbeigehen schnappte Ben einen Teil ihrer Unterhaltung auf, die sich auf einen in der Nacht verstorbenen Heimbewohner bezog.

»Ich hätte ihm gern geholfen«, sagte der Geistliche. »Aber er hat mich gar nicht wahrgenommen, glaube ich.«

»Er ist quasi im Krieg gestorben. Ich habe schon einige alte Männer so sterben sehen.« Der Arzt senkte die Stimme ein wenig, als er Ben bemerkte. »Die Alten, die noch aktiv am Krieg teilgenommen haben, erleben in ihren letzten Stunden noch einmal den Schrecken des Schützengrabens oder der Erschießungskommandos an der Front.«

»So viel Angst und Verzweiflung, kann man therapeutisch denn gar nichts tun in solchen Fällen?«

Die Antwort des Arztes hörte Ben nicht mehr, die beiden entfernten sich langsam, ihre Stimmen wurden leiser. Instinktiv wusste Ben, dass sein Großvater so nicht sterben würde. Eine Empfindung wie Todesangst konnte er sich bei ihm nicht vorstellen, wahrscheinlich hatte er nichts als Verachtung dafür. Wie wurde man so wie der Großvater? Ben fühlte sich eingeschüchtert, aber da war auch ein Anflug von Bewunderung und die Frage ›Ist etwas von ihm auch in mir?‹.

17

Eine interne Besprechung war kurzfristig verschoben worden, weil Professor Oberbecks Terminkalender aus allen Nähten platzte und von seiner Sekretärin ausgedünnt werden musste. Leonie Simon war das recht, so konnte sie ihre Fahrt nach Hamburg zwei Stunden früher als gedacht antreten. Kurz nach halb eins parkte sie ihren Wagen vor dem Institut für Rechtsmedizin. Ursprünglich hatte sie direkt zu Kaminski ins Polizeipräsidium fahren wollen, die zwei eingesparten Stunden wollte sie jedoch für ein Mittagessen mit Paul Unruh nutzen. Er erwartete sie zwar erst am Abend, aber für einen Gang in die Kantine würde er sicher Zeit finden. Bestens gelaunt betrat sie das Gebäude, in dem sich das DNA-Labor befand. Paul Unruh war weder in seinem Büro noch im Labor. Von einer Assistentin wurde Leonie informiert, er sei mit einer Dame zum Essen gegangen. Leonie bedankte sich und machte sich auf den Weg zur Kantine der Uni-Klinik. Sie verspürte leichten Ärger, was unlogisch war, denn er hatte sie ja nicht erwartet. Im vollbesetzten Esssaal sah sie sich nach der vertrauten hochgewachsenen Gestalt um, konnte ihn aber nicht entdecken. Nun war sie nicht nur verärgert, sondern auch irritiert. Wenn Paul überhaupt zum Essen ging, was selten genug vorkam, dann trat er nur den kurzen Gang zu Kantine an. Alles andere erschien ihm als Zeitverschwendung. Mit der ›Dame‹ musste es eine besondere Bewandtnis haben, wenn er ihretwegen mittags zu einem Restaurant fuhr.

Leonie ging zu ihrem Auto zurück. Unterwegs zum Polizeipräsidium machte sich ihr Magen bemerkbar. Es wäre besser gewesen, eine Kleinigkeit zu essen. Kaminski hatte sich bereit erklärt, sie früher zu empfangen. Als sie sein Büro betrat, saß er vor den Resten einer Junk-Food-Mahlzeit. Seine Ruhrgebietsherkunft manifestierte sich unter anderem in einer Vorliebe für Currywurst mit Pommes rot-weiß. Er bemerkte den begehrlichen Blick, den Leonie auf die letzten von Mayonnaise und Ketchup aufgeweichten Pommes frites warf und schob ihr die Pappschale hin. »Bedienen Sie sich.«

Leonie wollte ablehnen, aß schließlich ein paar der schlabberigen Kartoffelstückchen. Der Hunger war größer als ihr Stolz.

»Wie läuft's in Berlin?«

»Anders.«

»Kann ich mir denken.« Kaminski grinste. »Da drüben sind Sie nur die Nummer zwei.«

»Das war ich hier auch.«

»Ja, aber nur nominell. Cordes ließ Sie doch machen, was Sie wollten. Oberbeck hat selbst noch Ehrgeiz, und nicht zu wenig, wie ich von Berliner Kollegen höre.«

»Ehrgeiz ist eines der Kriterien bei der Auswahl von Führungskräften.«

»Das nenne ich eine diplomatische Antwort. Okay.« Kaminski griff nach einem ziemlich schmalen Aktendeckel. »Fangen wir mal mit Ihrer Vermissten an. Sina Rauscher-Abramowsky.«

Er blätterte durch die wenigen Seiten. »Ein Fall wie hundert andere. Was interessiert Sie daran?«

Leonie griff nach der Mappe und las, was der zuständige Beamte aufgenommen hatte. Der Ehemann, Andreas Rauscher, hatte seine Frau zwei Tage nachdem sie nach Berlin gefahren war, als vermisst gemeldet. Sie hatte nicht mehr angerufen, und er konnte sie weder im Hotel noch auf ihrem Mobiltelefon erreichen. Er gab zu Protokoll, das sei kein typisches Verhalten. Seine Frau sei sehr korrekt und zuverlässig und rufe normalerweise täglich mindestens einmal an. Zuletzt hatte er von ihr gehört, nachdem sie mit ihrem Bruder telefoniert hatte. Das war das letzte Lebenszeichen, das er von ihr erhielt. Die Ermittlungsergebnisse der Berliner Polizei kannte Leonie bereits.

Leonie notierte die Adresse des Ehemannes. »Die Frau interessiert mich an sich gar nicht, aber ihr Bruder ist möglicherweise in eine Recherche verwickelt, die für eine Journalistin tödlich geendet hat.«

»Sie meinen Claudia Gotthardt?«

»Hat sich also herumgesprochen.«

»Natürlich. Wer ist denn dieser Bruder?«

»Ein Tsunami-Überlebender, hatte in Thailand eine Tauchschule. Er wurde verletzt ausgeflogen und lebt jetzt in Potsdam. Zurück will er nicht mehr.«

»Klingt nicht weiter aufregend.«

»Ist es auch nicht. Bis jetzt jedenfalls. Claudia hat ihn noch vor wenigen Wochen interviewt. Allerdings auch noch einige andere Deutsche, die wie er verletzt wurden oder Angehörige verloren haben. Ich hätte ihn auch abgehakt, wenn das mit der Schwester nicht wäre. So viel Unglück in einer Familie ist schon seltsam.«

Kaminski schüttelte den Kopf. »Da könnte ich Ihnen aber Sachen erzählen, da fällt Ihnen nichts mehr dazu ein.«

»Ach, Kaminski, solche Geschichten kenne ich auch. Es gibt sagenhafte Pechsträhnen. Aber hier kommt noch ein Doppelmord hinzu. Und ich wittere plötzlich Zusammenhänge, verstehen Sie?«

»Und wie immer glauben Sie, dass Sie schlauer sind als die Polizisten, die den Fall untersuchen?«

»Wer untersucht hier denn was? Die Akte von Sina Rauscher-Abramowsky schlummert doch längst sanft im Regal, in Berlin ist das nicht anders. Ich bin bis jetzt auch die Einzige, die nach Verknüpfungen suchen will.«

»Tun Sie, was Sie nicht lassen können. Mein Bier ist es ohnehin nicht. Das hier«, er griff nach einer dickeren Akte, »das hier ist ein kleiner Teil des Evert-Falles. Die Schlussrunde, die Sie haben wollten.«

Leonie wollte danach greifen, aber Kaminski hielt die Akte fest.

»Erst will ich wissen, was das Ganze soll.«

»Das ist unfair. Wir hatten uns darauf geeinigt, dass ich erst einmal schaue, ob ich überhaupt finde, was mich interessiert.«

»Nee, Doc, darauf falle ich nicht herein. Weiß ich, ob Sie nicht doch einen Tipp nach Hause tragen, egal was Sie mir weismachen?«

»Ach, kommen Sie, Kaminski. Wann habe ich Sie je angelogen?«

Kaminski tat so, als zähle er stumm an seinen Fingern ab.

»Schon gut. Obwohl ich vermute, dass Sie sowieso wissen, worum es mir geht. Ich frage mich, ob es damals nicht doch einen Überlebenden gegeben hat.«

»Der Mann, von dem wir nur ein Stück Finger gefunden haben?«

»Genau.«

»Wer immer das gewesen sein mag. Oder wissen Sie, wer noch auf dem Boot war?«

Sein Ton verunsicherte Leonie. »Nein, woher auch?«

»Na ja, ich dachte nur, weil es ein naher Verwandter war.«

Damit brachte er sie vollends aus dem Konzept. »Unsinn.« Ihre Denkpause dauerte nicht lange. »Nein, Kaminski, das glaube ich einfach nicht. Das können Sie nicht getan haben.«

Er schwieg bedeutungsvoll.

»Woher haben Sie das Vergleichsmaterial? Sie haben doch nicht etwa wirklich das Bierglas mitgenommen?«

Sie spielte auf ein Treffen an der Bar des Fitnessclubs an, in dem sie sich nach Abschluss des Falles getroffen hatten, und auf eine Bemerkung, die er gemacht hatte.

»Doch, habe ich.«

»Die Untersuchung ist illegal, ich könnte Sie verklagen.«

»Dann hätten Sie ein Problem mehr.«

»Sie bluffen.« Er konnte unmöglich wissen, wer Michael war.

»Immerhin weiß ich, dass es sich bei dem Mann wahrscheinlich um einen Bruder handelt, und ich bin sehr sicher, dass er etwas mit dem Fall Evert zu tun hatte.«

Leonie war erleichtert. »Und damit wissen Sie mehr als genug.«

Kaminski wusste auch, wann es keinen Zweck hatte weiterzubohren. »Ich bin die Akte durchgegangen und habe keine brauchbaren Hinweise gefunden. Die Kollegen haben weder eine Leiche finden können noch einen Lebenden, der irgendwo elbabwärts ans Ufer gespült wurde.«

Er überließ Leonie die Akte und gab ihr genug Zeit, sich gründlich damit zu beschäftigen.

»Sie haben recht«, sagte sie nach einer Weile und klappte die Akte zu. »Besonders kreativ ist allerdings nicht gesucht worden. Es sind mehrere Kilometer Ufer abgegrast und die dortigen Anwohner befragt worden. Ebenso ein paar Krankenhäuser und Ärzte. Und das war's auch schon.«

»Taxifahrer nicht zu vergessen. Ich wüsste nicht, was wir sonst noch hätten machen sollen.«

Leonie kannte ihren Bruder gut genug, um zu wissen, dass er nicht einfach ein Taxi angehalten hätte oder mit seiner Verletzung zum nächstgelegenen Krankenhaus gelaufen wäre. Aber was hätte er getan?

»Ein Schiff könnte ihn aufgenommen haben. Oder ein Autofahrer. Oder er ist in einen Bus gestiegen. Außerdem ist immer nach einer Person in nasser Kleidung gefragt worden. Der Mann hat sich aber vielleicht erst getrocknet oder hat sich irgendwie trockene Kleidung besorgt, ehe er unter Menschen gegangen ist.«

»Und die Wunde? Sie musste versorgt werden. Er hat geblutet, und sicher hatte er auch starke Schmerzen.«

Michael konnte Schmerzen ertragen, er war ein harter Hund. Trotzdem hatte Kaminski recht mit der Wundversorgung. Vielleicht kannte ihr Bruder in Hamburg einen Arzt, der ihm half, ohne ihn anzuzeigen. Leonie war dessen sogar sicher. Es blieb die Frage, was ein klatschnasser Mann macht, der gerade und wahrscheinlich mit letzter Kraft aus der Elbe gekrochen ist und nicht auffallen will. In Filmen stahlen die entflohenen Häftlinge immer Wäsche von der Leine. Aber das wäre Michael sicher viel zu riskant gewesen. Ein Diebstahl wäre auch angezeigt und damit der Polizei bekannt geworden. In der Akte gab es darauf keinen Hinweis.

Leonie erhob sich. »Vielen Dank für Ihre Hilfe, Kaminski. Ich gestehe, ich bin enttäuscht. Obwohl ich nichts anderes erwarten konnte. Sie hätten es mich sicher wissen lassen, wenn damals eine Spur gefunden worden wäre.«

»Wahrscheinlich.« Er lehnte sich lässig in seinem Stuhl zurück und legte einen Fuß auf die Ecke seines Schreibtisches. Manieren hatte er noch immer keine.

»Und Sie wollen mir jetzt einreiben, dass Sie brav nach Hause fahren und sich zufriedengeben. Glauben Sie wirklich, dass ich mir den Bären aufbinden lasse?«

»Und danke für die Pommes«, sagte Leonie, schenkte ihm ihr reizendstes Lächeln und entschwand.

Fünf Minuten später saß sie Vera Kilian in deren Büro gegenüber. Die Psychologin hielt Kaffee bereit, aus Diätgründen jedoch weder Kekse noch anderes Essbares. Vera Kilian neigte zur Fülle und achtete seit einigen Jahren erfolgreich darauf, nicht wieder zuzunehmen, was sie in Folge der Trennung von ihrem Mann glücklich abgespeckt hatte. Als Erstes wollte sie von Leonie wissen, was die von ihrer Studienkollegin und Freundin Madeleine Quast hielt. Leonie antwortete wahrheitsgemäß, dass sie nicht sicher sei, was sie denken solle.

»Sie ist mir nicht unsympathisch, aber man wird schlecht warm mit ihr. Oder liegt das an mir?«

»Es kann immer sein, dass die Chemie nicht stimmt, aber Madeleine reagiert seit dem Überfall auf sie natürlich vorsichtiger auf Menschen. Gegen den Verlust des Grundvertrauens kann auch eine Fachausbildung wie die unsrige nichts ausrichten, und keine Logik kommt dagegen an.«

Leonie berichtete von dem Gespräch mit der Quast, das sie selbst herbeigeführt hatte.

»Und da sagst du, ihr seid nicht miteinander warmgeworden? Was verlangst du noch von ihr?«

Leonie gab zu, dass Madeleine Quast damit ein gewisses Vertrauen gezeigt hatte. »Sie hat auch Kallweits Rolle erwähnt. Ungewöhnlich für einen Kripobeamten, meinst du nicht?«

»Wahrscheinlich war seine Hilfe eine Art Selbsttherapie.«

Leonie hatte keine Ahnung, worauf Vera anspielte. Vera erzählte daraufhin, was sie über Kallweit wusste. Er war in der DDR geboren und dort im Alter von 19 Jahren eine Frühehe eingegangen, als seine Freundin schwanger wurde. Das hinderte ihn nicht daran, ein Jahr später in den Westen zu fliehen. Die Versuche, seine Frau und den Sohn nachzuholen, scheiterten. Sie ließ sich von ihm scheiden, und er heiratete einige Jahre später erneut. Seine zweite Frau hatte er im Laufe seiner Polizeikarriere kennengelernt, sie war bei der Bereitschaftspolizei. Kurz bevor Madeleine Quast an ihren Peiniger geriet, war Kallweits Frau im Dienst getötet worden. Ihr Mörder wurde kurz darauf gefasst, ein als Gewalttäter seit langem bekannter junger Mann, der bisher stets nur Bewährungsstrafen bekommen hatte. Er hatte sie mit obszönen Schimpfworten belegt und ihr schließlich ein Messer mehrfach in Brust und Hals gestochen, als sie einen Streit zwischen ihm und anderen Jugendlichen zu schlichten versuchte.

»Als er Madeleine kennenlernte, steckte er noch mitten in der Trauerarbeit. Aber sie hat ihm nie etwas angemerkt. Erst viel später hat er ihr davon erzählt. Sie sagt, er sei ein unglaublich stoischer Mensch, der das Leben so nimmt, wie es kommt, im Guten wie im Schlechten. Große Leidenschaften sind seine Sache nicht. Die ideale Polizistenpersönlichkeit würde ich sagen.«

Ein Anruf beendete die Plauderei, Vera Kilian wurde gebraucht. Da Leonie selbst noch einiges vorhatte, war ihr das ganz recht. Die beiden Frauen vereinbarten, sich, wenn möglich, am kommenden Tag bei ihrem Lieblingsitaliener in Eppendorf zu treffen, dann eilte Vera zur Vernehmung einer minderjährigen Straftäterin davon. Leonie probierte ein zweites Mal bei Andreas Rauscher ihr Glück, erreichte aber wiederum nur den Anrufbeantworter, auf dem sie bereits eine Nachricht hinterlassen hatte. Wenn er berufstätig war, würde sie vor dem Abend nichts von ihm hören.

Als Nächstes stand ein Besuch bei Erika Lifka und ihrem Sohn Max auf Leonies Agenda. Auch dafür war es noch zu früh, weswegen Leonie beschloss, sich endlich ein verspätetes Mittagessen zu gönnen. Sie fuhr zum Hafen, aß in einem kleinen preiswerten Fischrestaurant mit Blick auf Elbe und Ladekräne und ließ sich anschließend bei einem Spaziergang den nach Salz und Fisch schmeckenden Wind um die Ohren blasen. Es war schon eigenartig, dachte sie, wie sie Hamburg vermisste, wenn sie in Berlin war, und umgekehrt. Manchmal war es unmöglich, eine Entscheidung zu treffen, sei es zwischen Städten oder Menschen, ohne schmerzvollen Verzicht zu leisten.

Gegen sechs klingelte sie an der Eingangstür des hässlichen Hochhauses, wo Erika Lifka nach wie vor lebte. Sie hatte ihr Kommen nicht angekündigt, weil sie einen unverstellten Eindruck von der Situation erhalten wollte. Wie sie nun einsehen musste, war das ein Fehler gewesen. Niemand öffnete. Sie hatte nicht bedacht, dass Erika in einer Konditorei arbeitete, und Konditoreien schlossen normalerweise nicht vor neunzehn Uhr. Erika konnte also frühestens um halb acht zu Hause sein, und um acht war Leonie mit Paul verabredet.

»Leonie? Bist du das?« Erikas Stimme ließ sie zusammenfahren. Leonie wandte sich um und stand einer, flapsig formuliert, runderneuerten Frau gegenüber. Erika Lifka war ein unansehnliches Kind und eine hässliche Frau gewesen, und eine Schönheit würde sie niemals werden. Aber die Frau, die auf Leonie zukam, machte das Beste aus dem, was die Natur ihr mitgegeben hatte. Erika hatte ihrer Fettleibigkeit den Kampf angesagt und beträchtlich abgenommen, sie kleidete sich besser, und ihre Frisur ließ auf professionelle Beratung und Behandlung schließen. Wenn Leonie nicht bereits von Max gehört hätte, dass es einen neuen Mann in Erikas Leben gab, wäre es ihr in dem Moment klar geworden.

»Die Frage muss ich wohl zurückgeben. Du siehst fabelhaft aus, Erika.«

Leonies Lob wurde mit einem strahlenden Lächeln beantwortet. »Danke, ich gebe mir Mühe.«

»Das ist nicht zu übersehen. Schön, dass ich dich antreffe.«

Ein paar Minuten später saß Leonie in Erikas Küche und sah ihr beim Kaffeekochen zu.

»Als wir uns in Berlin getroffen haben, hat mir Max berichtet, dass du einen neuen Job hast.«

»Ja, in einer Konditorei, in der Backstube. Die Arbeit macht mir Spaß, und meine Lese- und Schreibschwäche spielt keine große Rolle.«

Erika Lifka hatte im Gefängnis mit Erfolg einen Alphabetisierungskurs absolviert, würde aber immer Probleme mit dem Lesen und Schreiben haben. Sie stellte zwei Tassen, Milch und Zucker auf den Tisch und goss den frisch gebrühten Kaffee ein.

»Was hat er sonst noch erzählt?«

»Dass du einen neuen Freund hast. Max glaubt, ihr wollt heiraten.«

Erika setzte sich zu ihr. »Von Heirat war bis jetzt nicht die Rede. Und ich weiß noch nicht, ob ich das will. Aber es stimmt, mein Chef und ich mögen uns sehr. Und er ist sehr lieb zu Max.«

»Der scheint aber nicht sehr lieb zu deinem Freund zu sein.« Leonie überlegte, wie viel Offenheit nötig und möglich war. »Ich hatte den Eindruck, dass er sehr eifersüchtig auf ihn ist und sich von ihm gegängelt fühlt.«

»Quatsch«, sagte Erika nachdrücklich. »Und ich bin stocksauer auf Max, wenn er rumläuft und solche Sachen über Manfred erzählt. Er ist wirklich in einem grauenhaften Alter.«

Das ließ sich nicht gut an, fand Leonie. »Es ist doch normal, dass Max Männern gegenüber sehr kritisch ist, nach dem, was er mit dir und seinem Vater erlebt hat. Und bedenke bitte auch, dass du ihm sehr lange sehr viel an Verantwortung aufgebürdet hast. Das hat ihn stark an dich gebunden.«

»Na, soll er doch froh sein, dass jetzt alles besser ist. Ich verdiene gut, und Manfred ist nicht so wie die anderen.«

»Sieh es mal mit den Augen deines Sohnes. Er war jahrelang die Nummer eins bei dir, und jetzt ist da ein Mann, mit dem er dich teilen muss, der in gewisser Weise Max' Rolle in diesem Haushalt übernommen hat und dem er sich unterordnen soll. Ist doch klar, dass er dagegen rebelliert.«

Erika starrte düster in ihren Kaffee, den sie schwarz und ohne Zucker trank, der neuen schlanken Linie zuliebe. Leonie hatte häufig beobachtet und ärgerte sich jedes Mal von neuem darüber, wie sehr Frauen sich eines Mannes wegen veränderten, im Guten wie im Schlechten, wie sie versuchten, die Frau zu sein, die er haben wollte. Da blieb es nicht bei Schönheitskorrekturen. Die Unsportliche lernte reiten, die Freundin deutscher Schlagermusik schwärmte plötzlich für Mozart oder Ella Fitzgerald, die eingefleischte Mallorcaurlauberin stapfte in Rollkragenpullover und Wachsjacke durchs schottische Hochland. Anders als Männer waren verliebte Frauen sofort bereit, eigene Vorlieben und Meinungen zurückzustellen und sich denen des Mannes völlig unterzuordnen. Eine Mimikry, die Leonie nicht nachvollziehen konnte und für gefährlich hielt, vor allem wenn auch Kinder betroffen waren. Wenn es zu Misshandlungen durch den Stiefvater kam, stellten sich die Mütter häufig an die Seite des Misshandlers, statt ihr Kind zu schützen. Und das geschah nicht immer und ausschließlich aus Angst, sondern auch, weil sie den Mann nicht verlieren wollten oder sich mit seinen Bedürfnissen sogar identifizierten.

»Dein Manfred meint es sicher gut und gibt sich Mühe, und Max ist natürlich oft eine Zumutung, wie alle Jugendlichen in dem Alter. Aber wenn du jetzt nicht aufpasst, verlierst du ihn. Du musst versuchen, beiden gerecht zu werden. Stell dich nicht bei jedem Streit auf Manfreds Seite. Max will sein altes Leben wiederhaben, das geht natürlich nicht. Aber gib ihm nicht das Gefühl, dass er nur noch die Nummer zwei ist oder sogar stört.«

An Erikas Reaktion merkte sie, dass sie nicht den richtigen Ton getroffen hatte. Erika klappte zu wie ein Taschenmesser.

»Max hat sich bei dir ja ordentlich ausgeweint. Den Bengel werde ich mir heute Abend mal vorknöpfen. Max bekommt bei mir alles, was er braucht. Und Manfred ist eine Seele von Mensch. Du brauchst dir also keine Sorgen machen.«

Wer brauchen ohne zu gebraucht, braucht brauchen gar nicht zu gebrauchen, blitzte in einer Ecke von Leonies Gehirn ein Merkspruch aus ihrem Deutschunterricht auf. Unwillkürlich musste sie über ihren eigenen Einfall lachen, was Erika auf sich bezog.

»Ich weiß, dass du mich für dumm hältst. So klug wie du bin ich eben nicht, das ist mir immer klar gewesen. Und ich bin dir dankbar für alles, was du für mich und meinen Jungen getan hast. Aber ich will nicht mein ganzes Leben lang von dir gesagt bekommen, was ich tun oder lassen soll.«

»Entschuldige, Erika, ich habe eben nicht über dich gelacht, und ich will auch keine ungebetenen Ratschläge erteilen. Du hast dich enorm zu deinem Vorteil verändert, und bitte glaube mir, dass ich eine große Hochachtung davor habe, wie du dein schwieriges Leben bisher gemeistert hast, bei allen schlimmen Fehlern, die du auch begangen hast. Aber ich habe Max nun einmal gern, und ich möchte, dass es ihm gutgeht und er keine Dummheiten macht. Verstehst du?«

»Okay«, nickte Erika leicht besänftigt. »Aber es ist wirklich alles in Ordnung. Max kriegt sich schon wieder ein.«

Hoffentlich, dachte Leonie und blieb noch eine Viertelstunde, die Erika hauptsächlich mit Lobliedern auf den göttergleichen Konditormeister füllte. Auf den Fotos, die sie hervorkramte, sah Leonie einen Durchschnittstypen von etwa Mitte fünfzig, den zu beurteilen sie für unmöglich befand. Hinter der Fassade des freundlichen Biedermannes konnte sich sowohl ein Haustyrann als auch ein Pantoffelheld verbergen.

Beim Abschied legte Erika ihr eine Hand auf den Arm. »Leonie, ich bin nicht mehr jung, und Manfred ist wahrscheinlich meine letzte Chance. Die darf ich mir nicht kaputtmachen lassen. Einmal in meinem Leben will ich etwas richtig anpacken. Jemand wie du versteht das vielleicht nicht.«

»Doch«, sagte Leonie. »Ich verstehe das sehr gut.«

Auf dem Weg zu Pauls Wohnung kam der von Leonie dringend erwartete Rückruf von Andreas Rauscher. Er war sofort bereit, sich mit ihr zu treffen, und sie vereinbarten einen Termin für den nächsten Vormittag. Paul war noch nicht zu Hause, was nicht schlimm war, denn Leonie hatte einen eigenen Schlüssel. Die Wohnung war unaufgeräumt und nicht sehr gepflegt. Pauls Putzfrau war unzuverlässig und verschwand manchmal für ein paar Wochen, ohne sich zu melden. Leonie krempelte die Ärmel ihrer Bluse auf und suchte nach einem Putzmittel. Ihre Anforderungen in puncto Sauberkeit konnten nicht als überhöht bezeichnet werden, und sie hatte keine Chance auf den Titel einer Hausfrau des Jahres, aber einen gewissen Hygienestandard erwartete sie von einer Wohnung, in der sie sich aufhalten sollte. Das Bad schrie geradezu nach einem Putzlappen, und Leonie benötigte eine halbe Stunde, ehe sie mit dem erreichten Zustand zufrieden war. Da von Paul noch immer nichts zu sehen oder zu hören war, beseitigte sie in der Küche das schlimmste Chaos und räumte das Wohnzimmer auf. Neben dem Sofa, halb verborgen unter einem von Pauls Socken, leuchtete ihr ein abgebrochener Fingernagel entgegen, der scharlachrot lackierte Fingernagel einer Frau. Leonie klaubte ihn vorsichtig auf und legte ihn auf ihre Handfläche, um ihn genauer zu betrachten. In dem Moment hörte sie Paul die Wohnungstür aufschließen und ließ das Nagelfragment rasch in ihrer Hosentasche verschwinden. Er sollte nicht denken, dass sie in seiner Wohnung herumschnüffelte, was sie, genau genommen, auch nicht getan hatte.

Paul betrat das Zimmer. »Bist du schon lange hier?«

Er umarmte sie und gab ihr einen Kuss auf die Wange.

»Lange genug, um deine Bude auf Vordermann zu bringen«, erwiderte Leonie. »Du solltest dir eine andere Putzfrau suchen.«

»Wenn ich mal Zeit habe, kümmere ich mich drum.«

Also am Sankt-Nimmerleins-Tag. »Ich wollte heute Mittag mit dir essen, aber eine Dame, wie es hieß, hatte dich schon abgeschleppt.«

»Oh«, sagte Paul. »Ja, das stimmt. Eine alte Bekannte, die gerade in der Stadt war. Hast du Hunger?«

»Inzwischen nicht mehr. Hab am Hafen was gegessen. Aber wir könnten uns später noch was vom Thai holen.«

Leonie hätte Paul gern näher zu seiner Bekannten befragt, vor allem, ob sie es war, die in seiner Wohnung ihren Nagel verloren hatte. Aber sie wagte es nicht. Außerdem bedeutete ein abgebrochener Fingernagel überhaupt nichts. Sie wollte nicht mehr daran denken.

Der Abend verlief wie viele Abende, seitdem sie ein Paar geworden waren. Paul öffnete eine Flasche Wein, und sie besprachen Dinge aus ihrem beruflichen Alltag. Leonie berichtete von ihren Recherchen in Hamburg und Paul von einem bevorstehenden Kongress in den USA. Er fragte, ob sie ihn begleiten wolle. Leonie fand die Aussicht äußerst verlockend, hatte in dem Zeitraum aber selbst Termine, die sie wahrnehmen musste. Paul nahm ihre Absage gleichmütig auf, als habe er ohnehin nicht mit einer positiven Antwort gerechnet und nur der Höflichkeit halber gefragt. Der Sex, den sie später hatten, war von der nämlichen Leidenschaftslosigkeit und selbst für ein Paar, das die ersten Phasen der Verliebtheit hinter sich gelassen hatte, eine Enttäuschung. Leonie lag noch lange wach. Sie dachte nach. Nicht über sich und Paul, das Problem schob sie als noch nicht ausgereift genug zunächst beiseite. Sie grübelte, was sie Michaels wegen tun konnte. Der Polizei nachzuarbeiten wäre müßig und mit ihren Mitteln gar nicht zu bewerkstelligen. Die Fragestellung lautete deswegen nicht, ob ein Überlebender geborgen worden war oder sich selbst gerettet hatte, sondern wohin sich jemand wie Michael in seiner Situation hätte wenden können. Er hatte ihr nie verraten, welche Art Kontakte er in Hamburg unterhielt. Es würde einem Herumstochern in dichtem Nebel gleichkommen, wenn sie versuchte, mit Hilfe von Dritten Informationen aus dem Milieu zu erhalten. Sie musste sich an jemanden wenden, der Michael besser kannte als sie. Und genau das würde sie tun.

Paul legte im Schlaf seinen Arm um sie und seufzte, kurz darauf war Leonie eingeschlafen.

18

> Was aber die aktive Flagellation betrifft, kann es auf der Welt ein größeres Vergnügen für abgehärtete Wesen wie uns geben? Gibt es eines, das die Grausamkeit besser spiegeln würde, das, mit einem Wort, diese Neigung zum Blutdurst, die uns die Natur verliehen hat, besser befriedigte?
>
> Marquis de Sade,
> *Juliette oder Die Wonnen des Lasters*

Wie unbeliebt sein Großvater und seine Tante bei der Dorfbevölkerung gewesen waren, bekam Ben erst nach und nach mit. Der Erste, der eine Bemerkung fallen ließ, war der Klempner, den er rufen musste, als er einen Rohrbruch in der Küche hatte. Glücklicherweise war Ben vor Ort gewesen, als es passierte, und hatte sich tapfer der drohenden Sintflut entgegengeworfen. Zum ersten Mal war er in der Burg auf fremde Hilfe angewiesen, und es rächte sich, dass er bis zu dem Tag keinen Kontakt zu irgendjemand im Dorf gesucht hatte. Da er nicht wusste, wen er anrufen sollte, fuhr er zum Biohof, wo er gelegentlich einkaufte. Dort nannte man ihm einen Handwerker, der nicht nur Klempnerarbeiten durchführte, sondern auch noch andere Arbeiten in Haus und Hof übernahm. Dieser Allrounder erklärte sich zu Bens Überraschung bereit, noch am selben Tag vorbeizukommen. Ben schrieb das seiner Neugierde zu, die ihm ins Gesicht geschrieben stand, als er mit seinem Werkzeugkasten vor der Burg aus dem Auto stieg. Ben geleitete ihn in die Küche, und während der Mann den Schaden besah, erkundigte er sich ungeniert nach Bens Beziehung zu der Verstorbenen. Ben gab ihm Auskunft.

»Der Neffe, so.« In den nächsten Minuten verbreitete er sich über das Ausmaß des Schadens und welche Teile ersetzt werden müssten. Dann kehrte er zum Thema seines Interesses zurück. »Wusste gar nicht, dass es noch Verwandte gab. Ihre Tante war immer allein, nachdem der Alte weg war. Na jeder, wie er mag. Sicher wollen Sie bald verkaufen?«

Ben verneinte. Der Klempner sah ihn durchdringend an, nickte dann, als habe ihn diese Antwort zufriedengestellt, und fuhr schweigend mit seiner Arbeit fort.

Etwas mitteilsamer war die junge Frau, die Ben engagierte, um zweimal im Monat die nötigsten Putzarbeiten zu erledigen. Sie war alleinerziehende Mutter und brauchte das Geld. Nachdem sie zweimal da gewesen war, gestand sie Ben, dass sie anfangs große Bedenken gehabt habe.

»Ich muss schließlich weiter hier leben, wissen Sie?«

Sie zündete sich eine Zigarette an und setzte sich Ben gegenüber an den kleinen Tisch in der Küche, wo Kaffee und Kekse bereits auf sie warteten. Gleich beim ersten Mal hatte Ben die gemeinsame Kaffeestunde nach getaner Arbeit eingeführt. Er mochte die junge Frau und genoss die Unterhaltung mit ihr. Ihre letzte Bemerkung irritierte ihn.

»Was meinen Sie damit?«

»Na, wie ich es sage. In so ’nem kleinen Kaff muss man sich anpassen. Da können Sie nicht machen, was Sie wollen.«

»Und was ist schlimm daran, mir im Haushalt zu helfen? Hat es damit zu tun, dass ich Junggeselle bin?«

Stefanie musste lachen. »Das ist ja ’ne lustige Idee. Wär ich nie drauf gekommen. Nee, aber Ihre Leute und meine Leute, um es mal so zu sagen, hatten nichts miteinander zu schaffen.«

»Oh«, sagte Ben.

»Wussten Sie wohl nich, was? Tut mir ja leid, aber was soll ich um den heißen Brei rumreden?«

»Und was war der Grund dafür?«

»Weiß ich auch nicht so genau.« Sie drückte ihre Zigarette halb geraucht im Aschenbecher aus. »Ich muss gehen, meine Tochter vom Kindergarten abholen.«

Ben hatte das Gefühl, dass sie ihm ausgewichen war, mochte aber nicht nachfragen. Er bezahlte sie und begleitete sie zur Tür.

»Wann brauchen Sie mich wieder?«

»Ich rufe Sie an.«

Ben schloss die Tür hinter ihr und ging in das Büro, das er sich eingerichtet hatte. Dort warteten aus diversen Zeitungen ausgeschnittene Anzeigen auf ihn. Alle hatten eines gemeinsam, strenge Damen boten sich der Erziehung bedürftigen Herren als Zuchtmeisterin an. Ben hatte bereits einige Annoncen mit einem roten Ausrufezeichen versehen. Es waren die im Ton härtesten, die sein Interesse geweckt hatten. Nach längerem Bedenken wagte er den ersten Anruf. Eine dunkle weibliche Stimme meldete sich und wollte wissen, was sie für ihn tun könne.

»Ja, ich glaube, ich würde wohl eine Strafe brauchen«, sagte Ben lahm. Die Situation war ihm unendlich peinlich.

»Das habe ich mir gedacht, du unartiger Junge. Woran hast du besonders Spaß?«

»Ach, an allem Möglichen. Hauptsache, es tut weh.«

»Da bist du bei mir absolut richtig. Aber ein bisschen genauer brauche ich es schon. Ich muss mich schließlich auf dich vorbereiten.«

Sie fragte Vorlieben ab, auf die Ben nicht im Traum gekommen wäre. Was er in diesem Gespräch lernte, wendete er im nächsten und wieder nächsten an, bis er auf eine Frau stieß, deren Stimme wie ein Skalpell in sein Ohr schnitt. Sie nannte sich Marquise de Merteuil, woraus er schloss, dass sie über eine gewisse Bildung verfügte. Vielleicht kannte sie sogar den Roman *Gefährliche Liebschaften* von Choderlos de Laclos oder hatte den Film gesehen, in dem Glenn Close die überaus lasterhafte Marquise spielte. Er einigte sich mit ihr über Termin und Bedingungen und erhielt die Adresse des Studios, in dem sie arbeitete. Sein Herz klopfte, als er den Hörer auflegte.

Die Straßen der Siedlung in Alt-Glienicke trugen die Namen altgermanischer Stämme. Die meisten Häuser waren seit der Wende renoviert worden. Es war eine nette, bürgerliche Vorstadt, in der niemand eine Marquise de Merteuil vermutet hätte. Ben kam seit einigen Tagen täglich in die Siedlung und beobachtete ein unscheinbares Einfamilienhaus, in dem nicht nur die Marquise, sondern zu seinem Verdruss eine weitere Dame ihren erzieherischen Experimenten nachging. Er vermutete, dass sie in verschiedenen Räumen arbeiteten, denn es kam vor, dass sich zwei Herren gleichzeitig im Haus aufhielten, allerdings zeitlich so einbestellt, dass sie einander nicht begegnen konnten. Dies beruhigte Ben über die Maßen. Zu seinem Bedauern war keine der beiden Frauen mehr als ein paar Minuten allein im Haus, wenn Besuch erwartet wurde, was vermutlich zu ihrer Sicherheit geschah. Sofern die andere einen Kunden hatte, und er es nicht allzu ungeschickt anstellte, sollte das aber kein unüberwindliches Hindernis sein. Als Nächstes würde er sich das Innere des Hauses ansehen. Dieser Teil seiner Recherche war unumgänglich, bevor es ernst wurde, so gern er auch darauf verzichtet hätte. Die Rolle, die er spielen musste, erschien ihm furchterregend fremd und beschämend. Wenn er nicht dem Erkenntnisgewinn entgegenfieberte, den er erwarten durfte, hätte er aufgegeben.

In der Burg war alles bereit für die Marquise. Seine Recherchen, verwirrend, aber hochinteressant, waren abgeschlossen. Dafür, dass sie beide ungestört sein würden, schien gesorgt. Umso beunruhigter war Ben, als er einen Tag zuvor einen Anruf von Dr. Klinger erhielt, der seinen Besuch für die kommenden Tage ankündigte. Ben versuchte alles, um ihn davon abzuhalten, sah sich aber schließlich gezwungen, einem Treffen zuzustimmen. Zumindest gelang es ihm, die Besprechung nach Berlin zu verlegen, indem er behauptete, er sei dort unabkömmlich. Da sich auch Klingers Kanzlei in Berlin befand, stimmte dieser der Wahl des Ortes zu. Ben würde also für einige Stunden abwesend sein, was ein gewisses Risiko darstellte, allerdings ein kalkulierbares. Es war klar, was Klinger von ihm wollte. Wahrscheinlich würde er ein besseres Angebot machen, aber Ben war entschlossener denn je, in keinem Fall zu verkaufen. Falls er sich überhaupt jemals von der Burg trennen würde, was immer undenkbarer erschien, dann käme Klinger für ihn nicht in Betracht. Sein Großvater musste einen Grund haben, warum er einen Verkauf des Hauses an Klinger ablehnte. Ben vermutete ihn in seinem Zerwürfnis mit dem alten Klinger. Er selbst mochte Dr. Klinger einfach nicht. Der Mann war ihm zutiefst zuwider, was ihm als Argument absolut ausreichte. Er wunderte sich über dessen Hartnäckigkeit. Warum musste es unbedingt dieses Haus sein? Brandenburg war nicht arm an Häusern, die zum Verkauf standen. Diese Frage würde ihm Klinger beantworten müssen, diese und einige andere.

19

Beim Aufwachen war Leonie als Erstes der scharlachrote Fingernagel eingefallen, den sie in Pauls Wohnzimmer gefunden hatte. Und auf dem Weg zu dem Treffen mit Andreas Rauscher dachte sie noch immer daran. In ihrer Vorstellung verband er sich mit Nathaniel Hawthornes Roman *Der scharlachrote Buchstabe*, dessen Handlung im 17. Jahrhundert unter den frühen Siedlern in Boston, Massachusetts, spielt und auf einer wahren Begebenheit beruht. Der scharlachrote Buchstabe war ein A und stand für *adultery*, englisch für Ehebruch. Er wurde unzüchtigen Frauen an die Brust geheftet, unzüchtige Männer gab es seltsamerweise nicht, die eine fremde oder die eigene Ehe brachen. In diesem Fall war es die ledige Hester Prynne, die einen verheirateten Mann liebte, eine Tochter von ihm zur Welt brachte und dafür das Schandmal tragen musste. Die Farbe Scharlachrot signalisierte Sünde, das tat ein scharlachroter Fingernagel auch, fand Leonie. An der Stelle endete die Analogie, denn Paul Unruh war ein freier Mann, und sie hatte kein Recht zur Eifersucht.

Das Einfamilienhaus in der Nähe von Hagenbecks Tierpark war klein, mit einem handtuchschmalen, aber sehr gepflegten Garten rundherum. Andreas Rauscher hatte schon Kaffee gekocht und bat Leonie in ein schlicht eingerichtetes Wohnzimmer. Leonie betrachtete ihn, während er Tassen auf den Tisch stellte und Kaffee eingoss. Er war ein kräftig gebauter Mann mit verarbeiteten Händen, die Haare trug er kurzgeschoren. Sein Gesicht sah bleich und müde aus, seine ganze Haltung signalisierte Kummer und Erschöpfung. Seine Hände zitterten, als er die Tasse zum Mund führte.

»Meine Frau ist tot, stimmt's?«

Seine Frage kam überraschend. »Nein. Wie kommen Sie darauf?«

»Sie sind Rechtsmedizinerin. Die beschäftigen sich mit Leichen.«

»Das ist richtig«, stimmte Leonie zu, »aber wenn Ihre Frau tot wäre, dann hätte die Polizei Sie benachrichtigt. Ehrlich gesagt, habe ich nur durch Zufall vom Verschwinden Ihrer Frau erfahren. Aber im Zusammenhang mit einer anderen Sache bin ich Ihrem Schwager begegnet, Theo Abramowsky.«

»Der.«

Rauscher spie das Wort mit solcher Verachtung aus, dass seine fleischigen Wangen zitterten.

»Das klingt nicht nach großer familiärer Zuneigung.«

Es war nicht schwer, Rauscher Informationen über seinen Schwager zu entlocken, den er einen Faulpelz und Erbschleicher nannte. Der Hauptgrund für seine Erbitterung war das Testament seiner Schwiegermutter, die der Tochter nur den Pflichtteil gelassen, während der geliebte und verhätschelte Sohn den größeren Happen bekommen hatte. Damit war er nach Thailand verschwunden und hatte jahrelang nichts mehr von sich hören lassen.

»Als das mit dem Tsunami passierte, hat sich meine Frau Sorgen gemacht. Ich hab ihr gesagt, wir sind für deinen Bruder schon lange gestorben. Wenn's ihn jetzt erwischt hat, brauchen wir ihm keine Träne nachzuweinen. Aber er war nun mal ihr kleiner Bruder. Sie hat sich an die Polizei gewandt, und schließlich kommt der Anruf, er liegt verletzt in Berlin im Krankenhaus. Sie also hin. Glauben Sie, der hat sich gefreut, dass sie ihn besucht? Die Schwester hat gesagt, das wär der posttraumatische Stress. Ich sage, das ist ein ganz krummer Hund.«

»Und trotzdem wollte Ihre Frau ihn wieder besuchen? Gab es einen besonderen Grund dafür?«

»Meine Frau wurde krank. Leukämie, aber sie hätte gute Chancen, hieß es. Knochenmark sollte ihr übertragen werden, und ob sie einen nahen Verwandten hätte, den man testen könnte. Viele gibt es nicht mehr, ein paar Cousins und Cousinen. Die kamen aber alle nicht in Frage. Da hat sie gesagt, sie will ihren Bruder bitten.«

»Ich verstehe«, sagte Leonie. »Und wie hat er reagiert?«

»Weiß ich nicht.« Rauscher hob seine Schultern und ließ sie wieder fallen, als hingen ihm seine Arme wie Blei am Körper. »Bei unserem letzten Telefonat sagte meine Frau nur, sie hätte ihn gefunden und ein Treffen mit ihm vereinbart. Das war alles. Ich glaube, sie wollte ihn unter vier Augen sprechen. Am Telefon hat sie bestimmt nicht darüber gesprochen.«

»Wollte Ihre Frau sich nur mit Herrn Abramowsky treffen, oder gab es noch jemand anderen in Berlin, den sie aufsuchen wollte?«

»Wüsste ich nicht. Sie kennt dort niemanden sonst.«

»Sagt Ihnen der Name Claudia Gotthardt etwas?«

Rauscher sah sie verständnislos an. Das reichte ihr schon als Antwort, weitere Fragen hatte sie nicht. Gern hätte sie ihm noch etwas Tröstliches gesagt, aber leere Formeln waren ihre Sache nicht. Tatsächlich war sie überzeugt, dass Sina Rauscher-Abramowsky etwas zugestoßen sein musste. Beim Abschied fiel ihr doch noch eine Frage ein.

»In der Vermisstenanzeige, die ich einsehen konnte, wurde die Krankheit Ihrer Frau nicht erwähnt. Haben Sie dafür eine Erklärung?«

»So was hat die Polizei mich nicht gefragt. Die wollten nur wissen, wie sie heißt und mit wem sie verabredet war und solche Sachen.«

Selbst war ihm nicht eingefallen, dass das wichtig sein könnte.

»Ich glaube, die haben das nicht so ernst genommen. Ich sehe wohl aus wie einer, dem die Frau wegläuft. Aber ich weiß, dass sie das nicht getan hat. Das heißt nicht, dass sie tot sein muss, oder?«

»Nein, das heißt es nicht. Auf Wiedersehen und vielen Dank.«

Er stand noch immer vor dem Haus, als Leonie in ihr Auto stieg und davonfuhr.

Das Essen mit Vera sagte Leonie ab, sie war nicht in der Stimmung für eine lockere Unterhaltung. Obwohl sie nicht glaubte, dass es einen Sinn hatte, fuhr sie an die Elbe, weit in westlicher Richtung, am Wedeler Yachthafen vorbei bis zu der Stelle, wo das Motorboot mit ihrem Bruder in die Luft geflogen war. Dort gab es weder eine ufernahe Autostraße noch Ortschaften. Auch wenn man bedachte, dass die starke Elbströmung einen Körper von der Unfallstelle forttrieb, konnte er an menschenleerer Stelle angespült worden sein. Bis Glückstadt gab es nur wenige kleine Ortschaften, dazwischen kilometerweit unbebautes Land. Leonies Blick wanderte hinüber zur Elbinsel Lühesand, die der anderen Elbseite auf Höhe Altes Land vorgelagert war. Es gab dort einen Campingplatz und einfache Wochenendhäuser. Unter der Woche konnte ein nasser Mann dort sicher ungesehen unterschlüpfen, sich erholen und trocknen und später mit der Fähre nach Hamburg zurückkehren. Pass und Kreditkarten trug Michael bestimmt immer bei sich, er konnte schon in einem Flugzeug nach irgendwo sitzen, während die Polizei noch nach einem eventuell Überlebenden suchte. So konnte es gewesen sein, oder auch ganz anders.

Wegen eines Unfalls und dem dadurch entstandenen Stau erreichte Leonie Berlin erst am späten Nachmittag. Sie fuhr als Erstes ins Institut, wo sie kaum vermisst worden war. Nach zwei lustlosen Stunden, die sie mit der Beantwortung von Post und Telefonanrufen verbrachte, fuhr sie nach Hause. Auf der Treppe lief sie ihrer Vermieterin in die Arme, die sich darüber beschwerte, dass sie Leonie schon so lange nicht mehr gesehen habe.

»Wir sollten mal wieder ein Glas zusammen trinken. Ich habe

einen neuen Wein entdeckt, einen österreichischen Roten aus dem Burgenland. Eine Freundin hat ihn mir mitgebracht. Den werden Sie mögen.«

Leonie stimmte zu, verschob diesen Genuss aber auf einen anderen Abend. Sie schloss ihre Tür auf und betrat ihre Wohnung. Frau Imlau folgte ihr ungeniert und sah sich um.

»Wo ist denn die Überraschung?«, sagte sie in leicht beleidigtem Ton.

»Was für eine Überraschung?«

»Na, Ihr Freund, dieser besonders gutaussehende junge Mann, hat gesagt, Sie hätten Geburtstag und er wollte Sie mit einem Geschenk überraschen.«

Leonie ließ ihre Reisetasche fallen. »Wollen Sie damit sagen, Sie haben jemanden in meiner Abwesenheit in die Wohnung gelassen?«

Die Vermieterin zuckte zusammen. Leonie hatte in einem ungewohnt scharfen Ton zu ihr gesprochen. »Nur, weil ich ihn neulich nachts aus Ihrer Wohnung kommen sah. Einem Unbekannten hätte ich natürlich nie aufgeschlossen. Er ist so ein reizender Mensch, und er hat gesagt, Sie würden sich freuen.«

»Nun, das tue ich nicht. Im Übrigen habe ich nicht Geburtstag, jedenfalls nicht in der nächsten Zeit. Frau Imlau, ich vermute, Sie haben es nicht böse gemeint. Aber erstens hat in meiner Wohnung niemand, absolut niemand, etwas zu suchen, wenn ich nicht anwesend bin, außer ich habe es so bestimmt. Zweitens ist Herr Wasmuth nicht mein Freund und wird es jetzt auch nicht mehr werden. Und drittens bin ich sehr versucht, um Rückgabe des Schlüssels zu bitten, den ich Ihnen für Notfälle zu treuen Händen übergeben habe.«

Isolde Imlaus hübsches Gesicht alterte in Sekundenschnelle um einige Jahre, ihre Mundwinkel verzogen sich, und Leonie befürchtete, sie würde anfangen zu weinen.

»Oh, jetzt sind Sie wütend auf mich. Ich mache immer alles falsch. Bitte, verzeihen Sie, es wird auch nie wieder vorkommen. Aber lassen Sie mir den Schlüssel. Ich ertrage den Gedanken nicht, dass in Ihrer Abwesenheit etwas passiert, ein Brand oder so etwas, und ich bin machtlos.«

Leonie hatte kein Interesse daran, es sich mit ihrer Vermieterin zu verderben, also beruhigte sie sich und Isolde Imlau und drängte sie zum Gehen. Als Leonie allein war, suchte sie ihre Wohnung nach Spuren von Wasmuths Neugier ab. Es dauerte lange, bis sie etwas fand. Er war wirklich überaus vorsichtig vorgegangen. Ohne Isolde Imlaus Geständnis hätte Leonie nichts bemerkt. Nur weil ihre Aufmerksamkeit dadurch geschärft war, fiel ihr auf, dass eine etwa sieben Zentimeter kleine Buddha-Figur – ein dicker lachender Buddha, der Reichtum versprach, wenn man seinen Bauch rieb – auf dem falschen Regal im Bücherschrank stand. Wasmuth musste jedes Buch durchgeblättert haben. Wonach er gesucht hatte, brauchte sie nicht zu fragen. Sie war froh, dass sie das wenige, das sie bis jetzt gefunden hatte, im Büro zwischen unverfänglichen Aktendeckeln aufbewahrte. Während sie auspackte, ein Bad nahm und dabei ein Bier trank, überlegte sie, wie sie mit der Situation umgehen sollte. In der ersten Wut hatte sie zum Hörer greifen und Wasmuth gleich telefonisch beschimpfen wollen. Inzwischen war ihr Zorn schmerzhafteren Gefühlen gewichen, einer Mischung aus Scham, Enttäuschung und verletzter Eigenliebe. Sie war auf einen Mann hereingefallen, der sie nur benutzen wollte. Wie eine unerfahrene Halbwüchsige hatte sie sich täuschen lassen von seinem hübschen Gesicht und routinierten Charme. Sie ließ sich tiefer ins heiße Wasser gleiten und schloss die Augen. Nein, es war viel schlimmer. Sie wollte sich täuschen lassen. Zu einer Affäre gehörten immer zwei, sie hatte ihn haben wollen. Nur für ein paar Nächte, ganz unverbindlich, denn da war ja noch Paul. Das hatte sie nun davon. Trotzdem war es unentschuldbar, was dieser Kerl gemacht hatte. Sie konnte ihm das nicht durchgehen lassen.

Wasmuth hatte Leonie erzählt, er gehe jeden Morgen noch vor dem Frühstück joggen. Sie parkte ihren Wagen rechtzeitig vor seinem Haus und erwartete ihn, als er aus der Haustür trat. Sie kurbelte die Scheibe herunter und rief seinen Namen, er trabte zu ihrem Wagen.

»Leonie, was machst du so früh hier?«

»Ich wollte mich für die Geburtstagsüberraschung bedanken, die ich gestern Abend zu Hause vorgefunden habe.«

Wasmuth presste die Lippen zusammen, dann entschied er sich, die Sache mit Humor zu nehmen. »Hätte ich mir ja denken können, dass Isolde nicht dichthält. Und jetzt kommst du, um dir meinen Kopf zu holen?«

»Steig ein«, befahl Leonie. Wasmuth ließ sich auf den Sitz neben ihr fallen.

»Ich bin auf mich selbst fast so wütend wie auf dich. Beantworte mir nur eine Frage. Wieso bist du so scharf auf die Dokumente, die Claudia angeblich hatte? Geht es dir um einen Preis für investigativen Journalismus, oder haben dich die Leute angeheuert, denen Claudia die Hosen runterziehen wollte? Und erzähle mir nicht wieder das Ich-will-nur-den-Mörder-fangen-Märchen.«

Wasmuth seufzte und schloss einen Moment die Augen. »Ja, ich brauche eine gute Story. In letzter Zeit lief's bei mir nicht mehr so toll. Nein, ich bin kein Schnüffler im Dienste der Bösen. Und wieder ja, ich will den Mörder der Frau, die ich mal geliebt habe.«

»Die Botschaft hör ich wohl, allein mir fehlt der Glaube«, zitierte Leonie und sah ihn voller Verachtung an. »Vor allem die Nein-Antwort klingt nicht glaubwürdig. Über alles andere hättest du offen mit mir reden können.«

»Hätte ich nicht. Du warst von Beginn an misstrauisch. Es lief sogar genau andersherum. Du wolltest von mir hören, was ich herausgefunden habe.«

»Das berechtigt dich nicht, in meine Wohnung einzubrechen. Meine törichte Vermieterin war quasi dein Werkzeug.«

»Du hast recht, das war falsch. Und es tut mir leid.«

»Nein, tut es nicht. Es tut dir höchstens leid, dass ich es herausgefunden habe, obwohl du zweifelsohne Isolde gebeten hast, die Klappe zu halten.«

Er grinste schief. »Stimmt. Eine Unvorsichtigkeit. Ein Psychologe würde wahrscheinlich sagen, ich wollte, dass meine Untat entdeckt würde.«

Leonie schwieg. Wasmuth wandte sich ihr zu und musterte sie. »Du hast die vierte Frage nicht gestellt.«

»Welche vierte Frage?«

»Die wichtigste, die dir zweifellos auf der Seele brennt.«

Leonie mied seinen Blick.

»Die Antwort ist Nein. Ich habe nicht gelogen, als ich mit dir schlief. Beim Sex lüge ich nie. Ich mag dich sehr, und mein Begehren ist echt. Gerade in diesem Moment spüre ich es besonders.«

»Untersteh dich«, sagte sie empört. »Du bist raus aus allem, aus den Recherchen und aus meinem Leben. Da gibt es nichts mehr zu reparieren. Das muss dir klar sein. Falls Claudias Mörder gefunden wird, erfährst du es aus der Zeitung.«

»In Ordnung. Ich bin nicht in der Position, dich um etwas zu bitten. Das weiß ich. Ich tue es trotzdem. Falls Claudia etwas über Korruption, Unterschlagung, Betrug oder Ähnliches herausgefunden hat, dann sorge dafür, dass ich die Informationen bekomme, bevor die Konkurrenz an der Geschichte dran ist. Immerhin war ich derjenige, der dich überhaupt auf Claudia gebracht hat.«

Es stimmte, sie hatte zunächst Frank für das Ziel des Mörders gehalten. »Ich werd's mir überlegen.«

Wasmuth öffnete die Beifahrertür. »Ich werde meinen Teil der Abmachung einhalten. Falls ich etwas Wichtiges erfahre, rufe ich dich an.« Er wollte noch etwas sagen, unterließ es aber und stieg aus. In lockerem Trab entfernte er sich, als wäre nichts vorgefallen. Ein ganz normaler Morgen, an dem er wie immer seine Jogging-Runde drehte.

»›Mein Begehren ist echt‹«, imitierte ihn Leonie. »Das ist doch die Höhe.« Sie startete den Wagen und trat heftig auf das Gaspedal. Offenbar glaubte er, sie würde ein zweites Mal auf ihn hereinfallen. Da irrte er sich gewaltig. Leonie hatte in ihrem Leben schon viele Fehler begangen, aber die meisten nur einmal. Außer natürlich, sie hatten Spaß gemacht.

Der Mann, der vor Leonie Simon und ihrem Kollegen Lottermoser auf dem Sektionstisch lag, war in einem sehr schlechten Zustand. Er war untergewichtig, seine Haut wies an vielen Stellen Entzündungen und Abszesse auf, und wie die Sektion bisher ergeben hatte, litt er schon seit geraumer Zeit an chronischer Bronchitis und Leberverfettung. Gestorben war er an den Folgen einer Kopfverletzung, was dem Institut den Auftrag zur gerichtlichen Leichenöffnung eingebracht hatte, zumal die Auffindesituation verdächtig gewesen war. Der Mann war einer von vielen Obdachlosen, die Leonie in ihrem Berufsleben schon gesehen hatte. Sie und Lottermoser waren zu dem Schluss gekommen, dass es sich nicht um ein Tötungsdelikt handelte, sondern dass er sich die Kopfverletzung bei einem Sturz zugezogen hatte.

»Der Buar war blau wie ein Veilchen«, sagte Lottermoser und stopfte ein Stück Leber in ein Glas mit Formalin. »Die Toxikologie könn ma uns sparn. Ich sag eins Komma fünf Promille mindestens nach'm Geruch.«

Bei der Öffnung der Leiche war ihnen intensiver Alkoholgeruch in die Nasen gestiegen.

»Den hat auch scho lang kein Arzt mehr g'sehen.«

Leonie nickte zustimmend. »Für einen verwahrlosten Alkoholiker interessiert sich eben niemand. Er arbeitet nicht, wählt nicht, konsumiert nicht, außer Schnaps. Er verursacht höchstens Kosten, und die müssen klein gehalten werden.«

Eine Untersuchung des Hamburger Institutes in den neunziger Jahren und eine daran anknüpfende Dissertation von 2004 hatten sich mit den Erkrankungen und Todesursachen von Wohnungslosen beschäftigt und dabei die nicht besonders überraschende Feststellung getroffen, dass der Gesundheitszustand der Menschen, die auf der Straße oder in Wohn- und Übergangsheimen lebten, überproportional schlecht war und sie häufig an Krankheiten litten, die für die meisten Menschen der Vergangenheit angehörten. Das lag nicht nur an ihrer Lebenssituation, sondern auch daran, dass ihre medizinische und psychiatrische Versorgung ungenügend oder nicht vorhanden war, was gerade die chronischen Erkrankungen förderte. Wer auf der Straße lebte und krank wurde, scheute den Weg zu einem Arzt oder in eine Ambulanz, weil er in der Regel nicht krankenversichert war oder schlechte Erfahrungen gemacht hatte, die er nicht wiederholen wollte. Spezielle niedrigschwellige Angebote für diese besondere und besonders schwierige Patientengruppe gab es zwar, aber nicht in ausreichendem Maße.

»Na, der hier hat's 'm Herrgott sei Dank hinter sich.«

»Ja«, sagte Leonie und warf wütend ihre Handschuhe in den blauen Müllsack.

Ihre Laune besserte sich ein wenig, als sie zwischen zwei Besprechungen kurz mit ihrer Tante telefonierte, die sie zum Essen einlud und sorglos daherplauderte. Es schien ihr gutzugehen, Leonie legte beruhigt den Hörer auf.

Schwieriger gestaltete sich die Kontaktaufnahme zu einem Mann, von dem sich Leonie Hilfe versprach. Alessandro Paleari war der Vater eines ermordeten Anwalts, eines der Opfer des Heckenschützen Evert. Ihr Bruder war mit Paleari befreundet gewesen und hatte in seinem Auftrag wesentlich dazu beigetragen, Evert zu finden. Alessandro Paleari besaß mehrere italienische Restaurants in Berlin, und Leonie hatte den Verdacht, dass seine Bekanntschaft mit ihrem Bruder durch gemeinsame geschäftliche Verbindungen zur ›ehrenwerten Gesellschaft‹ zustande gekommen war. Ein Mann wie er stand natürlich nicht mit Adresse und Nummer im Berliner Telefonbuch, aber Leonie erinnerte sich an einen Artikel im *Tagesspiegel*, in dem auch ein Foto von ihm abgedruckt worden war. Die Online-Recherche im Archiv der Zeitung führte sie zu einem Bericht über die Ermordung von Palearis Sohn. Eines der Fotos zeigte einen älteren soignierten Herrn, der gerade ein italienisches Restaurant verließ. Der Name des Restaurants war gut lesbar im Hintergrund zu erkennen. Leonie hatte von dem Restaurant schon gehört, war aber noch nie dort gewesen. Falls es nicht zu seinem Imperium gehörte, war er dort zumindest bekannt. Telefonisch würde sie nichts erreichen, sie musste persönlich vorsprechen. Das brachte sie darauf, ihre Tante zu einem Restaurantbesuch beim Italiener zu veranlassen. Die hatte zwar selbst kochen wollen, ließ sich von ihrer Nichte aber überreden.

Leonie bestellte einen Tisch für zwei Personen und holte ihre

Tante eine halbe Stunde vorher zu Hause ab. Charlotte Reichert war elegant in ein pastellfarbenes Kostüm mit dazu passenden Pumps gekleidet, wogegen sich Leonie, die direkt aus dem Institut kam, mit Jeans und Lederjacke deutlich abhob. Auf dem Weg zum Restaurant fiel ihre Tante hauptsächlich durch Schweigen auf.

»Stimmt etwas nicht?«, wollte Leonie wissen.

»Nein, nein«, sagte ihre Tante. »Ich bin nur etwas müde.«

Leonie glaubte ihr kein Wort, ließ es aber auf sich beruhen, bis sie an dem für sie reservierten Tisch saßen.

Der Ehrgeiz des Innenarchitekten hatte sich im Großen und Ganzen darauf beschränkt, den üblichen Italo-Nippes zu dekorieren, immerhin waren die Tische weiß eingedeckt und die handschriftlich auf einer Tafel aufgeführten Tagesspezialitäten klangen verlockend. Leonie bestellte überbackenen grünen Spargel und Lammragout für ihre Tante, für sich selbst Vitello tonnato und gefüllten Tintenfisch. Ihre Tante blätterte so lustlos in der Weinkarte, wie sie vorher die Speisen ausgewählt hatte. Sie stimmte zu, als Leonie Prosecco und Bier vorweg und zum Essen Rotwein, einen Salice Salentino aus Apulien, vorschlug. Bis der freundliche Kellner die Getränke an ihren Tisch balancierte, machte Charlotte Reichert mühsam Konversation über das Wetter, das ihr angeblich Kopfschmerzen bereitete.

»Danke für die Einladung.« Leonie prostete ihrer Tante zu und nahm einen kräftigen Schluck von ihrem Bier, das sie einem Prosecco jederzeit vorzog. »Und jetzt schlage ich vor, dass wir uns weiteres Geplänkel ersparen und du mir endlich verrätst, was dir seit unserem Telefonat die Stimmung verhagelt hat.«

Ihre Tante runzelte die Stirn. »Eigentlich möchte ich nicht darüber reden.«

»Doch, das möchtest du.«

Die Vorspeisen wurden serviert, was Charlotte Reichert noch eine kurze Frist verschaffte.

»Also«, sagte Leonie unbarmherzig und griff nach ihrem Besteck. »Ich höre.«

»Eine Frau war bei mir.« Charlotte Reichert stieß ihre Gabel in den Spargel. »Sie sagt, sie wäre mit Henry befreundet gewesen.«

Und jetzt bist du eifersüchtig, dachte Leonie.

»Er wollte sie heiraten, hat er gesagt. Und er hat sie um Geld gebeten.«

Leonie ließ ihre Gabel sinken.

»Sie hat das Geld nie wiederbekommen, und Henry hat sie auch nicht geheiratet.«

»Du meinst, er ist ein Heiratsschwindler?«

»Das hat sie gesagt, aber ich glaube ihr nicht. Bestimmt kann Henry das alles ganz leicht erklären.«

»Du hast also noch nicht mit ihm darüber gesprochen?«

Charlotte Reichert senkte den Blick. »Er ist im Moment nicht in Berlin.«

»Aha.«

Leonies Ton schreckte ihre Tante auf. »Ich weiß, dass du ihm von Anfang an nicht getraut hast. Genau wie Bruno, der hat dich wahrscheinlich aufgehetzt.«

Leonie blieb ganz ruhig, sie fühlte großes Mitleid mit der gealterten Frau, die noch einmal, zum letzten Mal, geliebt werden wollte.

»Tante Charlotte, ich lasse mich von niemandem aufhetzen, und leider bin ich selbst gerade auf jemanden hereingefallen. Keine von uns Mädels ist vor Betrügern sicher. Du zweifelst doch selbst an ihm. Andernfalls wärst du jetzt nicht so traurig.«

Charlotte Reichert nahm einen Schluck Prosecco und schluckte damit auch die Tränen hinunter, die in ihren Augen glänzten.

»Er hat mein Geld gut angelegt, und er hat geschäftlich in München zu tun. Wieso sollte ich einer fremden Frau mehr glauben als ihm?«

»Hat er eine Telefonnummer hinterlassen oder den Namen des Hotels, wo du ihn erreichen kannst?«

Charlotte Reichert schüttelte den Kopf.

»Hast du Unterlagen darüber, wo und wie dein Geld angelegt wurde?«

Wieder Kopfschütteln.

Leonie konzentrierte sich ein paar Minuten darauf, ihr ausgezeichnetes Vitello tonnato zu verspeisen. Den mit Hilfe von Brot blank geputzten Teller schob sie an die Seite.

»Tante Charlotte, du bist ein Schaf.«

Ihre Tante blinzelte. »Aber er hat mir nie die Ehe versprochen.«

»Offenbar hatte er das nicht nötig, um an dein Geld zu kommen. Du hast ihm doch hoffentlich nicht dein ganzes Erspartes anvertraut?«

»Nein, natürlich nicht. Nur ein paar Tausend.«

»Porca miseria«, stöhnte Leonie mit rollendem R und in gespielter Verzweiflung erhobenen Händen. Der italienische Kellner grinste im Vorbeilaufen. »Nur ein paar Tausend. Ich muss in Zukunft besser auf dich aufpassen.«

Charlotte Reichert bat darum, das Thema zu wechseln. Während Leonie mit ihrer Tante über ungefährlichere Dinge sprach, musterte sie das Personal. Ein kleiner Mann mit Bauch und Glatze, der nicht wie die Kellner gekleidet war und die Oberaufsicht führte, war der Ranghöchste, den sie entdecken konnte. Die Gelegenheit, mit ihm ein paar Worte unter vier Augen zu wechseln, kam, als sie von einem Toilettenbesuch zurückkehrte. Er kam ihr auf der Treppe entgegen, die zu den Toiletten führte.

»Entschuldigung.« Leonie vertrat ihm den Weg. »Ich würde gern mit Signor Paleari sprechen. Ich nehme an, Sie kennen ihn gut.«

Der kleine Dicke tastete sie von Kopf bis Fuß mit Blicken ab, dann schüttelte er den Kopf. »Wer soll das sein?«

»Können wir den Teil bitte überspringen? Mein Name ist Simon, Dr. Leonie Simon, und ich bin die Schwester eines Mannes, der Signor Paleari und seinem toten Sohn einen Gefallen getan hat.«

Ihr Gesprächspartner wurde lockerer. »Und was wollen Sie von Signor Paleari?«

Leonie ignorierte die Frage. »Sagen Sie ihm einfach, dass ich ihn sprechen möchte.«

Sie wollte ihm ihre Visitenkarte geben, aber er reichte sie ihr zurück, nachdem er einen kurzen Blick darauf geworfen hatte.

»Ist nicht nötig.«

Er lächelte verbindlich und setzte dann seinen Weg nach unten fort. Leonie konnte nur hoffen, dass ihre Nachricht den Empfänger erreichen würde.

In der Zwischenzeit hatte ihre Tante bereits die Rechnung beglichen.

»Bitte, ich möchte nach Hause.«

»Na gut, eigentlich hatte ich dich in der Sahara aussetzen wollen«, scherzte Leonie.

Ihre Tante lächelte matt. Leonie legte beim Verlassen des Restaurants tröstend den Arm um sie. Sie machte noch einen Versuch.

»Man soll die Dinge nicht so tragisch nehmen, wie sie sind.«

»Kenne ich schon«, gab Charlotte Reichert zurück. »Karl Valentin. Lass mal. Morgen geht's mir wieder gut.«

Es war erst kurz vor zehn, als Leonie in der Leichhardtstraße eintraf. Trotzdem freute sie sich darauf, ins Bett zu gehen. Sie würde ein paar Seiten in einem langweiligen Buch lesen – sie hatte sich von ihrer Buchhändlerin einen neuen Bestsellerautor aufschwatzen lassen – und nach fünf Minuten einschlafen. Acht Stunden an einem Stück würden ihr mal wieder guttun. Als die Alarmanlage losheulte, war ihr Plan nur noch Makulatur. Nach Isolde Imlau würde die Polizei auftauchen und erst nach strengen Ermahnungen wieder verschwinden. Zu Leonies Überraschung passierte nichts dergleichen. Weder ihre Vermieterin noch die Polizei ließen sich blicken. Isolde Imlau war zu einer Hochzeitsfeier eingeladen, wie Leonie viel später erfuhr, und die Polizei begnügte sich mit einem Anruf. Bei der Gelegenheit wurde Leonie klargemacht, dass auch eine Rechtsmedizinerin den Schutz der Polizei durch ständige Fehlalarme aufs Spiel setzte.

Als kurz vor Mitternacht ihr Telefon erneut klingelte, schreckte Leonie aus dem ersten Schlummer hoch. Das Buch lehnte noch an ihren angewinkelten Knien. Sie dachte, die Polizei wolle sich noch einmal versichern, dass bei ihr alles in Ordnung sei. Eine raue Stimme drang an ihr Ohr.

»Dottoressa? Ich habe Sie doch hoffentlich nicht geweckt?«

Ihre Nachricht hatte den Empfänger also erreicht. Sie schob sich in eine aufrechte Position. Eine Geheimnummer, die jeder Journalist und Mafioso im Handumdrehen herausfinden konnte, war nicht viel wert. Darüber würde sie bei Gelegenheit mit der Polizei reden müssen.

»Signor Paleari, wie nett, dass Sie sich so rasch melden.«

»Man sagte mir, es gehe um Michele?«

»Das ist richtig. Ich suche ihn.«

Im Hörer blieb es einen Moment still. »Dottoressa, Michele ist tot, schon seit fast zwei Jahren.«

»Möglich, Signor Paleari, aber seine Leiche wurde nie gefunden.«

»War es nicht eine Explosion, die ihn und diesen Assassino in tausend Stücke riss?«

»Von Evert ist nicht viel übrig geblieben, das ist wahr. Er trug den Sprengstoff am Körper. Vielleicht war Michael nicht in seiner Nähe, als er ihn gezündet hat. Vielleicht war er schon über Bord gesprungen.«

»Ich verstehe. Sie sind wirklich so hartnäckig, wie Michele Sie einmal geschildert hat. Was aber kann ich da tun?«

»Sagen Sie mir, wo ich ihn finden kann, falls er noch lebt.«

Ein heiseres Lachen war die Antwort. »Meine Liebe, das ist unmöglich, weil ich es nicht weiß.«

»Als Sie jemanden suchten, der Ihren Sohn rächt, wussten Sie auch, wo Sie meinen Bruder erreichen konnten.«

»Ah, Dottoressa, das war früher, heute ist heute. Ich kann Ihnen nicht helfen, mi dispiace.«

Sie bezweifelte, dass es ihm leidtat, und überhaupt glaubte sie ihm kein Wort.

»Dann muss ich mir Unterstützung bei der Polizei holen. Ich habe mir vorgenommen, Himmel und Hölle in Bewegung zu setzen, um meinen Bruder zu finden.«

Wieder eine nachdenkliche Pause. »Das wäre nicht in Micheles Sinn, meinen Sie nicht?«

»Nun, wenn er tot ist, schadet es ihm nicht. Falls er überlebt hat, könnte es allerdings sein, dass er große Probleme bekommt.«

»Sie versuchen mich zu erpressen, aber ich kann nur wiederholen, dass ich seinen Aufenthaltsort nicht kenne.«

»Das muss ich wohl akzeptieren, Signor Paleari. Danke, dass Sie mich angerufen haben.«

»Dottoressa?«

»Ja?«

»Sie sind Ihrem Bruder sehr ähnlich.«

Er legte auf. Leonie saß noch eine Weile da, den Hörer ans Ohr gepresst, ohne es zu merken. Michael lebte, sie war dessen fast sicher. Und Paleari wusste das, er hätte sonst anders reagiert, interessierter und weniger abweisend. Dennoch war es möglich, dass er seinen derzeitigen Aufenthaltsort nicht kannte. Falls doch, würde sie bald etwas hören.

Es war spät, als sie endlich Ruhe fand und sich das Karussell in ihrem Kopf zu drehen aufhörte.

Schon bevor sich ihr Wecker um 6.30 Uhr melden konnte, weckte sie das Telefon aus einem ihrer wenigen angenehmen Träume. Sie tastete nach dem Hörer und hielt ihn sich erst einmal falsch ans Ohr. Sehr entfernt quakte eine männliche Stimme.

»Michael?«, murmelte sie und wurde schlagartig wach.

»Wer ist Michael?«, fragte Kallweit.

»Ach, Sie sind's.« Leonie gähnte. »Können Sie nicht schlafen?«

»Jetzt nicht mehr. Wir haben eine neue Leiche.«

Leonie schwang die Beine aus dem Bett und griff nach einem Kugelschreiber, den sie zusammen mit einem Notizblock immer neben sich liegen hatte.

»Wo?«

Er nannte eine Adresse in Friedrichshain.

»In fünf, nein, in zehn Minuten fahre ich los.«

Leonie sauste wie ein geölter Blitz ins Badezimmer und ersetzte die morgendliche Dusche durch eine schnelle Katzenwäsche, griff nach der Bluse, die sie schon am Vortag und am Tag davor getragen hatte, und saß wenige Minuten später in ihrem Auto.

Die Fahrt ging in Richtung Osten, in ein Viertel, in dem viele Fassaden noch nicht renoviert waren und Stolperpflaster das

Tragen von Manolo-Blahnik-Schuhen zu einem artistischen Kunststück machte. Aber die Frauen, die dort wohnten, konnten sich ohnehin keine Vierhundert-Euro-Schuhe leisten. Leonie fuhr bis zur Absperrung und ließ sich von einem uniformierten Beamten den Weg zeigen. Neben dem Eingang zum S-Bahnhof Storkower Straße erstreckte sich das Gelände eines ehemaligen Schlachthofes. Die alten Backsteingebäude waren teilweise bereits entkernt und sollten renoviert werden. Tagsüber hielten sich dort Handwerker und spielende Kinder und Jugendliche auf. Im Moment wimmelte es dort von Polizei und Kriminaltechnikern. Kallweit kam Leo-nie entgegen. Er sah aus, als hätte er die Nacht dort verbracht. Sein Bart fing an zu sprießen, und seine Kleidung war voller Staub.

»Sie liegt dort drin.«

Er zeigte auf das der Straße und dem S-Bahnhof am nächsten liegende Gebäude.

Zusammen betraten sie die große Halle, deren Boden teilweise mit Schutt bedeckt war. In der Nähe des Eingangs lag die Tote. Rot hoben sich die Wunden von ihrem weißen Fleisch ab. Leonie musste nur einen Blick auf sie werfen, um zu begreifen, dass der Marquis de Sade ein neues Opfer gefunden hatte.

20

Schreien ist der natürliche Ausdruck des körperlichen Schmerzes.
Gotthold Ephraim Lessing, *Laokoon*

Der Mann auf dem Video schrie und schrie und schrie, das Gesicht in einer Grimasse unendlichen Schmerzes verzerrt. Sein Körper wand sich unter der mit harten Knoten bestückten Peitsche, die seinen Rücken und sein Gesäß in eine Landschaft aus blutigen Straßen verwandelt hatte. Auf dem Kopf trug er eine Art Kappe, bestückt mit Elektroden, von der Kabel zum Elektroenzephalografen führten. Ein angeschlossener Drucker spuckte Papier aus, auf dem gezackte Linien die Aktivität des Hirns wiedergaben.

Ben saß leicht vornübergebeugt in seinem Arbeitszimmer in der Burg und verfolgte mit angehaltenem Atem den selbstgedrehten Film. Kaum konnte er glauben, dass er es war, den er beobachtete. Er selbst, der sich schon während der Prozedur in einem mannshohen Spiegel betrachtete, den er zu dem Zweck in sein Verließ transportiert hatte. Die Aufnahme war entstanden, unmittelbar nachdem er dort alle Spuren des letzten Gastes entfernt und erste Eindrücke verarbeitet und ausgewertet hatte. Was er dann tat, war viel mehr gewesen als bloße Imitation. So nah, schien es, war er dem Geheimnis noch nie gewesen, der Apotheose. Mit fiebriger Begeisterung stürzte er sich in die Auswertung aller seiner Aufzeichnungen und Videos. Der Vergleich der EEGs war verwirrend und enttäuschend. Nur bei leichten Berührungen zeigte sich ein ähnliches Bild, schon bei den ersten Schlägen zeigten sich große Unterschiede im Verlauf der gezackten Linien. Selbst unter Betäubung zeigten sich Aktivitäten in ihrem Hirn, was ihn besonders faszinierte. In der Beschreibung ihrer Empfindungen übertraf sie ihren Vorgänger bei weitem. Die Marquise war eine kluge Frau mit einem eindrucksvollen Wort- und Erfahrungsschatz. Ihr Verständnis rührte ihn, und er empfand echtes Mitgefühl für sie. Nur einmal, am ersten Tag, hatte er eine Erektion. Das war ihm peinlich, und es machte ihn wütend auf sie. Aber dann hatte er sich wieder in der Gewalt, und seine Gedanken und Wünsche richteten sich auf sein eigentliches Ziel. Mit ihr würde er es noch nicht erreichen können, das war ihm klar gewesen. Aber eines Tages würde es ihm gelingen. Es musste ihm gelingen.

Ben fühlte sich erschöpft und ausgelaugt, es lagen anstrengende Tage hinter ihm. Er war sehr versucht gewesen, die Verabredung mit Dr. Klinger abzusagen, weil das bedeutete, die Arbeit zu unterbrechen und seinen Gast für Stunden allein zu lassen. Aber die

Angst, Klinger könnte plötzlich auftauchen und das Verließ entdecken, war stärker. Klinger war ein gefährlicher Mann, wie er inzwischen begriffen hatte. In seinem Büro in Weißensee hatte er ihn freundlich lächelnd empfangen. Ein Piranha-Lächeln, dachte Ben, humorlos und mit vielen spitzen Zähnen. Außer Klinger gab es nur zwei Mitarbeiterinnen, die sich einen Raum teilten. Der Anwalt hatte ihn im Warteraum abgeholt und in sein Büro geleitet, das groß und hell und spärlich eingerichtet war. Ben dachte, die Geschäfte könnten nicht allzu gut laufen, aber das mochte täuschen. Erfolg war nicht notwendig an protziger Ausstattung abzulesen.

»Nun«, begann Klinger, »haben Sie sich mein Angebot überlegt?«

»Nein, ich meine, ja, aber eigentlich gab es nichts zu überlegen. Ich möchte das Haus selbst nutzen.«

Klinger schrieb etwas auf einen Zettel und schob ihn Ben hinüber. Es stand nur eine Zahl darauf, die Zahl 250 000. »Das ist mein Angebot.«

Ben schüttelte den Kopf. »Das Haus ist mehr wert.«

»Ihr Großvater hat es für sehr viel weniger gekauft.«

»Mag sein, ich würde mehr verlangen, wenn ich verkaufen wollte. Aber ich versichere Ihnen, dass ich es weder Ihnen noch sonst jemandem verkaufen möchte.«

Klinger lehnte sich in seinem Stuhl zurück und blickte einen Moment aus dem Fenster, dann wandte er sich wieder Ben zu.

»Ich erzähle Ihnen jetzt mal was, das Sie wahrscheinlich nicht wissen. Dieses Haus, für das Sie eine so spontane Zuneigung entwickelt haben, gehörte in den dreißiger Jahren einer jüdischen Familie, die das Haus 1939 verkaufen wollte.«

»Wollte?« Bens Ton war sarkastischer, als er beabsichtigt hatte. »Damals mussten Juden verkaufen.«

»Ich bezweifele, dass Sie das beurteilen können.« Klingers Lächeln fror ein. »Ihr Großvater hatte zu dem Zeitpunkt bereits eine beachtliche Karriere gemacht und erwarb das Haus.«

»Wahrscheinlich hat er es für ein Taschengeld bekommen.«

»Nach Deutschlands Niederlage und der Gründung der beiden deutschen Staaten wurde Ihr Großvater enteignet. Mein Onkel Wilhelm Klinger, den die Siegerjustiz der Alliierten zu einer Gefängnisstrafe verurteilt hatte, kehrte Anfang der fünfziger Jahre in seine Heimatstadt Leipzig zurück, wurde aber bald nach Berlin berufen.«

»Aha«, meinte Ben. »Bei uns haben die alten Nazis auch bald wieder Karriere gemacht.«

Klinger überging auch diesen Einwurf.

»Nach Absprache mit Ihrem Großvater erwarb er das Haus, das zu dem Zeitpunkt als FDJ-Heim diente. Nach der Wende überließ er es ihm zu einem Freundschaftspreis.«

Er tippte auf eine Mappe, die vor ihm auf dem Schreibtisch lag. »Natürlich bin ich im Besitz aller Urkunden.«

Ben zuckte mit den Schultern. »Ja, und?«

»Es gab eine weitere Vereinbarung, die meinem Onkel das Vorkaufsrecht auf Haus und Grundstück zusicherte, falls Ihr Großvater den Besitz nicht mehr selbst nutzen wollte. Diese Vereinbarung hat Ihr Großvater gebrochen, als er das Haus seiner Tochter überschrieb. Mein Onkel war überaus verärgert, als er davon erfuhr.«

»Das war also der Grund, warum die beiden alten Knaben sich zerstritten haben.«

Klinger nickte. »Ihr Großvater ließ es auf eine Klage ankommen. Dann starb Ihre Tante und vererbte Ihnen das Haus.«

»Sie wollen doch nicht sagen, ich sei an diese lächerliche Vereinbarung gebunden. Außerdem ist Ihr Onkel tot.«

»Aber ich bin sein Erbe und Rechtsnachfolger, so wie Sie der Ihrer Tante.«

»Die mit dem Haus auch nicht die Verpflichtungen meines Großvaters übernommen hat. Sie hätten sie sonst längst vor Gericht gezerrt.«

Klinger lächelte überlegen. »In dieser ganzen Geschichte stecken eine Menge interessanter juristischer Fragen. Zum Beispiel die, ob die überlebenden Nachkommen der jüdischen Familie, denen Ihr

Großvater das Haus abgekauft hatte, nicht Anrecht auf Rückerstattung haben.«

»Wenn es so wäre, hätten die sich längst gemeldet.«

»Nicht unbedingt. Ich überlege, ob ich sie nicht suchen lasse.«

»Damit wären Sie aber auch aus dem Rennen«, gab Ben zu bedenken.

»Aber ganz im Gegenteil, dann wäre alles wieder offen. Ich wäre eventuell nur gezwungen, mein Kaufangebot ein wenig zu erhöhen.«

Ben betrachtete ihn fasziniert. Der Anwalt war ein ernsthafter Gegner, aber er glaubte, dass er bluffte. »Wieso sind Sie so fixiert auf dieses Haus? Warum kaufen Sie nicht einfach ein anderes?«

»Weil es eine ideale Lage hat. Nahe genug der Hauptstadt, dennoch ländlich abgeschieden und ohne unmittelbare Nachbarschaft. Schon zu Zeiten meines Onkels fanden dort Treffen mit ehemaligen Kameraden statt. Diese Tradition möchte ich aufleben lassen.«

Ach du meine Güte, dachte Ben. Der will aus meiner Burg einen Treffpunkt von alten und neuen Nazis machen.

»Bis zu seinem Umzug ins Altersheim war Ihr Großvater der Gastgeber. Durch die Auseinandersetzung um den Besitz des Hauses kam Ihre Tante in der Funktion bedauerlicherweise nicht mehr in Frage. Beantwortet das Ihre Frage?«

»Mein Großvater war Teil einer … einer Kameradschaft?«

Klinger betrachtete ihn nachsichtig. »Mein lieber junger Freund, was sonst, glauben Sie, hätte meinen Onkel dazu bewegen können, ihm in der geschilderten Form zu Diensten zu sein?«

»Aber mein Großvater war nicht im Gefängnis wie Ihr Onkel.«

»Das beweist nur, dass er geschickter war und sich den neuen Herren besser andienen konnte. Er war gelernter Jurist, mein Onkel hingegen … Im Grunde war er ein schlichter Mensch, allerdings ein grandioser Organisator, sehr durchsetzungsfähig, geradlinig, loyal, Fähigkeiten, die auch beim Aufbau der DDR willkommen waren.«

Ben wusste nicht, was er dazu sagen sollte.

»Mein Angebot bleibt, sagen wir, noch zwei Wochen bestehen. Dann hoffe ich, von Ihnen zu hören.«

Ben erhob sich und stand etwas ungelenk vor dem Schreibtisch des Anwalts, der lässig in seinen Sessel zurückgelehnt zu ihm aufblickte.

»Und wenn ich bei meiner Meinung bleibe?«

»Meine Argumente werden nicht ihre Wirkung verfehlen«, sagte Klinger und fügte hinzu, »hoffe ich.« Es war so konziliant gesprochen, dass nicht einmal der Anflug einer Drohung hätte hineininterpretiert werden können. Bens geschärftes Gehör meinte aber genau das zu hören. Mit einem flauen Gefühl im Magen, das von anschwellendem Ärger über Klingers Dreistigkeit verdrängt wurde, verließ er die Anwaltspraxis.

Auf dem Weg zurück zur Burg kaufte er Lebensmittel ein. Er hatte der Marquise versprochen, ihr eine frische Ananas zu besorgen, ihre Lieblingsfrucht. Meist aß er mit ihr gemeinsam, in den Phasen, in denen das Schmerzmittel wirkte, war sie entspannt und gutgelaunt. Welch ein Gegensatz zu ihrem Vorgänger! Der Mann hatte entweder getobt und gedroht oder sich wie ein jammerndes, bettelndes Häufchen Elend gebärdet. Einfach abstoßend! Die Marquise verlor erst gegen Ende der Woche ein wenig die gute Haltung, die sie bis dahin gezeigt hatte. Er schämte sich für sie, als sie ihm versicherte, sie werde ihn niemals verraten, und auch die Hartnäckigkeit, mit der sie immer wieder ihren richtigen Namen nannte, war ihrer nicht würdig. In jedem zweiten Psycho-Thriller wurde mit dem Topos gearbeitet, dass Serientäter Tötungshemmungen entwickelten, wenn es den Opfern gelang, sich ihnen als menschliches Individuum, als lebendes, fühlendes Subjekt zu präsentieren, eben auch über die Wiederholung ihres Namens. Dieser lächerliche Versuch zeigte ihm, dass sie ihn nicht wirklich verstanden hatte. Trotzdem war es in der Rückschau mit ihr sehr viel angenehmer gewesen als alles Vorherige. In den ersten Tagen vermisste er sie gar ein wenig. Aber die Auswertung der Arbeitsergebnisse, die Experimente an sich selbst nahmen ihn ganz in Anspruch.

Das Gespräch mit Klinger geriet in den Hintergrund. Ben hatte keine Lust, sich weiter mit diesem Mann zu beschäftigen, er würde in Zukunft jeden Kontakt mit ihm meiden.

21

Leonie Simon und ihr Chef standen jeder auf einer Seite des Sektionstisches und betrachteten die Leiche von Dina Sachs, die sich auch Marquise de Merteuil genannt hatte. Sie war ungewöhnlich schön, nicht einmal die Wunden, die ihrem schrecklich misshandelten Körper zugefügt worden waren, konnten davon ablenken. Ihr üppiger roter Haarschopf loderte wie Flammen um ihren Kopf, und wo sie noch intakt war, lockte eine samtige cremeweiße Haut. Oberbeck summte eine Melodie, die Leonie bekannt vorkam. Ohne es gleich zu bemerken, murmelte sie den Text dazu.

»*My Lady D'Arbanville, you look so cold tonight. Your lips feel like winter, your skin has turned to white, your skin has turned to white.*«

An mehr erinnerte sie sich nicht, Oberbeck fiel ein. »*I loved you my lady, though in your grave you lie, I'll always be with you, this rose will never die, this rose will never die.*«

Bevor Cat Stevens sich Yussuf Islam nannte, die Fatwa gegen Salman Rushdie für eine feine Sache hielt und aufhörte, Frauen die Hand zu geben, hatte er 1970 *Lady D'Arbanville* geschrieben. Leonie hatte das Lied geliebt. Sie hätte nicht gedacht, dass sie es einmal im Angesicht einer Toten summen würde.

»Sollte man zur Hymne der Rechtsmediziner machen.« Oberbeck trat vom Tisch zurück an die Seite von Kommissar Kallweit und überließ Leonie den Beginn der Autopsie. Kallweit hatte sich das Duett angehört, ohne mit der Wimper zu zucken.

»An den äußeren Verletzungen ist sie also nicht gestorben?«

»Unwahrscheinlich. Es ist wie bei dem Tätowierer. Die Wunden sehen grässlich aus, sind aber nicht lebensgefährlich.«

»Welches Werkzeug hat er benutzt?«

Oberbeck grinste. »Ich würde sagen, das Handwerkszeug der Dame. Verschiedene Arten von Stöcken und Peitschen. An den Handgelenken sehen Sie Spuren von Fesselungen. Die punktförmigen Blutungen am Hals sind nach meiner Ansicht durch das zu enge Schnüren eines Stachelhalsbands verursacht worden.«

Leonie warf ihrem Chef einen raschen Seitenblick zu. »Du kennst dich gut aus.«

Oberbeck zwinkerte ihr zu. »Du etwa nicht?«

»Wurde sie vergewaltigt?« Kallweit behielt seinen trockenen professionellen Ton bei.

Leonie schüttelte den Kopf. »Äußerlich wie innerlich ist nichts festzustellen. Keine Hämatome, keine Schürfwunden, kein Sperma. Ich mache natürlich trotzdem einen Abstrich. Wenn Geschlechtsverkehr stattgefunden hat, hat sie sich zumindest nicht dagegen gewehrt. Was keinen Rückschluss auf Freiwilligkeit zulässt, wie Sie wissen. In der Situation, in der sich diese Frau befand, wäre Gegenwehr Tollheit gewesen.«

Oberbeck befestigte seinen Mundschutz und übernahm den Part des zweiten Obduzenten. Dem Präparator, der die Kopfschwarte der Toten ablöste, fiel es zuerst auf. »Schauen Sie mal, könnte das hier Sperma sein?«

Leonie warf einen Blick auf das Haarbüschel, das er mit spitzen Fingern anhob. Eine helle, aber nicht durchsichtige Substanz klebte daran. Leonie schnupperte. »Kein Sperma.«

»Du kennst dich gut aus.« Oberbeck konnte es sich einfach nicht verkneifen.

Leonie ignorierte die Retourkutsche. »Da ist noch mehr.«

Überall zwischen den Haaren fanden sich Reste der trüben Substanz. Leonie schabte genug davon ab, um eine Analyse machen zu können.

Drei Stunden später saßen sie zu dritt in Oberbecks Büro und besprachen das vorläufige Ergebnis der Obduktion. Da sie keine

Todesursache durch Einwirkung von außen hatten feststellen können, waren sie auf die rasche Arbeit der Toxikologen angewiesen.

»Die Sache hat Vorrang, aber ein paar Tage müssen wir ihnen für die Untersuchung der Gewebs- und Flüssigkeitsproben schon geben. Dieses eigenartige Glibberzeug zu analysieren dürfte wohl noch länger dauern.«

Oberbeck lutschte an einem Schokoriegel. Leonie knurrte der Magen, aber er bot ihr nichts von seinem Vorrat an. In den Fernsehserien kauten abgebrühte Rechtsmediziner schon mal ein Butterbrot im Sektionssaal, was die Filmemacher anscheinend für cool hielten und Leonie angewidert zur Fernbedienung greifen ließ.

Kallweit machte sich Notizen. »Also, wir haben wieder den Fall, dass das Opfer gequält wurde, aber nicht unmittelbar daran gestorben ist. Wenn der Tod durch ein Opiat eingetreten sein sollte, würde uns das nicht wundern, hab ich recht?«

»Absolut«, nickte Leonie.

»Die Frau wurde nicht vergewaltigt, und es fand vor ihrem Tod wahrscheinlich kein Geschlechtsverkehr statt.«

»Es hat sogar sehr lange kein Geschlechtsverkehr stattgefunden, mindestens seit Beginn ihrer Gefangenschaft«, ergänzte Leonie.

»Gut. Sie glauben, sie war mehrere Tage in der Gewalt des Entführers?«

»Unbedingt«, schaltete sich Oberbeck ein. »Unterschiedliches Wundalter, ganz klar belegbar. Histologisches Gutachten folgt.«

»Und sie ist gut verpflegt worden?«

»Für eine Gefangene sogar sehr gut.« Leonie zählte an den Fingern ab. »Noch zu erkennen im Magen-Darm-Trakt waren Pilze, Nüsse, Ananas, Brot, etwas, das ich für Wurststücke halte, und Kohl, möglicherweise Brokkoli.«

»Kein übles Hotel, was?« Oberbeck stopfte sich den Rest seines Schokoriegels in den Mund.

Kallweit klappte sein Notizbuch zu und sah Leonie fragend an. »Was meinen Sie?«

Leonie nickte. »Wir sollten uns mit den Kollegen zusammensetzen.«

Oberbeck seufzte. »Glaubt ihr wirklich, euer Ku-Klux-Klan ist bei dem Fall eine Hilfe? Wir legen doch gerade erst richtig los. Die Fakten sind noch gar nicht alle auf dem Tisch.«

»Die Ergebnisse Ihrer Arbeit und die der Spurensicherung warte ich selbstverständlich noch ab.« Kallweits Magen knurrte. Er legte unwillkürlich die rechte Hand auf die Stelle.

»Wenn wir zu dem Schluss kommen, dass es sich um denselben Täter wie in den Fällen Zahnarzt und Tätowierer handeln könnte, werde ich die Zusammenstellung einer Soko veranlassen. Dann komme ich mit den paar Männern, die ich im Moment zur Verfügung habe, nicht mehr aus.«

Kallweit gab sich so ruhig wie immer, aber Leonie wusste, unter welchem Druck er stand. Spätestens jetzt würden die Medien ganz groß einsteigen, zumal das dritte Opfer geeignet war, die Phantasien der Leute wie Silvesterraketen explodieren zu lassen. Eine Domina, die aussah wie ein Hollywood-Star und mit ihrem eigenen Handwerkszeug gefoltert worden war, das war der Stoff, aus dem die *Bild*-Träume waren.

Leonie begleitete Kallweit aus dem Gebäude, zusammen stiegen sie über den Schutt, der immer noch das Erdgeschoss zierte.

»Es ist vielleicht nicht ganz der geeignete Augenblick, aber ich habe aus Hamburg eine Information mitgebracht, die ich gerne bei Ihnen loswerden würde.«

Kallweit warf ihr einen scheelen Blick zu. »Will ich das wissen?«

»Sie sollten es wissen wollen.«

»Also gut, schießen Sie los.«

»Ich habe Herrn Rauscher besucht, den Mann der verschwundenen Frau, Sina Rauscher-Abramowsky. Sie erinnern sich?«

»Düster«, sagte Kallweit und war mit seinen Gedanken schon ganz woanders. »Der Mann hat vergessen, der Polizei zu erzählen, warum seine Frau, die mit ihrem Bruder übrigens zerstritten war, ihn hier in Berlin besuchen wollte. Sie hat Leukämie und wollte ihn bitten, sich als Knochenmarkspender testen zu lassen.«

»Aha.«

»Das könnte wichtig sein.«

»Ich werde bei Gelegenheit darüber nachdenken.« Zu mehr war Kallweit nicht zu bewegen.

»Tun Sie das, bitte.«

Kallweits Mobiltelefon klingelte. Seinen knappen Wortbeiträgen war zu entnehmen, dass seine Mitarbeiter Dinas Freundin und Arbeitskollegin aufgetrieben hatten.

Leonie sollte sich jetzt verabschieden. »Ich nehme an, Sie wollen sich das Studio anschauen, aus dem Dina Sachs verschleppt wurde.«

»Und Sie möchten dabei sein.«

»Gern.« Leonie war verblüfft, dass es so einfach war.

»Q wird auch dort sein.«

Das war also der Grund für die großzügige Einladung. Leonie lehnte sein Angebot, sie im Wagen mitzunehmen, ab. Er würde vermutlich mehr Zeit in der Wohnung verbringen als sie. Die Fahrt in die südöstliche Ecke Berlins kostete viel Zeit, und da Leonie sich in Alt-Glienicke nicht auskannte, hätte sie sich ohne GPS heillos verfahren. Alle anderen waren schon dort, als sie vorfuhr. Madeleine Quast war von einem Kollegen Kallweits mitgenommen worden. Leonie fand sie und Kallweit in dem Raum, in dem Dina Sachs ihrem Beruf nachgegangen war.

Die Ausstattung war furchteinflößend. Der Raum war in Schwarz und Dunkelrot gehalten. An den Wänden hingen Ketten mit stählernen Manschetten für Hals, Hand- und Fußgelenke, Ruten und Peitschen aller Art. Es gab so etwas wie eine Streckbank, einen Pranger, merkwürdige Anzüge aus Latex und Leder, Masken, Knebel, Fesselungswerkzeuge, Hundeleinen und diverses anderes Spielzeug und Mobiliar, dessen genauer Zweck Leonie nicht ganz klar war.

»Chacun à son goût«, sagte Madeleine Quast gerade, als Leonie den Raum betrat.

»Sag ich auch immer«, meinte Kallweit, dessen erste Fremdsprache Russisch gewesen war.

»Jeder nach seinem Geschmack«, übersetzte Leonie. »Es gibt angenehmere Arten, sein Geld zu verdienen.«

»Sagen Sie das nicht«, widersprach eine Stimme hinter ihnen. Eine kleine mollige Frau mit gefärbtem Blondhaar stand im Türrahmen. »Ich bin Dinas Kollegin, Jutta Hanusch. Von mir stammt die Vermisstenanzeige.«

Sie rauchte hektisch, und ihr Make-up war verschmiert, der sicher nicht billige dunkelblaue Kaschmirpullover hatte Schwitzflecken unter den Armen. Leonie schätzte sie auf etwa vierzig, ein größerer Kontrast zur schönen Dina war kaum vorstellbar.

Kallweit sah sie leicht entgeistert an, fing sich aber rasch und stellte sich, Madeleine Quast und Leonie Simon vor. »Haben Sie seit dem Verschwinden Ihrer Kollegin irgendetwas in diesem Raum verändert?«

Jutta Hanusch schüttelte den Kopf. »Nicht, dass ich gleich mit einem Verbrechen gerechnet habe, aber wir respektieren den Arbeitsplatz der anderen.«

Sie merkte, dass sie im Präsens gesprochen hatte, ihre Stimme brach ab.

»Gut.« Kallweit nickte zufrieden. »Es kommen gleich ein paar Spurentechniker. Die werden sich hier ein wenig umsehen. Auch wenn das nicht Ihr Zimmer ist, haben Sie eine Veränderung entdeckt? Etwas, das fehlt, vielleicht?«

»Das ist durchaus möglich, aber Sie sehen ja, es liegt eine Menge Kram herum. Ich kann es nicht sagen.«

Spuren eines Kampfes waren auf den ersten Blick nicht zu erkennen. Falls der Täter sie hier überwältigt hatte, war er sehr geschickt vorgegangen. Aber er hatte ja bereits eine gewisse Routine, dachte Leonie bitter.

»Können wir uns irgendwo unterhalten?«, wollte Kallweit wissen.

Jutta Hanusch nickte und führte sie in einen völlig normalen Wohnraum. Sie und Dina Sachs nutzten nur einen Teil des Hauses für ihre Arbeit, erklärte sie, die zwei übrigen Zimmer dienten ihnen als Rückzugsräume und für den Fall, dass sie übernachten wollten. Dina und sie hatten sich auf unterschiedliche Kundschaft spezialisiert. Dina bediente die Männer, die es auf die harte Tour wollten. Sie war die grausame Herrin, die eiserne Jungfrau, die Unberührbare. Zu Jutta Hanusch kam die Klientel, die eher die strenge, aber liebevolle Mama oder Lehrerin suchte. Die »Windelfraktion«, wie die Hanusch sie nannte. Anfassen war auch bei ihr verboten. Geschlechtsverkehr mit den Kunden war ein absolutes Tabu.

»Ein Job wie jeder andere ist es natürlich nicht. Aber man verdient wirklich gut dabei. Dina wollte damit ihr Studium finanzieren, aber dann hat sie nach dem vierten Semester hingeworfen. Sie hat gesagt, so viel wie hier verdient sie so schnell in keinem Job. Gefallen hat's ihr an der Uni aber sowieso nicht. Jura ist wohl ziemlich trocken.«

Leonie kannte solche Geschichten. Die Frauen wollten nur ein paar Monate oder höchstens zwei Jahre ordentlich Geld verdienen, für das Studium oder die eigene Wohnung oder die Kinder. Aber dann passierte etwas mit ihnen, die Gewöhnung an Geldsummen, die sie in ihren erlernten Berufen, falls sie einen hatten, nicht verdienen konnten, und die psychischen Veränderungen, die ein Leben als Prostituierte auslöste, Veränderungen, die sie nicht vorhersehen konnten, die sie unterschätzten, vor denen sie sich gefeit glaubten. Die bürgerliche Existenz taugte nicht mehr für sie oder sie nicht mehr für die brave Bürgerlichkeit.

Auf Nachfrage von Kallweit nannte Jutta Hanusch die Adresse der Eltern von Dina Sachs, die in einem kleinen thüringischen Städtchen lebten und vom Tod ihrer Tochter noch nichts wussten.

»Ich glaube, sie hatte ihren Eltern nichts davon gesagt, dass sie ihr Studium abgebrochen hatte. Die haben keine Ahnung, was sie hier gemacht hat.«

Um das Gespräch beneidete Leonie Kallweit nicht.

Es lag in der Natur der Sache, dass es keine Kundendatei gab, in denen Namen und Adressen gespeichert waren. Aber Hanusch verriet ihnen, dass sie und Dina immer die Telefonnummern, die im Display erschienen, notiert hatten. Kam der Kunde zum ersten

Mal, fügten sie eine äußere Beschreibung hinzu wie auch seine Wünsche und Vorlieben, so dass sie beim nächsten Mal auf ihn vorbereitet waren. So konnten sie auch schwarze Schafe markieren, die sie in Zukunft nicht mehr akzeptieren wollten, weil sie ein zu riskantes Verhalten gezeigt hatten. Kallweit war positiv überrascht.

»Glauben Sie, Sie können den letzten Kunden Ihrer Kollegin auf diese Weise identifizieren?«

»Ich kann's versuchen, aber ihr Terminkalender ist weg. Das ist das einzig Fehlende, von dem ich genau weiß.«

»Moment«, sagte Leonie. »Notieren Sie Telefonnummern und die anderen Merkmale in Ihre Terminkalender?«

»Nein, nur das Pseudonym. Aber wie soll ich feststellen, welche Telefonnummer zu dem Kunden gehört, der zuletzt bei ihr war? Das geht ja nicht nach Reihenfolge. Wir haben zum Beispiel Stammkunden, die woanders wohnen und nur manchmal geschäftlich in Berlin sind. Die buchen oft schon Wochen im Voraus. Und dann erscheinen ja auch nicht alle Anrufernummern im Display.«

Kallweit blieb nichts anderes übrig, er musste alle Nummern der vergangenen Monate überprüfen. Seine nächste Frage entlockte Jutta Hanusch ein Lächeln, wenn auch kein fröhliches.

»Gab es in letzter Zeit einen Kunden, der Ihrer Kollegin Angst gemacht hat? Jemanden, der besonders abseitige Phantasien hatte?«

»Herr Kommissar, wir haben nur Kunden mit besonders abseitigen Phantasien.«

Madeleine Quast schaltete sich ein. »Vielleicht könnte man es umdrehen. Gab es jemanden, der ein sexuelles Interesse nur vorgetäuscht haben könnte. Der einen Termin hatte, auch erschienen ist, sich aber sofort wieder zurückgezogen hat. Sofort, nachdem er die Räumlichkeiten hier gesehen hat.«

Hanusch wandte sich ihr zu, sie schien erstaunt zu sein. »Ja, von so einem hat sie mir erzählt. Aber das war nur ein netter harmloser Junge, der wohl Angst vor seiner eigenen Courage bekommen hat.«

Die Quast und Kallweit tauschten einen Blick, der sagte, »das könnte er sein«.

»Sind Sie ihm begegnet?«

Heftiges Kopfschütteln. »Wir haben unsere Termine immer so gelegt, dass die Kunden einander nicht über den Weg laufen konnten. Wissen Sie, es sind gelegentlich Leute darunter, deren Gesichter man kennt. Es wäre furchtbar, wenn die jemandem auf der Treppe begegnen würden. Diskretion ist in meinem Job das erste und zweite Gebot.«

»Könnten Sie uns die Karteikarte dieses Kunden rausfiltern?«

»Das müsste möglich sein. Aber garantieren kann ich es nicht. Es war ja nicht mein Kunde, und ich habe den Eintrag nicht gemacht.«

»Ist er ein zweites Mal gekommen?«, fragte die Quast.

»Das kann ich nicht sagen. Falls ja, hat Dina es nicht erwähnt.«

Leonie hatte noch etwas auf dem Herzen. »Sind Sie immer zu zweit im Haus gewesen?«

»In der Regel schon. Aus Sicherheitsgründen.«

»Und welche Möglichkeiten der Verständigung hatten Sie, falls eine von Ihnen Hilfe benötigte?«

»Es gibt versteckte Alarmknöpfe in den Studios. Aber sie hat ihn nicht benutzt. Sie war einfach verschwunden.«

Die Kriminaltechniker trafen ein, und Kallweit entschuldigte sich, nachdem er Jutta Hanusch dringlich gebeten hatte, ihn anzurufen, sobald sie die Karteikarte fand. Leonie warf noch einen letzten Blick in Dinas Folterkammer, dann wurde sie von einem der Techniker hinauskomplimentiert. Im Vorgarten entdeckte sie Madeleine Quast, die in Gedanken versunken das Haus anstarrte.

»Warten Sie auf eine Eingebung?«

Die Quast schüttelte den Kopf. Erst jetzt fiel Leonie auf, dass sie besonders ernst dreinblickte, ernster noch als für sie typisch.

»Ich glaube, er hat das Haus beobachtet, bevor er zum ersten Mal hineingegangen ist. Er wusste, dass es schwierig werden würde. Deshalb hat er einen Probelauf gemacht. Es ist nicht der Nervenkitzel, der ihn reizt. Er ist kein Spieler, er improvisiert nicht gern, und er will nicht überrascht werden. Dennoch ist er ein großes Risiko eingegangen.«

»Ja«, stimmte Leonie zu. »Er musste eine Frau, die immerhin achtundfünfzig Kilo wog, aus dem Haus und in seinen Wagen schleppen. Das hätte er niemals fertiggebracht, wenn sie bei Bewusstsein gewesen wäre. Ich glaube, wir werden bei ihr wie beim vorigen Opfer Ketanest finden. Sie hat ihn empfangen, ihn in ihren Raum geführt, dabei hat sie ihm vielleicht einen Moment den Rücken zugekehrt, und er hat ihr die Spritze reingejagt. Komatöser Zustand in Sekundenschnelle. Deshalb konnte sie auch den Alarmknopf nicht mehr betätigen.«

»Er ist ein sehr interessanter Mann«, sagte Madeleine Quast. »Und sehr verschlossen.«

Leonie lächelte. »Hat er Ihnen seine Geheimnisse noch nicht verraten?«

Madeleine Quast blieb ernst. »Mein Auto ist in der Werkstatt, und ich habe einen Abendtermin in der Praxis. Es wäre nett, wenn Sie mich dort vorbeifahren könnten. Falls Sie noch ins Institut wollen, ist das für Sie auch kein Umweg.«

Auf der Fahrt hingen beide eine Weile ihren Gedanken nach. Unvermittelt brach Madeleine Quast das Schweigen. »Er hat mir eine Nachricht geschickt.«

»Wie bitte?«

»Melchert. Der Mann, der mich überfallen hat.«

»Ist er schon frei?«

»Nein.«

»Wie kann er Ihnen dann eine Nachricht schicken? Wird seine Post nicht kontrolliert?«

»Es ist kein Brief, es ist ein Telegramm. Es wurde telefonisch aufgegeben.«

»Was steht drin?«

»›Ich komme bald zurück. Warte auf mich. U. M.‹«, zitierte Madeleine Quast mit fester Stimme.

Leonie warf ihr einen besorgten Blick zu. »Weiß Kallweit das schon?«

»Ich hatte noch keine Gelegenheit, es ihm zu sagen.«

»Er muss feststellen, von welchem Anschluss das Telegramm aufgegeben wurde. Vielleicht war es gar nicht Melchert.«

»Wer sollte es sonst sein?«

»Irgendjemand, der sich einen bösen Scherz mit Ihnen erlaubt.«

»Es gibt nicht viele, die wissen, dass Melchert bald entlassen wird und ich sein letztes Opfer war. Ihm würde es allerdings ähnlich sehen.«

»Aber würde er mit so etwas seine Entlassung aufs Spiel setzen?«

»Er wird es so eingefädelt haben, dass man ihm nichts nachweisen kann.«

»Reden Sie mit Kallweit.« Leonie fiel im Moment nichts Besseres ein.

»Ja, sicher.«

Es breitete sich wieder Schweigen aus, bis Leonie in der Nähe von Quasts Praxis parkte.

»Ich weiß, wie Sie sich fühlen.«

»Nein, das wissen Sie nicht.« Madeleine Quast sagte es mit einem Lächeln.

»Doch, ich bin auch schon schwer attackiert worden, mehrfach sogar, ein Mordversuch inklusive. Wäre der Kerl nicht tot, könnte ich keine Nacht mehr ruhig schlafen, wenn ich von seiner bevorstehenden Freilassung erführe und auch noch solch eine Nachricht bekäme.«

Madeleine Quast hatte sie unverwandt angesehen. »Was würden Sie tun?«

»Das, was Sie auch tun werden, einen Polizisten meines Vertrauens darauf ansetzen. Wenn das nichts bringt, würde ich vielleicht mit dem Mann reden, um herauszufinden, ob es nur ein Machtspielchen ist oder ob er mich endgültig fertigmachen will.«

»Und wie würden Sie sich in dem Fall schützen?«

Leonie wusste, dass die Quast die Antwort darauf bereits kannte. Das deutsche Rechtssystem tat sich schwer mit dem Schutz potentieller Opfer und dem Aufhalten potentieller Gefährder im Vorfeld einer Tat. In besonderen Bedrohungssituationen konnte die Polizei dem Opfer zum zeitweiligen Abtauchen oder sogar zu einer neuen Identität verhelfen. Oft musste sie allerdings zähneknirschend darauf warten, dass wieder etwas passierte. In vielen Fällen waren Justiz und Exekutive nur zahnlose Tiger, der Preis für ein demokratisches, rechtsstaatliches System.

»Meine Wohnung gut sichern, keine riskanten Wege allein gehen, Absprachen über regelmäßige Kontrollanrufe mit der Polizei treffen, solche Dinge eben. Ich würde sehr wahrscheinlich keine Waffe tragen. Die Erfahrung zeigt, dass Waffen die Situation erst richtig eskalieren lassen, außerdem könnte der Angreifer sie erbeuten und gegen mich wenden. Besser ist ein Alarmgerät, Höllenlärm wirkt enorm abschreckend.«

Und dann, dachte Leonie, habe ich noch einen großen Bruder, der besser als ich mit Waffen umgehen kann und auch keine Skrupel hat, sie zu benutzen. Aber das konnte sie Quast nicht erzählen.

»Alles, was ich Ihnen gesagt habe, wussten Sie selbst, hab ich recht?«

»Aber es hat mich beruhigt, es von Ihnen bestätigt zu bekommen. Danke fürs Mitnehmen.«

Madeleine Quast kletterte aus Leonies Auto, winkte zum Abschied und lief über die Straße zu dem Eckhaus, in dem sie ihre Praxisräume hatte.

Leonie wartete, bis sie im Hauseingang verschwunden war. Sobald dieser Mistkerl in Freiheit war, genügte das nicht mehr. Er konnte im Hausflur auf sie lauern oder in ihrer Praxis oder in einem anderen Stockwerk, wo er warten würde, bis Quasts Begleiter und Beschützer wieder fort war. Sie konnte nie sicher sein, wann er zuschlug und wo und ob überhaupt. Es würde die Hölle werden für Madeleine Quast, und zwar zeitlich unbegrenzt.

Jedes Mal, wenn Leonie über das Klinikgelände fuhr und die Räume des rechtsmedizinischen Institutes betrat, erwartete sie, dass sich endlich ein Gefühl von Vertrautheit einstellte, wie sie es von Hamburg kannte. Aber das war niemals der Fall. Vielleicht lag es daran, dass von vornherein kein längerfristiges Engagement geplant gewesen war. Dazu kam die Gesamtsituation der Übergangsphase, in der sich das Institut befand. Und ihr fehlten die vertrauten Gesichter von früher. Das Personal, vor allem im ärztlichen Bereich, war größtenteils ausgetauscht worden, seitdem sie unter Professor König Oberärztin gewesen war. Lottermoser wollte so bald wie möglich in Pension gehen, und Frank war tot. Und noch immer wusste sie nicht, wen sie dafür verantwortlich machen sollte.

In ihrem Büro angekommen, diktierte Leonie das Obduktionsprotokoll von Dina Sachs, das Band legte sie ins zentrale Schreibbüro mit dem Vermerk ›eilig‹. Dann setzte sie sich wieder an ihren Schreibtisch und starrte müßig zum Fenster hinaus. Sie fühlte sich ausgelaugt und müde, und es zerrte an ihren Nerven, dass sie an fast allen Fronten Stillstand zu verzeichnen hatte. Franks und Claudias Tod drohte, als nicht geklärt in der Schublade zu verschwinden, sie selbst wusste nicht, wie es weitergehen sollte. Im Fall des Marquis de Sade gab es seit heute eine erste Spur, die aber wie alle anderen schon bald im Sand verlaufen konnte. Und Paleari ließ nichts von sich hören. Leonie hatte gehofft, dass er sich nach kurzer Bedenkzeit wieder melden würde. Sie durchforstete ihre Erinnerung nach einer Bemerkung Michaels über Personen oder Orte. Aber so sehr sie sich auch das Hirn zermarterte, ihr fiel nichts ein. Allerdings war ihr Bruder nie sehr gesprächig gewesen.

Draußen war es inzwischen dunkel geworden. Sie sollte endlich nach Hause gehen, der kommende Tag würde anstrengend werden, er war mit Terminen vollgepackt. Stattdessen griff sie zum Telefon und wählte Pauls Hamburger Privatnummer. Es dauerte eine Weile, bis er den Hörer abhob und sich meldete. Im Hintergrund lief Musik, eine alte Aufnahme von Harry Nilsson, die sie besonders liebte und oft zusammen mit Paul gehört hatte.

»Oh, du bist es«, sagte Paul.

»*Without you*«, sang Nilsson.

»Störe ich?«

»Nein, nein, natürlich nicht. Ich bin gerade nach Hause gekommen.«

»Ich bin noch im Institut. War ein harter Tag. Es gibt eine neue Leiche, diesmal eine Frau.«

Leonie hatte Paul von der Furcht erzählt, sie könnten es in Berlin mit einem neuen Serientäter zu tun haben.

»Sie hat als Domina gearbeitet. Es ist möglich, dass ihr letzter Kunde sie entführt und getötet hat.«

»Oh«, wiederholte Paul, und in Leonies Ohren klang es nicht sehr interessiert. Im Hintergrund meinte sie Wasserrauschen zu hören, dann eine helle Stimme, die etwas sagte, das Leonie nicht verstand.

»Hast du Besuch?«

Pauls Nein kam eine Spur zu schnell und zu nachdrücklich. »Das ist nur der Fernseher, gleich kommen die Nachrichten.«

»Dann will ich dich nicht länger stören«, war Leonies formelle Reaktion.

Furchtbar, wir reden miteinander wie entfernte Bekannte, dachte sie, nachdem sie aufgelegt hatte. Daran ist bestimmt nicht der Fernseher schuld.

Sie verließ das Institut und fuhr nach Hause. Der Berufsverkehr war abgeebbt, und sie hatte Muße, über das Telefonat nachzudenken. Immer wieder spulte sie in ihrer Erinnerung das Wasserrauschen und die Frauenstimme ab, dabei wurden die Worte von Wiederholung zu Wiederholung klarer und artikulierter. Als sie vor ihrem Haus einparkte, konnte sie schließlich den Satz deutlich hören, den die Stimme einer Frau, einer jungen Frau, gezwitschert hatte.

»Schatz, leg endlich auf und komm ins Bett.«

22

Seit Leonie wusste, dass Sina Rauscher-Abramowsky an Leukämie erkrankt war, fragte sie sich, ob deren Bruder darüber informiert war. Mehrfach hatte sie zum Hörer gegriffen, um ihn anzurufen, aber immer wieder aufgelegt. Wenn sie ihn damit konfrontierte, musste sie seine Reaktion beobachten können. Andererseits scheute sie sich, ihn deswegen noch einmal persönlich aufzusuchen. Anlässlich einer Besprechung in Potsdam, bei der es sich um die zukünftige Zusammenarbeit der rechtsmedizinischen Institute drehte, entschloss sie sich spontan, auf dem Rückweg nach Berlin bei Abramowsky vorbeizufahren. Sollte das Schicksal entscheiden. War er zu Hause, würde sie mit ihm reden. Gegen 16 Uhr stand sie vor seiner Tür und drückte die Klingel. Wider Erwarten öffnete Abramowsky sofort und sah Leonie erstaunt an. Ihr schien, er habe jemand anderen erwartet.

»Guten Tag, Frau Doktor … Simon?« Abramowsky hatte sich schnell wieder im Griff. »Ich bitte um Verzeihung, falls ich etwas vergessen habe, aber ich bilde mir ein, wir hatten keinen neuen Termin vereinbart.«

»Oh, nein, nein, und ich muss um Verzeihung bitten für den plötzlichen Überfall. Aber es ist da noch eine Frage aufgetaucht.« Leonie lächelte ihn an. »Darf ich kurz hereinkommen?«

Abramowsky bewegte sich nicht von der Stelle. »So sehr ich bedauere, unhöflich sein zu müssen, aber ich erwarte jeden Moment Besuch, geschäftlich. Ihre Frage lässt sich sicher auch so klären.«

So etwa musste sich ein Staubsaugervertreter fühlen, der an der Haustür abgefertigt wird. »Wie Sie wollen. Es geht um Ihre Schwester, Herr Abramowsky. Wie ich von Ihrem Schwager erfuhr, litt sie an Leukämie und wollte Sie bitten, sich als möglicher Spender testen zu lassen. Waren Sie davon unterrichtet?«

Abramowsky starrte sie an. Sein Gesicht zeigte weder Überraschung noch Zustimmung. Es dauerte ein paar Sekunden, bis er antwortete.

»Das ist ja furchtbar. Nein, davon hatte ich keine Ahnung.«

»Das heißt, bei Ihrer telefonischen Verabredung hat Ihre Schwester den Zweck ihrer Reise mit keinem Wort erwähnt oder angedeutet?«

»Nein, dann wüsste ich ja davon.«

»Seltsam«, sagte Leonie.

»Finde ich nicht. So etwas bespricht man nicht am Telefon.«

»Ich meinte, dass sie Sie nicht früher informiert hat. Die Krankheit besteht ja schon länger.«

Abramowsky lächelte. »Vergessen Sie nicht, dass wir nicht die besten Freunde waren. Das hat Ihnen mein Schwager sicher auch erzählt. Trotzdem tut es mir leid zu hören, dass es ihr schlecht ging. War das alles?«

»Nur noch eines. Können Sie sich vorstellen, dass Ihre Schwester Selbstmord begangen hat?«

Abramowsky wandte den Blick ab und schien zu überlegen. »Ja«, antwortete er langsam. »Das halte ich für sehr gut möglich. Sie hatte große Angst vor unheilbaren Krankheiten.«

Er legte in einer pathetischen Geste eine Hand über seine Augen. »Was für ein furchtbarer Gedanke.«

Seine Augen waren trocken, als er die Hand wieder hob. Er sah demonstrativ auf seine Uhr. »Tja, wie ich schon sagte ...«

»Natürlich«, nickte Leonie und verabschiedete sich mit Worten des Dankes. Als sie wieder im Auto saß, sagte sie halblaut: »Ich mag den Kerl nicht«, und fragte sich, woran das liegen mochte. Er war undurchsichtig und hatte sich und seine Gefühle so unter Kontrolle, dass sie es unmöglich fand zu beurteilen, was in seinem Kopf vor sich ging, ob er log oder ehrlich war.

Im Institut fand sie eine Nachricht von ihrer Tante vor, die sie zurückrufen sollte. Da eine Doktorandin bereits seit einer halben Stunde auf Leonie wartete und danach ein angehender Facharzt ihre Meinung zum Fall eines toten Säuglings hören wollte, vergaß sie darüber den Anruf bei ihrer Tante. Stattdessen rief sie den Ehemann der verschwundenen Abramowsky-Schwester an und stellte ihm dieselbe Frage wie seinem Schwager.

»Glauben Sie, Ihre Frau könnte Selbstmord begangen haben?«

»Auf keinen Fall«, kam prompt die Antwort.

»Es ist nicht gar so selten, dass schwerkranke Menschen diesen Schritt tun.«

»Aber nicht meine Frau.« Rauscher blieb fest. »Außerdem hätte sie dann ja nicht mehr nach Berlin fahren müssen, oder?«

»Nein, da haben Sie recht.« Leonie legte auf. Ihr war der Gedanke gekommen, dass Sina ihren Bruder sehr wohl telefonisch oder im persönlichen Gespräch um die Knochenmarkspende gebeten haben könnte und eine ablehnende Antwort bekommen hatte, was er jetzt nicht zugeben mochte. Die Enttäuschung und Verzweiflung darüber könnte sie zum Selbstmord getrieben haben.

Fast war sie schon zu Hause, als Leonie die Tante einfiel. Kurz entschlossen wendete sie den Wagen und fuhr in Richtung Botanischer Garten, in dessen Nähe Charlotte Reichert wohnte. Unterwegs hielt sie an und kaufte bei einem Italiener verschiedene Vorspeisen, Fenchelsalami, Käse, Brot und Wein. Mit einer großen Tüte stand sie kurze Zeit später vor dem Haus der Tante. Charlotte Reichert öffnete erst nach mehrmaligem Klingeln, sie trug ein elegantes Kostüm und ihre zweireihige Perlenkette. Leonie hob die Feinkosttüten in die Höhe.

»Buona sera, Signora. Eccola, antipasti, pan' e vino. Entschuldige, dass ich nicht angerufen habe. Ich dachte, ich komme gleich persönlich.«

»Ach, wie schade«, dämpfte Charlotte Reichert den Elan ihrer Nichte. »Aber ich bin mit Henry verabredet, er holt mich in einer halben Stunde ab.«

Leonie ließ die Tüte sinken. »Er ist wiederaufgetaucht?«

»Ja«, strahlte die Tante. »Deswegen hab ich dich ja sprechen wollen. Er war auf Geschäftsreise und dachte, er hätte mir davon erzählt. Na, komm schon herein.«

Leonie stellte die Tüte im Flur ab und folgte ihrer Tante ins Wohnzimmer.

»Wir haben uns ganz unnötig Sorgen gemacht. Ich habe mich bei Henry für mein Misstrauen entschuldigen müssen.«

Charlotte Reichert ging zu einem Sekretär und zog eine Schublade heraus. Triumphierend sah sie ihre Nichte an. »Was sagst du dazu?«

Mehrere dicke Geldbündel füllten die Schublade.

»Das ist die Summe, die ich Henry gegeben habe plus fünfzehn Prozent Rendite.«

Leonie starrte, für einen Moment sprachlos, das Geld an. Ihre Tante schloss die Schublade wieder.

»Das müssen mehrere tausend Euro sein. Und das hat er dir in bar gebracht? Findest du das nicht ein bisschen ungewöhnlich?«

Charlotte Reichert blickte Leonie verärgert an. »Deine Verdächtigungen sind ja schon pathologisch. Und mich hast du damit angesteckt.«

»Denk an die Frau, die dich vor Henry gewarnt hat.«

»Was ich von der zu halten habe, weiß ich jetzt. Henry hat mir die ganze Geschichte erzählt. Also, wenn jemand Grund hat, sich zu beklagen, dann ist er es. Wie du siehst, hat er mich nicht betrogen, sondern Geld für mich hinzugewonnen. Er ist eben ein guter Geschäftsmann.«

Leonie machte noch einen Versuch. »Renditen in der Höhe sind mit seriösen Geschäften nicht zu erzielen. An der Sache ist was faul.«

»Ich will nichts mehr hören.« Tante Charlotte machte eine Geste, als wolle sie sich die Ohren zuhalten. »Und jetzt würde ich dich bitten zu gehen. Ich bin noch nicht ganz fertig, und ich möchte Henry nicht warten lassen, wenn er kommt.«

Das war ein Rauswurf erster Klasse. Leonie sparte sich jedes weitere Wort und trat den Rückzug an.

»Vergiss deine Tüte nicht. Vielleicht findest du jemand anderen, der mit dir isst.«

Dann fiel die Haustür hinter Leonie ins Schloss. Ist das eben wirklich passiert? fragte sich Leonie auf dem Rückweg zu ihrem

Wagen. Meine Tante hat mich wegen eines Mannes vor die Tür gesetzt. Sie warf die Lebensmitteltüte auf den Beifahrersitz. Und nun? Sie war viel zu aufgewühlt, um allein zu Hause zu sitzen. Ihre Vermieterin wäre sicher glücklich, ihr beim Abendessen Gesellschaft zu leisten. Aber der Idee konnte Leonie nichts abgewinnen. Sie brauchte einen intelligenten Menschen, der ihr raten konnte und dem sie vertraute. Abgesehen von Lottermoser, der seit zwei Tagen mit einer Infektion zu Hause im Bett lag, traf dies alles nur noch auf Madeleine Quast zu. Nach einigem Zögern wählte Leonie ihre Nummer. Madeleine Quast meldete sich sofort und reagierte, wie erhofft.

»Was für eine nette Idee, aber ich habe noch immer kein Auto zur Verfügung. Können Sie zu mir kommen?«

Eine halbe Stunde später stieg Leonie vor dem kleinen grünen Haus, in dem die Quast wohnte, aus dem Wagen. Madeleine Quast hatte inzwischen den Tisch gedeckt und einen gemischten Salat angerichtet. Während Leonie die Weinflasche öffnete und das Ciabattabrot aufschnitt, dekorierte die Quast die Antipasti, die Wurst und den Käse auf Platten.

»Na also«, sagte Madeleine Quast zufrieden, als sie sich zu Tisch setzten. »Es muss nicht immer Kaviar sein.«

Sie prostete Leonie mit Mineralwasser zu. Leonie nippte an ihrem Chianti classico, den sie nun für sich allein hatte.

»Für wen war das Festmahl eigentlich gedacht?«, wollte Madeleine Quast wissen.

Leonie grinste verlegen. »Man sollte sich eben nicht mit einer Analytikerin einlassen.«

»Das war aber nun wirklich nicht schwer zu erraten. Muss Ihnen auch nicht peinlich sein. Und es ehrt mich, dass Sie mich als Ersatz gewählt haben.«

Leonie packte die Gelegenheit beim Schopf und erzählte ihr von den Sorgen um ihre Tante.

»Ich kam mir vorhin plötzlich vor wie ein armes Waisenkind, das auch noch seinen Heimplatz verloren hat.«

»Ist es nicht auch so?«

Die Quast kannte bereits in groben Zügen die Geschichte von Leonies Familie.

»Ein dauerndes Zerwürfnis mit meiner Tante könnte ich jedenfalls nicht ertragen. Und das alles wegen eines Mannes, dessen Absichten mir recht zweifelhaft erscheinen, um es freundlich auszudrücken.«

»Sind Sie in der Lage, diesen Henry objektiv zu beurteilen?«

»Wahrscheinlich nicht«, gab Leonie zu. »Glauben Sie etwa, dass ein Mann wie er an einer älteren Frau wie meiner Tante echtes Interesse haben könnte?«

»Warum nicht?«, lautete die Gegenfrage.

»Weil, weil«, Leonie hielt inne. »Sie haben recht. Ich bin ganz ordinär eifersüchtig. Wie Bruno.«

»Bruno?«

»Noch ein Verehrer, ein chancenloser.«

Madeleine Quast häufte sich sorgfältig drei Portionen Antipasti auf den Teller, von jeder Sorte eine. »Ist Ihnen die Parallelität Ihrer Situation mit der dieses Jungen, Max heißt er wohl, schon aufgefallen?«

Leonie ließ verblüfft die Gabel sinken, mit der sie gerade eine Scheibe Salami zum Mund führen wollte.

»In beiden Fällen glaubt eine ältere Frau, die im Leben eher Pech mit Männern hatte, noch einmal einen Zipfel vom großen Glück zu erhaschen. Dabei verdrängt sie jeden Rat und jeden eigenen Gedanken, der dieses ersehnte Glück gefährden könnte, und ist sogar bereit, andere ihr nahestehende Menschen zurückzusetzen oder gar fallenzulassen. Oder, von der anderen Position aus betrachtet, zwei Menschen, die lange Zeit in einer engen und exklusiven Beziehung gelebt haben, sind nicht in der Lage zu akzeptieren, dass diese besondere Beziehung durch einen Dritten erweitert und damit verändert wird. Eine vorurteilsfreie Sicht auf diese dritte Person ist weder aus der einen noch aus der anderen Richtung möglich.«

Nachdem Leonie ein paar Minuten an diesem Brocken gekaut hatte, wobei sie das Schweigen zwischen ihr und der Quast nicht als peinlich, sondern als produktiv erlebte, versuchte sie es mit einer anderen Frage.

»Können Sie diese dritte Person objektiv beurteilen? Oder habe ich Sie mit meiner Sicht infiziert?«

»Natürlich haben Sie das. Entweder identifiziere ich mich jetzt mit Ihnen und bin genauso enttäuscht und misstrauisch, oder ich nehme die Haltung Ihrer Tante ein und empöre mich über den Versuch eines nahestehenden Menschen, mir jemanden madig zu machen, der mir ebenfalls wichtig ist, vielleicht sogar noch wichtiger, was mir dann wahrscheinlich Schuldgefühle verursacht, die mich wiederum auf Sie wütend machen. Meine Gegenübertragung resultiert aus der positiven oder negativen Übertragung, die von Ihnen kommt.«

Leonie schüttelte den Kopf. »Mann, seid ihr Psychologen kompliziert.«

»Immer nur so kompliziert wie unsere Patienten. Im Ernst, wir sind nicht in einer Analysesituation, und ich habe keine Übertragung zugelassen. Aber natürlich kann ich weder diesen Henry noch den Liebhaber Ihrer Hamburger Bekannten beurteilen, wenn ich sie nicht persönlich erlebt und nur stark gefärbte Berichte über sie gehört habe. Vielleicht haben Sie recht, und dieser Henry wird sich eines Tages noch entpuppen. Vielleicht haben Sie auch unrecht. Ich kann nur wiederholen, was ich schon einmal gesagt habe. Versuchen Sie, in der Situation nach Ihrem gesunden Menschenverstand zu entscheiden. Da Sie in dem Fall Betroffene sind, ist das nicht einfach.«

»Was nützt mir mein gesunder Menschenverstand, wobei ich sehr bezweifele, dass es so was gibt, wenn meine Tante den ihren komplett verloren hat?«

»Behalten Sie die Nerven, und helfen Sie dann, wenn Ihre Hilfe akzeptiert wird.«

»Apropos Hilfe«, sagte Leonie nach kurzer Gesprächspause, »hat Kallweit schon was rausgefunden? Ich meine wegen des Telegramms.«

Madeleine Quast spießte einen Champignon auf die Gabel und

betrachtete ihn interessiert, als erwarte sie, dass er zu sprechen anfinge. »Ich habe die Sache ihm gegenüber noch nicht erwähnt.«

»Nicht, aha.« Leonie schüttelte den Kopf. »Wo bleibt denn da Ihr gesunder Menschenverstand? Dieser Mistkerl schickt Ihnen eine verdammt anzügliche Nachricht, und Sie unternehmen nichts? Wollen Sie abwarten, bis er vor Ihrer Tür steht?«

Madeleine Quast erstarrte in der Bewegung. »Sie haben eine ziemlich direkte Art, sich auszudrücken. Kein Wunder, dass Ihre Tante gerne auf Ihre Ratschläge verzichtet.«

»Entschuldigung.« Leonie war zerknirscht. »Ich wollte Ihnen keine Angst einjagen.«

»Das könnten Sie auch gar nicht. Angst ist bereits seit Jahren mein ständiger Begleiter. Und Sie haben natürlich recht. Es ist nur …« Sie stockte. »Ich wehre mich dagegen, mein Leben noch einmal durch diesen Menschen bestimmen zu lassen. Er soll nicht auf diese Weise wieder Macht über mich bekommen. Verstehen Sie das?«

»Natürlich. Nur ändert es gar nichts, wenn Sie versuchen, den Vorfall nicht zur Kenntnis zu nehmen.«

»In Ordnung, ich werde darüber nachdenken.«

Leonie bemerkte eine steile Falte, die sich zwischen den Augenbrauen der Psychologin gebildet hatte und äußersten Unmut signalisierte. Es war besser, das Thema zu wechseln.

»Gibt es etwas Neues von Kallweit in Sachen Domina?«

Die Falte verschwand. »Bis jetzt nicht. Und bei Ihnen?«

»Unser Labor arbeitet noch daran.«

Madeleine Quast begann, ein Stück Brot in winzige Kügelchen zu zerlegen. »Welchen Eindruck hatten Sie von Jutta Hanusch?«

»Die Spezialistin für die Windelfraktion?«

Die Quast grinste. »Ja. Wirkte sie ehrlich auf Sie?«

»Ich denke, sie war bemüht, uns behilflich zu sein.«

»Wirklich? Bei manchen Antworten hat sie den Kopf leicht nach links gewandt, wozu Menschen neigen, wenn sie lügen oder etwas bewusst verschweigen.«

»Ist mir nicht aufgefallen.«

»Ich kenne ihre Lebensgeschichte nicht, aber ich schätze, dass sie den Kontakt zur Polizei tunlichst meidet.«

»Und wenn er sich nicht vermeiden lässt, so wenig wie möglich preisgibt.«

»Genau. Ich habe mir überlegt, Kallweit zu bitten, mich allein mit ihr sprechen zu lassen. Mir wird sie vielleicht mehr Vertrauen entgegenbringen als einem Polizisten.«

»Und wieso wollen Sie Kallweit um Erlaubnis fragen? Er könnte Nein sagen.«

Madeleine Quast war verblüfft. »Ich kann ihm doch nicht ungebeten in seine Ermittlungen hineinregieren. Würden Sie so etwas tun?«

Leonie bemühte sich, ernst zu bleiben. »Ich sehe, Sie haben noch nicht viel über mich gehört.«

Die Psychologin verstand, ein Lächeln breitete sich auf ihrem Gesicht aus.

»Wenn Sie ihm Ergebnisse liefern, an die er ohne Sie nicht herangekommen wäre, wird er Ihnen den Alleingang verzeihen.«

Madeleine Quast blickte Leonie nachdenklich an. »Würden Sie mich eventuell begleiten? Ich könnte Sie als forensische Sachverständige vorschieben und ganz nebenher meine Fragen stellen.«

»Wenn Sie's nicht vorgeschlagen hätten, hätte ich's getan. Wann?«

»So bald wie möglich. Ich denke, Kallweit wird nächste Woche eine Sitzung anberaumen, um den Stand der Dinge zu beraten.«

Leonie regte an, am nächsten Abend unangemeldet bei der Domina aufzutauchen. Überraschungsbesuche waren nach ihrer Erfahrung produktiver als angekündigte. Den Befragten entschlüpfte eher mal etwas, das sie lieber für sich behalten hätten, wenn sie unvorbereitet in ein Gespräch gehen mussten. Madeleine Quast stimmte zu, und beide hatten, als sie sich trennten, den Eindruck, den Abend ebenso angenehm wie sinnvoll verbracht zu haben.

Zu Hause erwarteten Leonie drei Anrufe. Bruno informierte sie in tief deprimiertem Ton über Henrys Rückkehr. Paul kündigte seinen Besuch zum Wochenende an. Und Kaminski brummelte, sie könne sich mal wieder bei ihm melden. Wahrscheinlich wollte er wissen, ob sie in Sachen Michael weitergekommen war. Sicher würde er ihr nicht glauben, wenn sie das verneinte. Leider war es diesmal die Wahrheit. Da Paleari sie hängen ließ, zerbrach sich Leonie den Kopf, an wen sie sich noch wenden könnte. Michael hatte in New York gewohnt, so viel wusste sie, aber nicht wo und mit wem und unter welchem Namen. Falls er noch lebte, war er wahrscheinlich in die USA zurückgekehrt, und es gab die Chance, ihn dort ausfindig zu machen. Bevor sie aber den wahnwitzigen Versuch unternahm, einen Mann wie Michael in New York zu suchen, wollte sie einen zweiten Anlauf bei Signor Paleari machen.

Gleich am nächsten Tag rief sie in seinem Restaurant an. Zu ihrem Erstaunen wurde sie nach einigen Minuten in der Warteschleife, bei der ihr die Schmalzstimme von Claudio Villa die Ohren verstopfte, direkt mit Paleari verbunden.

»Dottoressa, was für eine Überraschung.«

Blödsinn, dachte Leonie, der weiß doch genau, was ich von ihm will. »Signor Paleari, wie schön, Ihre Stimme zu hören. Darf ich fragen, ob Ihnen noch etwas zu meinem Bruder eingefallen ist? Wo er sich eventuell aufhalten könnte, für den unwahrscheinlichen Fall seines Überlebens?«

Ein tiefer Seufzer. »Wie ich Ihnen schon sagte, ich kann Ihnen nicht helfen. Michele ist tot, glauben Sie mir.«

»Wie äußerst bedauerlich. Dann muss ich mich anderweitig umhören. Mein Beruf ist mir dabei eine große Hilfe, wie Sie sich denken können. In Hamburg kenne ich Ärzte, die öffentlichkeitsscheue Patienten behandeln, Illegale und dergleichen.«

Das war eine Augenblicksidee von Leonie, eine überdies sehr brauchbare.

»Und in New York kenne ich Kollegen der Rechtsmedizin, die sicher bereit wären, mir weitere Kontakte zu verschaffen. Ihnen ist doch bekannt, dass mein Bruder in New York gelebt hat?«

Signor Paleari schwieg. Ein Räuspern. »Dottoressa, was wollen Sie von mir? Ich kann Ihnen nichts sagen, assolutamente niente.«

»Natürlich glaube ich Ihnen. Offensichtlich sind Ihnen die Hände gebunden oder, besser gesagt, die Lippen versiegelt. Aber vielleicht kennen Sie jemanden, der mir weiterhelfen kann. Was meinen Sie?«

Wieder ein tiefer Seufzer. »Ich werde darüber nachdenken.«

»Mille grazie, Signore, è molto gentile di Lei«, säuselte Leonie ins Telefon und legte auf. Entweder sie hatte erreicht, was sie von ihm wollte. Dann würde er sich bald wieder bei ihr melden. Oder er hatte sie nur abwimmeln wollen, in dem Fall würde sie nie wieder zu ihm durchdringen.

Jutta Hanusch öffnete nicht, als Leonie Simon und Madeleine Quast an der Tür läuteten. Leonie legte das Ohr an die Tür. Sie hörte sehr leise Musik spielen.

»Klingt wie ein Kinderlied oder ein deutscher Schlager.«

»Sie ist also da, hat aber wahrscheinlich Kundschaft.«

»Dann warten wir eben«, entschied Leonie.

Die beiden Frauen setzten sich in den Wagen und beobachteten die Haustür. Leonie wühlte in der Ablage mit den CDs. »Rolling Stones oder was Klassisches. Mozart, Beethoven, Dvořák?«

Madeleine Quast entschied sich für die Stones. »Damit wir wach bleiben.«

Als Jutta Hanuschs Kunde, ein nadelgestreifter Herr mittleren Alters, das Haus verließ und zu seinem Lexus eilte, spielten die Stones passenderweise gerade *Mixed emotions*.

»Die Luft ist rein«, sagte Leonie grinsend und öffnete die Autotür.

»Geben wir ihr noch fünf Minuten.« Madeleine Quast stieg ebenfalls aus. »Sie muss sich sicher frisch machen.«

Es dauerte fast zehn Minuten, bis Jutta Hanusch auf ihr Klingeln reagierte und sich über die Sprechanlage meldete.

»Doktor Simon von der Rechtsmedizin und Frau Quast. Dürfen wir reinkommen?«

Der Summer ertönte, und die beiden Frauen betraten das Haus. Jutta Hanusch kam ihnen auf der Treppe entgegen. Sie trug einen abgewetzten Frotteebademantel in einem unkleidsamen Grün, der ihre Haut blasser und fleckiger aussehen ließ, als sie ohnehin war. Der Mantel verdeckte ihre Berufskleidung, von der nur schwarze Netzstrümpfe und eine schwarze Samtschleife um den Hals zu sehen war. Die Füße steckten in Fellpuschen, die vermutlich auch den perversesten Kunden abtörnen würden.

»Wir stören hoffentlich nicht?«, fragte Leonie wider besseres Wissen. »Ich bin Doktor Simon.«

»Ich erinnere mich an Sie. Na ja, in einer Stunde habe ich einen Termin.« Jutta Hanusch schlapfte die Treppe herab. »Und vorher muss ich mich noch umziehen.«

»Für jede Phantasie das richtige Outfit. Wie anstrengend.«

»Kostümwechsel gehört dazu, wie bei richtigen Schauspielern auch.«

Sie sah sich als eine Art Schauspielerin, was Leonie traurig machte, wie jede Lebenslüge.

Jutta Hanusch führte ihre Besucherinnen in den kleinen Wohnraum und zündete sich eine Zigarette an. »Ich darf doch?«

»Es ist Ihr Haus«, sagte Madeleine Quast lächelnd.

Jutta Hanusch blies Rauchkringel in die Luft und wartete auf die erste Frage. Leonie überlegte, wie sie Madeleine den Weg bereiten konnte.

»Frau Hanusch, nach der Sektion Ihrer Kollegin ist noch die eine oder andere Frage offengeblieben.«

»Sie haben Dina aufgeschnitten?«

»So ist es Gesetz.«

Jutta Hanusch nickte und blies wieder Kringel.

»In ihren Haaren haben wir etwas gefunden, das wie eine durchsichtige Paste aussah. Haben Sie eine Ahnung, was das sein könnte?«

Hanusch schüttelte, ohne nachzudenken, den Kopf. »Nein, wir benutzen keine Gleitmittel, weil wir ja keinen Verkehr haben mit den Kunden.«

Madeleine Quast hakte ein. »Ich vermute, dass es Männer gibt, die sich damit nicht abfinden.«

Jutta Hanusch sah sie prüfend an. Sie sah eine nicht mehr junge Frau mit einem verständnisvollen Lächeln. »Kommt vor, ist aber selten. Manche können auch gar nicht normal.«

»Wäre es möglich, dass Dina einmal eine Ausnahme gemacht hat?«

Eine neue Zigarette wurde an der aufgerauchten angezündet. »Ich weiß nicht, vielleicht.« Pause, Pause, Pause. »Mir ist auch schon mal sehr viel Geld dafür geboten worden.«

»Eine große Versuchung«, sagte Madeleine Quast milde. »Sie haben einige wohlhabende Kunden, die sich in herausgehobener Position befinden und die geschützt werden müssen. Mir geht es ähnlich, ich arbeite als Psychologin. Wenn die Polizei mich um Einsicht in meine Kartei bitten würde, hätte ich ein Problem damit. Möglicherweise würde ich die eine oder andere Karte verschwinden lassen.«

Über Jutta Hanuschs üppiges Dekolleté breitete sich eine flammende Röte aus und wanderte langsam aufwärts über ihren Hals, der in wenigen Jahren Falten bekommen würde, bis in ihr Gesicht.

»Aber die Karte mit dem jungen Mann, für den sich der Kommissar interessiert hat, habe ich wirklich nicht gefunden. Vielleicht hat Dina gar keine geschrieben für ihn, weil sie gedacht hat, dass er nicht wiederkommen will. Oder er hat sie mitgenommen«, stammelte sie.

»Wie kann er das?«

»Manchmal, wenn ein Kunde neu ist, schauen wir vor seinem Besuch in die Karte und legen sie erst später wieder zurück.«

Leonie suchte Quasts Blick, aber die konzentrierte sich ganz auf Jutta Hanusch.

»Er war also tatsächlich ihr letzter Kunde?«

»Nein«, kam es spontan, was die Hanusch sofort bereute. »Das heißt, ich weiß es nicht.«

»Wirklich nicht? Überlegen Sie noch einmal. Auch wenn der

Terminkalender Ihrer Kollegin verschwunden ist, Sie mussten sich ja absprechen. Das haben Sie uns selbst erzählt.«

»Ja, schon. Aber nicht genau, also wer kommt und so.«

Madeleine Quast schwieg, sah sie nur mit ruhigem, freundlichem Blick an. Es half.

»Sie sagte, der Stotterer hätte sich angemeldet.«

»Der Mann stottert?«

»Eigentlich nicht, aber während der Behandlung. Zur Strafe wurde er dann geschlagen und so Dinge eben.«

»Hatte sie seine Telefonnummer notieren können?«

»Nein, aber sie wusste, wer er war.«

»Mit Klarnamen?«, entfuhr es Leonie.

Jutta Hanusch sah sie erstaunt an. »Seinen Namen wusste sie. Er ist manchmal im Fernsehen. Irgend so ein Politiker. Warten Sie mal.«

Der angrenzende Raum war wie ein ganz normales Büro eingerichtet, mit Schreibtisch, Aktenschrank, Telefonanlage und Computer. Jutta Hanusch schloss die Tür wieder.

»Das ist seine Karteikarte.«

Madeleine Quast nahm sie, warf einen kurzen Blick darauf und reichte die Karte an Leonie weiter. Die grinste.

»Auch du, mein Sohn Brutus.«

Leonie war für Jutta Hanusch eine Quelle des Erstaunens.

»Dieser Mann war also Dinas letzter Kunde?«

Die Hanusch nickte.

»Und vor ihm?«

»Auch ein Stammkunde. Aber zwischen den beiden hatte Dina zwei Stunden Pause. Da haben wir uns auch gesehen und zusammen Kaffee getrunken, bis mein nächster Kunde kam.«

Madeleine Quast warf Leonie einen Darf-ich-jetzt-wieder-Blick zu. »Wie kam Dina Sachs dazu, als Domina zu arbeiten? Steckte ein Mann dahinter?«

Jutta Hanusch zuckte zusammen. »Nein, wieso? Ich sag doch, sie wollte sich ihr Studium damit verdienen.«

»Da hätte sie auch andere Möglichkeiten gehabt. Sie wissen doch, wie das oft läuft. Ein junges Mädchen verliebt sich in einen charmanten Burschen mit großem Auto, der ihr den Kopf verdreht, bis sie für kein vernünftiges Argument mehr zu erreichen ist und schließlich sogar bereit ist, sich für ihn zu prostituieren.«

Jutta Hanusch zündete sich mit fahrigen Bewegungen die nächste Zigarette an.

»Irgendwann ist er auch gar nicht mehr charmant. Aber was erzähle ich Ihnen, solche Geschichten kennen Sie sicher auch.«

»Was man so hört, aber bei Dina war das anders.«

»Natürlich. Wenn Ihre Kollegin vor jemandem Angst gehabt hätte, dem es nicht passte, dass sie sich selbständig gemacht hat, dann wüssten Sie das ja.«

Schulterzucken, heftiges Inhalieren des Rauches, Husten.

Madeleine Quasts Stimme wurde noch eine Spur sanfter und verständnisvoller.

»Es tut mir leid, Sie haben es jetzt nicht leicht. Eine schwierige Situation, in mehr als einer Hinsicht. Wenn Sie den Wunsch haben zu reden, rufen Sie mich einfach an.«

Sie drängte Jutta Hanusch ihre Visitenkarte auf und erhob sich. »Aber wir wollen nicht länger stören. Sie haben zu tun. Vielen Dank für Ihre Geduld.«

Leonie wollte noch etwas sagen, klappte aber den Mund zu, als Madeleine Quasts Blick ihr zu schweigen bedeutete. Erst als sie wieder in Leonies Auto saßen, platzte sie los.

»Was sollte das denn? Die Hanusch hatte noch etwas auf dem Herzen, sie war schon fast so weit, damit herauszurücken. Und da brechen Sie das Gespräch ab.«

»Sie irren sich. Die Frau ist vor Angst wie gelähmt. Wenn ich sie weiter bedrängt hätte, wäre sie nur gegen mich eingenommen worden. Das wollte ich unbedingt verhindern. Jetzt hat sie etwas zum Nachdenken. Vielleicht glaubt sie auch, ich weiß schon etwas. Dabei habe ich nur ins Blaue hinein spekuliert. Ich bin sicher, es wird in ihr arbeiten. Sie wird sich melden.«

»Bitte sehr. Wenn nicht, können Sie immer noch Ihren Freund Kallweit auf sie hetzen.«

Leonie brachte die Psychologin nach Hause und fuhr anschließend in ihren neuen Fitnessclub. Während des Trainings dachte sie über Jutta Hanusch nach und über den Politiker, den Dina den Stotterer genannt hatte und der anscheinend ihr letzter Besucher gewesen war. Und dabei fiel ihr ein anderer Name ein, der Name eines seiner Parteifreunde. Er stand ganz oben auf der Liste, die sie von Claudias Informantin bekommen hatte, und es wurde Zeit, sich mit ihm und den anderen zu beschäftigen. Entweder sie tat es selbst, oder sie musste sich entscheiden, es jemand anderem zu überlassen. Wie es aussah, würde sich das Problem nicht von allein lösen. Aber welches echte Problem tat das schon?

23

> Der echte Schmerz begeistert.
> Wer auf sein Elend tritt, steht höher.
> Und das ist herrlich, dass wir erst im
> Leiden recht der Seele Freiheit fühlen.
>
> Friedrich Hölderlin, *Hyperion*

Es war nicht weit von der Charité zum Scheunenviertel, dem alten jüdischen Viertel um die Neue Synagoge an der Oranienburger Straße. Ben ging die Große Hamburger Straße entlang, vorbei am alten jüdischen Friedhof mit dem Denkmal für die »Jüdischen Opfer des Faschismus«, wo die Gestapo 1942 das erste jüdische Altenheim Berlins in ein Sammellager verwandelt hatte. Der Friedhof war ein Gartendenkmal, keine Begräbnisstätte mehr. Ben wunderte sich deshalb über eine Trauergesellschaft, die ihm dort entgegenkam. Es war eine kleine Gruppe von Menschen, eine Familie vielleicht. Als sie ihn sahen, blieben sie stehen wie angewurzelt, Entsetzen und Wut in den Gesichtern. Eine alte Frau löste sich schließlich von der Gruppe, hinkte langsam, sehr langsam auf ihn zu. Ein knotiger Finger zeigte auf sein Gesicht, und sie murmelte etwas, das er zunächst nicht verstand, vielleicht war es Hebräisch. Plötzlich begriff er, sie nannte einen Namen, aber es war nicht sein Name. Es war der Name seines Großvaters. Und dann mit erhobener Stimme das Wort »Mörder«, immer wieder, bis alle anderen einstimmten. »Mörder, Mörder, Mörder!« Lauter und greller wurden die Rufe. Ben presste seine Hände auf die Ohren, aber noch immer hörte er die Schreie. Noch im Erwachen gellten die »Mörder«-Rufe in seinem Kopf.

Schwer atmend saß er in seinem Bett und versuchte zu begreifen, wo er war. Erschöpft ließ er sich wieder zurücksinken. Er war in seinem Haus in Berlin, und alles war nur ein Traum gewesen, nicht der erste, in dem er mit seinem Großvater verwechselt wurde. Die alte Frau in dem Seniorenheim, die seine Ähnlichkeit mit dem Großvater entdeckt hatte, musste der Auslöser gewesen sein. Und natürlich, in dem Moment fiel sie ihm wieder ein, die dreizehnköpfige Skulpturengruppe, die Teil des jüdischen Mahnmals war. Kinder und Erwachsene, die den Betrachter mit leeren Augen anstarren. Aber an dem albtraumhaften Inhalt trug eher Klinger die Schuld. Ben hatte sein Möglichstes getan, ihn und seine Forderung nach Erwerb der Burg aus dem Gedächtnis zu streichen. Es gelang ihm nicht völlig. Das Haus am See, seine Burg, hatte eine Geschichte bekommen, eine Geschichte von Enteignung und Betrug, die Ben die Freude an seinem Besitz nahm.

Wenn er ehrlich war, hatte ihn die Zeit zwischen 1933 und 1945 nie ernsthaft interessiert. In der Schule waren Nationalsozialismus und Holocaust im Geschichtsunterricht durchgenommen worden, mehr oder weniger ausführlich, pflichtgemäß und politisch korrekt. Von dem, was er über die Grausamkeiten des Krieges und in den Konzentrationslagern gehört und in Filmen gesehen hatte, war Ben abgestoßen und erschüttert gewesen. Auch eine gewisse Faszination war damit vermischt, der er aber nie weiter nachgespürt hatte. Nicht, dass er dem Thema ausgewichen wäre. Filme und Bücher, wenn sie ihn zufällig erreichten, hatte er konsumiert, Diskussionen mit Tätern und Opfern, oder über sie, am Fernsehgerät verfolgt. Nur persönlich hatte er sich nie angesprochen gefühlt. Warum auch? Er war jung, er gehörte zur Enkelgeneration, für ihn waren die Nazis die Bösewichte einer fernen Epoche, die Monster eines längst ausgeträumten Albtraums, der mit seinem Leben nichts mehr zu tun hatte. Mit seinen Eltern hatte er nie über diese Zeit gesprochen. Sie waren bei Kriegsende noch gar nicht auf der Welt gewesen und mieden das Thema mit einer Scheu, die Ben schon als Kind recht deutlich gespürt hatte. Nie hatte er sich gefragt, woraus diese Scheu resultierte. Mehr als nur eine Ahnung hatte ihn inzwischen gestreift, und Ben wusste, dass es keinen Sinn mehr hatte, vor der Erkenntnis davonzulaufen. Als er langsam und vorsichtig beide Beine aus dem Bett schwang und mit einem kräftigen Bums auf den Boden setzte, hatte er seine Entscheidung getroffen.

Ben fand den Namen seines Großvaters auf einer Internetseite des Deutschen Historischen Museums Berlin, die Leben und Werdegang ebenso knapp wie präzise dokumentierte. Geboren als Sohn eines wohlhabenden Gutsbesitzers im Brandenburgischen, hatte er nach dem Abitur ein Jura-Studium absolviert und sich dabei dem Deutschen Hochschulring angeschlossen, der in der Tendenz völkisch, antisemitisch und großdeutsch agierte und argumentierte. Schon während des Studiums trat er auch der NSDAP bei und machte rasch Karriere als Rechtsberater der Partei, in leitenden Funktionen bei der Sicherheitspolizei, bei der Abwehr und im Reichssicherheitshauptamt. Zeitweilig leitete er die Verwaltung des Militärbefehlshabers in Frankreich, wobei er unter anderem für Polizei und Justiz zuständig war. Nach dem Krieg wurde er nach nur kurzer Haft als Mitläufer entnazifiziert und arbeitete als Anwalt und Rechtsberater der neugegründeten CDU, später als Justitiar in einem deutschen Großunternehmen. Als Anwalt vertrat er mehrere ehemalige SS-Leute vor Gericht und wehrte sich in eigener Sache gegen den Vorwurf, Mitglied der SS gewesen zu sein.

Ben schaltete den Computer aus. Sein Großvater war ein Nazi gewesen, das hatte er nun schwarz auf weiß. Wer sonst würde sich auch mit Leuten wie den Klingers einlassen? Erstaunlicherweise schmerzte die Erkenntnis. Aber was genau bedeutete das? Nazis waren viele gewesen, zu viele, sonst wäre die deutsche Geschichte wohl anders verlaufen. Aber nicht alle hatten gemordet oder daran mitgewirkt.

Bens Magen knurrte, seine übliche Frühstückszeit war um fast eine Stunde überschritten. Während er ein Ei kochte und zwei Orangen auspresste, überlegte er, wie viel sein Vater und dessen Schwester gewusst hatten. So weit er den Großvater inzwischen kannte, bezweifelte er, dass sie den Mut aufgebracht haben könnten, ihn nach seiner Nazivergangenheit zu fragen. Als Ben sich an den Küchentisch setzte, sah er die Blutspur, die sich überall durch die Küche zog. Erst jetzt, da er danach suchte, bemerkte er eine Schnittverletzung. Es musste beim Griff in die Schublade mit den Küchenmessern passiert sein. Nachdem er sich verarztet und den Küchenboden aufgewischt hatte, nahm er sein verspätetes Frühstück ein und blätterte die Zeitung durch. Über den Fall der toten Domina fand er nur einige wenige, nichtssagende Zeilen. Offenbar gab es nichts zu berichten. Die Polizei ging angeblich diversen Spuren nach, was genauso gut bedeuten konnte, dass sie im Nebel herumstocherte. Ben lächelte zufrieden. Er war sicher, dass sie nichts finden würden. Dabei war es so einfach gewesen. An dem Tag hatte er gewartet, bis ein Mann das Haus verließ. Dinas Stammkunden hatte er im Laufe der letzten Wochen bei seiner Observation kennengelernt. Dann hatte er geklingelt und nur »ich habe etwas vergessen« gesagt. Durch die Sprechanlage war es unmöglich gewesen, seine Stimme zu identifizieren. Natürlich war Dina überrascht gewesen, ihn zu sehen, aber sie hatte keine Gelegenheit mehr gehabt, den Alarmknopf zu betätigen.

Er sah auf die Uhr. Es wurde Zeit, ins Auto zu steigen und zur Burg hinauszufahren. Stefanie war zum Nachmittag bestellt, und sie hatte keinen Schlüssel für das Haus. Um in seiner Abwesenheit putzen zu können, hatte sie vorgeschlagen, ihr den Zweitschlüssel anzuvertrauen. Als Ben dies ablehnte, war sie arg verschnupft gewesen. Wenn er ihr misstraue, wäre es wohl das Beste, sie käme überhaupt nicht mehr, hatte sie gemeint. Ben musste sich entschuldigen und eine Geschichte improvisieren, die ihr als Erklärung genügte. Eine Missstimmung blieb, und er hatte sich vorgenommen, ihr beim nächsten Mal ein Geschenk zu machen, das sie versöhnte. Ben klappte die viereckige Schatulle auf und betrachtete die Ohrringe, die er vor ein paar Tagen gekauft hatte. Es waren in Silber gefasste Granate, attraktiv und geschmackvoll genug, um zu gefallen, aber nicht übertrieben kostbar, was falsch verstanden werden konnte. Es war ihm nicht nur der Sauberkeit des Hauses zuliebe wichtig, Stefanie bei Laune zu halten. Sie war seine Verbindung zum Dorf, und wenn er etwas über Land und Leute wissen wollte, konnte sie ihm meist Auskunft geben. Nur was seinen Großvater und seine Tante anging, blieb sie wortkarg.

Bei seiner Ankunft in der Burg ging Ben zunächst zum Verließ, um dort nach dem Rechten zu sehen. Obwohl er sicher war, dass niemand ihn verdächtigte, plagte ihn die Angst, jemand könne in seiner Abwesenheit eingedrungen sein. Diese Angst hing unter anderem mit Klinger zusammen, dem Ben auch einen Einbruch zutraute. Zu seiner Beruhigung fand er auch dieses Mal alles so vor, wie er es verlassen hatte. Da Stefanie jeden Moment eintreffen konnte, war keine Zeit, sich länger aufzuhalten. Er schloss sorgfältig hinter sich ab und öffnete die letzte Tür, die ins Freie führte. Sein Erschrecken war so heftig, dass er einen Ausruf nicht zurückhalten konnte. Vor ihm stand Stefanie, genauso erschrocken wie er selbst.

»Du meine Güte, da kriegt man ja einen Herzinfarkt. Was machen Sie denn hier? Haben Sie mein Klingeln nicht gehört?«

»Natürlich nicht. Sie sind zu früh.«

Ben hatte sich wieder gefangen. Er schloss die Außentür ab und zog Stefanie mit sich fort.

»Ich hab's heute ein bisschen eilig. Was ist denn da unten? Noch ein Keller?«

Ben gab eine ausweichende Antwort und schob sie ins Haus.

»Ich hab Ihnen etwas mitgebracht. Hoffentlich gefällt es Ihnen.«

Ben präsentierte mit der Geste eines Zauberers, der etwas aus der Luft greift, das Kästchen mit den Ohrringen. Stefanie war verblüfft und zögerte, es anzunehmen.

»Na los. Machen Sie auf.«

Die junge Frau öffnete das Kästchen und betrachtete die Schmuckstücke. Als sie aufblickte, las Ben in ihren Augen, wie sehr ihr das Geschenk gefiel.

»Das kann ich nicht annehmen«, sagte sie bedauernd, aber mit festem Ton.

»Quatsch mit Soße, natürlich können Sie das. Ist doch nichts wirklich Wertvolles, nur ein kleines Dankeschön.«

Stefanie musterte ihn abschätzend, er ahnte, was sie dachte.

»Nein, und ich erwarte dafür keine Gegenleistung. Mensch, macht Ihnen niemand eine Freude zwischendurch?«

Sie schüttelte den Kopf. »Jedenfalls nich ohne Hintergedanken.«

Ben hob zwei Finger der rechten Hand zum Schwur. »Ich habe keine Hintergedanken. Jetzt nehmen Sie die Dinger endlich, und lassen Sie uns nicht weiter darüber diskutieren.«

Offenbar beruhigt, steckte Stefanie die Schachtel ein und bedankte sich mit einem Lächeln. »Die Ohrringe sind toll. Das müssen Sie aber nicht tun. Ich arbeite auch so für Sie.«

»Ich mache gern Geschenke.« Ben sah ihr zu, wie sie die Sachen aus der Kammer holte, die sie zum Saubermachen benötigte. »Kannten Sie den Mann, dem das Haus früher gehörte? Wilhelm Klinger?«

Stefanies Antwort kam prompt. »Nee, da war ich noch zu klein. Darf ich mal?«

Sie schob Ben zur Seite und stürzte sich in die Arbeit. Aber Ben ließ nicht locker. Beim gemeinsamen Kaffeetrinken drei Stunden später, fing er wieder davon an.

»Dieses Haus scheint bei Ihnen und Ihren Leuten nicht sehr beliebt zu sein.«

Stefanie zuckte nur mit den Schultern und hielt sich an ihrer Kaffeetasse fest.

»Sie brauchen mich nicht zu schonen«, lockte Ben.

»Da gibt's nicht viel zu reden.« Stefanie brach ab, nahm einen Schluck. »Seit dem Krieg haben hier immer nur Bonzen gesessen. Von denen hält man sich am besten fern, egal ob die von links oder von rechts kommen oder nach Bedarf die Seiten wechseln.«

»Mein Großvater war schon ein alter Mann, als er sein Haus zurückgekauft hat.«

»Na und? Ein Mensch ändert sich nicht, nur weil er alt wird.«

Ben spürte, dass sie ihren Zorn kaum noch zurückhalten konnte.

»Ihr Großvater und Klinger, dieser Wendehals, haben uns Leute ins Dorf geholt, die wir hier nicht gebrauchen können. Von Politik haben wir die Nase voll, wir wollen unsere Ruhe haben. Das können Sie Ihren Freunden sagen mit 'nem schönen Gruß von mir.«

Sie starrte ihn herausfordernd an und knallte kriegerisch die Kaffeetasse auf den Tisch.

»Die Leute, von denen Sie vermutlich sprechen, sind nicht meine Freunde. Und bis vor kurzem ahnte ich auch nicht, dass mein Großvater derartige Kontakte hatte.«

Ihr Blick sagte ihm, dass sie ihm nicht glaubte.

»Und meine Tante? Gehörte die auch dazu?«

»Weiß ich nicht. Seit sie allein lebte, hat es jedenfalls keine größeren Treffen mehr gegeben.« Sie machte eine Pause. »Wir waren immer stolz darauf, dass es bei uns keine Nazis gab. Bis zur Wende gab es die nur im Westen.«

»Na, ich glaube, so einfach ist das nicht.«

»Ja, ich weiß schon«, wehrte Stefanie ab. »Aber bevor Ihr Großvater kam, sind die wenigstens nicht frech in der Gegend herummarschiert und haben unseren Jungs den Kopf zugemüllt. Der Sohn meiner Nachbarin sitzt seit zwei Monaten im Knast, weil er mit ein paar Kumpels einen Fidschi krankenhausreif geprügelt hat.«

Soweit Ben wusste, war ›Fidschi‹ in der DDR die gängige Bezeichnung für die Vietnamesen, die im real existierenden Sozialismus als Angehörige eines sogenannten Brudervolkes ins Land geholt worden waren.

»Ich hab diesen Klinger-Neffen kürzlich hier herumschleichen sehen. Also erzählen Sie mir nicht, dass Sie mit denen nichts zu kriegen haben.«

»Klinger will das Haus kaufen.« Ben lächelte sie beruhigend an.

»Aber er bekommt es nicht. Und auch sonst niemand, der hier Unruhe stiftet. Das verspreche ich Ihnen.«

»Pfft«, machte Stefanie.

»Ich bin der Enkel, aber ich habe nur das Haus geerbt. Ideologien werden nicht durch Gene weitergegeben. Oder soll ich Sie vielleicht für den Unsinn verantwortlich machen, den Ihre Großeltern und Eltern unter Ulbricht und Honecker getrieben haben?«

Als Stefanie sich verabschiedete, nahm sie, so hoffte Ben, die Botschaft mit sich, dass der Bewohner der Villa am See ein harmloser junger Bursche war, der wie alle anderen auch nichts als seine Ruhe haben wollte.

Nach einem kleinen Imbiss und einem Glas Rotwein zur Stärkung und Stabilisierung des inneren Gleichgewichts stieg Ben die steile Treppe zum Boden hinauf, wo noch immer die Kisten mit der ungesichteten Hinterlassenschaft der Tante auf ihn warteten. Einige Minuten lang begnügte er sich damit, die Kisten anzustarren. Eigentlich, sagte er sich, hatte er gar nichts zu befürchten. Was auch immer die Kartons enthalten mochten, hatte nichts mit ihm zu tun. Wie er Stefanie gesagt hatte, er war nur der Enkel und Hauserbe, sonst nichts.

Der erste und auch der zweite Karton enthielten nur Kleidung. Aber es war nicht die Kleidung seines Großvaters, wie er vermutet hatte, sondern die seines Vaters, vom blauen Babystrampler bis zur Siebziger-Jahre-Hose mit absurd breitem Schlag. Aus einem Knäuel von Hosen und Hemden zog er eine Pfadfinderuniform heraus. Ben hielt die Jacke hoch und grinste. Die Pfadfinder konnten an seinem Vater nicht viel Freude gehabt haben, und umgekehrt vermutlich auch nicht. Der dritte Karton war bis oben hin mit altem Spielzeug vollgestopft. Was Ben nach und nach herausholte und anschaute, hatte nach seiner Schätzung nur zum geringsten Teil der Tante gehört, wenn überhaupt etwas davon. Der überwiegende Teil war Kriegsspielzeug. Miniaturausgaben von Waffen, Panzern, Kriegsschiffen, Flugzeugen und Soldatenfiguren. Am Grund des Kartons fanden sich ein paar abgeliebte Stofftiere, eine zerbrochene Puppe, Bauklötze, ein Brummkreisel, eine

Holzeisenbahn und einige Malbücher und Malstifte. Ben blätterte die Malbücher durch. Viele der kindlichen Zeichnungen waren erstaunlich gut. Die Sujets waren selten Menschen, stattdessen Blumen, Bäume, Vögel, Berge, Flüsse und Wolken. Wenn ein Mensch auftauchte, war es ein dunkel gekleideter Mann, der überlebensgroß in der Landschaft stand. Warum waren wohl alle diese Sachen aufbewahrt worden? Und wer hatte sie gesammelt? Vielleicht seine Großmutter. Ben hatte sie nie kennengelernt. Sie starb, als er erst wenige Monate alt war.

Im vierten Karton schließlich fand er die Familienfotos, die er bei der ersten Besichtigung des Hauses in den Räumen seiner Tante vermisst hatte, Fotos in Alben, in silbernen Rahmen für die Kommode oder in Holz gefasst, um an die Wand gehängt zu werden. Außerdem gab es mit rosa Bändchen umwickelte Briefpäckchen, lederne Dokumentenmappen und Noten, viele Noten, die seinem Vater gehört haben mussten, da war sich Ben ganz sicher. Er legte alles in den Karton zurück und hievte ihn, nicht ohne Mühe und Gefahr zu stürzen, über die Leiter nach unten. Er wollte sich den Inhalt am Abend in aller Ruhe nach und nach vornehmen.

Den Nachmittag verbrachte Ben in seinem Büro, das inzwischen technisch ebenso gut ausgestattet war wie das in seinem Berliner Haus. Er setzte die Arbeit an seiner Studie fort, vor allem an der Verbesserung der Vergleichbarkeit der Ergebnisse und an der Möglichkeit der Umsetzung in eigenes Erleben. Kurz nach Einbruch der Dunkelheit wurde er aufgeschreckt durch ein Klirren im Erdgeschoss. Er lief die Treppe hinab und fand zwischen den Scherben des Küchenfensters einen faustgroßen Stein, auf dem in roter Farbe *1. Warnung* geschrieben stand. Draußen startete ein Motorrad und fuhr mit aufheulendem Motor davon. Ben spürte, wie sich die feinen Härchen in seinem Nacken sträubten.

24

Das Hotel und Restaurant Waldhaus Prieros liegt etwa fünfzig km südöstlich von Berlin entfernt einsam und idyllisch in einem Waldgebiet am Streganzer See. Die 1920 gebaute Villa war für ein paar Jahre der Sommersitz von Wilhelm Pieck, dem einzigen Staatspräsidenten, den sich die DDR je geleistet hat. Wie alle Politiker wusste er, was gut war. Leonie Simon hatte den Tipp von Ex-Ossi Kallweit bekommen und beschlossen, das folgende Wochenende mit Paul dort zu verbringen. Ein bisschen Ruhe und Romantik konnten nicht schaden. Sie holte Paul am Samstagmorgen vom Bahnhof Südkreuz ab und stellte ihn vor vollendete Tatsachen, was hieß, sie hatte ein Doppelzimmer für zwei Nächte gebucht. Zu ihrer Enttäuschung schien er nicht begeistert zu sein, erhob aber auch keine Einwände.

Versehen mit der Beschreibung Kallweits, fand Leonie auch problemlos bis zur kleinen Gemeinde Heidesee, zu der Prieros gehört. Auf dem Weg zum Hotel hatte sie allerdings kurzfristig das Gefühl, sich verfahren zu haben, weil der Wald kein Ende nahm. Schließlich tat sich aber doch eine Lichtung auf, und ein kopfsteingepflasterter Weg führte sie zu einer weißen Villa mit schmiedeeisernen Balkongittern und dunklen Fensterläden, dem Hauptgebäude des Hotels.

»Na also«, seufzte Leonie erleichtert und folgte den Schildern zum nahe gelegenen Parkplatz. »Sieht toll aus.«

»Doch«, sagte Paul und riskierte ein Lächeln.

»Überschlag dich bloß nicht vor Begeisterung.«

»Ich habe eine harte Woche hinter mir.«

»Dann sind wir hier genau richtig.«

Mit ihren Reisetaschen versehen, gingen Leonie und Paul Unruh zur Rezeption und ließen sich ihr Zimmer zeigen, das hübsch war, aber leider keinen Seeblick hatte.

»Muss man sich wahrscheinlich erarbeiten«, meinte Leonie. »Ich habe übrigens Hunger. Wie steht's mit dir?«

Es war ein warmer Tag, und die Tische auf dem Rasen, der zum See hinunterführte, waren weiß eingedeckt. Leonie und Paul blieben einen Moment auf der breit geschwungenen Treppe stehen und ließen den Anblick auf sich wirken.

»Wunderschön«, sagte Leonie schlicht. »So würde ich gern immer wohnen.«

»Würdest du gar nicht aushalten. Du bist eine Großstadtpflanze durch und durch.«

»Da bin ich gar nicht so sicher.«

Eine freundliche Kellnerin winkte sie zu einem freien Tisch und brachte die Speise- und Getränkekarte. Nachdem sie bestellt hatten, lehnte sich Leonie entspannt zurück und betrachtete Paul, der ihr mit gerunzelter Stirn gegenübersaß.

»Ich freue mich sehr, dich zu sehen, und ich entschuldige mich, dass ich dich mit diesem Ausflug überrascht habe. Ich hatte fahrlässigerweise angenommen, es würde dir Spaß machen, mit mir ein romantisches Wochenende zu verbringen.«

»Ich freue mich auch, dich zu sehen«, sagte Paul.

Irgendetwas an seinem Ton störte Leonie, und als hätte er es geahnt, fügte er hinzu: »Doch, das tue ich.«

»Aber?«

»Kein aber. Es ist nur, dass ich ein wenig erschöpft bin.«

»Und schlecht gelaunt«, fügte Leonie hinzu. »Beides werde ich versuchen zu ändern.«

Gemäß diesem Versprechen verordnete sie sich und Paul einen Wohlfühltag mit Spaziergängen, einer Ruderpartie auf dem See, Sauna und Dreigängemenü am Abend. An Pauls mollgetönter Stimmung änderte sich wenig, und seine Schweigsamkeit war noch ausgeprägter als sonst. Leonie bestritt die Unterhaltung mehr oder minder allein. Als sie sich nach dem Essen auf ihr Zimmer zurückzogen, überraschte er sie mit einem langen, leidenschaftlichen Kuss, als wolle er ihr beweisen, dass alles Vorherige nichts zu bedeuten habe. Ungeduldig rissen sie einander die Kleider vom Leib und stürzten sich in ein verzweifelt hemmungsloses Liebesspiel. Kurz bevor sie einschlief, dachte Leonie, dass sie Paul verloren hatte.

Am Morgen erwachte sie als Erste. Leise, um Paul nicht zu wecken, glitt sie aus dem Bett und ging ins Badezimmer. Der Spiegel zeigte ihr wenig attraktive Schatten unter den Augen und leuchtend rote Bisse auf Schulter und Hals. Sie ließ heißes Wasser in die Badewanne laufen und schloss die Augen, als sie sich darin ausstreckte. Noch wollte sie nicht über den vergangenen Abend nachdenken. Als Paul hereinkam, schreckte sie aus einem Dämmerschlaf hoch. Das Badewasser war inzwischen nur noch lauwarm. Sie richtete sich auf.

»Du meine Güte, ich bin wieder eingeschlafen.«

Paul fuhr sich übers verstrubbelte Haar und setzte sich zu ihr auf den Wannenrand.

»Ich bin in eine andere Frau verliebt.«

Leonie sah den Mann an, der nackt und ungewaschen und mit Druckstellen, die ein zerknülltes Kissen auf seiner linken Wange hinterlassen hatte, neben ihr hockte, und sich selbst, die sie fröstelnd im immer kühler werdenden Wasser lag, und es stieg plötzlich ein kaum zu bändigender, hysterischer Lachreiz in ihr hoch.

»Paul, findest du, das ist der richtige Augenblick für ein solches Geständnis?«

»Ich wollte es dir gestern schon sagen, aber ich hatte nicht den Mut.«

Leonie griff nach einem Badetuch und stieg an ihm vorbei aus der Wanne.

»Wir reden später weiter.«

Ohne weiter auf ihn zu achten, föhnte sie ihre Haare und zog sich an. Allein ging sie hinab zum Frühstück. Obwohl sie keinen Appetit hatte, zwang sie sich, etwas zu essen. Mit Toast und Kaffee im Magen fühlte sie sich der Situation schon besser gewachsen. Paul erschien nicht. Er erwartete sie, geduscht und angekleidet, als sie vom Frühstück zurückkam.

»Können wir vielleicht einen Spaziergang machen?«

»Bitte sehr.« Dann würde er sie nicht ansehen müssen, dachte Leonie.

Nachts musste es geregnet haben, Rasen und Waldwege waren

noch feucht, und es duftete nach frischgewaschenem Laub. Leonie und Paul schwiegen, bis sie sicher sein konnten, außer Hörweite des Hotels zu sein.

»Ist sie eine Kollegin aus dem Institut?«, begann Leonie.

Paul verneinte. »Ich habe sie durch Zufall kennengelernt. Auf der Straße. Sie hatte sich aus ihrem Auto ausgeschlossen.«

»Eine Jungfrau in Nöten also. Wie romantisch.« Das war jetzt blöd, ärgerte sich Leonie. Damit zeige ich ihm bloß, wie verletzt und eifersüchtig ich bin. »Hat sie auch einen Namen?«

»Ist das wichtig?«

»Nein. Worüber würdest du stattdessen gern reden?«

Paul seufzte. »Also gut. Sie heißt Pamela, ist siebenundzwanzig Jahre alt, ledig, blond, blauäugig und arbeitet als Modejournalistin.«

Fast zwanzig Jahre jünger und läuft auf Modenschauen herum, Leonie blieb die Sprache weg.

»Ich weiß genau, was du jetzt denkst. Aber sie ist sehr klug und ernsthaft und reif, und wir hatten beide nicht vor, uns zu verlieben.«

»Wie lange habt ihr schon daran gearbeitet, euch nicht zu verlieben?«

»Seit ein paar Wochen, ist doch egal wie lange. Ich dachte, es geht rasch vorbei. Mir ist schon klar, dass wir sehr verschieden sind, und vielleicht hält es auch nicht. Aber im Moment kann ich ohne sie nicht sein.«

Leonie fühlte einen Kloß im Hals, sein letztes Geständnis hatte besonders weh getan.

»Du bist also nach Berlin gekommen, um dich stilvoll von mir zu verabschieden. Das ist dir hoch anzurechnen. Heute macht man so was ja gelegentlich per SMS.«

Paul streifte sie mit einem unsicheren Blick. »Abschied ist ein großes Wort. Hältst du es für möglich, dass wir unsere Beziehung für einige Zeit ruhen lassen? Bis wir wissen, wie es weitergehen kann?«

Leonie blieb stehen. »Du meinst, ich warte brav, bis du deine

Midlife-Crisis mit dem blonden Modeengel ausgelebt hast, und schließe dich danach glücklich wieder in die Arme? Du solltest mich besser kennen.«

Das schlechte Gewissen ließ Paul ärgerlich werden. »Ich kenne dich gut genug, um zu wissen, dass du uns beiden nie eine echte Chance gegeben hast. Du bist eine der Erfinderinnen der modernen Beziehungskiste, immer schön unverbindlich. Und du hast ganz allein die Entscheidung getroffen, nach Berlin zu gehen. Die Frage, ob du mir treu bist, wage ich gar nicht zu stellen.«

An dem Brocken hatte Leonie zu kauen. »Du hast recht und bist trotzdem unfair. Als wir zusammenkamen, hättest du mit einer Frau, die ernste Absichten hegt, gar nichts anfangen können. Und das gilt auch für die Zeit nach dem Tod deiner Frau. Ich war sehr bequem für dich. Falls du irgendwann mehr gebraucht hast, als ich dir geben kann, habe ich das nicht bemerkt. Offenbar bin ich diejenige, die sich entschuldigen muss.«

»Nein, das musst du nicht. Verdammt noch mal, Leonie«, rief Paul verzweifelt. »Ich hasse das alles, ich eigne mich nicht für solche Verwicklungen. Sag mir, was wir tun sollen.«

»Das weiß ich nicht«, sagte Leonie schlicht. »Wahrscheinlich gar nichts. Wir packen jetzt unsere Sachen und fahren nach Berlin zurück. Ich bringe dich zum Bahnhof, du fährst nach Hause, und vielleicht telefonieren wir irgendwann einmal. Wie gute alte Bekannte.«

»Klingt furchtbar«, murmelte Paul mit belegter Stimme.

In lastendem Schweigen gingen die beiden zum Hotel zurück. Leonie hatte immer noch den Kloß im Hals, es fühlte sich an wie ein riesengroßes Knäuel ungesagter Worte, die nicht herauswollten, nicht herausdurften. Schweigend packten sie ihre Sachen zusammen, und während Paul die Taschen zum Auto trug, bezahlte Leonie die Rechnung und versuchte den neugierigen Blick der Rezeptionistin zu ignorieren, die sich über die verfrühte Abreise der Gäste wohl ihre eigenen Gedanken machte.

Leonie fuhr Paul zum Bahnhof Südkreuz zurück, wo sie ihn tags zuvor abgeholt hatte. Der nächste Zug nach Hamburg war erst in mehr als einer Stunde fällig, aber so lange würde sie nicht mit ihm warten.

»Mach's gut, Paul. Und ruf nicht so bald an.«

Sie standen neben ihrem Auto. Leonie hatte den Motor laufen lassen, zum Zeichen, dass sie sofort weiterfahren wollte. Paul ließ unvermittelt seine Reisetasche fallen und riss sie in seine Arme, hielt sie ein oder zwei Minuten ganz fest.

»Ich liebe dich«, flüsterte er in ihr Ohr. Dann ließ er sie so abrupt los, wie er sie an sich gezogen hatte, griff nach seiner Tasche und eilte auf den Eingang des Bahnhofs zu, ohne einen Blick zurückzuwerfen.

»Dann bleib doch«, flüsterte Leonie unhörbar und schluckte die Tränen hinunter, die sie nicht weinen wollte. Den Rest des Sonntags verbrachte sie auf ihrer Couch, hörte dreimal hintereinander Mozarts *Requiem,* zweimal Bachs Violinkonzert und las dreißig Seiten in Fontanes »Wanderungen durch die Mark Brandenburg«, ohne ein Wort davon zu verstehen.

Leonie lief eine dunkle Gasse entlang. Sie trug ein schmutziges, in der Taille geschnürtes Kleid, das bis zum Boden reichte und ihre Fortbewegung behinderte. Jemand folgte ihr mit raschen Schritten, und sie wusste plötzlich, dass es Jack the Ripper war und er sie genauso töten würde wie die anderen Frauen. Panik erfasste sie, sie wollte schneller gehen, aber sie verfing sich in ihren Unterröcken. Ein Arm umfasste sie von hinten, eine Stimme dicht an ihrem Ohr flüsterte »ich liebe dich«. Im gleichen Augenblick fuhr kalter Stahl durch ihre Kehle, und sie fühlte, wie das Blut im Takt ihres Herzschlages aus der Wunde spritzte. Ihr Bewusstsein schwand, sie begriff, dass sie starb. Ganz entfernt ertönte der schrille Ruf einer Polizeipfeife. Wieder und wieder und wieder.

Im Erwachen rutschte Leonie vom Sofa, auf dem sie eingeschlafen war. Das Telefon läutete noch immer, als sie sich aufrappelte und zum Hörer griff.

»Gott sei Dank, dass ich Sie endlich erreiche!« Leonies Sekretärin atmete erleichtert aus, ehe sie weitersprach. »Der Chef hat schon vor einer Stunde nach Ihnen gefragt. Und im Sektionssaal werden Sie auch gebraucht. Es war ein heißes Wochenende. Wir haben eine Menge Neuzugänge, und Doktor Kretzschmar hat sich bei seinem Sohn mit Masern angesteckt.«

Leonie sah auf die Uhr. Halb zehn. Sie hatte verschlafen. Ihr Wochenende war auch heiß gewesen. Eine Dreiviertelstunde später fuhr sie auf das Klinikgelände. Oberbeck saß inzwischen in einer Besprechung mit dem Polizeipräsidenten, dafür wurde ihr Kommen im Sektionssaal begrüßt. Ein bewaffneter Überfall auf eine Spielhalle, ein schwerer Autounfall, ein Ehestreit, ein ungeklärter Todesfall in einem Hotel, eine Messerstecherei zwischen Jugendlichen in Neukölln und zwei Selbstmorde hatten unter anderem für Betrieb in der Rechtsmedizin gesorgt. Zwei der Toten übernahm Leonie zusammen mit einem der Assistenten. Als sie mit dem Diktat der beiden Sektionsprotokolle fertig war, wies ihr Magen sie durch dezentes Knurren darauf hin, dass er in den letzten 24 Stunden höchst stiefmütterlich behandelt worden war. Auch die Kekse, die ihr Chef großzügigerweise spendierte, halfen nicht, und nach der erfreulich kurzen Unterredung mit ihm fuhr Leonie zu *Sarah Wiener* gleich gegenüber der Charité, wo sie später einen Termin mit einer Kollegin vom DNA-Labor wahrnehmen musste, und genehmigte sich einen vorzüglichen Tafelspitz und ein Glas Wein dazu. Während des Essens verdrängte sie alle Probleme und unangenehmen Gedanken, vor allem die mit Paul zusammenhängenden, und konzentrierte sich auf die befriedigende Tätigkeit des Kauens und Schmeckens. Gesättigt und etwas entspannter hing sie einem Einfall nach, der ihr bei der Obduktion des Unfallopfers gekommen war. Die Frau, die in ihrem Wagen verbrannt war, erinnerte sie an Claudia und damit an die noch immer offene Frage, wo sie wichtige Dokumente versteckt haben und wen sie danach fragen könnte. Ihr Einfall bestand darin, dass sie bisher stets nur nach Orten und Menschen gesucht hatte, die mit Claudia in Beziehung standen. Wäre es nicht möglich, dass sie ihren Mann gebeten hatte, für sie die Unterlagen aufzubewahren? Frank Gotthardts Büro hatte Kallweit pflichtgemäß und erfolglos durchsucht und danach aufgegeben. Kurz entschlossen angelte Leonie nach ihrem Mobiltelefon und ließ sich über die Zentrale mit dem Universitätsinstitut verbinden, in dem Lina Vogelsang, Franks ehemalige Sekretärin, jetzt arbeitete. Sie hatte Glück, die junge Frau wollte gerade in den Feierabend aufbrechen. Leonie erklärte, worum es ging.

»Auf Anhieb hätte ich gesagt, falls er für seine Frau Unterlagen aufbewahrt hat, dann in seinem Schreibtisch. Aber den hat die Polizei ja schon untersucht.«

»Wie wär's mit einer Akte. Die Beschriftung könnte unauffällig sein.«

»Seine Akten kannte ich alle, die habe ich meist selbst angelegt und auch geführt.«

Lina Vogelsang versprach, über die Frage nachzudenken. Falls ihr noch etwas einfiele, wollte sie sich melden. Damit hakte Leonie die Sache ab, es war ohnehin nur eine schwache Hoffnung gewesen.

Nach ihrer Besprechung in der Charité fuhr sie zum Institut zurück. Der Abgabetermin eines Artikels für die Fachzeitschrift *Archiv für Kriminologie* rückte näher, und sie musste sich für die letzte Fassung noch einmal mit dem jungen Kollegen zusammensetzen, der daran beteiligt war. Unterwegs klingelte ihr Telefon.

»Quast. Haben Sie heute Abend schon etwas vor?«

»Nein, warum fragen Sie?«

»Jutta Hanusch hat sich gemeldet. Sie möchte uns etwas erzählen.«

»Wann?«

»So schnell wie möglich, ehe sie wieder den Mut verliert.«

Leonie hinterließ eine Nachricht im Institut, dass sie erst am nächsten Morgen wieder ins Büro kommen werde, und bog in die Paulstraße ein. Madeleine Quast wartete schon auf sie und ersparte Leonie die Parkplatzsuche.

»Eins zu null für Sie«, sagte Leonie statt einer Begrüßung. »Ich hätte nicht gedacht, dass die Frau sich meldet.«

»Ich war mir dessen sicher.« Madeleine Quast äußerte das ohne jede Eitelkeit.

»Und? Wohin geht's jetzt? Nach Alt-Glienicke?«

»Sie hat als Treffpunkt den Parkplatz Bulgarische Straße bei der Insel der Jugend vorgeschlagen, zwischen Treptower Park und Plänterwald.«

»Weiß schon.« Leonie war im Sommer zuvor einmal dort gewesen. Vom Parkplatz aus führte eine Brücke hinüber auf die kleine Spreeinsel, die vor allem junge Leute mit Sandstrand und Bar lockte. Der Blick aufs Wasser war zwar nicht so spektakulär wie an den künstlichen Stränden mit Karibikfeeling, die clevere Zeitgeister in den letzten Jahren an Hamburgs Elbe in St. Pauli und Othmarschen aufgeschüttet hatten, Hafenpanorama inklusive. Trotzdem war die Insel der Jugend ein netter Ort zum Entspannen, zu dieser Jahreszeit allerdings noch ohne Restaurationsbetrieb.

Jutta Hanusch war nirgends zu sehen, als Leonie auf den wenig belebten Parkplatz fuhr. Es nieselte leicht, und wegen der tiefhängenden Wolken setzte eine frühe Dämmerung ein. Nur ein paar Unentwegte, die ihren Hund spazieren führten oder joggten, waren noch unterwegs.

Madeleine Quast sah auf ihre Uhr. »Wir sind zu früh dran.«

Eine Viertelstunde später, Leonie wurde langsam ungeduldig, tauchte Jutta Hanusch auf. Sie kam aus Richtung der S-Bahn-Station Plänterwald. Leonie stieg aus und winkte ihr. Sich ängstlich umschauend, eilte Jutta Hanusch auf sie zu. Leonie hielt ihr die hintere Tür auf, und sie schlüpfte auf den Rücksitz.

»Wollen wir ein bisschen herumfahren?«, schlug Leonie vor.

Die Hanusch schüttelte den Kopf. »Ist schon gut. Ich glaube, mir ist niemand gefolgt.«

Madeleine Quast drehte sich zu ihr um. »Wie geht es Ihnen?«

Leonie dachte, dass man das sehen könne. Bei ihrem Anblick war ihr sofort das Adjektiv verhärmt eingefallen. Vermutlich wollte Madeleine Quast nicht versäumen, die Mitleidsfrage zu stellen, um die Hanusch zum Sprechen zu animieren.

»Nicht so gut. Der Kommissar war noch einmal bei mir. Ich habe meine Aussage wiederholt, und er war damit auch zufrieden.« Sie machte eine Pause. »Sie wissen doch sicher, ob er schon einen Verdächtigen hat?«

Madeleine Quast schüttelte den Kopf. »Nein, tut mir leid.«

»Was bedeutet, dass er noch nichts Konkretes in der Hand hat«, fügte Leonie hinzu.

Jutta Hanusch schien zu schrumpfen. »Aber es muss doch irgendwelche Spuren geben.«

Madeleines Stimme wurde ganz sanft. »Frau Hanusch, Sie hoffen, dass ein rascher Erfolg der Polizei es überflüssig macht, dass Sie uns etwas erzählen, was Sie bisher verschwiegen haben, nicht wahr?«

Jutta Hanusch senkte den Kopf, was wohl ja heißen sollte.

»Wovor haben Sie Angst? Ist es einer Ihrer Besucher, ein einflussreicher Mann vielleicht?«

Kopfschütteln.

»Der junge Mann, der Ihrer Kollegin so eigenartig vorkam?«

Wieder Kopfschütteln.

Leonie reichte es, sie übersah geflissentlich Quasts warnenden Blick. »Frau Hanusch, Sie haben uns hierherbestellt, weil Sie uns etwas mitteilen wollten. Dann lassen Sie uns bitte nicht weiter raten, sondern sagen Sie uns endlich, worum es geht.«

Jutta Hanusch sah sie erschrocken an, wie ein Kind, das von der Lehrerin wegen einer falschen Antwort gerügt worden war. »Ich weiß nicht, ich glaube, ich muss jetzt gehen.«

»Oh nein, das werden Sie nicht.« Leonie betätigte die Verriegelung.

Madeleine Quast versuchte zu retten, was zu retten war. »Frau Hanusch, Ihre Kollegin war möglicherweise das zweite oder sogar dritte Opfer eines Serientäters. Bitte, haben Sie Verständnis für unsere Lage. Jeden Tag kann ein neuer Mord geschehen, und wir haben bisher kaum Anhaltspunkte für unsere Ermittlungen. Wir sind auf Sie angewiesen. Sie sind unsere wichtigste Zeugin.«

Die Schmeichelei kam an. Dennoch flackerte Angst in Jutta Hanuschs Augen. Sie schien fieberhaft zu überlegen, was sie tun sollte. Leonie griff nach ihr und packte sie fest an der Schulter. »Sagen Sie uns endlich die Wahrheit. Bitte.«

Hanuschs Unterlippe begann zu zittern. »Ich habe nicht gelogen. Alles, was ich gesagt habe, stimmte.«

»Aber Sie haben etwas weggelassen, nicht wahr? Haben Sie keine Angst. Niemand wird Ihnen etwas tun.«

Madeleine Quasts Samtstimme weckte in Leonie die Erinnerung an die Schlange Ka aus dem Film *Das Dschungelbuch*. Es war dieser schmeichelnde, einlullende Ton, in dem sie lockte »come with me«.

»Aber meinem Sohn wird er etwas antun. Er hat es gesagt. Und er ist dazu auch fähig.«

Jutta Hanusch brach in Tränen aus.

»Wer will Ihrem Sohn etwas tun?«

Leonie hörte zum ersten Mal, dass die Frau ein Kind hatte.

»Grigori.«

»Grigori?«

»Grigori Leskow, er war Dinas Freund.«

»Der Name klingt russisch.«

»Ja«, schniefte Jutta Hanusch. »Aber er ist schon lange in Deutschland. Dina hat ihn in einer Bar kennengelernt, er hat dort gearbeitet.«

»Welche Bar? Erinnern Sie sich an den Namen?«, wollte Leonie wissen.

Jutta Hanusch schüttelte den Kopf.

»Das macht nichts«, tröstete Madeleine Quast. »Erzählen Sie uns einfach, was Sie über ihn und Dina wissen.«

»Ich weiß gar nichts über ihn. Als Dina und ich uns kennenlernten, war sie schon nicht mehr mit ihm zusammen. Ich glaube, er hat sie geschlagen, weil sie nicht für ihn auf die Straße gehen wollte.«

Leonie öffnete den Mund, aber Madeleine Quast hob die Hand, und sie schwieg.

»Er ist aus Berlin weggegangen, aber vor kurzem kam er zurück, und seitdem hat er Dina immer wieder belästigt. Sie hat ihm einmal mit der Polizei gedroht, da hat er gesagt, dann bringt er sie um.«

»Und deswegen hat er Ihnen gedroht?«

»Nein.« Hanuschs Stimme wurde immer leiser. »Ich hab ihn gesehen.«

»Was?«, rief Leonie. »Sie haben gesehen, wie er Dina entführt hat?«

»Nein.« Heftiges Erschrecken. »Auf der Straße. Auf der Straße habe ich ihn gesehen. Bei Dina war der Stotterer, ich hatte meinen Kunden gerade verabschiedet, da hat Grigori geklingelt. Aber ich habe nicht geöffnet, ich hab ihm über die Sprechanlage gesagt, dass Dina einen Kunden bei sich hat. Ein paar Minuten später hab ich nachgeschaut, ob er noch draußen steht, und da hab ich ihm direkt ins Gesicht geblickt. Er sah unheimlich wütend aus. Als mein nächster Kunde kam, hatte ich Angst, er würde die Situation nutzen, hat er aber nicht. Und dann war Dina fort, und Grigori auch. Ich habe gedacht, sie ist mit ihm gegangen.«

Sie unterbrach und putzte sich umständlich die Nase. Leonie und Madeleine warteten darauf, dass sie fortfuhr.

»Nach zwei Tagen fing ich an, mir wegen Dina Sorgen zu machen. Ich musste Kunden von ihr vertrösten und wegschicken, so was hatte sie vorher noch nie gemacht. Als ich hörte, wie die Haustür aufgeschlossen wird, dachte ich, sie ist es. Aber es war Grigori. Ich hab ihn gefragt, woher er den Schlüssel hat. Das ginge mich nichts an und wo Dina wäre. Das fragst du mich?, hab ich gesagt. Was hast du mit ihr gemacht? Nichts, hat er gesagt, aber ich habe ihm nicht geglaubt. Und dann hat er gedroht, wenn ich der Polizei etwas von ihm erzähle, wird es mein Sohn büßen. Er wüsste, wo er ihn finden könnte.«

Ein neuerlicher Tränenstrom stoppte ihren Erzählfluss. Leonie hakte ein.

»Er hat diese Drohung ausgesprochen, schon bevor Dinas Leiche gefunden wurde?«

Schluchzen, Nicken, Schluchzen.

Madeleine Quast reichte ihr ein frisches Taschentuch. »Wie alt ist Ihr Sohn?«

»Er ist gerade acht geworden.«

»Leben Sie beide allein?«

Jutta Hanusch zerknüllte das frische Taschentuch zu einem feuchten Klumpen. »Sein Vater ist wieder verheiratet. Er versucht schon lange, das Sorgerecht zu bekommen, wegen dem, was ich mache. Wenn er erfährt, dass Bastian in Gefahr ist, nimmt er mir den Jungen sofort weg.«

Madeleine Quast sagte nichts, legte ihr nur tröstend die Hand auf die Schulter. Sie wusste so gut wie Leonie, dass Kallweit von Jutta Hanuschs Aussage erfahren musste und sie weiter befragen würde. Und es war ziemlich wahrscheinlich, dass der Vater des Jungen von der Sache erfahren würde.

»Was soll ich denn jetzt machen?« Es war nur ein klägliches Flüstern. »Bastian ist alles, was ich habe. Für ein zweites Kind bin ich zu alt.«

Leonie sah, wie sich Quasts Wangenmuskeln spannten. Vielleicht dachte sie an das Kind, das sie verloren hatte. Ihre einzige Chance.

»Sie müssen eine Aussage machen. Ich werde Hauptkommissar Kallweit von unserer Unterredung berichten, auch warum Sie so lange geschwiegen haben. Er wird es verstehen. Und er wird auch einen Weg finden, Ihren Sohn zu schützen. Aber Sie dürfen nicht länger schweigen. Gerade auch Ihrem Sohn zuliebe, denn Sie würden sich ja nie wieder sicher fühlen können.«

Jutta Hanisch senkte den Kopf, sie gab auf. Ein leichtes Nicken deutete ihre Zustimmung an.

»Soll ich Sie nach Hause fahren?«, bot Leonie an.

»Nein, auf keinen Fall. Vielen Dank, aber ich fahre lieber mit der S-Bahn.« Hastig stieg die Hanusch aus, sah sich automatisch um und lief durch den Regen davon.

Leonie wandte sich Madeleine Quast zu. »Was halten Sie davon?«

Deren ratlose Miene gab ihr die Antwort.

»Er hatte einen Schlüssel, und zwar nachdem sie verschwunden war. Vorher hatte er klingeln müssen.«

»Das ist richtig«, stimmte Quast zu.

»Und warum sollte er der Hanusch drohen, wenn er nicht etwas mit der Sache zu tun hätte?«

»Dafür könnte es mehrere Gründe geben. Da wir nicht viel über ihn wissen, hat es keinen Sinn zu spekulieren.«

Während sie sprach, holte Madeleine Quast ihr Telefon aus der Handtasche und drückte eine Taste. »Guten Abend, Uli. Wo bist du? ... Gut, Frau Simon und ich haben dir etwas zu erzählen. Bis gleich.« Sie wandte sich Leonie zu. »Das war Kallweit, er ist noch im Büro. Ich denke, wir sollten keine Zeit verlieren.«

Leonie ließ den Motor an. »Haben Sie ihm endlich von dem Telegramm erzählt?«

»Nein.«

»Dann wäre das jetzt vielleicht die Gelegenheit. Wenn wir ohnehin beichten müssen.«

»Wann ich mit wem was bespreche, entscheide ich allein. Die ganze Sache geht Sie überhaupt nichts an. Also, hören Sie auf, sich in meine Angelegenheiten zu mischen.«

Das war laut und wütend gesprochen. Leonie fuhr zusammen. Ein rascher Seitenblick zeigte ihr eine Madeleine Quast, deren Gesicht vor Wut gerötet war. So sah es also aus, wenn ihr französisches Temperament mit ihr durchging. Im nächsten Moment erlosch der Zorn in ihren Augen. »Verzeihen Sie mir, ich hätte nicht so heftig reagieren dürfen. Sie haben natürlich recht, aber vielleicht kennen wir uns noch nicht gut genug für derartige Ratschläge.«

Das saß, dachte Leonie. »Mein Fehler, Frau Quast. Eine meiner größten Schwächen ist mein Hang zu guten Ratschlägen zur falschen Zeit.«

Madeleine Quast zeigte ein dünnes Lächeln. Für den Rest der Fahrt schwiegen beide Frauen.

Kommissar Kallweit saß allein in seinem Büro, als sie in der Keithstraße eintrafen. Er blätterte in einer Akte und sah unausgeschlafen und unzufrieden aus. Vor ihm stand eine Tasse, die den köstlichen Duft nach frisch gebrühtem Kaffee verströmte.

»Guten Abend, die Damen. Worum geht's? Ich hoffe, es ist wichtig.«

»Doch«, antwortete Leonie. »Kann man sagen.«

Unter Vermeidung der Vorgeschichte kam Madeleine Quast sofort auf das Wesentliche.

»Jutta Hanusch hat sich bei mir gemeldet. Aus Angst hat sie dir etwas Wichtiges verschwiegen. Dina Sachs wurde von einem Ex-Freund, offenbar einem Zuhälter, belästigt.« Sie fasste Jutta Hanuschs Geschichte kurz zusammen. »Ich nehme an, du willst noch mal mit ihr selbst sprechen.«

Kallweit hatte sich in seinem Sessel zurückgelehnt und die Hände über dem Bauch gefaltet. Als die Quast fertig war, nickte er mehrmals. »Wie lange kennen wir uns?«

Das war eine rhetorische Frage, auf die Madeleine Quast eine Antwort nicht für nötig hielt.

»Hattest du in all der Zeit jemals den Eindruck, dass ich nicht ganz bei Trost bin? Oder was bringt dich darauf, mir einen solchen Bären aufzubinden.«

»Sie hat sich tatsächlich an mich gewandt«, verteidigte sich Madeleine Quast. »Aber ich gebe zu, dass ich sie ein paar Tage zuvor getroffen und ein wenig bearbeitet habe. Mir war von Anfang an klar, dass sie etwas auf dem Herzen hatte.«

Kallweit wandte sich an Leonie. »War das Ihre Idee? Sieht Ihnen jedenfalls ähnlich.«

Leonie beschränkte sich auf ein freundliches Lächeln.

»Es gibt noch jemanden, von dem uns die Hanusch erzählt hat.« Madeleine Quast schilderte das Gespräch über den bekannten Politiker, den Dina Sachs den »Stotterer« genannt hatte und der ihr letzter Kunde gewesen war. Kallweit bedeckte das Gesicht mit den Händen, seufzte und rieb sich die Augen.

»Ich gebe zu, dass du etwas sehr Wichtiges herausgefunden hast, was sie mir verschwiegen hat. Aber ich hätte es vorgezogen, dass du mich informierst und die Taktik mit mir absprichst.«

»Natürlich. Tut mir leid.«

»Gut, also, die Sache ist die. Ich habe beschlossen, mit der Gründung einer Soko nicht länger zu warten. Morgen ist das erste Treffen der dazu eingeteilten Kollegen. Ich wollte euch beide dazubitten, wie auch die anderen aus der *cold case*-Gruppe, die die Zusammenhänge bereits kennen. Können wir mit Ihren Laborergebnissen rechnen?«

Leonie nickte. »Ich denke schon.«

»Wir werden zusammentragen, was wir bereits wissen, und die Aufgaben neu verteilen. Die Sitzung beginnt um elf. Ich werde vorher noch einmal selbst mit der Hanusch reden.«

Damit war für Kallweit das Gespräch beendet, er wandte sich wieder der Akte zu, in der er gelesen hatte, als sie sein Büro betraten. Leonie zog einen Zettel aus der Tasche, den sie schon seit ein paar Tagen mit sich herumtrug.

»Ich habe noch eine Bitte. Würden Sie freundlicherweise überprüfen, ob Claudia Gotthardt vor ihrem Tod mit einer dieser Institutionen telefoniert hat?«

Sie reichte ihm den Zettel, auf dem sie nur die Namen der Behörden und Firmen notiert hatte, nicht die Namen der Männer, die Claudias Informantin für korrupt hielt. Kallweit nahm den Zettel und warf einen Blick darauf.

»Was soll das? Glauben Sie im Ernst, die rote Heidi hat den Gotthardts einen Auftragskiller auf den Hals geschickt?«

Das Ministerium von Heidemarie Wieczorek-Zeul stand ebenfalls auf der kurzen Liste.

»Nein, natürlich nicht. Würden Sie bitte trotzdem nachschauen?«

Er warf den Zettel in den Ablagekorb. »Hat keine Priorität. Schönen Abend noch.«

Damit war Leonie entlassen. Sie verkniff sich eine bissige Replik und sah die Quast auffordernd an.

»Danke, ich fahre mit dem Taxi nach Hause.«

Als Leonie Kallweits Büro verließ, hörte sie Madeleine Quast sagen: »Da gibt es noch etwas Persönliches, das ich mit dir besprechen wollte.«

Na also, dachte Leonie. Mein Rat kam doch zur rechten Zeit. Sie hoffte, er konnte sie beruhigen.

Leonie fuhr nach Hause, obwohl sie sich vor einem einsamen Abend und einer einsamen Nacht fürchtete, in der der Gedanke an Paul sich nicht mehr beiseiteschieben lassen würde. Als sie in die Leichhardtstraße einbog, sah sie ihre Vermieterin mit Brunos Hilfe aus seinem Auto steigen. Leonie stoppte auf gleicher Höhe und kurbelte die Scheibe herunter. Isolde Imlau war hochelegant gekleidet und hatte eine extradicke Schicht Schminke aufgelegt.

»Das sieht nach einem flotten Abend aus«, scherzte Leonie.

Bruno, ebenfalls in Anzug und Krawatte, grinste schief. »Wir waren in der Oper. Die Netrebko und dieser Mexikaner haben gesungen.«

»Rolando Villazón. Er ist phantastisch, finden Sie nicht?« Isolde Imlaus Stimme rutschte eine Oktave höher.

»Was habt ihr getan, um an Karten zu kommen? Jemanden umgebracht?«

»Isolde hat Beziehungen«, sagte Bruno und sah sie ehrfürchtig an. »Ach, Leonie, bei der Gelegenheit, kann ich dich noch mal kurz sprechen?«

Leonie ahnte, was jetzt kam. Jedenfalls glaubte sie das. Sie parkte den Wagen, während Bruno seine Dame zur Haustür begleitete.

»Bis gleich«, flötete Isolde. »Ich öffne schon mal die Weinflasche.«

Bruno winkte ihr zu.

»Offenbar bin ich diesmal nicht eingeladen«, sagte Leonie mit einem Augenzwinkern.

Bruno ging nicht darauf ein.

»Charlotte hat diesem Kerl schon wieder Geld gegeben. Diesmal eine wirklich große Summe.«

»Was verstehst du unter einer wirklich großen Summe?«

»Fünfzigtausend.«

Leonie starrte ihn mit halb geöffnetem Mund an. »Okay, das ist tatsächlich ziemlich viel.«

»Das ist fast alles, was sie hat.«

»Beim letzten Mal hat sie es zurückbekommen, mit hoher Rendite.«

»Das ist ja der Trick von diesem Schweinekerl. Erst leiht er sich eine kleinere Summe, die er mit Gewinn zurückgibt. Damit sind alle Bedenken ausgeräumt, und er kann richtig absahnen.«

Genau das war auch Leonies Befürchtung.

»Was machen wir jetzt? Kannst du nicht mit der Polizei drüber reden?«

»Ich überleg's mir. Aber ich nehme an, du weißt, was das bedeutet. Wenn ich Henry anzeige, spricht Tante Charlotte kein Wort mehr mit mir. Und mit dir auch nicht. Sie glaubt nämlich, dass du mich anstiftest.«

»Aber sie wird das ganze schöne Geld verlieren.« Bruno gestikulierte aufgeregt vor Leonies Nase.

»Bruno, wenn's schiefgeht, dann verliert sie viel mehr als nur Geld.«

»Ich weiß«, sagte Bruno traurig.

»Jetzt geh und amüsier dich. Isolde und der Wein warten schon.«

Leonie war in Gedanken mit ihrer Tante beschäftigt, als sie die Wohnung betrat, weshalb sie nicht an die Alarmanlage dachte. Glücklicherweise hatte sie am Morgen vergessen, die Anlage zu aktivieren. Auf ihrem Anrufbeantworter fand sie mehrere Nachrichten vor, alle von Max Lifka und alle ähnlichen Wortlauts.

»Hallo, Frau Simon, gehen Sie doch bitte ran, wenn Sie da sind. Ach, Scheiße!«

Das klang nicht gut, das klang nach Ärger. Eine halbe Stunde später, Leonie wollte sich gerade mit einer Tiefkühlpizza und einem Bier vor den Fernseher setzen und die *Tagesthemen* anschauen, klingelte das Telefon. Es war Max.

»Mann, da sind Sie ja endlich. Sie müssen mir helfen. Der Scheißer hat mich rausgeworfen. Was soll ich jetzt machen?«

25

Das Schmerzgefühl ist notwendig, damit wir auf unsere Selbsterhaltung bedacht bleiben und so viel Lust genießen können, wie es mit den alles beherrschenden Naturgesetzen vereinbar ist.
Voltaire, *Philosophisches Wörterbuch*

Der General folgte einem seit langem feststehenden Tagesablauf, der mit dem Aufstehen um Punkt sechs Uhr begann und mit dem Zubettgehen um elf Uhr endete. Markante Punkte stellten die Mahlzeiten dar, seine Fitnessrunden, natürlich, Zeitungslektüre nach dem Frühstück, ein kurzer Mittagsschlaf, die Schachpartie gegen sich selbst am Nachmittag, die Fernsehnachrichten am Abend und alle Stunde die Nachrichten und Wettermeldungen im Radio. Dazwischen gab es durchaus Raum für spontane Aktivitäten, aber ein Mann seines Alters hatte nur mehr einen sehr geringen Vorrat an Energie für Tätigkeiten, die nicht unabdingbar nötig waren. An Ausflügen und dergleichen nahm er schon seit mehr als einem Jahr nicht mehr teil. Er vertrug die Abweichung von der täglichen Routine nicht, und außerdem verabscheute er die Art und Weise, wie mit alten Menschen umgegangen wurde. Nur weil er die neunzig überschritten hatte, sollte er sich in Bussen an uninteressante Orte karren lassen, wo man ihm schlecht gekochtes Essen vorsetzte und ihn mit Volksmusik bedudelte. Gar nicht zu reden von der herablassenden und im besten Fall mitleidigen Art, mit der Reiseleiter und anderes Personal einen traktierten, im schlimmsten Fall erlebte man Missachtung und Demütigung. Seine Wut schnürte ihm die Kehle zu, wenn er nur an solche Situationen dachte. Respektlosigkeit einem Mann gegenüber, dessen Geschick einmal darüber entschieden hatte, ob jemand ins Gefängnis gehen musste oder seine Freiheit wiederbekam. Und es gab Zeiten, die noch länger zurücklagen, da war er Herr über Tod und Leben gewesen. Er erinnerte sich gern daran. Die Gegenwart hatte ihm, damit verglichen, nichts mehr zu bieten.

Es war acht Uhr, und der General schlug nach dem Verzehr eines pappigen Brötchens – die Zeiten, in denen Brötchen morgens frisch und knusprig aus der Backstube statt aus der Fabrik kamen, waren ebenfalls vorbei – die Tageszeitung auf. Weit hinten, auf einer der letzten Seiten, fand er einen Artikel von wenigen Zeilen, der darüber informierte, dass die Polizei im Fall der toten Prostituierten, die sich Marquise de Merteuil genannt hatte, noch nicht weitergekommen war und deshalb eine Soko gegründet hatte. Der alte Mann schloss die Augen und ließ seine Gedanken wandern. Er hatte den Fall von der ersten Meldung an mit Interesse verfolgt, genau wie den des ermordeten Tätowierers und des gefolterten Zahnarztes. Solche Dinge passierten nicht alle Tage, und es waren die Handlungen eines Ausnahmetäters. Es ging um Schmerz, und mit Schmerz kannte der General sich aus. Schmerz und Leiden in allen Spielarten und Erscheinungsformen gehörten zum Schönsten und zum Hässlichsten, was das Leben zu bieten hatte. Mit nichts anderem konnte man Menschen so leicht manipulieren und beherrschen wie mit der Androhung von Schmerz. Nichts anderes gab dem Leben eine solche Tiefe und Bedeutung, geradezu ein Geheimnis. Der General war sicher, dass der Mann, den die Schmutzblätter den Marquis de Sade nannten, diesem Geheimnis nachjagte.

Am Nachmittag versuchte Schwester Agnes, ihm ein Gespräch aufzudrängen. Sie war zwar eine von den Vernünftigsten, aber hin und wieder glaubte auch sie, man müsse ihm Gesellschaft leisten. Sie fragte ihn nach seinem Enkel, der sich nicht wieder hatte blicken lassen, und bot an, ihn anzurufen. Der General verbat sich ihre Einmischung auf das Schärfste und verlangte, in Ruhe gelassen zu werden. Erschrocken zog sie sich zurück und würde ihren Kolleginnen zweifellos erzählen, wie einsam und verbittert er sei. Ärgerlich drehte der Alte seine Runden. Ben würde wiederkommen, dessen war er gewiss. In der Zwischenzeit würde er sich über ihn informieren, und sehr wahrscheinlich würde Klinger ihn bearbeiten. Es wäre interessant zu sehen, wie er damit umging. Ben war nicht wie sein Vater, das hatte er sofort gesehen. Er war aus anderem Holz geschnitzt, allerdings durch die Erziehung seiner

Mutter verdorben. Schon als er zwei Jahre alt war, konnte man das sehen. Später war der Kleine von ihm ferngehalten worden, er war nicht sicher, aber er glaubte zu wissen, warum. Den Beweis würde sein Enkel ihm selbst liefern.

Achtzehn Uhr. Zeit für seine Zigarre. Zufrieden zündete der General eine Maria Mancini an, die Lieblingssorte von Thomas Mann, dessen Geschmack er allerdings nur in Bezug auf Zigarren teilte.

26

Im größten Konferenzraum des LKA-Gebäudes hatten sich rund vierzig Menschen versammelt, die der Soko »Sadist« zugeteilt worden waren. Leonie Simon und Madeleine Quast waren die Einzigen, die nicht in irgendeiner Funktion der Polizei angehörten. Leonie war spät dran, als sie eintraf, aber nicht zu spät. Hauptkommissar Kallweit, der die Soko leiten sollte, war noch nicht anwesend. Leonies Blick suchte die Psychoanalytikerin und fand sie bescheiden am Rand sitzend.

»Wie sind Sie gestern Abend nach Hause gekommen?« Leonie setzte sich auf einen freien Stuhl neben Quast.

»Kallweit hat mich gefahren. Er war ziemlich gekränkt und verärgert.«

»Tut mir leid, aber wir waren eben besser als er.« Leonie fand, nur das Ergebnis zähle.

»Nicht deswegen, sondern weil ich ihm erst gestern von dem Telegramm erzählt habe.«

»Na, da hat er aber mal recht.«

»Jetzt wird er mich mit seiner Besorgnis zur Weißglut bringen. Am liebsten hätte er noch unter mein Bett geguckt.«

»Seien Sie froh. Ich habe in den letzten Jahren einige Stalking-Opfer erlebt, die froh gewesen wären, wenn sich die Polizei auch nur halb so viel um sie bemüht hätte.«

Leonie wollte Madeleine Quast von dem Telefonat berichten, das sie am Vorabend mit Max Lifka geführt hatte, aber in dem Moment erschien Kallweit in Begleitung eines Kollegen, von allen ungeduldig erwartet. Er begrüßte die Anwesenden und entschuldigte sich für die Verspätung.

»Wir hatten noch eine ausführliche Unterredung mit einer Hauptzeugin, die ihre frühere Aussage teilweise korrigiert und ergänzt hat, was uns zwei wichtige neue Spuren eröffnet hat.«

Kallweits Blick schweifte über Quast und Leonie hinweg, ohne sie im Besonderen zu bemerken. Donnerwetter, dachte Leonie, die Kurve hat er prima genommen, ohne uns den Wölfen zum Fraß vorwerfen zu müssen.

Kallweit schilderte kurz die Vernehmung von Jutta Hanusch und die Rolle des »Stotterers« sowie die des russischen Zuhälters. Die Kontaktaufnahme mit diesen beiden Männern erklärte er zum Platz eins der Aufgabenliste, die zu erstellen war. Dann präsentierte er die neu hinzugekommenen Kollegen und ließ diejenigen, die bereits mit den Ermittlungen in den drei Mordfällen betraut waren, den Stand der Dinge berichten.

In der kommenden Stunde rauschte an Leonie die Aufzählung der bisherigen Ermittlungsschritte vorbei. Im Falle der Domina war das in erster Linie die Vernehmung der Kunden, die aufgetrieben werden konnten. Einige Ehen würden darüber vermutlich in Turbulenzen geraten, und einige Karrieren ebenfalls. Kallweit rügte heftig, dass zwei Namen an die Presse durchgestochen worden waren. Lecks dieser Art waren in solchen Fällen hässlich, aber kaum zu vermeiden. Natürlich waren die üblichen Verdächtigen überprüft worden, ebenso Freunde, Verwandte, Bekannte und die Kontaktpersonen in den diversen Szenen und Kiezen, zu denen die Opfer beruflich oder privat in Verbindung standen und so weit sie bekannt waren. Auf ihr Stichwort berichtete Leonie über die noch ausstehenden Laborbefunde der Proben, die bei der Sektion von Dina Sachs entnommen worden waren.

Ihr Bericht war kurz und präzise. Dina Sachs hatte vor ihrem Tod keinen Geschlechtsverkehr, jedenfalls wurden weder Samennoch Latexspuren gefunden, die auf die Benutzung eines Kondoms hingedeutet hätten. Die histologische Untersuchung hatte ergeben, dass sich die zahllosen Wunden in unterschiedlichen Stadien der Heilung befanden und behandelt worden waren. Die Schätzung lag bei einem Zeitraum von circa sechs bis sieben Tagen, in denen der Frau die Verletzungen zugefügt worden waren. Ihr Zustand war körperlich dennoch den Umständen entsprechend gut gewesen. Sie war weder dehydriert, noch konnte sie Hunger gelitten haben, sie war im Gegenteil in einem guten Ernährungszustand gewesen. Der toxikologische Befund war ähnlich dem des Tätowierers. Dina Sachs waren Ketanest und Schmerzmittel injiziert worden. Der Tod war durch eine Überdosis herbeigeführt worden.

»Was die Paste anbelangt, die wir in ihren Haaren gefunden haben«, schloss Leonie ihren Bericht, »so kann ich Ihnen die Bestandteile nennen, nämlich Tragant, Glycerol, gereinigtes Wasser, Natriumchlorid, Kaliumtartrat-Hemihydrat und gepulverter Bimsstein. Nur wozu das verwendet wird, weiß ich nicht. Daran arbeiten wir noch.«

Kallweit wandte sich an Madeleine Quast und bat sie, ihre Einschätzung der Person des Täters vorzutragen.

Sie blieb sitzen, während sie sprach. Auch sie fasste sich kurz und wiederholte im Wesentlichen ihre bisherigen Erkenntnisse, wie sie sie bereits in der *cold case*-Gruppe vorgetragen hatte, und ihre Skepsis, was die Natur der seelischen Störung des Täters betraf.

»Ich glaube nicht, dass wir es hier mit einem im engeren Sinne sexuell Devianten zu tun haben, einer ohnehin relativ kleinen Gruppe. Ich möchte auch nicht darüber spekulieren, was in welcher Phase seiner frühen Kindheit schiefgegangen ist, und da mag es einiges geben, das unterschwellig eine gewisse Rolle bei der Inszenierung seiner Taten spielt. Es geht um Schmerz, das ist offensichtlich. Nur ist das alles nichts als Mittel zu einem Zweck, der mir noch nicht klar ist. Geht es um Macht, um Dominanz, um Zerstörung von Individualität? Die Opfer werden genährt und bekommen schmerzlindernde Mittel zwischen den Folterungen. Oder vielleicht sollte ich Behandlung sagen oder Experiment? Baut er in der Zeit ein persönliches Verhältnis zu seinen Opfern auf? Hat er sogar Mitleid mit ihnen? Lernt er etwas von ihnen?« Ihre Fragen waren rhetorischer Natur. Niemand sah sich aufgefordert, darauf zu antworten. »Mir ist aufgefallen, dass alle bisherigen Opfer, und ich rechne den Zahnarzt dazu, auch wenn wir nicht mit hundertprozentiger Sicherheit wissen, ob er vom selben Täter getötet wurde, selbst beruflich mit Schmerz zu tun hatten, und zwar auf verschiedenen Ebenen. Der Zahnarzt fügt Schmerz zu im Dienste der Gesundheit. Tätowierer könnte man als Körperkünstler bezeichnen, es geht um Bilder, um Selbststilisierung, um Schönheit, wenn man so will. Die Domina erzeugt Lust. Ihre Kunden brauchen den Schmerz und die Demütigung, um eigene destruktive Impulse, die ihnen aber Schuldgefühle verursachen, zu sexualisieren und damit unschädlich zu machen. Oder zur Besänftigung eines grausamen Über-Ichs, zur Erreichung von Liebe und Respekt. Gesundheit, Schönheit, Liebe und Lust. Vertraut mit dem Schmerz, alle drei. Sind sie deshalb ausgewählt worden? Welcher Beruf fehlt ihm jetzt noch in seiner Sammlung? Wie der Mensch aussieht, den wir suchen, welchen Beruf er hat und dergleichen, kann ich Ihnen nicht sagen. Aber ich vermute, dass er intelligent ist, einnehmend und zurückhaltend, keineswegs gestört auf andere wirkt. Ich vermute ebenfalls, dass er noch jung ist und erst kürzlich volle Autonomie erreicht hat, so dass er endlich realisieren kann, was er vielleicht schon lange geplant hat.« Sie unterbrach sich kurz. Einige machten sich Notizen. »Ich glaube, er handelt aus einem Defizit heraus. Es gibt etwas, das er für sich klären, überwinden oder bekämpfen muss. Möglicherweise hat er in den letzten Jahren deshalb schon einmal Rat und Hilfe gesucht, oder seine Eltern haben das getan. Ich habe mir deshalb überlegt, im Kollegenkreis nachzuforschen, ob es Patienten gibt oder gegeben hat, die für unsere Fragestellung interessant sein könnten. Das ist natürlich heikel, weil das unter die ärztliche Schweigepflicht fällt und ich Informationen dieser Art nicht namentlich weitergeben darf.«

Der Fallanalytiker des LKA stimmte Madeleine Quast in einigen

Punkten zu, war aber anderer Ansicht bezüglich der sexuellen Devianz, die er für gegeben hielt. Seine Überlegungen zur Täterpersönlichkeit zeichneten das Bild eines Mannes, der allein lebte und entweder selbständig oder arbeitslos war und deshalb ohne Probleme eine tagelange Entführung planen und umsetzen konnte. Interessant waren seine Spekulationen zur geografischen Fallanalyse. Das »geographic profiling« wurde seit einigen Jahren bei Fallanalysen als zusätzliches Instrument verwendet. Es gab zwei Computerprogramme, das in England entwickelte DRAGNET und das Rigel-System aus Kanada. Letzteres war vom BKA erworben worden und wurde standardmäßig eingesetzt. Normalerweise ist die notwendige Voraussetzung einer Analyse die Kenntnis von mindestens fünf Tatorten oder Ereignisorten einer Serie.

»Wir haben im Moment nur einen Tatort und zwei Fundorte, aber auch zwei Entführungsorte. Ich habe also schon einmal versucht, eine Verbindung zwischen diesen Ereignisorten herzustellen.« Der Fallanalytiker trat an den vergrößerten Berliner Stadtplan und deutete auf die Fähnchen, die die Orte markierten. »Opfer Nummer eins, Fundort identisch mit Tatort. Zehlendorf, Nähe U- und S-Bahn, auch die 115er Autobahn ist nicht weit. Es handelt sich anscheinend um eine geplante Tat an einem vorher ausgesuchten Opfer. Der Täter erscheint, tötet und verschwindet. Richtung unbekannt. Im Fall des Tätowierers haben wir es mit einem besonders detaillierten Plan zu tun. Er sucht das Opfer an seinem Arbeitsplatz Nähe Prenzlauer Berg auf, mit einem Trick lockt er es zu einem Hotel in der Eislebener Straße, wo es zuletzt lebend gesehen wird. Nicht weit entfernt ist die Potsdamer Straße, die zu großen Ausfallstraßen Richtung Osten und Norden führt. Leichenfundort ist in Tegel, unmittelbar neben einer Autobahnauffahrt. Opfer Nummer drei, die Domina. Auch hier wird das Opfer zunächst am Arbeitsplatz aufgesucht und ebendort entführt, was vorherige Observation wahrscheinlich macht. Der Entführungsort befindet sich wiederum in der Nähe einer großen Ausfallstraße mit Autobahnanbindung an die 113. Fundort ist ein verlassenes Gelände in Friedrichshain, Nähe Frankfurter Allee und Petersburger Straße, die Richtung Osten beziehungsweise Norden aus der Stadt herausführen oder auch hereinführen.« Er blickte in die Runde und vergewisserte sich, dass alle aufmerksam zuhörten. »Mit welchem Jagdtyp haben wir es zu tun? Dem *trapper*, der eine bestimmte Situation herbeiführt, um die Kontrolle über das Opfer zu gewinnen? Oder dem *hunter*, der von seinem Wohnort aus auf die Suche nach einem potentiellen Opfer geht? Ist es der *raptor*, der wahllos und überfallartig agiert? Oder der *stalker*, bei dem die Attacke den Schlusspunkt einer längeren Verfolgung darstellt? Letzteres scheint mir in jedem Fall gegeben zu sein. Sowohl der Tätowierer als auch die Domina sind ausgespäht worden. Dem Tätowierer wurde zwar eine Falle gestellt, aber wohl aus der Not geboren, weil alles andere zu riskant gewesen wäre. Überfallartig scheint die Attacke auf den Zahnarzt zu sein, aber eben nicht wahllos und ungeplant. Und ausgehend vom Wohnort kann der Täter nicht gearbeitet haben, dazu liegen die Ereignisorte zu weit auseinander. Für mich ist die Nähe der großen Achsen entscheidend, die ihn zuverlässig rasch aus der Stadt heraus- oder in die Stadt hineinführen. Danach hat er meiner Ansicht nach Entführungs- und Ablageort der Opfer zwei und drei ausgesucht.«

Ein junger Polizist hob die Hand. »Ich habe mal gelesen, dass das erste Opfer, in diesem Fall der Zahnarzt, oft im näheren Umfeld des Täters überfallen wird, also im selben Wohngebiet oder Stadtviertel, weil sich der Täter dort auskennt und sicher fühlt.«

Der Fallanalytiker nickte. »Das kommt auf den Tätertyp an, aber es ist möglich. Beim ersten Opfer stimmen Wohnort, Arbeitsplatz, Tatort und Ablageort der Leiche überein. Eventuell ist der Mann unter anderem deswegen ausgewählt worden. Außerdem lebte er allein, was die Tat enorm begünstigt hat. Und der Beruf spielte wahrscheinlich ebenfalls eine Rolle, wie die Kollegin Quast ja schon ausgeführt hat. Die Ereignisorte der Fälle zwei und drei liegen ganz woanders und weit auseinander, vor allem stimmen Tatorte und Leichenfundorte nicht überein, was durchaus bedeuten könnte, dass sich der Täter im ersten Fall noch in der Nähe seines Lebensmittelpunktes bewegt hat.«

Kallweit unterbrach ihn. »Dieser abrupte Wechsel der Vorgehensweise stört mich die ganze Zeit. Ich frage mich immer noch, ob wir es hier mit ein und dem selben Mann zu tun haben.«

»Ich denke schon«, antwortete Madeleine Quast. »Seine Vorgehensweise hat sich verändert, aber nicht sein leitendes Interesse. Ich denke, es hat sich in seinem Leben etwas ereignet, das ihm erlaubte, seine Strategie zu verbessern und seine Opfer länger zur Verfügung zu haben. Ganz abgesehen davon, dass er eine größere Auswahl hat, wenn er sich nicht auf Alleinlebende, selbständig Arbeitende beschränken muss.«

»Also gut«, fasste Kallweit zusammen. »Wir haben es mit einem cleveren Burschen zu tun, der eine Menge persönlichen Freiraum hat, sich in Berlin gut auskennt oder hier lebt, aber noch irgendeine Art von Räumlichkeit außerhalb seiner Wohnung benutzen kann, wo er Opfer zwei und drei gefangen hielt. Abgelegt hat er sie entweder beim Verlassen der Stadt oder bei der Rückkehr nach vollzogener Tötungshandlung. Als Himmelsrichtungen kommen bisher Norden, Süden, Osten und Westen in Frage.«

Kallweits Sinn für Humor war zu trocken und unauffällig, um verstanden zu werden. Nur die Quast riskierte ein Lächeln. Ihr fiel etwas ein.

»Was war doch gleich mit der Wasserpflanze? Die gab es nur in einer bestimmten Gegend, oder?«

»Schon, aber es ist mehr als zweifelhaft, dass es sich um eine Täterspur handelt. Die Ecke da oben bei Chorin ist Ausflugsgebiet, genau wie Tegel. Jeder kann die Pflanze unterm Schuh gehabt haben. Wo und nach wem soll ich suchen? Wir sollten uns an die Spuren halten, die im Moment am vielversprechendsten sind, und damit meine ich den letzten Kunden von Dina Sachs und diesen Grigori, der auf sie sauer war. Beiden traue ich genügend Intelligenz zu, die Taten geplant und durchgeführt zu haben.«

Kallweit teilte die Kollegen in zwei Gruppen ein, die sich jede mit einem der beiden Verdächtigen beschäftigen sollte, und gab Aufgaben im Detail aus.

»Bei dem sogenannten Stotterer handelt es sich um einen Berufspolitiker, dessen Name zumindest denjenigen bekannt sein dürfte, die gelegentlich ihre Nase in eine Zeitung stecken und nicht nur die Sportberichte lesen. Sollte wieder die Presse davon Wind kriegen, dass wir einen Prominenten am Wickel haben, dann wird's ungemütlich. Die Jungs und Mädels von der Internen Ermittlung warten nur darauf.«

Leonie Simon und Madeleine Quast verließen zusammen den Konferenzraum.

»Erinnern Sie sich an den Jungen, von dem ich Ihnen erzählt habe?«

»Max?«, fragte Madeleine Quast. »Natürlich erinnere ich mich. Konnten Sie das Problem lösen?«

»Leider nicht. Ich fürchte, ich hab's nur schlimmer gemacht. Er rief mich ganz aufgelöst an. Sein Stiefvater in spe habe ihn geschlagen, er habe zurückgeschlagen. Und nun wolle der ihn rausschmeißen. Ich habe Max erst mal beruhigt und ihm versprochen, die Sache für ihn auszubügeln. Heute Morgen habe ich seine Mutter erreicht. Ihr Bericht war ein wenig anders gefärbt, aber im Großen und Ganzen stimmt es, dass zwischen den beiden Männern die Situation eskaliert ist. Natürlich soll der Bengel nicht auf die Straße gesetzt werden, aber in ein Internat soll er, und das will er nicht.«

»Sind Sie der einzige Mensch, der vermitteln kann?«

»Sieht so aus. Aber ich glaube, da gibt's nicht mehr viel zu vermitteln. Max ist störrisch wie ein alter Ziegenbock, und seine Mutter ist stark auf ihren neuen Lebensgefährten fixiert. Ehrlich gesagt, bin ich total ratlos. Der Junge erwartet Hilfe von mir, und ich weiß nicht, wie ich es anstellen soll.«

»Was sind die Alternativen? Sie könnten versuchen, ihn zum Internat zu überreden. Wenn es zu Hause derzeit nicht funktioniert, ist das nicht die schlechteste Lösung. Er bekommt eine Ausbildung und kann sich abnabeln.«

»Da habe ich wenig Hoffnung. Internate setzt er mit Gefängnissen gleich.«

»Wenn seine Mutter einverstanden wäre, könnte er natürlich auch zu jemand anderem ziehen oder sogar allein wohnen.«

»Das will er, aber sie gibt dazu nicht die Erlaubnis. Er sei noch zu jung, um ohne Aufsicht zu sein.«

»Ein Standpunkt, den ich nachvollziehen kann. Möglicherweise ist das ein Fall für das Jugendamt. Die könnten ihn in einer betreuten Jugendwohnung unterbringen.«

»Zusammen mit halbwüchsigen Intensivtätern? Und bei Pflegeeltern war er schon, als seine Mutter im Gefängnis saß. Dazu kriege ich ihn nie und nimmer.«

»Nun, auf eine dieser Alternativen wird er sich wohl einlassen müssen. Wo wohnt er im Moment?«

»Noch zu Hause, aber er sagt, er hält's nicht mehr lange aus. Ich muss mir etwas einfallen lassen, und zwar bald.«

Im Institut erwartete Leonie eine Überraschung. Die Sekretärin überreichte ihr einen Umschlag, den ein Bote abgegeben hatte. Der Umschlag trug keinen Absender. Leonie zog sich damit in ihr Büro zurück und öffnete ihn. Er enthielt ein Rückflugticket nach Marseille, der Hinflug war auf den Dienstag der kommenden Woche datiert. Ein Brief oder irgendetwas anderes, das einen Rückschluss auf den Besteller ermöglicht hätte, lag nicht bei. Leonie starrte das Ticket an und überlegte, wer aus ihrem Bekanntenkreis etwas mit Frankreich zu tun hatte. Ihr fiel nur Madeleine Quast ein, aber die kam nicht in Frage. Schließlich griff sie zum Telefonhörer und wählte die Nummer von Palearis Restaurant. Ein nicht übertrieben freundlicher Mann mit starkem italienischem Akzent sagte ihr, Signor Paleari sei auf Reisen und habe ihr mit Sicherheit keinen Flug nach Marseille gebucht. Sie glaubte ihm kein Wort, legte aber ohne weitere Diskussion auf. Offensichtlich wollte Paleari nicht mit ihr sprechen. Leonie schloss die Augen und lauschte dem raschen Klopfen ihres Herzens. Sie versuchte die Hoffnung zu unterdrücken, dieses Ticket sei ihrem Druck auf Paleari zu verdanken und in Marseille werde sie von Michael erwartet. Einem lebenden Michael. Als sie die Augen wieder öffnete, war die Hoffnung noch immer lebendig, aber auch ein anderer Gedanke stellte sich ein. Das Ticket konnte auch mit dem

Fall Gotthardt und mit Wasmuth zu tun haben. Sie war sich sicher, dass er nicht aufgeben würde. Vielleicht hatte er eine Spur gefunden, und sie würde ihn am Flughafen treffen. Aber wozu? Es ergab wenig Sinn. Leonie legte das Flugticket in die oberste Schublade ihres Schreibtisches. Sie würde nicht fliegen. Wer immer ihr das geschickt hatte, sollte sich gefälligst bei ihr melden und offen sagen, was er von ihr wollte.

Leonie fuhr ihren Computer hoch und schaute in den Posteingang. Abgesehen von dem unvermeidlichen Müll, der anscheinend jeden Filter durchdrang, fand sich unter den beruflichen Mitteilungen und Anfragen auch eine kurze Nachricht von Kallweit, die ihre Frage nach Claudias Anrufliste beantwortete. Keine der Behörden und Institutionen, die sie ihm genannt hatte, war in den Wochen vor ihrem Tod von Claudia angewählt worden. Stattdessen übermittelte ihr Kallweit den Namen eines Bundestagsabgeordneten, den Claudia mehrmals kontaktiert hatte. Sie bedankte sich per Rückmail und wählte anschließend und ohne zu zögern die Nummer des Abgeordnetenbüros. Eine Sekretärin meldete sich und teilte ihr sehr höflich mit, dass der Herr Abgeordnete sich zurzeit in einer Sitzung befinde. Leonie hinterließ Namen und Telefonnummer. Auf die Frage nach dem Grund ihres Anrufs antwortete sie wahrheitsgemäß, es habe mit Ermittlungen in einem ungeklärten Todesfall zu tun. Das sollte genügen, um einen Rückruf zu garantieren. In den nächsten Stunden vergaß Leonie den Abgeordneten. Es ergaben sich kurzfristig angesetzte Besprechungen, und eine verzweifelte Doktorandin benötigte ihren Zuspruch. Als sie am Abend an ihren Schreibtisch zurückkehrte, fand sie einen Zettel von ihrer Sekretärin vor, auf dem die Anrufe in ihrer Abwesenheit notiert waren. Der Bundestagsabgeordnete war nicht darunter.

Sie würde es am folgenden Tag wieder versuchen.

Es war schon ziemlich spät, als sie in der Leichhardtstraße direkt vor ihrem Haus einparkte. Bei ihrer Vermieterin brannte noch Licht, und als Leonie die Treppe emporstieg, hörte sie, wie sich die Tür von Isolde Imlaus Wohnung öffnete.

»Frau Doktor, sind Sie das?« Isoldes feine Stimme drang zu ihr hinauf.

Wer sonst? »Ja, Frau Imlau. Ich denke auch an die Alarmanlage.«

Tatsächlich hatte sie wieder vergessen, sie einzuschalten.

»Nein, nein, das ist es nicht. Hier wartet jemand auf Sie.«

»Aha.« Doch nicht etwa Marius.

Leonie lief die Treppe wieder hinab. Isolde Imlau stand in einem geblümten Morgenmantel im Flur und hielt einen Waschlappen in der Hand, der einige rote Flecken aufwies, die verdächtig nach Blut aussahen.

»Ist etwas passiert?« Leonie deutete auf den Waschlappen.

Ihre Vermieterin wies mit einer theatralischen Geste in ihre Wohnung. Leonie trat ein und fand im Wohnzimmer, wenig elegant auf ein Sofa gebettet, Bruno vor, dessen Gesicht aussah, als wäre er einem der Klitschkos in die Faust gelaufen.

»Bruno? Was hast du angestellt?«

Bruno kämpfte sich in eine sitzende Stellung hoch.

»Ich? Wieso ich?«, nuschelte er. »Ich habe nicht angefangen.«

Leonie bedauerte den alten Mann, empfand aber gleichzeitig das Komische der Situation.

»Bruno, du hast dich doch nicht etwa mit Henry angelegt?«

»Ich habe ihn nur gefragt, was er mit Charlottes Geld gemacht hat. Er hat gesagt, das ginge mich einen feuchten Nilschlamm an. Und darauf habe ich ... ach, ist ja auch egal.«

»Männer!« Isolde Imlau machte ein wissendes Gesicht und tunkte den Waschlappen in eine Plastikschüssel. Bruno wehrte ihren Versuch, ihm den frisch angefeuchteten Lappen auf die Stirn zu packen, verlegen ab.

Leonie setzte sich neben ihn. »Entschuldige, wenn ich das so deutlich sage, aber in deinem Alter solltest du ein wenig vernünftiger sein.«

Ihre Vermieterin wiederholte »Männer!« und fügte mit einem Hauch Eifersucht hinzu: »Ihre Tante muss ja eine tolle Person sein, wenn die Herren sich derart um sie reißen.«

»Um diesen Henry musst du sie nicht beneiden, das kannst du mir glauben«, versetzte Bruno giftig.

Leonie registrierte am Rande, dass die beiden bereits auf Duzfuß standen. »Wo hat sich die Schlacht denn abgespielt? Hast du ihm vor Tantes Haus aufgelauert?«

Vorwurfsvoller Blick. »Was denkst du denn? Ich war einkaufen, im Frischemarkt bei mir in der Nähe. Als ich gerade die Sachen in den Kofferraum packe, kommt er angefahren und stellt sich genau neben mich mit seiner Protzkiste. Sollte ich etwa vor ihm weglaufen?«

Leonie untersuchte kurz Brunos Blessuren, fand aber nichts Schlimmeres als Prellungen und zwei kleine Platzwunden, die schnell abheilen würden.

»Hast du wenigstens auch einen Treffer landen können?«

Brunos beschämte Miene genügte als Antwort.

»Mach dir nichts draus. Aber sei in Zukunft etwas zurückhaltender. Bei Tante Charlotte kannst du auf diese Weise nicht punkten.«

Bruno richtete sich auf, verletzt, empört und beunruhigt. »Leonie, der Mann ist ein Lügner und Betrüger. Ich habe jetzt einen Beweis. Unter der Adresse, die auf seiner Visitenkarte steht, gibt es keinen von dem Knesebeck, hat es auch nie. Die Nachbarn kennen ihn überhaupt nicht. Das ist doch nicht in Ordnung.«

Leonie musste ihm recht geben. »Wieso ist das meiner Tante nicht aufgefallen?«

»Weil er sie immer abholt, sie ist noch nie in seiner Wohnung gewesen.«

»Ich würde den Mann anzeigen«, schlug Isolde Imlau vor.

»Es ist nicht verboten, Visitenkarten mit falschen Adressen zu drucken.« Leonie sah Bruno durchdringend an. »Du bist sicher, dass du dich nicht geirrt hast?«

Bruno zog eine Visitenkarte aus der Tasche und warf sie Leonie in den Schoß. »Lesen kann ich noch.«

Sein ungewohnt patziger Ton zeigte, wie verletzt und beunruhigt er war. Leonie nahm die Karte an sich.

»Gut, ich habe es bis jetzt bewusst vermieden, mich in Tantes Privatangelegenheiten zu mischen. Aber du hast mich überzeugt, dass der Kerl mit Vorsicht zu genießen ist. Ich werde mich in der nächsten Zeit ein wenig über ihn informieren.«

Sie erhob sich und wandte sich an Isolde Imlau. »Danke, dass Sie sich so um diesen albernen Burschen gekümmert haben. Verdient hat er es nicht.«

Ihre Vermieterin strahlte, und Bruno murmelte etwas Unverständliches.

»Hab ich doch gern gemacht.« Ein koketter Blick streifte Bruno. »Eigentlich finde ich es ja richtiggehend romantisch. Auch wenn ich nicht der Anlass bin.«

Leonie flüchtete in ihre Wohnung, wo sie ihren Lachkrampf in einem Kissen erstickte. An sich war es ja rührend und auch hoffnungsfroh. Liebe, Leidenschaft und Eifersucht waren kein Privileg jüngerer Menschen. Es hörte niemals auf.

Der nächste Tag war ein Mittwoch. Wann immer ihr Terminkalender es erlaubte, kaufte Leonie Lebensmittel auf dem Öko-Markt vor der Heilandskirche in der Nähe des Klinikgeländes ein. Dort bekam sie alles, was sie brauchte, Wurst, Käse, Brot, Obst und Gemüse, meist deckte sie sich für eine Woche im Voraus ein. Da sie nicht kochte, hielt sich ihr Bedarf ohnehin in Grenzen. Sie suchte sich gerade einen reifen französischen Ziegenkäse aus, als sie angesprochen wurde.

»Frau Doktor Simon, nehme ich an?«

Sie drehte sich um und blickte einem jungen Mann von etwa Mitte dreißig ins hübsche Gesicht.

»Ihre Sekretärin hat mir verraten, wo ich Sie finden kann.« Auf ihre unausgesprochene Frage fügte er hinzu: »Ich habe Ihr Foto natürlich schon gelegentlich in der Zeitung gesehen.«

Leonie beendete ihren Einkauf am Käsestand, ehe sie sich ihm wieder zuwandte.

»Muss ich meine Sekretärin jetzt wegen Dummheit entlassen, oder haben Sie einen besonderen Trick auf Lager?«

Er grinste und zeigte ihr einen Ausweis, der ihm vermutlich den Zugang zum Abgeordnetenhaus und zum Reichstag erlaubte. »Ich habe ihr wahrheitsgemäß gesagt, dass es sich um eine ebenso wichtige wie geheime Regierungssache handelt.«

Leonie las den Namen auf dem Ausweis. Es war nicht der Name des Abgeordneten, den sie versucht hatte zu kontaktieren.

»Müsste ich Sie kennen?«

Der junge Mann wurde ernst. »Ich bin ganz unwichtig. Kommen Sie.«

Er ergriff ihren Arm und lotste sie in Richtung Kirche. »Da drinnen ist es ruhiger.«

Vermutlich zum Missvergnügen des Pfarrers der Gemeinde entsprach das den Tatsachen. Der Kirchenraum war verlassen und kühl. Der junge Mann lud Leonie mit eleganter Geste ein, sich zu setzen.

»Ich bin der Assistent des Mannes, den Sie sprechen wollten. Oder besser gesagt, ich war sein Assistent. Vor kurzem bin ich in eine Anwaltskanzlei gewechselt. Zufällig erfuhr ich von Ihrem Anruf.« Er zwinkerte. »Na ja, nicht ganz zufällig. Die Sekretärin und ich treffen uns regelmäßig.«

»Verstehe«, sagte Leonie wahrheitswidrig. »Und warum rufen Sie mich nicht einfach an, wenn Sie mir etwas zu sagen haben?«

»Weil ich Sie warnen will. Ich habe auch Frau Gotthardt gewarnt, aber sie hat wahrscheinlich nicht auf mich gehört.«

Leonie war verblüfft. »Heißt das, Sie wissen, wer Claudia Gotthardt und ihren Mann getötet hat?«

Er schüttelte den Kopf. »Nein, das weiß ich nicht. Und ich will's auch gar nicht wissen, ehrlich gesagt. Ich weiß nur, dass es besser wäre, wenn Sie sich nicht in die Angelegenheiten meines Ex-Chefs mischen würden, was Sie, wie ich vermute, vorhaben.«

»Eigentlich wollte ich mich nur über seine Beziehung zu Claudia Gotthardt erkundigen. Die beiden haben telefoniert.«

»Genau das meine ich. Sie wissen, dass ein Kontakt bestand, und sicher nicht nur das.«

»Und deswegen bin ich in Gefahr, von einem Mitglied des Deutschen Bundestages bedroht zu werden? Ist das hier eine Folge von *Versteckte Kamera*?«

Leonie tat, als schaue sie sich nach einer Filmkamera um.

»Hören Sie mir zu.« Der junge Mann beugte sich zu ihr, bis seine Lippen beinahe ihr rechtes Ohr berührten. »Ihre Journalisten-Freundin war auf der Suche nach versickerten Hilfsgeldern und hatte ein paar Namen bekommen, welche weiß ich nicht, über die sie auf weitere Namen gestoßen ist. Dabei hat sie auch etwas gefunden, das sie gar nicht gesucht hat.«

Leonie hörte ihm nun sehr aufmerksam zu. Etwas an seinem Ton sagte ihr, dass es ihm ernst war und dass er nicht log.

»Sie hat eine Verbindung entdeckt, eine Verbindung zu einer anderen Affäre um das sogenannte Netzwerk in Sachsen. Sagt Ihnen das etwas?«

»Selbstverständlich.«

Die Zeitungen berichteten seit Wochen von immer neuen Enthüllungen über den schier unfassbaren Skandal um Kontakte von Verdächtigen aus Politik, Polizei und Justiz zum Rotlichtmilieu und zur organisierten Kriminalität. Es ging um Amtsmissbrauch, Bestechung, Erpressung, Immobilienschiebereien, Korruption, Vereitelung der Verfolgung von Straftaten bis hin zu Kinderpornographie und Kindesmissbrauch. Und einen Mord an einem Mann aus der Immobilienbranche hatte es auch schon gegeben.

»Im Bau- und Immobiliengeschäft gibt's Leute, die es verstehen, sich aus vielen Töpfen zu bedienen, und das Wort Skrupel nur aus dem Duden kennen.«

»Und die Verbindung, von der Sie sprachen, ist Ihr Ex-Chef?«

»Ich habe keine Beweise, nur Vermutungen, ich habe in den letzten Monaten so meine Beobachtungen gemacht.«

»Anscheinend sind Sie ein sehr vorsichtiger Mann. Warum machen Sie sich die Mühe, mich zu warnen?«

Ihr war der Gedanke gekommen, dass er geschickt worden war, um ihr unter dem Deckmantel des guten Rates Angst zu machen.

Er grinste schief. »Weil ich zu feige bin, um aus der Deckung zu kommen, aber auch nicht daran schuld sein möchte, wenn etwas passiert.«

Leonie erhob sich von der harten Kirchenbank. »Dann können Sie jetzt ganz beruhigt sein. Was immer mir in der nächsten Zeit zustößt, habe ich mir selbst zuzuschreiben. Aber es wäre besser, Sie würden mit Ihren Erkenntnissen zur Staatsanwaltschaft gehen.«

Er sah sie an wie jemanden, der nicht ganz zurechnungsfähig ist. »Zu welchem Staatsanwalt raten Sie mir?«

Es waren auch Staatsanwälte in den Skandal verwickelt, worauf er mit seiner Frage ohne Zweifel anspielte. Überdies zeichnete sich bereits ab, dass bis in höhere Regierungskreise hinein in Sachsen wie auch in Berlin niemand ernsthaft an der Aufklärung der Affäre interessiert war.

»Sie sind erwachsen, Sie sind Jurist. Meine Ratschläge haben Sie also nicht nötig. Ich danke Ihnen für die mehr oder weniger offenen Worte.«

Der junge Mann zögerte, dann reichte er ihr seine Visitenkarte. »Nur für den Fall, dass Sie noch einmal meinen Rat brauchen.«

Lächelnd nahm Leonie seine Karte. »Ich würde ihn wahrscheinlich nicht beachten. Aber vielen Dank!«

Sie verließ die Kirche als Erste. Er würde warten, bis sie außer Sicht war, ehe er ihr folgte. Wie albern, dachte Leonie, aber es erheiterte sie nicht.

Das Erdgeschoss von Haus L wurde noch immer renoviert, und vor allem nach Einbruch der Dunkelheit war es Leonie Simon nicht angenehm, allein die Baustelle zu passieren, wenn sie das Haus verlassen wollte. Die Gewalterfahrungen, die sie in ihrem Leben gemacht hatte, als Opfer wie als Zeugin und Medizinerin, hatten sie vorsichtig werden lassen. Hinzu kam, dass zwar die von der Rechtsmedizin genutzte Etage abgeschlossen und gesichert war, nicht aber die beiden Ausgänge des Gebäudes. Deshalb sträubten sich ihr sofort sämtliche Körperhaare, als sie zwei Tage nach der Begegnung mit dem jungen Mann gegen 21 Uhr auf dem Weg zum

Haupteingang eine leise Bewegung im verschatteten Hintergrund des Raumes wahrzunehmen glaubte. Ihre Erleichterung ließ sie auflachen, als sich zwei katzenkindergroße Ratten um die Schutthaufen jagten. Dennoch beschleunigte sie ihre Schritte und öffnete mit einem tiefen Atemzug die Ausgangstür. Sie trat hinaus in die frische Abendluft und spürte im selben Augenblick den harten, kalten Stahl eines Messers an ihrer Kehle.

»Nicht schreien«, sagte der Mann, der im Schatten des Eingangs auf sie gewartet hatte. »Geh zu deinem Auto, aber langsam.«

Die Stimme war tief, der Akzent hart. Der Schweißgeruch, den ihr Angreifer ausströmte, roch nach Testosteron und Furcht. Eine gefährliche Mischung. Leonie wusste sofort, wer er war. Sie hoffte, er würde ihren Angstschweiß nicht bemerken.

27

> Mitleid ist ein Gefühl zweiter Ordnung:
> Mit-Empfindung für die Leiden anderer (…),
> beim Mitleid zeigen wir den Schmerz,
> den wir nicht haben.
>
> Valentin Groebner, *Compassion. A Feeling for Images*

Es war warm und sonnig, und halb Berlin saß auf der Straße, auch Ben hatte sich einen Platz vor dem Restaurant in der Grolmannstraße gesucht. In Wahrheit war er nicht hungrig und stocherte lustlos in seinem Essen herum. Es war die Wohnung im ersten Stock des Altbaus gegenüber, die ihn interessierte, besser gesagt der Wohnungsinhaber. Ben betrachtete den zerknitterten, vergilbten Zeitungsausschnitt, den er neben seinen Teller gelegt hatte. Eines der beiden darin abgedruckten Fotos zeigte einen Mann mittleren Alters, der einen kleinen Jungen fest an der Hand hielt. Das Kind starrte erschrocken in die Kamera. Auf dem anderen Foto begegnete Ben dem trotzigen Blick eines jungen Mannes von damals

21 Jahren, laut Bildunterschrift ein gewisser Hans Oldenburg. Der Mann war nach Bens Rechnung heute 72 Jahre alt und wohnte in einer Wohnung gegenüber. Ihn zu finden war nicht schwer gewesen, Bens einzige Sorge war, ob der alte Mann noch lebte. Und nun, da er ihn gefunden hatte, zögerte er, die Straße zu überqueren und an der Haustür zu klingeln.

Der Zeitungsausschnitt war einer von vielen gewesen, die er in dem vierten Karton auf dem Dachboden der Burg gefunden hatte. Alle Artikel über den Prozess waren in einer Mappe gesammelt worden. Es war nicht der einzige Fund gewesen, der Bens Gedanken fesselte, so dass sogar Klingers Drohgebärde in den Hintergrund trat. Denn dass Klinger hinter dem Steinwurf steckte, stand für ihn völlig außer Zweifel.

Wie seltsam es doch war, dachte Ben, seinen Vater so lange nach dessen Tod erst richtig kennen und begreifen zu lernen. Und über ihn die anderen Familienmitglieder, den Großvater, die Großmutter und die Tante, die ältere Schwester des Vaters. Unzweifelhaft war es die ihm unbekannte Großmutter gewesen, die all die Papiere zusammengestellt und aufbewahrt hatte. Die letzten Briefe datierten aus dem Jahr, in dem sie starb. Die meisten anderen Dokumente waren älter, aus der Zeit, als sein Vater noch zu Hause lebte. Die Großmutter hatte alles Schriftliche gesammelt, das ihren Sohn betraf. Seine Zeugnisse, Diplome und Auszeichnungen – unter anderem hatte er einen Klavierwettbewerb gewonnen –, gefledderte Tagebücher, die zumindest teilweise der Vernichtung – durch wen wohl? – entgangen waren, Gedichte, in denen er sein Herz aufriss, und all die Briefe, die er vom ersten Schuljahr an seiner Mutter geschrieben hatte. Oft waren es eher kleine Mitteilungen von wenigen Worten, und nicht immer war der Grund eine räumliche Trennung von der Mutter. Anscheinend hatten sich Mutter und Sohn aus Spaß und einer Art verschworener Gemeinschaft heraus, die Vater und Schwester ausschloss, Briefchen geschrieben, die sie sich zusteckten oder füreinander hinterlegten, um geheimnisvolle Nachrichten auszutauschen oder sich der gegenseitigen unverbrüchlichen Zuneigung und Loyalität zu versichern. Einiges verstand Ben nicht, weil es in einem Code geschrieben war, der vermutlich Neugierige ausschließen sollte. Sätze wie »Heute keine Zeitung, viel Glück. E.« Das E stand für seine Großmutter Adele, ein L für den Vater, der eigentlich Meinhard hieß. Den Schlüssel für den Code hatten die beiden ins Grab mitgenommen. Ob seine Tante mit dem Großvater ein ähnliches Team gebildet hatte, konnte Ben nur vermuten. Außer wenigen versteckten Hinweisen hatte Ben nichts gefunden, was darüber Aufschluss gab. Sein Vater jedenfalls, und das war nun Gewissheit, hatte den Großvater von Anfang an mehr bewundert als geliebt, mehr gefürchtet als respektiert und spätestens von Beginn der Pubertät an gehasst. Den Mut, sich ihm entgegenzustellen, hatte er nur einmal gehabt und das schwer büßen müssen. Ein zweiwöchiger Krankenhausaufenthalt zeugte davon, dass die Körperstrafe, die in einer Tagebuchnotiz nur knapp erwähnt wurde, über alles normale Maß ausgefallen sein musste. Wenn Ben all die disparaten Zeugnisse, die aus Kindheit, Jugend und frühem Erwachsenenalter übrig geblieben waren, zu einem, wenn auch unvollständigen, Puzzle zusammenfügte, erhielt er das Bild einer Familie, die von einem strengen, ja bis zur Grausamkeit gnadenlosen Despoten beherrscht worden war. Vor allem seinen Sohn hatte er härtestem Drill unterworfen, und je mehr sich herausstellte, dass das Kind aus weicherem Holz gemacht war, desto brutaler wurden die Erziehungsmaßnahmen. Prügel, sportliche Exerzitien bis zum Zusammenbruch, Schlaf- und Essensentzug, Demütigungen und Arreststrafen schienen zum alltäglichen Erziehungsinstrumentarium gehört zu haben. Für Ben war klar, dass der Großvater seinen Sohn als Enttäuschung betrachtet und verachtet hatte. Und die Mutter hatte nur wenig vermocht, um ihrem Sohn beizustehen. Ein Brief, den sein Vater in seinem zehnten Lebensjahr aus einem Pfadfindercamp an die Mutter geschrieben hatte, trieb Ben die Tränen in die Augen. Ein verzweifelter, einsamer Junge hatte angedeutet, dass er sein Leben nicht mehr aushielt und nur noch nicht den Mut hatte, es zu beenden. Erst viele Jahre später hatte er diesen Mut gefunden, was Ben nicht verstehen konnte, denn zu dem Zeitpunkt lagen die Schrecken seiner Kindheit weit hinter ihm. Auch im Lichte der neuen Erkenntnisse blieb für Ben viel Unerklärliches im Wesen seines Vaters. Trotz der Liebe und Güte, die er seinem Sohn entgegengebracht hatte, war da manchmal eine Scheu gewesen, ja, sogar etwas wie Furcht, was Ben hilflos und wütend machte.

Im Haus gegenüber wurde ein Fenster im ersten Stock geschlossen. Kurz erhaschte Ben einen Blick auf einen weißen Haarschopf, dann wurde die Gardine vorgezogen. Auf einen Wink brachte der Kellner die Rechnung. Ben zahlte und ließ den noch halbvollen Teller stehen. Bevor er es sich wieder anders überlegen konnte, überquerte er die Straße und klingelte. Eine Stimme aus der Gegensprechanlage fragte nach seinem Namen, Ben nannte ihn. Es blieb still. Ben wollte schon ein zweites Mal klingeln, als der Summer ertönte. Ben trat ins Haus und ging langsam die Treppe zum ersten Stock hinauf. Der alte Mann erwartete ihn, er sah dem jungen Mann von dem Zeitungsfoto nicht besonders ähnlich.

»Guten Tag, Herr Oldenburg«, sagte Ben höflich.

Der alte Mann starrte ihn aus zusammengekniffenen Augen an. »Sie sind der Enkel.«

Es war eine Feststellung, keine Frage.

»Ja. Darf ich hereinkommen?«

Hans Oldenburg trat beiseite. Die Wohnung hatte hohe Räume und große Zimmer. Aber die Einrichtung war spärlich und altmodisch. Es war auch nicht sehr sauber, und ein muffig riechender Hund mit grauen Haaren um die Schnauze lag im besten Sessel und schlief.

»Was wollen Sie von mir?« Hans Oldenburg setzte sich auf ein verschlissenes Sofa.

Ben zog sich einen Stuhl heran. »Das habe ich kürzlich im Nachlass meiner Tante gefunden.«

Er hielt dem Alten den Zeitungsartikel unter die Nase. Der nahm ihn und betrachtete die Fotos.

»Ist lange her.« Er legte den Artikel auf einen hässlichen, gekachelten Wohnzimmertisch, wie er in den sechziger Jahren modern gewesen war.

»Ich wusste nichts davon. Bis vor kurzem wusste ich überhaupt sehr wenig über meine Familie.«

Der alte Mann tippte auf den Zeitungsartikel. »Der kleine Junge, ist das Ihr Vater?«

Ben nickte. »Er ist tot, er hat sich erhängt. Schon vor einigen Jahren.«

Der Hund erwachte und gähnte herzhaft, versicherte sich blinzelnd, dass sein Herr noch da war.

»Haben Sie seinetwegen nicht geschossen?«

»Was spielt das noch für eine Rolle?«

»Hier steht, Sie haben meinem Großvater aufgelauert, um ihn zu erschießen, aber sie hatten nicht damit gerechnet, dass der Junge im Haus war. Als er in den Garten kam, seien Sie geflohen.«

Altersfleckige Hände kneteten dürre Oberschenkel. »Er stand plötzlich da und starrte mich an, da konnte ich nicht abdrücken.«

»Haben Sie es bereut?«

»Was glauben Sie wohl?« Das Lachen des Alten verriet ihn. Die Wut war jung.

»Da steht auch, warum Sie meinen Großvater töten wollten. Sie haben behauptet, er hätte Ihren Vater umgebracht, der im KZ gestorben ist.«

»Was wollen Sie von mir?«, wiederholte der Alte seine Frage.

Ben schwieg. Ihm fiel plötzlich auf, wie merkwürdig es klingen musste, wenn er diesen alten Mann nach seinem Großvater befragte. Der Enkel eines Täters den Sohn eines Opfers. Vorausgesetzt, es stimmte alles, was er gelesen hatte.

»Lebt Ihr Großvater noch?«

»Ja, er lebt noch. In einem Seniorenheim in Brandenburg, er ist schon sehr alt.«

»Das Böse stirbt nie. Ja.« Wieder dieses Lachen. Freudlos. Verbittert. Hoffnungslos. »Bildet er weiter neue Nazis aus?«

Müsste er seinen Großvater nicht verteidigen? Ben suchte nach Worten.

»Jetzt werden Sie langsam ärgerlich, nicht wahr? Dann hätten Sie nicht zu mir kommen dürfen. Was damals die Wahrheit war, ist es auch heute noch. Ihr Großvater ist ein Mörder. Nicht so ein dummer kleiner Armleuchter, den man in eine Uniform gesteckt und mit einem Gewehr in den Schützengraben geschickt hat. Nein, er war einer von denen, die sich das alles ausgedacht haben. Einer von denen, die den Wahnsinn in Paragraphenform gegossen haben. Einer von den Organisatoren und Rechtfertigern. Mitleidlos. Gefühllos. Kalt wie eine Hundeschnauze. Er hat damals nicht mit der Wimper gezuckt, als ich auf ihn gezielt habe. Auf den können Sie wirklich stolz sein.«

Ben spürte, dass er Fieber bekam. »Aber man hat Sie verurteilt, ohne mildernde Umstände. Mein Großvater wurde rehabilitiert.«

»Sie sind jung und ahnungslos, wie ich sehe. Nach 45 wurden nur die wenigsten verurteilt, die meisten sind durchgerutscht. Die Alliierten konnten sich's gar nicht leisten, alle Täter zu verfolgen. Dann wäre kaum noch einer übrig geblieben für Posten in Politik, Verwaltung und Justizapparat. Ihr Großvater war auch einer von denen, die fast sofort wieder auf die Füße gekommen sind. Und in den Fünfzigern war er schon wieder ganz oben, der Herr Anwalt und Rechtsberater von wichtigen Parteipolitikern. Hat auch seine alten Kumpels von der SS nicht im Stich gelassen und sogar kostenlos verteidigt, wenn sie kein Geld hatten. Zum Beispiel diesen Klinger. Kennen Sie den Film ›Sein oder Nichtsein‹ von Ernst Lubitsch?«

Ben schüttelte den Kopf.

»Da gibt's einen SS-Mann, der ganz stolz ist auf seinen Spitznamen ›Konzentrationslager-Erhardt‹. So einer war Klinger. War maßgeblich an der Errichtung und Organisation der KZ beteiligt und hat sich höchstpersönlich neue schmerzhafte Formen der Folter ausgedacht. Ein wirklich begabter Sadist. Guter Freund Ihres Großvaters. Die beiden waren das, was man heute ein Dream-Team nennen würde.«

Ben verspürte brennenden Durst, wagte aber nicht, um ein Glas Wasser zu bitten. »Und Ihr Vater? Was hatte er getan? Ich meine, warum kam er ins KZ?«

Der alte Mann verfiel plötzlich vor Bens Augen, ein Bild der Erschöpfung. »Er hat etwas ganz Unverzeihliches getan. Er hat die Wahrheit gesagt. Nach der furchtbaren Katastrophe von Stalingrad sagte er zu einem Arbeitskollegen, das sei der Anfang vom Ende und Hitler ein Wahnsinniger. Der Arbeitskollege hatte ihn dazu animiert, hatte sich als Regimegegner ausgegeben, aber er war ein Gestapo-Spitzel. Mein Vater wurde sofort verhaftet. Meine Mutter hat sich dann an Ihren Großvater gewandt. Er und mein Vater waren Studienkollegen und in derselben Studentenverbindung gewesen, und Ihr Großvater war inzwischen ein hohes Tier bei den Nazis geworden, er leitete eine Abteilung im Reichssicherheitshauptamt. Aber er hat keinen Finger gerührt, um meinen Vater zu retten, im Gegenteil. Er hat die sofortige Überstellung in ein KZ verfügt. Später hat er das bestritten, hat behauptet, er hätte seinen ganzen Einfluss geltend gemacht. Aber ich weiß, dass es eine Lüge ist. Eine Lüge.« Er machte eine Pause. »Ich möchte, dass Sie jetzt gehen.«

Ben erhob sich. »Es tut mir leid.«

Der Alte blickte misstrauisch auf.

»Es tut mir leid«, sagte Ben noch einmal. Was hätte er sonst sagen können?

28

»Autsch«, rief Leonie, als der Arzt die Schnittwunde an ihrer Hand nähte.

»Sie wollten ja keine Betäubung. Jetzt halten Sie still.« Er machte noch zwei weitere Stiche, sprühte eine kühle Flüssigkeit auf die Wunde und legte einen Verband an. »Sie haben ein ungeheures Glück gehabt.«

»Ich weiß«, sagte Leonie demütig und überlegte, ob sie um ein leichtes Beruhigungsmittel bitten sollte. Aber sie wusste, dass Kallweit noch mit ihr sprechen wollte, und es war besser, klar im Kopf zu bleiben. Er wartete auf sie, als sie den Behandlungsraum der Notaufnahme verließ. Sie las echte Besorgnis in seinem Blick.

»Wie geht es Ihnen?«

»Mit geht's prima«, schwindelte Leonie und versuchte, nicht an den pochenden Schmerz in ihrer Hand zu denken. Sie bereute, das Schmerzmittel abgelehnt zu haben.

»Können Sie mir erzählen, was passiert ist?«

»Ja, natürlich. Sie brauchen mich nicht wie ein rohes Ei zu behandeln.«

Kallweit führte sie zu einer Sitzecke, wo sie sich ungestört unterhalten konnten.

»Immerhin haben Sie ein sehr unangenehmes Erlebnis hinter sich.«

Leonie war froh, sich setzen zu können. Die Anspannung ließ langsam nach, und Erschöpfung machte sich breit.

»Ja, ich hatte mir den Abend anders vorgestellt.«

Kallweit runzelte die Stirn. »Sollen wir vielleicht doch morgen weiterreden? Sie sehen aus wie gespuckt.«

Seine Ausdrucksweise entlockte Leonie ein schwaches Lächeln. »Ihr Polizisten seid immer so charmant.«

Sie bestand darauf, ihre Aussage hinter sich zu bringen, und begann mit der Entführung im Institut.

»Das Risiko war gering, um die Zeit ist nicht mehr viel los auf dem Gelände. Auf dem Weg zu meinem Wagen sind wir niemandem begegnet, und wenn, hätte ich es mit dem Messer an meiner Kehle wohl kaum gewagt, um Hilfe zu rufen. Er hat mich ins Auto bugsiert und mir befohlen, ihn nach Holland zu fahren.«

»Nach Holland? Eigenartige Idee. Und wie zum Donner kam er überhaupt auf Sie?«

»Ganz einfach. Mein Bild ist mehrfach in der Zeitung gewesen, und die Berichterstattung über den Domina-Fall hat er natürlich verfolgt. An mich kam er leicht heran, und er hoffte, mit mir am Steuer Polizeikontrollen besser überstehen zu können. Flugzeug oder Zug kam nicht mehr in Frage, nachdem er begriffen hatte, dass nach ihm gefahndet wurde. Ihre Leute haben sich da übrigens bemerkenswert dämlich angestellt. Als er nicht gleich die Tür seiner Wohnung geöffnet hat, sind sie abgezogen, ohne ein Observationsteam zurückzulassen. Er brauchte einfach nur herauszuspazieren.«

Kallweit presste die Lippen zusammen. Irgendjemand würde am nächsten Morgen einen Anschiss bekommen. »Zwei Zivilstreifen waren zwanzig Minuten später vor Ort.«

»Zwanzig Minuten zu spät«, fuhr Leonie ungerührt fort. »Nach Holland, genauer nach Amsterdam, wollte er übrigens, weil er dort einen Kumpel hat, der ihm weiterhelfen sollte. Auch mit falschen Papieren. Oder mit echten, was immer er damit meinte. Ich bin also losgefahren, was anderes blieb mir gar nicht übrig. Er hielt mir immer noch das Messer an den Hals. Und kurz vor dem Mierendorffplatz ist mir das Benzin ausgegangen. Manchmal vergesse ich, rechtzeitig zu tanken.«

Kallweit schüttelte den Kopf.

»Ist Ihnen das noch nie passiert? Leskow war stocksauer. Er dachte, ich hätte das absichtlich so gedreht. Ich habe ihm gesagt, dass er sich jetzt entweder etwas Neues einfallen lassen oder mit mir zu einer Tankstelle gehen müsse, um Benzin zu holen. Ihm ist nichts eingefallen, also hat er mich gepackt und mit sich geschleift. An einer roten Ampel habe ich die Gelegenheit genutzt, um mich loszureißen und einen Autofahrer auf mich aufmerksam zu machen. Dabei habe ich mich an Leskows Messer verletzt. Den Rest kennen Sie?«

Kallweit nickte. »Und ich hoffe, wir kriegen den Kerl noch heute Nacht.«

Leonie verlor den letzten Rest Farbe im Gesicht. »Ich dachte, Sie hätten ihn längst festgenommen?«

»Das war leider falscher Alarm.« Kallweits Lippen wurden noch eine Spur schmaler. »Die ganze Sache ist nicht optimal gelaufen. Trug er weitere Waffen bei sich? Eine Pistole?«

»Ich habe ihn nicht gefragt. Gesehen hab ich nur das Messer.«

Leonies Haltung ließ spürbar nach, was auch Kallweit registrierte. »Ich lasse Sie jetzt nach Hause fahren. Und sicherheitshalber postiere ich einen Streifenwagen vor Ihrem Haus, obwohl ich mir nicht vorstellen kann, dass Leskow weiß, wo Sie wohnen.«

»Danke.« Leonie nahm sich vor, diesmal ganz gewiss die Alarmanlage einzuschalten.

Grigori Leskow wurde noch in der Nacht gefasst, was nicht nur Leonie, sondern auch Jutta Hanusch beruhigte, die ihren Sohn auf Anraten Kallweits schon einen Tag zuvor bei einer Freundin untergebracht hatte. Das Ergebnis der ersten Befragung Leskows erreichte Leonie zu Hause, wo sie den Tag nach Rücksprache mit ihrem Chef mehr oder weniger auf der Couch verbrachte. Für Sektionen würde sie wegen der verletzten Hand bis auf weiteres ausfallen, und die Termine des Tages ließ sie von ihrer Sekretärin absagen. Obwohl sie erstaunlich gut geschlafen hatte, fühlte sie sich müde und ausgelaugt. Kallweit informierte sie bei seinem Anruf, dass Leskow jede Beteiligung an Dinas Entführung und Ermordung geleugnet hatte. Er gab zu, an dem Tag vor dem Haus gewesen zu sein, ihren Schlüssel hatte er angeblich auf der Straße gefunden. Kallweit hielt das für ausgemachten Blödsinn. Der Haftrichter war derselben Meinung und ordnete Untersuchungshaft an. Mit dem »Stotterer« hatte es ebenfalls ein erstes Gespräch gegeben. Der Mann schwankte zwischen Panik und Anfällen von Arroganz nach dem Motto »Wissen Sie eigentlich, wen Sie vor sich haben?«. Den Kontakt zu Dina gab er gezwungenermaßen zu, wollte sie aber bei bester Gesundheit verlassen haben.

»Glauben Sie ihm das?«, hakte Leonie nach.

»Ja, und zwar deshalb, weil er auf meine Frage, ob ihm vor dem Haus ein Mann aufgefallen sei, eine erstaunlich gute Beschreibung von Leskow abgegeben hat. Außerdem will er unmittelbar anschließend zu einem Termin mit einem Architekten gefahren sein, was dieser bestätigt hat. Sofern der Mann nicht lügt, ist der ›Stotterer‹ damit aus dem Schneider.«

»Wieso? Er könnte die bewusstlose Frau unterwegs irgendwo geparkt haben, während er seinen Termin wahrnahm. Oder er hat sie gleich in das Versteck gebracht.«

»Für so abgebrüht halte ich den Mann nicht. Und warum sollte er einen Termin mit seinem Architekten ausgerechnet an dem Tag machen, an dem er die Entführung von Dina Sachs plant. Und ich glaube, wir sind uns einig, dass Planung vorlag.«

Das musste Leonie zugeben.

»Leskow hingegen muss sich noch einen sehr guten Grund einfallen lassen, wie er an den Hausschlüssel der Frau gekommen ist, nachdem sie verschwand.«

Leonie stimmte zu, dass der Zufallsfund auf der Straße ein wenig matt klang. »Was ist mit dem Tätowierer? Haben Sie Leskow auch zu dem Fall befragt?«

»Eins nach dem anderen. Das habe ich noch in der Hinterhand. Damit erschrecke ich ihn noch früh genug.«

Kallweit wünschte ihr eine gute Besserung und überließ sie weiteren Besuchern und Anrufern, die sich vergewissern wollten, dass es ihr gutginge. Ihre Vermieterin versorgte sie mit selbstgekochter Hühnersuppe, nach ihrer Ansicht ein Allheilmittel bei jedweden Krankheiten und schlechten Stimmungen. Madeleine Quast bot ihr sehr diskret eine Gesprächstherapie zur Traumabewältigung an und war nicht überrascht, als dies von Leonie abgelehnt wurde.

»Ich weiß, dass Sie sehr stark sind. Falls Sie Ihre Meinung ändern, wissen Sie, wie Sie mich erreichen können.«

»Jedenfalls danke ich Ihnen«, sagte Leonie und meinte es ehrlich. »Es war schon sehr aufregend, aber merkwürdigerweise hatte ich die ganze Zeit keine Angst um mein Leben. Bei der Gelegenheit, was hat Kallweit wegen des Telegramms erreicht?«

»Gar nichts«, antwortete Quast knapp. »Es wurde von einem Telefon auf dem Anstaltsgelände aufgegeben, und zwar von einem Apparat, der zu dem Zeitpunkt relativ leicht zugänglich war. Sogar für ihn.«

»Ich denke, der Mann sitzt in einer geschlossenen Abteilung?«

»Vergessen Sie nicht, dass er auf die Freilassung vorbereitet wird. Das bedeutet, er hat Freigang, wenn auch unter Aufsicht. Die könnte er ausgetrickst haben.«

»Und was bedeutet das jetzt? Kann die Freilassung verhindert werden?«

»Mit welcher Begründung? Wir können ihm nichts nachweisen. Es könnte ein Trick sein, um ihm zu schaden. Sogar ich selbst könnte in Verdacht kommen, das Telegramm aufgegeben zu haben.«

»So ein Unsinn!«

»Was macht Sie so sicher? Ich bin diejenige, die am meisten daran interessiert ist, dass er bis zum Sankt-Nimmerleins-Tag im Maßregelvollzug bleibt.«

Leonie war für einen Moment sprachlos. »Auf die Idee würde ich nie kommen.«

»Es gibt Leute, die darauf kommen würden, spätestens sein Anwalt.«

»Und nun?«

»Gar nichts. Ich kann nichts tun. Aber lassen wir das. Und passen Sie lieber auf sich selbst auf.«

Der interessanteste Anruf des Tages, der Leonie im wahrsten Sinne des Wortes wieder auf die Beine brachte, kam von Lina Vogelsang. Die junge Frau hatte sich auf Leonies Bitte hin noch einmal gründlich den Kopf zerbrochen, wo die Gotthardts wichtige Unterlagen aufbewahrt haben konnten.

»Es ist wahrscheinlich eine Sackgasse, aber es ist das Einzige, was mir noch eingefallen ist.«

»Immer raus damit. Es ist einen Versuch wert«, lockte Leonie.

»An einem meiner letzten Arbeitstage habe ich für Doktor Gotthardt eine CD-ROM in eine Akte im Institutsgebäude in der Hittorfstraße einordnen müssen. Die Akten aus den Jahren vor 2000 lagern noch im dortigen Archiv. Es war einer seiner alten Fälle und längst abgeschlossen, deshalb habe ich mich ein wenig darüber gewundert. Aber was auf der CD drauf ist, weiß ich nicht.«

Leonie versuchte, ihre Begeisterung im Zaum zu halten, und notierte, um welche Akte es sich handelte.

»Danke, Frau Vogelsang, dafür haben Sie einen Orden verdient.«

»Eine Flasche Wein und ein Blumenstrauß tun's auch.«

Leonie stimmte lachend zu und beendete das Gespräch. Eilig zog sie sich um, was mit der verbundenen Hand gar nicht so einfach war, und verließ das Haus. Sie eilte zu Fuß in die Hittorfstraße und überraschte die Angestellte im Archiv, die gerade Feierabend machen wollte, mit ihrem unerwarteten Auftauchen. Leonie erklärte ihre Bitte, wobei das Problem darin bestand, dass sich Lina Vogelsang nur an den Namen des Toten, verständlicherweise aber nicht an die Sektionsnummer erinnern konnte.

»Macht nichts. Ich habe die Akte noch kürzlich in der Hand gehabt. Doktor Gotthardt war ein paar Tage vor diesem schrecklichen Brand bei mir und hat nach dem Vorgang gefragt.«

»Ach ja? Warum?«

»Er hatte einen großen Umschlag bei sich, den wollte er einordnen.«

Noch mehr Material, dachte Leonie und wartete auf die Archivarin, die zwischen den Schränken verschwunden war, in denen die Akten verwahrt wurden.

»Merkwürdig«, hörte sie die Frau murmeln. »Einen Moment noch.«

Die Archivarin tauchte wieder auf, griff nach einer großen Kladde und blätterte eine Weile darin herum, fand anscheinend, was sie gesucht hatte, und kehrte zum Aktenschrank zurück.

»Also, das verstehe ich nicht, hier müsste der Vorgang sein. Doktor Gotthardt muss die Akte falsch eingeordnet haben.«

»Wieso Doktor Gotthardt?«

»Ich musste dringend fort, und er hat gesagt, er mache das schon selbst. Vielleicht hat er die Akte auch mitgenommen, was allerdings nicht in Ordnung wäre, ohne mich zu informieren.«

Leonie glaubte nicht, dass er die Akte an sich genommen hatte. Das konnte nicht Sinn der Aktion sein.

»Dann würde ich Sie bitten, das ganze Archiv zu durchsuchen. Wenn er sie nur falsch abgelegt hat, muss sich die Akte ja finden lassen.«

Die Archivarin verlor ihre gute Laune. »Das ganze Archiv? Wissen Sie, wie viel Zeit mich das kostet?«

»Tut mir leid, aber es ist sehr wichtig.«

Leonie wurde auf den nächsten Tag vertröstet und gab sich damit zufrieden. Ohnehin fühlte sie sich völlig erschöpft und hatte nur noch den Wunsch, wieder ihren Platz auf der Couch zu beziehen. Das Abenteuer der letzten Nacht war nicht so leicht zu verkraften, wie sie vorgab. Was sie gegenüber Madeleine Quast geäußert hatte, entsprach nicht ganz der Wahrheit. Sie hatte Angst vor Leskow gehabt, er hätte sie leicht töten können. Auf dem kurzen Fußweg zu ihrem Haus überlegte Leonie, warum sie trotz allem überzeugt war, dass er nicht so weit gegangen wäre. Mitleid, Skrupel oder moralische Überzeugungen konnte man Leskow kaum unterstellen. Und falls er Dina Sachs getötet hatte, käme es auf einen weiteren Mord nicht an. Nur hatte er diesen einen Satz gesagt, als er sie zum Auto zerrte. »Ich geh nicht in den Knast, wo ich auch schon zehntausend wegen ihr verloren hab.« Auf ihre Frage, was er damit meine, hatte er nur geblafft, sie solle die Klappe halten. Zuerst hatte Leonie angenommen, er habe Dina aus Rache getötet, weil sie ihm ein Geschäft verdorben hatte. Es konnte aber auch sein, dass erst ihr Tod ihm einen Strich durch die Rechnung gemacht hatte. In dem Fall wäre ihre Ermordung gegen seine Interessen und damit unsinnig gewesen. Die Hartnäckigkeit, mit der er versucht hatte, sie zu treffen, sprach für letztere Variante. Wenn er sie umbringen wollte, hätte er das längst und überdies sehr viel einfacher tun können. Hatte sie bei ihrer Aussage gegenüber Kallweit diese Bemerkung Leskows erwähnt? Sie wusste es nicht mehr. Um neun Uhr nahm Leonie eine Schlaftablette und verbrachte eine ruhige und traumlose Nacht.

Der nächste Tag begann mit einem aufgeregten Anruf ihrer Tante, die beim Frühstück in der Zeitung von Leonies rüder Begegnung mit einem Mordverdächtigen gelesen hatte. Leonie beruhigte sie über ihren gesundheitlichen Zustand und nutzte die Gelegenheit, sich wegen ihrer hartnäckigen Einmischung in Sachen Henry zu entschuldigen. Die Entfremdung von ihrer Tante hatte ihr die ganze Zeit zu schaffen gemacht, und so war Leskows Dummheit zu etwas gut gewesen. In ihrer Erleichterung hätte Charlotte Reichert ihrer Nichte auch wesentlich Schlimmeres verziehen. Bruno allerdings, so erfuhr Leonie, war bei ihrer Tante endgültig in Ungnade gefallen. Die Prügelei hatte das Fass zum Überlaufen gebracht, und er hatte Hausverbot bekommen. Armer Bruno, dachte Leonie, sie würde ihm helfen müssen. Allein kam er gegen Henry nicht an, ihre Tante war nur durch unleugbare Fakten zu überzeugen.

Leonie fühlte sich stark genug, ins Institut zu fahren. Eine verletzte Hand war nur eine gute Ausrede, wenn es um Sektionen ging, und einem erschütterten Nervenkostüm half nichts so gut wie langweilige Schreibtischtätigkeit. Kaum im Auto, sie wollte gerade den Schlüssel ins Zündschloss stecken, meldete sich ihr Mobiltelefon. Es war Kallweit.

»Wie geht es Ihnen?«

»Ganz gut.«

»Können Sie Auto fahren?«

»Seit ich neunzehn bin.«

»Das meine ich nicht. Fühlen Sie sich stark genug, zum Grunewald zu fahren, oder soll ich Ihnen besser einen Wagen vorbeischicken?«

»Was soll ich im Grunewald? Veranstalten Sie ein Picknick?«

»Wir haben die Leiche von Sina Rauscher-Abramowsky gefunden. Auf dem Selbstmörderfriedhof.«

Leonie unterbrach ihn, als er ihr den Weg zum Forstfriedhof Grunewald beschreiben wollte. Sie kannte den romantisch mitten im Wald gelegenen Friedhof recht gut. Zwar war sie schon lange nicht mehr dort gewesen, aber sie hatte nicht vergessen, wie man ihn erreichen konnte, und sie wusste von seiner Geschichte, seit 1988 Christa Päffgen, bekannter unter dem Namen Nico, Sängerin von *Velvet Underground,* dort begraben worden war. Den volkstümlichen Namen Selbstmörderfriedhof hatte er bekommen, als man Ende des 19. Jahrhunderts begann, die Verzweifelten im Wald zu begraben, die sich in der Havel ertränkten und in der Bucht von Schildhorn angeschwemmt wurden. In der guten alten

Zeit durften Selbstmörder nicht neben frommen Christen in geweihter Erde beigesetzt werden. Die Hinterbliebenen hatten die Leichen in den Wald geschleppt und einfach dort verscharrt. Im Jahre 1920 wurde um den Platz einen Steinmauer gezogen, ein Tor eingesetzt und ein ordentlicher Friedhof daraus gemacht, um auch andere Tote dort begraben zu können. Soweit Leonie wusste, war der Friedhof noch in Betrieb, wenn dort auch nicht mehr viele Menschen bestattet wurden.

Nachdem Leonie den Grunewaldturm an der Havelchaussee passiert hatte, hielt sie Ausschau nach dem Abzweig, der in den Wald und zum Friedhof führen würde. Es gab zwar keine gepflasterte Straße, aber einen auch für normale Personenwagen befahrbaren Waldweg. Sie hätte sich keine Gedanken darum zu machen brauchen, denn Kallweit hatte sicherheitshalber dort einen Streifenwagen postiert. Leonie winkte den Beamten zu und holperte die Strecke zum Friedhof hinauf. Noch ein Abzweig nach links, und schon wenige hundert Meter weiter öffnete sich eine Lichtung, die von dem Friedhof gebildet wurde. Hätten nicht die vielen Polizeifahrzeuge den spärlichen Platz vor der Westmauer zugeparkt, wäre Leonie von der beschaulichen Atmosphäre des Ortes entzückt gewesen. Wo sich aber ansonsten nur äußerst selten lebende Menschen aufhielten, wimmelte es nun von Polizisten und Spurentechnikern.

Leonie ließ ihren Wagen einfach am Wegesrand stehen und ging auf das schwere Eisentor zu, das unter einem Rundbogen in die Mauer eingepasst war. Ein uniformierter Polizist, der sie nicht kannte, wollte sie aufhalten. Sie wies sich aus und fragte nach Hauptkommissar Kallweit. Die Antwort erübrigte sich, weil er in dem Moment durch das Tor trat.

»Da sind Sie ja.« Er hielt das Tor für sie auf und winkte sie zu sich. »Tut's noch weh?«

Sie hob die Hand und wackelte ein wenig mit den Fingern. »Funktioniert noch.«

»Sie liegt dahinten.«

Vorbei an den großen Grabkreuzen der russischen Soldaten, die

1919 in der Havel ertrunken waren, an verlassenen, schlecht gepflegten oder aufgegebenen Gräbern, an üppig wuchernden Sträuchern und Gebüschen führte Kallweit sie in die östliche Ecke der Begräbnisstätte.

»Der Friedhof wird nicht mehr viel genutzt, wahrscheinlich wird er bald ganz aufgegeben. Natürlich gibt es einen Wärter, der aber nicht oft hier ist. Auch Angehörige lassen sich nur selten blicken, die meisten sind wahrscheinlich selbst schon verstorben. In den letzten Jahren haben hier nicht mehr viele Beisetzungen stattgefunden. Das ist der Grund, warum sie jetzt erst entdeckt wurde.«

»Unter oder über der Erde?«

»Über der Erde natürlich.« Kallweit warf ihr einen tadelnden Blick zu. »Ein Spaziergänger hat sie gefunden, der sich nur mal umschauen wollte. Hat einen Mordsschreck bekommen.«

In der östlichen Ecke des Friedhofs waren mehrere Spurentechniker bei der Arbeit. Auf einem Grab, das sich unmittelbar an die Mauer schmiegte, lag eine zusammengesunkene Gestalt, teilweise verdeckt von einem Nadelgehölz und einem Rhododendron. Leonie registrierte automatisch eine griechische Inschrift auf dem Gedenkstein des Nachbargrabes. Über drei deutschen Namen, ihre Träger waren schon in den siebziger Jahren verstorben, stand in griechischen Buchstaben das Wort Χαίϱετε, das man ebenso gut mit Guten Tag wie mit Auf Wiedersehen oder Seid gegrüßt übersetzen konnte. Auf der gegenüberliegenden Seite des schmalen Weges lag ein klobiger Stein mit der rührenden Inschrift *Mutti* und *Papa,* daneben eines der verlassenen Gräber, auf denen die Friedhofsverwaltung ein Schild aufgepflanzt hatte mit der Bitte an die Angehörigen, sich zu melden, da die Nutzungsrechte abgelaufen waren. Es sah ganz so aus, als habe sich seit Wochen oder sogar Monaten niemand mehr in diesen Teil des Geländes verlaufen.

Die Leiche von Sina Rauscher-Abramowsky war in einem denkbar schlechten Zustand, wie Leonie nach kurzer Untersuchung feststellte. Seit ihrem Verschwinden waren fast zwei Monate vergangen, und wahrscheinlich hatte sie genauso lange dort gelegen.

Das Wetter, Insekten und andere Tiere hatten der Leiche zugesetzt. Es würde nicht leicht werden, die genaue Todesursache festzustellen.

»Äußere Verletzungen kann ich nach Augenschein nicht feststellen.« Leonie erhob sich und streifte ihre Handschuhe ab, wegen der verletzten Hand eine ziemlich schmerzhafte Angelegenheit. »Was wollte Sie bloß hier? Ist sie zum Sterben hergekommen?«

»Vielleicht sollen wir das denken?« Kallweit betrachtete nachdenklich die Leiche, die zum Abtransport bereitgemacht wurde. »Ich nehme an, Sie werden nicht selbst obduzieren?«

»Aber ich werde dabei sein, darauf können Sie sich verlassen.«

Kallweit begleitete sie zu ihrem Wagen. Leonie nahm die Gelegenheit wahr, ihre Aussage um den interpretationsfähigen Satz Leskows zu vervollständigen, der ihr erst später wieder eingefallen war. Kallweit notierte sich den Wortlaut.

»Haben Sie sonst noch etwas vergessen?«

»Ist das ein Vorwurf?«

»Nein, nur eine Frage.«

»Seien Sie nicht so humorlos.« Leonie warf einen Blick zurück auf den feldsteinummauerten Friedhof. »Was für ein schöner, verwunschener Ort! Schade, dass die Toten davon nichts mehr haben.«

»Sind Sie sicher? Ist auch nur eine Frage.«

»Ich bin dessen ganz sicher. Aber ich will Ihnen keinesfalls Ihre Illusionen rauben.«

Falls er Illusionen über den Tod von Sina Rauscher-Abramowsky hegte, wurden die von den mageren Ergebnissen der Obduktion zumindest nicht gestützt. Eindeutige Spuren, die auf Gewaltanwendung hindeuteten, wurden nicht gefunden. Einkerbungen an freiliegenden Knochen rührten sehr wahrscheinlich von Tierfraß her. Leonie wollte zur Sicherheit noch die Meinung einer Anthropologin einholen. Das Interessanteste war der Bruch eines Fingerknochens, der keinerlei Anzeichen von Heilung zeigte, was bedeutete, dass er beim Eintritt des Todes frisch gewesen war. Aus der Position der Leiche auf dem Grab konnte man nicht notwendig ableiten, dass der Knochen bei einem Sturz gebrochen worden sein musste.

»Es könnte sich durchaus um eine Abwehrverletzung handeln.«

Leonie saß Kallweit in ihrem Büro gegenüber. Ihre Sekretärin war so freundlich gewesen Kaffee und Kekse zu organisieren. Leonie hätte gern etwas Kräftigeres gehabt, schob den Gedanken an Steak und Bier aber beiseite.

»Abwehr von was? Es gibt weder Stich- noch Strangulations- oder sonstige Verletzungen.«

Kallweit sah unzufrieden aus. »Wenn es einen Angreifer gegeben hätte, müsste sie schwerer verletzt sein.«

»Nicht unbedingt. Das Zungenbein war intakt, aber sie könnte trotzdem mit etwas Weichem wie einem Schal oder Strumpf gedrosselt worden sein. Wegen der fortgeschrittenen Verwesung könnten wir Strangmarken nicht mehr nachweisen. Lassen Sie uns außerdem die toxikologische Untersuchung abwarten.«

Kallweit stellte halblaut Überlegungen an. »Vielleicht hat sie wirklich Selbstmord begangen. Sie fährt nach Berlin, bittet ihren Bruder um eine Knochenmarkspende. Der lehnt ab, was ihm jetzt unangenehm ist, weshalb er uns anlügt, und sie fährt zum Selbstmörderfriedhof und bringt sich dort, wie auch immer, um.«

»Ohne wenigstens einen Abschiedsbrief für Ihren Mann zu hinterlassen?«

»Nicht jeder Selbstmörder hinterlässt Botschaften.«

»Haben Sie Rauscher schon informiert?«

Kallweit erhob sich schwerfällig. »Das Vergnügen steht mir noch bevor beziehungsweise dem Hamburger Kollegen, der ihm die Nachricht überbringen muss. Das kann ich nicht telefonisch machen.«

»Ich bin sicher, Rauscher wird sagen, dass es Mord war und ihm seine Frau so etwas niemals antun würde.«

»Ja, vielleicht. Eigenartig, Mord ist Angehörigen oft lieber als Selbstmord.«

»Möchten Sie mit dem Schuldgefühl sitzengelassen werden, für den Tod eines nahestehenden Menschen mitverantwortlich zu sein?«

29

Wenn ihr uns stecht, bluten wir nicht?
Wenn ihr uns kitzelt, lachen wir nicht?
Wenn ihr uns vergiftet, sterben wir nicht?

William Shakespeare,
Der Kaufmann von Venedig

Das Wetter war frühsommerlich warm, und Ben saß auf dem Bootssteg, der zur Burg gehörte, und ließ die Füße ins Wasser baumeln. Er spürte das sanfte Streicheln der Wellen auf der Haut, was ihm ein wohliges Gefühl der Normalität schenkte. Die Sonne malte Kringel auf seine geschlossenen Augenlider, und die Wärme machte ihn schläfrig. Es war ganz einfach, nicht an den Großvater, nicht an Hans Oldenburg und auch nicht an das Buch zu denken. Erst als sich Wolken vor die Sonne schoben und die Füße unangenehm kalt wurden, konnte er nicht länger verhindern, dass seine Gedanken sich wieder mit dem Buch beschäftigten, das Oldenburg ihm noch hinterhergetragen hatte, als er schon auf der Treppe war. »Behalten Sie's. Ich brauche es nicht mehr«, hatte der alte Mann gesagt und seine Tür fest ins Schloss gedrückt. Das Buch war alt und zerlesen. Es enthielt die Lebensläufe von fast drei Dutzend Nazi-Führern, darunter auch Bens Großvater und dessen Freund Klinger. Die wichtigsten Lebens- und Karrieredaten des Großvaters kannte Ben bereits, einiges war neu für ihn. Zum Beispiel, dass der Großvater einer schlagenden Verbindung angehört und seine Doktorarbeit über die Legitimation und Notwendigkeit nationalistischer Kriege geschrieben hatte. Seine Karriere verlief rasant, wobei seine Hauptaufgaben fast immer im Bereich der Organisation und Konzeption der politischen Polizei lagen, über deren

Ethos und Idee er auch Lehrbücher schrieb. Er wirkte mit bei der Errichtung von Konzentrationslagern und koordinierte Einsätze von Sipo und Gestapo. Im Laufe des Krieges trat er der SS bei und wurde Obergruppenführer, später Verwaltungschef im besetzten Frankreich, wo er die Kontrolle von Justiz und Polizei innehatte und für die Deportation von Juden mitverantwortlich war. Nach Kriegsende wurde er nur kurz inhaftiert und rasch entnazifiziert. Es hatte in den fünfziger und sechziger Jahren diverse Versuche gegeben, ihn für Erschießungsaktionen und Todesurteile, die er unterschrieben hatte, zur Verantwortung zu ziehen, aber er war aus all diesen Prozessen als Sieger hervorgegangen. Die langjährige Freundschaft mit einem Mann wie Klinger fand Ben in ganz besonderer Weise abstoßend und unverständlich. Wilhelm Klinger entstammte der Hefe des Volkes, wie es so schön heißt. Er war ungebildet, aber schlau. Und seine unzweifelhafte Effizienz und Durchsetzungskraft wurden nur von seiner Bestialität übertroffen. Ohne jeden Skrupel führte er als Leiter verschiedener SS-Einsatzgruppen im Osten Vernichtungsfeldzüge gegen Juden, Psychiatriepatienten und polnische Intellektuelle, ordnete Massaker unter Kriegsgefangenen an und war Mitbegründer der berüchtigten Waffen-SS. Bei der Einrichtung des Netzes von KZ, das bald nach Antritt der Nazis Deutschland überzog, arbeitete er mit Bens Großvater zusammen. Offenbar der Beginn einer wunderbaren Freundschaft, dachte Ben in Anlehnung an den letzten Satz Humphrey Bogarts im Film *Casablanca*. Nur dass die Bogart-Figur des Barbesitzers Rick auf der anderen Seite stand.

Was fange ich jetzt mit meinem Wissen an? fragte sich Ben. Gegen seinen Willen war er auf eine Familiengeschichte gestoßen, die ihn im Grunde genommen gar nicht mehr betraf. Alles war längst vergangen, die Protagonisten tot oder uralt. Sein Großvater war ein Fremder für ihn und würde es bleiben. Was kümmerte es Ben, was der alte Mann vor über sechzig Jahren verbrochen hatte? Am besten sperrte er die Gespenster wieder in den Schrank und stellte die Besuche bei seinem Großvater ein. Er hatte ihn kennengelernt und damit seine Pflicht getan. Zu sagen hatten sie sich ohnehin nicht viel. Dennoch! Vergessen war unmöglich. Es wäre wie Schorf auf einer Wunde, unter der es weiter schwärte. Ben wusste, wie gefährlich das war.

Schon zwei Tage später stand er im Garten der Seniorenresidenz und schaute sich nach dem Großvater um. Wie an den meisten Wochentagen waren nicht viele Besucher da, und wegen der großen Schwüle hielten sich nur wenige alte Menschen im Freien auf. Bens Großvater war nicht darunter. Ben betrat das Haus durch den hinteren Eingang und fragte einen Pfleger nach dem Zimmer seines Großvaters.

»23, zweiter Stock. Heute geht es ihm nicht so gold. Kreislauf, kein Wunder bei dem Wetter.«

»Aber ich darf ihn besuchen?« Zu seiner eigenen Überraschung war Ben besorgt um den alten Mann.

»Na klar, solange Sie ihm keine Zigarre anbieten.« Der Pfleger grinste und eilte davon.

Die Tür zum Zimmer des Großvaters war geschlossen. Ben klopfte, wartete einen Moment, drückte dann die Klinke herunter, obwohl niemand »herein« gerufen hatte. Sein Großvater saß zusammengesunken in einem großen ledernen Ohrensessel und schlief mit offenem Mund. Zäher Speichel troff aus einem Mundwinkel. Er bot ein Bild des Verfalls, evozierte bei seinem Enkel aber deswegen weder Rührung noch Mitgefühl.

Der Alte erwachte, als sein Enkel durch das Zimmer tapste und sich auf einem hochlehnigen Stuhl niederließ. Er richtete sich reflexartig im Sessel auf.

»Was ist das für eine Art, hier hereinzuplatzen?«

»Ich habe geklopft.« Ben war unbeeindruckt vom strengen Blick des Großvaters. »Aber wenn du möchtest, dass ich wieder gehe, musst du es nur sagen.«

»Na, wenn du schon mal da bist«, knurrte der Alte.

»Dir geht es nicht gut, sagte man mir.«

»Gut genug. Du hast dich lange nicht sehen lassen.«

»Ich hatte viel zu tun.«

»So, so.«

Die Augen des Großvaters hatten nicht das wässerige Blau sehr alter Menschen. Sie waren das einzig Junge an ihm, graublau, hart, wach. Seine Angewohnheit, das Gegenüber ohne Lidschlag zu fixieren, ging Ben auf die Nerven. Er zog den alten Zeitungsartikel aus der Tasche und reichte ihn dem Großvater ohne Kommentar.

»Die Sammelwut deiner Großmutter habe ich nie verstanden.« Er ließ das Papier achtlos zu Boden segeln. »Ich nehme an, du hast die vergangenen Wochen genutzt, um dich über mich zu informieren.«

Ben wunderte sich über die zur Schau getragene Gleichgültigkeit. Vielleicht war sie nur gespielt. »Ich war bei Oldenburg.«

Keine Reaktion.

»Bist du für den Tod seines Vaters verantwortlich?«

»Er war ein Dummkopf, der den Mund nicht halten konnte.«

»Also ja. Für wie viele Tote bist du sonst noch verantwortlich? Wie viele hast du in die Gaskammern geschickt oder erschießen lassen? Ein paar Dutzend? Hunderte? Tausende? Hast du auch selbst abgedrückt oder das Töten delegiert?«

Der Alte rückte sich ein wenig bequemer in seinem Sessel zurecht. »Du unverschämter junger Hund glaubst doch nicht etwa, dass du eine Rechtfertigung von mir verlangen kannst. Dein Vater hat nie gewagt, mir Fragen zu stellen. Und ich rate dir, seinem Beispiel zu folgen.«

Ben blieb äußerlich kühl, wenn sein Herz auch einen schnelleren Takt angeschlagen hatte. »Mein Vater war eines deiner Opfer, das ist mir inzwischen klar.«

»Er war das Opfer seiner Schwäche. Eine Memme, die sich hinter dem Rockzipfel seiner Mutter und später seiner Frau versteckte. Seine Schwester hat mehr Courage bewiesen.«

»Oldenburg hat recht. Du bist mitleidlos, gefühllos und kalt wie eine Hundeschnauze.«

Der Alte verzog verächtlich den Mund. »Mitleid. Eine der widerwärtigsten Errungenschaften heutzutage.« Mit einer Geste, als wolle er seinen Enkel erdolchen, stieß er seinen rechten Zeigefinger in Richtung auf dessen Brustkorb. »Verkneif dir deine billige Moralisiererei. Bilde dir nicht ein, dass du auch nur einen Deut besser bist als dein Großvater. Du bist viel mehr Fleisch von meinem Fleisch als dein Vater. Und jetzt raus mit dir!«

Die Augen des Alten leuchteten hell vor Wut. Ben starrte ihn an, fasziniert von der Unbeugsamkeit und dem eisernen Willen des Greises, der immer noch die Macht hatte, andere Menschen einzuschüchtern. Ben verließ ihn ohne eine Erwiderung. Er war auf sich selbst wütend, weil er es so dumm angestellt hatte. Der Großvater hatte recht, es stand ihm nicht zu, den Ankläger zu spielen. Aber hatte er ihn wirklich getroffen? War die Wut echt gewesen? Der Alte war nicht leicht zu durchschauen. Und seine letzte Bemerkung war rätselhaft.

Ben verließ die Seniorenresidenz durch den Haupteingang, in dessen Nähe er sein Auto in einer Seitenstraße geparkt hatte. Schon von weitem hatte er das Gefühl, irgendetwas stimme nicht mit dem Wagen. Erst beim Näherkommen sah er, was es war, das ihm das Fahrzeug kleiner erscheinen ließ. Alle vier Reifen waren zerstochen und platt. Hinter dem Scheibenwischer steckte ein Zettel. Ben wusste was darauf geschrieben stand, bevor er es las. *2. Warnung* hieß die Botschaft. Ben sah sich um, er war allein. Falls jemand den oder die Täter beobachtet hatte, würde er sich aus Angst nicht melden. Mit den Braunen war nicht zu spaßen. Auch daran hatte sich nach all den Jahrzehnten nichts geändert. Aber er, er war nicht wie die anderen.

30

Der junge Mann, der in der Notaufnahme des Auguste-Viktoria-Krankenhauses auf einer Behandlungsliege saß, machte einen eingeschüchterten Eindruck. Leonie Simon, die von der Polizei gebeten worden war, eine Geschädigtenuntersuchung vorzunehmen, hatte überdies den Eindruck, dass es ihm peinlich war, von einer Frau begutachtet zu werden. Während sie seine

Verletzungen dokumentierte, erzählte er ihr dieselbe Geschichte, die sie schon von dem ermittelnden Kriminalbeamten gehört hatte. Er habe sich zu Hause ein Video angeschaut, dann Lust auf Zigaretten bekommen, weshalb er die Wohnung verlassen habe, um sich am Automaten welche zu ziehen. Dort habe ihn ein Unbekannter von hinten überfallen, ihm eine Schlinge über den Kopf geworfen und bis zur Bewusstlosigkeit gedrosselt. Als er wieder zu sich kam, sei der Täter verschwunden gewesen. Er sei dann nach Hause gegangen, wo er wieder ohnmächtig wurde. So habe ihn seine Frau, als sie von der Nachtschicht nach Hause kam, vorgefunden und den Rettungswagen gerufen. Der Arzt im Krankenhaus hatte wegen der Strangmarken am Hals die Polizei informiert. Leonie hörte sich die Geschichte geduldig ein zweites Mal an und ließ ihn nach Beendigung der Untersuchung in der Obhut eines uniformierten Polizisten zurück. Den Kriminalbeamten fand sie auf dem Flur, wo er mit der Ehefrau des Geschädigten sprach. Leonie winkte ihm und nahm ihn zur Seite.

»Die Geschichte von dem Jungen ist unglaubwürdig. Es spricht einiges dafür, dass er sich die Verletzungen selbst beigebracht hat.«

Der Beamte sah müde aus. »Ich hatte schon so einen Verdacht. Was bringt Sie darauf?«

»Die Strangulationsmarken am Hals deuten darauf hin, dass das Drosselwerkzeug, ich vermute ein Kabel, zweieinhalbfach um den Hals gelegen hat. Wenn ihm ein Angreifer von hinten eine Schlinge über den Kopf geworfen hätte, wäre es diesem kaum möglich gewesen, sie mehrfach um den Hals zu wickeln. Zweitens hätte die Zugrichtung nach hinten gewiesen und nicht wie hier nach rechts vorne. Außerdem würde ein kurzer, aber heftiger Strangulationsvorgang kein derart ausgeprägtes Stauungssyndrom hervorrufen. Der Junge hat massive Stauungsblutungen in der Augen- und Mundschleimhaut und überall im Gesicht und im Hals- und Nackenbereich. Das passiert nur bei lang andauernder Drosselung. Kurz und schlecht, ich vermute, er hat sich selbst bis zur Bewusstlosigkeit stranguliert. Die Platzwunde über dem Auge ist sicher beim Aufprall entstanden.

Die Formung der Wunde lässt mich auf eine scharfe Kante schließen. Vielleicht die eines Tisches. Straßenschmutz habe ich in der Wunde nicht entdecken können, was ich erwarten würde, wenn jemand mit dem Kopf auf der Straße aufschlägt.«

Der Kripomann nickte. »Die Macke stammt von der Bettkante. Der Sani hat ihn im Schlafzimmer aufgelesen.« Mit einem Grinsen fügte er hinzu. »Im Videorekorder steckte noch das Pornovideo, das er sich reinzog, während die Gattin Büros geputzt hat.«

»Dann darf ich also Verdacht einer Selbstverletzung im Verlauf autoerotischer Betätigung ins Gutachten schreiben.« Leonie konnte an autoerotischen Unfällen nichts Komisches finden. Die Erhöhung des Lustgewinns durch Verringerung der Sauerstoffzufuhr zum Gehirn kam nicht so selten vor, und nicht immer ging das so glimpflich aus wie in diesem Fall.

»Sehr viel dümmer hätte es der Kerl nicht anstellen können. Seiner Frau hat er dann die Geschichte mit dem Überfall serviert.«

»Er hat sich geschämt. Kann man ja verstehen.« Leonie verabschiedete sich und lief zu ihrem Auto. Der Tag war lang und ereignisreich gewesen, und sie sehnte sich nach ihrem Bett. Schon früh am Morgen war sie zusammen mit Madeleine Quast Zeugin der erneuten Vernehmung von Grigori Leskow gewesen. Sie und Quast hatten hinter einem Spiegel gesessen, der nur von ihrer Seite aus durchsichtig war. Kallweit hatte die Psychologin um ihre Anwesenheit gebeten, weil er anschließend ihre Meinung über die Glaubwürdigkeit des Verdächtigen hören wollte. Die Antwort war zu ihrer aller Erstaunen positiv gewesen, denn die Geschichte, die Leskow aufgetischt hatte, war hanebüchen. Danach lungerte er am Tag der Entführung von Dina Sachs auf der Straße herum, bis der letzte Freier, der sogenannte »Stotterer«, das Haus verließ und in seinen Wagen stieg. Da der Mann Leskow bemerkt hatte, hielt der es für besser, einmal um den Block zu fahren, um keinen Verdacht zu erregen. Dabei räumte er ein, dass er selbst mit dem Gedanken gespielt hatte, Dina Sachs zu zwingen, mit ihm zu kommen. Als er zum zweiten Mal in der Nähe des Hauses parkte, sah er einen Kombi direkt davor stehen und einen Mann in einem

Overall das Haus verlassen, der einen großen Karton auf einer Sackkarre zum Auto fuhr. Der Mann hievte den Karton, der anscheinend ziemlich schwer war, ins Auto und legte die Karre dazu. Dann ging er zum Haus zurück, schloss die Haustür mit einem Schlüssel auf, was Leskow verwunderte, und verschwand im Eingang. Nach weniger als zwei Minuten kam er zurück, diesmal nur mit einem Plastikbeutel in der Hand. Den Schlüssel warf er in ein Gebüsch auf dem Nachbargrundstück, stieg in seinen Wagen und fuhr davon. Leskow holte sich daraufhin den Schlüssel und identifizierte ihn anhand des Anhängers in Form eines Delphins als Dinas. Er behielt ihn und nutzte ihn einige Tage später, um ins Haus zu gelangen. Zu dem Zeitpunkt sei es ihm noch nicht zu Ohren gekommen, dass Dina Sachs vermisst wurde. Soweit die Aussage Leskows.

»Die Geschichte ist total unlogisch.« Kallweit stand in dem Raum, in dem Leonie und Quast ihren Beobachtungsposten bezogen hatten. »Was bringt es, einmal um den Block zu fahren? Der Freier würde ohnehin nicht gegen ihn aussagen. Und dann der große Unbekannte, der Dina in einem Karton fortschleppt. Auffälliger geht es ja gar nicht. Und wieso wirft der Mann den Schlüssel weg? Noch dazu auf das Nachbargrundstück, wo er garantiert bald gefunden wird. An den Haaren herbeigezogen das Ganze.«

Madeleine Quast betrachtete ihn lächelnd. »Mag sein, aber Menschen sind nun mal nicht logisch. Perfekt logische Geschichten machen mich immer viel misstrauischer, weil sie zu viel Kalkül zeigen. Also ich kann nur sagen, und dafür hast du mich ja geholt, dass seine ganze Haltung, Gestik, Mimik, Stimme auf mich einen glaubwürdigen Eindruck gemacht haben. Und was diesen Mann im Overall anbetrifft, so ist es gerade die Alltäglichkeit seines öffentlichen Auftritts, die ihn quasi unsichtbar macht. Ich kannte mal eine Frau, der während ihres Urlaubs das ganze Haus ausgeräumt wurde, Möbel, Teppiche, Bilder, alles war weg. Die Diebe waren am hellen, lichten Tag mit einem Umzugswagen gekommen und haben stundenlang die Sachen verladen, ohne dass sich einer der Nachbarn darüber gewundert hätte. Diebe, die nachts mit

Strumpfmasken durch Gärten schleichen, sind viel eher in Gefahr aufzufliegen.«

»Und den Schlüssel«, spann Leonie den Faden fort, »wollte er einfach loswerden. Es war ihm gleichgültig, ob er bald gefunden wird oder nicht. Es spielte für ihn überhaupt keine Rolle. Langsam erwärme ich mich für die Idee, dass Leskow den Mörder gesehen hat. Schade, dass er ihn nicht beschreiben kann.«

»Das ist doch auch wieder so ein Kokolores.« Kallweit spielte weiter den ungläubigen Thomas. »Leskow will erst aufmerksam geworden sein, als der Schlüssel ins Gebüsch flog. Aber den Mann oder den Wagen hat er sich angeblich nicht genauer angeschaut.«

»Du hast recht«, stimmte Quast zu. »Das ist die einzige Stelle, an der er möglicherweise gelogen hat. Andererseits entlastet es ihn, wenn der wahre Täter gefunden wird.«

Kallweit blickte auf seine Notizen. »Ein jüngerer Mann zwischen zwanzig und dreißig, unscheinbar. Größe, Figur, Haarfarbe et cetera: Fehlanzeige. Das Auto ein dunkler Kombi, Marke, Autonummer, Firmenaufschrift: Fehlanzeige. Also, ich bitte dich.«

»Ich habe schon schlechtere Beschreibungen gehört.« Leonie antwortete an Quasts Stelle. »Aber meine Hand würde ich nicht für ihn ins Feuer legen.«

Kallweit nickte. »Ist auch besser so. Ich werde ihn bis auf weiteres als Hauptverdächtigen behandeln. Er hatte die Gelegenheit und ein Motiv.«

»Letzteres ist eben die große Frage«, warf Leonie ein. »Er sah Dina als Geldquelle, die er zurückgewinnen wollte. Ihr Tod nützt ihm nichts.«

»Und das glauben Sie ihm? Sie hat ihn offensichtlich abblitzen lassen. Und Männer seines Schlages nehmen das nicht hin.« Bei den beiden anderen Mordfällen sah die Sachlage anders aus. Im Falle des Zahnarztes hatte Leskow ein Alibi, das der Überprüfung standgehalten hatte. Er war mit zwei Prostituierten auf Mallorca gewesen, er zur Erholung, die Mädchen zum Arbeiten. Für Entführung und Ermordung des Tätowierers hatte er zwar kein Alibi, jedenfalls keines für den gesamten Zeitraum, aber es gab weit und breit kein Motiv, und nichts brachte ihn mit dem jungen Mann in Verbindung. Zwar war Leskow tätowiert, aber die Tattoos waren einige Jahre alt und wahrscheinlich in einem anderen Studio angefertigt worden.

»Und das«, holte Madeleine Quast zum entscheidenden Schlag aus, »macht es für mich umso zweifelhafter. Wer Dina Sachs ermordet hat, hat zumindest auch den Tätowierer getötet. Diese Verbindung ist unstrittig, denke ich.«

Kallweit wollte noch nicht so schnell aufgeben, aber es war klar, dass er sich nicht allein auf Leskow kaprizieren würde.

Am Tag zuvor hatte Leonie den Anruf einer Frau erhalten, die sie beinahe aus ihrem Gedächtnis gestrichen hatte. Der Name Klein hatte ihr nichts gesagt, bis die Frau erwähnte, sie wohne gegenüber dem Haus der Gotthardts und sie hätten nach dem Brand miteinander gesprochen. In dem Moment erschien das Bild einer jungen Mutter und ihres an Blähungen leidenden Babys auf Leonies innerem Monitor. Sie erkundigte sich höflich nach dem Zweck des Anrufs, bekam aber nur eine vage Antwort. Frau Kleins Initiative hing mit der Berichterstattung über Sina Rauscher-Abramowskys Tod zusammen, der seit dem Fund ihrer Leiche auf dem Selbstmörderfriedhof die Berliner Gazetten beschäftigte. Unter den abgedruckten Fotos, die verschwommene Aufnahmen von der Leiche zeigten und gestochen scharfe vom tränenüberströmten Gesicht des Ehemannes, fanden sich auch solche von Leonie Simon und dem Bruder der Toten. Theo Abramowsky war in einigen Blättern zum moralisch Schuldigen am Selbstmord der Schwester avanciert, weil er ihr kein Knochenmark hatte spenden wollen. Da halfen alle Dementis nichts, und er und seine Familie stolperten im Vorgarten über die Journalisten und Fotografen der Boulevard-Blätter. Diese Fotos hatte Frau Klein gesehen, die Artikel dazu verschlungen und wollte nun wissen, ob der Mann eingesperrt werde. Leonie versuchte zu erklären, dass die Todesursache erstens noch nicht zweifelsfrei geklärt sei und zweitens eine moralische Schuld auch nicht justitiabel sei. Ihre nochmalige Nachfrage nach dem Grund für

Frau Kleins Anruf löste eine Kaskade abgebrochener Sätze aus, die semantisch wie inhaltlich im Ungefähren endeten. Und dann legte Frau Klein einfach auf. Bei dem Versuch einer Rekonstruktion schälten sich ein paar Wortfetzen heraus, die man so deuten konnte, dass die junge Mutter über eine Information verfügte, die möglicherweise wichtig war.

Nach dem Termin bei Kallweit setzte sich Leonie kurz entschlossen ins Auto und machte sich auf den Weg zu Frau Klein statt ins Institut. Sie hoffte auf den Überraschungseffekt und kündigte sich nicht telefonisch an. Aber Frau Klein war nicht überrascht. Sie war höflich und freundlich und ansonsten eine hoffnungsvolle Anwärterin auf den Journalistenpreis der geschlossenen Auster. Ihr Baby fest an sich gepresst, entschuldigte sie sich für ihren dummen Anruf tags zuvor und erklärte ihn mit reiner Neugierde. Über Leonies Idee, sie habe ihr etwas mitteilen wollen, lachte sie etwas gezwungen. Sie kenne diese Sina Sowieso doch überhaupt nicht. Welche Information solle sie wohl haben? Unter vielen Entschuldigungen wurde Leonie energisch hinauskomplimentiert. Leonie hatte das Gefühl mit einer anderen Frau als der vom Tag zuvor gesprochen zu haben. Irgendetwas war in der Zwischenzeit geschehen.

Bevor Leonie in den Wagen stieg, um ins Institut zu fahren, wo ein schon zweimal verschobener Termin mit Oberbeck und dem Leiter der Toxikologie auf sie wartete, blieb sie vor dem Haus der Gotthardts stehen, das einen traurigen Anblick bot. Brandspuren waren noch nicht beseitigt worden. Und der Frühling hatte sich mangels einer pflegenden Hand mit anarchischer Lust über den Vorgarten hergemacht und eine üppige Wildnis erzeugt. Der Anblick machte Leonie traurig, und sie fühlte besonders bitter ihre bisherige Erfolglosigkeit bei der Aufklärung des Falles.

Kaminskis Anruf erreichte Leonie am späten Nachmittag. »Hallo, Doc, wie geht's Ihrer Hand?«

Es war Kallweit nicht gelungen, die Sache mit Leskow vor der Presse geheim zu halten, und so hatte sich der Zwischenfall auch bis ins Hamburger Polizeipräsidium herumgesprochen.

»Tut weh«, antwortete Leonie.

»Seien Sie froh, dass Ihnen noch was weh tun kann. Sie haben wirklich ein seltenes Geschick, in Schwierigkeiten zu kommen.«

Leonie nahm ihm den Rüffel nicht übel, es sprach echte Besorgnis daraus.

»Apropos, haben Sie eine Spur von Ihrem angeblich ertrunkenen Anverwandten gefunden?«

»Nein, aber ich gebe die Hoffnung nicht auf.«

Sie verschwieg ihm das Flugticket nach Marseille und dass sie sich kurzfristig und auf Anraten von Madeleine Quast entschlossen hatte, es zu nutzen. Die Neugierde, wer oder was dort auf sie wartete, hätte sie sonst nicht ruhen lassen.

»Aber ich kann Ihnen eine viel interessantere Neuigkeit brühwarm erzählen. Es geht dabei um die verschwundene Frau, für die ich mich interessiert habe.«

»Die auf dem Selbstmörderfriedhof gefunden wurde.«

»So ist es. Unsere Toxikologie hat eine Überdosis eines starken Schlafmittels in ihrem Körper gefunden.«

»Also ein Selbstmord an einem dafür passenden Ort.«

»So soll es aussehen. Die Kollegen im LKA-Labor haben an mehreren Stellen der Kleidung der Toten Reste eben dieses Schlafmittels gefunden. Das Schlafmittel muss in Flüssigkeit gelöst gewesen sein, und als sie es trank, sind erhebliche Mengen davon verschüttet und über ihre Kleidung verspritzt worden. Ich sollte noch erwähnen, dass einer ihrer Finger kurz vor ihrem Tod gebrochen wurde. Was meinen Sie dazu?«

Kaminskis Antwort kam prompt. »Jemand hat ihr die Brühe zwangsweise eingeflößt, wogegen sie sich gewehrt hat. Oder sie hatte vor Angst oder Kälte einen Tatterich und hat sich selbst bekleckert, und das mit dem Finger passierte beim anschließenden Sturz.«

»Der Staatsanwalt neigt zur ersteren Version. Es wird weiterermittelt.«

»Ich schätze, das passt Ihnen gut in den Kram.«

Er hatte recht, Leonie hatte das Ergebnis der toxikologischen und forensischen Untersuchungen mit Genugtuung zur Kenntnis genommen. Es bestärkte sie in ihrer Vermutung, dass mit Theo Abramowsky etwas nicht in Ordnung war und alles in irgendeiner Weise mit dem Tod ihres Kollegen und seiner Frau zusammenhing. Mit diesen Fakten im Rücken musste Kallweit den Mann erneut befragen und gründlich überprüfen, und Leonie war sehr gespannt auf das Ergebnis.

Da ihr beruflicher Alltag sehr wechselvoll verlief und sie häufig auch nachts noch unterwegs oder im Institut war, hatte Leonie Simon keine festen abendlichen Rituale entwickelt. Es konnte passieren, dass sie bereits um zehn Uhr im Bett lag, genauso gut konnte es sein, dass sie erst nach Mitternacht heimkehrte und, weil sie hellwach war, bis in die Morgenstunden las. Wie sie sehr wohl wusste, verlief das Leben anderer Menschen in geregelteren Bahnen, weswegen sie üblicherweise nach zehn Uhr am Abend niemanden mehr anrief. Die Stimme von Madeleine Quast, deren Anruf sie um kurz vor elf auf ihrem Anrufbeantworter vorfand, veranlasste sie jedoch, eine Ausnahme zu machen. Die Bitte um Rückruf war zwar nicht besonders dringlich formuliert, aber darunter lag eine fühlbare Anspannung, ein mühsames Sich-im-Zaum-Halten, das Leonie beunruhigte. Sie wählte Quasts Nummer, und sofort wurde der Hörer abgenommen.

»Leonie Simon, tut mir leid, dass ich mich erst so spät melde, aber ich habe mit einem Kollegen noch ein Bier getrunken.« Lottermoser war wieder genesen und wollte von ihr über die Vorgänge, die er im Institut verpasst hatte, vertraulich informiert werden.

»Das macht nichts. So früh gehe ich nie schlafen. Ich freue mich, dass Sie anrufen.«

Das klang ungewohnt verzagt, es war nicht schwer zu erraten, was sie quälte.

»Haben Sie eine neue Nachricht erhalten?«

»Sind Sie Hellseherin?« Ein zittriges Lachen.

»Dazu braucht's kein drittes Auge. Wieder ein Telegramm?«

»Nein, diesmal eine E-Mail, wieder mit U. M. unterzeichnet.«

»Und was schreibt der Schweinekerl diesmal?«

»Etwas Ähnliches wie beim ersten Mal. ›Bald ist es so weit. Freust du dich?‹ Nicht sehr originell.«

»Aber es reicht, um Sie zu erschrecken, oder nicht? Was sagt Kallweit dazu?«

»Hören Sie, Frau Simon. Beim Telegramm hat er nichts erreicht, und das wird hier auch der Fall sein. Falls es überhaupt gelingt, den Server zu finden, wird es genauso sein wie beim Telefon. Es werden Dutzende von Menschen als Nutzer in Frage kommen. Alles, was ich erreiche, wäre, Kallweit in den Verfolgungswahn zu treiben. Er wird mich auf Schritt und Tritt überwachen lassen und mir das Leben zur Hölle machen.«

Leonie versuchte sie umzustimmen, drohte sogar, sie bei Kallweit zu verpetzen, es nützte nichts. »Sie sind stur wie ein Panzer, und ich gebe es auf, Ihnen Vernunft einreden zu wollen. Es würde mich aber interessieren, was Sie stattdessen zu tun gedenken.«

»Das weiß ich noch nicht«, musste Madeleine Quast zugeben. »Vielleicht tue ich einfach gar nichts und warte ab, was passiert.«

»Ganz schlechte Alternative. Sie würden sich den Rest Ihres Lebens davor fürchten, dass er hinter Ihnen steht, wenn Sie es am wenigsten erwarten. Vorschlag meinerseits. Gehen Sie zu ihm, und reden Sie mit ihm. Finden Sie heraus, ob er es überhaupt ist, der Sie terrorisiert.«

Atemloses Schweigen. »Das kann ich nicht.«

»Ich würde Sie begleiten, wenn Sie wollen.«

»Nein.«

»Überlegen Sie es sich in Ruhe. Lassen Sie uns morgen noch einmal telefonieren.«

Zehn Minuten später klingelte Leonies Telefon.

»Sie haben recht«, sagte Madeleine Quast, und sie klang wieder ruhig und gefasst, wie es ihre Art war. »Ich werde ihn konfrontieren.«

»Sehr gut. Möchten Sie mich dabeihaben?«

»Ich weiß noch nicht. Danke für das Angebot. Ich weiß das zu schätzen.«

Es war eine unruhige Nacht für Leonie. Sie erwachte unausgeschlafen und fühlte sich, als hätte ein Albtraum den anderen gejagt. Erinnern konnte sie sich nur an einen, der sie sehr geängstigt hatte, was sie im wachen Zustand nicht mehr verstand. Es war eine eher alberne und wirre Szenerie gewesen, in der sie durch ein großes Einkaufscenter irrte und die Tür suchte, die zum Parkhaus führte. Leute schickten sie in die falsche Richtung oder behaupteten, es gebe gar kein Parkhaus. Ein Weihnachtsmann lachte so heftig über sie, dass er umfiel und in tausend Stücke zerbrach. Die einzelnen Stücke wurden wieder zu kleinen Weihnachtsmännern, die lachend auseinanderliefen. Als Leonie endlich die Tür zum Parkhaus fand, standen dort Hunderte Autos, die alle aussahen wie das ihre und das gleiche Nummernschild hatten. Voller Panik lief sie durch die Reihen der Autos und wusste nicht, wie sie ihres finden sollte. An der Stelle war sie mit klopfendem Herzen aufgewacht. Sie nahm sich vor, Madeleine Quast von ihrem Traum zu erzählen. Als analytische Therapeutin sollte sie Träume deuten können. Aber schon nach dem Frühstück waren ihr fast alle Details entfallen. Tatsächlich war es dann die Quast, die ihre Hilfe erbat. Ihre Nacht war noch wesentlich schlechter als Leonies gewesen, und da es ihre Art war, den Stier bei den Hörnern zu packen, wenn sie einmal etwas als richtig und notwendig akzeptierte, hatte sie sich sofort mit der Oberärztin im Maßregelvollzug in Verbindung gesetzt und um die Möglichkeit eines Gesprächs mit Melchert gebeten.

»Für Freunde und Verwandte gibt es reguläre Besuchszeiten, aber ich bin als ehemaliges Opfer natürlich ein Sonderfall. Worum es eigentlich geht, habe ich verschwiegen. Ich darf auch jemanden mitbringen. Falls also Ihr Angebot noch aktuell ist …«

Leonie bejahte, und am nächsten Tag holte sie Madeleine Quast nachmittags in der Praxis ab und fuhr mit ihr nach Reinickendorf zum Krankenhaus des Maßregelvollzugs, der früheren Karl-Bonhoeffer-Nervenklinik. Die S- und U-Bahnhöfe unweit des Haupteingangs trugen noch immer diesen Namen. Der Pförtner ließ Leonie mit dem Wagen passieren, nachdem sie sich als Rechtsmedizinerin und ihre Begleiterin als Psychotherapeutin vorgestellt hatte, was ihn in ausreichendem Maße beeindruckte. Das Klinikgelände war weitläufig und wie ein Park gestaltet, in dem sich ältere und neue Gebäude verteilten. Nur an gewissen Sicherungsmaßnahmen war zu erkennen, dass sich forensische Straftäter dort befanden. Das Gebäude, in dem Uwe Melchert untergebracht war, lag im hinteren Bereich des Geländes, zu dem eine gepflasterte Straße führte. Leonie fand ohne Mühe einen Parkplatz und zog den Zündschlüssel ab. Madeleine Quast hatte schon seit ein paar Minuten nichts mehr gesagt, und als Leonie sich ihr zuwandte, stellte sie fest, dass ihre Gesichtsfarbe einen hässlichen wachsbleichen Ton angenommen hatte.

»Alles in Ordnung?«

Die Quast nickte. »Gehen wir.«

Die Frauen verließen das Auto und näherten sich dem Eingang des modernen Flachdachbaus. Madeleine Quast blieb plötzlich stehen und begann zu keuchen. Leonie fasste unwillkürlich nach ihrem Arm.

»Was ist los?«

»Kei...ne ... Luft«, rang sich Madeleine Quast unter schrecklichen Mühen ab und stolperte ein paar Schritte rückwärts.

»Auto«, flüsterte sie. Ihre Lippen verfärbten sich bläulich.

Leonie führte sie langsam zum Wagen zurück und bugsierte sie vorsichtig auf den Beifahrersitz. Madeleine Quast schloss die Augen und nach einigen Minuten normalisierte sich ihre Atmung allmählich. Ein wenig Farbe kehrte in ihr Gesicht zurück. Leonie stand die ganze Zeit hilflos neben ihr und fühlte sich doppelt unwohl, weil einige Männer in Trainingsanzügen hinter den Fenstern des Gebäudes standen und die Szene neugierig beobachteten. Sie hockte sich neben Madeleine Quast.

»Geht's wieder?«

Madeleine Quast nickte.

»Haben Sie öfter asthmatische Anfälle?«

»Nein, die letzten Jahre jedenfalls nicht mehr. Es ist ein hysterisches Symptom, ich dachte, ich hätte es überwunden.«

»Das finde ich so toll an euch Seelenklempnern. Ihr könnt alles erklären, aber wenig dagegen machen. Und was passiert jetzt? Zweiter Versuch?«

»Ich glaube, ich schaffe das nicht. Tut mir leid, aber ich habe mir zu viel zugemutet.«

»Ach, kommen Sie, wo wir schon einmal hier sind. Ich bin doch bei Ihnen.«

»Das nützt nichts. Auf der Ebene des logischen Denkens weiß ich ja, dass mir nichts geschehen kann.«

Leonie erhob sich und schlug mit der flachen Hand aufs Dach des Wagens. »Dann rede ich eben allein mit dem Schweinekerl.«

»Das kommt überhaupt nicht in Frage.« Erregt krabbelte die Quast vom Beifahrersitz. »Sie können nicht mit ihm reden. Sie sind dazu nicht qualifiziert.«

»Ich will ihn ja nicht therapieren, ich will nur rausfinden, ob er Ihnen diese dummen Botschaften geschickt hat.«

»Er wird Sie reinlegen. Ich warne Sie, solche Menschen können ungeheuer manipulativ sein.«

Leonie beugte sich zu ihr und flüsterte in ihr Ohr. »Sagen Sie's nicht weiter, aber das kann ich auch.«

Madeleine Quast lächelte wider Willen. »Sie sind unmöglich.«

»Warten Sie hier«, gebot Leonie und ließ keinen Widerspruch mehr zu. »Legen Sie eine Mozart-CD ein, und entspannen Sie sich.«

Nachdem Leonie am Empfang überprüft und mit Uhrzeit in ein Buch eingetragen worden war, holte ein Pfleger sie ab und öffnete für sie mehrere verschlossene Türen, zuletzt die eines Raumes, in dem er sie allein ließ. Fünf Minuten später kehrte er zurück, und Uwe Melchert wurde hereingeführt, ein kräftiger Mann um die fünfzig mit dichten dunklen Haaren und fleischigen Lippen. Er starrte Leonie an, und sie starrte unverwandt zurück. Ihre Körperchemie signalisierte unmittelbar Ablehnung und Abneigung. Der Pfleger schob Melchert einen Stuhl hin und sagte zu Leonie: »Wenn Sie mich brauchen, ich warte draußen.« Er verließ den Raum und schloss die Tür hinter sich.

Melchert lächelte Leonie freundlich an. »Ich hatte eigentlich Frau Quast erwartet.«

Leonie nickte. »Das ist richtig. Frau Quast wollte mit Ihnen reden, aber in letzter Minute ist ihr bei der Vorstellung, Ihnen zu begegnen, schlecht geworden. Was ich verständlich finde.«

Melchert ließ nicht erkennen, ob ihn das getroffen hatte. Es war offensichtlich, dass er sich Mühe gab, ruhig und versöhnlich zu wirken.

»Schade, ich hatte mir vorgenommen, mich bei ihr zu entschuldigen. Ich wünschte, ich könnte alles ungeschehen machen, was ich ihr damals angetan habe.«

»Hübsch gesagt, Herr Melchert. Das ist genau das, was man von Ihnen hören möchte.«

Für den Bruchteil einer Sekunde zuckte ärgerlich eine Augenbraue, dann war sein eisern höfliches Lächeln wieder festgezurrt.

»Ich meine es ernst. Es ist viel Zeit vergangen, und ich bin nicht mehr derselbe.«

»Das«, sagte Leonie mit spürbarer Ironie, »bezweifele ich keinen Augenblick.«

»Darf ich fragen, wer Sie sind und warum Sie hier sind?«

»Ich bin Rechtsmedizinerin, mein Job ist es üblicherweise, die Opfer zu untersuchen, die Leute wie Sie auf der Strecke gelassen haben. Ab und an finde ich es interessant, mir mal die andere Seite anzuschauen. In diesem Fall reizt mich besonders die Frage, warum jemand seine so kurz bevorstehende Freilassung riskiert.«

Melcherts Gesicht erstarrte. »Was meinen Sie damit? Wieso riskiere ich meine Freilassung?«

Leonie seufzte. »Man sollte nie Fragen stellen, die man selbst beantworten kann. Das ist so langweilig.«

Melchert beugte sich vor, seine Augen rund wie Suppentassen. »Frau Doktor, ich habe keine Ahnung, wovon Sie reden. Bitte, sagen Sie mir, was man mir vorwirft. Was immer es ist, es muss ein Missverständnis sein.«

Leonie musterte ihn aus zusammengekniffenen Augen. »Sie haben bereits Freigänge, nicht wahr?«

»Ja, aber in Begleitung. Ohne Bewachung darf ich die geschlossene Abteilung nicht verlassen.«

»Immer in Begleitung desselben Pflegers?«

»Nicht immer, hängt vom Dienstplan ab.«

»Und zu denen haben Sie ein gutes Verhältnis?«

»Ja. Sie wollen mir also nicht sagen, was ich auf meinen Freigängen angestellt haben soll. Denn darum geht's doch?«

Leonie schwieg. Melchert hatte seinen Blick gesenkt und schien nachzugrübeln. Er schaute auf und sagte wie nach einer plötzlichen Erleuchtung: »Frau Quast ist bedroht worden, hab ich recht? Und natürlich denken alle als Erstes an mich. Ist es so?«

Noch immer zog es Leonie vor zu schweigen. Sie war nicht in der Absicht gekommen, ihm Informationen zu liefern, die er benutzen konnte.

Plötzlich lachte Melchert auf. »Nein, jetzt verstehe ich. Das ist ein Test. Frau Quast wollte mich gar nicht sprechen. Um sie geht es gar nicht. Und Sie sind wahrscheinlich eine Gutachterin, die prüfen soll, wie ich auf eine Anschuldigung reagiere. Hab ich den Test bestanden?«

»Nein«, antwortete sie und erhob sich. »Sie haben den Test nicht bestanden.«

Wieder zuckte seine Augenbraue, und etwas schien unter der schützenden Maske, zu der sein Gesicht geworden war, vor sich zu gehen. Leonie dachte, er würde ihr liebend gern an die Kehle springen, wenn er nur könnte. Sie klopfte an die Tür.

»Und was ist jetzt mit mir?«

Die Tür wurde von außen aufgeschlossen.

»Auf Wiedersehen, Herr Melchert.«

Leonie schlüpfte hinaus, hinter ihr wurde der Raum wieder verschlossen. Durch das kleine Fenster in der Tür folgte ihr Melcherts Blick. Der Pfleger geleitete sie zum Empfang zurück, wo sie um die Daten und die Namen der Begleitpersonen auf Melcherts letzten Freigängen bat. Ihre Bitte wurde nicht besonders freundlich entgegengenommen, aber nach einem Telefonat mit der Oberärztin gab man ihr die verlangten Informationen. Damit versehen, lief Leonie zu ihrem Wagen zurück, wo sie ungeduldig erwartet wurde. Sie ließ sich auf den Fahrersitz sinken und atmete hörbar aus. Madeleine Quast sah sie fragend an.

»Beinahe wäre ich seinem Charme erlegen.«

»Wirklich?« Ungläubiges Entsetzen.

»Das sollte ein Scherz sein.«

»Ich fürchte, was Melchert anbelangt, bin ich völlig humorlos. Welchen Eindruck haben Sie von ihm?«

»Er kann reizend sein und sicher sehr überzeugend, wenn man sich überzeugen lassen will. Ich vermute, er hat mich so behandelt wie die Therapeuten, die ihn in den letzten Jahren in den Fingern hatten. Nur bin ich nicht darauf eingegangen, das hat ihn irritiert und geärgert. Trotzdem dachte ich zunächst, seine Überraschung könnte echt sein. Er schien wirklich keine Ahnung von den beiden Botschaften zu haben. Aber am Schluss hat er's vermasselt. Seine Ist-das-ein-Test-hab-ich-bestanden-Nummer war einfach zu dick aufgetragen.«

»Sie meinen also, er war's?«

»Ich würde keinen Eid darauf leisten, meine Intuition ist fehlbar. Und er muss es auch nicht selbst gewesen sein. Aber vielleicht gibt es jemanden, der es für ihn oder als Trittbrettfahrer getan hat. Das hier sind die Daten seiner letzten begleiteten Ausflüge.«

Leonie zeigte Madeleine Quast die Liste, die sie bekommen hatte.

»Als das Telegramm aufgegeben wurde, hatte er Freigang. Das hat Uli nachgeprüft. Aber der Pfleger hat Stein und Bein geschworen, er habe ihn keine Sekunde allein gelassen.«

»Er könnte lügen«, argumentierte Leonie. »Eine Nachlässigkeit könnte ihn den Job kosten.«

Madeleine Quast fuhr mit dem Finger über das Blatt. »Kein Freigang an dem Tag, an dem die E-Mail abgeschickt wurde.«

»Trotzdem kann er sie geschrieben haben. Jemand könnte ihm da drinnen einen Computer oder ein Handy zugänglich gemacht haben.«

»Wie denn?«

»Fragen Sie Ihren Freund von der Kripo.«

Madeleine Quast legte beide Hände über die Augen. »Es war ein Fehler herzukommen, ein Riesenfehler. Jetzt weiß er, dass ich Angst habe.«

»Aber er weiß auch, dass Sie es nicht hinnehmen und dass Sie nicht allein dastehen. Vielleicht hört er jetzt auf mit dem Unsinn. Er weiß außerdem, dass er als Erster hingehängt wird, wenn Ihnen wieder etwas passiert.«

»Das macht den Reiz des Spiels aus.«

»Reden Sie mit Kallweit. Reden Sie mit den Leuten, die über seine Freilassung entschieden haben. Da muss doch was zu machen sein.«

»Ich werd's mir überlegen.«

Leonie fuhr Madeleine Quast zurück in die Praxis. Das Angebot, zusammen essen zu gehen, hatte sie abgelehnt. Sie zog es vor, sich mit Arbeit abzulenken, eine Taktik, die Leonie selbst bestens beherrschte.

31

Die Lufthansa-Maschine startete mit leichter Verspätung um 11.40 Uhr nach München, wo Leonie um 14.55 Uhr auf den Anschlussflug nach Marseille gebucht war. Die üppige Umsteigezeit von mehr als einer Stunde würde sie für das Studium von Claudia Gotthardts geheimnisvollen Dokumenten nutzen. Noch am Abend zuvor hatte sie eine Nachricht aus dem Archiv erreicht, dass die gesuchte Akte endlich aufgetaucht sei. Sie hatte sich in einem Keller wiedergefunden, wo nur sehr alte Vorgänge aus der Zeit vor 1990 aufbewahrt wurden. Auf dem Weg zum Flughafen hatte Leonie in der Hittorfstraße haltgemacht und in die Akte geschaut. Die CD und der Umschlag, wonach sie gesucht hatte, steckten mitten zwischen den Fotos einer übel zugerichteten Brandleiche, eine schreckliche Ironie, wie Leonie fand. Sie nahm CD und Umschlag an sich, bedankte sich herzlich bei der

Archivangestellten und untermauerte ihre Dankbarkeit mit einer großen Schachtel Pralinen.

Der Umschlag enthielt mindestens dreißig Seiten Computerausdrucke, zum Teil eng beschrieben, und einige Fotokopien, hauptsächlich Rechnungen. Was auf der CD war, konnte Leonie nicht feststellen, es gab keinerlei Beschriftung.

In München gelandet, organisierte Leonie ein Bier und ein Sandwich und zog sich damit in eine ruhige Ecke zurück. Schon beim Querlesen wurde die Brisanz der Papiere deutlich. Es ging nicht, wie erwartet, um Schiebereien von Hilfsgeldern für Tsunami-Opfer, sondern um die unappetitliche Affäre um Kinderpornographie, Korruption und Amtsmissbrauch in Sachsen. Einer der zum Teil bekannten Namen, die in den Papieren auftauchten, war der des Berliner Abgeordneten, den Leonie versucht hatte zu erreichen. Der Skandal war inzwischen hochgekocht, aber Leonie kannte keine Details, weshalb sie nicht wusste, ob das, was sie in Händen hielt, noch unbekannte Fakten und Beweise enthielt, die jemandem gefährlich werden konnten. So weit sie begriffen hatte, waren Akten vernichtet worden, und es gab inzwischen auch mehrere ungeklärte Todesfälle im Umfeld der Affäre. Claudia Gotthardt hatte allen Grund gehabt, die Unterlagen gut zu verbergen. Leonie nahm an, dass sich auf der CD weiteres Material zu dem Skandal befand. Es war nun zu überlegen, was sie mit den Unterlagen anfangen konnte, insbesondere die Frage, wem sie sie zugänglich machen sollte.

Ihr Flug nach Marseille wurde aufgerufen, und Leonies Gedanken wandten sich den bevorstehenden Ereignissen zu. Sie hatte längst alle möglichen und unmöglichen Ideen gewälzt und wieder verworfen, was oder wer in Marseille auf sie wartete. Die mit Abstand unwahrscheinlichste war die, dass es ihr Bruder sein könnte. Dennoch war sie im Stillen genau davon überzeugt.

Das Flugzeug landete um 16.30 Uhr auf dem Flughafen von Marseille. Hitze empfing Leonie, sie entledigte sich ihres Jacketts. Der südfranzösische Frühsommer legte sich mächtig ins Zeug. Zwar hatte sie keine Ahnung, wie lange sie bleiben würde, aber sie hatte nur wenig Gepäck in Form einer Reisetasche bei sich, die sie nicht aufgegeben hatte. Ohne auf die Gepäckausgabe warten zu müssen, steuerte sie auf den Ausgang zu. Sie hielt Ausschau nach einem hochgewachsenen dunkelhaarigen Mann mit kalten grauen Augen. Ihre Enttäuschung, als sie ihn nicht fand, war überwältigend. So sehr hatte sie sich auf seinen Anblick konzentriert, dass sie einen jungen Mann übersah, der ein Schild mit der Aufschrift *Dr. Simon* in die Höhe hielt. Möglicherweise war sie ihm beschrieben worden, denn er trat auf sie zu, als sie sich ratlos von der Menge treiben ließ, die wie sie dem Ausgang zustrebte.

»Madame?«

Der junge Mann, der ihr sein Schild fragend entgegenstreckte, war höchstens Mitte zwanzig und nach seinem Aussehen vermutlich algerischer Abstammung.

»Oui«, sagte Leonie und hoffte, dass ihr Schulfranzösisch für die Unterhaltung mit ihm ausreichen würde. Er bedeutete ihr, ihm zu folgen. Sein Französisch war nicht besser als ihres, wie sich herausstellte, immerhin verstand sie so viel, dass er engagiert worden war, sie zu fahren, und zwar von »Monsieur l'écrivain«. Leonie kannte keinen Schriftsteller, es kamen ihr Zweifel, ob es sich nicht doch um Wasmuth handeln könne. Ihr jugendlicher Reiseleiter verfrachtete sie und ihre Reisetasche in einen alten Citroën und brauste im Kavaliersstil davon. Ihre Versuche, ihn auszufragen, beantwortete er einsilbig mit »Vous verrez«. Also blieb ihr nichts anderes übrig, als sich zurückzulehnen und die Fahrt zu genießen, so gut dies bei seiner Fahrweise gelang. Marseille ließen sie bald hinter sich, und ihr Fahrer bog in die A7 ein. Auf dem Richtungsschild standen die Namen Fos/Martigues/Lyon/Aix-en-Provence/Les Arnavaux/Saint-Antoine. Nach etwa einer Dreiviertelstunde nahm er die Abfahrt Cavaillon, und es ging auf die Hügelkette des Lubéron zu, Richtung Beaucaire/Tarascon/St.-Rémy-de-Provence/L'Isle-sur-la-Sorge/Apt. Nach einem weiteren Abzweig wieder in Richtung Cavaillon und Apt, was Leonie bestärkte, dass ihr Ziel ein Ort im Lubéron war. Vor vielen Jahren, während eines Urlaubs in Arles, war sie häufig in dieser Gegend unterwegs gewesen und hatte sich in Orte wie Gordes, Lacoste, Les Baux, Roussillon und Oppède-le-Vieux verliebt. Leonie kurbelte das Seitenfenster herunter. Das Licht der Nachmittagssonne ließ die Farben der Provence aufleuchten, und der Duft von Lavendel, Rosmarin und Thymian versetzte Leonie in einen sanften Rausch. Damals hatte sie den ernsthaften Wunsch gehabt, eines Tages wiederzukommen und für immer zu bleiben. Aber das war, wie so vieles, nur ein Traum geblieben.

Noch bevor der Ockerfelsen in Sicht kam, wusste Leonie, dass Roussillon das Ziel der Fahrt war. Roussillon, die ehemalige Hauptstadt des Ockeranbaus, hoch auf dem Felsen, der wie die ganze nähere Umgebung je nach Grad der Oxidation in den Farben Safrangelb, Karmesin, Zinnober, Weinrot und Violett badete. Wenn man in dem kleinen Ort ausstieg, herumlief, einen Kaffee trank, war man an einem windigen Tag anschließend überzogen von buntem Staub. Und es gab viele windige Tage oben auf dem Ockerfelsen von Roussillon. Der kleine Citroën arbeitete sich durch den Ort, an der Kirche aus dem 11. Jahrhundert vorbei und hielt auf einen kleinen Weiler am Rande des Dorfes zu, wo nur drei Häuser standen. Vor dem abgelegensten, einem schönen Landhaus inmitten eines üppigen Gartens, setzte der kleine Algerier sie ab und angelte die Reisetasche vom Rücksitz. Er überreichte sie ihr mit einem schüchternen Lächeln, wobei er darauf achtete, sie nicht zu berühren, wie einem frommen Muslim geboten.

»Merci beaucoup«, sagte Leonie und wandte sich dem Haus zu. Nichts deutete darauf hin, dass sie erwartet wurde, und sie hoffte, ihr Fahrer möge sie nicht bei der falschen Adresse verlassen haben. Sie nahm ihre Tasche in festen Griff und schritt durch den großen Garten auf das Haus zu. Auch hier blühte und duftete Lavendel, dazu gesellten sich Oleander, Hibiskus, Pinien, Orangen- und Zitronenbäumchen, und ein Gewächs, das Leonie für eine Papaya-Staude hielt. Eine Klingel gab es nicht, ebenso wenig ein Namensschild. Die Tür öffnete sich, als sie gerade klopfen wollte. Vor ihr stand in weißer Leinenhose und weißem Hemd »Monsieur l'écrivain«, ihr Halbbruder Michael. Leonie ließ ihre Reisetasche aus der Hand gleiten und fiel ihm um den Hals. Sie weinte die Tränen, die sie damals nicht hatte weinen können, als sie dachte, er müsse tot sein. Eine Weile stand Michael ganz still und hielt sie in seinen Armen, dann schob er sie ein Stück von sich weg.

»Heh, heh, Zuckerschnute, was haben die in Berlin mit dir gemacht? Deine Nerven sind ja völlig ruiniert.«

Leonie fand ein Papiertuch in ihrer Hosentasche und putzte sich die Nase. »Du Aas. Außerdem bist du nicht eine Träne wert.«

»Hab ich je was anderes behauptet?« Michael grinste und zog sie ins Haus. »Na, komm schon herein. Ich glaube, wir können jetzt einen Drink gebrauchen.«

Er nahm ihr die Tasche ab und ging voraus. Das Haus war hell, großzügig geschnitten und mit teuren alten und noch teureren neuen Möbeln ausgestattet. Leonies Reisetasche landete in einem großen Schlafzimmer mit Kamin, altem Bauernbett und eigenem Zugang zum Garten. Dann führte Michael sie durchs Wohnzimmer auf eine riesige Terrasse, an die ein ebenso riesiger Swimmingpool grenzte. Korbmöbel, Badeliegen und eine zwischen zwei Apfelbäumen gespannte Hängematte luden zum Faulenzen ein. Michael rückte seiner Schwester einen üppig mit orientalischen Kissen gepolsterten Korbsessel einladend zurecht.

»Bin gleich wieder da.«

Michael verschwand im Haus, und Leonie blinzelte in die schrägstehende Sonne. Der Duft eines Frangipanibaumes, der neben dem Pool stand, erfüllte die Luft. Die ganze Situation hatte etwas Irreales. Leonie hatte Mühe zu begreifen, dass sie sich noch am Morgen durch den Berliner Stadtverkehr gequält hatte und dass sich die Szenerie um sie herum inklusive des lange Zeit Totgeglaubten nicht im nächsten Moment in die heiße Luft einer Fata Morgana verwandeln würde. Der sehr lebendige Michael kehrte mit zwei Gläsern und einer Flasche Champagner in einem Kühler zurück.

»Das Einzige, was man in einer Situation wie dieser trinken kann.« Sprach's und öffnete mit einem Knall die Flasche. Der Champagner sprudelte in die Gläser, während Leonie dachte, es sehe ihm ähnlich, ihr keine Wahl zu lassen. Aber natürlich wusste er, dass sie Champagner und guten Wein liebte. Er reichte ihr das Glas.

»Santé, Schwesterchen.« Er trank sein Glas in einem Zug leer und füllte es erneut. Dabei bemerkte er Leonies Blick, der auf seiner linken Hand ruhte, deren Mittelfinger das oberste Glied fehlte. Er lächelte und ließ sich ihr gegenüber in einen Korbsessel sinken.

»Du bist meinem alten Freund Paleari mächtig auf den Keks gegangen, weißt du das?«

Leonie leerte ebenfalls ihr Glas und genoss, wie mit jeder Champagnerperle ein bisschen mehr der Anspannung von ihr abfiel, deren sie sich erst in dem Augenblick richtig bewusst wurde.

»Das tut mir aber gar nicht leid. Er hätte mir ja auch gleich die Wahrheit sagen können.«

»Dann hätte er sich schweren Ärger mit mir eingehandelt. Meine Wünsche waren eindeutig, und so sehr ich mich einerseits freue, dich zu sehen, so wenig bin ich im Grunde damit einverstanden, dass ich dich herholen musste. Aber ich hatte keine Wahl. Wenn du, wie angedroht, und ich weiß, dass du deine Drohungen wahr zu machen pflegst, angefangen hättest, im Dreck nach mir herumzukratzen, wäre mein Inkognito in null Komma gar nichts aufgeflogen.«

»Ist wer hinter dir her?«

Er warf ihr einen ironischen Blick zu.

»Schon gut, war kein wirklich gelungener Scherz.« Leonie nahm einen großen Schluck Champagner, Michael hatte auch ihr nachgeschenkt, und winkte beschwingt mit der Hand.

»Erzähle!«

»Die Kurz- oder die Langfassung?«

»Fürs Erste genügt mir die Kurzfassung.«

Und so erfuhr sie endlich, was damals geschehen war, während sie bewusstlos aus der Elbe gezogen wurde. Michael war mit Axel Evert, dem von der Polizei gejagten Heckenschützen, der auch den Sohn seines Freundes Paleari erschossen hatte, und Nicola Goerne, die ebenfalls Menschen auf dem Gewissen hatte, auf dem Motorboot zurückgeblieben, das mit hoher Geschwindigkeit elbaufwärts jagte. Nicola Goerne hatte Leonie über Bord gestoßen, um ihr Leben zu retten, denn Axel Evert trug einen Sprengstoffgürtel und versuchte ihn zu zünden, wovon Michael ihn abhalten wollte. Bei dem vorangegangenen Kampf hatte er seine Waffe verloren, und körperlich war ihm Axel Evert überlegen. Nicola mischte sich in das Ringen ein. Sie war außerordentlich kräftig und schaffte es, Evert für einen Moment so zu umklammern, dass er von Michael ablassen musste. »Los, springen Sie! Springen Sie schon!«, hatte sie Michael zugerufen. Er hatte gezögert, dann aber begriffen, dass sie nicht gerettet werden wollte. Ein Fußtritt von Evert, der sich aus Nicolas Umarmung freikämpfte, brachte Michael aus dem Gleichgewicht und schleuderte ihn gegen die Reling. Im Stürzen suchte er instinktiv nach einem Halt und blieb dabei mit dem linken Mittelfinger irgendwo hängen. Es gab einen Ruck, und das kalte Wasser der Elbe schlug über ihm zusammen. Unmittelbar darauf erfolgte eine Explosion, die ihn unter Wasser drückte.

»Mir blieb die Luft weg, und dann habe ich eine Erinnerungslücke. Ich kam erst wieder richtig zu mir, als ich Boden unter den Füßen spürte. Erst später fand ich heraus, dass ich auf einer Elbinsel gelandet war.«

»Lühesand.«

»Genau.«

»Wusste ich's doch«, sagte Leonie triumphierend. »Ich hab mir die Stelle, wo es passiert ist, angeschaut, und das war die wahrscheinlichste Möglichkeit, falls du überlebt hattest.«

Michael schaute sie unverwandt an. »Du bist wirklich erstaunlich. Na gut, also da bin ich wie Odysseus nach dem Schiffbruch an den Strand gekrabbelt, und glücklicherweise war weit und breit keine Seele zu sehen.«

»Was war mit deinem Finger?«

»Dem fehlte ein Stück. Aber das hab ich erst bemerkt, als ich in eine Hütte eingebrochen bin. Es tat nicht weh. Der Schock und das kalte Wasser. Na, wem erzähle ich das. Die Hütte war ganz wohnlich eingerichtet, ich habe mich auf ein Bett gehauen und bin sofort eingeschlafen.«

»Hast du nicht geblutet?«

»Wie ein Schwein. Als Erstes habe ich natürlich den Finger abgebunden. Als es mir besser ging, hab ich meine nassen Klamotten getrocknet, alle Spuren meiner Anwesenheit beseitigt und bin verschwunden. Auf der Fähre war ich ein wenig nervös, wie ich zugeben muss. Ich musste ja damit rechnen, von der Polizei gesucht zu werden.«

»Die dachten, genau wie ich, du wärst tot. Die haben deinen Finger gefunden.«

»Tatsächlich? Schön, der Rest war einfach. Meine Papiere hatte ich in einem Hotel zur Aufbewahrung gelassen, und dann up up and away.«

»Nach Südfrankreich.«

»Zuerst bin ich nach New York geflogen und habe meine Angelegenheiten so rasch wie möglich geregelt. Ich dachte mir, dass ich nach der Sache in Hamburg mein Leben sicherheitshalber neu organisieren sollte. Das hieß, neue falsche Papiere, neue Konten, ein neues Land. Ich bin zuerst nach Brasilien und Südafrika gegangen, später habe ich mich daran erinnert, dass ich einige meiner entspanntesten Momente in Südfrankreich verbracht hatte. Ich habe schon einmal mit dem Gedanken gespielt, mich hier niederzulassen. Me voilà, da bin ich, Monsieur l'écrivain. Ich konnte ja schlecht als Beruf Ex-Profikiller angeben. Vielleicht schreibe ich wirklich mal ein Buch, wer weiß.«

»Und warum hast du selbst mich im Glauben gelassen, du wärst tot? Kannst du dir nicht vorstellen, wie mich das belastet hat?«

Michael betrachtete sie interessiert. »Ist das so? Nun, das habe ich nicht vermutet. Unser Verhältnis war, nennen wir es, ambivalent. Ich wusste nicht, ob ich dir auf Dauer trauen konnte. Du arbeitest für die Leute, die mich für den Rest meines Lebens einsperren möchten. Allein die Tatsache, dass du mich kontaktiert hast und jetzt hier sitzt, bringt mich in Gefahr. Ist dir das nicht klar?«

»Ich mochte darüber nicht nachdenken. Ich wollte einfach nur Gewissheit.«

»Du erträgst keine Fragezeichen. Das hab ich schon begriffen. Ein äußerst gefährlicher Charakterzug, Schwesterchen. Für dich und andere.«

»Niemand weiß, warum ich nach Frankreich geflogen bin und wen ich hier treffen will. Und ganz gewiss ist mir niemand gefolgt.«

»Hoffen wir's. Ich würde ungern wieder umziehen. Es gefällt mir hier.«

»Ein Haus in der Provence war auch mal mein Traum. Natürlich hätte ich nicht die Mittel dazu gehabt. Schon gar nicht für dieses Luxusanwesen, muss ein Vermögen gekostet haben.«

Michael winkte lässig ab, konnte seinen Stolz aber nicht ganz verbergen. »Ein Schnäppchen. Ein bankrotter Geschäftsmann, der dringend noch etwas für später auf die Seite bringen musste, ehe die Handschellen zuschnappten. Wie sieht's aus? Hast du Hunger?«

Während Leonie ihre Tasche auspackte, duschte und sich umzog, betätigte sich ihr Bruder in der Küche, und als sie auf die Terrasse zurückkehrte, erwartete sie eine gegrillte Dorade mit selbstgeschlagener Aïoli, Salat und Baguette, dazu eine Flasche Rosé, die von Leonie kritisch gemustert wurde.

Michael interpretierte ihren Blick richtig. »Du bist keine Rosé-Trinkerin?«

»Ehrlich gesagt nein. Und *vin de sables* schon gar nicht«, gab Leonie zu.

»Probier erst mal. Wenn er dir nicht schmeckt, mache ich einen Weißwein auf.«

Sie schnupperte, nahm einen Schluck, dann einen zweiten. Der Wein war köstlich, sie schmeckte Pfirsich und Aprikose und etwas, das sie nicht definieren konnte.

»Er ist wunderbar, eine echte Überraschung.«

»Von sehr alten Grenache-Weinstöcken aus der Camargue. Zurzeit mein Lieblingswein.«

Das Essen war so vorzüglich wie der Wein, und Leonie wollte einfach nur den Moment genießen. Dennoch musste sie eine Frage unbedingt loswerden.

»Du privatisierst also, seitdem du dich hier niedergelassen hast?«

Michael war auf diese Frage gefasst gewesen. »Ich führe keine Aufträge mehr aus, was du aber nicht deinem positiven Einfluss zuschreiben solltest. Diesen Entschluss habe ich schon früher gefasst, lange bevor ich dich kennenlernte. Es ist kein Beruf, in dem man alt werden kann.«

»Ich nehme an, du bist finanziell gut versorgt?«

Er schenkte Wein nach und zwinkerte ihr zu. »Keine Sorge, ich werde dir nicht auf der Tasche liegen.«

Leonie lachte. »Das hatte ich auch nicht angenommen. Aber ich bin sehr glücklich über die Veränderung in deinem Leben.«

»Ich bin deswegen kein besserer Mensch, Leonie. Ich bin immer noch, der ich bin. Le samourai.«

Leonie nahm die Anspielung auf den Film mit Alain Delon um einen Auftragskiller auf. »Ich habe dich nie als ›eiskalten Engel‹ gesehen, jedenfalls nicht ausschließlich.«

»Du bist eine Romantikerin, Schwesterchen.«

Sie wollte protestieren.

»Doch, doch, unter deinem Zynismus und deiner toughen Haltung steckt der unausrottbare Glaube an das Gute im Menschen, wider alle Enttäuschungen und besseres Wissen. Apropos.«

Michael erhob sich und verließ die Terrasse. Als er zurückkehrte, hielt er einen Zeitungsausschnitt in der Hand. »Darf ich fragen, was du mit Lucca Barra zu tun hast?«

Leonie griff nach dem Artikel, er stammte aus einer Berliner Tageszeitung, und die Fotos zeigten sie und Theo Abramowsky.

»Der Mann heißt nicht Barra, das ist Theo Abramowsky.«

»Ich kann lesen, aber was in dem Artikel steht, ist Bullshit. Das ist Lucca, und er hat mit Sicherheit niemals eine Tauchschule in Thailand betrieben.«

Leonie legte den Artikel aus der Hand. »Wer ist Lucca Barra?«

»Lucca ist Deutschitaliener. In Deutschland geboren und aufgewachsen, hat in eine 'Ndrangheta-Familie aus Kalabrien eingeheiratet, deren Statthalter im Ruhrgebiet er wurde. Seinen guten Kern zu finden dürfte sehr schwierig werden. Ich habe ein paar persönliche Erfahrungen mit ihm gemacht, die ich nicht wiederholen möchte. Kurz und gut, er musste nach einem Polizistenmord verschwinden, damit hatte er den Bogen überspannt. Ich hörte, dass er nach Übersee gegangen ist. Dann erzählte mir ein Freund, Lucca sei beim Tsunami ums Leben gekommen und mit großem Pomp in Essen beigesetzt worden. Wie ich sehe, waren meine damaligen Zweifel berechtigt.«

»Wieso Zweifel? Es sind viele umgekommen, warum nicht auch er?«

»Natürlich wäre das möglich gewesen. Aber erstens fand ich es eigenartig, welche Mühe die Familie sich gegeben hat, die Todesnachricht unter die Leute zu bringen. Und zweitens hieß es, er sei unter anderem über seinen Pass identifiziert worden. Ein Mann, dem zwei Zielfahnder des BKA auf den Fersen sind, trägt nicht seinen Pass, und schon gar nicht seinen echten, ständig bei sich. Wen immer ihr Rechtsmediziner in Thailand aus dem Meer gefischt habt, Lucca war's nicht.«

Leonie wagte einen letzten Einwand. »Aber dieser Theo Abramowsky sieht Lucca Barra vielleicht nur ähnlich.«

»Damit hast du wahrscheinlich den Nagel auf den Kopf getroffen, nur dreh es andersherum. Das hier auf dem Foto ist nicht dieser Theo Dingsbums, sondern Lucca, der sich die Identität von deinem Tauchschulenbesitzer geborgt hat. Und der hat sie ihm wahrscheinlich nicht freiwillig spendiert.«

Leonie wusste von Fällen, in denen Kriminelle versucht hatten, ihren Tod in der Riesenwelle vorzutäuschen. Vielleicht war in diesem Fall jemand noch einen Schritt weiter gegangen. Ihr Kollege Fuchs fiel ihr ein, der bei ihrem Besuch in Hamburg erwähnt hatte, dass Claudia Gotthardt von einem ertrunkenen Zielfahnder gesprochen hatte, der in Khao Lak einem Mafioso auf der Spur gewesen war.

»Mike, hast du einen Computer?«

Natürlich hatte er einen. Sein Arbeitszimmer war besser ausgestattet als das der meisten Polizisten. Er fuhr einen seiner Computer hoch und legte Claudias CD ein, die Leonie in der Archiv-Akte gefunden hatte. Auf der CD waren ausschließlich Fotos abgespeichert. Hunderte von Fotos. Es dauerte eine Weile, bis Leonie gefunden hatte, was sie suchte. Das Foto von Abramowsky vor der Tauchschule kannte sie schon. Zwei weitere Fotos zeigten ihn verletzt im Krankenhaus von Phuket Town. Er hatte die Augen geschlossen, und Leonie vermutete, er hatte nicht bemerkt, dass Claudia ihn fotografierte. Auch die Fotos vor seinem Potsdamer Haus waren sicher nicht mit seinem Wissen gemacht worden. Claudia musste dazu auf der Lauer gelegen haben. Sie tippte auf das Tauchschulen-Foto.

»Das muss in jedem Fall der echte Abramowsky sein. Vielleicht der im Krankenhaus auch.«

Michael betrachtete die Bilder aufmerksam. »Könnten Zwillinge sein. Unglaublich die Ähnlichkeit. Ich erkenne keinen Unterschied.«

Leonie vergrößerte die Fotos. Irgendetwas störte sie. Eine Kurzgeschichte kam ihr in den Sinn, die sie vor vielen Jahren gelesen hatte. Darin ging es um einen Mann, der seine Ehefrau getötet und durch eine Doppelgängerin ersetzt hatte. Nur in einem Detail unterschieden sich die beiden Frauen. Die eine hatte schlanke Fesseln mit ausgeprägter Achillessehne, die Fesseln der anderen waren plump, die Achillessehne eingebettet in Fleisch.

»Hat Lucca Barra ein unveränderliches Merkmal?«

Michael überlegte. »Ja, ihm sind mal beim Bergsteigen in den Dolomiten vier Zehen an einem Fuß abgefroren.«

»Das ist kein unveränderliches Merkmal. Die kann man auch amputieren.«

Leonie versenkte sich in die Fotos und verglich sie Pixel für Pixel. Dann hatte sie es.

»Schau mal, Mike.« Sie zeigte auf den fröhlich lächelnden Abramowsky vor seiner Tauchschule. »Schau mal sein linkes Ohr.«

»Ja, und?«

Sie tippte nacheinander auf den Verletzten im Krankenhaus und den Mann vor seinem Potsdamer Haus. Von beiden konnte man das jeweils linke Ohr sehen.

Michael brauchte einen Moment, dann bemerkte er es auch. »Du hast recht, Schwesterchen. Der im Krankenhaus ist schon der Falsche.«

Der echte Abramowsky hatte ein großes fleischiges Ohrläppchen. Der falsche hatte so gut wie gar kein Ohrläppchen, der untere Teil des Ohres war direkt mit dem Kopf verbunden.

Leonie schloss die Augen, ihre Gedanken überschlugen sich. Irgendwas musste Claudia auf dieselbe Idee gebracht haben.

»Du hast gesagt, dieser Barra ist verheiratet. Wie viele Kinder?«

»Zwei, soviel ich weiß.«

»Abramowskys Schwager hat nichts dergleichen erwähnt.«

Leonie erzählte von dem Mordfall Gotthardt und was sie schon alles unternommen hatte, um den Fall aufzuklären.

»Wenn Claudia den echten Abramowsky in Khao Lak kennengelernt hat, wusste sie vielleicht auch, ob er verheiratet war und Kinder hatte. Barra wäre ihr in dem Fall sofort als Betrüger aufgefallen, als sie ihn in Potsdam traf.« Sie machte eine Pause. »Und dann die Schwester. Da die beiden jahrelang kaum Kontakt hatten, kannte sie seine Familienverhältnisse wahrscheinlich nicht so genau. Aber die Einwilligung zu einer eventuellen Knochenmarkspende konnte er ihr natürlich nicht geben. Da wäre sofort erkannt worden, dass er nicht mit ihr verwandt ist.«

Michael schaltete den Computer aus. »Dann wirst du den falschen Lucca wohl ausbuddeln müssen. Nur wird das der echte sofort erfahren.«

»Nicht unbedingt.«

In dem Fall musste es einen Weg geben, die Exhumierung in aller Stille vorzunehmen, ohne dass die Familie unterrichtet wurde. Es juckte ihr in den Fingern, sofort Kallweit anzurufen, aber sie wollte auch nichts überstürzen.

»Ob dieser Barra auch der Marquis de Sade ist?«

»Du meinst den Marquis de Sade, der quasi mein Nachbar ist?«

Das Stammschloss der Familie de Sade, eine romantische Ruine in einem malerischen Dorf, befand sich in Lacoste, nicht weit von Roussillon entfernt.

»Nicht ganz.« Leonie berichtete von dem Serientäter, den eine Soko in Berlin verzweifelt suchte.

»Das ist unmöglich Lucca Barra. Nicht, weil es ihm an Brutalität mangelt, aber er tötet nicht aus Spaß oder aus Experimentierlust. Er tötet, um Leute zum Schweigen zu bringen, aus Rache oder weil sie ihm lästig sind oder er sie nicht mag, und er tötet schnell und effektiv.«

»Schade«, meinte Leonie. Sie hätte gern zwei Fliegen mit einer Klappe geschlagen.

Es war schon spät in der Nacht, einer wundervollen warmen Nacht, als Leonie in ihr ausladendes Bauernbett stieg. Sie hatten lange geredet, hauptsächlich über sie, ihre beruflichen und privaten Pläne und Hoffnungen. Ihr war vorher gar nicht so klar gewesen, wie groß das Maß ihrer Unzufriedenheit und Richtungslosigkeit war. Sie hatte kein Ziel mehr in ihrem Leben, das sie lockte, keine Aufgabe, die sie noch reizen konnte, und zweifelte, ob sie nicht das richtige Leben im falschen suchte.

»Du bist an genau dem Platz, den du brauchst und der dich braucht. Du bist nur ein wenig erschöpft und durcheinander. Du brauchst eine Auszeit«, hatte Michael gesagt.

»Eine Auszeit. Wie stellst du dir das vor? Ich bin keine Beamtin.«

»Wenn du willst, findest du einen Weg.«

Als sie spät am Vormittag aufwachte, war Michael nicht da. Sie schaffte es auch ohne ihn, in seiner hochmodernen Küche Kaffee zu kochen. Kurz darauf hörte sie seinen Wagen. Eine große Tüte schwenkend, begrüßte er sie.

»Gut geschlafen, Zuckerschnute? Hier sind die besten Croissants deines Lebens. Schon das allein ist ein Grund, nach Roussillon zu ziehen.«

Nach dem Frühstück fuhr er sie zu seinen Lieblingsplätzen in der Provence, an Orte, wohin Touristen sich selten verirren. Am Abend aßen sie in einem Sternerestaurant bei Gordes und tranken einen Absacker in einer Bar in Arles. Auf dem Rückweg schlief Leonie schon im Wagen ein. So ging es noch zwei weitere Tage. Sie amüsierten sich, redeten viel und schwiegen noch öfter. Am vierten Abend sagte Leonie, sie müsse zurück nach Berlin, unwiderruflich.

»Ich würde gern bleiben, aber ich muss arbeiten, und irgendwann würde ich dir auf die Nerven gehen.«

»Schon möglich.« Michael hob die Hände und lächelte. »Du weißt, wo du mich findest, wenn du mich brauchst.«

»Wirst du mich anrufen?«

»Besser nicht.«

»Ach, du mit deinem Verfolgungswahn. Und wie kann ich dich erreichen?«

Er gab ihr die Nummer eines Postfachs in Marseille. »Ich hole meine Post immer am Monatsende ab.«

»Gut, dann wirst du immer am Monatsende einen Brief von mir vorfinden.«

Am nächsten Morgen stand der Citroën des Algeriers vor dem Haus, um Leonie zum Flughafen zu fahren. Michael begleitete sie hinaus. Er umarmte sie zum Abschied.

»Mach's gut, Zuckerschnute, pass auf dich auf. Und denk dran, Lucca ist so gefährlich wie eine Klapperschlange. Überleg dir also genau, was du tust.«

Ihr Fahrer tippte bedeutungsvoll auf seine Armbanduhr. Michael verstaute die Reisetasche auf dem Rücksitz und hielt Leonie die Beifahrertür auf.

»Au revoir, Schwesterchen.«

Die Tür schlug zu, der Wagen brauste in einer Staubwolke davon. Als Leonie zurückblickte, um ihm zu winken, war ihr Bruder verschwunden.

32

> Wie jede Lust, wäre sie wahr, Ewigkeit will,
> so verlangt der Schmerz nach Definition, Ordnung
> und Endlichkeit, nach Form und Formgebung.
> …
> Schmerz wird unerträglich, weil er nicht teilbar
> ist und nur schwer mitteilbar.
>
> Ute Holl, *Weltschmerz im Kopf*

Als Ben in der Zeitung von der Eröffnung einer Doppelausstellung über Schmerz im Medizinhistorischen Museum der Charité und im Hamburger Bahnhof las, fühlte er sich davon geradezu persönlich angesprochen. Natürlich würde er enttäuscht werden, wenn er Antworten statt Fragen erwartete, aber er fieberte dem Besuch der Ausstellung in der doppelten Bedeutung des Wortes entgegen. An einem schwülen Frühsommertag tauchte er in die Kühle der Ausstellungsräume ein, und seine Enttäuschung wurde eine recht angenehme. Er bekam einen Begriff davon, wie sehr dieses Thema die Menschen seit je bewegt hatte. Mit seiner Suche, auch wenn sie sehr speziell war, stand er nicht allein. Wissenschaftler und Künstler stellten die Fragen nach der Pathophysiologie, den Ausdrucksformen, der Erfahrbarkeit, der Mitteilbarkeit, der kulturellen Gebundenheit des Schmerzes. Mit manchen Exponaten und Installationen konnte Ben nicht viel anfangen, aber einiges beschäftigte ihn nachhaltig. Lange stand er vor dem *Dictionary Pain*, einem Fries aus Worten, das sich durch den ganzen Raum zog. Es war die künstlerische Umsetzung des Versuchs, Schmerz zu definieren und mitzuteilen. Dem Wort *pain* wurden Begriffe von A bis Z vorangestellt, ein englisches Wörterbuch des Schmerzes. Hochinteressant für Ben das Experiment eines Rechtsmediziners aus den sechziger Jahren, der die Schmerzen und die genaue Todesursache Jesu am Kreuz zu rekonstruieren versuchte. Frühneuzeitliche Bilder von Märtyrern, ärztliche Instrumente aus früheren Jahrhunderten und Briefe von Patienten, die versuchten, Worte für das, was sie quälte, zu finden, um dem weit entfernt lebenden Arzt eine Diagnose zu ermöglichen. Ein Schmerzfragebogen, wie er ihn selbst benutzte, die Animation einer Zelle, die elektrische Impulse abfeuert, wenn sie gereizt wird, ein Sektionsprotokoll des Schriftstellers und Arztes Gottfried Benn, Betrachtungen von Philosophen und Theologen, die verzweifelt versuchten, dem Leiden einen Sinn zu geben. Am wenigsten interessierte Ben die Virchow'sche Sammlung von medizinischen Präparaten. Der Anblick von deformierten Knochen, zerstörten Lungen und missgebildeten Föten stieß ihn ab, ohne ihm ein Mehrwert an Erkenntnis zu bringen. Die Betrachtung eines isoliert präsentierten kranken Organs löste in ihm keinerlei Empfindung aus. Gestärkt in seinem Erkenntnisdrang und dennoch im klaren Bewusstsein der fast unüberwindlichen Schwierigkeiten, ja vielleicht Unmöglichkeit, sein Ziel zu erreichen, verließ Ben die Ausstellung.

Im Lichte dessen, was er soeben gesehen und erfahren hatte, schien ihm das bereits anvisierte neueste Vorhaben besonders glücklich gewählt. Bei seiner ehrenamtlichen Krankenhaustätigkeit als grüner Herr hatte er einen Schauspieler kennengelernt, ein nicht gänzlich unbekanntes Gesicht, der sich einer Meniskusoperation hatte unterziehen müssen und inzwischen entlassen worden war. Er hatte sich mit ihm mehrmals angeregt unterhalten und Einblicke in einen Beruf erhalten, der ihm bis dahin völlig fremd gewesen war. Ein glücklicher Zufall schien ihm die besondere Vertrautheit des Künstlers mit der Darstellung gewalttätiger Charaktere, die misshandelten und töteten oder selbst misshandelt oder getötet wurden. Mit ihm hatte er einen Spezialisten für die Darstellung von Schmerz in Wort und Geste. Es war für Ben kein Problem gewesen, seinen Wohnort herauszufinden, mit der Observation des Mannes hatte er allerdings noch nicht begonnen. Die Adresse hatte ihm verraten, dass es nicht leicht werden würde. Der Mann wohnte in einem der Hochhäuser des Hansa-Viertels neben dem S-Bahnhof Bellevue. Die vielen Mietparteien waren das eine Problem, die unregelmäßige Lebensweise des Schauspielers das andere. Selbst die Domina hatte berechenbarere Arbeitszeiten als der Schauspieler mit seiner unsteten Beschäftigung, vor allem hatte sie einen festen Arbeitsplatz. Ben würde sich etwas einfallen lassen müssen.

Zu Hause erwartete ihn die Stimme Dr. Klingers auf dem Anrufbeantworter. In höflichem Ton erbat er Bens Rückruf und äußerte die Erwartung, dass er sich inzwischen zum Verkauf der Seevilla entschlossen habe. Ben würde natürlich nicht zurückrufen. Er neigte von Natur aus nicht zur Aggressivität und war während der Schulzeit bekannt gewesen für seine Harmoniebereitschaft und Fähigkeit, unter seinen Mitschülern Streit zu schlichten, aber erpressen und einschüchtern ließ er sich nicht. Er löschte die Mitteilung und schaltete den Computer ein. Seine Planung würde er mit einer Recherche im Internet beginnen. Er gab den Namen des Schauspielers bei Google ein und wurde von mehr als zehntausend Einträgen überrascht. Als er eine Stunde später den Computer wieder ausschaltete, hatte er eine erste Idee, wie er es anfangen könnte.

Es waren drei junge Männer etwa in seinem Alter, die zwei Tage später vor seinem Haus auf ihn warteten, als er gegen Mitternacht aus dem Auto stieg. Sie trugen die Haare kurzgeschoren und auch sonst alle Insignien junger Nazis. Der Anführer war ein mittelgroßer, aber kräftiger Bursche mit lächerlich hoher Stimme und einem Totenkopfring, der im Licht der Straßenlaterne silbrig aufleuchtete. Er bepöbelte Ben als Missgeburt, wobei ein starker sächsischer Akzent auffiel. Ben musste unwillkürlich grinsen, als er dachte, wie nahe die Piepsstimme damit der Wahrheit gekommen war, ohne sie zu kennen, denn das war unmöglich. Sein Grinsen erstaunte seine drei Widersacher und machte sie gleichzeitig wütend.

»Schönen Gruß an Doktor Klinger«, sagte Ben und bekam fast im gleichen Augenblick von dem Sachsen einen Fausthieb ins Gesicht. Ben spürte sein Nasenbein brechen. Er wusste, dass er gegen drei keine Chance hatte, daher Gegenwehr völlig sinnlos war und nur die Anzahl seiner Verletzungen erhöhte. Also ließ er passiv geschehen, was nicht zu vermeiden war. Nachdem der Anführer sein Recht auf den ersten Schlag geltend gemacht hatte, tobten sich die drei abwechselnd an ihm aus. Sie schlugen und sie traten ihn, bis er blutend und gekrümmt am Boden lag. Zwischendrin keuchten sie Beleidigungen hervor und ihre Wut darüber, dass er keinen Laut von sich gab. Sie ließen erst von ihm ab, als er laut aufschrie und im Haus gegenüber Licht anging. Die Piepsstimme sagte: »Das war die dritte und letzte Warnung«, dann sprangen die drei in einen Geländewagen, dessen Kennzeichen sich Ben noch einprägen konnte, ehe er das Bewusstsein verlor. Als er es im Krankenwagen wiedererlangte, war sein erster Gedanke, der Schauspieler könne noch warten. Es hatte sich soeben ein interessanterer Kandidat empfohlen.

33

Ein weißer Amerikaner ritt mit einem Ureinwohner durch die Prärie und wunderte sich, warum sein indianischer Begleiter alle paar Kilometer anhielt und einige Minuten ruhig wartend auf seinem Pferd saß, ehe es weitergehen konnte. Er fing an, sich über die zeitraubenden Unterbrechungen zu ärgern, und fragte den Indianer schließlich, was das solle. Der antwortete, er müsse darauf warten, dass seine Seele ihn einhole.

An diese Geschichte dachte Leonie Simon, als sie von ihrer Frankreich-Reise zurückkehrte. Auch sie verspürte das Bedürfnis, sich ein oder zwei Tage – Flugzeuge waren schließlich wesentlich schneller als Pferde – zurückzuziehen, um ihren Aufenthalt bei Michael zu verarbeiten. Leider war daran gar nicht zu denken, denn abgesehen von ihrer Arbeit im Institut warteten noch andere Aufgaben auf sie. Eine ereilte sie in Form eines Anrufs, den sie zu Hause auf ihrem Anrufbeantworter vorfand. Noch in Reisekleidung, die unausgepackte Tasche zu ihren Füßen, lauschte sie Erika

Lifkas vor Aufregung bebender Stimme, die wissen wollte, ob sich Max bei ihr gemeldet habe. Der Bengel hatte seine Drohung wahr gemacht und war fortgelaufen. Leonie fühlte sich auf der Stelle schuldig, weil sie Max' Problem zu lange beiseitegeschoben hatte. Sie wählte Erikas Nummer, aber es meldete sich niemand. Da war im Moment nichts für sie zu tun, sie konnte nur hoffen, dass Max seiner Mutter nur einen Schrecken hatte einjagen wollen und inzwischen wiederaufgetaucht war.

Sie packte ihre Reisetasche aus, zog sich um und sah rasch ihre Post durch, ehe sie ins Institut fuhr. Ein Brief aus Hamburg war dabei, Absender eine Frau von dem Knesebeck, die Leonie noch vor ihrer Abreise kontaktiert hatte. Die verschiedenen Adelshäuser der Knesebecks bildeten einen Familienverband, der zwei Sprecher hatte. Leonie hatte angefragt, ob ein in Berlin lebender Henry von dem Knesebeck bekannt sei. Die Antwort war ein eindeutiges Nein. In Berlin lebte kein Knesebeck dieses Alters und dieses Vornamens. Das traf Leonie nicht unvorbereitet, dennoch hätte sie ihren Verdacht lieber entkräftet gesehen.

Im Institut wurde sie, wie befürchtet, dringend erwartet. Auf der Prioritätenliste ganz oben stand ein Gespräch mit Professor Oberbeck, das Leonie ohne Skrupel hintanstellte zugunsten einer Opferuntersuchung, die eigentlich schon in der Nacht hätte vorgenommen werden müssen, aber wegen völliger Überlastung der Bereitschaftsärzte unterlassen worden war. Ein junger Mann war schwerverletzt in die Charité eingeliefert worden, und weil die ermittelnde Kommissarin den Verdacht hegte, es könne sich um einen Angriff von Rechtsradikalen handeln, hatte sie im rechtsmedizinischen Institut eine Untersuchung erbeten. Leonie ließ der Beamtin eine Nachricht über das Sekretariat zukommen und machte sich auf den Weg. Der Mann war inzwischen von der Intensivstation auf ein Zweibettzimmer verlegt worden, und Leonie bat, ihn zur Untersuchung in einen Behandlungsraum zu bringen. In dem jungen Mann, der zehn Minuten später im Rollstuhl hereingeschoben wurde, erkannte sie mit einiger Mühe den grünen Herrn, den sie vor einiger Zeit im Krankenhaus kennengelernt hatte. Offenbar erinnerte er sich ebenfalls. Sein zerbeultes Gesicht verzog sich zu einer Grimasse, die vermutlich ein Lächeln sein sollte.

»Guten Tag, Frau Doktor«, nuschelte er. »Wir sind uns schon mal begegnet. Damals haben Sie das kleine Mädchen untersucht.«

»Und um mich wiederzutreffen, haben Sie sich zusammenschlagen lassen?«

Der junge Mann lachte mühsam.

»Entschuldigung, wahrscheinlich tut Ihnen das Lachen sehr weh.« Leonie blätterte in der Akte. »Herr von Döberitz. Mein Name ist Simon.«

Er brachte eine Art Verbeugung zustande. »Ich wurde schon untersucht und behandelt. Steht alles da, was kaputtgegangen ist.«

Leonie erklärte ihm, dass es nicht nur um die Art der Verletzungen gehe, sondern um die fachgerechte und gerichtsfeste Dokumentation und Bewertung, also wodurch und wann die Verletzungen verursacht wurden. Während sie auf ihn wartete, hatte sie seine Krankenakte gelesen. Die Nase war gebrochen, ebenso einige Rippen, teils ganz, teils nur angebrochen, ansonsten hatte er Prellungen, Quetschungen, Risswunden erlitten, und ein Vorderzahn hatte sich gelockert. Es hätte schlimmer kommen können.

»Es ist sehr bedauerlich, dass ich Sie nicht unmittelbar nach der Tat untersuchen konnte.«

Leonie fragte ihn, ob er stehen könne. Döberitz quälte sich mit Hilfe des Pflegers aus dem Rollstuhl und aus seinem Krankenhauskittel.

»Wurden Sie ausreichend mit Schmerzmitteln versorgt?«

»Wollte er nicht«, antwortete der Pfleger an seiner Stelle. »Er hält nichts von Medikamenten.«

»Die Narkose wirkt noch nach«, sagte Döberitz, dem die Nase gerichtet worden war. »Wenn's wieder schlimmer wird, melde ich mich schon.«

Leonie hatte zurechtgelegt, was sie zur Untersuchung benötigte. »Ich werde ganz vorsichtig sein, aber es kann vielleicht trotzdem ein bisschen weh tun.«

In dem fensterlosen Raum war es warm und stickig. Leonie stand der Schweiß auf der Stirn, und auch der Pfleger glänzte ölig. Nur der Patient schien nicht unter der Hitze zu leiden, die Haut, die Leonie berührte, war vollkommen trocken. Nach und nach dokumentierte sie die Stellen, wo den jungen Mann die Fäuste und Stiefel seiner Gegner getroffen hatten.

»Konnten Sie die Leute beschreiben?«, wollte sie wissen.

»Nein, leider nicht. Es war ja schon dunkel, und alles ging so schnell. Ich stieg aus dem Auto, und peng.«

»Wie kamen Sie dann darauf, es könnten Rechtsradikale gewesen sein?«

»Das hat die Kommissarin gemeint. Weil es neulich in der Gegend so einen Vorfall gegeben hat.«

Leonie berührte eine alte Vernarbung, eine von vielen überall an seinem Körper.

»Sie müssen ein wildes Kind gewesen sein.«

»Ja, schrecklich, meine Mutter hätte mich am liebsten eingesperrt.«

Leonie notierte ihren Befund und machte zusätzlich Fotos von den Verletzungen.

»Sie können sich wieder setzen.«

Döberitz ließ sich aufseufzend in den Rollstuhl sinken. Der Pfleger, der wiederum Hilfestellung gab, stieß dabei versehentlich gegen seine lädierten Rippen.

»Passen Sie doch auf!«, rief Leonie.

Döberitz, der ihren erschrockenen Blick aufgefangen hatte, stöhnte.

»'tschuldigung«, sagte der Pfleger. »Wollen Sie jetzt vielleicht 'nen Schmerzmittel?«

»Wenn Sie vorhaben, mich weiter zu misshandeln, auf jeden Fall.«

Leonie betrachtete den jungen Mann nachdenklich. »Hoffentlich findet die Polizei die Männer, die Sie überfallen haben.«

»Ja«, stimmte er zu. »Hoffentlich.«

Der Pfleger schob ihn hinaus, und Leonie dachte, was er doch für ein seltsamer Mensch sei.

Am Abend konnte sich Leonie erst nach acht Uhr im Institut freimachen, und es war fast neun, als sie an Frau Kleins Haustür klingelte. Sie war deshalb nicht überrascht, als der Hausherr, ein Mann in mittleren Jahren, schätzungsweise fünfzehn Jahre älter als seine Frau, vor ihr stand. Sie stellte sich vor und fragte, ob sie kurz seine Gattin sprechen dürfe.

»Was wollen Sie denn von ihr?« Sein Blick und sein Ton zeugten von Misstrauen. Wahrscheinlich hatte seine Frau ihm von Leonies früheren Besuchen nichts gesagt.

»Nur eine kurze Frage im Zusammenhang mit den Brandermittlungen.« Leonie legte so viel harmlose Verbindlichkeit in ihre Stimme, wie sie konnte.

»Was hat meine Frau damit zu tun? Sie weiß gar nichts darüber?«

»Immerhin hat sie das Feuer bemerkt und gemeldet. Es dauert wirklich nicht lange.«

Mit einem unfreundlichen »wenn's sein muss« ließ er sie an der Tür stehen und ging ins Haus zurück. Leonie hörte einen gemurmelten Dialog, dessen Worte sie nicht verstehen konnte, dann tauchte Frau Klein auf, diesmal ohne Baby. Sie lächelte nicht.

»Sie sind aber hartnäckig. Ich wüsste wirklich nicht, wie ich Ihnen noch helfen könnte.«

»Und doch können Sie es vielleicht.« Leonie zog ein Foto aus der Tasche, das den Mann zeigte, den ihr Bruder für Lucca Barra hielt. Sie zeigte Frau Klein das Foto.

»Haben Sie diesen Mann schon einmal gesehen?«

Frau Klein war eine schlechte Schauspielerin. Das Nein, begleitet von heftigem Kopfschütteln, wurde von ihrem entsetzten Blick Lügen gestraft.

»Ich glaube doch. Sie riefen mich an, als das Bild dieses Mannes im Zusammenhang mit der toten Frau vom Selbstmörderfriedhof in der Zeitung erschienen war, und Sie wollten wissen, ob er damit zu tun habe. Warum?«

»Das habe ich Ihnen doch schon gesagt. Es war reine Neugierde. Ich muss mich jetzt um das Baby kümmern.«

Frau Kleins panischer Gesichtsausdruck ließ Leonie an Gazellen denken, die vor einem Rudel jagender Löwinnen flüchten.

»Hat der Mann Sie bedroht?«

»Nein.«

»Hat er sich bei Ihnen gemeldet, nachdem sein Foto in der Zeitung erschienen war, und gedroht, Ihnen oder Ihrem Baby etwas anzutun, wenn Sie aussagen, dass Sie ihn am Morgen des Brandes hier in der Straße gesehen haben?«

»Nein. Hören Sie auf.«

»Warum haben Sie den Mann damals nicht schon erwähnt, so wie die Jugendlichen? Vielleicht erschien er Ihnen unverdächtig. Erst als Sie sein Bild in der Zeitung sahen, im Zusammenhang mit einem Todesfall, haben Sie sich erinnert, nicht wahr? Deshalb riefen Sie mich an. Aber als ich Sie am nächsten Tag aufsuchte, wollten Sie nichts mehr sagen. Frau Klein, Ihre Aussage ist sehr wichtig. Die Polizei wird Sie und Ihre Familie schützen.«

Die junge Frau brach in Tränen aus.

»Jetzt reicht's aber.« Ihr Mann erschien auf der Bildfläche. Er packte seine Frau am Arm und zog sie ins Haus. Leonie konnte gerade noch rechtzeitig zurückweichen, ehe er ihr die Tür vor der Nase zuschlug.

»Reizend«, murmelte sie. Dennoch trat sie den Rückweg zu ihrem Auto mit einem Lächeln an. Jetzt hatte sie den Aufhänger, den sie für ihr Gespräch mit Hauptkommissar Kallweit über Lucca Barra brauchte. Schon auf dem Rückflug von Marseille hatte sie überlegt, wie sie mit der Information umgehen sollte. Michael durfte in den Fall nicht hineingezogen werden, sie konnte Kallweit die Quelle ihrer neuesten Erkenntnisse nicht nennen. Frau Kleins Beobachtung, und Leonie war sicher, dass sie einer polizeilichen Befragung nicht standhalten konnte, würde den Anlass für eine intensive Beschäftigung mit dem Mann liefern, der sich Abramowsky nannte.

Auf der Fahrt in die Leichhardtstraße hatte sie eine noch viel bessere Idee. Sie konnte Lucca Barra ins Gespräch bringen, ohne Michael als Informant preiszugeben. Wie sie inzwischen wusste, hatten BKA-Zielfahnder in Thailand die Spur eines Mafiamitglieds verfolgt. Das musste Barra gewesen sein. Zweifellos hatte Claudia seinetwegen kurz vor ihrem Tod versucht, BKA-Mann Dorn zu erreichen. Es war etwas heikel, aber es musste ihr gelingen, die Information unverfänglich an den Mann zu bringen.

Zu Hause erwartete sie ein weiterer Brandanruf von Erika Lifka. Diesmal hatte sie bei ihrem Rückruf Erfolg. Erika hob sofort ab.

»Gott sei Dank, dass du anrufst. Hat sich Max bei dir gemeldet?«

»Nein, was ist denn eigentlich passiert?«

»Er ist weg, seit drei Tagen schon. Es fehlen ein paar von seinen Sachen und knapp zweihundert Euro aus der Haushaltskasse.«

»Damit kommt er nicht weit«, meinte Leonie. »Hat er wieder Krach mit deinem Wolfgang gehabt?«

»Mein Freund heißt Manfred«, korrigierte Erika, »und wir wollen nächsten Monat heiraten.«

»Das war's also. Hast du Max als vermisst gemeldet?«

»Natürlich. Der Beamte meinte, der Junge würde bestimmt wiederkommen, wenn das Geld alle ist.«

Das war als Trost für eine besorgte Mutter ein bisschen schwach, fand Leonie.

»Du hast sicher alle Leute abgeklappert, bei denen er unterkriechen könnte?«

»Viele gibt es nicht. Auf dich hatte ich die meisten Hoffnungen gesetzt.«

»Ich war auf Reisen. Aber ich fürchte, er wird sich bei mir nicht melden, weil er weiß, dass ich dich sofort anrufen würde. So ein dummer Bengel.« Wie immer, wenn sie sich Sorgen machte, wurde Leonie wütend. »Aber du und dein Konditor, ihr habt's auch nicht gerade besonders schlau angestellt.«

»Ich weiß«, sagte Erika mit sehr leiser Stimme. »Ach, ich weiß ja. Aber es ist alles so schwierig.«

Leonie mochte nicht weiter mit Erika reden. Sie beendete das

Gespräch mit dem Versprechen, sich zu melden, falls sie etwas von Max hörte. Alles, was sie nach dem Telefonat noch wollte, war ein heißes Bad und ein Bier. Und sie wünschte sich, dass sie nur für eine halbe Stunde die Gedanken abstellen konnte, die in ihrem Kopf wirbelten und wie in einem Kaleidoskop die Bilder aufblätterten, die sie verfolgten. Die toten Gotthardts, die verstümmelten Opfer des Marquis de Sade, das höfliche Lächeln von Madeleine Quasts Peiniger, der ockergelbe Staub von Roussillon, das Wappen der Knesebecks, und immer wieder Max, der noch kindliche mit seinem Kätzchen Moritz auf dem Arm und der halb erwachsene mit dem ersten Flaum auf der Oberlippe. Aufseufzend ließ Leonie sich in das heiße Wasser gleiten und nahm einen Schluck aus der Bierflasche, die auf dem Rand der Wanne stand. Sie schloss die Augen, und die Bilder flatterten davon. Als sie aufwachte, war das Bier warm und das Wasser kalt.

Kallweit kam ihr mit seinem Anruf zuvor. Er bat sie zu einer Besprechung in sein Büro. Nach einem Vormittag im Seziersaal erhielt sie seine Nachricht ziemlich spät. Ihre Sekretärin war krank und die Vertretung bedauerlich unzuverlässig. Wenn sie den Termin nicht verpassen wollte, musste sie sofort fahren. In Kallweits Büro lächelte Leonie der BKA-Beamte Dorn entgegen. Na klar, dachte Leonie, beim BKA liest man auch Berliner Zeitungen.

»Frau Doktor Simon. Schön, dass Sie kommen konnten. Den Kollegen Dorn kennen Sie ja. Kaffee?«

Leonie nahm dankend an und setzte sich. »Gibt's was Neues?« Ehe sie selbst losplauderte, wollte sie hören, was die beiden Männer zu bieten hatten.

Kallweit servierte den Kaffee und setzte sich wieder hinter seinen Schreibtisch.

»Herr Dorn hat eine interessante Idee den Bruder unserer Friedhofsleiche betreffend. Er findet die Ähnlichkeit mit einem gesuchten Verbrecher frappierend.«

»Tatsächlich?«, fragte Leonie und wandte sich Dorn zu.

»Nach meinen Informationen ist der Gesuchte, ein gewisser

Lucca Barra, beim Tsunami Weihnachten 2004 ums Leben gekommen. Eine Identifizierung liegt vor. Einer der beiden Zielfahnder wurde ebenfalls getötet, der andere schwer verletzt.« Dorn warf einen Blick in seine Unterlagen. »Der Ort heißt Khao Lak. Sie waren auch dort.«

»Das ist richtig.«

»Ich nehme an, für die Identifizierungen, die Sie und Ihre Kollegen dort vorgenommen haben, könnten Sie die Hand ins Feuer legen.«

»Nun, es sind eine Menge Schlampereien vorgekommen, die aber nicht wir zu verantworten haben. Und wenn die Vergleichsprobe stimmt, würde ich eine Identifizierung für verlässlich halten.«

Dorn blätterte wieder in seinen Papieren. »Dieser Barra wurde identifiziert anhand von Schmuck, Pass, einem körperlichen Merkmal, ihm fehlten vier Zehen an einem Fuß, und schließlich einem DNA-Vergleich mit Proben, die uns seine Frau zur Verfügung gestellt hat. Wir haben den Fall daraufhin abgeschlossen. Übrigens wurde er unter anderem wegen eines Polizistenmordes gesucht. Ein korrupter Polizist, aber ein Polizist.«

»Wieso mussten Sie DNA-Proben bei seiner Frau anfordern? War sein Profil noch nicht in Ihrer Datei?«

»Leider nicht.« Dorn sagte das ein wenig verschämt. »Er hat sehr gute Anwälte.«

Kallweit räusperte sich. »Als mich Kollege Dorn anrief, hatte ich gerade ein paar Informationen über diesen Theo Abramowsky zusammengetragen, und da scheint mir einiges nicht zu passen. Abramowsky hatte eine thailändische Freundin, die er nicht nachgeholt hat. Hier lebt er anscheinend mit einer kompletten Familie zusammen. Als ich ihm den Tod seiner Schwester mitteilte, habe ich irgendwo im Haus Kinderstimmen gehört. Eine Ehe wurde aber nach seiner Rückkehr aus Thailand zumindest in Deutschland nicht geschlossen.«

»Lucca Barra hingegen war verheiratet und Vater von zwei Sprösslingen«, fügte Dorn an.

»Und der seltsame Tod dieser Schwester hat mich auf die Idee gebracht, wir könnten es mit einem Wiedergänger zu tun haben.«

Leonie nickte. »Lucca Barra zurück aus dem Reich der Toten. Ich glaube, es ist an der Zeit für mich, etwas zur Unterhaltung beizutragen.«

Sie entnahm ihrer Aktenmappe Claudia Gotthardts Fotos von Abramowsky und Barra und breitete sie vor den beiden Beamten aus. »Achten Sie bitte genau auf die Ohrläppchen. Das dort ist der Original-Abramowsky.«

Kallweit und Dorn betrachteten lange die Fotos, Kallweit zog eine Lupe zu Rate.

»Volltreffer«, sagte Dorn und grinste Leonie an. »Wann hatten Sie denn vor, uns das zu präsentieren.«

»Das ist alles frisch aus der Backstube.« Leonie hob zwei Finger zum Schwur. »Durch etwas Nachdenken und viel Glück habe ich Dokumente auftreiben können, die Claudia Gotthardt versteckt hat. Sie hatte einige politisch brisante Recherchen am Wickel, das allein hätte schon gereicht, sich nicht sicher zu fühlen. Und dann muss sie irgendwie auf den Identitätswechsel von Barra gestoßen sein.« Sie wandte sich an Dorn. »Das war es wahrscheinlich, was sie Ihnen kurz vor ihrem Tod sagen wollte. Und ich glaube, er war es, der sie getötet hat. Er wollte sich die Fotos holen.«

»Glauben heißt nicht wissen. Was für politische Recherchen waren das?« Kallweit sah sie mit gerunzelter Stirn an.

»Lauter Unappetitliches. Bleiben wir bei Barra. Eine Frau Klein im Haus gegenüber hat ihn am Morgen des Brandes gesehen.«

»Woher wollen Sie das wissen?«

»Ich habe Sie gefragt. Aber sie ist total verschreckt. Ich bin sicher, er bedroht sie. Vielleicht erliegt sie Ihrem Charme.«

Dorn fing an zu lachen. Kallweit verzog keine Miene. »Haben Sie auch schon einen Zeugen für den Mord an Sina Abramowsky?«

»Leider nicht. Aber über das Motiv können wir uns, denke ich, sofort einigen. Bei einer Untersuchung auf Tauglichkeit für eine Leukämie-Knochenmarkspende wäre Barra sofort als nicht verwandt aufgeflogen. Er hat sie zu dem Friedhof gelockt und dort ihren Selbstmord inszeniert. Gar nicht blöd. Eines ist klar, wir müssen die Leiche des angeblichen Lucca Barra exhumieren und genau anschauen.«

»Das muss aber unter höchster Geheimhaltung passieren«, überlegte Kallweit. »Wenn die Familie das mitbekommt, ist er gewarnt und setzt sich ab.«

»Sie wollen ihn also nicht festnehmen?«, fragte Leonie.

»Mit welcher Begründung? Wir können ihm bis jetzt überhaupt nichts nachweisen, weder einen Mord noch den Identitätswechsel. Wir können ihn bestenfalls observieren und seine Telefone abhören lassen.«

Kallweit und Dorn tauschten einen einverständigen Blick.

Leonie nickte. »Immerhin. Wo wohnt sein Clan?«

Dorn zog erneut sein Dossier zu Rate. »Es handelt sich um seine angeheiratete Familie, die hat sich im Ruhrgebiet verteilt. Seine Frau ist mit den Kindern vor etwa einem Jahr nach Italien zurückgegangen.«

»Und von da aus weiter nach Deutschland«, ergänzte Leonie. »Es wäre gut, zu Vergleichszwecken auch die DNA des Herrn aus Potsdam zu bekommen. Aber von ihm persönlich, nicht über seine Frau. Vielleicht hat sie ja noch ein Restchen von Abramowsky übrig, eine alte Unterhose oder ein Taschentuch.«

Dorn hatte das Gefühl, das BKA verteidigen zu müssen. »Er muss den Identitätswechsel lange geplant haben, ganz unabhängig vom Tsunami.«

»Wahnsinn«, schüttelte Kallweit den Kopf. »Wer soll auf so was auch kommen?«

Dorn warf ihm einen dankbaren Blick zu.

»Claudia Gotthardt ist darauf gekommen«, erinnerte ihn Leonie. »Leider.»

Der Beamte aus dem Dezernat für Wirtschaftsdelikte, den Leonie auf Henry angesprochen hatte, war so freundlich gewesen, ihr in Kopie Lebensläufe und Fotos von Betrügern zu schicken, die in den letzten Jahren in Berlin und Umgebung aktiv gewesen waren. Besonders berücksichtigt hatte er jede Form von Anlage- und Finanzbetrug und eine Vorliebe für wohlklingende Adelsnamen. In Henrys Altersgruppe gab es nicht mehr viele, und er war einer von ihnen. Sein richtiger Name war Heinz-Dieter Maack, geboren 1943 in Schwerin, erlernter Beruf Schriftsetzer. Nach der Wende war er arbeitslos geworden und rächte sich dafür am Kapitalismus, indem er das Gesetz von Angebot und Nachfrage ernst nahm. Auf der einen Seite gab es wohlhabende alleinstehende Frauen, die ein offenes Ohr für Liebesschwüre und Renditetipps hatten, auf der anderen stand Henry, der ihnen beides bieten konnte. Mit der Zeit hatte er eine Nase für lukrative Anlagemöglichkeiten, vor allem im Aktien- und Termingeschäftsbereich, entwickelt und das geliehene Geld mit Gewinn, vor allem auch für sich, zurückgeben können. Einige Pleiten in Kombination mit gebrochenen Eheversprechen hatten ihm eine Bewährungsstrafe beim ersten Mal und eine vierzehnmonatige Haft beim zweiten Mal eingebracht. Die meisten Frauen jedoch hatten ihr Geld abgeschrieben und geschwiegen. Scham war ein guter Schutz für Männer wie Henry.

Leonie legte das Blatt mit seinem Lebenslauf aus der Hand und schloss die Augen. Wie sollte sie das ihrer Tante erklären? Es gab Nachrichten, die so schlecht waren, dass man sie niemandem schonend beibringen konnte. Aber kneifen durfte sie nun nicht mehr.

»Je eher ran, desto eher davon«, sagte Leonie halblaut.

»Wie wahr.«

Leonie riss die Augen auf und starrte Marius Wasmuth an, der in der Tür zu ihrem Büro stand.

»Tut mir leid, wenn ich dich erschreckt habe, aber in deinem Vorzimmer ist niemand.«

»Meine Sekretärin arbeitet nur halbtags«, sagte Leonie schwach.

»Ich freue mich, dich zu sehen. Darf ich mich setzen?«

Wasmuth wartete ihre Antwort nicht ab und zog sich einen Stuhl heran.

»Ich weiß, dass du mich nicht wiedersehen willst, und unsere letzte Begegnung ist – wie sagt man heute? – suboptimal verlaufen.«

Er lächelte melancholisch, und Leonies Magen begann zu flattern.

»Vielleicht erinnerst du dich, dass ich versprach, mich zu melden, wenn ich etwas herausfinde, das dir helfen könnte. Nun, das habe ich.«

Er legte eine Tonkassette auf ihren Schreibtisch.

»Was ist das?« Leonies Stimme klang, als habe sie sie seit längerem nicht benutzt.

»Der Mitschnitt eines Telefonats, das mit dem uns bekannten Theo Abramowsky geführt wurde.«

Zu seiner Zufriedenheit war es ihm gelungen, Leonie zu verblüffen.

»Was? Sein Anschluss wird schon überwacht?«

Nun war Wasmuth irritiert. »Nein, sein Anschluss wurde nur angerufen. Was meinst du mit schon?«

»Egal, erzähl weiter. Um wen geht es?«

»Es geht um Geldwäsche und anderes mehr. Ich recherchiere im Moment im Bereich organisierte Kriminalität, und eine meiner Quellen hat mir diesen Mitschnitt zugespielt, weil Claudias Name fiel. Und deiner auch.«

»In welchem Zusammenhang?«

»Der Angerufene, der übrigens nicht Theo, sondern Lucca genannt wurde, wollte eine Reise verschieben. Als Grund nannte er, dass im Moment zu viel Wirbel herrsche. Die Polizei stehe ihm im Fall der toten Hamburgerin auf den Zehen, und eine Rechtsmedizinerin schnüffele wegen der Journalistin um ihn herum. Ich dachte, das solltest du wissen.«

Leonie griff nach der Kassette.

»Ich habe dann ein bisschen weitergebohrt. Es gab oder gibt einen Lucca Barra, der ...«

»Das weiß ich alles«, winkte Leonie ab. »Wir waren in den letzten Wochen auch nicht untätig. Aber der Telefonmitschnitt ist äußerst hilfreich. Darf ich fragen, wer ihn gemacht hat?«

Wasmuth überlegte einen Moment. »Jemand im LKA. Aber meine Quelle kann ich dir nicht nennen.«

»Schon gut. Aber typisch. Eine Hand weiß da wieder nicht, was die andere tut.« Sie lächelte Wasmuth zum ersten Mal an, seit er ihr Büro betreten hatte. »Es freut mich, dass du dein Versprechen wahr gemacht hast.«

»Ich hatte es als vertrauensbildende Maßnahme gedacht.«

Einen Moment sahen sie sich schweigend an. Oh nein, dachte Leonie, alte Affären sollte man niemals aufwärmen. Sie erhob sich.

»Warte einen Augenblick.«

Leonie verließ ihr Büro und eilte zum Vorzimmer ihres Chefs. Dort gab es einen kleinen Safe, wo Wertsachen Verstorbener aufbewahrt wurden, bis Polizei oder Angehörige danach fragten. Oberbecks Sekretärin war nicht an ihrem Platz, aber Leonie brauchte sie nicht, sie kannte die Kombination. Mit den Dokumenten, die Claudia Gotthardt zusammengetragen und versteckt hatte, kehrte sie in ihr Büro zurück, wo Wasmuth am Fenster stand und über das Klinikgelände blickte. Er drehte sich zu ihr um. Sie reichte ihm die Mappe mit den Unterlagen.

»Ich hatte dir auch etwas versprochen. Das sind Unterlagen von Recherchen, die Claudia so gut versteckt hatte, dass ich ohne Hilfe nicht darauf gekommen wäre. Ich habe die Papiere nur oberflächlich durchgeblättert. Es geht nicht um den Tsunami. Das meiste sieht nach Verfassungsschutz aus und beschäftigt sich mit dem Korruptionsskandal in Sachsen. Ich glaube, bei einem Journalisten sind die Papiere am besten aufgehoben.«

Wasmuth griff nach der Mappe und blätterte darin herum. »Da hast du recht. Da hast du verdammt recht.«

»Sei vorsichtig damit. Auch in der Affäre gibt's schon Tote. In welchem Land leben wir eigentlich?«

»Danke, Leonie.« Wasmuth sah ihr in die Augen. Lange.

»Nein.« Leonie hob abwehrend die Hände. »Es ist besser, wenn ...«

»Mund halten«, befahl Wasmuth und beugte sich zu ihr.

Sie vergaß, was sie hatte sagen wollen.

34

> Niemals, um nichts auf der Welt, konnte man sich größere Schmerzen wünschen. Von Schmerzen konnte man sich nur eines wünschen: dass sie aufhörten.
> George Orwell, *1984*

Ben war erschöpft, aber glücklich. Die Piepsstimme lag wohlversorgt im Verließ der Burg und wartete darauf, ihm bei seinen Forschungen behilflich zu sein. Es war nicht leicht gewesen, und ein wenig Glück hatte es auch gebraucht.

Im Krankenhaus hatte es Ben nicht lange ausgehalten, dort konnten sie ohnehin nichts mehr für ihn tun. Die Ausheilung der Brüche und der übrigen Blessuren würde seine Zeit dauern und erforderte lediglich Geduld und etwas Schonung. Für die Observierung von Anwalt Dr. Klinger fühlte sich Ben kräftig genug. Da er überzeugt war, der Überfall sei auf Betreiben Klingers erfolgt, rechnete er sich aus, dass der ihn auch zum Chef des Schlägertrupps, dem jungen Mann mit der Piepsstimme, führen konnte. Eine erschöpfende Woche lang hatte er sich an Klingers Fersen geheftet und war ihm von seiner Wohnung zum Büro, vom Büro zu seiner Wohnung gefolgt. Gelegentlich gab es einen Abstecher zu einem Kiosk, wo Klinger Zigaretten kaufte, einmal tankte er seinen Wagen auf. Ein Friseurbesuch und eine Einkaufstour zu einem Bürogroßmarkt stellten die Highlights der Woche dar. Es schien eine Frau Klinger zu geben, die den Einkauf der Lebensmittel übernahm, einen Supermarkt sah Ben ihn jedenfalls nicht ein einziges Mal betreten. Am Ende der Woche kamen Ben Zweifel, dass Klinger und Piepsstimme sich persönlich kannten. Mit der Autonummer des Wagens, den das Überfallkommando gefahren hatte, wusste Ben nichts anzufangen. Das Meldeamt würde ihm den Halter nicht nennen, und der Polizei hatte er gesagt, er habe in der Nacht nichts erkennen können. Als Letztes fiel ihm noch ein, Sozialarbeiter zu kontaktieren, die sich in Präventionsprogrammen und Beratungsteams engagierten und daher Verbindungen zur

Neonazi-Szene hatten. Mit etwas Glück traf er vielleicht jemanden, der Piepsstimme kannte. Aber dann hatte ihm Klinger unerwartet doch noch den Gesuchten geliefert. Eines Abends fuhr er von der Kanzlei nicht nach Hause, sondern zu einer Kneipe nach Neukölln. Ben blieb vor der Tür im Auto sitzen und wartete. Mit seinem Gesicht, das noch immer in allen Farben des Regenbogens schillerte, fiel er zu sehr auf, und Klinger würde ihn sofort erkennen.

Mit wem auch immer sich Klinger dort treffen wollte, musste schon vor ihm angekommen sein. Nach ihm betrat fast eine halbe Stunde lang niemand mehr das Lokal. Es vergingen etwa drei Stunden, ehe Klinger wieder herauskam, diesmal gefolgt von circa einem halben Dutzend Männern, darunter der Sachse. Die meisten waren in Klingers Alter, unauffällige Typen in Anzug und Krawatte. Piepsstimme war der einzig Jüngere und auch optisch eher das, was man von einem aus der extrem rechten Ecke erwartete. Die Männer trennten sich, und Piepsstimme ging zu einem Motorrad. Ben folgte ihm bis zu einem Mehrfamilienhaus im selben Stadtviertel. Wie er in den nächsten Tagen durch geschicktes Ausfragen von Nachbarn und einer Bäckereiverkäuferin von gegenüber herausgebracht hatte, hieß Piepsstimme Kevin Olschewski, arbeitete als Elektriker und lebte mit seiner arbeitslosen Mutter zusammen, die wegen einer nicht näher bezeichneten Krankheit selten das Haus verließ. Letzteres spielte keine Rolle, da Ben nicht die Absicht gehabt hatte, ihm in seiner Wohnung aufzulauern. Wenn er ehrlich zu sich selbst war, fürchtete er sich davor, dem Kerl wiederzubegegnen. Er war kräftig und gewaltbereit, und anders als die anderen würde er Ben mit Misstrauen begegnen. Möglicherweise würde Ben keine Chance haben, ihm die Spritze ins Fleisch zu rammen, die ihn in Sekundenschnelle schlafen legen sollte. Es wollte also gut überlegt sein, wie vorzugehen war. Und wieder war Ben das Glück hold gewesen. Wie er in den nächsten Tagen sowohl seinen Beobachtungen als auch einer Zeitungsnotiz entnahm, plante eine Bürgerinitiative, die Klinger mit begründet hatte, ein Stadtteilfest, bei dem Geld zur Sanierung einer Grundschule gesammelt werden sollte.

Der Tag, an dem das Fest steigen sollte, war heiß und sonnig, was Ben nutzte, um sich hinter riesiger Sonnenbrille und Baseballkappe zu verstecken. Klinger und die anderen Anzugträger aus der Kneipe, zum Teil Väter der Grundschulkinder, waren anwesend und mit unterschiedlichen Aufgaben betraut. Ben bemühte sich, vor allem Klinger auszuweichen. Aber der war ganz und gar absorbiert von der Ankunft eines Mannes, den Ben zu kennen glaubte. Irgendwann fiel es ihm wieder ein. Er kannte das Gesicht aus der Presse, es gehörte einem NPD-Funktionär, der sich gern sozial engagierte, um seiner Partei ein bürgerliches Gesicht zu verschaffen. Kevin Piepsstimme und ein paar von seinen Kumpeln waren augenscheinlich engagiert worden, um für Ordnung zu sorgen und eventuelle Protestierer fernzuhalten. Damit diejenigen Besucher des Festes, die nicht wussten oder begriffen, wer sich da in ihre Mitte eingeschleust hatte, nicht abgeschreckt wurden, trugen die Jungnazis normale Jeans, T-Shirts und Turnschuhe. Kurzgeschorene Haare und Tätowierungen waren längst auch bei Nicht-Nazis weitverbreitet und deshalb nicht mehr per se verdächtig.

Ben kaufte an einem Getränkestand einen Becher Cola und schlenderte durch die Menge. Er hielt es für geraten, in Bewegung zu bleiben, so würde er am wenigsten Aufmerksamkeit erregen. Eines musste man Klinger lassen, hatte Ben gedacht, er konnte etwas auf die Beine stellen. Für die Kinder gab es ein kleines Karussell, eine Wurfbude, eine Torwand und andere Geschicklichkeitsspiele. Ein Clown und ein Zauberer versammelten Publikum um sich, und auf einer Bühne bereitete sich eine Band auf ihren Auftritt vor. Würstchen, selbstgebackenen Kuchen und Getränke gab es zu kleinen Preisen. Vor allem aber liefen Kinder mit großen Sammelbüchsen herum, denen man sich schlecht verweigern konnte. Ben stopfte einen Zwanzig-Euro-Schein in die Büchse, die ihm ein rothaariger Knirps unter die Nase hielt. Die Kinder konnten ja nichts dafür, dass er etwas gegen Klinger hatte. Er war allerdings nicht der Einzige. Als Klinger auf die Bühne kletterte und mit einer Rede begann, erhob sich Protest aus einer Gruppe von Leuten, die Ben schon vorher aufgefallen war, weil sie verspätet und geschlossen gekommen war. Es war eine gemischte Gruppe, Männer und Frauen, Ältere und Jüngere, und sie wandten sich gegen die Unterwanderung der Elternvereinigung, wie sie es nannten, durch Klinger und seine Sympathisanten. Ben sah, dass Kevin von Klinger ein Zeichen bekam, woraufhin er und die anderen der Ordnertruppe die Kritiker umringten und abzudrängen versuchten. Aber die wehrten sich, und bald war eine Schlägerei im Gange, zusätzlich angeheizt von einer Handvoll junger Männer, die plötzlich auftauchten und sich mit antifaschistischen Parolen ins Gewühl stürzten. Ben hatte sich rechtzeitig zurückgezogen und beobachtete das Geschehen aus der Ferne. Mütter riefen nach ihren Kindern und zerrten sie aus der Gefahrenzone. Ein älterer Mann mit blutender Nase stolperte davon, den Kopf in den Nacken gelegt. Ein Schrei und der Ruf »Der hat ein Messer!« ertönten. Ben sah einen Schlagring blitzen. »Holt die Polizei!«, brüllte jemand. Und dann taumelte ihm Kevin Piepsstimme praktisch vor die Füße. Er hielt sich den Kopf, Blut quoll zwischen seinen Fingern hervor. Jemand hatte ihm einen heftigen Schlag verpasst. Am Rande des Schulgeländes, wo Ben in die Nähe seines geparkten Autos geflüchtet war, sackte Kevin auf die Knie. Nach einer Millisekunde des Schrecks hatte Ben sich gefangen und entschied blitzschnell, die Situation zu nutzen. Er lief zu Kevin und packte ihn an der Schulter.

»Kannst du aufstehen?«

Kevin reagierte nicht. Ben packte ihn unter den Armen und mühte sich, ihn auf die Beine zu zerren. Ohne seine Mitarbeit würde es ihm nicht gelingen, ihn bis zum Auto zu bugsieren. Kevin wog nach seiner Schätzung um die achtzig Kilo.

»Komm schon, du schaffst es.«

Der Verletzte murmelte etwas Unverständliches und hob den Kopf. Sein Blick war verschleiert, Ben war sicher, dass er ihn nicht erkannte. Mit aller Kraft schaffte er es, Kevin auf die Füße zu stellen.

»Ich fahre dich in ein Krankenhaus. Mein Auto steht gleich da vorne.«

Er nahm Kevins rechten Arm und legte ihn um seine Schulter.

Seinen anderen Arm schlang er um dessen Hüfte. Dann schleifte er ihn Schritt für Schritt zu seinem Wagen. Falls jemand ihn beobachtete, würde er ihn für einen barmherzigen Samariter halten. In der Ferne hörte er die Sirene eines Polizeiwagens. Ben bewies dennoch Nerven. Er lehnte den halb Bewusstlosen gegen das Auto und breitete eine Plastikplane, von denen er stets mehrere mit sich führte, über Rücksitz und Lehne aus. Erst dann bugsierte er Kevin hinein. Für den Fall, dass er auf der Fahrt wieder zu sich kam, legte er ihm Handschellen an und deckte seine Jacke darüber. Völlig außer Atem setzte sich Ben ans Steuer, nachdem er sich noch einmal davon überzeugt hatte, dass niemand ihm Beachtung schenkte. Das Chaos hatte sich inzwischen noch vergrößert. Menschen liefen wild durcheinander, einige trugen Spuren des Kampfes. Ben startete den Wagen und bahnte sich vorsichtig seinen Weg durch die flüchtenden Menschen. Als er vom Schulgelände auf die Straße einbog, kamen ihm mit Blaulicht und »Musik« zwei Polizeiwagen und ein Sanitätsfahrzeug entgegen. Ben gab Gas.

Unterwegs war alles reibungslos verlaufen. Piepsstimme blieb friedlich und ließ sich ohne Gegenwehr in seine Unterkunft schleppen und dort fixieren. Seine anhaltende Benommenheit war sicherlich auf eine leichte Gehirnerschütterung zurückzuführen. Das sollte sich bald geben, solange er nur in Ruhe gelassen würde. Ben war zwar begierig, mit den Experimenten zu beginnen, aber es hatte keinen Sinn, solange Kevin nicht mitarbeiten konnte. Ben hatte sich ein paar interessante neue Tests überlegt, die sich für ihn besonders gut nachvollziehen und im Ergebnis vergleichen ließen. Bei der Gelegenheit würde Kevin ihm sicher verraten, was Klinger geplant hatte für den Fall, dass Ben hartnäckig blieb und sich auch durch die dritte Warnung nicht einschüchtern ließ. Ben lächelte bei dem Gedanken, dass er schon bald Kevins bester Freund und Vertrauter sein würde, der Quell seiner spärlichen Freuden in Form einer Spritze. Es lag nicht die Spur von Zynismus darin, denn so war es auch bei den anderen gewesen. Der Unterschied bestand in der Genugtuung, die er statt Mitleid empfinden würde, auch wenn Rache nicht der Grund war, warum er Kevin gewählt hatte.

Ben ging in die Küche, wo ein großer Topf auf dem Elektroherd stand. Stefanie, seine Dorfperle, hatte ihm Hühnersuppe gekocht. Er stellte die Platte auf eine mittlere Stufe. Die Suppe durfte nicht so heiß werden, dass er sich beim Essen den Schlund verbrannte. Eine Schale davon würde er später Kevin bringen. Wenn man sich nicht wohlfühlte, gab es nichts Besseres als eine gute Hühnersuppe.

35

Die Präparatorin fädelte das Garn ein und begann die Leiche der alten Frau zuzunähen. Leonie Simon und Dr. Lottermoser standen nebeneinander an den Waschbecken und wuschen sich die Hände. Der junge Kriminalbeamte, der den Fall untersuchte, war bereits gegangen. Leonie und ihr Kollege hatten ihm die Empfehlung mitgegeben, weitere Ermittlungen anzustellen, da sich aus rechtsmedizinischer Sicht eine Fremdeinwirkung nicht ausschließen ließ. Leonie war unzufrieden.

»Es wäre besser gewesen, man hätte uns an den Fundort geholt, bevor die Leiche bewegt wurde.«

Die alte Frau war tot an ihrem Küchentisch gefunden worden, wie es zunächst hieß, mit dem Kopf auf der Tischplatte. Als bei der äußeren Leichenschau eine strangmarkenartige Vertrocknung der Halshaut festgestellt wurde, hieß es auf Nachfrage, die Frau habe mit dem Hals auf dem Rand eines Topfes gelegen, der vor ihr auf dem Tisch stand. Falls das stimmte, erklärte das zwar die Vertrocknung, nicht aber die Abbrüche der oberen Schildknorpelhörner beidseits mit ausgeprägter frischer Unterblutung, die bei der Sektion gefunden worden waren.

»Was soll ich sag'n? Der Abschiedsbrief und der weiße Antrag am Mund und im Topf, da denkt die Polizei halt gleich an Selbstmord. Und, wenn'st mich fragst, Leonie, dann hat die Frau auch wirklich was g'schluckt.«

»Und warum lag nirgendwo eine Pillenschachtel herum?«

»Die Wohnung war sauber und zamg'raumt. Der Tod einer ordentlichen Hausfrau. Die hat sogar die leere Pillenschachtel weg-g'schmiss'n, bevor sie das Zeug aufg'löst und getrunken hat.«

Die Obduktion hatte außerdem eine schwere Herzerkrankung ergeben. Es war durchaus denkbar, dass die Frau etwas eingenommen hatte und durch Übelkeit oder plötzlichen Bewusstseinsverlust so heftig auf den Topfrand aufgeprallt war, dass sich daraus die Verletzung ergab, die ein Fremdverschulden nahelegte.

»'s wär ja nicht das erste alte Weiberl, das sich umbringt in dem Jahr. Und wird auch nicht 's letzte sein.«

»Ich weiß«, sagte Leonie und schleuderte das Papierhandtuch mit unnötiger Wucht in den Abfallkorb.

Das rechtsmedizinische Institut der Charité hatte vor einigen Jahren eine Studie über die Suizide älterer Menschen veröffentlicht und dabei besonders die Motive berücksichtigt. Die meisten waren wie die tote Frau auf dem Stahltisch vorher schon krank gewesen, litten unter chronischen Schmerzen, Depressionen oder einer Demenzerkrankung. Sie fürchteten, entmündigt, entrechtet und in Pflegeheimen schlecht behandelt zu werden, hatten Angst vor Hilflosigkeit und unwürdigem Weiterleben, wie es in der Studie hieß. Mit dem Suizid wollten sie dem Heim oder der Intensivstation entgehen. Soweit Leonie das beurteilen konnte, hatte sich an dem Problem seitdem nichts geändert. Diese Menschen waren Opfer einer Gesellschaft, die sich schwertat im Umgang mit dem Alter und dem Sterben und sich in endlose Diskussionen flüchtete, die Leonie nicht selten bigott und verlogen fand.

Im Büro fand sie auf ihrem Schreibtisch eine Nachricht aus der Toxikologie. Sie betraf die Paste aus dem Haar der toten Domina, deren Zusammensetzung zwar bereits bekannt war, nicht aber die Funktion. Das Rätsel war gelöst, es handelte sich um Elektrodenpaste, die bei der Elektroenzephalografie benutzt wurde. Leonie gab die Nachricht ihrer Sekretärin mit der Bitte um Weiterleitung an Kommissar Kallweit. Dann rief sie Madeleine Quast an, erreichte aber nur den Anrufbeantworter und bat um Rückruf. Sie wollte gerade wieder ihr Büro verlassen, als die Sekretärin den Anruf eines Polizeikommissariats durchstellte. Es ging um Max Lifka, er war in einer Laubenkolonie aufgegriffen worden, wo er übernachtet und etwas gestohlen hatte. Nach zunächst hartnäckigem Schweigen hatte er schließlich seinen Namen genannt und den von Leonie Simon, von der er sich nicht zum ersten Mal Hilfe versprach.

Für Leonie war es ein Déjà vu, als sie in Spandau das Gebäude der Dienststelle betrat, wo der Junge festgehalten wurde. Sie hatte schon einmal den viel jüngeren Max auf einer Wache abgeholt, nachdem er sich beim Klauen hatte erwischen lassen, zu dem er von älteren Jungen angestiftet worden war. Diesmal fand sie einen nicht besonders schuldbewussten Jüngling vor, der ihr trotzig entgegensah, als sie von einem uniformierten Beamten zu ihm geführt wurde. Leonie setzte sich ihm gegenüber und wartete, bis der Beamte den Raum wieder verlassen hatte.

»Tja, da wären wir mal wieder«, sagte sie nicht unfreundlich. »Ist das der Beginn einer großartigen Laufbahn als Stadtstreicher?«

Max schob die Hände tiefer in die Taschen seiner schmuddeligen Jeans.

»Es liegt eine Anzeige wegen Sachbeschädigung, Einbruchs und Diebstahls gegen dich vor.«

»Ach, der Alte soll sich nicht so haben. Ich hab nur zwei Nächte in seiner Laube gepennt, und geklaut hab ich überhaupt nichts, nur ein paar Konserven und Bier. Und das mit dem Radio tut mir leid, das ist praktisch allein vom Regal gekippt. War ein billiges Ding, wahrscheinlich von Tchibo.«

Leonie erkannte durchaus die erheiternde Note in seiner Rede, durfte dem aber nicht nachgeben. »Max, selbst bei Berücksichtigung der Tatsache, dass du in dem Alter bist, in dem sich das Gehirn unter dem Ansturm der Hormone neu verschaltet und partiell in einem Zustand der Unzurechnungsfähigkeit befindet, kann ich dein Verhalten nur selten dämlich nennen. Wenn du zu Hause wegläufst, was du mir versprochen hattest, nicht zu tun, dann musst du doch einen Plan haben. Eine Laubenpieperkolonie in Berlin-Spandau kann keine Alternative sein, auch wenn daheim der Konditor auf dem Sofa sitzt.«

Max schob die Unterlippe vor und sah dadurch plötzlich sehr viel jünger aus.

»Ich wollte zu Ihnen, aber Sie waren nicht da, und in Berlin kenne ich sonst niemanden. Und für die Rückfahrt hatte ich kein Geld mehr.«

»Zu mir wolltest du? Ich dachte, ich hätte dir bei unserem letzten Gespräch zwei Dinge klargemacht. Erstens: Bei mir kannst du nicht wohnen. Zweitens: Ich würde nie gegen den Willen deiner Mutter handeln. Ergo werde ich dich zu ihr zurückschicken müssen.«

»Dann hau ich eben wieder ab.«

»Du meinst, du machst deine Mutter so lange fertig, bis sie nachgibt? Da könntest du Pech haben. Genau wie du hat sie sich verändert, und nicht nur äußerlich.«

Max kratzte an einem Pickel herum. »Sie will heiraten.«

»Das hat sie mir erzählt. Und daran wirst du nichts ändern. Wenn du dich irgendwann selbst hartnäckig verliebst, wirst du das vielleicht verstehen.«

Leonie machte eine Pause. »Hör mal, Max, ich weiß, dass du in deinem jungen Leben schon viel durchgemacht hast. Und deine Mutter ist daran nicht unschuldig. Ihretwegen warst du im Heim und bei Pflegeeltern, und das war sicher nicht deine glücklichste Zeit. Ich vermute, auch deshalb sträubst du dich gegen das Internat.«

Max zeigte ein Pokerface, er war sehr blass.

Leonie beugte sich vor und versuchte, seinen Blick festzuhalten. »Ich verstehe dich, wenn ich dein Verhalten auch nicht billige. Und um ehrlich zu sein, das Verhalten deiner Mutter billige ich ebenso wenig. Nun müssen wir aber versuchen, mit der Situation zurechtzukommen. Stimmst du mir in dem Punkt zu?«

Max hob eine Schulter und ließ sie wieder sinken.

»Sehr schön. Die Lösung kann nicht sein, dass du zu allem Nein sagst, herumvagabundierst und dich festnehmen lässt. Damit schadest du nicht dem Konditor, sondern nur dir selbst. Übrigens finde ich sein Angebot mit dem Internat gar nicht so übel. Internate kosten Geld, das er offenbar bereit ist, in dich zu investieren. So kann man die Sache auch sehen.«

»Ich geh nicht in ein Internat.«

»Vielleicht solltest du dir mal eins aus der Nähe ansehen und dich über die Bedingungen informieren. Ich wäre bereit, dich zu begleiten. Es gibt sehr schöne, an einem See gelegene, wo du Segeln lernen kannst.«

Leonie sah, dass sie den richtigen Ton getroffen hatte.

»Segeln?«

»Zum Beispiel. Sicher bieten die Internate auch andere Sportarten an. Ich würde jedenfalls denken, alles ist besser, als sich zu Hause weiter mit einem Stiefvater herumzustreiten, den du nicht magst.«

»Und wenn ich mir allein ein Zimmer nehme? Ich bin schon fünfzehn.«

»Damit bist du zwar strafmündig, aber deinen Aufenthalt darfst du erst mit Beginn der Volljährigkeit, also ab achtzehn, selbst bestimmen. Ich hatte nicht den Eindruck, dass deine Mutter dich allein wohnen lassen würde. Mit deiner letzten Aktion hast du auch nicht gerade den Beweis früher Reife erbracht. Die Alternative wäre, über das Jugendamt die Aufnahme in eine Jugendwohnung zu erwirken, wo du mit anderen unter Betreuung leben würdest.«

Max war schwer ins Grübeln gekommen. »Und was jetzt?«

Leonie erhob sich. »Ich habe mich für dich verwandt und angeboten, den von dir angerichteten Schaden zu bezahlen. Also habe ich jetzt das zweifelhafte Vergnügen, dich unter meine Fittiche zu nehmen. Das heißt, du kommst für heute mit zu mir. Und morgen kaufe ich dir eine Fahrkarte und setze dich in den Zug nach Hamburg. Dort wirst du dich bei deiner Mutter entschuldigen, die sich zu Tode geängstigt hat. Bevor ich herkam, habe ich sie angerufen und beruhigt. Sie war so erleichtert, dass sie bereit ist, dir zu verzeihen.«

»Ich komme nicht in Untersuchungshaft?«

»Nein. Enttäuscht?«

Die Schnelligkeit, mit der Max sich zusammenraffte und zur Tür sauste, war Antwort genug. Leonie erledigte die Formalitäten, und Max bekam den Rucksack mit seinen Habseligkeiten ausgehändigt. Fünf Minuten später saß er neben Leonie im Auto und hatte schon wieder Oberwasser.

»Darf ich das Radio anmachen?«

»Von mir aus. Aber die voreingestellten Sender werden dir kaum gefallen.«

Da irrte sie. Er blieb bei einem Klassik-Sender hängen, der ein Klavierkonzert von Mozart spielte. Toll, dachte Leonie, Mozart liebt jeder, sogar Kühe und Jungen in der Pubertät.

»Ich habe Hunger«, tat Max kund.

»Habe ich mir gedacht, aber zuerst musst du duschen. Du müffelst. Danach bestelle ich Pizza, und während wir essen, wasche und trockne ich deine Klamotten.«

»Und was soll ich solange anziehen?«

»Meinen Bademantel, was sonst?«

Leonie hoffte, sie würden nicht ihrer Vermieterin über den Weg laufen. Sie hatte keine Lust zu erklären, warum sie ein Riesenbaby wie Max in ihre Wohnung mitnahm. Aber alles war ruhig, als sie das Haus betraten, und Leonie dachte sogar daran, die Alarmanlage auszuschalten.

»Alarmanlage«, sagte Max. »Cool.«

Während der Junge duschte, rief Leonie noch einmal seine Mutter an und erstattete Bericht. Erika war erleichtert, aber Max würden ein paar ernste Worte nicht erspart bleiben.

»Übertreib's aber bitte nicht, Erika. Ich habe ihm ein paar Dinge zum Nachdenken gegeben. Möglicherweise steht er der Idee mit dem Internat bald nicht mehr ganz so ablehnend gegenüber.«

Als Max aus der Dusche kam, standen schon zwei Pizzen auf dem Tisch und für ihn eine Cola. Leonie schenke für sich ein Glas Rotwein ein. Max machte ein paar gezierte Schritte auf sie zu.

»Steht mir der Bademantel?«

Leonie grinste. »Zum Anbeißen.«

Während des Essens redeten sie über Gott und die Welt, und Leonie war angenehm überrascht, wie leicht es war, mit dem Jungen eine Unterhaltung zu führen. Er interessierte sich für vieles, auch für Politik, und war für sein Alter angenehm kommunikativ. Seine Zukunftsvorstellungen waren ausgeprägt, aber mit wenig Hoffnungen verbunden.

»Am liebsten würde ich was mit Flugzeugen machen.«

»Du willst Flugkapitän werden?«

»Nee, bauen will ich die Flugzeuge. Aber dazu muss man Abi haben und studieren.«

Er zuckte mit den Schultern, als sei das Thema damit erschöpfend und endgültig behandelt.

»Glaubst du, dass du das Abitur nicht schaffst?«

»Vielleicht. Aber studieren. Dazu braucht man Kohle.«

»Wenn du Flugzeug- und Raumfahrttechnik studieren willst, wenn das wirklich dein Traum ist, dann musst du dafür kämpfen, auch falls es schwierig wird. Zicken machen und Schule schwänzen ist auch nicht mehr drin. Sonst kannst du das Abitur und einen guten Notendurchschnitt in den Schornstein schreiben, und deine Zukunft sowieso.«

Max nickte verlegen und säbelte an seiner Pizza herum. »Weiß ich. Sie müssen mir das nicht immer aufs Butterbrot schmieren.«

Die Botschaft war angekommen, hoffentlich nachhaltig, und Leonie konnte zum fröhlichen Teil des Abends übergehen. Sie holte das Monopoly-Brett, und gegen Mitternacht war Max zum Krösus aufgestiegen und Leonie zum Pleitier abgestiegen.

Leonie weckte Max früh und brachte ihn zum Hauptbahnhof, wo er den ICE um 9.18 Uhr nach Hamburg nehmen sollte. Max' gute Laune war schon wieder dahin, und sie hatte den Eindruck, dass er sich vor seinem neuen Stiefvater ein wenig fürchtete.

»Hör zu, Max, wenn es bis zur Klärung deines Aufenthalts wieder Probleme gibt, mit dem Konditor oder sonst wem, dann läufst du nicht wieder davon, sondern rufst mich an. Kann ich mich diesmal darauf verlassen?«

Max nickte. Dann umarmte er sie unerwartet, drehte sich um und verschwand im Zug. Erst als der Zug schon anfuhr, bemerkte Leonie, dass sie noch immer die Tüte mit dem belegten Brötchen, das sie ihm mitgeben wollte, in der Hand hielt.

Die Audiokassette landete mitten auf dem vollen, aber geordneten Schreibtisch von Kommissar Kallweit.

»Was ist das?«

Leonie setzte sich. »Der Telefonmitschnitt eines Gesprächs, das mit dem Anschluss Abramowskys in Potsdam geführt wurde. Unser Mann steht auf dem Sprung, eine Geschäftsreise zu unternehmen. Bestimmt kein koscheres Geschäft, so wie es klingt.«

Kallweit griff nach der Kassette. »Woher haben Sie das?«

»Ich kann meine Quelle leider nicht preisgeben, und die ihre Quelle auch nicht. Nur so viel: Es waren Profis am Werk. Hören Sie sich's an. Ich habe die Stimme von Barra alias Abramowsky zweifelsfrei erkannt. Sie observieren ihn hoffentlich rund um die Uhr?«

»Das ist leider nicht möglich, schon gar nicht über einen längeren Zeitraum. Dazu fehlen mir die Leute. Aber wir behalten ihn im Auge.«

»Was ist mit der Exhumierung?«

Die Exhumierung des vermeintlichen Lucca Barra war beantragt, aber noch nicht terminiert. Damit musste sich Leonie zufriedengeben.

Madeleine Quast klopfte und betrat den Raum. Sie war blass und hatte die dunklen Augenringe eines Menschen, der einige schlechte Nächte hinter sich hat. Leonie bemerkte Kallweits besorgten Blick. Die Quast setzte sich und lächelte ihn an.

»Es geht mir gut«, beteuerte sie ungefragt. »Nur der Vollmond plagt mich ein wenig. Also, warum bin ich hier?«

Kallweit wandte sich Leonie zu und sah sie fragend an.

»Es gibt eine neue Information«, begann Leonie, »die ich bedeutsam finde. Unser Labor hat herausgefunden, was das für eine farblose Substanz ist, die wir in den Haaren von Dina Sachs gefunden haben. Es handelt sich um Elektrodenpaste.«

Sie machte eine Pause und beobachtete die Reaktionen der beiden anderen. Quast zog die Augenbrauen hoch, Kallweit konnte mit der Information nichts anfangen.

»Elektrodenpaste?«

»Haben Sie nicht den Bericht aus meinem Büro bekommen?«

»Möglich.« Kallweit deutete auf den überquellenden Posteingangskorb.

»Hat man bei dir schon mal ein Elektroenzephalogramm gemacht?«, fragte ihn Madeleine Quast.

»Du meinst, Gehirnströme gemessen? Nein.«

»Da setzt man dir so eine durchbrochene Gummikappe auf, in die kleine Plastikstücke eingehakt werden, an deren Enden die Elektroden angebracht sind, eine Art flacher Knöpfe, die auf der Kopfhaut aufliegen. Und zum Leiten des elektrischen Stroms benutzt man eben die Paste.«

Kallweit dachte einen Moment nach. »Das bedeutet also, dass unsere tote Domina entweder kurz vor ihrer Entführung bei einem Neurologen gewesen ist, was festzustellen sein dürfte, oder dass der Täter diese Untersuchung durchgeführt hat.«

»So sehe ich das auch«, stimmte Leonie zu.

»Und warum zum Teufel würde der Kerl ihre Gehirnströme messen wollen?«

»Du meine Güte«, sagte Madeleine Quast. »Das ist wirklich interessant.« Sie machte eine Pause. »Ich denke, er macht ein Experiment. Er zeichnet die Hirnströme auf, während er ihnen Schmerz zufügt.«

»Du meinst, wir haben es hier mit einem Doktor Mengele zu tun, der Menschen mit sadistischen Untersuchungen quält?«, fragte Kallweit.

»Ich weiß, dass der sadistische Aspekt bei diesem Täter für dich im Vordergrund steht, aber ich bin nach wie vor nicht davon überzeugt.« Madeleine Quast erhob sich, hinkte ein paar Schritte zum Fenster und zurück. »Ich habe in der letzten Zeit Kontakt zu Berliner Kolleginnen und Kollegen aufgenommen und mich in aller Vorsicht nach Patienten erkundigt, die eine besondere Beziehung zum

Schmerz haben. Dabei habe ich keine konkrete Person genannt bekommen, keinen speziell auffälligen Patienten, aber mir ist immer klarer geworden, dass wir es hier nicht mit einem der üblichen Sadisten zu tun haben. Oder Masochisten. Hinter einer sadistisch-narzisstischen Fassade können sich masochistische Kernphantasien verbergen. Aber das führt jetzt zu weit. Unser Täter ist ganz ohne Zweifel fixiert auf Schmerzen. Schmerz ist sein Lebensthema, das er ergründen will und muss. Die Auseinandersetzung damit ist so wichtig, dass er dafür ein hohes Risiko eingeht.«

»Okay, sag mir warum?« Kallweit klopfte mit einem Kugelschreiber auf den Schreibtisch. »Wie ist ein Kerl gestrickt, der Leute umbringt und dabei ihre Gehirnströme misst? Was findet er dabei heraus?«

»Das hängt von seiner Fragestellung ab. Wir wissen leider nicht, was er sonst noch untersucht. Und wie er darüber hinaus mit seinen Opfern kommuniziert. Zwischen den Experimenten gibt er ihnen, laut toxikologischem Gutachten, Schmerzmittel. Ihm liegt also nicht daran, sie zu Tode zu quälen. Und ich denke, wir können jetzt auch endgültig die Idee über Bord werfen, dass es hier um das Erpressen von Informationen geht oder einen Racheakt. Das EEG passt dazu einfach nicht.«

Leonie hatte aufmerksam zugehört. »Sie meinen also, er interessiert sich für die Wirkung von Schmerz? Die Wirkung auf das Gehirn?«

Madeleine Quast hob die Hände. »Ein EEG ist für den Laien an sich nur schwer zu lesen, aber immerhin wird akuter Schmerz eine Veränderung in der Zackenlinie hervorrufen.«

Kallweit war nicht zufrieden. »Noch einmal: Wonach suchen wir? Nach einem verrückten Wissenschaftler?«

Die Quast nickte. »Vielleicht steht er tatsächlich der Medizin in irgendeiner Weise nahe.«

»Ein verkrachter Student. Ein Schmerzpatient. So was in der Art«, schlug Leonie vor.

»Ich muss darüber weiter nachdenken«, sagte Madeleine Quast schlicht.

»Aber nicht zu lange.« Kallweit wandte sich an Leonie. »Woher kriegt man eigentlich so ein Gerät?«

»Wenn er's nicht geklaut oder einem Arzt oder Krankenhaus abgekauft hat, kann er es auch im Internet bestellt haben. Medizinfirmen bieten solche Geräte an. Ist ja keine illegale Ware, und man braucht auch keinen Doktortitel, um so was kaufen zu können.«

Kallweit machte eine Notiz. Das würde einen Beamten für Tage beschäftigen. »Noch eine Idee?«

»Ist ein bisschen aufwendig, aber vielleicht bringt's was«, überlegte Leonie laut. »Wenn der Kerl sich so für Schmerz interessiert, hat er ja vielleicht Bücher zu dem Thema gekauft oder ausgeliehen.«

Kallweit machte wiederum eine Notiz. Das würde einen weiteren Beamten lange beschäftigen. Ein Kollege steckte den Kopf herein.

»Herr Kallweit, haben Sie mal einen Moment?«

Kallweit warf den Kugelschreiber hin und fragte an die Frauen gewandt: »Oder habt ihr noch was?«

Beide schüttelten den Kopf.

»Na dann.« Er erhob sich. »Da sind wir doch immerhin wieder ein Schrittchen weiter.«

Er verließ den Raum.

»Ein Schrittchen weiter«, wiederholte Leonie. »Ein Optimist.«

»Optimist würde ich nicht sagen«, widersprach die Quast. »Uli ist Stoiker im klassischen Sinne. Er nimmt, was kommt, und versucht das Beste daraus zu machen. In manchen Situationen hat ihm das sicher geholfen, aber ich befürchte, er verdrängt oft nur.«

Leonie machte keine Anstalten zu gehen. »Der Typ macht mir Angst.«

»Kallweit?!«

»Nein, der Schmerzensmann. Was ich nicht verstehe, beunruhigt mich.«

»Das geht den meisten so.«

»Das Schlimmste ist, dass wir dasitzen und auf den nächsten Mord warten. Wir hoffen sogar darauf, weil er irgendwann einen Fehler machen muss. Es ist widerwärtig.«

»Manchmal glaube ich, ich bin ihm gedanklich schon ganz nah, und es fehlt nur noch ein winziges Detail, das ich bis jetzt übersehen habe.« Die Quast erhob sich mühsam. Ihre Hüfte schien ihr mehr Schwierigkeiten als sonst zu bereiten. »Ich muss zurück in die Praxis.«

Die Frauen verließen zusammen das LKA-Gebäude.

»Sie waren in Marseille, Frau Simon?«

»Ja, ich bin Ihrem Rat gefolgt.«

»Haben Sie gefunden, was Sie suchten?«

»Das habe ich.«

»Gut so.« Madeleine Quast nickte ihr zu.

Leonie zögerte. »Sie würden mir erzählen, wenn der Schweinekerl sich wieder bei Ihnen meldet?«

»Machen Sie sich um mich keine Gedanken«, war die ausweichende Antwort. »Es geht mir gut.«

»Heinz-Dieter«, sagte Charlotte Reichert mit einer Mischung aus Verwunderung und Abscheu. »Was für ein spießiger Name?«

»Ist das alles, was dich an ihm stört?«

Leonie hatte endlich den Mut gefunden, ihre Tante über Henrys kriminelle Vergangenheit und seinen falschen Adel zu informieren.

»Und das ist alles wahr?«

»Wenn du mir nicht glaubst, erkundige dich bei der Polizei. Die Telefonnummer des zuständigen Beamten kann ich dir geben.«

Charlotte Reichert ging zu dem Schrank, in dem sie die stärkeren Alkoholika aufbewahrte und kam mit zwei Gläsern und einer Flasche Cognac zurück. Leonie schüttelte den Kopf.

»Nicht für mich.«

Ihre Tante goss sich einen Doppelstöckigen ein und leerte das Glas in einem Zug.

»Aber er hat mir das Geld zurückgegeben.«

»Alles? Auch das, was du ihm zuletzt gegeben hast?«

Die Tante nickte. »Mit Gewinn. Vielleicht hat er sich geändert.«

»Oder er hat sich das Geld bei anderen Frauen besorgt, um dich auszahlen zu können. So hat er es in der Vergangenheit gemacht. Ein Loch wird gestopft, dafür wird ein anderes aufgerissen.«

Ein weiterer doppelter Cognac nahm den Weg des ersten.

»Cognac macht übrigens einen ganz besonders unangenehmen Kater.« Leonie fühlte sich verpflichtet, ihre Tante zu warnen.

»Wer Sorgen hat, hat auch Likör«, zitierte Charlotte Reichert Wilhelm Busch.

»Aber du weißt auch, wie die fromme Helene geendet ist, oder?«

Damit entlockte sie der Tante ein zittriges Lächeln. »Es ist ja nur, weil es so demütigend ist. Brunochen hatte völlig recht. Ich bin eine dumme alte Schachtel, die sich hat ausnehmen lassen.«

»Na ja, streng genommen hat er dich ja nicht ausgenommen.« Leonie verschwieg ihre Befürchtung, dass auf ihre Tante noch eine Rückzahlung zukommen konnte, falls Henry das Geld woanders ergaunert hatte. »Möglicherweise hat er dich wirklich gern.«

»Du willst mich nur trösten.«

»Natürlich gefällt es mir nicht, dich traurig zu sehen. Aber ich meinte das ernst. Dieser Henry oder Heinz-Dieter ist ein Gauner, was nicht ausschließt, dass er dich mag.«

Charlotte Reichert korkte die Flasche zu. »Das ist mir egal. Ich kann ihm kein einziges Wort mehr glauben. Aber anzeigen tue ich ihn nicht.«

Das war auch nicht nötig. Zwei Tage später erfuhr Leonie von Bruno, dass Henry verhaftet worden war. Es ging um Urkundenfälschung und einen erschlichenen Bankkredit. Bruno war selig. Sein Widersacher war auf elegante Weise erledigt, er selbst von Charlotte Reichert in Gnaden wieder aufgenommen worden. Einzig Leonies Vermieterin war traurig über Henrys Schicksal. Sie hatte sich an Brunos Begleitung gewöhnt und würde ihn vermissen.

»Ich weiß ja, dass ich nur eine Lückenbüßerin war«, gestand sie Leonie. »Und es geht auch nicht um Liebe. Aber es war so nett, jemanden zu haben, mit dem ich ins Theater, ins Restaurant und so weiter gehen konnte. Es ist doch nicht das Richtige, immer allein zu sein. Sie verstehen das sicher nicht, Frau Doktor Simon. Sie sind so stark und unabhängig. Für Sie ist es kein Problem, allein zu leben.«

Was weißt denn du? dachte Leonie und sagte nichts.

36

Was macht heroisch? – Zugleich seinem höchsten Leide
und seiner höchsten Hoffnung entgegengehen.
Woran glaubst du? – Daran, dass die Gewichte aller Dinge
neu bestimmt werden müssen.
Was sagt dein Gewissen? – Du sollst der werden, der du bist.
Wo liegen deine größten Gefahren? – Im Mitleiden.
Was liebst du an anderen? – Meine Hoffnungen.
Wen nennst du schlecht? – Den, der immer beschämen will.
Was ist dir das Menschlichste? – Jemandem Scham ersparen.
Was ist das Siegel der erreichten Freiheit? – Sich nicht mehr
vor sich selber schämen.

Friedrich Nietzsche, *Die fröhliche Wissenschaft*

Es regnete in Strömen, und der »General« absolvierte sein Fitnessprogramm im Haus, als sein Enkel zu Besuch kam. Bens Gesicht war abgeschwollen, aber leichte Verfärbungen zeigten dem aufmerksamen Beobachter, dass er geschlagen worden war. Und der Großvater war ein sehr aufmerksamer Beobachter. Ben fühlte seinen Blick wie einen Suchscheinwerfer im Gesicht, aber die erwartete Frage nach dem Woher und Wieso kam nicht. Er wurde aufgefordert, die letzten beiden Runden mitzulaufen, die sein Großvater in tiefem Schweigen bewältigte. Erst auf seinem Zimmer richtete er das Wort an seinen Enkel, während der den Kuchen aufschnitt, den er mitgebracht hatte.

»Klinger war bei mir.«

Ben reichte dem Alten einen Teller mit einem großen Stück

Schokoladenkuchen. Er hatte herausgefunden, dass der Großvater Schokolade in jeder Form liebte, was er aber nie zugeben würde.

»Und was wollte er von dir?«

»Na, was wohl?«

»Hat er dich bedroht?«

»Mit was könnte man einem alten Mann wie mir wohl drohen?« Der Großvater sah Ben aufmerksam an. »Was ist mit dir?«

Ben bemühte sich, locker und aufgeräumt zu wirken. »Er ist hartnäckig, aber ich werde mit ihm fertig. Ich würde nicht verkaufen, selbst wenn du deine Meinung geändert hättest und mich dazu drängen würdest. Warum sucht er sich nicht einfach etwas anderes?«

Der alte Mann führte mit leicht zitternder Hand ein Stück Kuchen zum Mund und antwortete erst, als er sorgfältig und genussvoll gekaut und hinuntergeschluckt hatte.

»Es gibt Widerstände, wenn Leute wie Klinger Häuser kaufen wollen. Selbst im Osten gibt es immer einige Gutmenschen, die sofort eine Bürgerinitiative gründen und den Verkauf verhindern.«

»Kann man ihnen kaum verdenken. Sie haben Angst. Deine Gesinnungsgenossen können ziemlich ruppig sein.«

»Gesinnungsgenossen!« Der Alte schnaufte verachtungsvoll. »Verwahrlostes Pack, nichts weiter. Die alte Garde ist beinahe ausgestorben, und die Neuen wissen nicht, worum es geht. Keine Ehre im Leib und nicht für einen Groschen Verstand.«

Ben reichte seinem Großvater einen Becher Kaffee, den er mit beiden Händen entgegennahm, um nichts zu verschütten.

»Ziemlich merkwürdig, ausgerechnet dich von Ehre reden zu hören. Und die braunen Schlägertrupps von damals waren auch nicht gerade zimperlich.«

»Du redest wie ein Blinder von der Farbe. Es waren andere Zeiten, gar nicht zu vergleichen. Für einen aufrechten Deutschen gab es keine Alternative.« Er unterbrach sich. »Was rede ich? Lang vorbei. Was ich heute darüber höre, ist nur Geplapper. Es interessiert mich nicht mehr.«

»Aber mich interessiert's«, sagte Ben. »Und den verkitschten Propagandaquark von Deutschlands Ehre und Überlebenskampf kannst du dir sparen. Ich würde dir auch nicht glauben, dass du dich auf dem vaterländischen Altar geopfert hast. Typen wie du, die in allen Regimen dieser Welt an die Spitze kommen, haben doch immer nur den eigenen Vorteil im Auge.«

Der Alte sah seinen Enkel verblüfft an, dann verzog ein Lächeln seine Lippen, zu dem Ben nur das Wort wölfisch einfiel. Auf eine seltsame Art verjüngte dieses Lächeln die faltigen Züge des Großvaters.

»Sieh mal an, du unverschämter kleiner Bastard nimmst dir einiges heraus. Nun ja, in den Zwanzigern und Anfang der Dreißiger waren viele gute junge Juristen arbeitslos, und ich war ehrgeizig. Also trat ich schon während des Studiums der Partei bei.«

»Mit der du hundertprozentig übereingestimmt hast?«

»Ich habe noch nie mit irgendetwas oder irgendjemandem hundertprozentig übereingestimmt. Es gab einige, auch ganz oben, die ich verachtete. Ich habe immer unterschieden zwischen machtpolitischer Zweckmäßigkeit und ideologischer Verblendung, wobei sich das durchaus in der Zielsetzung ergänzen konnte.«

»Wie bist du an Wilhelm Klinger geraten?«

Der Alte stellte den Kuchenteller auf einen Beistelltisch und lehnte sich bequem in seinem Sessel zurück. »Ich war mit der Reorganisation der politischen Polizei beschäftigt, was auch neue Definitionen im juristischen Bereich mit sich brachte. Wilhelm Klinger war ein glänzender Organisator im Strafvollzug, ein Praktiker voller neuer Ideen. Manche nannten ihn einen perversen Sadisten. Die Zusammenarbeit mit ihm hat mir viel Spaß gemacht.«

Ben starrte den Großvater an. Er wusste nicht, was er von dem halten sollte, was er da eben gehört hatte. Wollte der alte Mann ihn provozieren, oder meinte er es ernst?

Der Großvater beugte sich ein wenig vor. »Ich weiß genau, worauf du hinauswillst. Ob ich Nationalsozialist aus Überzeugung war oder ob ich Verbrechen begangen habe, ist dir gleichgültig.

Was dich umtreibt, ist die Frage, ob es mir Spaß gemacht hat. Und warum es mir Spaß gemacht hat. Habe ich recht?«

Ben schluckte. »Nicht ganz.«

Der Alte lehnte sich wieder zurück und nickte. »Natürlich nicht, lass mich nachdenken. Ja, ich glaube, jetzt habe ich's. Du willst wissen, was ich empfunden habe, angesichts von Leid und Qual. Oder, noch klarer ausgedrückt: Kann ich mitfühlen und begreifen? Was bedeutet mir der Schmerz des anderen? Das ist es, was du mich fragen willst, seit du zum ersten Mal hergekommen bist.«

Bens Zunge war wie am Gaumen festgeklebt.

»Die Antwort ist, er bedeutet mir nichts. Empathie ist ein leerer Begriff für mich. Ich habe meine Pflicht getan, weil es eine Notwendigkeit dafür gab. Es war meine Notwendigkeit, und ich tat es, weil ich bin, wie ich bin. Ich war kein Sadist wie Klinger, aber ich muss gestehen, dass es Momente der Befriedigung gab, wie sie einem nur zuteilwerden, wenn man im Besitz der Macht über einen Menschen ist. Ein globales Gefühl, meiner Ansicht nach, auch bei den sogenannten Demokraten weitverbreitet. An der allgemeinen Heuchelei der letzten Jahrzehnte habe ich mich nicht beteiligt. Es gibt nichts, wofür ich mich schämen oder entschuldigen müsste.«

Ben glaubte zu verstehen. Aber verstand er wirklich?

»Dein Vater hat das Schämen für mich übernommen. Ich habe versucht, ihm Stärke einzuimpfen, Stolz, Selbstbewusstsein, aber er litt. Das war sein einziges Talent. Er fürchtete sich vor mir, es war so leicht, ihn einzuschüchtern und ihm Angst zu machen. Seine Schwester war anders. Sie hasste mich, aber sie verteidigte mich gegen Angriffe von außen. Ob es echte Loyalität war, weiß ich nicht. Manchmal dachte ich, dass auch sie sich mit Schuldgefühlen herumplagte. Mir gegenüber, anderen gegenüber. Ich weiß es nicht. Vielleicht habe ich schlechte Gene weitergegeben.« Er fixierte seinen Enkel. »Was meinst du, Junge?«

»Ja, vielleicht«, anwortete Ben langsam.

»Bist du jetzt zufrieden?«

»Ich weiß nicht.«

Ben versank in stille Grübelei, der Alte beobachtete ihn.

»Klinger hat übrigens erwähnt, dass einer seiner jungen Freunde seit ein paar Tagen spurlos verschwunden ist. Ich vermute, er hat mich in Verdacht.«

»Dich?!« Ben schreckte aus seinen Gedanken auf.

»Noch bin ich nicht ganz ohne Verbindungen. Es gibt Leute, die das für mich veranlassen könnten.«

»Und wieso solltest du jemanden verschwinden lassen?«

»Zum Beispiel, um mich für etwas zu rächen. Um nur einen von vielen möglichen Gründen zu nennen.«

»Kanntest du denn diesen Mann?«

»Nein. Kanntest du ihn?«

Ben sah auf die Uhr. »Ich muss gehen. Man erwartet mich im Krankenhaus. Danke, dass du meine Fragen beantwortet hast.«

»Leider bist du nicht bereit, meine Fragen zu beantworten. Aber ich glaube, ich kenne die Antworten schon. Möglicherweise kennst du sie nur noch nicht.«

Ben hatte sich erhoben und sah auf den alten Mann hinab, der ihn zur gleichen Zeit anzog und abstieß, dem er sich nah fühlte und den er verabscheute, wie sonst nichts und niemanden auf der Welt. Als er den Raum verließ, wusste er nicht, ob er wiederkommen würde.

Der Alte schloss die Augen und dachte an nichts.

37

Die Leiche von Kevin Olschewski wurde gegen fünf Uhr morgens auf dem Albineaplatz in Berlin-Johannisthal von einer Krankenschwester gefunden, die auf dem Weg zur Arbeit war. Sie wirkte gefasst, als sie den Notruf der Polizei wählte. Ihre Tätigkeit auf einer Intensivstation erforderte Nervenstärke, und der Anblick verletzter Körper war ihr vertraut. Als Leonie

Simon an den Tatort geholt wurde, war die Spurensicherung noch nicht fertig, und Leonie, bereits im weißen Overall, musste am Rande des Platzes warten. Der zu dem Zeitpunkt noch nicht identifizierte Tote lag auf einem immergrünen Bodendecker zu Füßen eines Gedenksteins mit der Aufschrift »Den Opfern des Faschismus«. Es gab einen zweiten Stein mit dem Text »Hitlers Blutregime fielen aus Johannisthal als Antifaschisten zum Opfer«, gefolgt von den Namen der Toten. Abgesehen vom flächig wuchernden Bodendecker begrünten den kleinen Platz zwei Bäume und ein paar Gebüsche. Um den Platz herum standen renovierte Villen, und es gab einen Biergarten *Lindeneck*, der zu dieser frühen Stunde noch geschlossen hatte. Von den oberen Etagen der Wohnhäuser hatte man einen guten Überblick über den Platz.

Kallweit trat auf Leonie zu. »Morgen, Frau Doktor. Was sagen Sie? Ist das Nummer vier?«

»Hat man Sie deswegen gleich geholt?«

»Nackt, in Folie verpackt und Folterspuren. Was liegt näher?«

»Seltsamer Ablageort. Wenn es unser Mann ist, hat er diesmal kein Risiko gescheut.«

»Wir haben bisher nicht alle Bewohner der umliegenden Häuser erreichen können, wir hoffen also noch auf einen Zeugen.«

Leonie wurde bedeutet, sie könne sich die Leiche nun anschauen. Sie trat näher.

»Um seinen Hals ist eine Art Draht geschlungen. Ich werde ihn erst bei der Sektion entfernen.«

Sie hockte sich neben den Toten und nahm die ersten Routineuntersuchungen vor, wozu auch die Messung der Umgebungstemperatur und der Rektaltemperatur des Leichnams gehörten. Mit Hilfe dieser Daten im Zusammenhang mit den Ergebnissen der Untersuchung der Totenflecken, der Leichenstarre und unter Berücksichtigung weiterer Fakten wie Körpergewicht, Blutalkohol, Krankheiten etc. würde sie später den ungefähren Todeszeitpunkt oder besser das Intervall berechnen, innerhalb dessen der Tod eingetreten sein musste. Nach Beendigung der äußeren Leichenschau, sie sprach ihre Eindrücke gleich in ein Diktaphon, wandte sie sich wieder an Kallweit, der geduldig neben ihr gewartet hatte.

»Dass dies nicht der Tatort ist, muss ich Ihnen nicht erzählen. Wann er getötet wurde, kann ich noch nicht definitiv sagen, aber ich schätze, er ist im Laufe des gestrigen Tages gestorben.«

»Also wurde er in der Nacht hier abgelegt.«

»Das ist anzunehmen. Am Tage würde nur ein komplett Irrer seine Leiche an einer so belebten Stelle aus dem Wagen kippen.« Leonie deutete auf den Draht, der zweimal um den Hals des Toten geschlungen war, wodurch Hautpartien zwischen den Strangfurchen lagen. »Sehen Sie die Zwischenkammblutungen? Das ist ein sicheres Zeichen für eine vitale Reaktion. Die Strangmarken nehmen einen ansteigenden Verlauf. Ergo, der Mann ist erhängt worden. Nicht ganz das, was wir von unserem Marquis de Sade gewohnt sind.«

Kallweit nickte nur und betrachtete nachdenklich den von Verletzungsspuren übersäten Leichnam.

»Wird er vermisst?«

»Daran arbeiten wir noch.«

Leonie erhob sich aus ihrer hockenden Position und dehnte ihre langen Beine. »Er hat eine Menge Tattoos. Vielleicht gibt es eine Verbindung zum toten Tätowierer.«

»Ja, vielleicht.« Kallweit winkte dem Polizeifotografen, der seine Arbeit schon beendet hatte. Er sollte noch Großaufnahmen von den Tätowierungen machen.

Als Leonie sich aus dem Overall schälte, traf der Wagen ein, der den Toten ins Institut bringen sollte. Vor elf Uhr würde die Obduktion nicht beginnen können, ihr blieb Zeit genug, die Verabredung einzuhalten, die sie am Tag zuvor getroffen hatte. Nach Wochen des Schweigens hatte sich Paul Unruh bei ihr gemeldet und um ein Gespräch gebeten. Er musste einen beruflichen Termin in Berlin wahrnehmen, und Leonie hatte eingewilligt, ihn zum Frühstück in seinem Hotel zu treffen. Wegen des Leichenfunds war sie ein wenig spät dran, aber dafür würde Paul Verständnis haben.

Der Frühstücksraum des Hotels in der Augsburger Straße hatte sich bereits stark geleert, der Business-Typus, der dort abzusteigen pflegte, saß längst in der ersten Konferenz des Tages. Paul erhob sich, als Leonie auf ihn zutrat. Sie fand, er sah nicht gerade glücklich aus.

»Entschuldige, aber wir haben einen neuen Toten. Ich habe dir doch von der Serie erzählt?«

Paul nickte. »Schon gut. Du musst dich nicht entschuldigen.«

Leonie setzte sich ihm gegenüber und lächelte maliziös. »So verständnisvoll heute?«

»War ich das nicht immer?«

»Nicht immer, aber oft«, antwortete Leonie versöhnlich. »Ich bin hungrig wie ein Wolf. Du hast schon gegessen, wie ich sehe. Dann musst du mir jetzt zuschauen, und ich höre, was du zu sagen hast.«

Sie bediente sich am Buffet mit Ei, Brötchen, Marmelade und Obst und signalisierte einer Kellnerin ihren Wunsch nach einer Kanne Kaffee.

»Okay, was hast du auf dem Herzen?«

»Wieso sollte ich etwas auf dem Herzen haben? Wir haben uns lange nicht gesehen, und wir sind ja nicht als Feinde geschieden.«

Leonie kleckste Marmelade auf eine Brötchenhälfte. »Gut, du möchtest einfach eine alte Freundin wiedertreffen. Wie geht's dir?«

Paul beschäftigte seine Hände mit dem Zerpflücken einer angebissenen Toastscheibe auf seinem Teller. »Es geht mir gut. Und ich hatte eigentlich gehofft, dass wir noch immer mehr sind als alte Freunde.«

»Was könnte das sein? Als Geliebte wurde ich von dir entsorgt, du wirst dich erinnern.«

Sie biss herzhaft in ihr Brötchen und hoffte, Paul habe nicht bemerkt, wie nah ihr das Thema noch immer ging.

Paul schwieg lange. »Leonie, ich wollte nicht …«

Falls er hoffte, Leonie würde ihm aus der Verlegenheit helfen, hatte er sich getäuscht.

»Ich wollte nie den kompletten Bruch, und ich vermisse dich schrecklich.«

Leonie griff nach einem zweiten Brötchen.

»Ich hätte nie gedacht, das mit Pamela und mir ...« Paul stockte erneut, bevor er Anlauf nahm. »Pamela ist schwanger.«

Eine Brötchenhälfte klatschte auf den Teller, natürlich auf die Butterseite.

»Oh«, sagte Leonie. Sie drehte das Brötchen um und kratzte die Butter vom Teller. »Dann sollte ich wohl gratulieren.«

»Es tut mir leid.«

»Aber wieso? Ich wusste zwar nicht, dass du nach dem Tod deines Sohnes noch ein Kind haben wolltest, aber ich nehme an, du freust dich.«

»Ja, nein. Ich weiß nicht. Es ist der falsche Zeitpunkt und wahrscheinlich auch die falsche Frau.«

Leonie sah ihn zum ersten Mal voll an. Sie sah, wie sehr er sich mit diesem Geständnis gequält hatte.

»Ich habe das Kind nicht willentlich gezeugt. Es war ein Schock, als sie es mir sagte. Sie will es unbedingt behalten, und ich würde nichts anderes von ihr verlangen.«

»Du hast also das Seehofer-Problem. Mit einem kleinen Unterschied allerdings, ich bin nicht deine Ehefrau, und du kannst nicht zu mir zurück. Oder hattest du das erwartet?«

Pauls verlegenes Lächeln verriet ihn. Leonie war für einen Moment sprachlos.

»Das ist nicht dein Ernst, oder? Erzählst du mir das alles, weil du hoffst, ich würde dich bestärken, deine Freundin mit dem Kind sitzenzulassen und es dir wieder in meiner Welt der Unverbindlichkeit gemütlich zu machen?«

»So wie du es formulierst, klingt es, als wäre ich das größte Schwein unter der Sonne.«

Es klingt, als wärst du ein Mann, dachte Leonie. Einer wie alle, und sie war um eine Illusion ärmer.

»Ich hatte mir nur deinen Rat erhofft. Und natürlich wollte ich dich informieren, bevor es dir von anderer Seite zu Ohren kommt.«

»Wie feinfühlig. Und mit einem Rat kann ich dir nicht dienen, denn ich kenne deine Gefühle für diese Frau nicht. Du musst schon selbst die Entscheidung treffen, in welcher Weise du deiner Verantwortung nachkommen willst.«

Leonie hatte keinen Appetit mehr. Sie trank ihren Kaffee aus.

»Ich muss jetzt gehen. Man erwartet mich im Institut.«

Sie wollte aufstehen, aber Paul hielt sie am Handgelenk fest. »Ich hätte das Kind lieber mit dir gehabt.«

Der Schlag saß. Leonie riss sich los und verließ im Eilschritt das Hotel. Wie konnte er es wagen, ihr das zu sagen? Sie hatten nie über ein Kind gesprochen. Er wusste, dass es für sie zu spät war. Sie war zu alt, und ihre Lebensplanung war mehr oder weniger abgeschlossen. Auch hatte sie nie den Wunsch nach einem Kind verspürt. Wie konnte er es wagen, ihr an allem die Schuld zu geben? Leonie war so durcheinander und wütend, dass sie auf dem Weg zum Institut zweimal beinahe einen Unfall provoziert hätte.

Ihre Sekretärin entschied nach einem Blick in Leonies Gesicht, dass es nicht opportun war, sie jetzt mit Bitten um Rückrufe und anderen dringenden Fragen zu belästigen, und teilte ihr lediglich mit, der Chef und Kommissar Kallweit erwarteten sie im Seziersaal. Leonie drehte sich auf dem Absatz um, stürmte wieder hinaus und über den Hof zum Haus O, wo sich der Leichentrakt befand. Schon auf den Stufen zum Eingang blieb sie einen Moment stehen und atmete tief durch. Es wurde Zeit, sich zu beruhigen. Ihre Arbeit durfte nicht durch Gefühle beeinträchtigt werden. Sie betrat das Haus und schlug ihrem Zorn die Tür vor der Nase zu.

Im Sektionssaal standen nicht nur Kallweit und Oberbeck zusammen, Madeleine Quast streifte im Vorraum einen Kittel über, als Leonie die Treppe hinablief.

»Welch unerwarteter Gast«, sagte Leonie. »Wollen Sie sich das wirklich antun?«

»Es ist nicht meine erste Obduktion, aber ich gebe zu, dass ich gern darauf verzichten würde. Kallweit hat mich darum gebeten.«

Leonie legte ihr eine Hand auf die Schulter. »Na, dann rein ins Vergnügen.«

Madeleine Quast warf ihr einen irritierten Blick zu, schwieg aber. Oberbeck begrüßte die beiden Frauen in seiner jovialen Art und erlaubte sich einen kleinen Scherz mit der Psychoanalytikerin.

»Der Patient kann Ihnen leider nichts mehr erzählen. Aber Schweigen soll ja auch ein Symptom sein.«

Niemand lachte, und Kallweit meldete sich zu Wort. »Wir haben inzwischen eine positive Identifizierung, und zwar gleich doppelt. Der Junge ist zwanzig Jahre alt, heißt Kevin Olschewski und wurde von seiner Mutter als vermisst gemeldet. Außerdem haben wir seine Fingerabdrücke, er wurde nicht nur einmal erkennungsdienstlich behandelt. Er gehört rechten Kreisen an, hat mehrere Vorstrafen wegen Körperverletzung, Tragens nationalsozialistischer Symbole, Volksverhetzung, Beleidigung und so weiter und so fort.«

Die Quast inspizierte den nackten Leichnam des kräftig gebauten jungen Mannes auf dem Sektionstisch. »Ja, dann könnte ich recht haben.«

»Womit hast du recht?«, wollte Kallweit wissen.

»Der Draht um seinen Hals, das könnte eine Klaviersaite sein. Es gab Nazi-Opfer, die damit aufgehängt wurden.«

Leonie trat näher an den Tisch heran. »Sind Sie sicher?«

»Ich denke schon. Ich spiele selbst Klavier.« An Kallweit gewandt, fuhr sie fort. »Wie du mir berichtet hast, wurde er zwischen Gedenksteinen gefunden. Wenn es sich bei seinem Mörder um unseren sogenannten Marquis de Sade handelt, hat er zum ersten Mal eine Botschaft für uns hinterlassen. Ich glaube, er hat ein Opfer dargebracht. Ein Opfer für die Gequälten und Ermordeten im Namen des Nationalsozialismus. Eine ziemlich pathetische Geste. Deshalb hat er auch seinen Modus Operandi geändert.«

»Wir haben es also mit einem Antifaschisten zu tun«, schlug Oberbeck vor.

»Seine anderen Opfer hatten keine Verbindung zu rechten Kreisen, oder?« Leonie sah Kallweit an.

Der schüttelte den Kopf. »Nicht, soweit ich weiß.«

»Und warum dieser Junge hier? Warum nicht einer von der NPD-Prominenz, diesen Brechmitteln?«

Madeleine Quast trat vom Sektionstisch zurück. »Eine offene Rechnung vielleicht. Oder er ist nur ein Pars pro Toto, er repräsentiert, was unser Täter verabscheut.«

»Sei dem, wie ihm wolle. Lasst uns anfangen und schauen, was wir sonst noch finden. Die Faktenbotschaften sind mir die liebsten«, sagte Oberbeck und nickte Steppat, dem jungen Assistenzarzt zu, der daraufhin nach einem der Messer griff, die der assistierende Präparator bereitgelegt hatte, und die Eröffnungsschnitte setzte.

Leonie erklärte Quast unterdessen, was sie bei der äußeren Leichenschau gefunden hatte.

»Dank der millimeterkurzen Haare kann man eine fast verheilte Kopfplatzwunde sehr schön sehen. Ein Schlag auf den Kopf mit einem stumpfen Gegenstand, einem Stock vielleicht, der ihn wahrscheinlich kurzfristig betäubt hat. Wie bei den anderen Opfern gibt es erhebliche Hautvertrocknungen an Hand- und Fußgelenken, er ist also ebenfalls die ganze Zeit gefesselt gewesen. Ansonsten war unser Täter wieder sehr kreativ, was die Folterungen beziehungsweise die Experimente anbelangt.«

Leonie zeigte Quast Spuren von Verbrennungen und Verbrühungen. Beide Füße zeigten Kälteschäden in Form von Ödemen.

»Er muss ihn in Eis gepackt oder über einen längeren Zeitraum in kaltes Wasser gestellt haben. Moment mal, was ist das denn? Kann ich mal eine Lupe haben?«

Der Präparator reichte ihr das Gewünschte. Leonie prüfte die Haut an beiden Unterschenkeln und gab die Lupe dann an ihren Chef weiter. Sie machte Kallweit auf linsengroße Stellen an beiden Unterschenkeln des Toten aufmerksam.

»Sehen Sie die porzellanfarbenen Kreise mit dem schwarzen Punkt darin? Das sind meines Erachtens Strommarken.«

Oberbeck nickte. »Ich stimme dir zu. Er war an Drähten angeschlossen.«

Kallweit betrachtete die unscheinbaren Kreise an den Beinen des

Toten. »Sie sagten, er habe beim Erdrosseln noch gelebt. Und was ist mit den Stromstößen?«

»Solche Marken entstehen schon bei ganz geringer Stromeinwirkung. Strom wirkt ja auf zweierlei Weise. Einmal durch den elektrischen Impuls, der Herz- und Kreislauffunktionen beeinflusst. Und zweitens durch die Thermik, das heißt durch die Hitze, die das Gewebe verschmort. Diese Schädigung tritt schon bei geringer Stromdichte auf, aber daran stirbt man nicht. Bis achtzig Milliampere ist es noch recht ungefährlich. Das ist dann schon sehr unangenehm, und es kann zu Herzunregelmäßigkeiten kommen. Erst darüber hinaus riskiert man Kammerflimmern, Bewusstlosigkeit und schließlich Herzstillstand. In den ersten Stadien hat man es nur mit geringen und dann stärker werdenden und sehr schmerzhaften Muskelkontraktionen zu tun.«

Hämatome im Gesicht und im Bereich des Oberkörpers, alle etwa zur selben Zeit entstanden, konnten sowohl vom Mörder als auch von der Schlägerei stammen, bei der Kevin Olschewski zuletzt lebend gesehen worden war.

»Leider ist bis jetzt versäumt worden, Augenzeugen der Prügelei zu befragen«, referierte Kallweit mit Blick in sein Notizbuch. »Olschewski war als Ordner bei einem Schulfest engagiert worden, in dessen Verlauf es zu den Ausschreitungen kam. Darum müssen wir uns als Erstes kümmern.«

Steppat hatte inzwischen vorgearbeitet und Brust- und Bauchhöhle eröffnet. Leonie Simon begann mit der inneren Leichenschau. Die Sektion bestätigte die Aussage, dass der Tod durch Erdrosseln, genauer die Unterbrechung der Sauerstoffzufuhr zum Gehirn, eingetreten war. Der Herzmuskel war nicht durch Stromzufuhr in seiner Funktion beeinträchtigt worden, und auch die anderen Verletzungen hatten keine lebensgefährlichen Schädigungen verursacht.

»Eine Henkersmahlzeit hat er nicht bekommen.« Leonie Simon begutachtete den Magen auf dem Organbrett. »Nur wenig undefinierbarer Brei, der Magen ist praktisch leer.« Sie entnahm eine Probe für die Laboruntersuchung.

»Im Darm sieht es ähnlich aus, der Mann muss tagelang gehungert haben«, meldete sich Dr. Steppat, der mit der Schere den gesamten Darm längs aufschnitt. »Moment, da habe ich was.«

Er löste mit spitzen Fingern etwas Hartes aus dem Darm und hielt es unter die Brause am unteren Ende des Seziertisches. »Für was halten Sie das?«, fragte er Leonie.

Leonie Simon pickte ihm ein knopfgroßes Plastikteil von der Handfläche. »Eine Elektrode, würde ich sagen.«

Sie zeigte den Fund in die Runde, Oberbeck und Quast nickten.

»Na«, sagte Kallweit, »dann wissen wir jetzt, dass es derselbe Täter wie bei Dina Sachs ist. Der Junge war auch an ein EEG angeschlossen. Schlau von ihm, eine Elektrode zu verputzen.«

»Vielleicht war es auch der Hunger«, schlug Oberbeck vor, ein Zustand, vor dem er großen Respekt hatte. »Armer Kerl.«

Einen weiteren interessanten Fund machte der Präparator, als er sich mit der Öffnung des Schädels beschäftigte. Zwei Ameisen liefen, aufgeschreckt durch den Lärm der Säge, aus dem linken Ohr des Toten.

»Lasst sie nicht weglaufen«, rief Leonie automatisch. Steppat packte eine von ihnen blitzschnell mit einer Pinzette, die zweite erledigte Kallweit, wobei er sie leider zerquetschte. Die lebende wie die tote Ameise wurden jeweils in ein Röhrchen versenkt und sollten später von einem Entomologen angeschaut werden.

»Hübsches kleines Ding, nicht das Übliche, würde ich meinen.« Oberbeck betrachtete das im Röhrchen krabbelnde lebende Exemplar. Die Ameise hatte einen länglichen Kopf, dessen vorderer Teil eine rötliche Färbung aufwies. Der Hinterkopf war wie der Hinterleib schwarz, der Vorderleib leuchtete orange-rötlich.

»Für mich sehen alle Ameisen gleich aus«, sagte Kallweit und steckte sein Notizbuch wieder ein.

Nachdem sie die Ergebnisse der inneren Leichenschau diktiert hatte, überließ Leonie dem jungen Kollegen und dem Präparator die Aufräumarbeiten, wusch sich und begab sich in den ersten Stock, wo Oberbeck, Kallweit und Quast in einem provisorischen Seminarraum bereits bei einem Kaffee zusammensaßen.

»Also, das mit der Klaviersaite kommt mir komisch vor«, äußerte Kallweit gerade, als Leonie den Raum betrat. »Vielleicht will er uns damit in die Irre führen. Er lässt uns in der Naziszene herumstochern und sucht sich währenddessen ein neues Opfer, das damit gar nichts zu tun hat.«

»Nein«, widersprach Madeleine Quast, »er spielt nicht mit uns, das hat er bisher auch nicht getan. Schau, er benutzt bei diesem wie bei den vorigen Opfern die Mittel ihrer Profession, die auch ihr Image prägen. Beim Zahnarzt Bohrer und Zange, die Nadeln des Tätowierers, Peitschen und dergleichen bei der Domina. Wenn man an die rechte Szene denkt, fallen einem vor allem Antisemitismus, Rassismus und brutale Gewalt ein. Und die Unmenschlichkeit und der Sadismus der KZ-Schergen. Warum er ausgerechnet Klaviersaiten gewählt hat, weiß ich nicht, aber er will damit keine falsche Fährte legen, er hat sich eines Mittels der Nazis bedient. Ich bleibe auch dabei, dass er damit eine Botschaft verknüpft hat. Abgesehen von den Experimenten mit Hitze, Kälte und Elektrizität hat er den Jungen hungern lassen, auch etwas, das die Nazis mit ihren Opfern gemacht haben. Das Ergebnis der toxikologischen Untersuchungen wird möglicherweise zeigen, dass er diesmal kein Schmerzmittel verabreicht hat. Es würde mich jedenfalls nicht wundern.«

»Damit folgst du deiner Idee, dass er seine Opfer nicht gefoltert hat. Bis jetzt nicht.«

»So ist es. Sein Verhalten war vollkommen rational bisher. Was immer er unternahm, vor, während und nach Begehung der Tat, diente dem Zweck, eine Situation herbeizuführen, die es ihm erlaubte, seine Experimente zu machen.«

»Die KZ-Ärzte haben auch behauptet, rational und im Dienste wissenschaftlicher Erkenntnisse zu handeln.«

»Das war eine völlig pervertierte, brutalisierte Pseudowissenschaftlichkeit, die mit aberwitzigen medizinischen und rassistischen Theorien gearbeitet hat. Der ursprünglich sadistische Antrieb ist meines Erachtens oft nur mühsam bemäntelt worden. Auch unser Täter fügt seinen Opfern Schmerzen zu, zugegeben; die

Art, wie er Schmerzmittel einsetzt, zeigt aber, dass er nicht das Erzeugen von Qual zum Ziel hat. Darüber hinaus hat er diesmal Emotionen gezeigt. Er hat sein Opfer abgelehnt, verurteilt, vielleicht gehasst. Das ist neu.«

Leonie pflichtete ihr bei. »Für die Ermittlungen ist das eine brauchbare Hypothese. Er könnte aus einer jüdischen Familie stammen, ein Sohn oder Enkel von KZ-Häftlingen. Oder er ist Ausländer und erst kürzlich von Neonazis angegriffen und misshandelt worden.«

»Könnte er nicht selbst zu diesem Abschaum gehören?«, überlegte Oberbeck. »Die rechte Szene ist nicht homogen. Die sind sich teilweise spinnefeind.«

»Nicht zu vergessen die sogenannten Autonomen und andere Antifa-Gruppen«, ergänzte Kallweit. »Die hassen die Rechten wie die Pest, ob Glatze oder Biedermann. Und die sind auch alles andere als zimperlich.«

»Bleibt die Frage, warum dieser Typ? Warum Kevin Olschewski?« Leonie dachte laut nach. »Er wurde von einem öffentlichen Fest entführt. Jedenfalls ist er danach nicht nach Hause gegangen. Unser Täter ist nicht der spontane Typ, er hat Kevin also schon vorher im Visier gehabt. Das heißt, er kannte ihn, hat ihn erwählt und eine Gelegenheit abgewartet. Wie aber ist er auf ihn gekommen? Ich meine, Zahnärzte und Tätowierstudios findet man in den Gelben Seiten, Dominas in Zeitungsannoncen. Wie kommt man auf einen Neonazi?«

»Das ist eine gute Überlegung.« Kallweit nickte ihr zu. »Wenn er ihm nicht zufällig begegnet ist, besteht die Möglichkeit, dass es sich um einen Nachbarn, einen Bekannten oder Verwandten handelt. Oder es ist eine Täter-Opfer-Beziehung nachweisbar. Das könnte sich als sein entscheidender Fehler erweisen.« Er wandte sich an Madeleine Quast. »Was meinst du?«

»Nun, die beiden hat etwas verbunden, keine Frage. Aber sein Trauma, worin auch immer es besteht, hat schon vorher existiert. Es hat eine Entwicklung gegeben. Sobald wir einen Verdächtigen haben, werden wir erkennen, was es ist.«

Kallweit sah auf die Uhr und erhob sich. Er strahlte wie immer seine an Lethargie grenzende Ruhe aus, aber es war auch etwas wie Aufbruchstimmung zu spüren. »Gut, es gibt Arbeit. Keine Ahnung, wie wir das schaffen sollen. Ich könnte gut noch ein paar Leute mehr gebrauchen.« Er wandte sich an Leonie. »Es interessiert Sie sicher, dass Frau Klein sich endlich zu einer Aussage aufgerafft hat.«

»Und? Hatte ich recht?«

»Im Großen und Ganzen ja. Frau Klein hat Abramowsky als einen Mann identifiziert, den sie in der Brandnacht in der Nähe des Gotthardt'schen Hauses gesehen hat. Sie konnte wegen ihres kranken Babys nicht schlafen und hat aus dem Küchenfenster geschaut. Abramowsky hat bemerkt, dass er beobachtet wurde. Nachdem Berichte in den Zeitungen abgedruckt waren, dass der Brand nicht als Unfall zu den Akten gelegt worden war, ist er mit einem Riesenblumenstrauß bei ihr erschienen und hat ihr eine Lügengeschichte aufgetischt. Er habe ein Verhältnis mit einer verheirateten Frau in der Nachbarschaft, sie solle ihn nicht verraten, die Folgen wären ansonsten schrecklich. Frau Klein hat das bereitwillig geschluckt, ist aber ins Schleudern gekommen, als sie sein Foto im Zusammenhang mit der Frau vom Selbstmörderfriedhof gesehen hat. Das waren für ihren Geschmack zu viele Tote.«

»Deshalb hat sie mich angerufen und wollte wissen, ob der Mann verhaftet werden wird. Aber sie hat es als bloße Neugier hingestellt.«

»Ja, weil er dazu übergegangen war, sie zu bedrohen, genauer gesagt, das Kind. Verständlich, dass sie dichtgehalten hat.«

Madeleine Quast hatte bis zu dem Punkt ruhig zugehört. »Ich hoffe doch, du tust alles, um die Frau und das Baby zu schützen?«

»Keine Sorge. Die beiden haben Berlin bereits verlassen. Nicht mal ihr Mann weiß, wohin wir sie gebracht haben.«

Oberbeck schaltete sich ein. »Reicht das nicht für eine Festnahme und U-Haft, bis ihr das Ergebnis der Exhumierung habt?«

»Es gibt keinen Zeugen für die Drohung, er wird einfach alles abstreiten, aber dann ist er gewarnt«, antwortete Kallweit. Und an Leonie gewandt: »Die Exhumierung findet übrigens am kommenden Dienstag statt. Sie werden ja teilnehmen wollen, Frau Doktor Simon.«

»Versuchen Sie, mich davon abzuhalten.«

38

Er: »Willst du immer noch zum Potsdamer Platz?«

Sie: »Wieso ich? Du wolltest doch dahin.«

Er: »Ich wollte zum Potsdamer Platz? Stimmt doch gar nicht. Du hast das vorgeschlagen. Du hast gesagt: ›Lass uns dahin fahren.‹«

Sie: »Ja, aber doch nur, weil du keine Idee hattest.«

Er: »Ich hatte keine Idee?«

Sie: »Stimmt doch. Du hattest überhaupt keinen Plan.«

Er: »Quatsch. Ein Plan ist doch überhaupt das Einfachste von der Welt. Da guckt man in seine Unterlagen, und dann hat man einen Plan.«

Sie: »So eine Frechheit! Mir das jetzt zu sagen. Ich rede kein Wort mehr mit dir.«

Schweigen.

Sie: »Ich rede überhaupt nie wieder ein Wort mit dir. Nie wieder!«

Wunderbar, dachte Leonie, die in einem überfüllten U-Bahn-Wagen zwischen schwitzenden Leibern eingeklemmt stand und erheitert dem Dialog eines Touristen-Pärchens zugehört hatte. So was kann man sich gar nicht ausdenken, außer Loriot vielleicht.

Sie war mit leichtem Gepäck auf dem Weg zum Hauptbahnhof, wo sie Kallweit treffen und um kurz vor fünf den Zug nach Essen erwischen wollte, wo die Exhumierung des angeblichen Lucca Barra nach Schließung des Friedhofs, aber noch vor Einbruch der Dunkelheit stattfinden sollte.

Kallweit erwartete sie, wie abgesprochen, in einem asiatischen Imbiss am hinteren Ausgang des Bahnhofs. Leonie lief beim Anblick seiner Bratnudeln das Wasser im Mund zusammen. Da für sie die Zeit nicht mehr für ein warmes Essen reichte, bestellte sie eine Portion Sushi zum Mitnehmen. Der Zug fuhr fast pünktlich ab, und sie und Kallweit machten es sich in einem Großraumwagen der zweiten Klasse bequem, wo sie nebeneinanderliegende Sitze gebucht hatten. Der Wagen war annähernd voll besetzt, und eine öffentliche Unterhaltung über den Fall Barra verbot sich daher von selbst. Kallweit verkroch sich hinter einer Zeitung und war fünf Minuten später eingeschlafen, Leonie tat es ihm gleich, nachdem sie ihre Sushi-Portion verspeist hatte. Kurz vor Essen wachten beide fast gleichzeitig auf und stellten fest, dass der Zug inzwischen eine Verspätung von fast zwanzig Minuten eingefahren hatte. Erst kurz vor neun erreichten sie den Essener Hauptbahnhof und nahmen ein Taxi zum katholischen Friedhof von St. Markus in Essen-Bredeney, wo sie schon von zwei Friedhofsangestellten, einem Kripobeamten, einem Arzt und einem Sektionsgehilfen des rechtsmedizinischen Instituts Essen erwartet wurden. Auf dem Weg zum Grab stellte sie Kallweit und seinem Essener Kollegen die Frage, die ihr schon die letzten Stunden auf der Seele gebrannt hatte.

»Wie sicher können wir sein, dass der Mann, um den es geht, von der Exhumierung nichts erfährt?« Sie machte eine Kopfbewegung zu den Friedhofsangestellten, die zum Grab vorausgingen.

»Die Gruppe der Leute, die Bescheid wissen, geht über unseren Kreis kaum hinaus«, antwortete der Essener Kriminalkommissar. »Und ich habe keinen Grund an der Vertrauenswürdigkeit dieser Personen zu zweifeln. Worum es genau geht, wissen ohnehin nur die unmittelbar Beteiligten dieser Exhumierung, mit Ausnahme der Friedhofsangestellten.«

Kallweit fügte hinzu, er habe dem Verdächtigen mitgeteilt, der Todesfall seiner Schwester sei als Selbstmord zu den Akten gelegt worden.

»Er scheint sich deshalb wieder sicher zu fühlen und hat seine geplante Geschäftsreise angetreten. Vorgestern ist er nach Mailand geflogen.«

»Was? Sie haben ihn ins Ausland reisen lassen?« Leonie war entgeistert über so viel Unvorsichtigkeit.

»Ich hatte keine Alternative. Wie soll ich einen Mann daran hindern, seinen Geschäften nachzugehen, wenn ich offiziell nicht gegen ihn ermittle?«

Das Grab war bereits geöffnet und der Sarg freigelegt worden. Unter den Augen von Polizei und Staatsanwalt hievten die beiden Totengräber den Sarg mit Hilfe von Seilen langsam aus der Grube. Die Familie von Lucca Barra hatte sich das letzte Möbelstück eines Menschenlebens etwas kosten lassen. Der Sarg war aus Edelholz gefertigt und mit Messingbeschlägen verziert, und als er geöffnet wurde, sah Leonie den purpurfarbenen Samt, mit dem er ausgekleidet war. Die in einen schwarzen Anzug gehüllte Leiche war in sehr schlechtem Zustand, was nach mehr als zweijähriger Liegezeit nicht anders zu erwarten war. Mit allen Zeichen des Ekels halfen die Totengräber dem Sektionsgehilfen, die Leiche in einen Raum der Friedhofsleichenhalle zu tragen, wo die Sektion ausnahmsweise statt im Institut vorgenommen werden sollte. Leonies Kollege, ein erfahrener älterer Arzt, sollte sie vornehmen. Leonie assistierte in der Funktion des zweiten Sekanten. Fäulnis und Verwesung hatten ihr zerstörerisches Werk fast vollendet, und Leonie entnahm Knochenteile für die DNA-Analyse. Die Methode, DNA-fähiges Material aus den Kompakta des Knochens zu gewinnen, war kompliziert und stand erst seit wenigen Jahren zur Verfügung. Für eine toxikologische Analyse asservierte sie außerdem einige der noch erhaltenen Haare und Fingernägel. Leonie machte ihren Kollegen auf den linken Fuß des Toten aufmerksam, an dem vier Zehen fehlten.

»Die sollen schon vor vielen Jahren als Folge von Erfrierungen amputiert worden sein.«

Der Kollege beugte sich zusammen mit Leonie über den verstümmelten Fuß. »Hat der Mann das selbst mit einem schartigen Kartoffelmesser gemacht?«

Kallweit hatte bis jetzt mit den anderen zusammen in respektvoller Entfernung gewartet. Er wollte seinen grundsätzlich unempfindlichen Magen nicht durch Anblick und Geruch einer modrigen Leiche überfordern. Aber nun wollte er sehen, was der Rechtsmediziner meinte. Leonie wies auf den stark skelettierten Fuß. »Schauen Sie sich die Zehenstümpfe an, Kallweit. Man sieht Scharten an der Abtrennungsstelle der kleinen Knochen, und die freiliegenden Sehnenenden sehen aus wie glatt durchgeschnitten.«

»Das heißt, die Zehen wurden nicht fachmännisch chirurgisch amputiert?«

Der Essener Rechtsmediziner wackelte mit dem Kopf. »Dem Kollegen müsste man dann aber sofort die Approbation entziehen. Außerdem denke ich, der Mann war bereits tot, als ihm die Zehen abgetrennt wurden.«

Die Todesursache war nicht mehr feststellbar. Der Leichnam wies einige Frakturen auf, aber die waren sehr wahrscheinlich entstanden, als der Körper von der Monsterwelle an den Strand geschleudert wurde.

»Können Sie sagen, ob der Mann schon tot war, als der Tsunami ihn erwischte?«, wollte der Staatsanwalt wissen.

»Leider nicht.« Leonie und ihr Kollege schüttelten unisono den Kopf. Weichteile und innere Organe, falls noch vorhanden, waren in einem Zustand, der Rückschlüsse dieser Art mit bloßem Auge nicht mehr zuließ.

Kurz vor Mitternacht verließen alle, bis auf die Friedhofsangestellten, die Leichenhalle und begaben sich langsam zum Parkplatz. Leonie hatte gehofft, noch den letzten Zug nach Berlin zu schaffen, aber der war inzwischen abgefahren. Kallweits Kripokollege hatte für diesen Fall zwei Einzelzimmer in einem kleinen Hotel in Bahnhofsnähe gebucht und spätes Erscheinen angekündigt. Er war so freundlich, Kallweit und Leonie zum Hotel zu fahren, und verschwand mit guten Wünschen für eine ungestörte Nachtruhe.

»Ich könnte noch ein Bier vertragen«, sagte Kallweit und blickte Leonie fragend an.

Die nickte. »Und etwas zu essen. Meine Sushi sind längst durchgerutscht.«

Sie schreckten einen müden Nachtportier mit der Frage auf, wo man in Essen zu später Stunde verpflegt würde. Aber die Stadt machte ihrem Namen keine Ehre. Nach Mitternacht, noch dazu an einem Wochentag, sah es ganz düster aus. Selbst die Imbissstände am Bahnhof würden wohl längst geschlossen sein. Kallweit brummelte etwas wie »Scheißprovinz«. Leonie stieß ihm den Ellbogen in die Seite und bedankte sich beim Nachtportier für die freundliche Auskunft.

»Der Mann kann doch auch nichts dafür«, flüsterte sie Kallweit auf dem Weg zum Fahrstuhl zu. »Plündern wir also die Minibar.«

Die gebuchten Zimmer lagen auf verschiedenen Stockwerken. Leonie verließ den Fahrstuhl als Erste und verabschiedete sich von Kallweit. Rasch stellte sie den Fuß in die Tür.

»Ach, was ich noch fragen wollte. Was macht unser Freund eigentlich in Mailand?«

»Hat er uns nicht verraten.«

»Hören Sie sein Telefon nicht ab?«

»Er ist sehr vorsichtig.«

»Na, das wird ihm bald nichts mehr nützen.«

»Hoffentlich. Und jetzt nehmen Sie endlich den Fuß aus der Fahrstuhltür.«

Das Bier aus der Minibar schmeckte schal, die Erdnüsse muffig. Leonie schlief durstig und mit knurrendem Magen ein.

Leonie wachte gegen acht Uhr auf und stellte fest, dass der Portier versäumt hatte, sie zu wecken. Sie duschte in Rekordzeit und zog sich an. Der Portier nahm ihre Beschwerde ohne glaubhaftes Bedauern entgegen und reichte ihr einen Zettel, den Kallweit für sie dagelassen hatte. Er hatte nicht schlafen können und war schon mit dem Zug um halb sechs nach Berlin abgereist. Leonie begab sich in den fast leeren Frühstücksraum, außer ihr waren nur noch zwei laut in ihre Mobiltelefone schallernde Geschäftsleute anwesend, und bediente sich bei einem Frühstücksbuffet, das seinen Preis nicht wert war. Ihr Hunger war rasch gestillt, und sie stellte fest, dass sie keine Lust hatte, nach Berlin zurückzufahren. Sie war müde, obwohl sie tief und traumlos geschlafen hatte. Es war eine Müdigkeit, die ihr ganzes Leben betraf. Bisher hatte sie sich mit Arbeit betäubt und gehofft, die Phase würde vorübergehen. Das war nicht der Fall, und sie musste sich wohl oder übel damit auseinandersetzen.

Sie beendete ihr Frühstück, packte ihre Sachen und begab sich zum Hauptbahnhof, der nur fünf Minuten Fußweg entfernt lag. Dort stellte sie fest, dass sie den Zug nach Berlin gerade verpasst hatte. Ein Blick auf den Fahrplan zeigte ihr, dass eine halbe Stunde später ein Zug nach Hamburg fahren würde. Kurz entschlossen rief sie im rechtsmedizinischen Institut an und erkundigte sich, ob Professor Cordes im Hause sei. Sie hatte Glück und ließ ihm ausrichten, sie hoffe, ihn gegen vierzehn Uhr in seinem Büro anzutreffen.

Während der dreistündigen Bahnfahrt legte sie sich zurecht, was sie ihm sagen wollte. Aber als sie ihm gegenübersaß und in sein erwartungsvolles Gesicht blickte, wurde sie wieder unsicher.

»Das ist ein unerwartetes Vergnügen, Frau Simon. Allerdings bin ich spontane Entschlüsse von Ihnen ja durchaus gewohnt. Wie ich von meinem Essener Kollegen hörte, hatten Sie dort eine Exhumierung.«

»Die unter strengster Geheimhaltung stand«, regte sich Leonie auf.

»Er hat ja nicht gesagt, um wen es ging.«

»Wenn die Information durchsickert und der, um den es geht, etwas von einer Exhumierung auf diesem Friedhof erfährt, weiß er ohnehin, dass er gemeint ist.«

»Tut mir leid, aber deswegen sind Sie doch nicht hier, oder?«

»Nein, Herr Professor, ich bin gekommen, weil ich Sie um etwas bitten möchte.« Sie machte eine Pause. Die wohlgesetzten Worte, die sie sich während der Bahnfahrt überlegt hatte, gefielen ihr nicht mehr.

»Ja, ich höre«, half Cordes nach.

»Ich möchte Sie bitten, mir zu verzeihen, aber ich kann mich nicht um Ihre Nachfolge bewerben.«

Cordes starrte sie verblüfft an. Leonie hielt seinem Blick stand.

Nachdem es heraus war und sie endlich ausgesprochen hatte, was sie schon lange belastete, empfand sie augenblicklich eine enorme Erleichterung. Dies drückte sich in einem Lächeln aus, was Cordes irritierte und verärgerte.

»Ich verstehe Sie nicht. Seit Monaten bereite ich die entsprechenden Gremien darauf vor, Sie nach meiner Pensionierung zur neuen Institutsleiterin zu ernennen, präsentiere Ihnen dieses Haus quasi auf dem Silbertablett, und dann werfen Sie mir den Bettel vor die Füße? Sind Sie verrückt geworden?«

»Mir war klar, wie sehr Sie mein Entschluss verärgern würde. Vielleicht erinnern Sie sich, dass ich Ihnen vor ein paar Monaten gesagt habe, ich wäre noch nicht so weit. Damals hatte ich noch nicht den Mut, eine Entscheidung zu treffen, die jeder Ratio zuwiderläuft. Aber auf der Gefühlsebene war sie vorbereitet. Und jetzt kann ich mich nicht mehr davor drücken.«

»Gefühlsebene.« Cordes spuckte das Wort mit Verachtung aus. »Gerade von Ihnen habe ich so einen Unsinn nicht erwartet. Nennen Sie mir wenigstens einen vernünftigen Grund. Passen Ihnen die politischen Implikationen der Position nicht? Trauen Sie sich die Kämpfe mit Gremien und Politikern nicht zu? Fürchten Sie, nicht anerkannt zu werden, weil Sie eine Frau sind?«

Leonie schüttelte den Kopf. »Das ist es nicht. Ich scheue weder die fachliche noch die persönliche oder politische Auseinandersetzung. Es ist etwas ganz Grundsätzliches. Ich bin nicht mehr sicher, ob ich den richtigen Weg gehe. Wie soll ich es ausdrücken, dass Sie mich verstehen? Den Entschluss, Medizin zu studieren und mich auf Rechtsmedizin zu spezialisieren, traf ich vor langer Zeit, und ich weiß nicht mehr, welche Beweggründe ich damals hatte. Möglicherweise hat dabei auch das Schicksal meiner Eltern eine Rolle gespielt, was ich lange geleugnet habe. Was auch immer, es ist eine komplizierte und verantwortungsvolle Tätigkeit, und besonders wenn man ein Institut leitet, sollte man davon überzeugt sein, am richtigen Platz zu stehen. Diese Überzeugung ist mir in den letzten Jahren abhandengekommen.«

»Wieso? Wenn überhaupt jemand, dann sind Sie am richtigen

Platz. Ohne Ihr leidenschaftliches Engagement gäbe es die Untersuchungsstelle für Gewaltopfer nicht, die ein Aushängeschild für Hamburg und das Institut geworden ist. Ihre Idee des Aufbaus eines Kinderkompetenzzentrums, um misshandelte Kinder noch besser behandeln zu können, hat Frau Doktor Daniel weiterverfolgt, aber glauben Sie mir, ohne Sie wäre daraus nichts geworden. Ohne Sie gäbe es eine Menge unentdeckter Gewaltverbrechen mehr. Welche Bestätigung brauchen Sie noch dafür, dass Sie die richtige Berufswahl getroffen haben?«

»Keine Ahnung, ich weiß nur, dass ich neben der Spur laufe. Kein guter Zeitpunkt, um den nächsten und letzten Schritt auf der Karriereleiter zu tun.«

Cordes drehte sich von ihr weg und blickte aus dem Fenster. Leonie unterbrach seine Gedanken nicht. Sie hatte ihm eine harte Nuss zu knacken gegeben. Schließlich wandte er sich ihr wieder zu. Sein Gesichtsausdruck war eine Nuance freundlicher.

»Was ich begreife, ist, dass Sie in einer Lebenskrise stecken, die sogenannte Midlife-Crisis, nehme ich an. Das Alter dazu haben Sie ja. Dafür können Sie nichts, das ist hormonell bedingt.«

Leonie öffnete den Mund, um zu widersprechen, aber Cordes hob die Hand.

»Und ich kann Sie nicht zwingen, dieses Institut zu übernehmen, wenn Sie sich dazu nicht in der Lage sehen. Aber ich kann auch nicht tatenlos zusehen, wie Sie Ihr Leben wegwerfen. Wie stellen Sie sich Ihre Zukunft überhaupt vor? In Berlin ist Ihre Stelle befristet.«

»Darüber habe ich mir noch keine Gedanken gemacht«, gab Leonie zu.

»Dann muss ich es für Sie tun. Ich habe folgenden Vorschlag, und ich möchte, dass Sie in Ruhe darüber nachdenken. In einigen Monaten endet Ihr Vertrag in Berlin, und ich bezweifele, dass Sie eine Verlängerung bekommen können. Zufällig kenne ich die Pläne vom Kollegen Oberbeck, und die haben mit Ihnen nichts zu tun. Zu meinem Vorschlag: Mein Wunsch war, mich in den nächsten Monaten zurückzuziehen und Ihnen das Feld zu überlassen.

Wenn Sie bei ihrer Entscheidung bleiben, wird ein anderer das Rennen machen. Genug junge Männer mit Ehrgeiz stehen ja parat. Ich wäre aber bereit, bis zu meinem vollendeten fünfundsechzigsten Lebensjahr weiterzumachen. Sie hätten dann fast ein ganzes Jahr mehr Zeit, die Sie nutzen könnten, um Ihr persönliches Problem zu bewältigen. Danach allerdings fährt der Zug auch ohne Sie ab. Was halten Sie von meinem Angebot?«

Leonie war gerührt. »Das ist ungeheuer großzügig, und ich weiß es zu schätzen. Aber annehmen kann ich es nicht, denn ich weiß, dass Sie auch Ihrer angeschlagenen Gesundheit wegen aus dem Beruf ausscheiden wollen und müssen. Ich will nicht Ihre Totengräberin sein.«

»Unsinn. Was fällt Ihnen ein, mich zum Moribunden zu erklären. Mein Herz ist bekanntlich nicht mehr das beste, aber ich bin noch lange nicht zum Abschuss freigegeben. Und wie Sie sehr wohl aus eigener Erfahrung wissen, überlasse ich meinem Oberarzt gern die anstrengenden und lästigen Pflichten. Nein, ich gestatte Ihnen nicht, meine Gesundheit als Ausrede zu nutzen.«

»Es sollte keine Ausrede sein. Aber ich kann Ihnen nicht garantieren, dass ich im nächsten Jahr anders entscheide als heute.«

»Das weiß ich, und das Risiko gehe ich ein. Also?«

»Was soll ich sagen? Ein Nein würden Sie ja doch nicht akzeptieren.«

Cordes lächelte zum ersten Mal in diesem Gespräch. »Braves Mädchen. Und jetzt will ich wissen, was Sie in Essen getrieben haben. Und kommen Sie mir nicht wieder mit Geheimhaltung. Als ob ich eine alte Plaudertasche wäre.«

Leonie berichtete von ihrem Verdacht, dass ein gesuchter Verbrecher die Identität mit einem Toten getauscht hatte, um ein neues Leben zu beginnen, wobei ihm Claudia Gotthardt in die Quere gekommen war.

»Die Ähnlichkeit der beiden Männer ist enorm, fast wie bei Zwillingen, und Abramowsky hatte kaum noch Kontakte in Deutschland. Selbst mit seiner Schwester war er verkracht. Barra ist ihm zufällig in Thailand begegnet und hat seine Chance ergriffen.«

»Scotland Yard hat mehrere solcher Fälle untersucht, bei denen Kriminelle den Tsunami genutzt haben, um ihren Tod vorzutäuschen und sich eine neue Identität zu verschaffen.«

»Ich weiß, aber in diesem Fall hat der Tsunami nicht genützt, sondern geschadet. Genau weiß ich natürlich erst nach dem Ergebnis der DNA-Analyse, ob Abramowsky tatsächlich Barra ist, aber als ich die Zehenstümpfe gesehen habe, war ich mir zum ersten Mal ziemlich sicher. Ich glaube, Barra hat seinen Doppelgänger getötet, ihm die Zehen amputiert, die ihm selbst fehlen, und ihn mit seinem Pass und seiner Kleidung ins Meer geworfen. Dann kam der Tsunami und hat die Leiche an Land geschwemmt, was in Barras Sinn war. Nur ist er dabei selbst verletzt und als Theo Abramowsky ins Krankenhaus von Phuket Town gebracht worden, wo Claudia Gotthardt ihn fotografiert hat. Als sie zwei Jahre später bei ihm in Potsdam auftauchte, hat er von diesen Fotos erfahren. Vielleicht hat sie auch einen Verdacht gehabt, und er hat es bemerkt. Jedenfalls wollte er die Fotos haben. Deshalb ist er bei ihr eingebrochen. Wären Frank und Claudia nicht wegen eines Ehestreits verfrüht aus Lissabon zurückgekommen, wäre wahrscheinlich nichts passiert, und Barra wäre nie aufgeflogen.«

»Letzten Endes sind es doch immer die Zufälle, die das Leben ausmachen. Ein Zug hat Verspätung, weswegen man die Titanic verpasst, die einen nach Amerika bringen soll. Ein Zahnarzttermin wird wegen Erkrankung des Arztes abgesagt, stattdessen geht man auf den Golfplatz und wird von einem Irren angeschossen.«

Der Schuss auf dem Golfplatz war Cordes selbst zugestoßen. Leonie vermutete, dass er darüber nie ganz hinweggekommen war.

»Jetzt warte ich auf den Zufall, der uns den Marquis de Sade ans Messer liefert. Ich fürchte, ohne etwas Glück finden wir ihn nicht. Er ist wirklich schlau. Und sehr schwer zu verstehen.«

Cordes kannte den Fall nicht nur aus den Medien. Oberbeck hatte ihm davon berichtet. »Ist ja auch nicht ganz einfach, sich in die verqueren Welten solcher Leute hineinzuversetzen. Ich möchte das gar nicht. Meine Nächte sind auch so schlecht genug.«

Leonie berichtete ihm von einigen Details, die er noch nicht kannte.

»Seltsam, das mit dem EEG. Er scheint über ärztliche Kenntnisse zu verfügen. Ein Schmerzforscher, äußerst seltsam sogar. Ich beneide Sie nicht um diesen Fall, er hat etwas zutiefst Erschreckendes. Man muss sofort an Mengele und Konsorten denken.«

»So hat der ermittelnde Kriminalbeamte auch reagiert. Aber Frau Quast, die Analytikerin, die uns unterstützt, glaubt nicht an einen sadistischen Täter.«

»Na, dann weiß ich nicht, was Sadismus ist.«

Leonie und der Professor verabschiedeten sich in besserem Einvernehmen, als sie vor dem Gespräch hatte erhoffen können. Sie verließ das Institut, ohne jemanden von den Kollegen gesehen zu haben. Normalerweise hätte sie einigen einen Besuch abgestattet, aber sie wollte vermeiden, Paul Unruh über den Weg zu laufen. Die Zeit, ihm einigermaßen gleichgültig und gefasst gegenüberzutreten, war noch nicht gekommen.

Es war mitten am Nachmittag, und Leonie hatte noch Zeit für etwas, das sie schon längst hätte tun sollen. Sie wollte sich Max' Stiefvater in spe anschauen. Von Max kannte sie die Adresse seiner Café-Konditorei, beste Lage, Stadtmitte. Die Kosten für ein Internat musste das Geschäft abwerfen. Das im Alt-Wiener Stil aufgemachte Café war bis auf den letzten Platz besetzt, als Leonie eintrat. Eine freundliche, schwarzgekleidete Kellnerin mit weißer Schürze und Spitzenhäubchen kam auf sie zu und informierte sie, dass einer der Tische bald frei werden würde.

Leonie bedankte sich. »Ich bin eine Freundin von Frau Lifka. Ist sie da?«

Die Kellnerin verneinte. Frau Lifka arbeite an den meisten Tagen nur bis mittags.

»Und der Chef, könnte ich den sprechen?«

Die Kellnerin zögerte und sah sich nach der Kollegin um, die aber gerade nicht zu sehen war. »Ich weiß nicht. Worum geht es denn?«

Leonie lächelte beruhigend. »Es ist rein privat. Sagen Sie ihm,

Doktor Simon, eine alte Freundin von Erika, würde ihn gern sehen.«

»Einen Moment bitte.« Damit verschwand die Kellnerin. Nur wenige Minuten später erschien sie wieder und bat Leonie, ihr zu folgen. Sie führte sie in eine kleine Stube, die eine Mischung aus Büro und Wohnzimmer darstellte, und zog sich gleich wieder zurück. Der Mann, den sie bei Erika schon einmal auf einem Foto gesehen hatte, erhob sich hinter seinem Schreibtisch. Er war nur mittelgroß und beleibt, wie es das Klischee für einen Konditor vorsah. Seinetwegen hätte Erika keine Diät machen müssen, dachte Leonie.

»Guten Tag, Frau Doktor Simon. Erika hat mir schon viel von Ihnen erzählt.«

Er streckte Leonie eine blasse, weiche Hand entgegen, die sie wohl oder übel drücken musste. Als sie ihn ansprechen wollte, fiel ihr auf, dass sie von Erika nur den Vornamen Manfred gehört hatte. Hinter ihm hing glücklicherweise sein Meisterbrief hübsch gerahmt an der Wand. Leonie musste nur ablesen.

»Ich habe auch über Sie einiges gehört, Herr Jacobi.«

»Bestimmt nicht nur Gutes, wenn Sie mit Max gesprochen haben.« Der Konditor wies auf einen Sessel. »Bitte, nehmen Sie doch Platz.«

Er lief behände um den Schreibtisch herum und setzte sich Leonie gegenüber. Auf einem Beistelltischchen stand eine große Schale Pralinen, die er Leonie anbot.

»Kosten Sie mal, meine neueste Kreation. Schoko-Birne-Ingwer-Trüffel.«

Leonie lehnte dankend ab. Süßes belegte auf ihrer Nahrungsmittelhitliste keinen der vorderen Plätze.

»Was kann ich für Sie tun?«

»Ehrlich gesagt, wollte ich Sie mir einfach mal anschauen. Wenn Erika von mir erzählt hat, kennen Sie auch meine Beziehung zu Max und wissen, dass er in Berlin bei mir war.«

Jacobi nickte. »Er wird mich bei Ihnen hübsch schlechtgemacht haben.«

»Seine Berichte waren nicht von übertriebener Objektivität geprägt und deshalb mit Vorsicht zu genießen. Nehmen Sie's mir nicht übel, aber ich habe mich dennoch gefragt, ob Ihr Vorschlag, ihn in ein Internat zu schicken, nicht etwas arg eigennützig war.«

Die runden Wangen des Konditors nahmen eine leicht rötliche Färbung an. »Na ja, ich will nicht behaupten, dass ich mit dem Jungen gut klarkomme. Er hat vom ersten Tag an die Stacheln aufgestellt. Ich habe keine Erfahrung mit Kindern. Meine erste Frau konnte keine kriegen. Und ich war auch nicht unglücklich darüber. Egal, ich habe bestimmt viel falsch gemacht, aber es liegt an seiner Eifersucht, wenn es immer wieder knallt zwischen uns. Er gönnt mir seine Mutter nicht.«

»Und umgekehrt? Gönnen Sie ihm seine Mutter?«

Jacobi blies die Backen auf. »Sie glauben doch nicht, ich will dem Bengel die Mutter wegnehmen? Ich habe überhaupt nichts gegen den Jungen. Aber ich lasse mich auch nicht verdrängen. Ich will Erika heiraten, und wenn er mit uns leben will, muss er sich anpassen. Ansonsten soll er ins Internat gehen und erst mal lernen, sich zu benehmen.«

»Hat Erika die Idee zuerst gehabt?«

»Das ist ja lustig.« Er kicherte albern. »Nein, das habe ich vorgeschlagen. Ich muss es ja auch bezahlen. Erika ist eine solche Glucke, der wäre das nie eingefallen.«

»Aber es war nicht schwer, sie zu überzeugen.«

»Doch«, gab er offen zu. »Aber am Ende hat sie eingesehen, dass es für alle das Beste ist. Übrigens hat der Bengel inzwischen auch zugestimmt. Das haben wir wohl Ihrem Einfluss zu verdanken.«

»Gewissermaßen«, sagte Leonie. »Und wie ich sehe, war mein Rat auch der Situation angemessen. Bis jetzt war ich mir nämlich nicht sicher.«

Jacobi betrachtete sie unschlüssig. Er überlegte, was er von dieser Antwort zu halten hatte. Leonie erhob sich. »Danke, dass Sie Zeit für mich hatten. Es war mir wichtig, Sie kennenzulernen. Sagen Sie Erika einen Gruß von mir.«

Diesmal übersah sie seine ausgestreckte Hand. Auf dem Weg zum Bahnhof dachte sie, dass es genauso war, wie sie vermutet hatte. Er war nicht annähernd so übel, wie ihn Max geschildert hatte, aber auch nicht so ein Hauptgewinn, wie Erika glauben wollte. Er war ein durchschnittlicher Egoist, unsensibel und bequem. Wenn Erika ihn heiratete, und das schien beschlossene Sache zu sein, musste sie sich nach seinen Bedürfnissen richten. Zum Ausgleich blieben ihr in Zukunft materielle Sorgen erspart. Erika hatte ihr ganzes Leben damit verbracht, sich unterzuordnen. Sie kannte nichts anderes. Die Wahl ihres neuen Lebenspartners entsprach ihrem Wunsch nach Sicherheit und Führung. Leonie musste akzeptieren, dass nicht jeder für den scharfen Wind der Freiheit geschaffen war. Max würde sich im Laufe der Zeit mit Jacobi arrangieren und sogar sehr bald feststellen, eine wie große Erleichterung es war, nicht mehr die einzige Stütze seiner Mutter sein zu müssen.

Den Zug nach Berlin erreichte Leonie in letzter Minute. Sie hatte gut neunzig Minuten Zeit über ihre eigene Zukunft nachzudenken. Schon vor der ehemaligen DDR-Grenze war sie eingeschlafen und träumte von den gelben Ockerfelsen von Roussillon.

39

> Ein für den Schmerz fühlloser Mensch wäre also ein ebenso contradictorischer Begriff als ein unsterblicher Mensch.
>
> Voltaire, *Über das Gute und Böse in der physischen und in der moralischen Welt*

Unter den Stromstößen zuckten und krampften Muskeln und Sehnen. Der Spiegel zeigte Bens verzerrte Gesichtszüge. Mit achtzig Milliampere war er an die Grenze dessen gegangen, was noch zu riskieren war, wenn er sich nicht umbringen wollte. Und an die Grenze des Erträglichen, denn er litt. Es war schrecklich, wie sich seine nackten Zehen unkontrolliert bogen und krümmten. Sein ganzer Körper zitterte, noch nie hatte sich Ben so unbehaglich gefühlt. Beinahe fühlte er im Nachhinein Mitleid mit der Piepsstimme, trotz der schrecklichen Flüche und Drohungen, die er sich die ganze Zeit hatte anhören müssen. Aber wie hatte er ihn leiden lassen! Und welch schreckliches Ende hatte er ihm bereitet! Es musste sein, natürlich, da biss keine Maus den Faden ab. Piepsstimme war eine gute Wahl gewesen, eine viel bessere als der Schauspieler, der vermutlich eloquenter, aber gewiss nicht hilfreicher gewesen wäre. Klingers Nazischläger war nun mal Profi und hatte Ben, ohne es zu wollen, auf den allerbesten Gedanken gebracht. Der Strom war das Sahnehäubchen gewesen. Mit letzter Kraft schaltete Ben das Gerät ab und schloss erschöpft die Augen. Es war nicht dasselbe für ihn, natürlich nicht, aber er war nah dran, so nah wie möglich. Er lernte. Er begriff. Sein Großvater hatte unrecht. Sie beide waren sich nicht ähnlich. Nicht ein bisschen. Er würde es ihm beweisen.

40

Der junge Mann mit den kurzgeschorenen Haaren und den auf vier Fingern der rechten Hand eintätowierten Buchstaben H A S S, wobei das S wie die Nazi-Rune geschrieben war, warf seinem Anwalt einen unsicheren Blick zu.

»Beantworten Sie ruhig die Frage, Patrick«, sagte Klinger mit väterlichem Unterton.

Patrick überlegte stirnrunzelnd, eine Tätigkeit, die ihm nicht geringe Mühe zu bereiten schien.

Hauptkommissar Kallweit wartete geduldig auf das Ergebnis, sein Kollege Engel meditierte über dem Kassettenrekorder, der die Befragung mitschnitt.

»Drei, wir waren drei. Ich, Mirko und Kevin. Nee, da war noch eener, der hieß Sven, abba der jehörte nich zu uns. Weeß nich, wer den jeschickt hat.«

Klinger schaltete sich ein. »Ein Elternvertreter hatte unabgesprochen noch jemanden engagiert, der ein Auge auf mögliche Störer haben sollte.«

»Eine Menge Ordnungspersonal für eine schlichte Schulfeier«, merkte Engel an.

»Sie dürfen nicht vergessen, dass die Schule in einem Viertel liegt, das nicht ganz unproblematisch ist.«

»Einige der Eltern, mit denen wir bereits gesprochen haben, beklagen, dass Sie, Doktor Klinger, Ihre Position als Elternvertreter ausnutzen, um rechte Propaganda zu betreiben. Dadurch und durch die von Ihnen angeheuerten Schläger sei es erst zu den Ausschreitungen gekommen.«

Kallweit sprach ruhig und verbindlich. Klinger antwortete im selben Ton.

»Ach, wissen Sie, solche Vorwürfe pflege ich zu ignorieren. Dahinter verbergen sich Unstimmigkeiten ganz anderer Art. In der Elternschaft existieren sehr unterschiedliche pädagogische Vorstellungen, und jede Seite versucht, die ihren durchzusetzen.«

»Typ neuer Nazi«, sagte Leonie Simon zu Madeleine Quast, die in dem kleinen dunklen Raum jenseits des Spionspiegels an ihrer Seite saß und der Vernehmung zusah. Der Transparentspiegel, wie er eigentlich hieß, war statt mit Kupfer- und Farblackabdeckung mit einem glasklaren Transparentlack überzogen, bei einer Belagdichte von nur fünfzig Prozent, so dass er für denjenigen, der sich in dem hellen Raum aufhielt, wie ein ganz normaler Spiegel aussah, während er für die Beobachter auf der dunklen Seite durchsichtig wurde. »Maßanzug, Seitenscheitel und Kreide fressend, wenn es gilt, die Leute in Sicherheit zu wiegen. Der Brandstifter als Biedermann. Da sind mir die Doofen mit den Springerstiefeln beinahe lieber. Bei ihnen weiß man gleich, woran man ist.«

»Wo hielt sich Kevin Olschewski auf, als die Prügelei losging?«, fuhr Kallweit in der Befragung fort.

Klinger nickte Patrick zu, der ohne seine Erlaubnis nicht einmal Luft zu holen wagte.

»Keene Ahnung. Beim Bierstand glaub ick.«

»Und wie ging's weiter?«

»Also, ick habe nich anjefangen, det det mal gleich klar is. Ick hab mir nur jewehrt jejen die Übergriffe von die linken Störer.«

»Klingt, wie auswendig gelernt«, flüsterte Leonie.

»Und dann hab ick Kev jesehn, wie er sich an den Kopp jepackt hat, und in die Knie isser jegangen. Weiter weeß ick nich, weil ick selber een verpasst jekriegt hab, abba feste. Als ick wieder klar war, war Kev verschwunden. Keene Ahnung wohin. Und det is die Wahrheit.«

Madeleine Quast beugte sich zu Leonie. »Ich denke, er hat wirklich nicht mehr beobachten können. Er wirkt ehrlich auf mich.«

»Ehrlich? Der?«

»Doktor Klinger? Sie waren auch dort. Was haben Sie beobachtet?« Das war wieder Kallweit.

»Nichts. Ich war gerade im Gespräch mit einem guten Bekannten, einem Landtagsabgeordneten, und habe den Beginn der Schlägerei nicht bemerkt. Natürlich habe ich versucht zu schlichten. Kevin ist mir dabei nicht aufgefallen. Später habe ich dann festgestellt, dass nur Patrick und Mirko anwesend waren. Beide übel verletzt übrigens.«

»Wer austeilt, muss auch einstecken können«, kommentierte Engel ungerührt. »Ihre drei Schützlinge haben eine für ihr Alter bemerkenswert lange Liste von Straftaten. Kevins Mörder könnte also gut ein ehemaliges Opfer sein. Gibt es vielleicht jemanden, von dem wir noch nichts wissen?«

Wieder ein fragender Blick von Patrick zu Klinger, der für ihn antwortete.

»Mein Mandant hat sich seit der letzten Verurteilung nichts zuschulden kommen lassen.«

»Seltsam«, bemerkte Kallweit. »Mirko hat uns heute Morgen etwas ganz anderes erzählt.«

Klinger lief rot an. »Sie befragen meinen Mandanten in meiner Abwesenheit? Das wird Folgen haben, kann ich Ihnen versprechen.«

»Glaube ich nicht«, grinste Engel. »Er wollte Sie gar nicht dabeihaben, hat stattdessen die liebe Mama mitgebracht. Ich würde ihm sowieso zu einem anderen Anwalt raten. Von wegen Interessenkonflikt, falls er und dieser kleine Engel hier vor Gericht landen sollten.«

»Das lassen Sie mal meine Sorge sein«, blaffte Klinger.

Kallweit fuhr fort. »Na jedenfalls hat Mirko zugegeben, dass er und seine beiden Freunde häufiger Streit gesucht haben, meist mit Punks und Ausländern, gelegentlich gegen Geld und im Auftrag.«

»Prahlereien, nichts weiter.« Klingers Röte machte einer ebenso ungesunden Blässe Platz. »Hat er Namen von Opfern genannt?«

»Konnte er nicht, aber Ihren Namen hat er genannt.«

Klinger entspannte sich. »Mag sein, aber er bringt da etwas durcheinander. Ich habe die drei tatsächlich gelegentlich beschäftigt, aber selbstverständlich nicht zu Straftaten angehalten. Vielleicht haben Sie das in ihn hineingefragt.«

»Jetzt sagen Sie nicht, der gibt auch pures Gold von sich.« Leonie sah die Quast an, deren Gesichtsausdruck sie nicht genau ausmachen konnte bei der Beleuchtung.

»Bestimmt nicht. Ihm ist daran gelegen, dass keine Opfernamen bekannt werden. Die könnten sicher in Beziehung zu ihm gesetzt werden.« Madeleine Quast erhob sich.

»Mir ist nicht gut. Ich muss an die Luft. Bleiben Sie ruhig hier und berichten Sie mir.«

»Kommt gar nicht in Frage.« Leonie sprang auf. »Kann ich Ihnen helfen?«

Die Quast hinkte zur Tür. »Es ist nur der Kreislauf. Ich schlafe zurzeit schlecht. Die vielen Frontenwechsel, ich bin wetterfühlig, wissen Sie. Dieser Sommer bekommt mir nicht.«

Ablenkungsmanöver, dachte Leonie. Wenn das mit dem Wetter auch stimmte. Auf einen heißen und trockenen Frühling war ein schwüler, regennasser Juni gefolgt, der auch den Gesundesten fertigmachen konnte. Sie schleppte die Psychologin zum nächsten Bistro und bestellte ihr einen doppelten Espresso.

»Und jetzt sagen Sie mir endlich, was los ist. Er hat Ihnen wieder geschrieben, nicht wahr?«

Die Quast schüttelte den Kopf. Sie rührte eine Weile in ihrem Kaffee, schließlich griff sie in ihre Handtasche und zog ein zusammengefaltetes Stück Zeitungspapier heraus. Es war schon etwas vergilbt und an den Rändern eingerissen. Sie faltete das Papier auseinander und reichte es Leonie. Es handelte sich um einen Zeitungsartikel über den Prozess gegen Melchert vor über fünfzehn Jahren. Auf einem Foto waren er und Madeleine Quast zusammen abgebildet, eine noch jugendliche Madeleine mit dunklen Haaren und großen Augen, die Furcht, Schmerz und Ekel widerspiegelten. Im Text der Reportage wurde Melchert zitiert, der seinem Opfer angeblich im Vorbeigehen »Wir sind noch nicht fertig miteinander« zugeraunt haben soll. Sein Verteidiger und er selbst hatten das heftig bestritten.

»Das habe ich neulich im Briefkasten gefunden. Ohne Nachricht, ohne Umschlag, nur den alten Artikel.«

»Nicht zu fassen. Wie hat er das gemacht?«

»Ich habe seine Therapeutin angerufen, nachdem ich mich beruhigt hatte. Er konnte es nicht getan haben, jedenfalls nicht selbst. Er lag mit einer Blinddarmentzündung auf der Krankenstation.«

»Haben Sie Kallweit davon erzählt?«

»Zunächst wollte ich nicht, aber er hat genau wie Sie den Braten gerochen. Er hat versucht, Melcherts Freilassung zu verhindern. Die Antwort ist negativ. Es wurde mehr oder weniger deutlich die Vermutung geäußert, dass ich mir die Nachrichten und den Artikel selbst geschickt haben könnte.«

Leonie sah Madeleine Quast an. Für den Bruchteil einer Sekunde hatte sie eben dasselbe gedacht.

Die Quast lächelte bitter. »Sehen Sie? Der Gedanke ist Ihnen auch gekommen. Ich wusste das im Vorhinein. Man wird mir nicht glauben. Eine traumatisierte Frau und ein geläuterter, geheilter Patient, der keine nachweisbare Gelegenheit für seine angeblichen Nachrichten hatte.«

»Natürlich waren Sie das nicht selbst. Es ist immer dasselbe. Den Tätern glaubt man eher als den Opfern.«

Quasts Mobiltelefon brummte. Kallweit wollte wissen, wo sie abgeblieben waren. Ein paar Minuten später gesellte er sich zu ihnen und bestellte einen Pfefferminztee.

»Die Klingers dieser Welt schlagen mir auf den Magen«, sagte er, und mit besorgtem Blick zur Quast: »Geht's wieder?«

Sie nickte. »Schon gut, alles bestens. Der Junge sagt die Wahrheit, Klinger lügt. Aber dazu hättest du mich nicht gebraucht.«

»Diesen Doktor Klinger werden wir ein bisschen genauer unter die Lupe nehmen müssen. Das weiß er natürlich und wird sicher Gegenmaßnahmen treffen.«

»Leute einschüchtern oder bestechen, meinst du?«

Kallweit zuckte mit den Schultern und nippte an seinem Tee.

»Sie glauben, Klinger weiß, wer Kevin getötet hat?«, fragte Leonie.

»Halte ich für möglich.«

»Aber das würde er doch sagen.«

Kallweit wiegte den Kopf hin und her. »Das ist so eine Sache, wenn man selbst Dreck am Stecken hat. Vielleicht ist der Täter jemand, den er schützen will, oder jemand, der ihm Schwierigkeiten bereiten könnte. Außerdem, für Leute wie Klinger ist Kevin doch nur ein nützlicher Idiot. Sein Tod wird ihn kaum getroffen haben.«

»Und es gibt ansonsten keine Zeugen, die gesehen haben, wer Kevin weggeschleppt hat?«

»Bis jetzt haben wir keinen gefunden. Es ist wie bei den anderen. Der Kerl ist unheimlich geschickt oder hat ein noch unheimlicheres Glück, oder beides.«

»Sie werden auf Ihrem Schreibtisch einen Umschlag mit den Laborergebnissen finden.« Leonie wandte sich Madeleine Quast zu. »Sie hatten recht, wir haben bei Kevin weder Ketanest noch Opiate gefunden. Diesmal kann man getrost von Folter sprechen. Und er hat gehungert. Der Nahrungsbrei in Magen und Darm bestand hauptsächlich aus Brot.«

»Fehlen nur noch der gestreifte Häftlingsanzug und die Holzlatschen«, murmelte Kallweit.

Leonie sah die Quast fragend an.

»Ja, ich weiß, dass dadurch meine Theorie angekratzt wird. Aber ein Löwe wird auch nicht dadurch zum Vegetarier, dass er mitunter ein bisschen Gras rupft. Zweifellos hat unser Mann bei seinem letzten Opfer zusätzlich etwas abgearbeitet, aber das läuft nur nebenher und hat nichts mit seinem Hauptmotiv zu tun.«

»Was ist mit den Ameisen?« Die Frage Leonies galt wieder Kallweit.

»Weiß ich noch nicht. Wir haben die Dinger ans Deutsche Entomologische Institut nach Müncheberg geschickt. Dort sitzt ein Experte für Ameisen, aber der kriecht zurzeit in den Karpaten oder sonst wo herum und sucht seltene Arten. Er soll bald zurückkommen.«

»Apropos zurückkommen, was ist mit Barra alias Abramowsky? Ist er noch in Mailand?«

»Er ist nach Triest weitergefahren. Von dort hat er seine Frau angerufen. Er hat deutsch mit ihr gesprochen und sie Elena genannt. Barras Frau heißt Gianna.«

»Dann ist er misstrauisch und befürchtet, abgehört zu werden. Barra spricht akzentfreies Deutsch wie Abramowsky, darüber kriegen Sie ihn nicht. Und was ist schon ein Name? Den kann man nach Belieben ändern.«

Kallweit erhob sich. »Leider dauert der DNA-Test etwas länger als üblich, weil das Material schlecht ist. Wir müssen uns noch mindestens fünf Tage gedulden.«

»Bis dahin kann er über alle Berge sein.«

»Sie haben eines vergessen«, sagte Kallweit mit einem für seine Verhältnisse unangenehmen Lächeln. »Wir haben seine Familie.«

Zwei muskulöse Arme umschlangen Leonie Simon, als sie gerade die Haustür aufschließen wollte.

»Μήπως ξέρεις αν υπάρχει καμία γιατρός εδώ κοντά;«

»Und was, du Angeber, heißt das auf Deutsch?« Leonie drehte sich zu Marius Wasmuth um, so weit das in der festen Umarmung möglich war.

»Weißt du vielleicht, ob es hier in der Nähe eine Ärztin gibt?«

»Keine Ahnung, ich jedenfalls bin außer Dienst.«

»Welch glücklicher Zufall, ich auch.«

Er küsste sie auf ein Ohrläppchen und zauberte eine Flasche Champagner hinter ihrem Rücken hervor. »Muss allerdings noch kühl gestellt werden.«

Zwei Stunden später war der Champagner kalt genug, und Leonie, inzwischen in ein knielanges T-Shirt gehüllt, kramte zwei Gläser aus dem Schrank. Wasmuth kam noch ziemlich feucht aus der Dusche, ein Handtuch um die Hüften, ein zweites in der Hand, mit dem er die Haare trocken rubbelte.

»Was feiern wir eigentlich?«, wollte Leonie wissen.

»Brauchst du einen Grund, um Champagner zu trinken?«

»Ja, du Luxusgeschöpf.«

»Also bitte, ich habe, dank deiner Hilfe, eine ziemlich gute Story über die sächsische Justiz-Affäre geschrieben und daraufhin eine feste Stelle angeboten bekommen.«

»Das ist ein akzeptabler Grund für Champagner.«

Die beiden leerten ihr Glas in einem Zug, Wasmuth schenkte nach, und Leonie setzte sich zu ihm auf das Bett.

Wasmuth wurde ernst. »Ich hoffe, ich mache jetzt nicht die Stimmung kaputt, aber ich möchte immer noch wissen, wer Claudia umgebracht hat.«

»Ich glaube, ich weiß es, und auch warum, aber es steht noch ein Untersuchungsergebnis aus, und ich darf natürlich nicht darüber reden. In dem Fall ist Geheimhaltung besonders wichtig.«

»Du vertraust mir also noch immer nicht.« Das klang weder ärgerlich noch verletzt, es war eine bloße Feststellung.

»Ich darf dir nicht vertrauen. Bei dem Thema bin ich nicht in erster Linie Privatperson, sondern Rechtsmedizinerin mit Schweigepflicht.«

»Vermutlich trifft das auch auf das neue Opfer des Marquis de Sade zu?«

Leonie schüttelte den Kopf. »Ich mag es nicht, dass die Presse ihn so nennt. Es klingt nach Adel und irgendwie sexy, aber das ist er nicht.«

»Immerhin hat er diesmal wenigstens den Richtigen umgebracht.«

»Es gibt bei Mord kein richtiges oder falsches Opfer«, korrigierte ihn Leonie streng.

»Das ist eine bewundernswert politisch korrekte Bemerkung, und du hast selbstverständlich recht. Wonach sucht der seine Opfer eigentlich aus? Für mich scheint das ziemlich willkürlich zu sein.«

»Es gibt inzwischen ein Profil, aber was genau ihn treibt, wissen wir auch noch nicht. Unsere Psychoanalytikerin ist allerdings der Meinung, dass es sich nicht um einen Serienkiller im klassischen Sinn handelt. Falls es eine sexuelle Komponente gibt, ist er sich darüber nicht im Klaren, glaubt sie. Was auch immer, es muss eine massive Persönlichkeitsstörung sein.«

»Nach dem Mord an der Domina habe ich gelesen, dass er Betäubungsmittel und Opiate benutzt. Meine Mutter hat inzwischen sogar Schwierigkeiten, an Migränetabletten zu kommen. Ihr Hausarzt genehmigt die Dinger nur noch in homöopathischen Dosen. Überfällt der Kerl Apotheken?«

Leonie schüttelte den Kopf. »Soviel ich weiß, hat die Polizei keine derartigen Erkenntnisse. Vielleicht arbeitet er in einer oder im Krankenhaus oder auf einem Notarztwagen. Vor allem das Ketanest wird dort in der Anästhesie gebraucht.«

»Nicht, dass ich mich auf dem Gebiet auskenne, aber ich dachte naiverweise immer, es sei unmöglich, im Krankenhaus an solche Giftschrank-Medikamente heranzukommen.«

»Wie man's nimmt. Für Außenstehende bleibt nur die brutale Methode eines Einbruchs, der dann sofort auffällt. Und natürlich wird der Verbrauch von Giften überwacht. Wenn eine OP-Schwester zum Beispiel eine Schachtel mit fünf Ampullen eines Betäubungsmittels entnimmt, dokumentiert sie das in einer Kladde mit dem Namen des Patienten, Datum und Menge, Namen des Arztes. Am Ende eines Tages werden die in allen OPs verbrauchten Mengen ins Giftbuch eingetragen und kontrolliert. Alle Verantwortlichen müssen unterschreiben. Aber wo ein Wille ist, gibt es auch einen Trick. Was ist, wenn jemand behauptet, ihm oder ihr seien Ampullen heruntergefallen und zerbrochen? Das ist schwer zu widerlegen. Auf die Weise kann sich jemand leicht etwas beschaffen.«

Leonie verschluckte sich und richtete sich gerade auf. Wasmuth klopfte ihr auf den Rücken.

»Heh, alles in Ordnung?«

»Ja, ja«, hustete Leonie. »Mir ist gerade etwas eingefallen. Das muss ich sofort nachprüfen.«

Wasmuth sah auf die Uhr. »Um elf Uhr am Abend? Bisschen spät, oder?«

»Ich meine sofort morgen früh.«

»Gut, dann haben wir ja noch Zeit«, sagte Wasmuth und nahm ihr das Glas aus der Hand.

Professor Oberbeck hatte die Idee entwickelt, nicht unbeeinflusst von seiner Oberärztin, was er aber niemals zugeben würde, dass die Berliner Rechtsmedizin sich stärker als zuvor mit den überlebenden Opfern von Gewalt beschäftigen müsse. Nach mehreren Treffen mit der Leiterin der LKA-Dienststelle »Delikte an Schutzbefohlenen« richtete er sein Augenmerk besonders auf kindliche Opfer von Vernachlässigung und Misshandlung. In den letzten Monaten und Jahren hatten einige der spektakulärsten Fälle das Problembewusstsein der Öffentlichkeit geschärft, und auch die Politik hatte das Thema entdeckt. Die Familienministerin Ursula von der Leyen hatte erst kürzlich das »Nationale Zentrum Frühe Hilfen« vorgestellt, das Expertenwissen bündeln und dabei helfen sollte, Hilfssysteme und Organisationen besser zu vernetzen und gefährdete Familien früher zu erkennen und zu unterstützen, so dass es zu Verwahrlosung und Gewalt gar nicht erst kommen konnte. Oberbeck plädierte dafür, die Rechtsmedizin als Teil dieses Frühwarnsystems zu etablieren. Die klinische Rechtsmedizin, also die Untersuchung von Lebenden, war dazu prädestiniert, die Ursache einer Verletzung zu erkennen und so die Unterscheidung zu treffen, ob es ein Unfall oder ob Gewalt im Spiel war. Da Leonie Simon durch ihre Arbeit bei der Hamburger Untersuchungsstelle eine einzigartige Erfahrung mitbrachte, war sie an der Planung der Projekte beteiligt und begleitete den Chef zu diversen Gesprächen. Den Termin im Familienministerium hätte sie um ein Haar verpasst, wenn Oberbeck sie nicht morgens um acht Uhr auf dem Parkplatz abgefangen hätte. Die Unterlagen für das Treffen hatte sie glücklicherweise bereits zusammengestellt und entging so der Blamage einer Verspätung oder mangelhaften Vorbereitung.

Erst am Nachmittag kam sie dazu, der Eingebung zu folgen, die sie am Abend zuvor gehabt hatte. Bei dem Gespräch mit Wasmuth über die Möglichkeit, sich in den Besitz von Betäubungs- und Schmerzmitteln zu bringen, war ihr der grüne Herr Döberitz eingefallen, nicht nur, weil er sich häufig im Krankenhaus aufhielt und unauffällig bewegen konnte, sondern auch weil sie bei seiner Geschädigtenuntersuchung mitbekommen hatte, dass er möglicherweise Opfer von rechten Schlägern geworden war. Er selbst hatte das abgestritten, aber die Polizei hatte es in Betracht gezogen. Es gab noch einen dritten Grund. Der junge Mann war ihr bei beiden Treffen zwar sympathisch gewesen, aber es war etwas an ihm, das sie als seltsam empfand, ohne es erklären oder benennen zu können. Es konnte nicht schaden, eine kleine Recherche über ihn anzustellen. Niemand würde davon erfahren, falls die Idee nichts taugte, was sie befürchtete.

Leonie hatte Döberitz das erste Mal auf einer Intensivstation der Charité getroffen. Dorthin wandte sie sich zunächst. Sie wurde kurz abgefertigt. Döberitz war nicht bekannt und wäre auch nicht geduldet worden. In der Chirurgie hatte sie mehr Erfolg. Die diensthabende Stationsschwester kannte ihn vom Sehen, wusste aber nichts über ihn. Leonie fragte sich durch weitere Stationen, ehe sie in der Kardiologie eine junge Schwester fand, die Döberitz kannte und bereit war, mit ihr über ihn zu sprechen. Sie bat Leonie, in der Cafeteria bis zu ihrem Dienstende auf sie zu warten. Eine halbe Stunde später erschien sie, umgezogen und frisch geschminkt, und setzte sich zu Leonie an den Tisch.

»Was interessiert Sie an Ben?«

»Er heißt also Ben mit Vornamen.«

»Ja, Benedikt von Döberitz. Hat er was ausgefressen?«

»Trauen Sie ihm das zu?«

Schwester Maike zuckte mit den Schultern. »Weiß ich nicht. Ich dachte nur, weil Sie aus der Rechtsmedizin sind.«

»Ich habe ihn bei einer Geschädigtenuntersuchung kennengelernt. Ich fand's ungewöhnlich, dass sich ein junger Mann wie er ehrenamtlich in der Klinik betätigt.«

»Ist schon komisch, da haben Sie recht. Er hat mir mal erzählt, dass er angefangen hat, Medizin zu studieren, aber aus gesundheitlichen Gründen aufhören musste.«

»Sie kennen seine private Situation?«

»Würde ich so nicht sagen. Wir haben uns ein- oder zweimal unterhalten.« Sie lächelte, ein eitles Lächeln, dachte Leonie. »Er ist in mich verliebt, meine Kolleginnen ziehen mich schon damit auf. Als ob so einer wie er mich interessieren würde.«

»Er hat sie also angebaggert?«

»Ach was, dazu ist er viel zu schüchtern. Ich glaube, der hat noch nie eine Frau gehabt, kann ich mir jedenfalls nicht vorstellen. Er ist ja ganz nett, aber irgendwie auch komisch.«

Sie dachte einen Moment ihren Worten hinterher. »Sind Ihnen seine Hände aufgefallen? Also, ich finde Hände unheimlich wichtig. Von seinen möchte ich nicht angefasst werden. Die Finger sind so abgenagt und narbig, schon richtig verstümmelt. Und der tapsige Gang, wie ein alter Mann. Na ja, er kann sicher nichts dafür. Kann ja nicht jeder wie George Clooney aussehen.«

Den letzten Satz sagte sie in einem bedauernden Tonfall, zumindest in dem Punkt konnte Leonie ihr zustimmen.

»Wissen Sie, auf welchen Stationen er tätig ist?«

»Ich glaube, so ziemlich auf allen. Jedenfalls überall dort, wo Schwerkranke liegen. Auch wenn ich ihn nicht mag, aber ich muss zugeben, er ist uns Schwestern manchmal eine echte Hilfe. Er kümmert sich besonders um Leute, die Angst haben und große Schmerzen. Bei dem Druck, den wir haben, können wir nicht bei jedem Händchen halten, der's nötig hätte. Ben hat echt viel Geduld, hört sich jede Klage an. Manchmal denke ich, der ist Masochist.«

Vorsichtig näherte sich Leonie dem heikelsten Thema. »Hat er mal ein besonderes Interesse an Medikamenten geäußert? Speziell an Schmerz- oder Betäubungsmitteln?«

Schwester Maikes Augenbrauen zuckten nach oben. »Also daher weht der Wind. Nee, dazu sage ich gar nichts.«

Die Verurteilung einer Schwester, die Patienten zu Tode gespritzt hatte, war eine frische und noch offene Wunde.

»Ich muss jetzt auch gehen.«

Die junge Frau sprang auf. Leonie hielt sie zurück.

»Sie haben mich missverstanden. Es geht nicht um die Charité, zu der ich im Übrigen ja selbst gehöre. Können Sie mir noch irgendwas über Döberitz sagen? Wie er lebt und wo?«

»Nee, ist mir auch schnuppe. Fragen Sie ihn doch selbst.«

Leonie versuchte ihr Glück noch in der Verwaltung, wo man ihr korrekterweise Auskünfte über Adresse und Telefon verweigerte. Den Rest des Abends verbrachte sie an ihrem Schreibtisch im Institut, wobei ihre Gedanken immer wieder zu dem jungen Mann abschweiften, für den sie sich zu interessieren begann. Auch wenn er nicht der gesuchte Serienkiller war, ein Gedanke, der ihr ziemlich absurd schien, würde sie gern dahinterkommen, was sie an ihm irritierte. Sein Interesse an Medizin war geklärt, er war ein verhinderter Arzt, daher auch seine Beschäftigung mit Schwerkranken. Er gehörte für Ärzte und Schwestern quasi zum Personal und hatte Zugang zu Medikamenten, wenn auch nicht direkt. Er hatte sich zweifellos medizinische Kenntnisse angeeignet, was Cordes beim Täter für wahrscheinlich oder möglich hielt. Jeder einzelne Punkt war unverdächtig, aber in der Summe, musste Leonie zugeben, rechtfertigte das eine genauere Überprüfung. Sie würde mit Kallweit über den jungen Mann sprechen müssen.

Mit einer Flasche Rotwein unter dem Arm und erheblich verstört durch einen Anruf Brunos, war Leonie zu ihrer Tante Charlotte unterwegs. Nicht ganz selbstlos hatte sich Bruno der von Henry schwer Enttäuschten als Seelentröster angeboten und alles getan, ihr über das Fiasko hinwegzuhelfen. Nur war Charlotte Reicherts Methode, die Sache zu verarbeiten, ganz und gar nicht in seinem Sinne. Sie besuchte Henry in der Untersuchungshaft.

»Stell dir vor, Leonie«, hatte Bruno ins Telefon gejammert, »jetzt will sie ihn heiraten.«

Der erste und letzte Mann, den ihre Tante je hatte heiraten wollen, war Leonies Vater gewesen. Bruno musste etwas in die falsche Kehle bekommen haben.

»So ein Unsinn«, sagte Charlotte Reichert. »Ich glaube, Bruno ist schon ein wenig verkalkt.«

»Ich bin sehr froh, das zu hören.« Leonie zog den Korken aus der Weinflasche. »Nicht dass Bruno verkalkt ist, natürlich. Ich habe ihm gleich gesagt, dass er sich irren müsse.«

»Tatsächlich habe ich ihm erzählt, dass Henry mich heiraten möchte.«

Leonie, die gerade Rotwein in zwei Gläser gießen wollte, hielt inne. »Du hast ihn also wirklich im Untersuchungsgefängnis besucht? Wie hast du das überhaupt geschafft?«

»War ganz einfach. Sein Anwalt hat das arrangiert. Henry bat um ein Gespräch. Er wollte sich entschuldigen. Da kann man ja schlecht Nein sagen.«

Leonie fand, dass man das sehr wohl konnte. »Das wird ihm und seinem Anwalt beim Prozess eine unschätzbare Hilfe sein. Der geläuterte Betrüger, dem verziehen wird. Ich dachte, du wolltest ihm kein einziges Wort mehr glauben?«

Ihre Tante nippte am Weinglas, das Leonie ihr reichte. »Du hast selbst gesagt, dass er mich möglicherweise wirklich gern hat.«

Hätte ich bloß meine Klappe gehalten, dachte Leonie. »Schon gut. Er hat also einen Kotau vor dir gemacht und Besserung gelobt.«

»Kann man so sagen. Er hat eine Generalbeichte abgelegt. Ich muss sagen, das war ein wenig schockierend. Wenn ich vorher gewusst hätte, was er schon alles angestellt hat, wäre ich vielleicht nicht zu ihm gegangen.«

»Und was wollte er nun von dir?«

Charlotte Reichert sah ihre Nichte verwundert an. »Aber das erzähle ich dir doch die ganze Zeit. Henry wollte, dass ich alles über sein Leben erfahre, auch das Schlechte, damit er von vorn anfangen kann. Und er bat mich um Vergebung.«

»Und um was hat er dich noch gebeten?«

»Gott, bist du hartnäckig. Er hat gefragt, ob ich ihm das Geld für die Kaution leihen kann, damit er nicht bis zum Prozessbeginn im Gefängnis bleiben muss.«

Leonie blieb ganz ruhig. »Wie viel?«

»Zwanzigtausend.«

»Und die hast du ihm versprochen?«

»Um Himmels willen, nein. Das fände ich pädagogisch ganz falsch. Er hat sich die Suppe eingebrockt und soll sie nun auch auslöffeln.«

Leonie grinste erleichtert. »Tante Charlotte, ich habe dich unterschätzt. Das wird ihn abgekühlt haben.«

»Oh nein«, strahlte Charlotte Reichert, »er hat gelacht und gesagt, er habe von mir nichts anderes erwartet, ich sei eine harte Nuss, und deshalb liebe er mich auch. Und ob ich auf ihn warten wolle. Wenn er seine Strafe abgesessen hat, wird er mich fragen, ob ich ihn heiraten will.«

Leonie brauchte einen Moment, um das zu verdauen. Ihre Tante legte ihre gepflegte Hand auf die ihrer Nichte. »Mach dir keine Sorgen um mich. Wenn es überhaupt so weit kommt, werde ich mir das sehr gut überlegen. Wer weiß, ob ich überhaupt noch lebe, wenn er aus dem Gefängnis entlassen wird.«

»Erstens hast du noch locker zwanzig Jahre vor dir, und zweitens kann es sehr gut sein, dass er nur wenige Monate oder sogar eine Bewährungsstrafe erhält. Die Frage ist doch, ob du ihn überhaupt heiraten willst. Bis jetzt hat er sich dein Vertrauen nicht verdient.«

»Du hast recht, er ist ein Schlawiner, aber er ist meine letzte Liebe. In meinem Alter ist so etwas ein großes Geschenk, das man nicht leichtfertig zurückweisen darf. Eines Tages wirst du das vielleicht verstehen, Leonie.«

Sie verstand es schon jetzt.

41

... denn schließlich bin ich das Leben eines Holzbuben doch leid, und ich möchte ein Junge werden wie alle anderen auch.

Carlo Collodi, *Pinocchio*

Die Nacht über hatte Ben an seinen Aufzeichnungen gearbeitet. Es ging darum, seine Arbeitsergebnisse zu synthetisieren und, das Schwierigste, sie fühlbar, erfahrbar zu machen. Gegen Morgen wurde ihm klar, dass er allen Fortschritten zum Trotz noch nicht so weit war. Der Schauspieler, dachte er, der fehlte ihm noch, um den letzten Schritt tun zu können. Wer war besser geeignet, ihm zu erklären, wie man einem anderen Menschen unter die Haut schlüpfen konnte. Erst als es schon hell war, legte er sich in seinen Kleidern aufs Bett und schlief ein. Es war fast zehn Uhr, als er vom Läuten der Türglocke geweckt wurde. Er hätte es ignorieren können, aber wie beim Klingeln des Telefons fühlte sich Ben wie hypnotisiert und von einem Faden gezogen. Mühsam rappelte er sich hoch und taumelte mit zerzaustem Haar und zerknittertem Hemd zur Haustür. Er öffnete und blickte in die warmen braunen Augen einer älteren Frau.

»Oh«, sagte die Frau. »Ich fürchte, ich störe. Habe ich Sie etwa aus dem Bett geholt?«

Ben fuhr sich über das Haar und lächelte verlegen. »Es ist nur, weil ich die ganze Nacht gearbeitet habe.«

»Dann komme ich wohl besser ein anderes Mal wieder.« Die

Frau machte keine Anstalten zu gehen und musterte ihn interessiert.

»Tja, worum geht's denn eigentlich? Haustürgeschäfte mache ich nicht. Das sage ich gleich.«

Die Frau lächelte. »Ich will Ihnen nichts verkaufen. Mein Name ist Quast, Madeleine Quast. Ich suche einen Herrn Meinhard von Döberitz. Ich nehme an, Sie sind es nicht, dazu sind Sie zu jung.«

»Das ist mein Vater. Das heißt, war mein Vater. Er ist schon ein paar Jahre tot.«

Die Frau war kurz aus dem Konzept gebracht, fing sich aber rasch wieder. »Das tut mir leid. Darf ich trotzdem hereinkommen?«

Ben wollte sie gern loswerden, aber irgendetwas an ihr, eine Art stiller Autorität, hinderte ihn. Ich will nicht unhöflich sein, sagte er sich und ließ sie eintreten. Aber in höchstens zehn Minuten bitte ich sie zu gehen.

Als er die Frau ins Wohnzimmer geleitete, fiel ihm auf, dass die Wohnung ziemlich ungepflegt aussah.

»Ich hatte keine Zeit zum Aufräumen in den letzten Tagen«, entschuldigte sich Ben. »Meine Putzfrau kommt morgen erst.«

Warum entschuldige ich mich eigentlich? dachte er. Es geht sie doch gar nichts an, wie es hier aussieht. Ich kann schließlich leben, wie ich will.

»Machen Sie sich darüber keine Gedanken«, beruhigte ihn die Frau. »Oh, das ist ja ein ungewöhnliches Dekorationsstück.«

Sie deutete auf eine männliche Schaufensterpuppe, die auf einem Stuhl am Esstisch saß. Sie war in einen eleganten grauen Anzug gekleidet, inklusive weißes Hemd und Krawatte, und blickte mit unergründlichem Gesicht auf die gegenüberliegende Wand.

»Das ist Dorian Gray, mein hübsches Alter Ego. Ich rede gern mit ihm, er versteht alles und nervt mich nicht mit dummen Antworten.«

Die Frau warf ihm einen Blick zu, den er als unangenehm prüfend empfand.

»Das sollte ein Scherz sein. Worum geht's denn?«

»Ich bin Psychotherapeutin und Analytikerin. Darf ich mich setzen?«

Ben wies auf die Sitzgruppe am Panoramafenster. »War mein Vater bei Ihnen in Behandlung?«

»Nein, bei einem Kollegen, der kürzlich verstorben ist und dessen Patienten ich übernommen habe. Ihr Vater hatte seinerzeit die Behandlung ohne Begründung abgebrochen, und ich wollte sehen, was der Grund dafür war.«

Ben fand die Erklärung merkwürdig. »Sie kommen persönlich, um das Ausbleiben eines Patienten zu klären? Außerdem ist das schon sehr lange her.«

»So arbeite ich eben. Ich fasse meinen Beruf sehr streng auf, es geht immerhin nicht um so einfache Dinge wie eine Blinddarmentzündung. Es tut mir leid zu hören, dass Ihr Vater verstorben ist.«

»Er hat sich umgebracht. Er hatte Depressionen, aber das wissen Sie ja, wenn Sie seine Akte gelesen haben.«

»Natürlich. Wohnen Sie allein hier? Ich meine, mit Ausnahme von Dorian Gray?«

»Ja, seit meine Mutter tot ist. Sie starb im letzten Jahr an Krebs.«

Die Frau erhob sich und schlenderte durch das Zimmer. Ben fiel auf, dass sie ein Bein nachzog.

»Sind Sie das mit Ihrer Mutter?« Sie wies auf eines der Fotos, die im Zimmer herumstanden.

»Ja. Da waren wir im Urlaub am Gardasee.«

Wieder sah sie ihn mit ihrem freundlichen, aber durchdringenden Blick an. »Sie vermissen Sie, nicht wahr?«

»Ja, manchmal schon.«

»Was tun Sie? Studieren Sie noch?«

»Nicht mehr. Entschuldigen Sie, aber ich bin wirklich ziemlich müde. Falls Sie noch etwas wissen wollen ...«

Er machte eine unbestimmte Handbewegung. Zu seiner Erleichterung verstand die Frau.

»Ich bitte sehr um Verzeihung für meine Aufdringlichkeit. Danke, dass Sie mich nicht gleich an der Haustür abgewiesen haben.«

»Wann ist er denn gestorben, der Therapeut meines Vaters? Wie hieß er noch?«

Die Frau war schon über die Schwelle getreten. »Oh, erst vor kurzem, ein schwerer Verlust. Nochmals vielen Dank.«

Noch ein Lächeln, und sie war verschwunden. Ben schloss die Haustür. Nun hatte er keine Lust mehr, sich wieder ins Bett zu legen. Unschlüssig betrachtete er die Schaufensterpuppe, für die sich diese Quast so interessiert hatte. Je länger er darüber nachdachte, umso merkwürdiger erschien ihm ihr Besuch bei ihm. Ihre Geschichte war sehr dünn. Ob Klinger sie geschickt hatte? Aber wozu? Ihre Fragen waren im Grunde harmlos gewesen, dennoch meldete sich Bens sechster Sinn und warnte ihn. Es war vielleicht besser, mit dem Schauspieler noch eine Weile zu warten.

42

Ihre Lehrverpflichtungen stellten eine nicht geringe zeitliche Belastung für Leonie Simon dar, aber sie unterzog sich dem gern. Ihr war wichtig, auch der Mehrzahl derjenigen Medizinstudenten das Fach Rechtsmedizin nahezubringen, die eine andere Richtung einschlagen würden. Da das deutsche Leichenschauwesen jedem approbierten Arzt zutraute und zumutete, die Leichenschau vorzunehmen und den Totenschein auszustellen, war es von entscheidender Bedeutung, über die notwendigsten Grundkenntnisse zu verfügen, um beurteilen zu können, ob jemand eines natürlichen oder nicht natürlichen Todes gestorben war, oder zumindest einen begründeten Zweifel am natürlichen Ablauf anmelden zu können. Bedauerlicherweise lag in dem Bereich vieles im Argen. In der Regel beschäftigten sich Humanmediziner ebenso ungern mit Verstorbenen wie andere Menschen auch, denn der Tod war ihr Gegner, nicht der Mittelpunkt ihrer täglichen Arbeit. Leonie Simon plädierte deswegen für den Einsatz von Rechtsmedizinern oder rechtsmedizinisch geschulten Leichenbeschauern, wie das in einigen anderen Ländern üblich war. Abgesehen von der weitaus besseren Qualifikation war die Unabhängigkeit solcher Leichenbeschauer ein entscheidendes Argument. Die unzähligen Hausärzte, die täglich Totenscheine ausstellen mussten, waren auch aus persönlichen und wirtschaftlichen Gründen weder willens noch in der Lage, im Zweifelsfall »nicht natürlich« oder »ungeklärt« anzukreuzen, weil sie den Angehörigen der Toten oft über Jahre eng verbunden waren und ihnen nicht die Befragung durch die Polizei und den Abtransport des Toten in die Rechtsmedizin zumuten wollten. Und welcher Hausarzt auf dem Lande oder in einer Kleinstadt hatte den Mut, unter den Augen der empörten Familie eine korrekte äußere Leichenschau des unbekleideten Toten vorzunehmen und damit den Verlust von Patienten zu riskieren? Auch das Argument von Kollegen, die vom Gesetz geforderte Art der äußeren Leichenschau bedeute eine pauschale Kriminalisierung der Angehörigen, denn man unterstelle ihnen dadurch ein Tötungsdelikt, hatte Leonie schon gehört. Nach der Logik durfte es auch keine Überprüfung von Restaurants auf die Einhaltung von Hygienemaßnahmen oder Bilanzprüfungen durch das Finanzamt geben, denn auch dabei wurde ja vorausgesetzt, dass die Verhältnisse nicht überall so waren, wie sie sein sollten. Seit Jahren gab es die immer gleiche Einschätzung von Rechtsmedizinern, Kriminalpolizei und kriminologischen Instituten aufgrund zufällig aufgedeckter Morde, dass auf jedes als solches erkannte Tötungsdelikt eines kam, das durch fehlerhafte oder gar nicht vorgenommene äußere Leichenschau im Dunkeln geblieben war. Das bedeutete, dass in jedem Jahr rund eintausendzweihundert Mörder und Totschläger unerkannt blieben, weiter unter uns lebten und möglicherweise wieder töteten. Leonie Simon hielt das für nicht akzeptabel. Die Hoffnung, die Strukturen ändern zu können, hatte sie mehr oder weniger aufgegeben, denn es ging dabei um viel Geld. Und wie es so schön hieß, »Tote haben keine Lobby«. Was sie persönlich tun konnte, war, ihren Studenten und Studentinnen einige Grundbegriffe einzuhämmern und ein Gefühl dafür, welche Verantwortung sie übernahmen, wenn sie einen Totenschein ausfüllten, der eben nicht nur eine lästige Formalität war. Ihre wichtigste Waffe, um Interesse zu wecken und lebendig zu erhalten, war der Humor, manchmal auch der rabenschwarze, und ihre beliebten Veranstaltungen endeten meist mit einem Scherz.

Auch an diesem Tag drängte eine lachende, schwatzende Menge aus dem Hörsaal, während Leonie ihre Unterlagen zusammenpackte. Erst als der Saal sich komplett geleert hatte, bemerkte Leonie, dass Madeleine Quast in einer der hinteren Reihen saß. Sie winkte ihr.

»Hallo, was treibt Sie denn her?«

Leonie klemmte sich die Aktentasche unter den Arm und lief die Stufen hoch.

»Ich dachte, ein bisschen rechtsmedizinisches Grundwissen könnte mir nicht schaden.«

»Wenn Sie weiter beratend tätig sein wollen, auf keinen Fall. Haben Sie Zeit für einen Kaffee?«

»Gern.«

Bei *Sarah Wiener* im Hamburger Bahnhof ergatterten sie einen Tisch am Fenster und erlagen ohne große Gegenwehr der Versuchung, sich zum Kaffee auch ein Stück Torte zu bestellen.

»Also los, was haben Sie herausgefunden? Deswegen sind Sie doch hier, oder?« Leonie lehnte sich zurück und streckte ihre langen Beine zur Seite weg.

»Sie haben mich tatsächlich angesteckt. Ich habe angefangen, ein bisschen herumzuschnüffeln, und es macht mir sogar Spaß.«

»Bravo!«

Madeleine Quast lächelte. »Mir ist eine Bemerkung des LKA-Kollegen nicht aus dem Kopf gegangen, nämlich dass sich der Täter bei der ersten Tat noch in der Nähe seines Lebensmittelpunkts bewegt haben könnte. Das macht es wahrscheinlich, dass er den Zahnarzt schon kannte, bevor er die Idee hatte, jemanden zu töten, ergo ein Patient gewesen ist.«

»Ich denke, das hat Kallweit schon alles überprüft.«

»Er hat sich vor allem die aktuelle Kartei vorgeknöpft, also die Patienten, die in den letzten Jahren noch mehr oder weniger häufig gekommen sind. Und dabei natürlich die, bei denen es einen Hauch von Motiv gab, also Ärger über Rechnungen oder misslungene Behandlungen. Von denen, die aus der laufenden Kartei aussortiert wurden, weil sie verstorben oder zumindest Karteileichen waren, sind besonders die vom Arzt identifizierten Tsunami-Opfer beziehungsweise deren Angehörigen unter die Lupe genommen worden.«

Leonie grinste verlegen. »Ich fürchte, das ist vor allem auf meinem Mist gewachsen. Damals dachte ich noch an einen Zusammenhang mit den Gotthardt-Morden.«

»Das war zu dem Zeitpunkt ja auch richtig so. Jedenfalls dachte ich, es könnte sich lohnen, noch einmal mit der Sprechstundenhilfe, die am längsten in der Praxis angestellt war, zu sprechen. Sie war auch sofort dazu bereit, und wir sind gemeinsam noch einmal die Altkartei durchgegangen. Ich habe sie gebeten, mir alles zu erzählen, was ihr zu den einzelnen Namen einfiel. Es war ganz erstaunlich, wie viel sie noch in Erinnerung rufen konnte. Zwei Patienten fand ich besonders interessant, und zwar deswegen, weil beide in Psychotherapie waren. Bei einem wusste die Sprechstundenhilfe den Grund nicht, der andere litt an Depressionen.«

Leonie teilte ihre Aufmerksamkeit zwischen Quast und einer köstlichen Quarktorte. »Und Sie haben sich beide angeschaut.«

»Das war nicht möglich. Der eine ist vor etwa zwei Jahren von seiner Firma nach Kuala Lumpur versetzt worden, und ich bezweifele, dass er hin- und herjettet, um in Deutschland Leute umzubringen.«

»Es spricht einiges dagegen«, stimmte Leonie zu.

»Und der zweite ist schon vor Jahren verstorben. Er lebte in der Nähe der Zahnarztpraxis, und jetzt wohnt dort ganz allein sein Sohn.«

»Misserfolge muss man ertragen lernen.«

Madeleine Quast stach mit ihrer Kuchengabel in die Luft. »Und genau das weiß ich nicht. Ich meine, ob es ein Misserfolg war.«

Leonie sah sie abwartend an.

»Als dieser Junge, ich schätze ihn auf etwa Mitte zwanzig, vor mir stand und ich ihm in die Augen sah, da hatte ich das Gefühl, das könnte er sein. Fragen Sie mich nicht wieso, ich könnte es nicht sagen. Er war total verschlafen, am helllichten Vormittag, sagte, er habe die ganze Nacht gearbeitet.«

»So was gibt's, weiß ich aus Erfahrung.«

Die Quast seufzte. »Mir ist klar, dass alles, was ich zu sagen habe, wenig aufregend klingt. Es gibt Eindrücke, die man nicht vermitteln kann. Wenn Sie ihn nur selbst erlebt hätten. Er sagte mir, seine Mutter sei vor ein paar Monaten verstorben. Wahrscheinlich ist das der Grund, warum das Haus ziemlich verkommen wirkt. Er erwähnte eine Putzfrau, die aber nur alle vierzehn Tage kommt.«

»Und was ist mit seinem Vater?«

»Der hat Selbstmord begangen. Aber das erklärt für mich nicht, warum im Wohnzimmer überall Fotos herumstehen, auf denen er fast nur mit seiner Mutter zu sehen ist. Ich habe ihn gefragt, ob er studiere. Er sagte, nicht mehr. Und am Esstisch saß eine Schaufensterpuppe, die er Dorian Gray nennt.«

»Wie der Dorian Gray von Oscar Wilde, der immer jung und schön bleibt, weil sein Portrait für ihn altert?«

»Ja, er nennt ihn sein Alter Ego, aber an dem Bild ist etwas verkehrt. Es stimmt, dass die Puppe immer jung und schön bleibt, während er irgendwann alt und hässlich sein wird. Aber anders als in der Erzählung ist die Puppe das Original und der junge Mann die hässliche Fälschung.«

»Messen Sie der Sache mit der Puppe nicht eine zu große Bedeutung bei?«

Madeleine Quast überlegte. »Schon möglich. Vermutlich hängt alles mit einer Patientin von mir zusammen, über die ich viel nachdenke. Es handelt sich um eine junge Frau, die sich schneidet.«

»Ich glaube, die habe ich gesehen, als ich Sie das erste Mal in der Praxis besucht habe. Sie hatte Schnitte über den Handgelenken.«

»Nicht nur da. Ich nehme an, das Krankheitsbild ist Ihnen nicht fremd.«

»Nein, solche Mädchen habe ich schon öfter gesehen.«

»Autoaggression ist eine Begleiterscheinung vieler psychischer Störungen. Meine Patientin wurde als kleines Kind missbraucht und dabei schwer verletzt. Sie glaubte, den Missbrauch selbst herausgefordert zu haben. Mit dem Schneiden bestraft sie sich in einer eher unbewussten, unreifen Handlung selbst, erreicht aber gleichzeitig ein Gefühl der Entspannung und Erlösung. Manchmal schneidet sie sich, weil sie glaubt, aus der Realität zu fallen. Sie kann sich dann wieder fühlen und als konsistentes Ich erleben. Sie bestraft sich auch, weil sie ihren Wunsch, sich von der dominanten Mutter zu lösen, als böse und bedrohlich erlebt. Die Zufügung von Schmerz dient der Abwehr depressiver und als schlecht empfundener Gefühle und ganz klar auch der Suizidprophylaxe. Solche Patienten stehen kurz vor dem Durchknallen, wenn sie sich selbst verletzen. Außerdem fühlt sie sich stark und ist stolz, wenn sie es schafft, den Schmerz und damit ihren Körper zu kontrollieren.«

»Okay, so weit kann ich das nachvollziehen. Aber was hat das mit unserem Täter zu tun? Er ist außerdem mit fast hundertprozentiger Wahrscheinlichkeit ein Mann.«

»Aber er ist in besonderer Weise auf Schmerz fixiert. Und ich frage, wozu der Schmerz dient? Braucht er ihn wie meine Patientin zur Stabilisierung? Oder als Existenzbeweis? Zur Identitätsbildung? Oder verbirgt sich hinter der sadistischen Fassade eine verdeckte masochistische Kernphantasie, die sich wiederum als Mittel gegen Hilflosigkeit und Angst gebildet hat?«

»Nur fügt er sich den Schmerz eben nicht selbst zu, sondern seinen Opfern.«

»Sind Sie sicher, dass er sich die Wunden nicht auch selbst beibringt?«

Leonie spielte selbstvergessen mit der Kuchengabel. Sie dachte an die Narben, die sie an Döberitz entdeckt hatte, als sie ihn nach dem Überfall untersuchte.

»Ich habe Uli, ich meine Kallweit, jedenfalls gebeten, den Analytiker ausfindig zu machen, der den ehemaligen Patienten des Zahnarztes behandelt hat. Sein Dossier gibt sicher Aufschluss über seine Familie. Ich habe einige der Kollegen, die in der Südwestecke Berlins praktizieren, angesprochen, leider ohne Erfolg. Allein kann ich nichts ausrichten, es sind zu viele.«

Leonie nickte. »Dann kriegt Kallweit gleich von zwei Seiten Arbeit. Mir ist in der Charité ein Mann über den Weg gelaufen, den ich überprüft haben möchte. Auch ein ziemlich seltsamer Vogel. Aber es ist wirklich nur ein ganz vager Verdacht.«

»Macht nichts. Kallweit sagt, manchmal ist unter zweihundert oder dreihundert Spuren nur eine einzige, die schließlich mittelbar oder unmittelbar zur Klärung des Falles führt. Man weiß vorher nie, welche das sein wird. Und oft sind es ganz absurde Zufälle, die die Lösung bringen.«

»Dann wird's höchste Zeit für einen Zufall, bevor unser Psycho sich ein neues Opfer sucht.«

»Was ist denn jetzt los?« Leonie erwischte gerade rechtzeitig den Schalter und stellte die Alarmanlage ab. Nachdem sie vor ein paar Tagen mal wieder falschen Alarm ausgelöst und sehr schlechtgelaunte Polizisten vor der Tür stehen hatte, traute sie sich kaum mehr, die Anlage zu aktivieren. Sie war annähernd hundertprozentig sicher, das auch an dem Morgen versäumt zu haben. Allerdings konnte sie die Erinnerung täuschen, sie dachte selten an das, was sie gerade tat. Ihre Gedanken waren ihr fast immer mindestens ein paar Minuten voraus. Die Regel eines alten chinesischen Philosophen, die da lautete: »Wenn du sitzt, sitze; wenn du stehst, stehe; und wenn du gehst, gehe«, versuchte sie zu beherzigen, schaffte es aber so gut wie nie.

Sie warf ihre Autoschlüssel auf die Kommode und ihre Jacke aufs Sofa und ging als Erstes in die Küche, um sich ein Bier zu holen. Am Kühlschrank klebte ein mit Tesafilm befestigter Zettel.

»Schalte in Zukunft deine Alarmanlage ein! Dafür ist sie da. Barra weiß über die Exhumierung Bescheid. Hängt euch an seine Familie. Er wird nach Deutschland zurückkehren, um sie zu holen. Ich habe noch etwas in New York zu erledigen. Melde mich wieder. M.«

»Das ist doch ...«, sagte Leonie. Wie konnte ihr Bruder es wagen, einfach bei ihr einzubrechen? Und was machte er überhaupt in Berlin? Deutschland war ein viel zu gefährliches Pflaster für ihn. Sie entkorkte das Bier und nahm einen Schluck aus der Flasche. Es war also etwas durchgesickert, genau was sie befürchtet hatte. Kallweit musste das sofort erfahren. Im Büro hob niemand ab, und seine Privat- oder Handynummer besaß sie nicht. Sie wählte Madeleine Quasts Privatnummer. Dort meldete sich auch niemand, nicht einmal ein Anrufbeantworter. Also musste die Sache bis morgen warten. Leonie hasste solche Situationen. Sie würde kein Auge zutun. Als sie kurz vor Mitternacht ins Bett ging, schlief sie ein, kaum dass sie den Kopf auf das Kissen gelegt hatte.

Am nächsten Morgen stürmte sie kurz vor acht in ihr Büro und wählte sofort Kallweits Büronummer. Ein Kollege informierte sie, dass er erst gegen neun erwartet wurde, was Leonies Geduld auf eine harte Probe stellte. Um zehn nach neun rief Kallweit an.

»Guten Morgen, was kann ich für Sie tun, Frau Doktor Simon?«

»Vielleicht kann ich etwas für Sie tun. Barra weiß, dass wir in Essen die Leiche exhumiert haben. Er wird sich seine Familie schnappen und auf Nimmerwiedersehen verschwinden, wenn Sie nicht aufpassen.«

»Darf ich fragen, woher Sie diese Information haben?«

»Dürfen Sie, aber ich muss nicht antworten. Und mehr interessiert Sie nicht?«

Ein Seufzer kam durchs Telefon. »Ihre Information ist für mich nicht ganz neu. Wir sind auch nicht auf den Kopf gefallen, Frau Doktor. Das BKA hört schon seit geraumer Zeit seine Frau und ihre Verwandten ab.«

»Ich bin erleichtert, das zu hören. Und was hat er vor?«

»Keine Ahnung. Mit ihm selbst hat seit einigen Tagen kein telefonischer Kontakt stattgefunden. Es sind im Übrigen alle sehr vorsichtig mit ihren Äußerungen. Einen Strick können wir daraus niemandem drehen. Wir haben inzwischen leider auch seine Spur verloren. Triest ist eine Grenzstadt. Er könnte inzwischen in Richtung Balkan verschwunden sein.«

»Und was nun?«

»Das werde ich keinesfalls dem Telefon anvertrauen.«

Leonie nickte verständnisvoll, obwohl er das nicht sehen konnte. »Ich habe noch eine Bitte. Mir ist in der Charité ein junger Mann über den Weg gelaufen, der mir aus verschiedenen Gründen aufgefallen ist. Er heißt Benedikt von Döberitz und arbeitet gelegentlich ...«

Kallweit unterbrach sie. »Wie heißt der Mann?«

»Benedikt von Döberitz? Wahrscheinlich irre ich mich, aber ... Was zum Teufel ...?« Leonie schaute erstaunt den Telefonhörer an, Kallweit hatte aufgelegt. Knapp zwanzig Minuten später stand er in ihrem Büro.

»Wie sind Sie auf den Mann gekommen?«

»Können Sie mir mal sagen, wieso Sie mich auflegen und wie ein Zinshahn herjagen? Ich wollte doch nur ...«

»Beantworten Sie einfach meine Frage.«

»In Ordnung, aber wehe Sie schneiden mir noch einmal das Wort ab. Eine besonders üble Eigenschaft Ihres Geschlechts.«

Kallweit setzte sich und winkte ihr fortzufahren.

»Ich bin ihm in der Charité begegnet. Er ist dort ehrenamtlich tätig, betreut Patienten, denen es schlecht geht oder die keinen Besuch bekommen. Und ich wurde gerufen, als er selbst zum Opfer von Schlägern wurde. Dabei sind mir auch einige alte Narben aufgefallen, sehr merkwürdig. Es gab wohl den Verdacht, dass Neonazis die Täter waren. Das ist im Grunde schon alles, was ich zu bieten habe. Döberitz hat Kontakt zu einem Krankenhaus und soll sich sehr für Medizin interessieren. Eine Schwester hat ihn als seltsamen Typen beschrieben. Es ist im Grunde mehr ein Bauchgefühl, das mich veranlasste, den Mann zu erwähnen. Jetzt sind Sie dran.«

»Frau Quast hat wie Sie ein wenig herumgestochert, was ich ihr hoffentlich wieder abgewöhnen kann, und einen jungen Mann getroffen, dessen Vater früher Patient unseres zu Tode behandelten Zahnarztes war.«

Leonie fing an zu lachen.

»Habe ich eben einen Witz gemacht?« Kallweit war höchst irritiert.

»Nein, aber Ihre Frau Quast und ich haben lang und breit über den Mann gesprochen, nur hat Sie nie den Namen erwähnt und ich den von meinem Doktor Seltsam auch nicht. Wir sind also auf verschiedenen Wegen auf denselben Mann gestoßen. Das sollte wohl etwas zu bedeuten haben, meinen Sie nicht auch?«

»Das kann ich erst beantworten, wenn ich den Mann überprüft habe.«

Er klappte sein dickes Notizbuch auf, das er überallhin mitnahm und wahrscheinlich nachts unter das Kopfkissen legte. »Der Entomologe, dem wir die bei Kevin Olschewskis Obduktion gefundenen Ameisen zugeschickt haben, ist von seiner Forschungsreise zurück und hat uns seinen Befund gefaxt.«

Kallweit blätterte, bis er die richtige Seite fand, und las vor.

»Es handelt sich um eine sogenannte Kerbameise oder genauer um die Untergattung *Formica pressilabris*. Diese Art gibt es in Osteuropa und in der Schweiz, in Italien und Frankreich. In Deutschland hat sie den Gefährdungsstatus ausgestorben oder verschollen. Einzig in Brandenburg bei Lichterfelde und zwischen Eberswalde und Chorin gibt es jüngere Funde dieser Ameisenart.«

»Chorin? Gab es da nicht auch die seltene Wasserpflanze vom Leichenfundort in Tegel?«

»In der Nähe, ja. Beides zusammengenommen könnte das ein Hinweis auf den Täter sein.«

»Kallweit, Sie sind ein Meister der vorsichtigen Formulierung. Döberitz wohnt leider in Berlin, aber vielleicht hat er ja eine Datsche in Brandenburg, wo er seine Opfer ganz gemütlich und ungestört in die Mangel nehmen kann.«

»Wir werden sehen. Wie hießen die Leute im Krankenhaus, mit denen Sie über Döberitz gesprochen haben?«

Leonie zählte ihm ihre Gesprächspartner auf, und er notierte sich die Namen und Abteilungen.

Er erhob sich. »Gut, Sie hören wieder von mir. Bis dahin tun Sie sich und mir einen Gefallen und unternehmen Sie nichts mehr auf eigene Rechnung. Weder was Barra noch was Döberitz anbelangt.«

Die Untersuchung eines Falles, in den ein Kollege verwickelt war, gehörte nicht zu Leonie Simons angenehmsten Tätigkeiten. Nicht deswegen, weil sie als Ärztin dem Ruf des eigenen Standes keinen Schaden zufügen wollte nach dem Motto »eine Krähe hackt der anderen kein Auge aus«, sondern weil es sie bedrückte, wenn ausgerechnet Mediziner jeglicher Ethik in eklatanter Weise zuwiderhandelten. Völlig verständnislos hatte sie deshalb die Nachrichten über jene muslimischen Ärzte aufgenommen, die in England Attentate vorbereitet hatten, deren Gelingen Massentötungen zur Folge gehabt hätten. Das war natürlich ein absoluter Ausnahmefall, hoffte sie jedenfalls. Leider nicht so selten waren Fälle, in denen Mediziner vor allem ihre Kenntnisse und den leichten Zugang zu Drogen und Medikamenten nutzten, um Menschen willenlos zu machen, zum Beispiel bei Vergewaltigungen von Patientinnen, oder um Menschen zu töten, die ihnen im Weg standen. In einer Studie war festgestellt worden, dass ihre Motive denen der Täter ohne medizinischen Hintergrund recht ähnlich waren, nämlich in der Hauptsache Geldgier oder Beziehungsprobleme, nur dass sie erfolgreicher waren.

Zusammen mit Professor Oberbeck musste sich Leonie mit dem Fall einer Arztgattin beschäftigen, die angeblich einem Herzproblem erlegen war. Ihr Mann, ein Anästhesist, hatte dem Notarzt ein Simulations-EKG mit Kammerflimmern vorgezeigt, um den natürlichen Tod bescheinigt zu bekommen. Es war nur der Hartnäckigkeit einer Schwester der Verstorbenen zu verdanken, dass es rechtzeitig vor der Einäscherung zu einer Untersuchung kam. Grund ihres Misstrauens war die Absicht der Schwester, sich wegen ständiger Untreue des Mannes scheiden zu lassen, was für ihn bittere Konsequenzen gehabt hätte. Die Ehefrau war vermögend und hatte seinen aufwendigen Lebensstil und häufige Spiel- und Wettschulden bezahlt. Die innere Leichenschau und ein kompliziertes Laborverfahren hatten im Körper der Toten eine hohe Dosis Succinylcholin festgestellt, ein Muskelrelaxans, das in der Anästhesie verwendet wird und ohne Anschluss des Patienten an ein Beatmungsgerät zur Atemlähmung führt. Die Frau hatte einen elenden Tod gehabt.

Wie immer, wenn sie besonders wütend oder deprimiert war, kramte Leonie ihre Trainingssachen aus dem Kleiderschrank, um sich bei körperlicher Bewegung abzureagieren. Sie entschloss sich zum Joggen, da es in dem wechselhaften Sommer ein vergleichsweise schöner Abend war, was sie nutzen wollte. Sie fuhr zur Krummen Lanke, wo sie feststellte, dass sie nicht die Einzige war, die diese Idee gehabt hatte. Sie lief los und überholte in lockerem Trab die Feierabendspaziergänger, die mit ihren Kindern oder Hunden die laue Luft genossen. Langsam entspannte sie sich, blendete die Stimmen um sich herum aus und ließ die Gedanken fließen. Etwas, das Madeleine Quast bei ihrem letzten Gespräch geäußert hatte, arbeitete in ihr, drängte aber erst jetzt in ihr Bewusstsein. Es war die Frage, ob Döberitz den Schmerz zur Identitätsbildung brauche. Und da war die Puppe, die er indirekt als das Original seiner selbst bezeichnet hatte. Eine leblose, fühllose Puppe. Leonie spürte ihr Herz kräftig gegen die Rippen klopfen. Bilder entstanden in ihrem Kopf. Döberitz' seltsam tapsiger Gang. Die Narben an Körper und Händen. Seine trockene Haut in der Hitze des Behandlungsraumes. Und seine Reaktion auf die Ungeschicklichkeit des Pflegers. Leonie blieb abrupt stehen, so dass ein hinter ihr joggender Mann beinahe auf sie geprallt wäre. Schimpfend lief er an ihr vorbei. Sie stemmte die Hände in die Hüften und atmete tief durch. »Irre«, murmelte sie halblaut, meinte aber nicht den Jogger. Ein Verdacht hatte sie gestreift, dem sie in der ärztlichen Bibliothek nachgehen wollte. Und sie musste sich noch einmal mit Döberitz treffen, was auch immer Kallweit davon halten mochte. Aber wenn sie recht hatte, dann gab es ein Motiv. Ein völlig verrücktes, aber ein Motiv.

Nach einer mehr oder weniger schlaflosen Nacht begab sich Leonie als Erstes in die Bibliothek. Es war schwerer, als sie gedacht hatte, eine entsprechende Lektüre zu finden. Einige der wichtigsten Artikel waren nicht vorhanden, und sie hatte keine Zeit, auf die Fernleihe zu warten. Mit einigen grundsätzlichen Informationen versorgt, telefonierte sie von ihrem Büro aus mit einer Neurologin, die ihre Fragen beantwortete und versprach, ihr per Kurier weitere Lektüre zukommen zu lassen. Am Ende des Tages fand Leonie ihren Verdacht weitgehend bestätigt. Das Problem bestand darin, Döberitz einem letzten Test zu unterziehen, ohne dass er misstrauisch werden würde. Es war nicht so leicht, Schwester Maike zur Mithilfe zu überreden, vor allem weil Leonie ihr nicht den Grund für ihr Interesse an Döberitz verraten wollte, aber schließlich willigte sie ein. Schon zwei Tage später kam der Anruf, Döberitz sei auf der Station. Eine Viertelstunde später betrat Leonie das Krankenhaus. Wie verabredet, fand sie den jungen Mann bei Kaffee und Kuchen in angeregtem Gespräch mit Maike im Schwesternzimmer.

»Hallo«, tat Leonie überrascht. »Tun Sie schon wieder Dienst? Wie geht's Ihnen? Schmerzen die Rippen noch?«

»Nur wenn ich lache«, antwortete Döberitz und erhob sich höflich von seinem Stuhl. »Haben Sie die Täter schon gefasst?«

Leonie schüttelte den Kopf. »Soweit ich weiß, nicht. Ohne genaue Beschreibung ist das wohl auch recht schwierig.« Sie betrachtete ihn aufmerksam.

Bis zu diesem Augenblick hatte sie einen nur recht vagen Plan im Kopf gehabt, der weitgehend auf Improvisation beruhte und von einem Malheur in einem Restaurant inspiriert war. Ein ungeschickter Kellner hatte sie vor einiger Zeit großzügig mit Rotwein übergossen. Seine demütig vorgetragenen Entschuldigungen mitsamt dem Versuch zu retten, was nicht mehr zu retten war, hatten sie so abgelenkt, dass sie hinterher nicht mehr wusste, was sie gegessen hatte. Dieses Prinzip der Ablenkung, mit dem Taschendiebe arbeiteten, wollte sie nutzen, nur war sie nicht sicher, ob es in diesem Fall funktionieren würde. Außerdem gefiel ihr die Idee nicht recht, Döberitz mit heißem Kaffee anzuschütten.

Aber als sie nun sein krebsrotes Gesicht und die ebenfalls geröteten nackten Unterarme sah, schien sich ihr eine andere und weitaus bessere Möglichkeit zu bieten.

»Was haben Sie denn angestellt? Das ist der schlimmste Sonnenbrand, den ich seit langem gesehen habe. Das muss ja schrecklich weh tun.«

Döberitz lächelte schief. »Ich war wohl etwas unvorsichtig. Ist beim Baden passiert.«

Leonie trat hinter ihn und betrachtete seinen Nacken, den das T-Shirt freiließ. Dort hatten sich Blasen gebildet, die teilweise aufgeplatzt waren und Gewebeflüssigkeit absonderten.

»Ihr Nacken sieht besonders schlimm aus.« Sie wandte sich an Schwester Maike. »Seien Sie so gut und organisieren Sie Jodlösung und eine antimikrobielle Creme.«

Döberitz zog auf ihre Bitte hin das T-Shirt aus, nachdem die junge Frau den Raum verlassen hatte. Während Nacken und Schultern stark gerötet waren und die Haut anfing, sich zu pellen, fand Leonie im unteren Bereich des Rückens unverletzte Partien, die für ihren Test geeignet waren. Außerhalb von Döberitz' Gesichtsfeld und unter dem Vorwand, ihn zu untersuchen, griff sie rasch in ihrer Tasche nach einem Fläschchen mit einer farblosen Flüssigkeit, applizierte etwas davon auf unverletzte Haut und stach kurz mit einer Nadel zu, um die Flüssigkeit unter die Haut zu treiben. Wie erhofft, merkte Döberitz nichts von der blitzschnell ausgeführten Aktion. Schon nach einer Minute begann sich die Haut an der Einstichstelle zu röten. Schwester Maike kehrte mit dem Gewünschten zurück, und während Leonie ihn behandelte, kontrollierte sie unauffällig die weitere Reaktion. Aber es blieb bei der Rötung, eine Quaddel bildete sich nicht. Es war das Ergebnis, das Leonie erwartet hatte.

Leonie fuhr ins Institut zurück. Auch der Histamin-Test hatte ihren Verdacht bestätigt. Vom Büro aus rief sie sofort Kallweit an. Er war in Brandenburg unterwegs, wie ihr ein Kollege mitteilte. Sie sei aber eingeladen, zu einer großen Runde am nächsten Morgen dazuzukommen. Sie bedankte sich und legte auf. Die Zeit würde sie nutzen, um noch zwei Gespräche zu führen. Wie häufig, wenn die Klärung eines Falles schon zum Greifen nah war, schlug die Anspannung in eine fast depressive Stimmung um. Jeder Ermittlungserfolg war gleichzeitig die Aufdeckung menschlicher und moralischer Katastrophen, die jedes Triumphgefühl im Keim erstickten. Angesichts von Döberitz' bedauernswerter Existenz fand Leonie schon gar nichts Erfreuliches an dem, was sie tun musste. Lottermosers Angebot auf ein Bier am Abend lehnte sie ab. Ihr war nicht nach Gesellschaft zumute.

43

> Der Schmerz ist als Antrieb zum Handeln für uns ebenso wirksam und wertvoll wie die Freude, denn wir betätigen unsere Kräfte ebenso gern zur Vermeidung des Ersteren wie zur Erreichung des Letzteren.
>
> John Locke,
> *Über den menschlichen Verstand*

Auf Bitten von Ben hatte Stefanie nicht nur die Räume, die er bewohnte, auf Hochglanz gebracht, sondern auch die nicht benutzten in der oberen Etage. Drei Stunden hatte sie allein für die Fenster benötigt. Sie wollte wissen, ob er Besuch erwarte, eine Frau vielleicht, aber er hatte nur geheimnisvoll lächelnd den Kopf gewiegt. Nachdem sie fort war, begab sich Ben in seinen Experimentierkeller. Er hatte nach Abtransport des letzten Gastes zwar bereits die unerlässlichsten Reinigungsarbeiten erledigt, aber bevor er seinen Großvater aus dem Heim holte, galt es Ordnung zu machen und einiges vorzubereiten. Ben war so vertieft in seine Arbeit, dass er das Geräusch eines herannahenden Wagens überhört haben musste. Er wurde erst aufmerksam, als er eine Stimme seinen Namen rufen hörte. Sofort stieg Panik in ihm auf. Die Klapptür zum Keller stand offen, und jemand schien bereits recht nah zu sein. Mit fliegenden Händen schüttelte er eine Ampulle mit einer klaren Flüssigkeit aus einer Schachtel und riss die Plastikverpackung einer Spritze auf. Er rammte die Spritze durch die Gummikappe der Ampulle und zog sie auf. Erst dann lief er zur Treppe, die nach draußen führte. Wie befürchtet, schickte sich sein Besucher gerade an, in das Verlies hinabzusteigen. Es war Klinger.

»Sieh mal an, ich dachte, der Luftschutzkeller sei verschlossen und unbenutzbar.«

Ben versteckte die Spritze hinter seinem Rücken. »Ist er auch. Da sind nur Spinnen und Mäuse. Gehen wir doch wieder rauf.«

Klinger drängte ihn die Treppe hinab. »Wo ich schon da bin, werfe ich mal einen Blick hinein.«

Ben stemmte sich gegen ihn. »Sie haben hier gar nichts zu suchen. Verschwinden Sie.«

»Na, na, warum so unfreundlich? Oder haben Sie eine Leiche im Keller?« Klinger schob Ben zur Seite und betrat den Hauptraum.

Für einen Lidschlag erstauntes Schweigen. »Donnerwetter. Das hätte ich Ihnen nicht zugetraut. Obwohl ich wegen Kevin schon an Sie gedacht habe.«

Er wollte sich zu Ben umwenden. In dem Moment wurde ihm die Spritze seitlich in den Oberschenkel gerammt.

»Sie verdammtes kleines Arschloch«, brüllte Klinger, dann brach er zusammen, wie vom Blitz getroffen.

»Danke gleichfalls«, murmelte Ben und warf die leere Spritze in einen Abfallkorb. Er bückte sich und griff der leblosen Gestalt zu seinen Füßen unter die Arme. Keuchend schleifte er Klinger zur Liege und hievte ihn hoch. Er war kein Leichtgewicht, und Ben war krebsrot im Gesicht, als er ihn verstaut und festgeschnallt hatte. Dann setzte er sich auf einen Stuhl und beobachtete den bewusstlosen Mann, hin und wieder fühlte er seinen Puls, der schwach und unregelmäßig schlug. Die Ketanest-Dosis war ziemlich hoch gewesen, und es wäre bedauerlich, wenn Klinger sofort sterben würde. Ben dachte nach. Klingers Auftauchen hatte ihn überrascht, und es lehrte ihn, in Zukunft vorsichtiger zu sein. Die Frage war, welche Konsequenzen sich daraus ergeben konnten. Als Erstes musste er Klingers Auto loswerden. Am besten würde er es in der kommenden Nacht in einem der zahlreichen einsamen Seen der Umgebung versenken. Glücklicherweise hatte er das klapperige alte Fahrrad seiner Tante noch nicht auf den Sperrmüll geworfen. Er würde es in den Kofferraum packen und damit zurückfahren. Falls Klinger jemandem gesagt hatte, wohin er fahren wollte, würde er seinen Besuch einfach abstreiten. Oder war es besser zuzugeben, dass er da gewesen war? Und was war mit Klinger selbst? Ob er es riskieren konnte, ihn ein oder zwei Tage für ein paar Experimente zu beherbergen?

Nach etwa zwanzig Minuten begannen Klingers Augenlider zu flattern. Er brauchte mehrere Minuten, bis sein Bewusstsein so weit zurückgekehrt war, dass er begriff, wer neben ihm saß.

»Was ist passiert?«

Ben lächelte ihn freundlich an. »Sie waren ein knappes halbes Stündchen bewusstlos.«

»Wieso?« Klinger wollte sich bewegen und riss an den Lederbändern, die ihn an die Liege fesselten. »Was ist das? Was haben Sie mit mir gemacht?«

»Ich habe Sie fixiert, damit wir uns in aller Ruhe unterhalten können.«

»Sind Sie verrückt? Machen Sie mich sofort los!« In Klingers Wut mischte sich ein Unterton von Angst. Ben fühlte darüber eine gewisse Befriedigung.

»Ich schlage vor, Sie beruhigen sich erst mal. Wenn Sie herumtoben, tun Sie sich nur weh.«

Klingers Gesicht verlor jede Farbe. »Mir ist schlecht.«

»Das ist nur die Nachwirkung des Betäubungsmittels.«

Klinger wandte den Kopf und erbrach sich in den Eimer, den Ben ihm hinhielt. Anschließend wischte er ihm sorgfältig den Mund ab.

Klinger schloss einen Moment die Augen. »Was haben Sie mit mir vor? Dasselbe, was Sie mit Kevin gemacht haben? Sie waren es doch, oder? Sie wollten sich an ihm rächen, weil er Sie zusammengeschlagen hat.«

»Wir haben einige interessante Tage miteinander verbracht, und er hat mich bei meiner Forschung unterstützt.«

»Was für eine Forschung?«

»Über den Schmerz. Ich will alles über Schmerz wissen.«

»Großer Gott«, stöhnte Klinger, »Sie sind das.«

»Glauben Sie nicht, was in der Zeitung über mich steht. Ich bin kein Sadist wie Ihr Onkel. Es bereitet mir kein Vergnügen zu töten, es ist eine unvermeidbare Konsequenz meiner Experimente, und es wird aufhören, sobald ich mein Ziel erreicht habe.«

Klinger wandte ihm den Kopf zu. Er versuchte zu lächeln. »Okay, ich denke, ich verstehe Sie. Und ich verstehe auch, wenn Sie sauer auf mich sind. Aber ich habe Kevin nicht gesagt, er soll Sie krankenhausreif schlagen, er sollte Sie nur ein wenig erschrecken. Vielleicht können wir uns irgendwie einigen. Ich lasse Sie in Zukunft in Ruhe, und ich verspreche, dass ich niemandem etwas erzähle. Kevin war ein Prolet, ein dummer Kleinkrimineller und Schläger. Er hat verdient, was er bekommen hat. Ich werde bestimmt nicht zur Polizei gehen. Für die habe ich sowieso keine besondere Vorliebe.«

Ben schwieg.

»Bitte, lassen Sie mich gehen.« Klinger standen Tränen in den Augen. »Ich ertrage das nicht. Bitte!«

»Sie sind erbärmlich. Und Sie haben gar nichts verstanden.« Ben erhob sich und verließ den Keller. Klingers lauter werdendes Schluchzen begleitete ihn ein Stück. Erst als er die letzte Tür geschlossen hatte, war Ruhe.

44

Etwa vierzig Menschen drängten sich im Raum. Kallweit hatte die große Runde einberufen. Die meisten hatten Akten unter dem Arm, viele sahen müde aus, als hätten sie in den vergangenen Wochen zu wenig geschlafen. An den Wänden hingen

Pläne von Berlin und Umgebung, die mit verschiedenfarbigen Nadeln gespickt waren. Dazu Fotos von den Toten, den Leichenfundorten und zahllose Papiere mit Listen, Telefonnummern, Adressen und dergleichen mehr. Kallweit trat nach vorn. Leonie fand, er wirke erstaunlich ausgeruht, aber vielleicht bedeutete der rosige Schimmer auf seinen Wangen genau das Gegenteil.

»Guten Morgen, Kolleginnen und Kollegen. Ich habe Sie zur Besprechung gerufen, weil wir an einem wichtigen Punkt unserer Ermittlungen angelangt sind, möglicherweise am Wendepunkt. Nachdem wir in den letzten Wochen zahllosen Hinweisen nachgegangen sind und einige verdächtige Personen inzwischen ausschließen konnten, haben wir jetzt neue Spuren, die ziemlich vielversprechend sind. Ich fange an mit einem Namen. Ein junger Mann, Benedikt von Döberitz, ist sowohl unserer Psychoanalytikerin aufgefallen als auch unserer Rechtsmedizinerin.«

Er blickte in die Richtung, wo Leonie Simon und Madeleine Quast saßen.

»Frau Quast hat den Gedanken weiterverfolgt, dass sich der Täter bei seinem ersten Mord in der Nähe seiner Wohnung bewegt hat und das Opfer kannte. Benedikt von Döberitz wohnt in derselben Ecke von Berlin. Sein Vater war bis zu seinem Selbstmord Patient in der Zahnarztpraxis, wir werden auf ihn zurückkommen. Frau Doktor Simon ist Döberitz in der Charité begegnet, wo er ehrenamtlich arbeitet. Sie hat an ihm eine Geschädigtenuntersuchung durchgeführt, nachdem er von drei jungen Männern zusammengeschlagen worden war. Die Kollegen, die den Überfall untersucht haben, hatten den Verdacht, es könne sich bei den jungen Männern um Schläger aus der rechten Szene handeln. Ich erlaube mir die Spekulation, bei einem von ihnen könnte es sich um Kevin Olschewski gehandelt haben.«

Er machte eine kurze Pause, um die bisherigen Informationen sacken zu lassen.

»Die Ergebnisse der Laboruntersuchungen liegen Ihnen allen schriftlich vor. Ich brauche das an dieser Stelle nicht zu kommentieren. Ich habe ebenfalls die Informationen über die Ameisen in den großen Verteiler gegeben. Gestern bin ich mit dem Entomologen aus dem Müncheberger Institut die Gebiete in Brandenburg abgefahren, in denen sich die von ihm beobachtete Ameisenart angesiedelt hat. Außerdem war ich im Bereich der Seen, in denen die Wasserpflanze vom zweiten Fundort nachgewiesen werden konnte. Es handelt sich um ein Gebiet von vergleichsweise wenigen Quadratkilometern. Es ist möglich, dass sich irgendwo in dem Gebiet ein Haus befindet, in dem drei unserer Opfer getötet wurden.«

Kallweit blickte einen Assistenten fragend an. Der errötete und schüttelte den Kopf.

»Im Bereich Lichterfelde-Eberswalde-Chorin bis hinüber nach Oderberg ist kein Benedikt von Döberitz gemeldet. Es ist überhaupt niemand mit dem Namen Döberitz gemeldet, weder mit erstem noch mit zweitem Wohnsitz.«

»Schade«, sagte Kallweit. »Verfolgen Sie das weiter. Ziehen Sie den Kreis größer.« An die Runde gewandt fuhr er fort, wobei er von einem Zettel ablas. »Wer ist nun dieser Benedikt von Döberitz? Er wurde 1982 geboren, hat drei Semester Medizin studiert und danach die Universität wieder verlassen, seitdem scheint er arbeitslos zu sein. Seine Mutter starb im vergangenen Jahr an Krebs, und zwar interessanterweise knapp zwei Monate vor dem ersten Mord. Sein Vater ist schon seit fast zehn Jahren tot. Bevor er Selbstmord beging, war er jahrelang in psychotherapeutischer Behandlung, die offenbar nichts genützt hat. Den behandelnden Psychologen konnten wir ausfindig machen.«

Kallweit nickte Engel zu, der in seiner Akte kramte und sich räusperte, als er fand, was er suchte.

»Ja, Meinhard von Döberitz, ein Jurist übrigens, war etwa sieben Jahre in Psychotherapie. Er litt an Depressionen und musste immer wieder auch medikamentös behandelt werden. Sein Psychoanalytiker hat mir eine Zusammenfassung gegeben, worüber ich sehr dankbar war, nachdem ich ein paar seiner Gesprächsaufzeichnungen gelesen hatte. Ein ziemlich unverdauliches Geschwätz, wenn ich ehrlich sein soll. Also, kurz und knapp, diesmal war nicht die Mutter, sondern der Vater schuld. Der alte Döberitz muss ein Megaekel gewesen sein, ein hoher Nazi, Sicherheitsdienst, Gestapo, Reichssicherheitshauptamt und, um dem Ganzen die Krone aufzusetzen, hohes Tier bei der Waffen-SS, ein reizendes Kerlchen also. Und zu Hause hat er genauso mit der Peitsche geknallt. Sohnemann hatte nichts zu lachen. Eine Tochter gibt's auch noch. Die scheint robuster gewesen zu sein. Der Psycho-Onkel hat mir erklärt, dass die Kinder der Täter oft unter ähnlich zerstörerisch wirkenden Schuldgefühlen leiden wie die Kinder der Opfer. Nur dass die einen sich schämen, überlebt zu haben, die anderen schämen sich, weil sie die Schuld ihrer Väter auf sich nehmen, wenn die das nicht selber tun. Oder so ungefähr.«

Madeleine Quast nickte wie zur Bestätigung. Sie beugte sich zu Leonie und flüsterte: »Der Leiter der Zentralen Stelle der Landesjustizverwaltungen zur Aufklärung nationalsozialistischer Verbrechen in Ludwigsburg hat in einem Interview gesagt, er könne sich an keinen Fall erinnern, in dem ein NS-Verbrecher um Verzeihung gebeten habe.«

»Der Psychologe«, fuhr Engel fort, »hat noch erwähnt, dass Döberitz nur ungern über den Sohn gesprochen hat, der wohl auf den Großvater rauskam. Jedenfalls hat er von einem schlimmen Erbe gesprochen. Über seine Frau und seine Schwester hat er auch gesprochen, aber ich glaube, das ist jetzt nicht so interessant.«

Kallweit dankte Engel und erteilte wieder dem Assistenten das Wort. »Sie haben die noch lebenden und toten Verwandten auf dem Zettel?«

Der junge Mann nickte. »Mutter, Großmutter und Tante sind verstorben. Außer Benedikt von Döberitz lebt nur noch der Großvater. Er wohnt in einem Seniorenheim in der Nähe von Oranienburg. Andere Verwandte konnte ich nicht finden. Der Großvater ist Jahrgang 1912, ist also schon über neunzig.«

»Dann können wir ihn als Täter wohl mit Sicherheit ausschließen, auch wenn er ein Megaekel ist.« Kallweit nickte einem weiteren Kollegen zu. »Du hast dich mit dem Rechtsanwalt beschäftigt.«

»Genau.« Ein kleiner dicker Mann, der im Stehen nicht viel größer war als im Sitzen, erhob sich und blickte in die Runde. »Klinger ist NPD-Mitglied und hat Kontakt zu militanten Kameradschaften. Er ist ziemlich rührig, in Bürgerinitiativen, Vereinen und so, und er organisiert Treffen von alten SS-Seilschaften. Interessant ist sein Onkel, Wilhelm Klinger, inzwischen verstorben, ehemals Waffen-SS, einer der berüchtigtsten Schlächter überhaupt. Nach dem Krieg saß er eine Weile im Knast, kaufte dann ein Haus in Brandenburg, wo er bis nach der Wende gewohnt und seine alten Kameradschaften gepflegt hat.«

»Wo steht das Haus?«, wollte Kallweit wissen.

»In einem kleinen Dorf nordöstlich von Chorin.«

»Also mitten zwischen Ameisenhaufen und Wasserpflanzen. Ich will wissen, wer das Haus gekauft hat. Wenn das Haus jetzt seinem Neffen gehört, ist das unser Mann. Er kannte Kevin Olschewski, er hat eine Anwaltspraxis in Berlin, und zwar nicht weit von zwei Leichenfundorten entfernt, und er hat offenbar eine Vorliebe für die Mörder von gestern. Für mich macht ihn das verdächtig.«

Madeleine Quast schüttelte den Kopf, schwieg aber.

Leonie hob die Hand. »Es gibt noch etwas, das Sie über Döberitz wissen sollten.«

Kallweit nickte. »Bitte sehr.«

Da sie im Hintergrund saß, erhob sich Leonie, so dass alle sie sehen und hören konnten.

»Ich vermute, von Ihnen hat bisher keiner etwas vom CIPA-Syndrom gehört?« Sie machte eine Kunstpause. Niemand sprach. »Ging mir beinahe genauso. Irgendwann vor Jahren hatte ich mal einen Fachartikel darüber gelesen und fast wieder vergessen. Bis ich Döberitz traf und mich fragte, was an ihm mir so seltsam erschien. Letztlich hat mich aber die Kollegin aus der Psycho-Abteilung«, Leonie zwinkerte der Quast zu, »mit einer Bemerkung über die Bedeutung von Schmerz darauf gestoßen. Okay, also was ist CIPA? Es ist die Abkürzung der englischen Bezeichnung *congenital insensitivity to pain with anhidrosis*, das ist eine recht seltene autosomal rezessive Erbkrankheit, bei der sich das TRKA-Gen auf dem ersten Chromosomen krankhaft verändert, was bewirkt, dass ein Rezeptor für die Verschlüsselung der Impulse zum Wachstum von schmerzleitenden Neuronen nicht funktioniert. Das betrifft sowohl die schnellleitenden markhaltigen Adelta-Fasern, die eine rasche Schmerzempfindung und einen motorischen Fluchtreflex auslösen, wie auch die dünnen marklosen C-Fasern, die etwa eine Sekunde brauchen, um die Schmerzbotschaft ins Gehirn zu bringen. Das sind die manchmal diffusen, ausstrahlenden Schmerzempfindungen. Diese Reize werden durch das Rückenmark an sensorische Rindenfelder des Hirns weitergeleitet. Von da aus geht eine Information weiter zum limbischen System, wo sie eine emotionale Bedeutung bekommt und es eine Antwort auf den Reiz gibt. Antwort meint Übelkeit, Angst, Herzjagen, Krankheitsgefühl, wenn Sie so wollen, findet erst dort Schmerz richtig statt. Benedikt von Döberitz empfindet gar nichts. Sein schmerzleitendes System ist komplett ausgefallen. Er erleidet weder den plötzlichen, scharfen Schmerz einer Verletzung noch den langsam sich verstärkenden Schmerz einer Erkrankung. Und natürlich fehlt auch die sympathetische Antwort, die Schmerz in Fühlen übersetzt. Das Verrückte ist, dass er zwar nicht merkt, wenn sein Blinddarm sich entzündet oder ihm jemand ein Messer in den Rücken rammt, auch bemerkt er Heiß- und Kaltreize nicht, einen Sonnenbrand zum Beispiel, aber die Berührung der Haut durch einen Luftzug, ein Streicheln, ein Haar spürt er. Dafür sind andere Nervenleitungen zuständig. Aufgefallen ist er mir wegen seiner seltsamen Reaktion auf einen Stoß gegen seine gebrochenen Rippen durch einen Pfleger. Im Nachhinein wurde mir klar, dass er erst dann einen Schmerzenslaut ausstieß, als er an meiner Reaktion ablas, dass etwas passiert sein musste. Den Stoß selbst hatte er nämlich nicht gesehen. Außerdem schwitzte er trotz großer Hitze in dem Raum nicht, eine weitere Folge der genetischen Störung. Und er hat einen merkwürdigen stapfenden Gang, um besser zu spüren, wann seine Füße den Boden berühren. Ganz sicher war ich, als ich einen Histamin-Test mit ihm gemacht habe, der Tipp einer Neurologin. Dabei hat sich eine Rötung der getesteten Hautstelle, aber keine Quaddel gezeigt. Döberitz hat also definitiv diese Erkrankung. Sein Interesse an Schmerz rührt daher, dass er selbst keinen empfinden kann. Die psychischen Folgen kann Frau Quast sicher besser erklären. Eines noch, was mir gerade einfiel, als über den Großvater gesprochen wurde, dem er ähnlich sehen soll. Es könnte sein, dass der die gleiche Erkrankung, aber vielleicht in abgeschwächter Form, hat. Es gibt nämlich insgesamt fünf Formen von genetischer Schmerzunempfindlichkeit mit mehreren Variationen. Zum Beispiel ist es bei Variante fünf möglich, einen Wärme- oder Schmerzreiz zu empfinden, wenn auch in stark abgeschwächter Form, aber es gibt ein Defizit bei der emotionalen Verarbeitung.«

Leonie las in den Gesichtern einiger Zuhörer, dass sie ein wenig überfordert waren von der komplizierten Materie. Sie blickte hilfesuchend Madeleine Quast an, die an ihren Lippen gehangen hatte, und setzte sich.

»Gratuliere!«, sagte die Psychoanalytikerin. »Von CIPA höre ich heute zum ersten Mal, aber damit haben Sie eine perfekte Erklärung für die spezifische Ich-Störung gegeben, die ich fast von Beginn an vermutet habe. Vergiss Klinger.« Das galt Kallweit. »Jetzt ist mir auch die Bedeutung der Schaufensterpuppe in seinem Haus klar. Dieser empfindungslose Kerl ist der wahre Benedikt, und den will er eigentlich töten. Stellen Sie sich vor, Sie hätten keinerlei Schmerzempfindung. Das klingt nur auf den ersten Blick paradiesisch. Wenn Sie ein kleines Kind zu Hause haben, fällt Ihnen vielleicht sofort auf, dass Sie damit ein Problem hätten, wenn es dieses Kind beträfe. Ein Kind, das nicht merkt, wenn es sich an der heißen Herdplatte verbrennt, wenn es sich beim Fallen etwas bricht oder eine Entzündung im Körper hat.«

»Sein Körper ist voller Narben«, steuerte Leonie bei.

»Für die Eltern muss der arme Junge ein Albtraum gewesen sein. Aber das alles ist nichts gegen das, was in dem Kind und dem jungen Erwachsenen vorgegangen sein muss. Ohne den Schmerz können wir keine Grenzen erkunden, kein Gefühl der eigenen Identität kann sich entwickeln. Schmerz hat nicht nur eine biologische Bedeutung. Die Empfindung des Schmerzes ist an Bewusstsein gebunden, und umgekehrt formt sie unser Bewusstsein und unsere Persönlichkeit. Wir sind nicht nur körperlich verwundbar, wenn wir keinen Schmerz verspüren können, uns fehlt eine wichtige Dimension des menschlichen Seins. Wer nichts empfindet, kann auch nicht mitempfinden, sich eins fühlen mit der Welt und den anderen Menschen. Nicht umsonst haben sich in allen Kulturen und zu allen Zeiten Rituale entwickelt, die den Schmerz zur sozialen oder religiösen Initiation genutzt haben.

›Der Schmerz ist Leben‹ heißt es bei Schiller. Döberitz hat diesen Mangel an Bewusstsein, an Leben, an Menschsein, wenn man so will, versucht durch seine Experimente zu überwinden. Was für uns wie Folter ausgesehen hat, und für die Opfer auch Folter gewesen ist, war für ihn ein Prozess des Lernens. Er hat Mittel gesucht, sich das ihm Verschlossene zu übersetzen, in Worte, in Zackenkurven, in Mimik, in Muskelzuckungen. Wahrscheinlich hat er seine Opfer imitiert, so wie in manchen Kulturen werdende Väter sich vor Schmerz auf dem Boden wälzen, wenn ihre Frauen in den Wehen liegen. Er will fühlen und mitfühlen lernen. Er will so werden wie alle anderen. Nur wird er entdecken müssen, dass er das niemals erreichen kann.«

Für einen Moment herrschte absolute Stille.

»Schön«, brach Kallweit das Schweigen und fuhr in seiner trockenen Art fort, »dann werden wir uns den jungen Mann einmal anschauen.«

Leonie Simon hatte Appetit auf Currywurst und konnte Madeleine Quast überreden, sie zu begleiten. Zusammen standen sie sich an einem Stehtisch am Kurfürstendamm 195 gegenüber, zwischen sich zwei Portionen Currywurst, einmal mit extra scharfer Sauce für Leonie und einmal ohne für die Quast.

»Hier gibt's die beste Currywurst in ganz Berlin«, keuchte Leonie und wischte sich Chili-Tränen aus den Augenwinkeln.

»Das ist Ansichtssache«, gab die Quast zurück. »Aber schlecht ist sie nicht.«

»Sie sind eben nicht der Typ für Currywurst.«

»So? Und für was bin ich der Typ?«

Leonie musterte die Quast. »Austern und Daube provençale.«

»Nicht schlecht. Nicht zu vergessen Zitronentörtchen, dafür lasse ich alles stehen.«

»Wirklich? Sie auch? Für Zitronentörtchen können Sie mich nachts um drei wecken.«

Die beiden tauschten ein Lächeln.

Leonie spießte das letzte Wurststück auf. »Glauben Sie, wir haben Kallweit und Co. überzeugen können?«

»Ich bin sicher, das haben wir.«

»Kallweits Reaktion war ziemlich leidenschaftslos.«

»Das ist so seine Art. Sie sind sicher, Döberitz ist unser Mann?«

»Hundert Prozent. Sie nicht?«

Die Quast nickte. »Sagen wir neunundneunzig Prozent. In jedem Fall, was für ein Schicksal!«

Leonie tunkte einen Bissen Brötchen in die rote Sauce. »Ich frage mich, ob er außer dem Gendefekt auch einen Hang zum Sadismus vom Großvater geerbt hat.«

»Ich weiß nicht, ob so etwas erblich ist. Aber ich denke, das, was dieser Großvater unter den Nazis getan hat, sollte man nicht deterministisch interpretieren und mit schlechten Genen entschuldigen. Unsere Erbanlagen entlasten uns nicht von der Verantwortung für unser Handeln. Übrigens auch nicht die Erfahrungen mit unserer Umwelt.«

»Da gibt es Neurowissenschaftler, die ganz anderer Meinung sind und den freien Willen für eine Illusion halten.«

»Ich weiß«, seufzte die Quast. »Die moderne Variante des Determinismus. Gene plus Prägungen des Fötus im Mutterleib und in der frühen Kindheit gleich neuronale Automatisierung des Verhaltens, und schon sind wir für unsere Handlungen nicht mehr verantwortlich.«

»Wenn man das ernst nimmt, haben unsere Strafrechtler ein Problem. Und ihr Psychologen auch. Denn warum dann noch Therapien, wenn wir sowieso alle nicht mehr aus unserer Haut können?«

»Selbstverständlich müssen psychische Traumata und neurobiologische Defekte, zum Beispiel verursacht durch eine Stoffwechselstörung oder einen Unfall, berücksichtigt werden, aber sofern jemand nicht im klinischen Sinn krank ist, hat er die Wahl. Davon bin ich nach wie vor überzeugt. Wir können unseren Prägungen zwar nicht entkommen, aber wir können lernen, damit umzugehen, im Guten wie im Bösen. Ich gebe zu, dass es schwer ist und lange dauern kann, eine Konditionierung zu verändern, aber es ist möglich.«

»Was glauben Sie? Hatte Döberitz die Wahl?«

Madeleine Quast schob den Pappteller an den Tischrand. »Vielleicht. Ich weiß es nicht. Ich habe nur ein sehr kurzes Gespräch mit ihm geführt. So etwas ist, wie gesagt, kompliziert.«

Die beiden schwiegen einen Moment.

»Tja, das war's dann. Wir werden jetzt wohl nicht mehr gebraucht, nicht für diesen Fall.«

»Wer weiß«, sagte Madeleine Quast. »Noch ist alles offen. Vielleicht gibt es ja schon wieder ein neues Opfer.«

»Malen Sie nicht den Teufel an die Wand.« Leonie trank ihre Cola aus. »Kommen Sie. Lassen Sie uns den nächsten Stein den Berg hochschieben.«

Es dämmerte, als Leonie das Institut verließ. Eigentlich hatte sie ihre Tante ins Konzert begleiten wollen, aber dann hatte sie ihr wegen eines eiligen Falles absagen müssen. Bruno war für sie eingesprungen. Sein Schicksal war es, der Ersatzmann zu sein. Leonie war müde und freute sich auf ein Bier und ihr Bett. Das Haus in der Leichhardtstraße wirkte still und verlassen, als sie es betrat. Ihre Vermieterin war mit einer Freundin nach Sylt gefahren, Leonie hatte das Haus ganz für sich allein. Missvergnügt stellte sie fest, dass sie mal wieder vergessen hatte, die Alarmanlage einzuschalten, als sie ihre Wohnung am Morgen in der üblichen Hast verlassen hatte. Sie schloss die Tür hinter sich und warf den Schlüssel auf die Kommode. Das Wohnzimmer lag im Halbdunkel, dennoch sah sie sofort, dass die Balkontür nur angelehnt war.

»Michael?«

Leonie machte einen Schritt rückwärts, als sie ein Arm von hinten umschlang und ihr eine Pistole schmerzhaft ins Genick gedrückt wurde.

»Bedauere, mein Name ist Lucca. Lucca Barra. Sie haben mich wohl nicht erwartet?«

Leonie keuchte. Sie fühlte, wie ihr vor Angst der Schweiß ausbrach. »Was wollen Sie von mir?«

»Das ist eine ziemlich alberne Frage, nicht wahr? Sie sind schuld daran, dass ich aufgeflogen bin und die Polizei meine Familie Tag und Nacht observiert.«

Er tastete sie rasch nach einer Waffe ab, fand ihr Handy und ließ sie dann los. Sie drehte sich um und machte gleichzeitig ein paar Schritte von ihm fort.

»Versuchen Sie nicht, vor mir zu fliehen. Es hat keinen Sinn. Schreien ebenso wenig. Ich weiß, dass wir allein im Haus sind.«

Leonie überlegte fieberhaft, was sie sagen sollte. »Ihre Aktion ist ziemlich unüberlegt. Wenn Sie mich töten, erreichen Sie gar nichts.«

Seine Zähne blitzten im Zwielicht, als er lächelte. »Sagen Sie das nicht. Es würde mich enorm befriedigen. Aber für den Moment können Sie beruhigt sein. Ich brauche Sie für etwas Wichtigeres als ordinäre Rache. Ich will Sie gegen meine Familie austauschen.«

»Das wird niemals funktionieren.«

»Warum nicht? Schätzen Sie Ihr Leben so gering ein?«

»Sie würden Ihrer Familie einen besseren Dienst erweisen, wenn Sie sich stellten. Halten Sie es für eine erstrebenswerte Zukunft Ihrer Kinder, wenn Sie ständig auf der Flucht sind? Und das werden Sie sein. Selbst Provenzano ist nach all den Jahren geschnappt worden.«

Barras Lächeln erlosch. Er holte aus und schlug ihr grob ins Gesicht. Leonie hatte danach das Gefühl, alle ihre Zähne seien locker.

»Wagen Sie nicht, noch einmal meine Kinder zu erwähnen.«

Er packte sie am Arm und zog sie zur Tür. »Andiamo. Es wird Zeit, dass wir hier verschwinden.«

»Wohin wollen Sie?«

Er gab keine Antwort, zerrte sie die Treppe hinab und aus dem Haus. Nicht weit entfernt parkte eine schwarze Limousine mit getönten Scheiben. Barra ging dicht neben ihr und drückte ihr die Waffe so in die Seite, dass jemand, der sie von weitem sah, keinen Verdacht schöpfen würde. Beim Auto angelangt, schob er sie auf den Beifahrersitz und legte ihr Handschellen an, die er aus dem Handschuhfach zog. Leonie hätte ihn gern gefragt, wohin er mit ihr fahren wollte, aber sie entschied sich, den Mund zu halten. Im Moment konnte sie ohnehin nichts anderes tun, als sich ruhig zu verhalten und ihn nicht zu reizen.

Schon nach wenigen Minuten Fahrt wurde ihr klar, wohin er wollte. Er lächelte sie an, als er einige hundert Meter vom Haus der Gotthardts entfernt parkte.

»Was meinen Sie? Wird uns hier jemand suchen?«

Er wartete ihre Antwort nicht ab, stieg aus und zerrte sie vom Beifahrersitz. Inzwischen war es dunkel geworden, niemand war auf der Straße zu sehen. Das Haus der Kleins lag verlassen. Barra schob Leonie auf das Gotthardt'sche Haus zu. Das Polizeisiegel an der Tür war erbrochen. Im Haus roch es noch immer nach Rauch. Die Spuren des Brandes waren nicht beseitigt worden. Barra zerrte sie die Treppe empor. Auch in der oberen Etage war der Brandgeruch stark, aber die Zimmer waren bewohnbar. Wie Leonie sehen konnte, hatte Barra sich in einem der Räume eingerichtet. Wahrscheinlich wohnte er schon seit einigen Tagen im Haus.

»Da rein.« Barra gab ihr einen Stoß, und Leonie stolperte in das kleinste der Zimmer hinein. Es war nur spärlich möbliert. Ein alter Kleiderschrank, ein noch älterer Schreibtisch, ein Stuhl und ein Klappbett für den Notfall. Ohne ein weiteres Wort schubste er sie auf das Bett, öffnete eine Handschelle und fesselte sie damit an das Bettgestell. Dann verließ er das Zimmer und schloss hinter sich ab. Die nächste halbe Stunde verbrachte Leonie mit dem Versuch, sich vom Bett zu befreien. Sie erreichte nur, dass sie sich das Handgelenk aufschürfte. Sehnsüchtig blickte sie durch das kleine schräge Dachfenster in den Sternenhimmel. Es waren dieselben Sterne, die sie von ihrem Zimmer in Roussillon gesehen hatte.

45

Um zu begreifen, wie stark der Schmerz des anderen ist, muss man der andere werden.

David Le Breton, *Schmerz. Eine Kulturgeschichte*

Verstohlen betrachtete Ben seinen Großvater von der Seite. Der Alte saß ein wenig zusammengesunken neben ihm im Auto. Als Ben das Seniorenheim betreten hatte, war Schwester Agnes auf ihn zugekommen und hatte ihn gebeten, seinen Großvater nicht zu überanstrengen. Ohne ernsthaft krank zu sein, habe sich sein Befinden in der letzten Zeit verschlechtert, teilte sie ihm mit. Das sei ganz normal bei einem Menschen seines Alters. Die Lebensfunktionen ließen irgendwann eben nach. Ben geriet einen Moment aus dem Konzept, er war gekommen, um den Großvater ins Haus am See zu holen. Aber als er dem Alten in die Augen blickte, die ihre Schärfe nicht verloren hatten, entschied er, seinen Plan nicht zu ändern. Ja, die Aussicht, der alte Mann könne bald sterben, bestärkte ihn sogar. Wenn nicht mehr viel Zeit blieb, musste er sie nutzen. Er hatte sich darauf vorbereitet, ihn erst überreden zu müssen, aber das stellte sich als nicht notwendig heraus. Im Gegenteil hatte er das Gefühl, sein Angebot sei erwartet oder erhofft worden.

Um Schwester Agnes und die anderen Schwestern und Pfleger nicht misstrauisch zu machen, hatte Ben seinen Großvater in den Garten geleitet, als wolle er nur einen Spaziergang an der frischen Luft mit ihm machen. Falls es irgendjemandem auffiel, dass sie sich langsam ums Haus herum zur Straße hinbewegten, hatte er nichts daran gefunden. Nun waren sie auf dem Weg zur Burg, und Ben war ein wenig aufgeregt, wie sein Großvater alles aufnehmen würde.

»Sitzt du bequem? Wenn du möchtest, könnte ich die Rückenlehne noch ein wenig weiter zurückstellen.«

»Ich sitze gern aufrecht. Liegen kann ich noch lange genug im Sarg.«

Ben grinste. »Du redest, als ob dir die Aussicht zu sterben nichts ausmachen würde.«

»Was würde es ändern, wenn es mir etwas ausmachte?«, knurrte der alte Mann.

»Natürlich nichts, aber es wäre normal, oder nicht? Die meisten Menschen haben Angst vor dem Sterben.«

»Armseliges Pack.«

»Ich habe einiges im Haus verändert. Ich hoffe, es gefällt dir.«

»Ist jetzt dein Haus. Ganz egal, was ich dazu sage.«

»Mir ist es nicht egal.«

Als Ben das nächste Mal zur Seite blickte, war der alte Mann eingeschlafen. Sein Kinn war auf die Brust gesunken, ein dünner Speichelfaden zog sich aus dem Mundwinkel bis über das Kinn und machte einen feuchten Fleck auf seinem Hemd. Bei der Ankunft vor der Burg schlief er noch immer. Ben weckte ihn durch eine leichte Berührung an der Schulter. Sein Großvater schreckte hoch und war einen Moment desorientiert.

»Wir sind da«, sagte Ben und half ihm beim Aussteigen. Sein Großvater warf nur einen kurzen Blick in die Runde und ging langsam auf den Eingang zu. Ben schloss die Tür auf und ließ ihn eintreten.

»Ich koche uns einen Kaffee. Der kann dann durchlaufen, während ich dich herumführe.«

Sein Großvater folgte ihm in die Küche. Er registrierte die Neuanschaffungen.

»Geld scheinst du ja genug zu haben.«

Ben füllte Wasser in die Kaffeemaschine. »Das war die Tante. Ich habe nur das Nötigste gekauft. So oft bin ich ja auch nicht hier. Wie wär's mit ein paar Keksen zum Kaffee?«

Er wartete die Antwort gar nicht ab, riss eine Packung Schokoladenkekse auf und dekorierte sie auf einem Teller. »So, jetzt zeige ich dir das übrige Haus.«

Zusammen wanderten sie durch alle Zimmer. Ben erklärte ihm die Renovierung der Bäder, wies auf Veränderungen der Möblierung hin, er hatte einigen alten Möbelstücken wieder zu ihrem Recht verholfen, und überlegte laut, ob er Tapeten und Vorhänge erneuern sollte. Sein Großvater zeigte kaum Reaktionen, was Ben enttäuschte. Es stimmte wohl, dass Menschen in hohem Alter das Interesse an ihrer Umgebung nach und nach verloren.

»Was soll das?« Der Alte deutete auf die Familienbilder, die Ben im Wohnzimmer an Wänden und auf Kommoden verteilt hatte.

»Was meinst du?«

»Wozu hast du das ganze Zeug wieder herausgekramt?«

»Ach, hast du die Fotos auf den Dachboden verbannt? Ich hatte die Tante in Verdacht.«

»Überflüssiges Zeug. Deine Großmutter hatte einen Tick damit. Als sie tot war, hab ich's weggeräumt.«

»Mir gefallen die Fotos. Außerdem fand ich's interessant, Bilder von Menschen zu sehen, die ich nie kennengelernt habe.«

Sein Großvater knurrte etwas und nahm Kurs auf die Küche. Ben schüttelte den Kopf und folgte ihm. Der Kaffee war fertig. Ben servierte ihn in zwei großen Bechern mit Blümchenmuster und stellte Milch und Zucker dazu. Sein Großvater bediente sich bei den Keksen und kaute langsam und konzentriert. Beide saßen sich schweigend gegenüber.

»Gute Kekse«, sagte der Alte schließlich und sah seinen Enkel unter zusammengezogenen Brauen an. »Und jetzt sag mir endlich, warum ich hier bin. Du hast mich doch nicht hergebracht, um mir das Haus zu zeigen.«

Ben nickte. »Du hast recht.« Er erhob sich. »Komm mit.«

Er führte seinen Großvater aus dem Haus und um die Ecke zum Eingang des Luftschutzkellers.

»Du erinnerst dich sicher an den Luftschutzraum. Habt ihr ihn je benutzen müssen?«

Der Alte antwortete nicht. Ben schloss die Tür auf und half seinem Großvater die steile Treppe hinab. Er knipste die Beleuchtung an. Klinger lag reglos und mit geschlossenen Augen da. Der Alte starrte ihn an.

»Ist er tot?«

»Nein, er ist nur betäubt. In etwa einer Stunde müsste er aufwachen.«

Der alte Mann sah sich um. Ben glaubte, ein gewisses Interesse wahrzunehmen.

»Du bist also der Mann, den die Polizei seit ein paar Monaten sucht.«

»Ja, aber ich bin kein Mörder.«

Der Alte lachte tonlos. »Natürlich nicht.«

»Wenn Klinger wach ist, führ ich's dir vor. Ich mache Experimente, und ich tue das nicht, um zu quälen.« Ben griff nach einer Ampulle. »Das ist ein Opiat, das lindert sofort ihre Schmerzen. Es ist schrecklich für mich, jemanden leiden zu sehen.«

Sein Großvater sah ihn an, und etwas in seinem Blick hatte sich verändert. »Du fühlst keinen Schmerz, nicht wahr? Ich hab's immer vermutet, aber deine Eltern haben ein Geheimnis daraus gemacht. Deshalb haben Sie mich von dir ferngehalten. Das kleine Monster wurde vor dem großen Monster versteckt.«

Ben starrte seinen Großvater an. »Aber das kann nicht sein. Du hast keine Narben, so wie ich.« Er schob seine Hemdsärmel hoch und entblößte die mit Narben übersäten Arme.

Der Alte schüttelte den Kopf. »Ich fühle wie jeder andere auch, wenn ich verletzt werde, und nehme mich deshalb in Acht. Aber ich leide nicht wie die anderen. Ich empfinde nichts. Deine Großmutter hat mich gefühlsblind genannt. Du hast es von mir geerbt, nehme ich an.«

»Das hast du also gemeint, als du sagtest, ich wäre wie du.«

»Nicht ganz.« Sein Großvater trat an Klingers Seite. »Was wirst du mit ihm tun? Was sind das für Experimente?«

»Das wollte ich dir ja zeigen«, sagte Ben, glücklich, die Aufmerksamkeit des Großvaters gefunden zu haben. »Ich löse Schmerzreize auf verschiedene Art und Weise aus und registriere die Reaktionen. Es gibt eine Menge Material, das ich gesammelt habe. Ich führe es dir vor. Auf diese Weise kann ich nachempfinden, was geschieht. Ich ahme alles nach, verstehst du, und ich höre und sehe meinem Körper und meinem Kopf zu. Und so lerne ich am Ende auch, die

Gefühle zu verstehen. Ich vervollständige mich. Ich hole mir, was mir von Geburt an verweigert wurde.«

Der Alte hatte ihm aufmerksam zugehört. »Es macht dir Spaß, Menschen zu foltern.«

Es war eine Feststellung, die Ben aus dem Konzept brachte. »Nein, ich versuche doch gerade, dir zu erklären …«

»Papperlapapp, du machst das, weil es dich befriedigt. Zumindest macht es dir nichts aus. Das ganze Gerede von Mitleid ist nur dummes Geschwätz. Mir musst du darüber nichts erzählen. Ich kenne Menschen wie dich. Und ich sage dir, solche Menschen, Menschen wie uns, muss es geben, weil wir Dinge tun können, vor denen andere zurückschrecken. Dinge, die getan werden müssen. Männer wie Wilhelm Klinger und ich haben unsere Pflicht getan, und ich kann nicht behaupten, dass es immer Spaß gemacht hat. Wenn es mehr von unserer Sorte gegeben hätte, wäre die Sache damals wahrscheinlich anders ausgegangen.«

Ben hatte wie betäubt zugehört. »Großvater, was redest du da? Hast du denn nicht verstanden, was ich dir gesagt habe?«

Der Alte wies mit einem Finger anklagend auf Ben. »Du bist es, der nicht versteht. Du hättest dir das alles hier sparen können, wenn es dir tatsächlich nur um deine Schmerzunempfindlichkeit ginge. Da kannst du nämlich gar nichts machen. Du wirst niemals wie andere Menschen empfinden. Du machst das hier, weil du Blut geleckt hast. Oder willst du behaupten, es hat dir keinen Spaß gemacht, diesem verblödeten Jungnazi zu zeigen, wer am Drücker sitzt?«

»Nein«, flüsterte Ben, »ich bin nicht wie du.«

»Du bist Fleisch von meinem Fleisch. Du bist, was du bist. Und daran kannst du nichts ändern.«

Der Alte stieß Klinger an. »Den hier musst du so schnell wie möglich loswerden. Und mit deinen Experimenten muss ab jetzt Schluss sein. Die Polizei ist nicht dumm. Sie werden dich früher oder später finden. Ein Wunder, dass du überhaupt noch frei herumläufst. Ich will nicht, dass mein Enkel im Gefängnis landet und in den Zeitungen als Serienmörder durchgehechelt wird. Hast du dir jemals überlegt, dass diese Dreckschleudern sich dann auch über mich hermachen?«

Der alte Mann sah den Schlag nicht kommen. Bens Faust traf ihn an der rechten Schläfe, er brach lautlos über Klingers Körper zusammen. Ben betrachtete ihn, als begriffe er nicht völlig, was sich abgespielt hatte. Dann lud er sich den schlaffen Körper des Alten auf die Schulter und trug ihn die Treppe hinauf.

»Er hätte das nicht sagen sollen«, murmelte Ben. »Das hätte er nicht zu mir sagen sollen. Und er hat nicht recht.«

46

»Seltsam«, sagte Kallweit nun schon zum dritten Mal. »Sie meldet sich nicht, auch nicht auf ihrem Handy.« Er wollte Leonie Simon die von ihr sicherlich sehnsüchtig erwartete Nachricht übermitteln, dass die DNA-Analyse von der exhumierten Leiche unbestreitbar eine Verwandtschaft mit der Abramowsky-Schwester ergeben hatte. Der angebliche Abramowsky in Potsdam war also höchstwahrscheinlich Lucca Barra.

»Sie ist weder im Institut noch zu Hause, und das Handy scheint abgeschaltet zu sein.«

Seit der Abfahrt in Berlin hatte er mehrmals versucht, die Rechtsmedizinerin zu erreichen.

»Langsam mache ich mir Gedanken, wo sie steckt.«

»Ob ihr etwas passiert ist?« Auch Madeleine Quast, die ihn begleitete, war beunruhigt. »Soweit ich Frau Simon inzwischen kenne, sieht es ihr nicht ähnlich, einfach zu verschwinden. Sie hinterlässt normalerweise eine Nachricht in ihrem Sekretariat. Vielleicht könnte mal ein Streifenwagen bei ihr zu Hause vorbeischauen.«

Kallweit und Quast fuhren an der Spitze eines kleinen Konvois, der auf dem Weg zu dem Haus war, das einmal Wilhelm Klinger gehört hatte, bevor er es an Albrecht von Döberitz verkaufte. Inzwischen gehörte es dessen Enkel Benedikt, und Kallweit hoffte, dass er sich dort aufhielt, nachdem sie ihn in seiner Berliner Wohnung nicht angetroffen hatten. Kallweit folgten zwei weitere Polizeiwagen und ein Notarztwagen, Letzterer wegen der Befürchtung, sie könnten auf ein weiteres Opfer stoßen.

»Wie weit ist es noch?«, fragte Madeleine Quast.

»Nur noch ein paar Minuten. Da ist schon das Kloster.«

Links neben der Straße ragten die imposanten Ruinen des Klosters Chorin in den blassblauen Himmel. Das Zisterzienserkloster datierte vom Beginn des vierzehnten Jahrhunderts, und das Dorf Brodowin, Ziel der Fahrt, war dem Kloster als eines von vier Dörfern vom damaligen Markgrafen zur Gründung geschenkt worden. Chorin lag eingebettet in eine reizvolle, leicht hügelige Endmoränenlandschaft mit zahlreichen Seen, von denen der Parsteiner See der größte war. Wenige Kilometer hinter dem Kloster Chorin bog Kallweit nach Osten ab, und bald passierten sie den Ortsteil Weißensee, der Brodowin vorgelagert war. Vorbei an einem Ökogut mit Hofladen ging es weiter bis ins Zentrum des nur wenige hundert Bewohner zählenden Dorfes. Es war eine leicht verträumte Idylle, deren Mitte von einer hübschen neugotischen Feldsteinkirche markiert wurde, gegenüber stand das Pfarrhaus, und ein Storchennest gab es auch. Den Platz hinter der Kirche mit Linden und Weltkriegsdenkmal ließ Kallweit rechts liegen und bog nach links in Richtung Pehlitz und Parsteiner See ein. Eine Landstraße führte aus dem Dorf hinaus und bot schon nach wenigen hundert Metern prächtige Ausblicke auf rotleuchtende Mohnwiesen. Der Wesensee lag zur Rechten der Straße, und Kallweit hätte den schmalen Weg, der zum See führte, beinahe übersehen. Das Haus lag völlig einsam und war nur von einem Aussichtspunkt auf einem Hügel, nicht aber von der Straße aus einsehbar. Ein paradiesischer Ort, dachte Madeleine Quast. Welch eine Ironie!

Ein Wagen stand vor dem Haus. Döberitz war also anwesend. Kallweit und die anderen blockierten mit ihren Wagen die schmale

Zufahrt, so dass Döberitz sein Auto nicht zur Flucht benutzen konnte. Die Beamten stiegen aus und verteilten sich um das Haus herum. Zwar waren sie nicht »mit Musik« gekommen, aber dennoch war es wahrscheinlich, dass sie längst bemerkt worden waren. Kallweit zog seine Waffe und ging auf die Haustür zu. Quast folgte ihm in einigem Abstand. Die Haustür war nur angelehnt, was Kallweit noch vorsichtiger werden ließ. Er bedeutete der Quast, draußen zu bleiben, und betrat zusammen mit einem Kollegen das Haus, nachdem er langsam die Tür mit dem Fuß aufgeschoben hatte. Madeleine Quast wartete nur einen Moment, dann folgte sie ihm unter Missachtung seiner Anweisung.

»Polizei! Hände hinter den Kopf!« Kallweits Ruf ertönte aus Richtung eines Raumes im Erdgeschoss. Quast folgte seiner Stimme. Sie betrat einen Wohnraum, dessen Vorhänge zugezogen waren und nur wenig Licht hineinließen. Im Dämmerlicht sah sie den jungen Döberitz neben einem Sofa hocken, die Hände wie verlangt hinter dem Kopf gefaltet. Auf dem Sofa lag ein sehr alter Mann, dessen starre Haltung und maskenhafte Gesichtszüge darauf schließen ließen, dass er tot war. Kallweit zerrte den Jungen auf die Füße, sein Kollege zog die Vorhänge auf. Döberitz blinzelte ob der plötzlichen Helligkeit. Er sah Madeleine Quast und lächelte.

»Oh, Sie sind es. Ich dachte mir schon, dass Sie mich nicht nur wegen meines Vaters besucht hatten.«

Die Quast trat neben den alten Mann, der ein leichte Verfärbung an der Schläfe aufwies, und legte ihre Hand an seine Halsseite. Er war tot.

»Sie sind wegen Mordverdachts vorläufig festgenommen«, sagte Kallweit und legte Döberitz Handschellen an.

Döberitz hatte verfolgt, was Madeleine Quast tat. »Ich habe ihn geschlagen. Aber ich wollte ihn nicht töten.« Er lächelte wieder. »Er ist das Original.«

Die Quast blickte ihn an und nickte. Der junge Mann atmete tief aus, als wäre er erleichtert, dass sie ihn verstand.

»Wenn Sie wollen, dürfen Sie einen Anruf machen. Ich rate

Ihnen, einen Anwalt zu kontaktieren.« Kallweit nickte dem Kollegen zu, der seine Waffe einsteckte.

»Danke«, antwortete Ben. »Aber das ist nicht nötig.«

»Wie Sie meinen.«

Kallweit und der Kollege nahmen Ben in die Mitte und brachten ihn hinaus. Zwei andere Beamte, die nach ihnen das Haus betreten und inzwischen die oberen Etagen durchsucht hatten, polterten die Treppe hinab.

»Da oben ist niemand.«

Madeleine Quast sah sich kurz um, bevor auch sie das Haus verließ. Es war ein seltsamer Ort, fand sie, die Atmosphäre hatte etwas Distanziertes, beinahe Lebloses, als hätten seine Bewohner vermieden, ihm den Stempel ihrer Persönlichkeit aufzudrücken. Als sie aus der Haustür trat, führten ein Polizist und der Notarzt einen noch stark benommenen, aber unverletzten Mann vorbei.

»Unglaublich«, sagte einer der Männer zu Kallweit, »der Kerl hat sich einen regelrechten Folterkeller gebaut. Der Mann war auf einer Liege festgeschnallt. Er sagt, er heißt Klinger. Scheint so weit in Ordnung zu sein.«

»Sieht so aus, als wären wir gerade rechtzeitig gekommen«, meinte Kallweit erleichtert.

Madeleine Quast verspürte weder Freude noch Genugtuung. Es war gut, dass das Töten aufhören würde. Und das war schon das Beste an allem. Sie beobachtete, wie Döberitz in einen der Wagen geschoben wurde. Kallweit gab noch eine geflüsterte Anweisung und klopfte auf das Autodach zum Zeichen, dass sie losfahren sollten. Madeleine Quast sah das rotfleckige Gesicht des jungen Mannes, der ihr im Vorbeifahren aus dem Fond des Wagens zulächelte. Kallweit trat auf sie zu.

»Das wäre das«, sagte er und legte ihr den Arm um die Schulter. »Ist ja glücklicherweise glimpflich abgegangen.«

»Er ist kein Gewalttäter, nicht im üblichen Sinne. Ich hab's dir gleich gesagt. Du wirst sicher noch gebraucht?«

»So ist es. Die Spurensicherung ist unterwegs, aber vor heute

Abend komme ich hier nicht weg. Der Notarzt kann dich zurück nach Berlin mitnehmen.«

Kallweits Mobiltelefon klingelte. Er meldete sich und hörte eine Weile zu, ohne einen Ton zu sagen. Aber Madeleine Quast kannte ihn gut genug, um sofort zu begreifen, dass etwas Schlimmes passiert war. Seine Ruhe war nicht echt. Er sagte nicht viel und beendete das Gespräch mit einem knappen »Ich komme sofort«.

Madeleine Quast sah ihn fragend an. »Doktor Simon?«

»Sie ist aus ihrer Wohnung entführt worden. Von Barra.« Kallweits Wangenmuskeln spannten sich. »Er verlangt die sofortige Ausreise zusammen mit seiner Familie.«

Quast spürte, dass ihr übel wurde. »Und was wirst du jetzt tun?«

»Ich muss sofort zurück nach Berlin. Das kann ich nicht allein entscheiden. Er verlangt eine Maschine zum Flug nach Tripolis für sich, seine Frau und die Kinder. Frau Simon wird er mitnehmen und erst in Libyen freilassen. Nachrichten an ihn sollen wir per Radio übermitteln.«

Kallweit versuchte, sich seine Wut und Hilflosigkeit nicht anmerken zu lassen. Er hätte gern geflucht und getobt, aber das half niemandem.

»Ich komme mit, vielleicht kann ich helfen.«

Solange sie Leonie Simon in den Händen dieses Verbrechers wusste, hatte sie weder in der Praxis noch in ihrer Wohnung Ruhe. Ihre Hüfte fing an zu schmerzen, es sollte sie an ihre eigene Erfahrung mit einem Kidnapper erinnern. Sie hätte diese Erinnerung nicht gebraucht. Es gab Situationen im Leben, die niemals Vergangenheit wurden.

Vermisst mich eigentlich keiner? In dem kleinen Ausschnitt Himmel, den Leonie Simon durch das Dachfenster sehen konnte, begann der erste Stern zu funkeln. Sie war nach ihrer Rechnung seit etwa vierundzwanzig Stunden in der Gewalt von Lucca Barra und wurde zunehmend ungeduldiger, wütender und verzweifelter. Warum suchen die mich nicht? Ihre Unterhaltung mit sich selbst kreiste seit einigen Stunden um dasselbe Thema. Bestimmt suchen die mich. Aber wo sollen sie suchen? Auf das Gotthardt-Haus kommt bestimmt niemand. Was ist, wenn sie seine Forderungen nicht erfüllen? Er war kein politischer Erpresser. In dem Fall hätte sie schlechte Karten. Er wollte keine gefangenen Taliban zum Austausch, nur ein Flugzeug und seine Familie. Das machen die doch bestimmt. Oder? Andererseits würde Barra sie nicht einfach laufen lassen. Ein Mord mehr oder weniger hatte für ihn keine Bedeutung. Der Kerl war moralisch blind und hatte keine Antenne für fremden Schmerz. Nur solange er sie brauchte, war sie sicher.

Leonie bewegte sich auf dem Bett. Ihre Blase war voll, aber sie versuchte, den Harndrang zu ignorieren. Inzwischen waren im Haus Wasser und Strom abgestellt. Die Toilettenspülung funktionierte nicht mehr, deshalb hatte ihr Barra einen Eimer neben das Bett gestellt. Nach einer weiteren Stunde gab sie auf und erleichterte sich in den Eimer. Minuten später erfüllte Uringestank den kleinen, stickigen und durch die Sonne aufgeheizten Raum.

Okay, sagte sich Leonie, es gibt Schlimmeres als das. Sie schloss die Augen und versuchte, an ein dickes graues Sockenknäuel zu denken. Irgendjemand hatte ihr das einmal als Tipp zum besseren Einschlafen gegeben. Sie hatte in all den Stunden kein Auge zumachen können. Graue Socken. Graue Socken. Graue Socken. Wieso suchen die mich nicht? Scheiße. Irgendwo im Haus klingelte ein Telefon. Das konnte nur Barras Handy sein. Sie hörte seine Stimme, erst leise, dann brüllte er. Sie konnte trotzdem nicht verstehen, was er sagte, er sprach italienisch. Stille. Dann Schritte auf dem Gang. Ihre Tür wurde aufgeschlossen. Barra trat ein. Sein Gesicht eine Gewitterlandschaft.

»Dein verfickter Bruder hat meinen Sohn!«

Leonie wollte etwas sagen, aber sie brachte ihre trockenen Lippen nicht auseinander.

»Hinter dem Rücken dieser blöden Bullen, die ihn zur Schule gebracht haben, hat er ihn sich geschnappt.«

Barras Hände legten sich um ihren Hals. Sie starrte in sein wutverzerrtes Gesicht. Paradoxerweise hatte sie keine Angst mehr.

»Wenn Sie mich töten«, flüsterte sie tonlos, »töten Sie auch Ihren Sohn.«

Seine Augen quollen fast aus ihren Höhlen vor Anstrengung, seine Hände wieder von ihrem Hals zu lösen. Rückwärts gehend zog er sich langsam von ihr zurück.

»Wird meinem Sohn auch nur ein einziges Haar gekrümmt, stirbst du.«

Die Tür schlug hinter ihm zu, der Schlüssel drehte sich im Schloss.

»Michael«, murmelte Leonie. »Michael.«

Minuten später war sie fest eingeschlafen. Sie erwachte von einem Schlag ins Gesicht. Ein sehr blass aussehender Lucca Barra stand neben ihr und machte sie vom Bettgestell los. Er zerrte sie auf die Füße.

»Wohin gehen wir?«

Leonie fühlte sich ausgeruht und nicht mehr so deprimiert. Sie war weit davon entfernt, in Sicherheit zu sein. Aber das Blatt hatte sich eindeutig zu ihren Gunsten gewendet. Michael würde Barras Jungen nicht eher herausrücken, bis sie frei war. Wie schon so oft vertraute sie ihrem Bruder mehr als der Polizei.

Barra trieb sie die Treppe hinab und aus dem Haus. Am Stand der Sonne schätzte Leonie die Uhrzeit auf acht, acht Uhr dreißig, vielleicht ein wenig später. Ihr Magen knurrte, aber vor allem hatte sie Durst. Barra hatte ihr nur einmal ein paar Schluck Wasser gegeben.

»Wohin fahren wir?«, wollte sie wissen.

»Halt die Klappe.«

Auch gut, dachte sie und rückte sich etwas bequemer zurecht. Zu ihrer Erleichterung hatte er ihr die Hände nicht auf den Rücken, sondern diesmal vor dem Bauch gefesselt. Sie würden also unter Menschen gehen müssen. Die Fahrt dauerte nicht lange und endete am Hauptbahnhof. Barra sah auf die Uhr und trieb sie zur Eile an. Er hatte ihr eine Jacke über die gefesselten Hände gelegt und ging dicht hinter ihr, die Waffe mit unangenehmem Druck in ihre rechte Seite gepresst. Sie betraten den Bahnhof durch den Haupteingang.

Offenbar hatte Barra genaue Anweisungen erhalten. Er strebte zielsicher zum Gleis sieben im Tiefgeschoss. Jetzt wird es interessant, dachte Leonie, wir machen also eine Bahnfahrt. Am Gleis sieben war der Zug, der ohne Zwischenstopp nach Hamburg fuhr, schon angekündigt. Eine Stimme zählte gerade die Wagenreihung auf und bat um Vorsicht an der Bahnsteigkante. Barra schob Leonie brutal durch die Menge der Wartenden bis ganz nach vorn, wo die Lokomotive halten würde. Leonie war außer Atem, als er endlich stehenblieb und sich nervös umschaute. Der schlanke Leib des ICE schob sich langsam in den Bahnhof und kam quietschend zum Stehen. Die Menge drängte hinein. Barra wartete, bis fast niemand mehr auf dem Bahnsteig stand. Plötzlich ließ er Leonie los.

»Verschwinde«, presste er hervor und sprang in den ersten Waggon, ehe sich die Türen schlossen. Das Letzte, was Leonie von ihm sah, war sein zorniges Gesicht am Fenster der Tür. Der Zug fuhr an und verließ den Bahnhof.

Leonie Simon sah ihm einen Augenblick nach, dann ging sie den Bahnsteig zurück zur Rolltreppe. Sie erwartete, Michael zu sehen. Von irgendeinem Punkt aus musste er beobachtet haben, ob Barra auch wirklich in den Zug stieg. Leonie fuhr ins Erdgeschoss des Bahnhofs, von da aus in den ersten Stock. Kein Michael. Um sie herum und unter ihr wimmelten die Menschen. Wie konnte sie ihn in der Menge finden? Warum kam er nicht, um ihr zu helfen? Von ihrem Standpunkt aus hatte sie einen guten Blick auf den hinteren Ausgang des Bahnhofs. Ein dunkelhaariger Mann drehte sich um und blickte zu ihr auf. Michael. Er warf ihr eine Kusshand zu und war so schnell verschwunden, dass sie dachte, sie müsse einer Sinnestäuschung erlegen sein. Sie rannte los, wollte ihm nacheilen. Aber als sie im Erdgeschoss ankam, wurde sie plötzlich von Polizisten umringt.

»Frau Simon! Gott sei Dank!« Kallweit lief auf sie zu. Leonie sah sich um, wollte Michael folgen, aber Kallweit hielt sie fest. Sie brach vor Enttäuschung in Tränen aus. Kallweit missdeutete ihre Reaktion und nahm sie in den Arm.

»Na, na, das wird schon wieder. Sind Sie verletzt?«

»Ach was.« Leonie machte sich von ihm los. »Mir geht's prima. Was machen Sie eigentlich hier?«

»Wir hatten einen anonymen Anrufer, der sagte, wir würden Sie am Hauptbahnhof finden. Er bat uns außerdem, Ihnen etwas auszurichten.«

Leonie sah ihn aufmerksam an.

»Er sagte, richten Sie Zuckerschnute aus, sie soll in Zukunft die verdammte Alarmanlage einschalten.«

Diesmal waren es Lachtränen, die es Leonie aus den Augen trieb.

»Ich weiß nicht, ob es Sie interessiert, aber der Sohn von Barra wurde vor einigen Minuten unversehrt von einer unbekannten Person am Potsdamer Platz abgesetzt. Sobald Sie sich besser fühlen, hätte ich gern eine Erklärung dafür, Zuckerschnute.«

»Ich werde darüber nachdenken«, sagte Leonie sibyllinisch. Sie hielt ihm ihre gefesselten Hände hin. »Und jetzt befreien Sie mich endlich von diesen unbequemen Dingern.«

47

Warum bin ich nicht gestorben bei meiner Geburt?
Warum bin ich nicht umgekommen, als ich aus
dem Mutterleib kam?

Hiob 3, 11

Das Schlimmste an seinem neuen Aufenthaltsort waren die Geräusche, es war nie wirklich still im Untersuchungsgefängnis, und natürlich der Mangel an Privatheit, die Ben schmerzlich vermisste. Die Einsamkeit störte ihn weniger, er war es gewöhnt, allein zu sein, und hatte sich dabei nie einsam gefühlt. Gelegentlich besuchte ihn sein Anwalt, der ihn darauf vorbereitete, dass er von psychiatrischen und psychologischen Gutachtern auf seine Schuldfähigkeit untersucht werden sollte.

»Es wird eine Anklage wegen Mordes geben, und, kurz gesagt, da fahren Sie am besten mit verminderter Schuldfähigkeit und der Einweisung in den Maßregelvollzug. Wenn auf voll schuldfähig erkannt wird, kann ich Ihnen nicht versprechen, dass ich bei einem Schuldspruch die zusätzliche Feststellung der besonderen Schwere der Schuld und damit die anschließende Sicherungsverwahrung verhindern kann. Wenn das passiert, verschwinden Sie auf unbestimmte Zeit hinter Gittern.«

Ben war das alles vollkommen gleichgültig. Er hatte rein interessehalber gefragt, ob das bedeute, er solle sich etwas verrückt anstellen. Der Anwalt hatte ihn prüfend angeschaut und geantwortet, er solle sich ganz natürlich geben, das reiche vollkommen.

Als Erste war Madeleine Quast erschienen. Ben mochte sie, obwohl sie ihn mit ihrem Besuch damals ganz hübsch hereingelegt hatte. Aber er war nicht nachtragend, und es hatte ihm Freude gemacht, sich mit ihr zu unterhalten. Im Nachhinein war ihm aufgefallen, dass sie eigentlich gar nicht viel gesagt hatte. Die meiste Zeit hatte er geredet, über alles Mögliche, er wusste gar nicht mehr so genau worüber, jedenfalls nicht über das, was er getan hatte. Ein Professor, der ihm als forensischer Psychiater vorgestellt wurde, hatte ihn einige Stunden lang befragt. Über seine Gefühle vor, während und nach der Tat, über seine Motive und wie er inzwischen darüber dachte. Ben hatte alle Fragen geduldig beantwortet, wahrheitsgemäß und so weit es ihm möglich war. Was ihn wirklich bewegte, verschwieg er. Wie hätte er darüber reden können? Es waren die letzten Worte seines Großvaters, die ihm nicht mehr aus dem Kopf gingen.

»Du bist Fleisch von meinem Fleisch. Du bist, was du bist. Und daran kannst du nichts ändern.«

Ben wusste, dass Großvater recht gehabt hatte. Er hatte es im Grunde sofort gewusst. Ja, es stimmte, er würde niemals empfinden wie die anderen. Die ganze Zeit hatte er sich etwas vorgemacht. Dennoch war es grausam, sich von der Hoffnung verabschieden zu müssen, die ihn so lange begleitet und angetrieben hatte. Lange hatte er sich geweigert, hatte tage- und nächtelang gegrübelt, denn da war ja noch etwas, dem er entgegentreten musste. Hatte er Blut geleckt, wie es der alte Mann formuliert hatte? War er der sadistische Mörder, als den ihn die Zeitungen hinstellten? Nein, nein, und immer wieder nein! Er hatte doch Mitleid gehabt, hatte getröstet und Schmerz gelindert, sobald es möglich war, ohne das Experiment zu gefährden. Aber war es nicht unrecht gewesen, was er tat? Und hatte er das nicht erkannt? Er hatte es erkannt, und er hätte anders entscheiden können. Oder nicht? Es gab einen Punkt, über den hinaus Ben nicht weiterdenken wollte, nicht weiterdenken konnte. In Zukunft würden Menschen um ihn sein, die ihn dazu zwingen würden.

Ben erhob sich schwerfällig und tapste zum Fenster. Es war klein und der Blick auf Mauern nicht gerade aufregend, aber er konnte den Himmel sehen. Den freien Himmel über sich würde er am meisten vermissen, sonst ließ er nicht viel zurück. Seine Zungenspitze spielte mit der Kapsel, die er in den Wangentaschen aufbewahrte und die der Kontrolle bei seiner Einlieferung entgangen war. Sie war das beste Erbe seines Großvaters, er hatte sie unbemerkt mitgehen lassen, als er den Alten im Heim abholte. Während er sich zum Ausgehen anzog, hatte Großvater ihm von den Zyankali-Kapseln erzählt, die jeder bei der Waffen-SS bekam und benutzen sollte, bevor er dem Feind in die Hände fiel. Einige hochrangige Nazis waren auf diese Weise der Gefangennahme und dem Urteil entgangen.

Der alte Döberitz hatte seine Kapsel nicht benutzen müssen, aber er hatte sie aufbewahrt und seinem Enkel gezeigt. Ben hoffte, sie habe ihre Wirksamkeit nicht verloren. Eine Zyanid-Vergiftung war angeblich besonders schmerzhaft, außer für jemanden wie ihn natürlich. Was war er doch für ein Glückspilz, dachte Ben. Überhaupt war doch eigentlich alles eine einzige Ironie. Und dann musste er so lachen, dass ihm beinahe die Giftkapsel aus dem Mund gefallen wäre.

»Von wegen selbstmordgefährdet«, sagte der Justizvollzugsbeamte zu seinem Kollegen und schloss die Klappe wieder, durch die er nach dem Befinden des Häftlings geschaut hatte. »Der lacht sich schlapp, der kleine Scheißer. Psychologen! Was wissen die schon.«

Er setzte seinen Kontrollgang fort und hoffte auf eine ruhige Nacht.

48

»Und wenn ich es nicht schaffe?«

»Ich bin ganz sicher, dass Sie es schaffen. In den letzten Monaten haben Sie großartige Fortschritte gemacht.«

Die junge Frau zupfte gewohnheitsmäßig an den Ärmeln, die die zahlreichen Narben von alten Schnittverletzungen verdeckten.

»Ich könnte die Reise verschieben.«

»Das ist nicht nötig. Und es ist ja nur eine Woche.«

»Aber ich darf Sie anrufen, wenn es doch nötig ist?«

»Selbstverständlich.«

»Warum geben Sie mir dann nicht Ihre Handynummer?«

»Darüber haben wir doch schon oft gesprochen. Sie können mich in der Praxis erreichen.«

Die junge Frau sagte nichts und begann, an der Unterlippe zu kauen.

»Das ist keine Zurückweisung. Ich gebe keinem meiner Patienten die Nummer meines Mobiltelefons oder meines Privatanschlusses. Es ist ein Prinzip. Das verstehen Sie doch sicher?«

Nicken.

»Ich bin Ihnen nahe, auch wenn wir uns ein paar Stunden oder Tage nicht sehen.«

Nachdem die Patientin sich verabschiedet hatte, mit allen Anzeichen einer noch immer virulenten Aggression, schrieb Madeleine Quast das Gesprächsprotokoll mit ihren Anmerkungen dazu für die Krankenakte und gönnte sich danach eine Tasse Kaffee, ehe sie den nächsten Patienten empfing. Mit Schnee vermischter Regen schlug gegen die Fensterscheibe. Weihnachten rückte gefährlich nahe, sie musste sich langsam Gedanken machen, was sie ihrer Schwester und den Kindern schenken sollte. Wirklich schwierig war wie immer Uli Kallweit, mit dem sie traditionell den vierten Advent feierte, bevor sie zum Weihnachtsfest nach Frankreich fuhr. Das letzte Mal hatte sie ihm einen Gutschein für die Oper geschenkt, den er immer noch nicht eingelöst hatte. Ihre Hüfte schmerzte ein wenig. Sie erhob sich und ging ein paar Schritte auf und ab. In letzter Zeit hatte sie sich zu wenig bewegt, sie sollte besser trotz des schlechten Wetters ihre Spaziergänge wiederaufnehmen.

Ein jüdisches Sprichwort sagte: »Man soll nicht beten, dass das Leid ein Ende nehme. Denn wenn das Leid aufhört, hört auch das Leben auf.« Vielleicht sollte sie das in ihren Antwortbrief an Leonie Simon aufnehmen. Seit Leonie Simons Weggang aus Berlin tauschten sie gelegentlich E-Mails oder, wenn es sehr persönlich wurde, richtige handgeschriebene Briefe. Der letzte war erst vor ein paar Tagen gekommen und lag noch unbeantwortet auf ihrem Schreibtisch. Sie nahm ihn zur Hand und las ihn zum wiederholten Male.

Liebe Madeleine Quast,
vor einer Stunde ist die Sonne durchgekommen, und das ist nach so vielen trüben Tagen eine große Freude. Roussillon leuchtet, und ich kann Michael auf die Terrasse schieben, jedenfalls über Mittag ist es warm genug. Vor zwei Wochen konnte ich ihn aus der Rehaklinik nach Hause holen. Endlich! Natürlich muss er immer wieder zur Behandlung gefahren werden, aber so hat er doch wenigstens wieder seine vertraute Umgebung. Ich habe eine Krankenschwester engagiert, die mich stundenweise bei der Pflege unterstützt. Meine Erfahrung mit Leichen ist ja nicht wirklich eine Hilfe, und es gibt einfach Situationen, bei denen er lieber eine Fremde um sich hat. Er ist unglaublich tapfer und macht auf cool und auf Stärke. Aber ich fühle seine Verzweiflung und seine Wut. Falls er seine Beine jemals wieder gebrauchen kann, und sehr viel Hoffnung macht man

uns nicht, dann möchte ich nicht in Barras Haut stecken. Vom BKA höre ich, dass man ihn in Südamerika vermutet. Seine Familie wird noch immer überwacht, aber das ist natürlich aussichtslos. Wie geht's in Berlin? Dabei meine ich natürlich vor allem das Institut. Wie weit sind die Renovierungsarbeiten? Oberbeck hat meine Entscheidung nicht verstanden, und ich fürchte, mein alter Chef in Hamburg auch nicht. Aber was anderes hätte ich tun können? Michael ist der Sohn meiner Mutter, und er hat mir zum dritten Mal das Leben gerettet. Um den Preis seiner Gesundheit! Um ehrlich zu sein – Ihnen gegenüber darf ich's sein, oder? –, war es höchste Zeit für mich, einen Grund zu finden, um mein Leben zu verändern oder um wenigstens für eine gewisse Zeit auszusteigen, bevor ich verrückt werde. Habe ich schon erwähnt, dass ich das Alternativangebot hatte, mit Marius Wasmuth nach Griechenland zu ziehen? Dort hat er ein Haus, auf der Insel Samos. Er hätte sich vielleicht sogar zu einem Heiratsantrag durchgerungen. Vermutlich gibt es nicht viele Frauen, die das Zusammenleben mit einem Querschnittsgelähmten vorgezogen hätten. Aber glauben Sie's, oder lassen Sie's bleiben: Ich bin glücklich. So weit jemand wie ich das sein kann. Mein Talent in der Richtung ist nicht sehr ausgeprägt, wie Sie möglicherweise bemerkt haben. Über Zukunft denke ich nicht nach. Ich freue mich einfach über jeden guten Tag, den mein Bruder hat, und gebe mir Mühe, ihn noch besser zu machen. Mein Schulfranzösisch kehrt langsam zur alten Form zurück, und eine reizende ältere Nachbarin versucht mit Hingabe, eine Köchin aus mir zu machen. Ich bringe es nicht über das Herz, ihr zu sagen, dass sie das auch in tausend Jahren nicht schaffen wird. Allerdings habe ich sie kürzlich schwer beeindruckt, als ich eine Ente absolut perfekt zerlegt habe. Die Gute weiß nicht, in welchem Beruf ich gearbeitet habe. Im Dorf hält man mich für eine Heilige, weil ich mein Leben in Deutschland aufgegeben habe, um meinen Bruder zu pflegen. So komme ich endlich zu einem guten Ruf. Wie geht es mit Ihnen und Ihrem Quälgeist? Gibt er noch immer Ruhe? Vielleicht war es ja wirklich ein Trittbrettfahrer, der einen Schreck bekommen hat, als Kallweit sich eingeschaltet hat. Ich drücke Ihnen jedenfalls sehr die Daumen. Geben

Sie auf sich acht, vor allem, wenn Sie Verbrecher jagen. Und ich bin sicher, das werden Sie auch weiter tun. Sie haben Talent!

Es grüßt wie immer ganz herzlich
Ihre Leonie Simon

Madeleine Quast lächelte und legte den Bogen zurück auf den Schreibtisch. Der Brief war der positivste, den Leonie Simon bisher geschrieben hatte. Madeleine war darüber besonders froh, weil sie ihr zugeraten hatte, den Schritt zu tun. Es hätte dazu nicht ihren Rat gebraucht, Leonies Entscheidung war bereits so gut wie gefallen, dennoch hätte sie sich Vorwürfe gemacht, wäre es schlecht ausgegangen. An dem Tag, als Leonie Simon die Mitteilung aus einem Krankenhaus in Frankreich bekam, ihr Bruder sei niedergeschossen worden, war sie zu ihr in die Praxis gekommen. Da hatte sie bereits den Koffer gepackt und das Flugticket bestellt. »Es war Barra«, war das Erste, was sie gesagt hatte. Er war flüchtig, seitdem er gleich hinter Spandau die Notbremse gezogen hatte. Kallweit schämte sich noch immer, dass er das nicht vorausgesehen hatte. Der Zug hatte nicht in Spandau gehalten, wie Barra bestimmt angenommen hatte. Und er war nicht der Mann, der brav wartete, bis die Polizei ihn am Hauptbahnhof in Hamburg in Empfang nahm. Er hatte nicht lange gebraucht, um Michael in Südfrankreich aufzuspüren. Leonie schrieb ihr später, was an Michael am meisten nage, sei die Tatsache, dass er sich habe überrumpeln lassen wie ein blutiger Anfänger.

Madeleine Quast sah wieder hinaus ins spätherbstliche Schmuddelwetter. An ihr nagte auch etwas, der Tod von Benedikt von Döberitz. Sie hatte zwar gewarnt, er könne suizidale Absichten hegen, sich aber nicht davon überzeugt, dass entsprechende Maßnahmen getroffen worden waren, wie zum Beispiel die Untersuchung von Körperöffnungen wie bei jedem x-beliebigen Junkie oder Drogenhändler. Döberitz war ihr erster wirklich großer Kriminalfall gewesen, und nun hatte sie das Gefühl, ihn zum Schluss noch verdorben zu haben. Dabei ging es ihr nicht um persönliche Lorbeeren, wiewohl er als Forschungsobjekt hochinteressant gewesen wäre.

Sie hatte dem jungen Mann helfen wollen, den Weg in eine Therapie zu finden, die seinem Problem angemessen war. Für sie stand fest, dass er nicht nur ein Unglück für andere, sondern auch für sich selbst dargestellt hatte. Vorbei. Er hatte seinen Weg gewählt.

Ihre Sekretärin klopfte und trat ein, ohne auf eine Antwort zu warten.

»Herr Friedrich wartet schon seit zehn Minuten, und das hier hat ein Bote für Sie abgegeben.«

Sie reichte Madeleine Quast einen Brief.

»Danke. Sagen Sie Herrn Friedrich, er soll sich noch fünf Minuten gedulden.«

»In Ordnung.« Die Tür wurde sanft ins Schloss gezogen.

Der Umschlag trug keinen Absender, nur ihren Namen und ihre Adresse. Die Quast schlitzte ihn mit ihrem silbernen Brieföffner auf und entnahm ihm einen nur etwa DIN A6 großen Zettel. Darauf stand in großen, aus einer Zeitung ausgeschnittenen Buchstaben »ICH BIN WIEDER DA!«.

Madeleine Quast wartete auf eine Reaktion ihres Körpers. Magenschmerzen, Übelkeit, Schwindelgefühl, Herzrasen, Schweißausbruch, eben alle Anzeichen einer Panikattacke. Aber es passierte nichts dergleichen. Stattdessen stieg eine so ungeheure Wut, ein so ungezähmter Hass in ihr auf, ja, zum ersten Mal sogar der Wunsch zu töten, dass sie sich für einen Moment selbst fremd war. Sie würde in Ruhe darüber nachdenken müssen. Aber eines schien klar zu sein, ihre Rolle als Opfer war ausgespielt.

Die Therapiestunde für Herrn Friedrich wurde auf einen anderen Termin verschoben.

Danksagung

Gelegentlich verspüre ich den Wunsch, einfach mal drauflosschreiben zu können, ohne viel Recherche. Ein anderes Mal vielleicht. Bei diesem Buch durfte ich wieder vom Wissen vieler Menschen und der Bereitschaft, es mir zur Verfügung zu stellen, profitieren. An erster Stelle stehen wie stets Prof. Dr. Klaus Püschel, Direktor des Instituts für Rechtsmedizin der Universitätsklinik Hamburg-Eppendorf, Prof. Dr. Michael Tsokos, Direktor des Instituts für Rechtsmedizin der Charité – Universitätsmedizin Berlin, und Dr. Dragana Seifert, Leiterin der rechtsmedizinischen Untersuchungsstelle für Gewaltopfer in Hamburg. Jemand, der den Wunsch nach Anonymität hat, weiß trotzdem, dass er gemeint ist. Ich danke ihnen allen von Herzen.

Dipl. Psychologin Marion Anthoff, Leitende Psychologin im Krankenhaus des Maßregelvollzugs Berlin, gab mir Auskunft über ihre Arbeit mit forensischen Straftätern, eine große Hilfe für mich, die ich zu schätzen weiß.

Ich danke Frau Prof. Dr. Judith Haas, Chefärztin der Abteilung für Neurologie im Jüdischen Krankenhaus Berlin, für die freundliche Unterstützung. Frau Dr. Doris Leist beantwortete geduldig meine Fragen zur Anästhesie. Christian Regel beriet mich auf seinem Fachgebiet, der Zahnheilkunde.

Die Seele ist laut Arthur Schnitzler ein weites Land und wahrhaft schwer zu erkunden. Erste Hilfen erhielt ich dazu von Dr. Gudrun Gläser-Janetzke und Dr. Ursula Arnold, die mich hoffentlich auch in Zukunft nicht allein herumirren lassen werden.

Beim LKA Berlin haben mir Frau Mirjam Selmke und KOR Michael Havemann sehr geholfen. Ebenso danke ich KHK Gina Graichen für ihre Auskünfte.

Zu Dank verpflichtet bin ich Dr. Lothar Zerche, Deutsches Entomologisches Institut Müncheberg, und Bernd Wesenigk-Sturm für ihre Hilfe bei der Suche nach der richtigen Ameisenart. Ohne Sebastian Fritz, wissenschaftlicher Mitarbeiter im Institut für Biologie, Freie Universität Berlin, hätte ich nie die seltene Wasserpflanze gefunden, die zu einem wichtigen Stein im Puzzle der Geschichte wurde.

Rechtsanwältin Daniella Wutz beriet mich auf so unterschiedlichen Gebieten wie Jura und Wiener Mundart. Merci beaucoup!

Es gibt noch viele andere, die mich mit Informationen versorgt oder in anderer Weise unterstützt haben. Sie mögen es mir nachsehen, wenn ich nicht alle einzeln nenne. Meine Dankbarkeit ist jedem von ihnen gewiß.

Noch ein Wort zur Burg, der Villa am See: Dieser Ort des Schreckens und der Qual existiert ausschließlich in meiner Phantasie. Die Landschaft um das Kloster Chorin und das Dorf Brodowin, in die ich die Villa gesetzt habe, gibt es auch in der Wirklichkeit, und sie ist einen Besuch wert.

Elisabeth Herrmann
Die siebte Stunde

Kriminalroman. www.list-taschenbuch.de
ISBN 978-3-548-60854-9

Ein teuflisches Spiel, ein rätselhafter Selbstmord und ein quälendes Geheimnis: Als Joachim Vernau an einer Privatschule die Jura AG übernimmt, begegnen ihm die Schüler voller Feindseligkeit. Sie leben in ihrer eigenen Welt und sind fasziniert von dunklen Ritualen. Rollenspiele sind doch harmlos, denkt Vernau. Doch als er herausfindet, was hinter dem Schweigen der Schüler steckt, ist es schon fast zu spät.

»Elisabeth Herrmann kann schreiben – und wie.«
Anne Chaplet

»Eine unglaubliche Story« *Für Sie*

List Taschenbuch

L354